Prof. Dr. med. Walter van Laack

Mit Logik die Welt begreifen

Autor
Prof. Dr. med. Walter van Laack
Facharzt für Orthopädie, Spezielle Orthopädische Chirurgie,
Physikalische Therapie, Sportmedizin, Chirotherapie, Chin. Akupunktur

Umschlagseite
Sie wurde von meinem Sohn Martin gestaltet

Abbildungen
Sie stammen alle von meinen beiden Söhnen Alexander und Martin

Allen meinen Lieben gewidmet

1. Auflage
Erscheinungstermin: 24. September 2005

Herstellung als Book-on-Demand (BoD):
BoD GmbH, Gutenbergring 53, 22484 Norderstedt
Printed in Germany

Festeinband:
ISBN 3 – 936624 – 04 - 6

Inhaltsverzeichnis

Vorwort
vom Kapitän der PSV "Royal Clipper", Klaus Müller, Schottland 5

Teil 1: Einführende Betrachtungen
1.1) Was wir glauben, was wir wissen 7
1.2) Zeitlose Überheblichkeit 11
1.3) Das Problem mit dem Tellerrand 19
1.4) Warum gerade Logik? 21

Teil 2: Die Grundlagen des neuen Denkens
2.1) Von Zahlen und Zählen 27
2.2) Über Zahlen philosophieren 35
2.3) Universelle Hintergründe 50
2.4) Von Einheit zu Vielheit 56
2.5) Absolute Perfektion – der Goldene Schnitt 71
2.6) Die Grenze des Machbaren 78
2.7) Form und Zahl bestimmen Struktur und Funktion 82
2.8) Drei Musketiere in Aktion 88
2.9) Ein wahrhaft smarter genetischer Code 98
2.10) Eine göttliche Metapher 104
2.11) Sechs Regeln bestimmen die Welt 112
2.12) Alles ist geordnet nach Maß und Zahl 114
2.13) Jedes Sein geht seinen ewigen Weg 119
2.14) Die Welt ist voller Schnittstellen 123
2.15) Geradeaus und zyklisch 134
2.16) Was wohl Pythagoras schon wusste 144

Teil 3: Unser Kosmos
3.1) Materialismus pur 153
3.2) Das Universum heute 155
3.3) Kritische Fragen – plausible Alternativen 159
3.4) Die kosmische Zwiebel 173
3.5) Licht und Raum 176
3.6) Der Urknall geht baden 180
3.7) Schöpfung im neuen Licht 185

3.8) Zur polaren Symmetrie von Zeit und Raum 187
3.9) Wo steckt denn bloß die Antimaterie? 205
3.10) Symmetrieunterschiede von Geist und Materie 208
3.11) Elektrizität und Magnetismus sowie eine Vereinheitlichung der vier Elementarkräfte 213
3.12) Physikalische Exoten: Das Doppelspaltexperiment und der Aspect-Versuch 217
3.13) Warum Pierre de Fermat Recht hatte 225
3.14) Nachwort 228

Teil 4: Leben und Geist
4.1) Wieder einmal mischen Zahlen mit 229
4.2) Mutationen sind es nicht allein 236
4.3) Evolution durch natürliche Auslese 241
4.4) Evolution und Theodizee - ein philosophischer Ansatz 246
4.5) Beispiele von Kuriositäten der Evolution 250
4.6) Geistige Felder im Dienste der Vererbung? 255
4.7) Die Konvergenz: Seltsam und unerforscht 259
4.8) Affe und Mensch: Wer stammt von wem ab? 262
4.9) Leben, Geist und ihre gewachsene Hardware 272
4.10) Licht ist in unseren Zellen 281
4.11) Nervensystem und Gehirn 284
4.12) Gehirn und Geist 293
4.13) Eine neue Sicht der Evolution 311
4.14) Die menschliche Individualität ist einzigartig 316
4.15) Zahlen helfen der Evolution von Leben und Geist 324
4.16) Nachwort 328

Teil 5: Die Welt ist aus einem Guss
5.1) Mein alternatives Weltmodell 331
5.2) Nachwort 362
5.3) Exkurs: Der Tod ist eine Schnittstelle des Lebens 371

Literaturverzeichnis 373

Meine Bücher 380

Vorwort

Mit Logik die Welt begreifen, nur das ist der Weg zur Wahrheit, sei es Materie oder Geist.
Fünf Bücher in acht Jahren widmete Walter van Laack bereits dieser Thematik – nach einem Vierteljahrhundert des intensiven Studiums.
Glaube, frei und logisch erarbeitet, gibt uns Menschen Sinn, Freude und Liebe. In dem neu vorliegenden Band wird sein Gedankengebäude klar und verständlich dargestellt. Wissenschaft und Glaube stehen sich nicht gegenüber, sondern bilden eine Einheit. Hier hat Walter van Laack einen Weg beschritten, dem man mit Freude und Hoffnung folgen kann.
Das vorliegende Buch – wie auch schon die vorherigen – vermitteln ewiges Sein und nicht nur den Glauben daran. Natürlich will es durch klares Denken erarbeitet sein.
Wir alle sind Wissenschaftler und Gläubige. Walter van Laack hat die Welt, die wir erleben, vorbildlich dargestellt.
Sein Ziel ist eindeutig: Materialisten können Wissen und Vernunft nicht mit Weisheit umgeben, und gläubigen Fundamentalisten ist es nicht möglich, Wahrheit mit Verstand zu erspüren.
Hier jedoch werden Vernunft und Gefühl gefordert und gebildet. Das ist das Ziel des Buches.
Nein, Walter van Laack will nicht Lehrer sein, sondern mit Vernunft und Gefühl zu eigenem Denken und Überzeugung leiten.
Gott erleben wir beim Studium und können Wissen in uns bestätigen und neu erfahren. Vernunft bewahrt uns die Freude, und der Tod wird in eine größere Lebensweise glaubhaft eingebunden.
Unter himmelhohen Segeln, in den Wolken endend, haben wir an Bord schon seit vielen Jahren mehr als einmal gemeinsam philosophiert und über das Meer geschaut. Seither diskutieren und disputieren wir mit Wort und Seele, unsere Leben bereichernd.
Ganz klar, Wind und Wellen verbreiten Wissen und Glauben. Die Zeit zusammen an Bord und hier in Schottland ist unvergesslich für mich – seine und meine Gedanken schufen in mir ein erregendes Weltbild. Ähnliches möge der Leser dieses Buches fühlen und erfahren.
In Teil 2, über das neue Denken, und Teil 4, Leben und Geist, findet sich das Fundament des Gedankengebäudes von Walter van Laack. Es fordert auf, mit sich selbst zu diskutieren und abzuwägen. Nicht eine neue Religion wird hier gestartet, sondern mit Logik wird vielmehr die

Schnittstelle zwischen Geist und Materie markiert. Beides erst ergibt die Einheit, in der wir leben und in der alles existiert. Wissenschaft und Geist bilden eine Einheit in einer perfekt organisierten Welt.
Nein, die letzte Ordnung und die perfekte Weltformel verspricht das Buch nicht. Jedoch sind Gott und Glaube auf eine höhere Ebene gebracht. Die Wissenschaft endet im Glauben wie auch die Religion.
Logik und Liebe sind nötig, um den rechten Glauben zu erarbeiten.
Plato nannte sie die drei Bestandteile des Daseins: Verstand, Gefühl und Verlangen, und "mit Logik die Welt begreifen" bringt hier die nötige Balance. Gewiss nicht einfach, jedoch notwendig, um frei und gelassen in Liebe und Hoffnung zu leben.
Walter van Laack bin ich dankbar für das Buch. Lesen, denken und erkennen Sie, es tut der Seele gut.

Klaus Müller
Kapitän PSV "Royal Clipper"
Inveraray in Argyll (Schottland), den 4. Mai 2005

Teil 1

Einführende Betrachtungen

1.1) Was wir glauben, was wir wissen

Vor etwa 15 Milliarden Jahren, ein paar mehr oder weniger spielen dabei keine Rolle, gab es mal, nach heutiger Lehrmeinung, einen gigantischen Urknall, praktisch aus dem Nichts. Mit ihm entstand ganz zufällig unsere Welt in der für uns heute absehbaren, schier unglaublichen Komplexität.
Und als vor ungefähr vier bis fünf Milliarden Jahre unsere Erde "ihren festen Platz im Umlauf um das Zentralgestirn unseres Sonnensystems, die Sonne, gefunden hatte", war dies schon bald der Startschuss für ein weiteres gigantisches Geschehen, das wir Evolution nennen. Sie führte schließlich zu uns Menschen als dem bis heute zumindest vorläufigen Endpunkt dieses Prozesses. Manche nennen uns deshalb auch voreilig Krönung der Schöpfung, wobei sie den Begriff Schöpfung allerdings nur aus Gewohnheit und recht unbedacht vielen religiösen Vorstellungen entlehnen; denn für immer mehr scheint der Begriff Schöpfung heute keinen Platz mehr in ihren ernsthaften Überlegungen zur kosmischen Gesamtentwicklung zu haben. Hauptmotor jeder Evolution war und ist in diesem modernen Weltbild allein der pure Zufall.
Zu diesem Verständnis ganz sicher passend entwickelte sich durch zwar nach wie vor noch keineswegs genau geklärte Umstände vor vergleichbar wenigen, d.h. ein paar hunderttausend bis höchstens einigen wenigen Millionen Jahren, ein weiterer unbeschreiblich komplexer Kosmos, das menschliche Gehirn. Dieses überaus phantastische Organ gaukelt uns

nun unser Ich, unser Selbstbewusstsein und die eigene Persönlichkeit schlechthin genauso vor wie unseren eigenen, in vielerlei Hinsicht immer noch frei geglaubten Willen. Neben dem Zufall als der zentrale Motor praktisch jeder kosmischen Entwicklung schreiben wir heute der Materie als Produkt dieses Zufalles uneingeschränkte Dominanz zu: Im Urknall irgendwie und irgendwann entstanden, schafft sie wieder neue Materie und alles ist aus Materie, auch unser Geist!
Fragt man heute führende Wissenschaftler unserer Erde, zum Beispiel einen weltweit anerkannten Kosmologen, Physiker, Evolutionsbiologen oder einen renommierten Hirnforscher, so dürften diese grundlegenden Einstellungen wohl ziemlich unstrittig sein.
Andersdenkende werden belächelt, beargwöhnt, in wissenschaftlichen Kreisen häufig bespöttelt und von einer gewaltigen Medienmaschinerie schlimmstenfalls als gefährlich für unsere Gesellschaft angegriffen.
Natürlich wird jeder gerne einräumen, es gäbe noch viele offene Details und so manchen Klärungsbedarf. Doch nur allzu oft glaubt man heute tatsächlich, noch fehlende Mosaiksteinchen schon in wenigen Jahren bis allenfalls Jahrzehnten endgültig beisammen zu haben.
Liebe Leser, der Mensch scheint fast am Ziel – Gratulation!
In den 1970er und 1980er Jahren wuchsen mir jedoch Zweifel an diesem Weltbild. Schon des Öfteren war ich selbst bis dahin dem Tod ziemlich nahe und habe im Laufe der Zeit viele Menschen, darunter auch eine ganze Reihe sehr nahestehender und geliebter Personen sterben sehen müssen. Und schon früh hatte ich mich deshalb zunächst mit der Frage beschäftigt, ob der Tod eines Menschen denn auch sein unwiderrufliches Ende sei oder nicht. Und während ich anfangs noch an die Endgültigkeit des Todes einer Person glaubte, bin ich heute grundlegend anderer Ansicht. Mittlerweile, und das bereits seit langem, bin ich der festen Überzeugung, dass der Mensch bloß körperlich stirbt und das, was wir "Tod" nennen, keineswegs auch sein persönliches Ende bedeutet.
Dieser Sinneswandel steht derweil im krassen Gegensatz zum allseits akzeptierten und in der Öffentlichkeit vehement verteidigten Weltbild.
Als praktizierender Facharzt und Hochschullehrer sollte man solcherlei Vorstellungen eigentlich besser für sich behalten. Zumindest für eine Karriere in einem renommierten wissenschaftlichen Institut sind sie ganz sicher eher unverträglich. Ich kenne Beispiele, wo derlei Überzeugungen ihren Vertretern die weitere wissenschaftliche Laufbahn gekostet haben.
Als jedoch wirtschaftlich unabhängiger Freidenker habe ich nach dem leider viel zu frühen Tod meines geliebten Vaters im Jahr 1996 vorzeitig damit begonnen, meine bereits bis dahin gewachsenen Überzeugungen

in Büchern niederzuschreiben und damit nicht, wie ursprünglich einmal angedacht, bis zum eigenen Rentenalter zu warten. In vier von bislang sechs vorangegangenen Werken in deutscher Sprache – mittlerweile sind fünf davon auch in englischer Sprache erschienen – beschäftigte ich mich deshalb vor allem natürlich mit der Frage nach der Endgültigkeit des Todes. Meine allmählich gereifte Grundüberzeugung, dass der Tod eben nicht das wirkliche Ende eines jeden einzelnen Menschen sei, machte dann aber auch ein neues Weltbild unumgänglich; denn mit den derzeitigen Vorstellungen muss der Tod zwangsläufig endgültig sein.
Folglich suchte ich nach neuen Erklärungen, plausiblen Interpretationen für anerkannte Beobachtungen und Erkenntnisse. Nach Jahren kam ich so zu einem ganz neuen, einem alternativen Weltbild, in das sich vor allem auch die Vorstellung vom Überleben des nur körperlichen Todes problemlos einbetten ließ. Mein neues und dem modernen Zeitgeist gegenüber in mancher Hinsicht sehr konträres Weltbild ist natürlich extrem erklärungsbedürftig. Deshalb befasste ich mich in allen meinen Büchern auch mit den zwei ganz entscheidenden naturwissenschaftlichen Teilaspekten unserer Welt, dem Universum und dem Leben.
Beide Themenkomplexe beleuchtete ich dabei aus einem etwas anderen Blickwinkel als gemeinhin üblich: Ich suchte sowohl im unbelebten Kosmos als auch im Leben auf unserer Erde nach Parallelen, die ganz neuer Erklärungen bedürfen, sofern man sie nicht auch als ein bloß zufälliges Nebeneinander ignoriert. Derart neue Erklärungen erlauben aber eine alternative Sicht von Herkunft und Entwicklung aller Dinge und Wesen. Ich nenne dies den Blick über den Tellerrand.
Auf meiner Suche danach rückte die Mathematik in den Vordergrund.
Doch keine Angst, hier geht es nur um einfache geometrische Formen, Zahlen und Zahlenverhältnisse. Es scheint, dass gerade sie in der Lage sind zu helfen, ungemein viele Abläufe und Geschehnisse in unserer Welt besser und stimmiger zu beschreiben und zu erklären. Erstaunlich häufig findet man sie an allen entscheidenden "Ecken und Enden" im Universum und nicht zuletzt auch in uns selbst immer wieder. Natürlich werde ich stets strikt darauf achten, alle wirklich gesicherten Fakten des Wissens unserer Zeit vollständig in meine Vorstellungen zu integrieren.
Deshalb ist es ungemein wichtig, echte Fakten und ihre Interpretationen streng voneinander zu trennen. Vieles von dem, was heute als gesichertes Wissen gilt, ist tatsächlich nur eine Interpretation von verschiedenen Messergebnissen und damit grundsätzlich auch völlig anders erklärbar.
Mit dem hier nun vorliegenden siebten Buch möchte ich vorläufig abschließend meine Vorstellungen von einer alternativen Weltsicht in für

jedermann verständlicher und einfacher Klarheit konsequent logisch und nachvollziehbar aufbauen. Stück für Stück erschließt sich daraus auch die für viele tröstende Einsicht, dass keiner seinen Tod fürchten muss, weil es ihn so, wie wir es gemeinhin annehmen, gar nicht gibt.
Während ich diese Zeilen schreibe, hat eine der vermutlich schlimmsten Naturkatastrophen seit Menschengedenken viele Anrainerstaaten des Indischen Ozeans heimgesucht. Ein Seebeben vor Sumatra löste eine gewaltige Tsunami-Welle aus, die wohl mehr als 270.000 Menschen das Leben kostete. Millionen von Angehörigen brauchten von einer Minute auf die andere wahren Trost. Deshalb glaube ich, ihnen aus tiefer Überzeugung sagen zu können, dass sie alle ihre auf so tragische Weise ums Leben gekommenen Lieben dereinst in voller Bewusstheit wieder sehen werden!
Jeden einzelnen Leser möchte ich mit diesem Buch dort abholen, wo er mit seinem persönlichen Wissen und seiner Kenntnis von den Dingen steht. Das macht häufigere Wiederholungen allerdings unvermeidlich. Keiner sollte aber fürchten müssen, die Welt nur mit Spezialkenntnissen verstehen zu können. Jeder Einzelne soll unsere Welt begreifen können; denn nach meiner Überzeugung ist sie im Grunde bestechend einfach.
Alles Komplexe und Komplizierte entsteht erst allmählich aus dem ganz Einfachen heraus und ist nicht selbst schon kompliziert.
Meine alternative Weltsicht ist dabei problemlos in der Lage, alle zentralen Grundüberzeugungen der großen Religionen und sicher auch vieler Mythen sowie die der großen Denker und Philosophen aller Zeiten in sich aufzunehmen.
Darüber hinaus scheint sie mir sogar die notwendige Voraussetzung für eine grundlegende Verbesserung unserer menschlichen Gesellschaft zu sein: Sie straft die notorisch Ungläubigen wohl genauso Lügen wie die Fundamentalisten unter den Gläubigen, gleich welcher religiösen Ausrichtung. Und jeder, der die Welt so begreifen lernt, wie sie nach meiner Ansicht im Kern ist, wird gar nicht anders mehr können, als in Zukunft alles daran zu setzen, das Heft für eine bessere Welt selbst mit in die eigene Hand zu nehmen – und jeder ist dazu gefordert!
Es scheint also dringend an der Zeit für eine alternative Weltsicht.
Und wann sollte es sich hierfür besser eignen als im Einstein-Jahr 2005, anlässlich des 50. Jahrestages des Todes dieses einzigartigen Genies und dem 100. Jahrestag der Veröffentlichung seiner berühmtesten Theorien?

Aachen, im Januar 2005
Prof. Dr. med. Walter van Laack

1.2) Zeitlose Überheblichkeit

Im Jahr 1874 wandte sich der erst 16jährige frischgebackene Abiturient Max Planck an den damals berühmten Münchener Physikprofessor Philipp von Jolly. Planck fragte ihn, ob er ihm empfehlen könne, Physik zu studieren. Von Jolly gab ihm damals den aus heutiger Sicht grotesk anmutenden Rat, dies bloß nicht zu tun, da doch schon alles Wesentliche erforscht sei, und es nur noch wenige Wissenslücken gäbe. Ein paar Jahrzehnte später revolutionierten die Ideen von Max Planck neben denen von Albert Einstein die Physik wie nur wenige jemals zuvor.
Die Zeiten ändern sich, des Menschen Überheblichkeit dagegen nicht.
Nun könnte man ja annehmen, die Menschheit habe in den letzten 100 Jahren tatsächlich eine derart stürmische Entwicklung besonders in den Naturwissenschaften hinter sich, dass solch grobe Fehleinschätzungen heute einfach kaum wahrscheinlich sind.
Pustekuchen! Beinahe täglich gibt es auch heute neue Erkenntnisse. Nicht selten stehen sie sogar im völligen Gegensatz zu den alten und kanzeln diese jetzt als falsch ab. In den meisten Fällen handelt es sich dabei natürlich nur um kleine Mosaiksteinchen des Wissens unserer Zeit: Leider jedoch verführt das schnell dazu, die großen richtungsweisenden Theorien weiterhin als abgesichert und beständig anzusehen. Man sollte aber bedenken, dass auch viele neue Mosaiksteinchen zwangsläufig irgendwann ein ganz anderes Bild ergeben. Ein paar Beispiele:
Noch vor wenigen Jahren glaubte man, im menschlichen Erbgut eine Bauanleitung für schier alles, was ihn ausmacht, erkennen zu müssen. Nicht nur der körperliche Aufbau, unser Aussehen, die Funktion unserer Organe, nein auch all unser Verhalten, unsere Intelligenz, der Charakter, also sämtliche wesentlichen Merkmale unserer Persönlichkeit, seien darin codiert. Mittlerweile hat man das menschliche Erbgut, unser Genom, weitgehend entschlüsselt. Übrig geblieben sind bloß noch etwa 25.000 Gene, jedes davon in etwa vergleichbar mit einem einzelnen Kapitel unserer gesamten Bau- und Betriebsanleitung. Das sind weit weniger Gene als manches Unkraut besitzt, und natürlich unvorstellbar weit weniger als ehemals vermutet.
Kaum zu glauben, dass ein Mensch sich in seiner ganzen Vielfalt damit wirklich erklären ließe, zumal von diesem kümmerlichen Rest auch noch zirka 99% mit einem Schimpansen, und 99,9% mit jedem beliebigen

anderen Menschen auf der Erde identisch ist[1]. Ein Schelm, der sich nun darüber lustig machen möchte …

Eher sinnvoll und logisch wäre es doch anzunehmen, dass "niedere" Lebensformen, und ich meine damit solche, die weniger "Geist" besitzen als zum Beispiel der Mensch – wozu Unkraut wohl gehören dürfte – einfach mehr Informationen benötigen, die dort *materiell* verankert sind. Das hieße, Lebensformen mit *mehr* "Geist" bräuchten davon weniger?

Ein solcher Gedanke setzt natürlich die Annahme voraus, dass Geist nicht bloß ein Produkt des materiellen Gehirns – nur ein Epiphänomen – ist. Vielmehr muss sich der Geist über das jedem Individuum eigene Hirnniveau hinaus erheben und auf einer "höheren", nämlich rein geistigen Ebene, kommunizieren können. Genau das aber bestreiten sehr viele renommierte Hirnforscher heute energisch und medienwirksam. Für sie ist das, was wir "Geist" nennen, nur ein solches Epiphänomen, ein Produkt unseres Gehirns. Ich werde zeigen, dass dem *nicht* so ist!

Dort, wo wie beim Unkraut nur vergleichsweise wenig Kommunikation vorstellbar ist, weil seine "geistige" Entwicklung noch nicht sehr weit fortgeschritten ist, sind klare, lassen Sie mich sagen, schriftlich verbriefte Anweisungen schlichtweg vonnöten: deshalb ein größeres Genom.

Kommunikation wird allerdings flexibler, einfacher und viel reichhaltiger, wenn sie sich vom Papier befreit. Wir kennen das heute nur zu gut: Seitdem Computer und in jüngerer Zeit auch das Internet Einzug in viele Haushalte und praktisch alle beruflichen und institutionellen Ebenen gehalten haben, beschleunigt sich die kulturelle Entwicklung großer Teile der Menschheit noch mehr. Die Erfindung von Schriftzeichen, später die Nutzbarmachung von Papier als endlich einfaches händelbares Medium zu ihrer Verbreitung, noch viel später die Buchdruckkunst und dann im 19. Jahrhundert die Erfindung von Telefon und Telegraphie sind die eigentlichen Quantensprünge unserer kulturellen Evolution. Die Technik zeigt uns auch den Weg, den die Evolution wohl schon seit ewigen Zeiten in ähnlicher Weise geht: Sie betreibt die konsequente Abkehr von einer ursprünglich materiellen Basis und wendet sich im Gegenzug einer rein elektronischen und mehr immateriellen Informationsübermittlung und Speicherung zu. Der binäre Zahlencode ist das immaterielle oder virtuelle Informationsmedium der modernen Technik, der Computer der dafür heute noch erforderliche physikalische Speicher.

Unseren physikalischen Speicher kennen wir auch: Es ist das Gehirn. Während wir vor einigen Jahren noch vermuteten, alles sei irgendwie *im*

[1] Human Genome Project, USA, 2004

Gehirn stofflich gespeichert, wissen wir heute längst, dass dies nicht stimmt. Wir sind einen Schritt weiter und gehen jetzt auch hier von einer Form immaterieller Informationsspeicherung aus. Mit aber ist das noch viel zu wenig: So wie es jemanden gibt, der einen Computer (von außen) bedient und über das Internet mit anderen Bedienern solcher Computer in regem Informationsaustausch steht, so oder ähnlich arbeitet auch unser Gehirn zumeist eben nicht eo ipso, d.h. aus sich selbst heraus. Genau das jedoch wird von der Wissenschaft mehrheitlich heute (noch) abgelehnt. Wenn dem aber so wäre, würde es eindeutig Sinn machen, dass manches Unkraut viel mehr Gene besitzt als zum Beispiel der Mensch: Das umständlich "schriftliche Festhalten" wachsender Mengen komplexer Informationen mit Hilfe von Genen nimmt, zumindest relativ betrachtet, während der Evolution offenbar ab. In unseren modernen Büros ist das eben ganz ähnlich: Früher brauchten wir unermesslich viel Stauraum mit unzähligen Regalen für meterweise volle Ordner, randvoll gefüllt mit beschriebenem Papier. Heute werden Unmengen mehr an Informationen auf kleinen Computerchips oder sogar direkt im Internet, einem bereits virtuellen Datennetz, gespeichert.
Liegt es da nicht einfach nahe, eine Form virtueller Informationsspeicher auch für das Leben allgemein anzunehmen? Spielen wir doch einfach mal eine Zeit lang mit dieser Annahme und nennen diesen sehr flexiblen und ungemein aufnahmefähigen immateriellen Speicher zukünftig "Geist".

Die folgende Geschichte liefert vermutlich einen interessanten Hinweis auf diesen im herkömmlichen Sinne nicht materiellen Geist:
Im Jahr 1966 brachte das amerikanische Ehepaar Reimer ihre beiden gerade sieben Monate alten Zwillingsbrüder Bruce und Brian zwecks Beschneidung, einem kleinen Routineeingriff, in ein Krankenhaus.
Leider kam es dort zu einer schweren Komplikation: Während einer an sich üblichen elektrischen Blutstillung kam es am Penis des kleinen Bruce zu schweren Brandverletzungen. Psychologen rieten daraufhin den Eltern, Bruce seine männlichen Geschlechtsmerkmale zu entfernen, weibliche zu modellieren und ihn fortan als Mädchen großzuziehen.
In seiner Pubertät könne man dann mit entsprechenden Hormongaben eine perfekte Frau heranziehen, der nur die Fortpflanzungsfähigkeit versagt bliebe. So geschah es, und Bruce wurde zu Brenda. Schließlich beschloss man, ihr niemals die Wahrheit zu erzählen. Bald wurde dieser Fall berühmt und besonders von der Frauenrechtsbewegung dankbar aufgenommen – glaubte man doch, endlich einen Beweis in Händen zu haben, dass sich die konventionellen Muster männlichen und weiblichen

Verhaltens allein durch Erziehung verändern ließen. Doch einmal mehr Pustekuchen: Brenda, obwohl nun betont weiblich erzogen, wehrte sich schon früh gegen alles Mädchenhafte. Sie weigerte sich vehement, Kleider zu tragen, raufte wie ein Junge und versuchte, möglichst im Stehen zu urinieren. In der Pubertät lehnte Brenda ihren Körper so sehr ab, dass es zu mindestens einem Selbstmordversuch kam. Dennoch akzeptierte sie es, weiterhin weibliche Hormone zu nehmen, wohl in der Hoffnung, alles würde doch noch irgendwie ins Lot kommen.

Gleichwohl benötigte sie ständig psychiatrische Betreuung und an der Ablehnung ihrer Weiblichkeit änderte sich nichts. Als Brenda 14 Jahre alt war, hielt es ihr Vater schließlich nicht mehr aus und erzählte ihr die wahre Geschichte. Brenda entschied, sich möglichst schnell wieder zu einem funktionstüchtigen Mann umoperieren zu lassen, was dann auch geschah. Aus ehemals Bruce, dann Brenda, wurde schließlich David.

Mit 23 Jahren heiratete er, wurde später aber wieder geschieden. Im Jahr 2000 ging David mit seiner Geschichte selbst an die Presse. Mittlerweile hatte sein Bruder Brian, der an Schizophrenie erkrankt war, Selbstmord verübt. David konnte es und sein Leben genauso wenig verwinden und beging ebenfalls später Selbstmord.

Dieser tragische Fall zeigt zweierlei: Zum einen, mit welcher Chuzpe und Arroganz nicht selten seitens der Wissenschaft Dogmen gepflegt werden, sogar noch dann, wenn man bereits erkennen kann, dass die Wirklichkeit ganz anders zu sein scheint. Zum anderen liefert der Fall Bruce-Brenda-David Reimer aus den USA einen Hinweis darauf, dass weder Gene noch Erziehung *allein* die Persönlichkeit eines Menschen bestimmen.

Hinter den Kulissen des uns Bekannten muss es einfach noch mehr geben: Dabei kann es sich jedoch nicht mehr um etwas rein Materielles handeln – auch das scheint eigentlich klar. Wir sollten deshalb irgendeine nichtmaterielle, geistige Existenz der Persönlichkeit, die unabhängig von jeder materiellen Umgebung waltet, als Arbeitshypothese annehmen.

Viel Rückhalt gibt es dafür in der Wissenschaft, besonders auch bei einigen bekannten Hirnforschern allerdings nicht. Ja und?

Betrachtet man die ja durchaus gegensätzlichen Positionen namhafter Hirnforscher einmal etwas näher, so muss man feststellen, dass von ihnen fast immer nur diejenigen, die eine streng materialistische (und deshalb nenne ich sie mal doppeldeutig: "geistlose") Anschauung vertreten, von der westlichen meinungsbildenden Medienmaschinerie öffentlich zu Wort gebeten werden. Folglich erhalten wir alle ganz gezielt einseitig gefilterte Ansichten als modernes Wissen verkauft. Davon, dass es unter renommierten Wissenschaftlern genauso gut auch gegenteilige

Ansichten gibt, bekommen wir nur selten Notiz. So ist es heute oft recht einfach, die Vorstellungen zum (vermeintlich) sicheren Wissensstand zu erheben, die in den Zeitgeist der Meinungsmacher passen; dazu später natürlich mehr.
Hier erst ein paar andere Beispiele moderner Irrtümer:
Bis weit in die 1980er Jahre hat man bei Magengeschwüren regelmäßig die Mägen der Kranken großzügig entfernt. Bei den meisten Patienten hat man jedoch auf diese Weise wohl an den eigentlichen Ursachen ihrer Krankheit regelrecht "vorbeioperiert". Man wusste es damals halt nicht besser, glaubte aber wie selbstverständlich völlig richtig zu handeln. Man war unbeirrt der festen Ansicht, eine übermäßige Säureproduktion im Magen sei für die Geschwüre verantwortlich. Die Pharmaindustrie beendete solche Operationsorgien später dadurch, dass sie wirksame Säurehemmer in Tablettenform entwickelte. In den 1990er Jahren wurde daraufhin der Markt mit den neuen Medikamenten überschwemmt: Doch auch das traf nicht die wirkliche Ursache des Übels. Vor wenigen Jahren erst fand man schließlich heraus, dass in der großen Mehrzahl der Fälle eine Infektion durch sogenannte Helicobacter-Bakterien schuld an den Geschwüren ist. Seither hilft ein spezielles Antibiotikum, und die Mägen sehr vieler Menschen bleiben erhalten.
Apropos Bakterien und andere kleine "Viecher" wie Viren und Parasiten: Mehr und mehr scheint sich heute die Erkenntnis breit zu machen, dass schleichende und chronische Entzündungen im Körper, die vielleicht über viele Jahre und sogar Jahrzehnte bestehen, eine ganz entscheidende Mitursache für viele schwere Krankheiten darstellen. Selbst Herzinfarkte, Alzheimer und einige Krebserkrankungen werden dadurch womöglich zumindest begünstigt, wenn nicht allein verursacht. Und am Anfang vieler dieser chronischen Entzündungen stehen Infektionen mit allerlei Kleinstlebewesen, wie wir sie uns täglich einverleiben können, oft ohne überhaupt etwas davon zu merken. Unzählige Parasiten leben ständig in uns. Die jüngsten Entdeckungen gelten sogenannten Nanobakterien, die nur etwa einen 30 Millionstel Millimeter groß sind. Eigentlich dürfte es sie gar nicht geben, da sie nach geltender Lehrmeinung zu klein sind für all die Substanzen und Strukturen, die der eigene Zellstoffwechsel benötigt. Offenbar scheinen aber gerade derlei chronisch-schleichende Entzündungen das Immunsystem auf Dauer entscheidend zu schwächen und machen damit Platz für viele schlimmere Krankheiten.
Auch manipulieren sie die menschliche Körperabwehr so, dass der Entzündungsmechanismus selbst dann noch weiterläuft, wenn die krankmachenden Viecher nicht einmal mehr im Körper vorhanden sind.

Alles in allem aber muss unser bisheriges "Weltbild" von der Entstehung schwerer Erkrankungen vermutlich ebenso revolutioniert werden. In der Medizin wird derlei fundamentaler Sinneswandel allerdings viel gnädiger aufgenommen; denn dort ist man so etwas längst gewöhnt.

Die in den "strengen" Naturwissenschaften gern zur Schau getragene Allwissenheit ist in der Medizin nicht gar so stark manifestiert. Manches wird hier "relativer" gesehen. Das liegt daran, dass es unterschiedliche "turnover-Zeiten" von Wissen gibt. Darunter versteht man die Zeit, in der altes Wissen von neuem überholt und ersetzt oder zumindest auch in seinen Grundfesten geändert wurde.

Seit den Anfängen der Menschheit hat sich dieser "turnover" des technisch-naturwissenschaftlichen Wissensstands zuerst ganz allmählich, in den letzten Jahrhunderten und schließlich in nur wenigen Jahrzehnten dann erheblich beschleunigt. Dennoch: In der Medizin drehen sich die Räder schon seit geraumer Zeit noch schneller. Selbst ins Gegensätzliche kippende Veränderungen bestehenden Wissens sind für den Mediziner heute eher an der Tagesordnung. Zum Beispiel habe ich schon so viele Medikamente kommen und manchmal sogar bald wieder gehen sehen: Sie alle waren nach ausgiebigen Prüfungen ungeheuer wirksam, absolut sicher und, und, und. Doch der Kranke wollte nicht so wie das Mittel…

Falsche Dogmen ziehen leider des Öfteren sogar fatale Konsequenzen nach sich. Besonders tragisch ist in diesem Zusammenhang zum Beispiel das "Versehen" australischer Genforscher: Wie vor ein paar Jahren das britische Wissenschaftsmagazin New Scientist[2] schrieb, wollten diese mit Hilfe gentechnischer Eingriffe einen Virus erschaffen, um damit die Vermehrungsrate von Mäusen zu reduzieren. Versehentlich entstand dabei jedoch ein für die gesamte Mäusepopulation absolut tödlicher, mit dem Pockenvirus verwandter Virus, so dass am Ende selbst diejenigen Tiere starben, die zuvor gegen diesen Virus geimpft worden waren.

So ein Beispiel dokumentiert einmal mehr die Überheblichkeit vieler Forscher zu wahrscheinlich allen Zeiten: Nicht nur, dass man bislang zumeist davon ausgegangen war, gentechnische Veränderungen würden Viren eher weniger gefährlich machen. Nein, eine Umfrage des Magazins New Scientist unter Genetikern, also Erbgutforschern, hatte fünf Jahre zuvor sogar noch ergeben, dass man bis dahin glaubte, die Erschaffung neuer gefährlicher Viren sei zumindest sehr schwierig, wenn nicht gar ganz unmöglich.

---

[2] New Scientist, Nr. 2273

Bitte verstehen Sie mich nicht falsch: Mit diesem Beispiel möchte ich mich nicht gegen die Genforschung aussprechen. Im Gegenteil, ich halte sie grundsätzlich und langfristig für sehr wichtig, ja notwendig und wahrscheinlich in großem Maße nützlich. Dennoch müssen wir uns immer wieder klar machen, dass unser Wissen zu jeder Zeit genauso vergänglich ist wie unser Körper. Deshalb ist es gerade heute besonders wichtig, zu versuchen, den Überblick und den Durchblick zu behalten.

Noch im Mittelalter glaubte man fest an das geozentrische Weltbild der griechischen Naturphilosophen *Aristoteles (384-322 v.Chr.)* und *Ptolemäus (100-170 n.Chr.)*: Danach ist die Erde eine Scheibe und steht im Mittelpunkt des Universums. Dabei hatte schon kurz nach Aristoteles der griechische Astronom und Mathematiker *Aristarchos von Samos (310-230 v.Chr.)* festgestellt, dass die Erde eine Kugel ist und sich tatsächlich um die Sonne dreht (heliozentrisches Weltbild). Zu dieser Erkenntnis verhalf ihm ein wenig Mathematik: Einfache geometrische Formen wie rechtwinklige Dreiecke, zwischen Erde, Mond und Sonne projiziert, wiesen ihm den richtigen Weg. Allerdings dauerte es noch über eineinhalbtausend Jahre, bis zunächst *Nikolaus Krebs, genannt Nikolaus von Kues (1401-1464)*, sowie anschließend *Nikolaus Kopernikus (1473-1543)* die Erkenntnisse von Aristarchos wieder aufgriffen. Während von Kues zu früh starb, um damit zu seiner Zeit Gehör zu finden, schaffte das Kopernikus wenige Jahre vor seinem Tod und krempelte so das damals eingefahrene Weltbild komplett um. Bis dahin musste er seine Thesen zunächst jedoch jahrzehntelang aus Angst vor Spott und Nachstellungen verstecken: Zu revolutionär waren damals seine Gedanken und zu stark die Lobby der Hüter des Systems. Duldeten damals vor allem die Vertreter einer allmächtigen katholischen Kirche in Staat und Klerus keine noch so berechtigten Zweifel am bestehenden Weltbild, so ist in unserer Zeit die Wissenschaftslobby kaum minder einflussreich. Das mag auch daran liegen, dass diese in nicht unerheblichem Maße mit einer gigantischen und sehr einflussreichen Medienmaschinerie kommerziell verflochten zu sein scheint: Millionen Menschen leben heute sehr gut davon, in immer neuen und geschickt beworbenen Büchern oder effekthaschend schönen, heute längst computeranimierten Filmen so griffige Ideen wie zum Beispiel die eines "Big Bang" (Urknall) präsentiert zu bekommen. Kritiker solcher Thesen werden dagegen heute ebenso gerne verspottet, bestenfalls als esoterische Außenseiter ignoriert.
Natürlich stellt sich die Frage, ob alternative Vorstellungen überhaupt erforderlich sind, scheinen doch die allgemein anerkannten Modelle über

jeden ernsthaften Zweifel erhaben zu sein? Ich glaube jedoch, man muss dem entgegenhalten, dass es früher nicht anders war.
Und heute wissen wir, wie oft solche Ansichten schließlich nur Ausdruck menschlicher Überheblichkeit oder gar Arroganz waren und heute längst belächelt werden. Damals wie heute gab und gibt es eine Reihe von Beobachtungen, die mit dem jeweiligen Weltbild nicht oder nicht plausibel zu vereinbaren waren, bzw. sind. Damals wie heute ignorierte man selbst respektable Einwände gerne und geflissentlich. Und damals wie heute schickte man sich an, die lieb gewonnenen Vorstellungen den neuen Erkenntnissen durch gezielte "Kunstgriffe" einfach anzupassen, um auf diese Weise ihre vermeintliche Stimmigkeit nicht zu gefährden. Im Rahmen dieses Buches werde ich auf den einen oder anderen solcher "Kunstgriffe der Wissenschaft" noch zu sprechen kommen.
Am Ende dieses Kapitels möchte ich allerdings noch einmal klarstellen, dass meine Kritik an einigen modernen naturwissenschaftlichen Vorstellungen über unsere Welt nicht falsch verstanden werden soll:
Eine ganze Menge von dem, was wir heute wissen, hat uns auch in erkenntnistheoretischer Hinsicht weitergebracht. Vieles von dem, was wir heute wissen, hat auch die Menschheit weitergebracht. Alles in dieser Welt hat jedoch zwei Seiten, und wo Licht ist, da ist auch Schatten.
Mächtige Schatten sehe ich darin, dass man in wachsendem Maße den Wald vor lauter Bäumen nicht mehr sieht. Zu oft neigt man zur Ignoranz alltäglicher Erfahrungen, von menschlichen Gefühlen, aber auch von historischen, mystischen und religiösen Überlieferungen, Beispielen oder Weisheiten. Das jedoch wirft uns alle wieder zurück. Manch eine naturwissenschaftliche Erkenntnis ist bloß reine Interpretation und hat viele verschiedene Beweggründe: Neben echter Wahrheitsliebe und Wahrheitssuche finden sich darunter leider auch Zeitgeist, persönliche Einstellungen, Ehrgeiz Einzelner oder kommerzielle Quotensucht.
Die Wahrheit wird dann leicht zur Nebensache. Das führt zu einer modernen Form menschlicher Unterdrückung: Der Mensch wird seiner Perspektiven beraubt und verlernt so, sich und dem Nächsten zu dienen, weil er sich und den Nächsten nicht mehr liebt. Nächstenliebe beginnt aber, wie die Bibel eindrucksvoll ausweist, mit der Liebe zu Gott. Doch wo soll es noch Liebe zu Gott geben, wenn die Wissenschaft für Gott keinen Platz mehr hat? Das Fundament menschlicher (Ko-) Existenz bricht weg. Deshalb ist meine Kritik so wichtig.
Hoffentlich kommt sie nicht zu spät!

1.3) Das Problem mit dem Tellerrand

Es klang schon an: Ein, wie ich meine, großes Problem unserer Zeit und zwar keineswegs nur in den Naturwissenschaften, sondern auch in Staat und Gesellschaft, ist die wachsende Unübersichtlichkeit auf nahezu allen Ebenen und in allen Bereichen. Der entscheidende Grund dafür ist eine zunehmende Verzweigung der Wissensgebiete und so eine wachsende Spezialisierung. Unser Weltwissen vergrößert sich in immer kürzerer Zeit dramatisch und verzweigt sich wie die Äste einer riesigen Baumkrone in immer mehr einzelne Richtungen.

Noch gegen Ende des Mittelalters gab es den "Doctor universalis", den Universalgelehrten, wie ihn z.B. *Albertus Magnus (1193-1280)* und *Thomas von Aquin (1225-1274)* besaßen. Heute jedoch arbeiten und forschen die weitaus meisten nur noch in und an ihren immer enger umgrenzten persönlichen Schwerpunkten, bestenfalls im Team. Kaum jemand wirft noch einen Blick auf die Aktivitäten seiner wissenschaftlichen Nachbarn. Diese Entwicklung betrachte ich mit Sorge. Einerseits muss man so mit der Zeit zwangsläufig jeden Überblick verlieren; denn es ist kaum noch möglich, die eigenen Ergebnisse mit denen anderer Wissensgebiete zu vergleichen. Nur das würde aber zuverlässig helfen, womöglich voreilige Schlussfolgerungen rechtzeitig zu revidieren. Obendrein läuft man noch Gefahr, einige Beobachtungen nicht ausreichend zu gewichten, da man wegen seines eigenen, eingeschränkten Blickwinkels ihre vielleicht sogar sehr große Bedeutung gar nicht mehr erkennen kann.

Eine schöne Parabel, die der englische Dichter *Godfrey Saxe (1816-1887)* dem Hinduismus entlehnte, mag das verdeutlichen:

Saxe beschreibt darin sechs Blinde, die sich ein Bild von einem Elefanten machen wollen. Alle betasten das Tier und sind fest davon überzeugt, nun über seine Beschaffenheit und sein Aussehen genau Bescheid zu wissen. Dabei entgeht ihnen allerdings, dass jeder von ihnen tatsächlich jedoch immer nur einen kleinen Teil des Tieres wahrgenommen hat, so wie heutzutage der Physiker meist nur die Physik oder der Chemiker nur die Chemie sieht, u.s.w.! Der erste Blinde meint deshalb, eine Wand vor sich zu haben. Der zweite, der nur den Stoßzahn befühlt, glaubt, es handele sich dabei um einen Speer. Der dritte hält das Tier wegen seines Rüssels für eine große Schlange und der vierte aufgrund seines stämmigen Beines für einen Baum. Der fünfte, der nur das Ohr des Elefanten ertasten kann, hält diesen für einen Fächer und der sechste

schließlich, der allein den Schwanz gefühlt hat, vermutet darunter ein Seil. Am Ende streiten sie sich darüber, wer denn nun Recht hätte.
Wir alle, so glaube ich, stehen heute vor genau demselben Problem: Betrachtet man jede Wissenschaft für sich und schaut nur auf die vielen Einzelergebnisse, dann lassen sie alle für sich ganz unterschiedliche Deutungen zu. Nur für sich allein genommen sind sie so vielleicht auch durchaus gerechtfertigt. Versucht man aber mal alle Beobachtungen zusammen zu werten und auf einen Nenner zu bringen, dann erweisen sich die vielen Einzelinterpretationen auf einmal als eigentlich untragbar. So gesehen wäre es wohl zweifellos besser, von vornherein mutigere und ganzheitlichere Interpretationen zu wagen.

Der entscheidende Knackpunkt sind also nicht die Beobachtungen, die vielen Messungen und Ergebnisse einzelner Experimente selbst. Das Problem sind allein die jeweilige Deutung und mangelhafte Einordnung in ein Ganzes. Interpretationen müssen aber unterschiedlich ausfallen, je nachdem, ob man nur einzelne Ergebnisse bewertet oder verschiedene Beobachtungen in einem größeren Zusammenhang betrachtet und so miteinander vergleicht. Nur durch die Betrachtung von Ergebnissen auch über den eigenen Tellerrand hinaus lässt sich die Richtigkeit einer Deutung kritisch überprüfen. Interpretationen werden nur allzu häufig beeinflusst durch gesellschaftliche Einstellungen, politisch-ideologische und religiös-fundamentalistische Dogmen – kurz gesagt, durch den jeweils herrschenden Zeitgeist. Ein mangelnder Überblick ist geradezu angetan, vielen fehlerhaften Interpretationen korrekter Beobachtungen Vorschub zu leisten und ihre wahre Bedeutung dadurch zu verschleiern.

Noch etwas scheint mir an dieser Stelle genauso wichtig: Bisher hat uns die Erfahrung immer wieder gelehrt, dass jede letzte wissenschaftliche Wahrheit vor allem auch ein großes Maß an Integration, Einfachheit und Schönheit besitzt. Viele sehr bedeutende Wissenschaftler haben darauf zumeist am Ende ihrer Schaffenszeit besonders hingewiesen, so zum Beispiel der berühmte englische Mathematiker und Astrophysiker *Sir Arthur Eddington (1882-1944)* oder die beiden deutschen Physiker *Albert Einstein (1879-1955)* und *Erwin Schrödinger (1887-1961)*.
"Simplex sigillum veri (est)", was übersetzt soviel heißt wie "einfach ist das Siegel des Wahren", ist für mich deshalb eine wichtige Forderung, wenn man die Welt, in der wir leben, erklären möchte. Je einfacher und schöner eine Theorie ist, desto größer scheint die Chance, dass sie der Wahrheit auch nahe kommt. Einfach, schön und den eigenen Tellerrand

überragend – das muss unsere Devise sein. Wenn jedoch Einfachheit eine der Grundprinzipien jeder wissenschaftlichen Wahrheit zu sein scheint, dann sollte es auch tatsächlich möglich sein, sie einfach und für jedermann verständlich zu präsentieren.

1.4) Warum gerade Logik?

Logik kommt vom griechischen Wort "logos", das vor allem "Wort", aber auch "Vernunft" bedeutet. Unter Logik versteht man die Lehre vom folgerichtigen Handeln und Denken. Bringt man die Vernunft ins Spiel, würde man heute unter "Logik" auch so Begriffe wie "Pragmatik" und "gesunder Menschenverstand" mit einbeziehen. Anders formuliert heißt Logik, mit klarem Kopf, ohne Vorurteile und ohne äußere Einflüsse zu folgern und mit Sinn für das Nützliche und Tatsächliche zu handeln.
Logik beherrschte das Denken der alten griechischen Philosophen, und *Aristoteles (384-322 v.Chr.)* beschäftigte sich mit ihr sogar systematisch. Er sah in ihr ein Instrument des Denkens, das dabei hilft, das Wissen der Zeit zur Wahrheitsfindung richtig nutzen zu können.
Wissen und Wahrheit werden demnach also keineswegs gleichgesetzt: Vielmehr benötigt man erst noch vernunftbetontes Denken, damit Wissen überhaupt zur Wahrheit beiträgt. Anders gesagt, Wissen kann durchaus auch dazu führen, den Weg zur Wahrheit zu verlassen – dann nämlich, wenn es nur scheinbar ist, weil man es nicht durch logisches Denken und Handeln plausibel und vernünftig in den Griff bekommt.
Genau das aber scheint im Laufe der Geschichte des Öfteren passiert zu sein: So haben über viele Jahrhunderte hinweg die weltlichen Vertreter des Christentums den Weg zur Wahrheit nach ihren eigenen Regeln bestimmt. Andere Vorstellungen, die sich nicht mit den wortgetreuen Überlieferungen, aber auch späteren Neudeutungen des Alten und Neuen Testaments deckten, wurden zeitweilig bis aufs Blut bekämpft. Unzählige Denker und Forscher wurden getötet, viele zumindest mundtot gemacht. Stellvertretend für sie erwähne ich an dieser Stelle nur die berühmten italienischen Astronomen *Giordano Bruno (1548-1600)* und *Galileo Galilei (1564-1642).* Bruno endete auf dem Scheiterhaufen und

Galilei überlebte bloß deshalb, weil er zum einen außerordentlich angesehen war, zum anderen aber auch seinen Beobachtungen auf massives Drängen der Inquisition schließlich noch abschwor.

Die Neuzeit ist geprägt durch eine besonders stürmische Entwicklung naturwissenschaftlicher Erkenntnisse. Viele Kernüberzeugungen der die westliche Hemisphäre so lange Zeit dominierenden katholischen Kirche wurden hierdurch als unhaltbar entlarvt und so ihre Macht allmählich in den Hintergrund gedrängt. Die Naturwissenschaften revolutionierten das Denken, es entstand der Empirismus: Sinnliche Erfahrung und nicht die Religion sollte nun allein zur Wahrheit führen: Was man nicht sehen, hören, fühlen oder messen, also allgemein: beobachten kann, dient nun nicht mehr der Wahrheitsfindung. Stellvertreter ihrer Epoche sind die Briten *John Locke (1632-1704)* und *David Hume (1711-1776)*.

In die Gegensätze religiöser, rein rationaler und naturwissenschaftlich empirischer Erkenntnissuche tritt nun *Immanuel Kant (1724-1804)* mit seinen zwei Hauptwerken "Kritik der reinen Vernunft" (1781 und 1787) sowie "Kritik der praktischen Vernunft" (1789). Ursprünglich war Kant davon überzeugt, durch "reine Vernunft" zur Erkenntnis gelangen zu können, während für ihn religiöse Vorstellungen spekulativer Natur und daher von vornherein kaum zur Wahrheitsfindung geeignet seien.

Als großer Bewunderer von David Hume tendiert er jedoch mehr und mehr zu einer rein naturwissenschaftlichen Erfahrungssuche mit Hilfe sinnlicher Wahrnehmung. Schließlich entlarvt er aber auch sie als doch zu einseitig und sucht nach einem Kompromiss, den sprichwörtlichen dritten Weg zwischen dem Denken und Beobachten. Kant stellt fest, dass am Anfang zwar immer das Wahrnehmen stehen muss, also etwas Passives. Doch das einmal Wahrgenommene muss anschließend dem Verstand zugeführt werden, ein aktiver Vorgang. Kant bemerkt, dass beides notwendig ist und keine der beiden Fähigkeiten der anderen vorzuziehen ist. Ohne Sinnlichkeit würde uns kein Gegenstand gegeben und ohne Verstand keiner gedacht werden. Gedanken ohne Inhalt sind "leer", Anschauungen ohne Begriffe sind "blind". Der Verstand, so Kant, vermag selbst nichts anzuschauen und die Sinne vermögen nichts zu denken. Nur daraus, dass sie beide sich vereinigen, kann Erkenntnis entspringen. Der Mensch müsse also seinen Verstand benutzen, um die Anschauungen, die er aus der sinnlichen Erfahrung gewinnt, also mit Hilfe der Naturwissenschaften, zu verstehen. Allein darüber könne man schließlich zu Ideen im Sinne von Gedanken kommen, die das Erkennen in einen Zusammenhang zu bringen vermögen, der auch alle sinnlichen Erfahrungen umfasst. Alles, was über die Anschauung hinausgeht, wie

z.B. das Ganze und Notwendige, die Seele, die Welt und das Unwesen, bleiben der Erkenntnis der Wissenschaft entzogen.
Kant erkennt also die unabhängige Existenz von Verstand als Ausdruck des Geistes an. Er postuliert deshalb das Nebeneinander von zwei Welten, die des Geistigen, allein dem Verstand zugänglich, und die des Materiellen, durch sinnliche Wahrnehmung erfahrbar. Kant meint dazu: *„Wir sind uns jetzt durch die Vernunft schon als in einem intelligiblen Reich befindlich bewusst, nach dem Tode werden wir das anschauen und erkennen und dann sind wir in einer ganz anderen Welt, die aber nur der Form nach verändert ist, wo wir nämlich die Dinge erkennen, wie sie an sich selbst sind!.“*
Neben dem Verstand als dem mehr theoretischen Aspekt der Vernunft, existiert für Kant noch ein weiterer, ein praktischer Aspekt, nämlich die Freiheit des menschlichen Handelns. Sie ist einem jeden als Postulat des Unbedingten aufgegeben, des uneingeschränkt Notwendigen in uns.
Das heißt: Jeder Mensch muss sein Handeln nach sittlich moralischen Prinzipien so ausrichten, dass sie genauso in sich stimmig sind wie die Geschehnisse in der Natur, die es in der für uns ständig erkennbaren Notwendigkeit ihres Geschehens von sich aus auch sind. Das führt zu einem "Sollen" einer jeden Handlung, was als "Kant'scher kategorischer Imperativ" berühmt wurde und damit im strikten Gegensatz zur Willkür steht, dem nur triebhaften Wollen und Begehren.
Immanuel Kant ruft also alle Menschen auf, sich ihrer eigenen Freiheit zu bedienen, edel und gut zu sein, und Erkenntnis aus dem Gebrauch von Wissenschaft und Vernunft durch eigenes Denken zu erzielen.
Kants Vorstellungen kann man in dieser Form auch aus heutiger Sicht nur deutlich unterstreichen.
Wie so oft in der Geschichte, wurden leider auch Kants Vorstellungen nach seinem Tod teils missverstanden und teils fehlgedeutet. Der von Kant besonders herausgestellte, individuelle menschliche Charakter wird zunächst durch den deutschen Philosophen *Arthur Schopenhauer (1788-1860)* zu einer unwirklichen, bloßen Erscheinung degradiert.
Und Kants Vorstellung vom Denken und der menschlichen Vernunft als Gegenpol zur sinnlichen Erfahrung wandeln die deutschen Philosophen *Johann Gottfried Fichte (1762-1814)*, *Georg Wilhelm Friedrich Hegel (1770-1831)* und *Friedrich Wilhelm Joseph von Schelling (1775-1854)* um zur realen Existenz des "Vernünftigen". Nur was vernünftig ist, ist wirklich, und was wirklich ist, ist auch vernünftig, gilt als die neue Wahrheit. Aus ihr begründet sich später eine neue, eine weltliche Religion: Heute spricht man von Ideologie oder politischer Weltanschauung. Kant aber hatte die Ansicht strikt verworfen, dass alles, was sich denken lässt, auch wirklich

existieren muss, und alles was nicht wirklich sein kann, sich als Widerspruch im Denken zeigen muss. Ich erlaube mir einzuwerfen, dass deshalb durchaus etwas existieren kann, wenn es sich denken lässt, es muss ja nicht gleich alles sein, was gedacht werden kann.

Die "neue Vernunft des Vernünftigen" erhält von den Philosophen zu Ende des 18. und Anfang des 19. Jahrhunderts ein selbständiges Sein zugewiesen. Zugleich wird das menschliche Individuum, von dem jede Vernunft und auch alles Vernünftige überhaupt erst ausgehen kann, völlig nebensächlich. Damit wird dem "Vernünftigen" jetzt selbst ein eigener geschichtlicher Entwicklungsprozess zugewiesen und von der Freiheit eines jeden einzelnen Menschen, ständig aufs Neue vernünftig zu handeln, abgekoppelt.

Der individuelle Mensch ist für das Vernünftige nun nicht mehr von Bedeutung. Es existiert auch ohne ihn und wird im neuen Denken damit selbst zum Zentrum seines geschichtlichen Entfaltungsprozesses.

Mag der Weg zur Vernunft auch noch so lang und steinig sein, er wird gegangen werden, weil Vernunft ja als eigenes Ideal selbständig und unabhängig von jemandem, der vernünftig sein kann, existiert. Weil der einzelne Mensch zur Nebensache wird, ist es auch völlig gleichgültig, ob das menschliche Individuum im Kant'schen Sinne ebenfalls vernünftig handelt oder denkt. Für Hegel ist es deshalb genauso falsch, Freiheit zu erzwingen; denn sie müsse sich selbst entfalten.

Da, wie ich im späteren Verlauf dieses Buches noch zeigen werde, alles in dieser Welt zwei Seiten hat, müssen beide konträren Ansichten, die von Kant und die seiner philosophischen Nachfolger, zusammengeführt werden.

Vernunft existiert, wie auch ich glaube, durchaus als eigenständiges Ideal, ebenso wie es Gerechtigkeit oder Liebe gibt. Nur kann sich nichts davon entfalten, wenn nicht durch das Leben, das diese Entwicklung trägt.

Ohne den Menschen machen weder Vernunft, noch Freiheit, Liebe oder Gerechtigkeit überhaupt Sinn. Ohne ihn würde das Ideal niemals zu sich selbst finden. Selbst wenn solche Ideale als Ziel real existieren bleibt der Mensch das Zentrum und der Katalysator ihrer sinnhaften Entwicklung.

Jedoch das menschliche Individuum als bloß nachrangig zu betrachten, bereitete nicht zuletzt den Weg zu den menschenverachtenden Regimes des 20. Jahrhunderts.

Einen wichtigen Meilenstein hierzu liefert *Karl Marx (1818-1883)*: Unter völliger Missachtung des tatsächlichen Wertes eines jeden einzelnen Individuums stellt er allein das Kollektiv einer Gesellschaft heraus und in den Vordergrund.

Damit ist es bald um die Kant'schen Vorstellungen von der individuellen menschlichen Freiheit des guten, abwägenden und vernunftbetonten Denkens vollends geschehen. Aus philosophischen Fehlinterpretationen von Freiheit und Vernunft wird so der Marxismus als Grundlage von Sozialismus und Kommunismus geboren.
Zur gleichen Zeit entwickeln sich die Naturwissenschaften im 19. und 20. Jahrhundert überaus stürmisch. Der menschliche Geist scheint, wie leider zahlreiche furchtbare Auswüchse menschlicher Abartigkeit seither immer wieder zeigten, dieser Entwicklung bis heute nicht gewachsen zu sein. Seine Weisheit hat damit nicht Schritt halten können. So ist es auch nicht verwunderlich, dass sich im Laufe der Zeit mehr und mehr große Schwierigkeiten einstellten, die immer zahlreicheren Ergebnisse von unzähligen naturwissenschaftlichen Beobachtungen, mit Hilfe des vernunftbetonten menschlichen Denkens in den Griff zu bekommen. Folglich fehlen derzeit vor allem geeignete gebietsübergreifende Theorien, die dieses Mammutwissen miteinander in Einklang bringen.
Zudem akzeptiert man gemeinhin nur den rein naturwissenschaftlichen Weg als hilfreich zur Erkenntnisfindung. Alle anderen Möglichkeiten werden damit praktisch abgelöst oder zumindest stark in Frage gestellt.
Insbesondere religiöse Vorstellungen werden in vielen Ländern vor allem der westlichen Welt kaum noch wirklich in die Waagschale geworfen.
In Europa schreitet dieser Prozess offenbar noch schneller voran als in den USA, was einige wohl verkennen. Die Abkehr von jeder Religiosität ist sicher ein mitentscheidender Grund, warum es auf unserer Erde in den letzten Jahren wieder deutlich unsicherer geworden ist und sich vor allem in islamisch geprägten, aber auch anderen, religiös betonteren Gesellschaften immer mehr radikal-fundamentalistische Gruppierungen bilden. Überzogene religiöse Ansichten zerren mithin heute genauso am Pendel der Erkenntnis wie eine naturwissenschaftliche Arroganz, die es sich ohne treffende Beweise erlaubt, auf das Geistige und Göttliche zu verzichten. Beides ist, wie ich meine, falsch und hilft der Welt nicht weiter! Dabei soll der Begriff "das Göttliche" zunächst ganz allgemein für das stehen, was in allen unseren Gesellschaften darunter kumuliert verstanden wird: Egal, ob man von Gott, Allah, Brahman oder Manitu spricht oder allgemein das geistig Erhabene, uns Überlegene und für uns Unbegreifliche, aber dennoch Persönliche u.s.w., meint.
Genau das verheißt uns letztlich auch die Bibel, wenn sie in den zehn Geboten fordert, man solle sich kein Bild von Gott machen. Ganz sicher ist das nicht als Verbot gedacht, sondern nur als Hinweis, es gar nicht erst zu versuchen, da es uns Menschen schlichtweg nicht möglich sein

kann. Da sich leider viele Religionen dennoch nicht daran halten – auch die christliche nicht – sind die vielen konkurrierenden Vorstellungen von Gott und dem Göttlichen eine letztlich mitentscheidende Ursache für soviel überflüssigen Zwist zwischen ihren Anhängern.
Der Mensch sollte sich viel besser wieder auf manche der Kant'schen Vorstellungen zurückbesinnen. Zugleich muss er aber lernen, religiöse Überzeugungen und Überlieferungen aus Jahrtausenden menschlicher Kultur nicht mehr zu ignorieren. Vielmehr sollte er sie als eine wichtige dritte Orientierung neben den Wissenschaften und dem eigenen freien Denken begreifen. Religionen sind ja auch gesammelte Erfahrungen früherer Generationen und Kulturen. Damit stellen sie einen ungemein wertvollen Schatz der Menschheitsgeschichte dar.
In dieser Ordnung bekommt die Logik als Ausdruck freiheitlichen und folgerichtigen menschlichen Denkens und vernünftigen Handelns einen neuen Stellenwert: Als Quelle überlegter und abgewogener menschlicher Entscheidung avanciert sie nun endlich zum eigentlichen Schlüssel der Erkenntnisfähigkeit. Und das scheint mir richtig.
In diesem Sinne soll mein Buch einen ganz wichtigen, wenn nicht sogar entscheidenden Beitrag leisten, unsere Welt endlich besser zu verstehen.
Wissenschaften und Religionen liefern das vielfältige Rohmaterial, und der menschliche Verstand wägt es sorgfältig ab. Das beinhaltet auch, es nicht bloß voreingenommen und einseitig zu interpretieren.

Teil 2

Die Grundlagen des neuen Denkens

2.1) Von Zahlen und Zählen

Mein erstes Rechenbuch Anfang der 1960er Jahre trug den Titel "Die Welt der Zahl". Damals konnte ich natürlich noch nicht ahnen, was für ein Sprengstoff in diesem Titel eines Schulbuchs stecken sollte.
Zahlen gelten bis heute bloß als nützliche Erfindung des Menschen. Die Beschäftigung mit Zahlen auch außerhalb notwendiger mathematischer Anwendungen oder in der Mathematik als Wissenschaft selbst gehört für die meisten in den Bereich von Mystik und Numerologie. Mag ja manche mathematische Spielerei hier und da durchaus recht unterhaltsam sein, zur "ernstzunehmenden Wissenschaft" zählt das, so die landläufige Ansicht, jedenfalls nicht. Solche Zeitgenossen aber, die meinen, Zahlen Symbolkräfte oder gar eine Art realer Existenz zusprechen zu müssen, verweist man gerne ins Reich von Okkultismus und Esoterik.
Das war nicht immer so. Es gab Zeiten, da fand man überhaupt nichts Anrüchiges dabei, an die Realexistenz von Zahlen oder geometrischen Formen zu glauben. Damit Sie mich richtig verstehen: Realexistenz einer geometrischen Form besagt, dass etwa ein Kreis, ein Dreieck oder ein Quadrat genauso wirklich IST wie zum Beispiel ein Baum oder Ihr Auto. Der griechische Philosoph und Naturforscher *Platon (427-347 v.Chr.)* sprach in diesem Zusammenhang von der real existenten Idee solcher Formen. Diese Grundannahme bedeutet nichts anderes, als dass man die reale Existenz geistiger Größen oder von Geistigem schlechthin

anerkennt. Wenn aber eine geometrische Struktur existiert und sich diese mit Zahlen eindeutig darstellen lässt, kann man mittelbar daraus schließen, dass die Zahlen auch real existieren.
Für viele in unserer Zeit ist genau das allerdings starker Tobak und klingt geradezu absurd. Dabei hätten doch wir es in unserer Zeit wesentlich leichter damit umzugehen als früher: Wir leben schließlich im Zeitalter der elektronischen Datenverarbeitung (EDV) und Computer, ja sogar virtuelle Speicher und das Internet sind uns allen in wachsendem Maße geläufig und vertraut. Unsere Vorfahren hätten dagegen durchaus ihre Zweifel haben können, an die reale Existenz von Zahlen und Formen zu glauben. Ausgerechnet wir jedoch, die heute täglich mit virtuellen Bildern umgehen – und nichts anderes ist das Surfen im Internet – tun sich äußerst schwer damit. Aber wer will schon bestreiten, dass solche Bilder real sind, auch wenn sie sich nicht fassen lassen wie ein Schwamm? Einmal ins Netz geladen, sind sie überall "greifbar", solange der Server es zulässt. Und wenn der Welten "Server" eben Gott ist?
Es wird nicht mehr lange dauern und unser ganzes Wissen lässt sich auf winzigen Datenspeichern unterbringen. Für "geistige" Informationen spielt die Größe des Raums also praktisch keine Rolle. Diese Feststellung wird uns später noch beschäftigen. Und irgendwann wird der Zeitpunkt kommen, da werden materielle Datenspeicher überhaupt nicht mehr benötigt: Wir werden ein stabiles Informationsnetz auf rein energetischer Basis im All geschaffen haben, das keine Computer, Server oder sonstige Bausteine aus fester Materie mehr besitzt.
Hatten wir vor 30 Jahren noch unsere Umgebung mit analogen Kameras abgelichtet, die einzelne Bildsequenzen auf Filmen speicherten, machen wir das heute mehr und mehr digital und damit im Gegensatz zu früher immer verlustfreier. Jede spätere Kopie kann wie das Original sein. Der digital erfassbare Informationsgehalt wird einmal das um ein Vielfaches übersteigen, was wir früher analog speicherten. Anders ausgedrückt: Die Qualität wird immer besser. Irgendwann entspricht sie der Realität.
Jede irgendwann einmal digital gespeicherte und dann irgendwo auf der Welt später wieder abgerufene noch so komplexe Information wie ein Musikstück, ein Bild oder ein langer Kinofilm, ist zwar real vorhanden und dennoch nicht materiell fassbar: Sie ist nur noch ein Zahlengebilde.
Und sie kann immer und überall zur selben Zeit sein: Laufen Sie mit ihrem Satelliten-Fernseher durch Ihre Wohnung, den Garten oder in die Garage. Schalten Sie ihn ein, wo immer Sie eine Steckdose finden: Sie können überall dieselben Programme sehen.

Die Realexistenz von digital Gespeichertem, also von Zahlen, wäre für uns also recht leicht nachvollziehbar. In diesen Metaphern liegt nämlich ein ganz wichtiger Schlüssel für das Verständnis unserer Welt, wie sie nach meiner Auffassung wohl wirklich ist.

Wer dennoch ständig auf etwas Festes schielt, weil er meint, Materie ist die eigentliche und alleinige Realität unseres Universums, alles hinge an ihr und ginge von ihr aus, den muss ich enttäuschen. Materie ist, wie schon der berühmte deutsche Physiker *Albert Einstein (1879-1955)* so treffend formulierte, in Wirklichkeit doch nur "eingefrorene Energie" und somit tatsächlich nur scheinbar greifbar:

Alle Materie des Universums, jeder Stein, jeder Planet, jeder Stern und natürlich genauso jedes Lebewesen – also auch Sie und ich – bestehen letztlich aus unzähligen Atomen, die miteinander mehr oder minder komplexe Verbindungen eingegangen sind. Doch in Wirklichkeit ist selbst jedes so vermeintlich feste Atom nur ein Hauch von nichts.

Im Zentrum eines jeden Atoms befindet sich sein Atomkern. Auch er besteht wieder aus noch kleineren Teilchen. Auf die wirkliche Natur dieser Teilchen werde ich an anderer Stelle noch eingehen. Hier und jetzt reicht es jedoch erst einmal aus, sich vor Augen zu halten, dass alle chemischen Elemente – oder vereinfacht gesagt: alle Stoffe dieser Welt – auf das kleinste Element, den Wasserstoff, zurückführbar sind. Dessen Atomkern besteht nur aus einem einzigen Teilchen, dem Proton, das, wie wir sagen, elektrisch positiv geladen ist. Um das Proton herum flitzt mit rasender Geschwindigkeit ein negativ geladenes, noch viel kleineres Teilchen, das Elektron. Durch die entgegengesetzten Ladungen der beiden Atomteilchen ist das Atom insgesamt elektrisch neutral.

Das Wasserstoffatom ist also der Baustein jeglicher Materie in der Welt.

Nehmen wir nun zur besseren Anschauung einmal an, der Atomkern des Wasserstoffatoms sei so groß wie eine Kirsche mit einem Durchmesser von etwa einem Zentimeter: In diesem Fall wäre das Elektron nur den Bruchteil von einem Millimeter groß und flöge um diesen Kern im vergleichbar geradezu riesigen Abstand von etwa einem Kilometer.[3]

Dazwischen aber ist schlichtweg nichts, nur absolut leerer Raum!

Feste Materie ist im Grunde genommen also bloß eine reine Illusion. Sie kommt einerseits durch das Verhalten und die Ladung aller an einem Atom beteiligten Teilchen zustande. Die rasende Geschwindigkeit, mit der ein Elektron um seinen Kern fliegt, simuliert eine Kugel, so ähnlich

[3] Der Atomkern des Wasserstoffatoms hat in Wirklichkeit einen Durchmesser von etwa einem Zehn-Billionstel Zentimeter (10^{13} cm). Das ganze Wasserstoffatom hat dagegen eine Größe von etwa einem Hundert-Millionstel Zentimeter (10^{8} cm).

wie ein einzelner Eimer, den man schnell im hohen Bogen schwenkt, optisch einen geschlossenen Kreis vortäuscht. Ähnliches erreichen wir mit einem Rad, das nur eine Speiche hat: Drehen wir es schnell, haben wir das Gefühl, eine undurchlässige Scheibe zu sehen.
Die entgegengesetzte elektrische Ladung der Teilchen sorgt zusammen mit den ihnen eigenen Drehbewegungen, den sogenannten Spins, für die Stabilität des Ganzen in sich.
Natürlich sind auch wir Menschen aus denselben Atomen aufgebaut.
Deshalb muss uns diese aus objektiver Sicht reine Illusion als "feste" Realität erscheinen. Auf ein Schloss passt eben auch nur ein passender Schlüssel. Durchaus kann es dann aber auch andere Schlösser mit jeweils passenden Schlüsseln geben, die sogar nebeneinander existieren.
Nur "wüssten" sie alle voneinander nichts; denn sie könnten sich nicht "erkennen".
Wie ich später noch erläutern werde, sind selbst die wenigen kleinen Bestandteile eines Atoms in letzter Konsequenz reine Informationen.
Diese "ballen" sich so zusammen, dass objektiv die Illusion von fester Materie entsteht. Alles, was aus derselben "Illusion von Materie" besteht – und dazu gehören auch wir Menschen – muss sich so zwangsläufig ebenfalls als "feste Materie" wahrnehmen.
Da Informationen aber etwas Geistiges sind, muss es Geist real geben, sonst gäbe es wiederum keine Materie. Und noch etwas folgt daraus: Geist schafft erst Materie und nicht umgekehrt!
Von unserer langgehegten Vorstellung von einer "festen Materie" ist am Ende rein gar nichts mehr übriggeblieben. Materie als Ganzes schrumpft in Wirklichkeit zu einem Konglomerat, einer Art Wollknäuel von etwas rein Virtuellem und doch real Existentem, von Information.
Stellen Sie sich vor, Sie sitzen vor einem Bildschirm und spielen ein Computerspiel: Rein virtuelle Personen treten dabei miteinander in Verbindung. Leider wird in den meisten dieser Spiele nur aufeinander geschossen, schlimm genug. Jetzt stellen Sie sich mal vor, diese virtuellen Wesen wären selbst inzwischen so komplex, dass sie den Umgang mit anderen virtuellen Wesen registrieren und daraufhin eine Art virtuelles Gefühl für andere entwickeln könnten. Informatiker arbeiten längst an solchen Programmen – es ist am Ende nur eine Frage von ausreichend hoher Rechnerleistung. So ein virtuelles Wesen könnte aber zwangsläufig nur mit anderen Wesen gleichen Programmiercodes in Kontakt treten und sie "erfahren". An demselben und anderen Computern wären daneben andere Spiele derselben Art möglich. Und nun stellen Sie sich vor, diese Spiele fänden alle und durcheinander im Internet statt. Das

alles wäre denkbar, ohne dass die virtuellen Wesen der verschiedenen Spiele voneinander etwas mitbekämen, oder?
Wir speichern heute bereits Informationen digital und deshalb praktisch verlustfrei. Digital zu speichern heißt aber nichts anderes, als mit Hilfe von Zahlen zu speichern. In der Welt moderner Computer nutzen wir dabei nur die Zahlen 0 und 1. Wir nennen das den binären Code. Dabei steht die 0 für "keine Information" und meint also schlichtweg nichts, und die "1" steht für "eine Information vorhanden". Allein mit den beiden Zahlen "0" und "1", oder eigentlich sogar noch einfacher, nur mit einer einzigen Zahl, nämlich mit der "1", die entweder da ist oder nicht (dann steht als reiner Platzhalter die "0"), lässt sich alles darstellen was wir heute und in Zukunft am Computer machen können. Wir könnten das etwas philosophischer auch so formulieren:
Die "1" bedeutet "SEIN". Es gibt nur SEIN oder Nicht-Sein.

Und damit schließt sich wieder der Kreis, die im Übrigen einfachste geometrische Form: Zahlen scheinen geradezu prädestiniert als effektiver und einfacher Speicher sämtlicher Informationen in unserer Welt, und damit auch all derer, aus denen wir zum Beispiel in jedem Detail unseres Körpers bestehen. Im Grunde benötigen wir nur die Zahl "1": Mit ihr lassen sich die anderen Zahlen bilden und alle noch so komplizierten Rechenoperationen allein durch Zählen beliebig durchführen.
Was ist denn eine 4? Natürlich nichts anderes als 1+1+1+1. Und was ist 3x2? Nichts anderes als (1+1) + (1+1) + (1+1). Mit Subtraktionen und Divisionen, ja natürlich auch mit Potenzieren und Radizieren, also dem Wurzelziehen, geht es im Prinzip ganz genauso. Es wird nur addiert. Dabei stellen wir fest, dass es positive und negative Zahlen gibt; denn sonst gäbe es nicht Subtraktion oder Division.
Diese einfachen Beispiele zeigen, dass unsere Welt eine Welt von Symmetrie und Polarität ist: +1 und -1 sind sowohl symmetrisch zueinander als auch entgegengesetzt, also polar. Alles in dieser Welt ist so aufgebaut. Wir haben das an den positiven und negativen elektrischen Ladungen schon sehen können. Und was ist mit Mann und Frau oder mit der Anatomie von rechter und linker Hand? Sie alle sind Beispiele für die immer und überall nachweisbare polare Symmetrie unserer Welt.
So wie die "1" alle Zahlen bildet und alle Rechenoperationen möglich macht, ist in der Chemie der Wasserstoff der Baustein für alle anderen Elemente, die Rein-Stoffe unseres Universums. Jedes weitere Element hat ein ganzzahliges Vielfaches an Protonen des Wasserstoffs.

Der Wasserstoff hat nur ein Proton, also das positiv geladene Teilchen und zum Ausgleich dafür noch das negativ geladene kleine Elektron. Als nächstes folgt das Element Helium mit 2 Protonen und entsprechend 2 Elektronen, dann Lithium mit 3/3, Beryllium mit 4/4 u.s.w.
Alle anderen Elemente des Universums sind über die Anzahl ihrer Protonen entlang der Ordnungszahlen komplett vorhanden, es fehlt also nicht einfach ein Element mit 17 oder 36 Protonen. Es gibt sie alle.
Besonders interessant ist, und ich werde auf die besondere Bedeutung der damit verbundenen Zahl noch zurückkommen, dass es in der Natur genau 81 Elemente gibt, die natürlich vorkommen und nicht radioaktiv zerfallen, also beständig sind.
Dass Zahlen, wie vor allem die Folge der Ordnungszahlen oder ganzen Zahlen (1, 2, 3, 4, u.s.w.), und, wie ich auch noch erläutern werde, die Folge der Primzahlen, überall im Kosmos eine ganz entscheidende Rolle spielen müssen, haben viele vor uns schon geahnt und auch erkannt.
Was ist beispielsweise, wenn wir schöne Musik hören? Der bekannte griechische Mathematiker und Naturphilosoph *Pythagoras (ca. 580-496 v.Chr.)* hatte bereits festgestellt, dass den harmonischen Intervallen in der Musik ganzzahlige Verhältnisse (z.B. 3:5, 2:3) zugrunde liegen.
Musik ist also auch ein Zusammenspiel von Zahlen, die überall dort aufzutreten scheinen, wo es etwas genau zu regeln gibt – in diesem Fall die Schwingung von Luft. Nun wird der Kritiker zwar einwenden, man benötige also doch wieder Materie, damit Musik erst entstehen kann; denn ohne Luft gäbe es bestenfalls die abstrakten Regeln, die ihr zugrunde liegen mögen, nicht aber die Musik selber.
Vordergründig betrachtet ist das richtig: Tatsächlich gibt es auf unserer Erde genügend Luft, und das ganze Universum besteht aus reichlich Materie, was sicher einen Sinn haben muss. Aber so wie die Welt aus Materie besteht, scheint sie genauso wenig nur aus Materie zu bestehen; denn die der Musik zugrunde liegenden Zahlenverhältnisse scheinen mit Materie zunächst nichts zu tun zu haben: Sie regeln nur die Harmonie in der Musik. Mein Beispiel zeigt schließlich: Selbst wenn gar keine Materie – im vorstehenden Beispiel also Luft – vorhanden ist, die so schwingen kann, dass für unsere Ohren schöne Musik ertönt, ihre Regeln können grundsätzlich auch ohne Luft existieren:
Im Jahr 1977 wurde der Satellit Voyager-1 ins All entlassen, um unser Sonnensystem zu durchqueren und irgendwann in ein benachbartes Sternensystem einzutauchen. In der Hoffnung, er werde irgendwann einmal von einer fremden Intelligenz eingefangen werden, gab man ihm eine goldene Schallplatte von 31 cm Durchmesser mit (Sounds of Earth).

Auf ihr wurden verschiedene Daten eingraviert, die fremden Wesen Hinweise auf unsere Existenz und Kultur geben sollten. Dazu gehörten auch Musikstücke von Wolfgang Amadeus Mozart und Johann Sebastian Bach. Mir stellt sich die Frage, ob man solche Informationen auch ohne irgendeinen uns bekannten materiellen Datenträger speichern könnte? Ich behaupte ja, und irgendwann werden wir das technisch im Griff haben.
Aus all dem lässt sich generell folgern, dass es Informationen, also auch und gerade auch Zahlen oder ganz allgemein etwas immateriell Geistiges, längst schon gegeben hat, bevor das, was wir Materie nennen, auftrat.
Und einmal mehr zeigt sich: Das Geistige hat die Materie überhaupt erst erschaffen, so wie es die Musik als ganzzahlige Schwingungsverhältnisse auch längst schon gab, bevor Beethoven daraus Sinfonien komponierte.

Die Natur des Lebendigen liefert dazu weitere erstaunliche Hinweise:

Auf den großen Blattspreiten der Venusfliegenfalle sitzen drei einzelne Haare. Insekten werden sowohl von der Rotfärbung als auch vom Nektar angelockt und kriechen auf der Blattoberfläche herum. Sie können das vollkommen ungestraft, solange sie keines dieser drei Haare berühren. Auch bei der ersten Berührung passiert noch nichts, bei der zweiten innerhalb von zwanzig Sekunden jedoch schnappt die Falle zu: Die Blätter klappen zusammen und, sofern das Insekt nicht gerade winzig klein ist, kann es nicht mehr entkommen und wird bald verdaut. Wie der englische Tierfilmer *David Attenborough* schreibt, scheint durch das "Zählen bis 2" sichergestellt zu werden, dass nicht einzelne Blätter zufällig in der Falle gefangen werden.

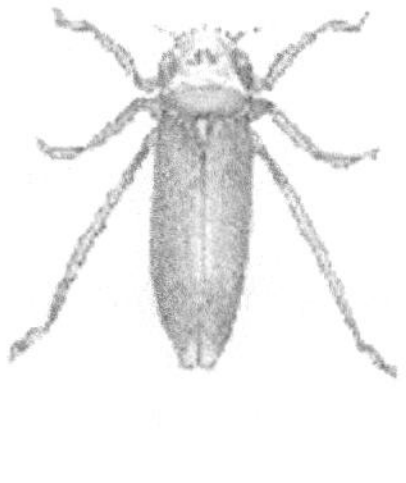

Ein anderes Beispiel: Zwei Zirpenarten Nordamerikas leben im selben Gebiet, unterscheiden sich aber im Fortpflanzungszyklus: Als Larven verbringt die eine Art genau 17 Jahre im Erdboden, die andere dagegen 13 Jahre. Während dieser Zeit ernähren sie sich vom Saft der Baum- und Strauchwurzeln.

Ist ihr Larvenstadium beendet, kommen sie für einige Zeit als fortpflanzungsfähige Erwachsene an die Erdoberfläche. Jetzt vermehren sie sich kräftig, bevor sie anschließend sterben. Diese beiden klar voneinander unterscheidbaren Larvenstadien von 17, bzw. 13 Jahren verhindern offenbar, so die einzig vernünftige These, dass sich später die zur Fortpflanzung fähigen Erwachsenen miteinander vermischen, so dass am Ende *beide* Arten nebeneinander bestehen bleiben. An dieser Stelle möchte ich Ihre Aufmerksamkeit etwas auf die Zykluslängen 13 und 17 lenken: Beides sind Primzahlen, also Zahlen, die nur durch die Zahl 1 oder durch sich selbst teilbar sind. Auch sie scheinen im göttlichen Regelwerk der Welt eine besondere Rolle zu spielen.

Einen weiteren, zufälligen Beitrag dazu leistet ein kleiner, nur knapp einen Millimeter langer Fadenwurm der Gattung C. elegans[4].
Dieser Wurm ist nicht irgendein Lebewesen, sondern das wohl derzeit von Entwicklungsbiologen in aller Welt am besten erforschte Tier überhaupt. Trotz seines wahrlich kleinen Formats ist C. elegans höchst komplex und mit allem ausgestattet, was auch die großen Tiere besitzen, also zum Beispiel mit Geschlechtsorganen, mit Muskeln, mit Haut, mit einem Verdauungstrakt und sogar mit einem primitiven Gehirn.
Das alles wird nur aus ganz wenigen Zellen gebildet – und zwar interessanterweise beim Männchen mit exakt 959 und beim Weibchen mit 1031 Zellen. Das weiß man zwar ganz genau, aber was kaum einem auffällt: Beides sind wieder Primzahlen.
Und auch der Mensch braucht, wenn er geboren wird, nicht erst zu lernen, was 2 und 3 ist, er weiß es schon, wie jüngste Ergebnisse in der Neuropsychologie zeigen. Bis vor kurzem noch glaubte man, erst die Erfahrung lehre den Menschen die Welt zu deuten. Doch die Forscher haben mit Hilfe ausgeklügelter Experimente völlig erstaunt zur Kenntnis nehmen müssen, dass bereits der Säugling Farben und Formen unterscheiden kann, den charakteristischen Klang seiner Muttersprache erkennt, ein bemerkenswert gutes Gedächtnis hat und geradezu fasziniert ist von Zahlen! Sogar rechnen können schon die Kleinsten: Sieht ein Baby etwa, wie zwei Puppen hinter einem Schirm verschwinden und anschließend eine wieder hervorkommt, so erwartet es, dass sich noch genau eine Puppe hinter dem Schirm befinden muss. Zieht man diesen dann jedoch weg und treten nun zwei weitere Puppen zum Vorschein, reagiert das Baby völlig verblüfft und inspiziert einige Zeit die Szenerie.

---

[4] vollständiger Name: Caenorhabditis elegans

Zahlen und Zählen scheinen also der Natur seit Urzeiten innezuwohnen. Der Mensch ist wohl das erste Wesen zumindest auf dieser Erde, der sie bewusst erkennt, für sich entdeckt und nützlich macht, weil nur er in der Lage ist, sie zu abstrahieren und symbolisch zu denken.
Zahlen und Zählen werden zur Grundlage der Mathematik, die mit all ihren dann wieder erst vom Menschen geschaffenen komplexen Wegen, Gleichungen und Zusammenhängen jedoch stets auf das einfache Zählen von Zahlen zurückgeführt werden kann.
Unsere Computer machen schließlich genau dasselbe: Sie addieren nur Zahlen, positive und negative, mehr nicht!

2.2) Über Zahlen philosophieren

Der berühmte griechische Philosoph und Mathematiker *Pythagoras (ca. 580-496 v.Chr.)* hatte schon vor über zweieinhalbtausend Jahren die Überzeugung vertreten, Zahlen seien von herausragender Bedeutung in der Welt: So erkannte er zum Beispiel die Abhängigkeit musikalischer Harmonien im Schwingungsverhältnis von ganzen Zahlen. Auch fand er heraus, dass alle Dreiecke, deren drei Seiten zueinander im ganzzahligen Verhältnis 3 : 4 : 5 oder einem Vielfachen davon stehen, rechtwinklig sind. Jeder Pennäler lernt das heute als Satz des Pythagoras: $a^2+b^2 = c^2$. Diese drei "pythagoräischen Zahlen" hatten zuvor schon die Babylonier benutzt, um Stunden, Minuten und Sekunden festzulegen: Die Stunde hat 60 Minuten, was dem Produkt der Zahlen 3 x 4 x 5 entspricht, die Minute hat 3 x 4 x 5 Sekunden und die Stunde 3^2 x 4^2 x 5^2. Seit nunmehr über 3000 Jahren hat diese Zeiteinteilung Bestand. Dementsprechend hatte auch das Rechensystem der Babylonier die Basis 60.
Die Zahlenfolge 3-4-5 kommt wohl nicht von ungefähr. Sie ergibt sich, wenn man zwei offensichtlich universale Kerngrößen, den "Goldenen Schnitt" und "Die Grenze des Machbaren" voneinander subtrahiert.
In den Kapiteln 2.5, 2.6 und besonders im Kapitel 2.16 werde ich diese Zusammenhänge ausführlich erläutern.
Die Pythagoräer waren der Auffassung, dass alles in der Welt von Zahlen geregelt und nach Zahlen gestaltet ist. Die Zahl selbst war für sie schon

etwas Göttliches und stellte eine Art Mittler zwischen dem Göttlichen und allem Irdischen dar. Ich glaube, die Pythagoräer waren der Wahrheit in vielem näher als manch ein maßgeblicher Astrophysiker unserer Zeit.
Platon (427-347 v.Chr.), wohl der berühmteste Schüler von *Sokrates (469-399 v.Chr.)*, begründete mit diesen Vorstellungen die nach ihm benannte "Ideenlehre". Demnach liegt jedem materiellen Ding in der Welt etwas Immaterielles zugrunde – eben eine "Idee", und damit etwas rein Geistiges. Nur diese Ideen seien, so Platon, die eigentlich wahren Dinge des Seins. Dazu gehörten natürlich die Zahlen genauso wie geometrische Formen: So gibt es zwar beispielsweise verschieden große Kreise oder Kugeln, aber das Prinzip "Kreis", bzw. "Kugel", ist die immer gleiche Idee, und die ist real existent. Allein durch unser Denken können wir Zugang zur Welt dieser real existierenden Ideen bekommen.
Platon weist ganz im Einklang zu meinen Ausführungen des letzten Kapitels, und damit auch ganz im späteren Kant'schen Sinne, darauf hin, dass wir zwar die Welt sinnlich wahrnehmen, so aber ihre wahre Natur niemals wirklich ergründen können. Dazu sei eben allein das begriffliche Denken in der Lage, das wiederum keine Sache von Erfahrung, sondern mehr eine Form der Wiedererinnerung (anamnesis) sei.
In der Bibel heißt es in Salomons Buch der Weisheit (III, 11.20): *"Du hast alles nach Maß und Zahl und Gewicht geordnet"*, und der lateinische Kirchenvater *Aurelius Augustinus (354-430)* meinte, die Zahlen seien die *"in der Welt selbst präsente Form der Weisheit Gottes, die vom menschlichen Geist erkannt werden kann"*. Ich kann das im Prinzip nur unterstreichen. Man muss wohl einräumen, dass die Zahlen und bestimmte geometrische Grundformen kaum bloß eine Erfindung des Menschen sind, sondern vielmehr als seine ihm nützliche Entdeckung gewertet werden sollten.
In der Natur, also der materiellen Welt, finden wir allerdings weder Kreis noch Kugel in ihrer idealen Gestalt repräsentiert.
Der dänische Schriftsteller *Peter Höeg (*1957)* schreibt in seinem Thriller "Fräulein Smillas Gespür für Schnee": *"Geometrie. Tief in uns gibt es eine Geometrie. Meine Lehrer an der Universität fragten immer wieder, was denn die Realität der geometrischen Begriffe sei? Wo gibt es, so fragten sie, einen vollendeten Kreis, eine wirkliche Symmetrie, eine absolute Parallelität, wenn sie sich in dieser unvollkommenen Außenwelt nicht konstruieren lässt? Ich antwortete ihnen nicht; denn sie hätten die Selbstverständlichkeit der Antwort und ihre unabsehbaren Konsequenzen nicht verstanden. Die Geometrie ist ein angeborenes Phänomen in unserem Bewusstsein. In der Außenwelt wird es nie einen vollendeten Schneekristall geben. Doch in unserem Bewusstsein liegt das glitzernde und makellose Wissen vom perfekten Eis verankert."*

Wenn es jedoch nirgendwo in der Natur exakte Realisierungen von Kreisen, Kugeln oder Dreiecken und anderen geometrischen Formen gibt, woher kommen sie? Woher kennen wir sie?
Offensichtlich existieren sie als genaue Vorgaben oder Pläne, die dann in der manifestierten materiellen Realität nie so perfekt erreicht werden.
Aber in derselben Weise, wie sich das Eiskristall oder die Schneeflocke ihren perfekten geometrischen Grundmustern lediglich annähern, so gilt genau dasselbe auch für alle großen kosmischen Größen wie die sog. Hintergrundstrahlung des Universums oder die Lichtgeschwindigkeit.
Dazu jedoch später (vgl. Teil 3).
Und noch etwas: Wenn es real existierende Perfektion nur im Geistigen gibt, also z.B. als perfekter Kreis oder rechtwinkliges Dreieck, dann muss es uns Menschen genauso schwer wie der Natur fallen, diese Formen in derselben Perfektion mit den Möglichkeiten der materiellen Seite unserer Welt darzustellen. Und genau das ist auch der Fall, wie schon die alten Griechen völlig verblüfft feststellten: Ein Kreis zum Beispiel, sozusagen das geistige Vorbild oder die Idee, wie Platon sagt, ist mit unseren Möglichkeiten, ihn durch Zahlen zu beschreiben – wir nennen das Mathematik – nicht in derselben Perfektion möglich.
Für seinen Kreisumfang oder seine Kreisfläche gibt es keine "glatten" Werte. Immer macht uns die unendliche oder irrationale Zahl π einen Strich durch die Rechnung. Dasselbe gilt für die Oberfläche oder das Volumen einer Kugel oder für das berühmte rechtwinklige Dreieck: Hier ist die längste Seite, die Hypotenuse, immer unendlich irrational, wenn die beiden anderen Seiten glatte Längen haben – außer, wenn sie sich wie die pythagoräischen Zahlen 3, 4 und 5 zueinander verhalten.
Folglich hat man Zahlen und einigen geometrischen Grundmustern im Laufe der Menschheitsgeschichte gerade deshalb oft eine besondere Symbolkraft verliehen, weil man sie in der Natur immer wieder vorfand.
Über unzählige Generationen hinweg hat der Mensch sie dann als ganz wichtige Pfeiler im Weltgeschehen entdeckt. Nach und nach wurden sie schließlich auch in zahlreichen Legenden und Anekdoten miteinander verwoben und bekamen so einen mystischen Anstrich. Dieser wiederum ist ein Grund mit dafür, dass man ihren Stellenwert als mögliche Säulen unserer Welt heute kategorisch ablehnt und für reine Esoterik hält.
Natürlich sollte es deshalb heute wie früher als problematisch angesehen werden, wenn man sich allein auf die durch Erzählungen allmählich geformte Mystik, in der eben Zahlen und geometrische Grundformen sehr wichtige Rollen spielen, verlässt und allein damit auf die großen Zusammenhänge in der Welt schließen will.

Aber ist eine solche Perspektive schon deshalb grundsätzlich falsch, nur weil sie auch gefährliche Klippen hat? Oder sollte man sie nicht eher als eine große Herausforderung betrachten? Vielleicht bietet sie sogar eine wichtige Orientierungshilfe, mit der es am Ende sogar einfacher ist, zu einer neuen und ganzheitlichen und allein deshalb schon möglicherweise korrekteren Betrachtungsweise des Ganzen zu gelangen?

Entscheidet man sich für eine derartige Vorgehensweise, dann muss man natürlich zunächst die Spreu vom Weizen trennen.

Genau hierfür brauchen wir unseren gesunden Menschenverstand, mithin die Logik, die solch einen unvoreingenommenen Angang dieser Thematik per definitionem ausdrücklich fordert.

Weil Zahlen und einfache geometrische Formen in der Kulturgeschichte der Menschheit schon so oft als von großer Bedeutung angesehen waren und es darüber auch eine Menge unterhaltsamer Anekdoten gibt, will ich mich in diesem Kapitel noch ein wenig ausführlicher damit befassen.

Das Alte Testament der Bibel wurde in hebräischer Schrift verfasst. Zum einen ist sie eine reine Konsonantenschrift, was ihr Lesen und Verstehen erst einmal ziemlich erschwert. An einem Beispiel will ich das erläutern. Dabei geht es um ein berühmtes Missverständnis. Übrigens hält das allein heute viele Menschen davon ab, sich noch ernsthaft mit biblischen Glaubensinhalten auseinander zu setzen – leider.

Sie alle kennen die Story aus dem alten Testament[5]: „.... *Und es sprach der Ewige, Gott: Es ist nicht gut, dass der Mensch allein sei; ich will ihm machen eine Gehilfin, wie sie ihm zustehe. ... und er ließ fallen eine Betäubung auf den Menschen, und er entschlief. Und er nahm eine von seinen Rippen und schloss Fleisch an ihrer Statt. Und es baute der Ewige, Gott, die Rippe, die er genommen hatte von dem Menschen, zu seinem Weibe, und brachte sie zu dem Menschen“.*

Gestützt auf die Ausführungen des Bibelforschers *Paul Hengge* möchte ich den eigentlichen Sinn dieser Bibelstelle erläutern und einmal zeigen, wie groß allein der Einfluss des jeweiligen Zeitgeistes ist: Zum einen lässt sich für "Gehilfin" heute viel zeitgemäßer der Ausdruck "Gefährtin" verwenden. Von einer "Betäubung" – oder in anderen Übersetzungen von einem "tiefen Schlaf" – ist im hebräischen Urtext gar keine Rede. Vielmehr entspricht das tatsächliche Wort "thardema" eher dem, was wir als "Zustand der Erkenntnisfähigkeit" bezeichnen. Die alten Griechen nannten diesen Zustand "extasis", woraus sich das heutige Wort Ekstase ableitet, was aber wohl das krasse Gegenteil von tiefem Schlaf ist. Und dieser Zustand der Erkenntnisfähigkeit fiel auf den "Menschen" und

[5] Heilige Schrift, Altes Testament, 02.18 und 02.21;

nicht nur auf den "Mann", wie immer interpretiert wird. Zu diesem Zeitpunkt muss es also bereits Mann *und* Frau gegeben haben. Das ist auch verständlich: Bereits in der Entstehungsgeschichte "Genesis", also dem ersten Kapitel in der Bibel, heißt es nämlich:

"Und Gott schuf den Menschen in seinem Bilde, im Bilde Gottes schuf er ihn; als Mann und Frau schuf er sie."

Nun zur "berühmten Rippe" Adams: Da das Hebräische ja nur aus Konsonanten besteht, muss man, um Worte und Zusammenhänge überhaupt verstehen zu können, Vokale einfügen. Das aber wird schon zur Interpretationssache. Das Wort "Rippe" ist die von früheren Bibelschreibern zumeist gewählte Übersetzung des hebräischen Wortes "zl". Diese beiden Konsonanten meinten aber schlichtweg "gebogen" oder "Bogen", und das war damals vor allem auch ein Synonym für das männliche Glied; denn damals wie ja so oft bis heute wurden Genitalien nur indirekt und scheu umschrieben. Wählt man jedoch die Übersetzung "Penis", machen die beiden nächsten Begriffe "Statt oder Stätte" und "Fleisch" in der Metapher von der angeblichen Schöpfung Evas aus Adams Rippe plötzlich Sinn: Das hebräische "bssr" (sinngemäß: bassar) hieß zwar durchaus Fleisch, meinte aber auch "das Untere". Und im Psalm 139 wird dazu unmissverständlich ausgeführt: *"die tief verborgene Stelle im Mutterleib"*.

Liest man jetzt den biblischen Text mal mit heutigen Worten so, wie er tatsächlich geschrieben steht, könnte man ihn wie folgt formulieren:

"Und die Schöpfermacht ließ den Menschen in den Zustand der Erkenntnis fallen und nahm sein Glied und verschloss es an der Stätte im weiblichen (unteren) Fleisch". Dies beschreibt einen entscheidenden Moment der Menschwerdung: Der Mensch begreift, was Fortpflanzung ist. Kein Tier weiß das. Jedes Tier pflanzt sich rein triebhaft, aber ohne Wissen über den Vorgang und seine Konsequenz, fort.

Nicht das erste und einzige Mal scheint in der Bibel die Wahrheit zu stehen. Nur steht sie in einer Sprache, die irgendwann einmal durchaus richtig verstanden wurde. Zu anderen Zeiten, so auch heute, fällt dieses Verständnis dagegen aufgrund verschiedener Umstände und Einflüsse schwer – im Grunde völlig zu Unrecht. Genauso – zu Unrecht – schürt es auf der anderen Seite leider auch manchen Wildwuchs, weil einige die derart mangelhaften Interpretationen streng beim Wort nehmen und zu einer falschen "Wahrheit" stilisieren. Dazu gehören manche kirchlichen Institutionen noch ebenso wie eine Reihe von christlichen Sekten oder sektiererischen Bewegungen, wie z.B. die Gruppierung der bereits zuvor erwähnten Kreationisten vor allem in Australien und den USA.

In der Bibel wimmelt es nur so von bildlichen Darstellungen, also Metaphern, womit man sich den Mitmenschen der jeweiligen Zeit gut verständlich machen konnte. Um solche Bilder aber auch heutzutage noch richtig verstehen zu können, muss man immer wieder tief in die jeweiligen kulturhistorischen Gegebenheiten einsteigen. Ein typisches Beispiel hierfür, über das viele Menschen heute nur den Kopf schütteln, bietet wohl die bekannte Forderung Jesu: *"Wenn dir einer auf die rechte Wange schlägt, dann halte ihm auch die linke hin"*. Hier verhindert nicht die Übersetzung das rechte Verständnis, sondern die Unkenntnis von alten jüdischen Moralvorstellungen. Danach muss man diesen Satz ganz anders auffassen, als wir es heute voller Unverständnis tun: Wie heute, so waren auch zu Jesus Zeiten die meisten Menschen Rechtshänder. Wollte damals jemand einen anderen bestrafen oder besonders schlimm demütigen, so schlug er ihm kräftig mit dem rechten Handrücken auf die rechte Wange. Eine solch große Erniedrigung konnte man nur dadurch wiedergutmachen, dass man dem Betroffenen zum Ausgleich nun mit der Hohlhand ganz leicht auf die *linke* Wange schlug. Folglich sollte man den Ausspruch Jesu besser so interpretieren, dass jemandem, der einen Fehler begangen hat, die Chance auf Wiedergutmachung gegeben werden sollte, indem man ihm halt die linke Wange hinhielt. Und wer mag dem noch widersprechen?

Das Hebräische ist darüberhinaus eine Zahlen- und Bilderschrift: Jedem Buchstaben sind ein Zahlenwert und ein Bild zugeordnet. Erst aus der Reihenfolge, Anzahl und Zusammensetzung der Zahlenkombinationen ergibt sich schließlich die vollständige Bedeutung einer Aussage.
Man kann also mit Fug und Recht sagen, dass das in hebräischer Sprache geschriebene alte biblische Testament in einer echten Symbolsprache verfasst ist. Eine ganze Menge seiner Aussagen wird deshalb wohl bis heute nicht korrekt interpretiert.
Wenn man sich nur an den reinen Text hält, muss es bereits zwangsläufig zu Fehlern und Missverständnissen kommen, abgesehen von denen, die zusätzlich durch Fehlübersetzungen verursacht sind.
Ohne sich also auch früheren Bedeutungen von Zahlen und ihren zahlreichen Kombinationen intensiv zu widmen, kann es kaum wirklich verwundern, wenn heute viele in einem so phantastischen Kulturerbe wie der Bibel bloß noch ein zwar gigantisches, aber längst überholtes Märchenbuch erkennen wollen. Wert und Nutzen der Bibel korrelieren im Besonderen mit dem Wissen von der Bedeutung bestimmter Zahlen.

Die Numerologen unterscheiden positiv und negativ besetzte Zahlen. Obwohl sich die meisten heute von Zahlenmystik gerne freisprechen, weil man sich für so ungeheuer modern, aufgeklärt und unmystisch hält, können wir uns alle kaum der Bedeutung bestimmter Zahlen entziehen. Haben Sie schon mal versucht, sich in die 13. Reihe eines Flugzeugs zu setzen? Vielleicht haben Sie es schon deshalb nicht getan, weil Sie sich unbewusst vor der 13 fürchten? Oder Sie fühlen sich auch einfach nur unbehaglich, wird doch die Zahl 13, zumindest in unseren Landen, als Unglückszahl betrachtet? Aber nein, selbst wenn Sie "mutig" sind, wahrscheinlich werden Sie vergeblich nach einer 13. Reihe Ausschau halten; denn in vielen Fliegern findet man sie gar nicht erst. Auch viele Hotels haben keine 13. Etage und genauso wenig ein Zimmer mit der Nummer 13. Zahlenforscher sehen hinter dem Unbehagen vor der 13 die grundsätzliche Angst des Menschen vor einer neuen Ära, für deren Beginn sie doch stehen soll: Schließlich sei die 12 eine abgeschlossene Vollkommenheit. Hatte nicht Jesus 12 Apostel, und er schied als 13. von dannen? Und hatte sein Kreuzigungsweg nicht 12 Stationen? Haben nicht Tag und Nacht je 12 Stunden und das Jahr 12 Monate? Die 12 als, wie ich noch zeigen werde, Produkt zweier Schlüsselzahlen unserer Welt, nämlich von 3 und 4, ist also in den Augen vieler Menschen etwas Vollkommenes, was durch die 13 überwunden wird und deshalb vielen nicht so ganz geheuer zu sein scheint. Die 13 kann aber durchaus auch positiv besetzt sein: In der griechischen Mythologie überlebte Odysseus als einziger seine Irrfahrt und musste die 12 Gefährten ihrem tödlichen Schicksal überlassen. Ganz anders wieder in der Legende von dem Seeräuber Klaus Störtebeker: Nachdem er von den Hamburgern nach langer und lange erfolgloser Jagd im Jahr 1401 schließlich doch gefangen genommen und zum Tode verurteilt wurde, stand seine Enthauptung an. Seine ganze Piratenbande stand in Reih und Glied neben dem Schafott. Den Scharfrichter soll Störtebeker dann gebeten haben, diejenigen von ihnen freizulassen, an denen er nach seinem Tod noch ohne Kopf vorbeilaufen könne. Der Legende nach schaffte er es, an zwölf seiner Kumpane vorbeizulaufen, die so den Schauplatz der Hinrichtung als freie Leute verlassen konnten, dann brach er zusammen. Der 13. und alle weiteren mussten anschließend ebenfalls sterben. Viele Zahlen sind traditionell von großer Bedeutung: So beschreiben Endres und Schimmel die "3" als Zahl der "umfassenden Synthese", die "4" als "materielle Ordnungszahl" und die "5" als "Zahl des Lebendigen".

In den beiden Weltreligionen Christentum und Hinduismus kennt man die Dreiheit (Trinität) als ein zentrales Prinzip. Offensichtlich liegt der

Grund in der Annahme einer "umfassenden Synthese", die durch die Zahl "3" repräsentiert wird. Sie findet sich bekanntermaßen einerseits in der Dreiheit von Gott-Vater, Sohn und Heiligem Geist, andererseits im obersten Gott Brahman, daneben Wishnu, dem Erhalter und Gott der Liebe, sowie Shiva, dem Zerstörer und Erneuerer.
Drei Punkte bilden ein Dreieck und drei Linien schließen es – so sinnierte schon Platon vor zweieinhalbtausend Jahren über die Zahl 3, und er sah die Welt aus Dreiecken aufgebaut.
Tatsächlich bestimmen drei Informationen die einfachste geometrische Figur, den Kreis, eindeutig: Drei Koordinaten seines Kreisbogens sind optimal und von der Logik her am Einfachsten. Wählt man einen Punkt auf seinem Bogen und dazu den Mittelpunkt, muss man diesen beiden Informationen eine weitere Beschreibung hinzufügen, worum es sich genau handelt. Egal wie man es sehen will, auf alle Fälle sind maximal drei nicht-endliche, reine Informationen ausreichend.
Jeder noch so kleine endliche Punkt, ist selbst wieder ein noch kleinerer Kreis. Irgendwann muss es ein Ende endlicher Punkte geben, somit also einen kleinsten endlichen Punkt oder Kreis. Nur rein theoretisch ließe sich dieses Spiel unendlich fortsetzen. Demnach müssen irgendwann die den kleinsten noch endlichen Kreis bestimmenden noch kleineren Punkte reine Informationspunkte sein.
Hier nun liegt eine Schnittstelle zwischen Geist und Materie, zwischen immaterieller Information und endlichem Punkt, dem Kreis.
Die Informationspunkte sind Koordinaten, sie sind nicht mehr endlich und besitzen selbst keinerlei Raum. Man kann sie sich somit unendlich klein denken. Und so, wie Zahlen kein Ende haben, kann man sich auch unendlich viele denken. Informationspunkte sind etwas rein Geistiges. Und doch sind auch sie so real wie der kleinste endliche Kreis, den sie bestimmen.
An diesem Beispiel erkennt man, dass es Unendlichkeit genauso wie Endlichkeit geben muss und zwischen beidem eine Schnittstelle liegt. Unendlichkeit und Endlichkeit sind zwei Seiten derselben Medaille. Die Existenz dieser Medaille beweist die Existenz ihrer beiden Seiten.
So wie irgendwann ein endlicher Kreis so klein ist, dass es nur noch (unendliche) Informationspunkte gibt, die ihn eindeutig bestimmen, so hat jede Endlichkeit ihre unendliche andere Seite und umgekehrt. Alles ist polar symmetrisch zueinander. Schnittstelle bedeutet nicht, dass die Gesetzmäßigkeiten der beiden symmetrischen, aber eben gegensätzlichen "Welten" einfach miteinander vermischt werden können. So gibt es endliche Dinge nur endlich oft, und sie sind auch nur endlich groß oder

klein. Unendlich viele oder unendlich kleine endliche Dinge gibt es gar nicht erst. Das genau ist zum Beispiel der Grund, warum sich zwei weltberühmte Paradoxa leicht erklären lassen: Das erste handelt von Achilles und einer Schildkröte. Es wird bei Aristoteles zitiert und stammt von dem griechischen Philosophen *Zenon von Elea (um 460 v.Chr.)*:
Achilles und die Schildkröte laufen um die Wette. Das Tier erhält aber einen kleinen Vorsprung. Nach Zenon kann Achilles die Schildkröte nun niemals besiegen, obwohl sie eigentlich doch viel langsamer ist. Immer wenn Achilles ein Stück des Weges zurückgelegt hat, ist die Schildkröte in gleicher Zeit ja auch ein kleines Stückchen weiter gelaufen.
Unsere Alltagserfahrung sagt natürlich, dass Achilles die Schildkröte sehr wohl und sogar schnell überholt, wie auch wir ja jedes Auto auf der Autobahn überholen können, obwohl es vor uns mit vielleicht großem Vorsprung herfährt, wenn wir nur unsere Geschwindigkeit erhöhen und schneller sind. Der Denkfehler in diesem Paradoxon liegt einfach darin, dass Wegstrecke und Zeit nun mal letztlich endlich sind, auch wenn sie sich rein theoretisch in unendlich viele Abschnitte zerlegen lassen. Und die Summe unendlich vieler Zeitintervalle ist eben keineswegs unendlich, sondern endlich. Das lässt sich einfach am Beispiel der Kehrwerte aller ganzen Zahlen, also 1/1, 1/2, 1/3, 1/4 .... 1/∞, zeigen. Die Summe von 1 und aller weiteren Kehrwerte der Ordnungszahlen, also von 1/1 + 1/2 + 1/3 + 1/4 + ... + 1/∞, tendiert gegen 2, also einem endlichen Wert.
Betrachtet man nun einmal diese Kehrwertfolge für sich, so gilt: Egal wie groß der Nenner ist, der Bruch wird niemals Null erreichen. Unendlich viele Zahlen lassen sich zwischen Null und 1, also auf einem endlichen Bereich, unterbringen. Das ständige Teilen, eine theoretisch ("geistig") durchaus unendlich oft wiederholbare Aktion, findet hier innerhalb eines begrenzten, d.h. endlichen Raumes statt, nämlich zwischen Null und eins, wobei die Null, das Nichts, im Gegensatz zur Eins nie erreicht wird. Dasselbe gilt für unsere kleinste endliche Realität, den endlichen Punkt. Ganz gleich, wie oft wir ihn weiter unterteilen, niemals erreicht man den Wert Null. Praktisch ("materiell"), gibt es für ihn eine kleinste Größe. Theoretisch ("geistig") ließe er sich natürlich immer weiter teilen.
Die niemals erreichbare Null steht in meinem Buch stets für das Nichts, so wie es die lateinische Herkunft des Wortes, nulla figura, verrät.
Dazu später noch mehr.

Das zweite Paradoxon stellte der Bremer Arzt und Hobbyastronom *Wilhelm Olbers (1758-1840)* auf: Zu seiner Zeit ging man schon einmal davon aus, dass unser Weltall unendlich groß ist. Olbers meinte, dass es

in einem unendlichen Universum auch unendlich viele leuchtende Sterne geben müsse. Dann aber müsse das All immer taghell sein, weil eine unendliche Menge Licht aus unendlich vielen Richtungen einstrahlen würde. Wie wir wissen, ist es aber nicht immer taghell, weil es auch in einem unendlichen Raum keine unendliche, sondern nur eine endliche Menge von Sternen geben kann und gibt. Aufgrund des Vorhergesagten könnte man dann aber messerscharf folgern, dass ein unendlicher Raum nicht als materieller Raum definiert werden kann; denn etwas Materielles ist eben immer endlich. Genau das ist meine Auffassung.
Nur, rein logisch betrachtet, ist auch der gegenteilige Schluss möglich, und ihn zieht bislang die Wissenschaft: Demnach könne das Universum einfach nicht unendlich sein, weil sie es als etwas Materielles ansieht. Das Weltall müsse also eine äußere Begrenzung haben. Diesen Schluss halte ich jedoch für falsch. Wenn aber das Weltall, wie ich glaube und noch ausführlich erläutern werde, tatsächlich von unendlicher Ausdehnung ist, dann kann es selbst nicht von materieller Natur sein. Das heißt, es muss also etwas Geistiges sein. Denkt man sich unseren Kosmos deshalb primär als einen reinen Informationsraum, dann kann er durchaus unendlich sein. Und in ihm gibt es jetzt endlich viel Materie. Nach dieser Vorstellung könnte man natürlich weiterhin versucht sein zu glauben, Materie müsse damit *im* (sozusagen vorbereiteten und schon bestehenden) Raum entstehen, nicht aber ihn erst schaffen. Das wird heute allgemein angenommen, scheint mir aber ebenso wieder falsch zu sein: Ich meine, Geist, also pure Information, erschafft Materie, wie schon das Beispiel von der Zusammensetzung eines kleinsten endlichen Punktes zeigt. Und mit ihrer Hilfe entsteht dann der Informationsraum, also wieder etwas Geistiges. Somit erschafft Geist Materie und Materie wieder Geist. Es gleicht dem chinesischen Yin und Yang (vgl. Kap. 2.10). An uns selbst können wir das übrigens leicht nachvollziehen: Aus Geist sind wir Lebende geschaffen, wie die Tatsache, dass wir leben, beweisen sollte; denn Leben ist selbst schon etwas Geistiges (vgl. Teil 4).
Mit einem materiellen Körper existieren wir in dieser physikalischen Welt und bilden insofern neuen Geist, als dass wir das vorhandene und uns zur Verfügung stehende geistige Potential der Welt ganz persönlich und allgemein immer weiter differenzieren (Teil 4 und 5).

Wenn der kleinste endliche Kreis durch reine Information geschaffen wird, warum sollte dann nicht auch das Universum und seine (endliche Menge) Materie ursprünglich durch reine Information geschaffen und sogar ständig erneuert werden?

Zu Beginn seines Evangeliums schreibt der Apostel Johannes (NT 01.01.-01.03): *"Am Anfang was das Wort, und das Wort war bei Gott, und Gott war das Wort. Dieses war im Anfang bei Gott. Alles ist durch es geworden, und ohne es ist nichts geworden".*
Ersetzt man "Wort" durch den modernen Begriff "Information", so ergibt sich daraus genau dieser Sachverhalt.
Unendlichkeiten gibt es also. Wer da immer noch Schwierigkeiten hat, sich so etwas vorzustellen, sollte einfach folgendes machen: Stellen Sie sich zwischen zwei Spiegel, die sich genau gegenüberstehen, und Sie werden zwischen ihnen unendlich oft gespiegelt.
Da alles in dieser Welt einen endlichen und einen unendlichen Aspekt zu haben scheint, läuft man Gefahr, beide leicht zu vermischen. Wir haben es hier aber mit zwei voneinander grundsätzlich getrennten Welten zu tun. Sie sind gegensätzlich (polar) und spiegelbildlich zueinander. Beide existieren nebeneinander, sind aber genauso auch voneinander getrennt. Man hat es schwer, die jeweils andere Welt wahrzunehmen. Auch hierzu ein kleiner Vergleich: Stellen Sie sich vor, Sie wären ein Wesen, dass nur auf einer geraden Linie krabbeln könnte. Sie sind also eindimensional. Eine andere, polar-gegensätzliche Dimension entspräche genau dem Lot auf diese Linie, auf der Sie leben. Sie steht also im rechten Winkel zu Ihrer Welt, und für Sie wäre diese Senkrechte natürlich nicht als Linie erkennbar: Wenn sie überhaupt erkennbar ist, dann bloß als ein kleiner Punkt. Und dennoch, zwischen diesen beiden "Linien-Welten" gibt es eine Verbindung: Es ist ihre Schnittstelle.

Zahlen sind pure Informationen.
Wenn ein kleinster endlicher, d.h. nicht mehr teilbarer Kreis am Ende nur von Informationen bestimmt wird, heißt das in anderen Worten:
Information bildet Materie.
Wenn nun Informationen, z.B. in Form ganz bestimmter Zahlenwerte, immer wieder aufs Neue an Schlüsselstellen des Universums auftreten, heißt das zweifelsohne, dass sie von entscheidender Bedeutung sind.
Dann kann man es durchaus wagen, einen mathematischen Bauplan zu unterstellen und zu versuchen, ihn nachzubilden. In diesem Fall müssen auch die "geistigen Grundlagen" eines solchen Bauplans, d.h. die ihm zugrunde liegenden Zahlen und Formen, selbst genauso real existieren wie das durch ihn erst Geschaffene. Oder sollte der in Ungarn geborene Physiknobelpreisträger von 1963, *Eugene Paul Wigner (1902-1995)*, mit seiner Behauptung Recht behalten, Zahlen seien "grundlos effektiv"? Ich bin da ganz anderer Meinung. Mathematiker selbst stellen übrigens fest,

dass es viel leichter zu sein scheint, Mathematik zu betreiben, als über sie zu philosophieren. Der US-amerikanische Mathematiker *Reuben Hersch* (Albuquerque, New Mexico) meint dazu, wie ich finde, treffend: *"Es verhält sich wie mit Lachsen: Die wissen, wie man stromaufwärts schwimmt, aber sie wissen nicht, warum!"*

Zunächst scheint es erstaunlich, aber es ist wahr: Ein und dieselbe Zahl kann ganz verschiedene Informationen ausdrücken – zum Beispiel je nachdem in welches Rechensystem sie eingebettet ist.
In einem anderen System als dem Dezimalsystem (DS), beispielsweise im Hexadezimalsystem (HDS), einem Rechensystem auf Basis der Zahl 16, ergäbe die Summe aus 9+9 die HDS-Zahl 12, während sie im bekannten Dezimalsystem natürlich 18 ist.
Zahlen taugen also nur bedingt zur eindeutigen Informationsweitergabe. Immer muss man sie im Kontext eines gemeinsamen Rahmens, ihrem Rechensystem, sehen.
Stets allgemeingültig und deshalb vernünftiger ist es, die gewünschten Informationen durch geometrische Vorgaben eindeutig festzulegen: Geometrische Formen und Verhältnisse erfüllen diese Dienste.
Darüber hinaus sollte auch folgender Umkehrschluss zulässig sein:
Wenn alles in unserem Universum auf dieselbe Art über ein bestimmtes Rechensystem verschlüsselt ist, sollte man erwarten dürfen, dass sich ein darin entwickelndes intelligentes Wesen irgendwann einmal diesen Schlüssel schon deshalb automatisch zunutze macht, weil er sich ihm durch Beobachtung der natürlichen Gegebenheiten geradezu aufdrängt.
Wenn der Mensch zehn Zehen und Finger hat, ist es sicher praktisch, das Dezimalsystem als eigenes Rechensystem auszuwählen.
Der Mensch als ein Teil des Weltganzen muss natürlich auch denselben Gesetzmäßigkeiten wie alles andere unterliegen. Ist man der Ansicht, im Universum sei ein Rechensystem als eine Art Codeschlüssel verankert, sollte er sich beim Menschen genauso finden lassen. Das zunächst aus rein praktischen Erwägungen der menschlichen Anatomie abgekupferte Dezimalsystem kann folglich auch aus logischen Überlegungen heraus als maßgeblicher Schlüssel für universale Gesetze und Regeln zumindest vermutet werden – sozusagen als Arbeitshypothese.
Womöglich ist folglich die Wahl des dezimalen Rechensystems ebenso bloß eine Entdeckung und keine wirklich neue Erfindung: Aufgrund seiner alltäglichen Erfahrung an sich selbst und mit den Gegebenheiten dieser Welt wurde der Mensch zum Rechnen auf Basis der Zahl 10 angeregt.

Ein denkbarer real existenter mathematischer Bauplan für unsere Welt könnte also durchaus dezimal angelegt sein, weil es aus logischer Sicht vernünftig wäre. Der Mensch hat ihn sich dann wegen seines täglichen Umgangs damit selbst auch zunutze gemacht. Grundsätzlich würde ein derartiger Bauplan aber in jedem beliebigen anderen Rechensystem genauso funktionieren. Das Rechensystem ist eigentlich nebensächlich.
Ich werde zeigen, dass es einen solchen Bauplan wohl tatsächlich gibt. Ebenfalls glaube ich, dass er dezimal angelegt ist. Deshalb werden uns die kosmischen und irdischen Zusammenhänge aus diesem Blickwinkel besonders gut transparent. Andere Rechensysteme lassen zwar dieselben Erkenntnisse zu, erschweren es uns jedoch, den Wald vor lauter Bäumen zu erkennen. Am Bauplan selbst ändert das alles nichts.

Zum Schluss dieses Kapitels möchte ich Sie noch einmal mit ein wenig Zahlensymbolik unterhalten.
Während bei uns ja die 13 gemeinhin als Unglückszahl gilt, haben andere Länder andere Sitten: Italienern bringt die 17 offenbar Unglück, und in China sind die Zahlen 4 und 7 ziemlich unbeliebt; denn sie stehen für Tod und Grab. Dagegen ist für die Chinesen die Zahl 9 eine heilige Zahl: Für sie verkörpert die 3 den kleinsten abgeschlossenen Zyklus. Das erinnert sehr an die von mir ins Spiel gebrachte kleinste endliche Einheit, den Punkt, der, egal wie klein er auch gewählt wird, immer ein Kreis ist.
Mit Hilfe von drei Informationen, z.B. Koordinaten des Kreisbogens, kann man ihn stets eindeutig definieren. Nun ist die 9 auch dreimal die 3. Damit ergibt sich ein neuer, noch größerer und ebenfalls vollendeter Zyklus aus drei schon vollendeten kleinen Zyklen, der damit einen vollkommenen Abschluss bildet.
Der Zahl 9 folgt die 10, die so ihrerseits nach Stelzner *"die Vollkommenheit auf einer höheren Seinsebene"* repräsentiert.
In der Bibel findet man z.B. 9 Generationen, bevor die Sintflut die Welt fast vernichtete und Noah in der 10. Generation mit seiner Arche einem Neuanfang zusteuerte – und Jesus stirbt in der 9. Stunde am Kreuz.
Auch die Irrfahrt des Odysseus dauerte 9 Jahre, und ebenfalls 9 Jahre nach ihrer Belagerung wurde Troja schließlich erobert. Solche Beispiele gibt es in Hülle und Fülle und sie lassen sich genauso für viele andere Zahlen, denen man in Mystik, Esoterik, Numerologie, Religionen oder Philosophie gemeinhin wichtige Bedeutungen beimisst, auflisten.
Für andere ist die 12 die Zahl der ersten großen Vollkommenheit, da sie aus 4 Zyklen à 3 besteht. Dies macht durchaus Sinn, weil die Zahl 4 die Unendlichkeit symbolisiert. So können wir zum Beispiel die Zeit in

Vergangenheit, Gegenwart, Zukunft und Ewigkeit unterteilen. Das Kreuz, Symbol des sterbenden Jesus und geheiligt im Christentum, hat 4 Teile. Selbst die Physiker glauben an eine vierdimensionale Raumzeit, wie Einstein sie präsentierte – was ich allerdings noch modifizieren werde.

Was die "Vollkommenheit" der Zahl 12 betrifft, so gibt es auch hierfür wieder genügend symbolkräftige Beispiele: Jesus hatte 12 Apostel, sein Kreuzigungsweg hatte 12 Stationen – und nicht zuletzt unterteilen wir das Jahr in 12 Monate.

Für fast jede Ordnungszahl bis hin zur symmetrischen Darstellung der 12, also bis 24, findet man viel Mystisches und Symbolisches. Die 24, das Produkt der ersten vier Ordnungszahlen (1x2x3x4=24) tritt vor allem in den biblischen Schilderungen des Weltuntergangs, der Apokalypse, auf, wenn es dort sinngemäß heißt: Um den in der Mitte stehenden Thron Gottes finden sich 24 Throne mit den 24 Ältesten.

Die Zahl 8 ist für viele auch ein Beispiel vollkommener Symmetrie, da sie aus einer doppelten, genauer, symmetrisch symmetrischen Symmetrie besteht: Die erste Symmetrie bildet die 2, doppelt symmetrisch ist dann die 4 und getoppt wird das Ganze schließlich von der 8. Das Achteck zeigt diese in sich stimmige und schöne Symmetrie, so dass es in der Architektur von großer Bedeutung ist. Weltberühmt ist z.B. das zentrale Oktogon (Achteck) des großartigen Aachener Doms, einem der recht zahlreichen Weltkulturerbe der UNESCO. In China zahlt man viel Geld für Autokennzeichnen mit Achten oder Neunen, während keiner eine 4 oder 7 haben will. In China steht die 4 für "Tod" und die 7 für "Grab".

Nach der Schöpfungsgeschichte (Genesis) der Bibel erschafft Gott die Welt in sechs Tagen und ruht am siebten Tag. Die Zahl 6 wurde zu einer göttlichen, und die 7 hier zu einer heiligen Zahl. Und in der Bibel heißt es in Psalm 90 zur Vergänglichkeit des Menschen: *"Die Fülle unserer Jahre ist siebzig"*. Auch in der Apokalypse hat die Zahl 7 ihren Platz: So brennen demnach 7 Feuerfackeln vor dem göttlichen Thron, was die 7 Geister Gottes seien. Im Islam hat die 7 einen hohen Stellenwert, weil sie sich immer ergibt, wenn man die auf einem Würfel gegenüber liegenden Zahlen addiert (3+4; 2+5; 1+6).

Wiederum nach Ansicht des griechischen Arztes *Hippokrates (460-377 v.Chr.)* sind der siebte und alle durch sieben teilbare Folgetage einer Krankheit zugleich kritische Tage. Und jeder kennt den Spruch: Ein Schnupfen dauert mit Arzt sieben Tage und ohne ihn eine Woche.

Überdies besagt eine medizinische Faustregel, dass sich im menschlichen Körper alle sieben Jahre sämtliche Zellen erneuert haben. Abweichend davon wird in der chinesischen Medizin allerdings nach männlichen und

weiblichen Zyklen unterschieden: der weibliche dauert danach 7, der männliche aber 8 Jahre.
Mit Zahlen lässt sich, wie Sie sehen, allerlei spielen. Zahlen verleiten aber auch geradezu zu mystischen Betrachtungen. Wie selbstverständlich stehen Zahlen am Anfang jeder Mathematik, doch keiner weiß zu sagen, was sie eigentlich sind. Wie ich noch zeigen werde, finden sich überall im ganzen Universum Zahlen, und erstaunlicherweise zumeist dieselben an auch noch ganz entscheidenden Schlüsselpositionen.
Wenn zwar Aberglaube und Mystik mit Zahlen nur so gespickt sind, so fragt man sich dennoch, ob allein deshalb schon jede Suche nach einer denkbar möglichen realen Existenz und Wirkung von Zahlen in der Welt bloß rein esoterischen Charakter haben muss und unwissenschaftlich ist?
Aberglaube und Mystik spielen in diesem Buch nur eine untergeordnete und dann vor allem unterhaltsame Rolle. Insbesondere sollen solche Beispiele daran erinnern, dass sich der Mensch zu allen Zeiten und in allen Kulturen in Demut und Ehrfurcht vor der Zahl verneigt hat. Sie mahnen auch darüber nachzudenken, das nicht allein als bloße Kuriosität auf dem Weg zum "Wissenschaftsmenschen" unserer Zeit abzutun.
Vielmehr ist es wirklich an der Zeit, Wissenschaft, Mystik, Religionen und Philosophie miteinander in harmonischen Einklang zu bringen.
Das alleinige Setzen auf ein Pferd zeugt von unbeschreiblicher Arroganz und verhindert obendrein die Sicht auf das Ganze. Früher traf das in erster Linie auf die Religionen zu – insbesondere auf die katholische Kirche. Und auch heute machen sich diverse religiöse Gruppierungen erneut daran, diesem falschen Weg zu folgen. Leider gehen aber auch die Wissenschaften inzwischen nur allzu oft denselben Weg, bloß mit anderen Vorzeichen: Sie fordern zwar nicht bedingungslose Akzeptanz bestimmter, angeblich göttlicher Gebote oder Verbote und nicht selten recht obskurer plastischer Ausmalungen von Himmel, Hölle, Jenseits und vielem mehr. Nein, sie fordern genau das Gegenteil: Kein Gott, kein Geist, kein Ich, kein freier Wille und natürlich auch nicht die Spur von einem persönlichen Überleben des körperlichen Todes. Ist das besser?
Deshalb brauchen sie sich nicht zu wundern, wenn die Zweifel an ihren Lehrmeinungen wachsen und von immer mehr Menschen, ja ganzen Gesellschaften weder verstanden noch akzeptiert werden.
Natürlich ist das im Ergebnis nicht minder problematisch; denn ganz ohne Zweifel sind naturwissenschaftliche Erkenntnis auch weiterhin die wichtigste Basis für unser Fortkommen – aber eben nicht die einzige.
Naturwissenschaftler müssen sich deshalb heute gefallen lassen, dass man ihre Interpretationen kritisch beäugt und dann korrigiert, wenn die

Vernunft, die Logik, der gesunde Menschenverstand und unsere Alltagserfahrung eine ganz andere Sprache sprechen. Darüber hinaus müssen sie sich gerade heute genauso den Vorstellungen von Religionen und Mythen stellen. Diese arrogant zu missachten, ist schlichtweg fatal und führt letztlich nur dazu, dass das Pendel der Akzeptanz wieder in die entgegengesetzte und damit genauso falsche Richtung ausschlagen will.
Sind Zahlen und geometrische Grundformen also ein real existierender Teil der Natur oder wurde alles bloß vom Menschen erfunden?
Für Albert Einstein waren Zahlen *"eine Erfindung des menschlichen Geistes, ein selbst geschaffenes Werkzeug"*. Für Platon stehen Zahl und Geometrie als Idee hinter allem und jedem Materiellen in dieser Welt.
Der deutsch-polnische Mathematiker *Leopold Kronecker (1823-1891)*, Genius der mathematischen Logik, meinte schlicht: *"Die Zahlen hat der liebe Gott gemacht!"*. Und der italienische Astronom *Galileo Galilei (1584-1642)* sagte: *"Mathematik ist das Alphabet, mit dessen Hilfe Gott das Universum gemacht hat."*

2.3) Universelle Hintergründe

Wie offensichtlich die meisten Kulturen der Erde vor uns und mit uns rechnen wir heute im Dezimalsystem, also einem Rechensystem mit der Basis 10. Dass wir heute so rechnen, verdanken wir Abendländer den alten Indern. Der englische Mathematiker, Physiker und Kosmologe *John Barrow* nennt das Dezimalsystem die *"erfolgreichste intellektuelle Neuerung, die je auf unserem Planeten gemacht wurde"*.
Die 10 ergibt sich, wenn man die ersten vier Ordnungszahlen, also 1, 2, 3 und 4, miteinander addiert.
Forscher sind zumeist der Ansicht, das Dezimalsystem hätte der Mensch aufgrund seiner Anatomie ausgewählt – schließlich haben wir 10 Finger, an jeder Hand 5. Auf unserer Erde besitzen sämtliche Lebewesen bis auf die Insekten und Spinnentiere diese paarige 10er-Gliederung, was jedoch nicht immer sofort auffällt: So haben zum Beispiel Pferde Hufe, Kühe sind Paarhufer, und Vögel haben nur 3 Krallen – doch immer handelt es sich dabei um Regressionen, also Rückschritte von der ursprünglichen Anlage. Vorausgesetzt, man glaubt an einen universellen mathematischen

Plan, dann ist es naheliegend anzunehmen, die Natur habe diese 10er-Gliederung in der Form 2x5 "erfunden", weil sie zum Plan gehört. Paarigkeit oder Symmetrie, repräsentiert durch die 2, ist eine zentrale Grundfeste aller Existenz. Die Ordnungszahl 5 ist die erste "echte" Primzahl, weil sie nicht nur durch 1 oder sich selbst teilbar ist, sondern auch, wie nur alle anderen Primzahlen darüber, derselben Gleichung "$6n\pm1$" folgt (vgl. Kap. 2.5).
Sie ist die letzte von somit nur fünf Zahlen, die als Grundstock für den Bauplan des gesamten Universums ausreichen. Soweit nur eine erste, fast schon mystische Spekulation. Der Mensch als Teil dieser kosmischen Ordnung und selbst auch mit der paarigen Fünfheit ausgestattet, hat das Dezimalsystem dann als sinnvoll für sich in seinem Alltag entdeckt.
Auf dieser Basis eine weitere Spekulation: Alles das, was auf der Erde für uns gilt, wird überall im ganzen Kosmos im Großen und Ganzen ähnlich gelten. Sollten wir irgendwann einmal auf anderes Leben im Universum stoßen – und ich bin mir ganz sicher, dass es dort überall nur so von Leben wimmelt – dann wird es denselben Bauprinzipien gehorchen wie alles, was wir auf unserer schönen Erde bereits auch finden.
Aus der uns bekannten 10er Gliederung mit der paarigen Anlage 2x5 ergibt sich konsequent meine nächste Hypothese, die sich auch mit anderen Alltagserfahrungen vollständig zu decken scheint:
Alles im Universum läuft nach Plan.
Alle Strukturen bilden sich auf Basis ganz bestimmter geometrischer Grundformen und folgen den Ordnungszahlen. Alles entsteht in polar-symmetrischer Anordnung, d.h. symmetrisch und zugleich gegensätzlich zueinander. Damit stößt man bald auf eine ganze Reihe von auffälligen Gesetzmäßigkeiten.
Wenige geometrische Grundformen, plausibel miteinander verknüpft, liefern alle wichtigen Eckdaten unseres Universums. Sie bilden den Kern des Plans. Nun sind wir Menschen gewohnt, alles zu berechnen und in Zahlen zu fassen. So suchen wir nach Werten für Flächen, Umfänge, Volumina u.v.m. Alles wird mit Zahlen dargestellt. Zwar nutzen wir mit den Zahlen geistige Vorgaben, aber die Rechenweisen sind menschliche Erfindungen. Die Ergebnisse sind abhängig von dem zugrunde gelegten Rechensystem. Am geometrischen Plan ändert jedoch nichts.
Nehmen wir als Beispiel einen Kreis. Ganz gleich, ob man ihn groß oder klein zeichnet, seinen Radius in Zentimetern oder in Inches misst – man kann auch jedes beliebige Rechensystem anwenden – nichts dergleichen ändert ihn. Seine Maße sind völlig egal, Kreis bleibt Kreis.

Schauen wir ihn uns nun genauer an: Zwar erscheint es uns trivial – er hat einen begrenzten und damit endlichen Umfang sowie eine begrenzte und damit endliche Fläche. Misst man aber Umfang und Fläche, dann wird man erstaunlicherweise niemals ein "glattes" Ergebnis bekommen – ganz egal, welches Rechensystem man auswählt. Es gibt keine rationale Zahl, mit der man Umfang oder Fläche eines Kreises darstellen kann. Immer wird das Ergebnis eine Zahl mit unendlich vielen Stellen hinter dem Komma, die irrationale Zahl π, sein.
Dieses simple Beispiel bringt uns ein wenig die Unendlichkeit näher: Der Kreis hat ganz offensichtlich eine endliche und eine unendliche Seite und lässt die universelle polare Symmetrie dieser Welt erkennen, die selbst in einfachster Geometrie präsent ist. Das Beispiel von der rechnerischen Beschreibung eines beliebigen Kreises mit Hilfe von Zahlen zeigt uns: Wo Endlichkeit existiert, gibt es auch Unendlichkeit.
Alles in der Welt hat zwei symmetrische und zugleich gegensätzliche Seiten. Für mathematische Berechnungen muss man sich jedoch für ein Rechensystem entscheiden. Dies erübrigt sich bei der rein geometrischen Darstellung von Zusammenhängen.
Bildet man die Beobachtungen aus der Physik, der Kosmologie, aus der Chemie und der Biologie in einem dezimalen Rechensystem ab, was, wie ich schon sagte, sinnvoll erscheint, lassen sich auf einmal ungeheuer viele Zusammenhänge in der Natur gebietsübergreifend, ziemlich einfach und transparent erhellen. Das werde ich in den nächsten Kapiteln beispielhaft vertiefen. Auf diese Weise erleichtert man den unbedingt nötigen Blick über den Tellerrand.

Unter Naturwissenschaftlern steht es mittlerweile außer Frage, dass wir und alles andere Leben auf dieser Erde nur deshalb überhaupt existieren, weil es durch eine große Vielzahl sehr eng definierter und wundersam passender, äußerst günstiger Umgebungsbedingungen ermöglicht wird.
Der Schweizer Professor für Astronomie, *Andreas Tamann*, meint dazu (2004): *"Das Weltall ist so unwahrscheinlich günstig gesinnt, dass es geplant zu sein scheint!"*
Wären die Umstände auch nur geringfügig anders, hätten wir alle niemals eine Chance gehabt zu existieren. Ja, unser ganzes Universum wäre ohne die stets strikte Einhaltung enger Grenzen undenkbar.

Keineswegs allerdings schließen die meisten Forscher konsequenterweise deshalb daraus, dass unsere Welt tatsächlich das Ergebnis einer wie auch immer gearteten, ordnenden und "starken Hand" sein könnte. Weil sie

zudem praktisch jede Diskussion in eine solche Richtung von vornherein ablehnen und als unwissenschaftlich abkanzeln, stärken sie am Ende nur die vor allem in Australien und in den USA stetig wachsende Gruppe radikaler Schöpfungsanhänger, die sog. Kreationisten. Sie datieren den Beginn allen Lebens auf dieser Erde auf gerade mal 10.000 Jahre zurück und fühlen sich darin durch manch angebliche Funde, wie z.B. dem der Arche Noah auf dem Berg Ararat in der heutigen Türkei, bestätigt.
Ernsthafte Zweifel an ihrem Weltbild ignorieren sie selbst dann, wenn sich durch moderne Untersuchungsmethoden ein völlig anderes Bild ergibt. Biblische Überlieferungen verstehen sie grundsätzlich wortgetreu und betrachten die Bibel als ein echtes Geschichtsbuch.
Wie ich jedoch schon anhand zweier typischer Beispiele nahegelegt habe, liefert uns die Bibel eher nur selten wirklich authentische Fakten.
Vielmehr ist sie ein Sammelsurium von Dokumenten unterschiedlichster Herkunft und Wertigkeit. Deutungen von tatsächlichen historischen Ereignissen scheinen dabei nur einen kleinen Teil des Gesamtwerks auszumachen, was es deshalb aber keineswegs schmälert.
Kreationisten sind christliche Fundamentalisten, die sich, abgesehen von ihrer heute (noch) weitgehenden Friedfertigkeit, kaum von den radikalen Anhängern anderer Religionen, zum Beispiel Islamisten, unterscheiden. Sie alle neigen zu Dogmen, die mir fern jeder Realität zu sein scheinen.
Nur, steht sich die moderne Naturwissenschaft mit ihren Vorstellungen denn tatsächlich so viel besser, wenn so viele ihrer zentralen Theorien letztlich mehr Fragen aufwerfen als sie beantworten, und wenn sich eine Menge nachprüfbarer, ganz alltäglicher Erfahrungen vieler Menschen damit nicht vernünftig erklären lässt, ja sogar ignoriert werden muss?
Mehr denn je ist man heute in den Wissenschaften davon überzeugt, dass sowohl der Anfang des Universums als auch jede spätere Evolution in ihm allein durch Zufall geprägt ist. Natürlich gilt er auch als der wichtigste Motor für die Entstehung und Entwicklung allen Lebens auf unserer Erde innerhalb unermesslich großer Zeitspannen. Zufall heißt hier Mutation. Das Bestehen im täglichen Daseinskampf wählt dann die besten Mutationen aus: Man spricht von Selektion. Später wird Meister Zufall durch einen weiteren, heute allgemein anerkannten Faktor, durch Kooperation infolge von Kommunikation, gewiss etwas abgemildert. Seiner zentralen Rolle wird er dennoch nicht enthoben.
Genau das halte ich für zu wenig, ja sogar für grundsätzlich falsch. Ich glaube, plausibel zeigen zu können: Je weiter die Evolution fortschreitet, desto unbedeutender wird tatsächlich die Rolle der Mutation und damit

des Zufalls für die weiteren Entwicklungen. Die Evolution scheint sich dann sogar eher in wachsendem Maße vor dem Zufall zu fürchten.
Hätte es, wie die Mehrheit der Wissenschaftler annimmt, so unglaublich viele, äußerst glückliche Zufallsketten nicht gegeben, wären wir heute nicht hier, um uns darüber rückwirkend Gedanken machen zu können. Die Natur habe für diesen beschwerlichen Weg schließlich Milliarden von Jahren benötigt – und damit scheinbar ausreichend viel Zeit gehabt. Allein diesem unbeschreiblichen Glück hätten wir unsere, eben zufällige Existenz zu verdanken. Nun können wir ziemlich "sinnlos" darüber sinnieren, ob nicht doch mehr hinter all diesen Prozessen steckt.
Es gibt allerdings durchaus eine Reihe ernstzunehmender Kritiker.
Sie halten dagegen, dass selbst die bislang vermuteten, für uns alle schon so unermesslich langen Zeiträume, dennoch viel zu kurz gewesen sein müssen, als dass sie, nüchtern und realistisch betrachtet, zu all dem was ist, durch Zufall tatsächlich hätten führen können. Die Evolution des Lebens vor allem mit Hilfe des Zufalls zu beschreiben, ist wohl gut vergleichbar mit dem Bau von Jumbo-Jets und Ozeanriesen mit Hilfe eines Tornados, der im Affenzahn über ein paar Schrottplätze wirbelt, wenn er es nur lange genug macht.
Das hindert die Mehrheit der Wissenschaftler unserer Zeit allerdings nicht daran, ihre materialistische Ansicht so dogmatisch, medienwirksam und ideal passend zum gesellschaftspolitischen Zeitgeist zu verbreiten, dass heute kaum noch jemand wagen mag, an etwas anderes wirklich zu glauben. Überhaupt blickt der Normalbürger ja kaum noch durch.
Viel zu kompliziert und komplex scheint doch die Welt zu sein, als dass er selbst noch mitreden könnte. Den "doctor universalis" des Mittelalters kann es heute gar nicht mehr geben, bedenkt man nur die vielen Details, in die sich alles wie die Äste eines riesigen Baumes aufzweigt, wenn man ihnen nachgeht. Nur, jede noch so große Baumkrone hat ihren zentralen Stamm. Er wird heute wohl sehr oft übersehen.
Selbst sehr religiöse Menschen verzweifeln heute an ihrem Glauben. Und die Forscher gießen zusätzlich Öl ins Feuer, wenn sie neuerdings ein "Religions-Gen" gefunden haben wollen. Das ist schlichtweg aberwitzig, nur, der Normalbürger hat heute keinerlei Chance mehr, dagegen zu argumentieren. An und für sich gläubige Menschen werden zu stillen Skeptikern; denn es bedarf schon einer außergewöhnlichen Stärke, in dieser so vermeintlich allwissenden und aufgeklärten Zeit weiter an seinen nicht zuletzt auch intuitiven Überzeugungen festzuhalten. Eher mitleidig und als (ewig) gestrig belächelt zu werden, ist manchmal noch das Harmloseste, was einem dann so widerfährt.

Doch, wie ich bereits mehrfach anklingen ließ, stimmen all diese Thesen und Theorien überhaupt, die uns nur allzu oft und zu gerne sogar als längst gesichertes Wissen verkauft werden?
Sicher nicht! Im Gegenteil: Nicht wenige von ihnen sind nach meiner über Jahrzehnte gewachsenen Überzeugung nicht einmal das Papier wert, auf dem sie stehen (wobei ich an dieser Stelle keinerlei Zweifel daran habe, dass der ein oder andere Naturwissenschaftler dasselbe auch von meinen Ausführungen behaupten wird).
Allerdings: Viele Querdenker vergangener Zeiten machten dieselben Erfahrungen. Und zu allen Zeiten musste die alte Leitgeneration erst aussterben, bevor neues Wissen seinen festen Platz finden konnte. Heute scheint mir das manchmal nicht viel anders.
Vor allem zwei einfache geometrische Verhältnisse scheinen im Kosmos von großer Bedeutung zu sein. Nennen wir sie die perfekten Ideen des Geistes. "Holt man sie vom Himmel", also versucht man sie zu berechnen, so entstehen unendliche oder irrationale Zahlenfolgen.
Genauso findet man nirgendwo in der realisierten Welt, wie Peter Höeg schon schreibt, die eigentliche Perfektion der "Vorlage" wieder.
Immer gibt es, wie Berechnungen und Beobachtungen zeigen, kleine Abweichungen vom Ideal. Eines aber scheint sicher: Die beiden simplen Geometrien, von denen ich hier spreche, findet man mit großer Regelmäßigkeit hinter allen entscheidenden Positionen unserer Welt.
Im nächsten Kapitel werde ich ihr Geheimnis lüften.
Schließlich werde ich zeigen, dass sie und noch weitere, ähnlich einfache Geometrien sich durch konsequente "Schöpfung" aus einem kleinsten gegebenen Ausgangszustand heraus bereits nach ganz wenigen Schritten herleiten lassen. Gemeinsam mit den unendlichen Ordnungszahlen und deren Kehrwerten bilden sie die wichtigsten Grundsätze und regeln so alles Entscheidende im Universum. Nur wenige Rahmenbedingungen sind für den Bauplan unserer Welt erforderlich.
Der berühmte deutsche Mathematiker und Astronom *Johannes Kepler (1571-1630)* meinte: *"Die Geometrie gab es schon vor der Erschaffung der Welt. Sie ist ewig wie der Geist Gottes."* Und der große deutsche Philosoph *Immanuel Kant (1724-1804)* befand: *"Die ganze Natur ist eigentlich nichts anderes als ein Zusammenhang von Erscheinungen nach Regeln."*

2.4) Von Einheit zu Vielheit

Erlauben Sie mir ein kleines Gedankenspiel: Stellen Sie sich bitte vor, Sie spielen selbst ein wenig den "Schöpfer". Bitte halten Sie das jetzt nicht für vermessen oder blasphemisch. Mittlerweile gibt es Computerspiele, in denen vielleicht Ihre Kinder etwas Ähnliches täglich machen, wenn auch in anderer Form. Mein Experiment benötigt nur etwas einfache Geometrie. Schon wenige Konstruktionen werden hierfür vollkommen ausreichen – ganz im Sinne eines meiner Lieblingsmottos: *"Simplex sigillum veri (est)"*, was aus dem Lateinischen übersetzt heißt: "Einfach ist das Siegel des Wahren".

Unsere Alltagserfahrung scheint uns zu sagen, die Welt ist endlich. Alle uns bekannten Gegenstände besitzen einen endlichen Raum, sie sind dreidimensionale Körper. Ähnliches, so vermuten wir vielleicht deshalb, gilt auch für unser ganzes Universum. Seit erst wenigen Jahren hegen daran allerdings selbst renommierte, doch nach wie vor materialistisch denkende Kosmologen und Physiker, so manchen Zweifel. Dennoch, für uns ist räumliche Unendlichkeit gedanklich kaum nachvollziehbar.

Wenn man nun nach der kleinsten Existenz sucht, so ist das zweifelsfrei ein endlicher Punkt (vgl. letztes Kapitel). Und es gilt: Egal wie klein wir ihn zeichnen, so lange er noch gezeichnet werden kann, solange er also noch ein Teil unserer endlichen Welt ist, solange ist er immer ein wenn auch noch so kleiner Kreis. Ein Kreis ist also die kleinste endliche *Einheit*, die wir kennen. Mit drei Informationspunkten des Kreisrundes können wir ihn in jedem Koordinatensystem eindeutig bestimmen.[6]

Unser Schöpfungsspiel beginnt mit der kleinstmöglichen Endlichkeit, dem endlichen Punkt, der also ein Kreis ist, und zu dessen Darstellung man exakt drei nicht-endliche Koordinaten, d.h. drei Informationen, benötigt. Für uns Menschen sind Informationen etwas Virtuelles, d.h. etwas nicht real Fassbares. Allerdings gilt auch: Zumindest solange es uns Menschen als "real existierende Wesen" gibt, die Informationen speichern, sind sie bei uns gut aufgehoben – und damit selbst auch real.

Nun gehen wir einen Schritt weiter und übertragen das bisher Gesagte einfach auf eine höhere Ebene, die Ebene, die wir gemeinhin als uns überlegen, und die viele (auch ich) als göttlich oder Gott bezeichnen.

---

[6] vgl. meine Erläuterungen dazu in Kap. 2.2

Wir unterstellen, dass es eine solche Ebene überhaupt gibt. Sehr viele Mitmenschen bezweifeln das leider in wachsendem Maße; deshalb dieser vorsichtige Aufbau meiner Arbeitshypothese.
Stimmt sie, müssen sämtliche "göttlichen" oder "bei Gott stehenden" Informationen natürlich ebenfalls so lange als real anzusehen sein, wie es das Göttliche oder Gott gibt. Nach unserer Vorstellung ist das ewig.
So wie wir Menschen vielleicht unser ganzes Leben lang Informationen und Ideen mit uns herumtragen, die, solange wir leben, real sind, da sie von uns zu jeder Zeit in eine *endliche* Schöpfung umgesetzt werden können, so sind "göttliche" Informationen und Ideen real, solange Gott existiert. Ein Beispiel: Die Gedanken zu diesem und früheren Büchern trage ich seit vielen Jahren, ja mittlerweile schon seit ca. drei Jahrzehnten, mit mir herum und bringe sie nun seit Ende des letzten Jahrhunderts zu Papier. Dadurch, dass ich sie in Büchern niederschreibe, werden sie eine *endliche* Realität. Meine Gedanken dazu waren aber schon lange vorher da und sind deshalb seither genauso real, weil *ich* real bin. Dasselbe gilt in zwingender logischer Konsequenz selbstverständlich auch für Gott und seine Gedanken, Ideen oder, ganz allgemein, seinen Informationsschatz. Im Johannesevangelium heißt es daher sehr treffend: *"Am Anfang war das Wort, und das Wort stand bei Gott, und Gott war das Wort"*.

Drei nicht endliche Informationen bestimmen also unsere erste endliche Schöpfung, den endlichen Punkt, der stets ein noch so kleiner Kreis ist. Diese simple Logik erklärt eine in so vielen Religionen vorhandene, heutzutage aber für immer mehr völlig unverstandene Vorstellung: Die Überlieferung von der Dreiheit des Göttlichen oder von Gott, seine Trinität: Im Christentum ist Gott "dreieinig" und besteht aus Gott-Vater, Gott-Sohn und dem heiligen Geist. Im Hinduismus ist Gott Brahman, Wishnu und Shiva zugleich. Die für den Menschen in jeder endlichen Schöpfung, also jedem *Ding* in unserer Welt erkennbare Göttlichkeit ist in Wahrheit genauso eine Dreiheit, wie eben der endliche Kreis aus drei Informationen – seinen Koordinaten – besteht.

Noch etwas zur Darstellung, bzw. näheren Beschreibung eines Kreises: Zum einen können wir einen Kreis zeichnen. Wir können aber auch seinen Umfang und seine Fläche berechnen. Dafür brauchen wir die Mathematik, ein vom Menschen geschaffenes Sammelsurium nützlicher Wege, dem etwas Geistiges, die Zahlen, zugrunde liegt. Während also die Mathematik und ihre Regeln von Menschenhand entwickelt wurden, gab es Zahlen schon lange bevor wir mit ihnen umzugehen lernten. Von den

Berechnungen des kleinsten endlichen Punktes, dem Kreis, waren die Mathematiker vergangener Epochen geradezu euphorisch angetan: Kann ein doch augenscheinlich endlicher Kreis mit den Rechenkünsten von uns endlichen Wesen nicht endlich dargestellt werden.
Anders gesagt: Jede Berechnung von Umfang und Fläche eines völlig beliebigen Kreises führt zur Unendlichkeit. Dazu wurde schon vor über zweitausend Jahren die unendliche Kreiszahl π, die wir auch "irrational" nennen, weil sie nicht exakt bestimmbar ist, eingeführt. Doch auch die alten Ägypter arbeiteten bereits mit einer groben Näherung für π.
Der heutzutage im Alltag gebräuchliche Wert stammt bereits von dem griechischen Mathematiker *Archimedes von Syrakus (287-212).*
Jede endliche Schöpfung beruht also auf nicht-endlicher Information. Sie beide sind untrennbar miteinander verbunden. Sie gehören zusammen wie Pech und Schwefel. Endlichkeit und Unendlichkeit sind zwei Seiten ein und derselben Medaille. Die Unendlichkeit der Zeit nennen wir Ewigkeit. Es muss endliche und unendliche Räume genauso geben wie endliche und ewige Zeiten. Wir werden sehen, dass alles in dieser Welt seine eigenen Endlichkeiten und Unendlichkeiten hat, wenngleich wir sie nicht immer sofort erkennen (wollen).

Nun führen wir unser Gedankenexperiment von der Schöpfung aus der kleinsten Endlichkeit, dem Kreis, weiter.
Aufbauend auf diese erste Schöpfung wollen wir jetzt weitere Realitäten schaffen. Dazu sind wenige Grundregeln nötig; denn sonst wäre für jeden Wildwuchs Tür und Tor geöffnet.
Für jede Neuschöpfung machen wir zunächst zwei Vorgaben. Einerseits soll, frei nach dem biblischen Motto, *"Wachset und mehret Euch"*, der endliche Punkt, der kleinste Kreis, wachsen, also an Größe zunehmen und sich natürlich auch vermehren, d.h. zahlenmäßig anwachsen.
Andererseits muss sich jede Neuerung aus den bereits vorhandenen Informationen eindeutig ableiten lassen, wobei alles Neue zugleich nach Vollkommenheit und Perfektion streben soll. Soweit so gut.

Zunächst wird mit den Informationen des ersten Kreises seine exakte Kopie und damit ein neuer, ein zweiter und gleichgroßer Kreis, nur spiegelbildlich zum ersten, entstehen. Mit dieser Verdoppelung treten jetzt Symmetrie und Polarität auf.
Die folgenden beiden Abbildungen zeigen diese beiden ersten Schritte:

Schritt 1, der Anfang:

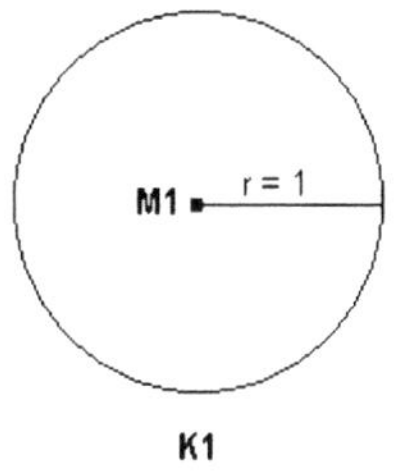

Jeder noch so kleine, jedoch endliche Punkt ist ein Kreis. Er wird durch 3 Koordinaten, oder allgemein: 3 Informationen, eindeutig bestimmt. Den Kreis unserer ersten Schöpfung nenne ich K1. Er hat einen beliebigen Radius, den ich der Einfachheit halber mit 1 bezeichne (r=1, Einheitskreis).
Seinen Mittelpunkt nenne ich M1.

Schritt 2, die polar-symmetrische Verdoppelung:

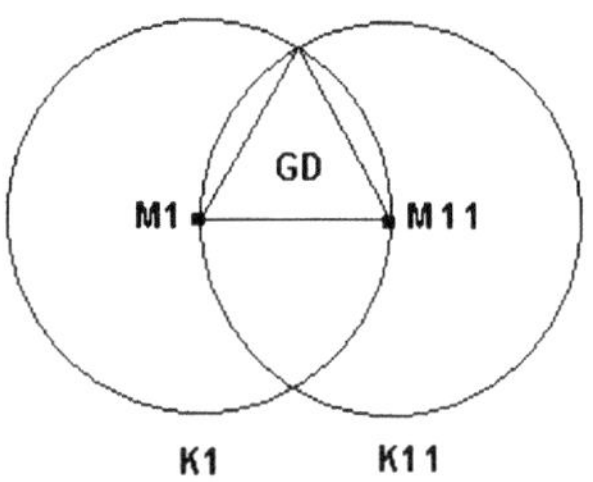

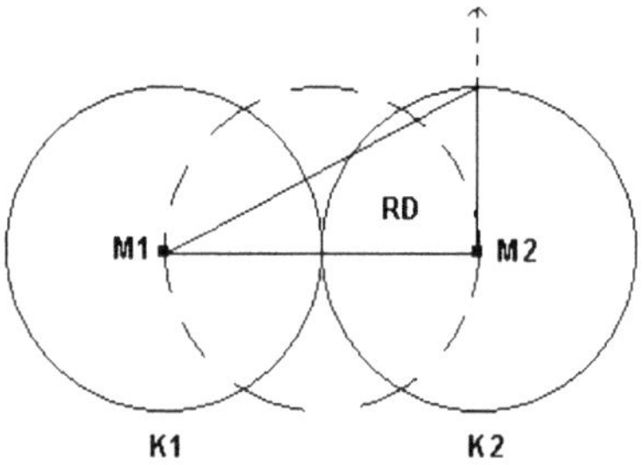

Unsere erste Neuschöpfung soll sich nun vermehren: Da Wildwuchs nicht zugelassen ist, alles sich also logisch aufeinander aufbauen muss, entsteht zunächst der links eingezeichnete Hilfskreis M11. Rechts ist er dagegen nur noch gestrichelt. Er wird durch den Kreisradius vorgegeben. So entstehen im Kreis gleichseitige Dreiecke (GD). Sie strukturieren den Kreis nach innen – sechs davon finden in jedem Platz. Ihre äußeren Linien bilden dann ein Sechseck (siehe S. 66).
Die erste echte Neuschöpfung ist der zum Kreis K1 spiegelbildliche, d.h. polar-symmetrische, gleich große neue Kreis K2. Die Verbindungslinie beider Kreise über ihre beiden Mittelpunkte (M1 und M2) kennzeichnet die erste Dimension oder Ebene. Da der kleinste endliche Punkt aber ein Kreis ist, wird zugleich schon die zweite Ebene geschaffen und so auch die weitere Entwicklung vorgezeichnet: Zwangsläufig geht es in Richtung des Lots auf M2 (gestrichelte senkrechte Linie mit Pfeil). Dadurch bildet sich ein rechtwinkliges Dreieck (RD).
Die Ausgangsbestimmung unseres kleinen Gedankenexperiments heißt, frei nach der göttlichen Aufforderung in der Bibel: "Wachset und mehret Euch", wobei das logisch aufeinander aufbauend abzulaufen hat.

Darüber hinaus gibt es lediglich die Forderung nach Perfektion und Vollkommenheit bei Erschließung von neuem, soweit möglich.

Schritt 3, die optimale Teilung, der Goldene Schnitt:

Ausgangspunkt für diesen Schritt ist die vorherige Abbildung: Zwei spiegelbildliche Kreise und die zweite Ebene sind entstanden. Das hierbei gebildete rechtwinklige Dreieck (RD) schneidet den zweiten Kreis K2 auf seinem Kreisbogen. Damit ergibt

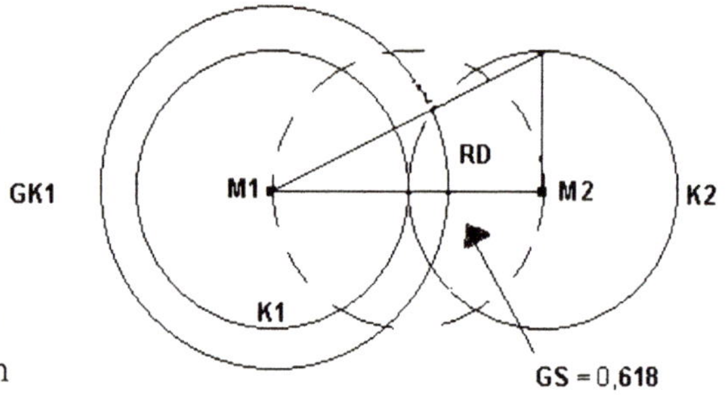

sich ein neuer Informationspunkt, der es jetzt ermöglicht, auch den ersten größeren Kreis zu schaffen (GK1).
Der neue, größere Kreis schneidet das rechtwinklige Dreieck (RD) auf einer Kathete, der Verbindungslinie zwischen den Mittelpunkten unserer ersten beiden Kreise K1 und K2. Dieser Schnittpunkt ergibt den "Goldenen Schnitt" (GS). Diesen Ausdruck prägte erstmals der bekannte deutsche Physiker *Georg Simon Ohm (1789-1854)*, dessen Name heute noch als Einheit für den elektrischen Widerstand benutzt wird.
Nimmt man nun wieder ein wenig Mathematik zu Hilfe und berechnet die Strecken zu beiden Seiten dieses Schnittpunktes GS, der ja die Verbindungslinie der beiden Kreismittelpunkte in zwei ungleich lange Abschnitte teilt, dann verhalten sich diese wie 1,618.... zu 0,618....
Die Zahlenfolge 6-1-8 ist, wie schon die Kreiszahl π, wieder unendlich oder irrational.
Der "Goldene Schnitt" ist zugleich das Ergebnis einer "stetigen Teilung". Danach gilt: Man kann jede beliebige Strecke derart in zwei Abschnitte teilen, dass sich die Gesamtstrecke zum größeren Abschnitt genauso verhält wie der größere Abschnitt (Major) zum kleineren Teil (Minor).
Das Ganze lässt sich nun beliebig weiter fortführen, wobei man stets ein Streckenverhältnis von 1,618 : 1, bzw. bei umgekehrter Division von 0,618 : 1, erhält: Das bedeutet, dass die jeweils größere Strecke 61,8% der Gesamtstrecke beträgt.
Die folgende Skizze meines Sohnes Martin verdeutlicht das noch einmal:

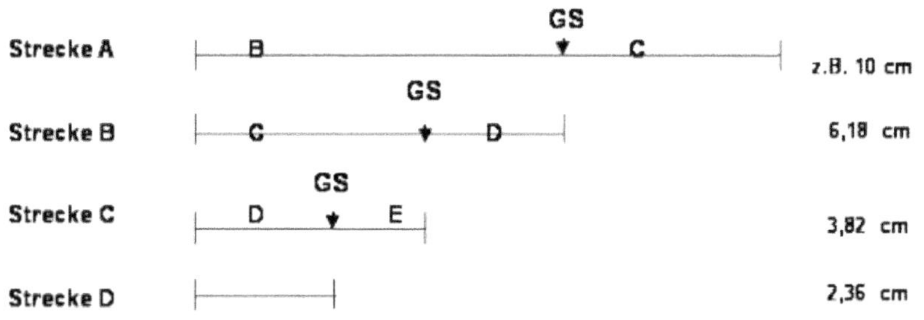

Einmal mehr muss man sich klarmachen, dass es zwar zeichnerisch leicht möglich ist, den goldenen Schnitt (GS) exakt und somit "endlich" zu bestimmen, nicht aber rechnerisch. Verschiedene Geometrien können wir nur unzulänglich mit unseren Methoden beschreiben. Endlichkeit und Unendlichkeit sind beide auch polar-symmetrische Bestandteile des goldenen Schnitts. Auf die Zahlenfolge 6-1-8 als unsere rechnerische Interpretation eines geometrischen Zusammenhangs werden wir überall in unserer Welt noch häufig stoßen. In dieser Welt, so scheint es, wirken geometrische Regeln als geistige Informationen im Hintergrund.

Schritt 4, die erste Vollkommenheit in der Vielheit – das Quadrat:

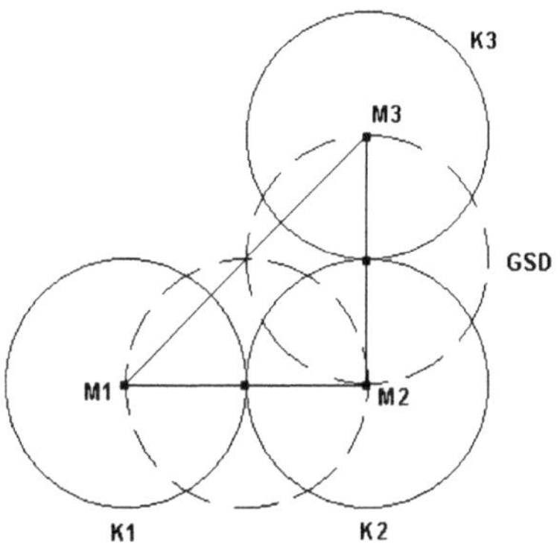

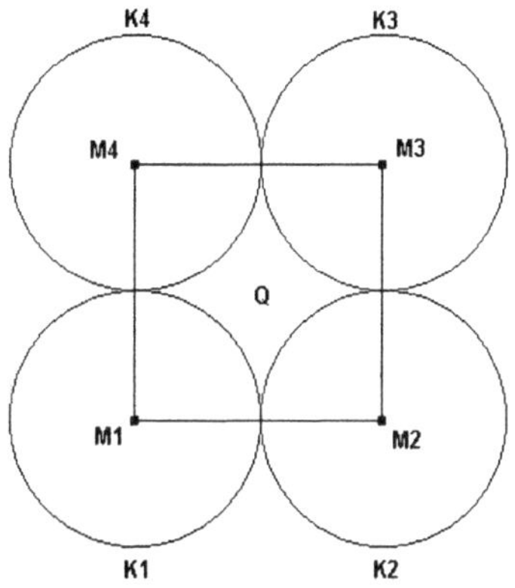

Durch einen weiteren Zwischenschritt öffnet sich unsere Schöpfung in die zweite Ebene, die Fläche. Es entsteht ein dritter Kreis (K3). Die Verbindung der drei Kreismittelpunkte M1, M2 und M3 führt zu einem gleichschenkligen Dreieck. Die Vollendung der ursprünglichen kleinsten

Einheit, dem endlichen Punkt oder kleinsten Kreis, in die Vielheit zeigt sich durch Bildung des vierten und letzten Kreises (K4).
Mit ihm bildet sich das Quadrat (Q) als neue geometrische Form in der Vielheit, entstanden aus einer ersten endlichen Schöpfung. Das Quadrat ist zugleich auch eine qualitativ neue Einheit.
Während die erste Einheit, der endliche Punkt oder kleinste Kreis, noch durch drei "virtuelle Punkte" oder rein geistige Informationen eindeutig bestimmt wurde, wird die neue Einheit in der Vielheit, das Quadrat, durch vier endliche Punkte, den vier Kreisen, eindeutig definiert.

Unser Gedankenexperiment schafft nach wenigen Schritten aus reiner Information etwas Gegenständiges. Im übertragenen Sinn könnten wir sagen: Aus Geist entsteht Materie. Und außerdem: Aus Unendlichem entsteht Endliches. Diese wenigen Schritte selbst zeigen auch, wie alle wichtigen geometrischen Formen[7] allein aus einem Ausgangskreis mit der "göttlichen" Maßgabe, zu wachsen und sich zu vermehren, schon nach kurzer Überlegung vollständig entwickelt werden können.

Schritt 5, der Clou:

Über die vorausgehenden vier Schritte hat sich mit dem Quadrat die erste neue Vollkommenheit in der Vielheit gebildet. Es umschließt den Einheitskreis wie nebenstehend.

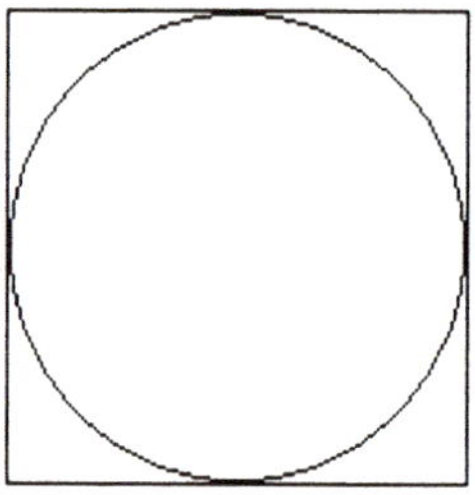

$\frac{Q}{K} = 1{,}273$

Das endliche geometrische Verhältnis zwischen Quadrat und Kreis, ihr Quotient, lässt sich rechnerisch wieder nur mit einer unendlichen, also irrationalen Zahl ziemlich unvollkommen darstellen. Sie ergibt die in den nächsten Kapiteln noch näher erläuterte wichtige Zahlenfolge 2-7-3.
Die beiden Zahlenfolgen 6-1-8 und 2-7-3 sind natürlich das Produkt von Rechnungen im Dezimalsystem. In einem anderen Rechensystem käme man zu anderen Werten. Den Berechnungen liegen aber dann dieselben geometrische Verhältnisse von beliebiger Größenordnung zugrunde. Das

[7] gemeint sind gleichseitiges Dreieck, rechtwinkliges Dreieck, gleichschenkliges Dreieck und zuletzt das Quadrat sowie die ersten beiden wichtigen geometrischen Zusammenhänge, das regelmäßige Innen-Sechseck und der Goldene Schnitt.

benutzte Rechensystem ist also völlig gleichgültig; denn es ändert an der Beziehung der beiden Formen Kreis und Quadrat überhaupt nichts.
Dennoch möchte ich auf frühere Erläuterungen in den letzten Kapiteln verweisen: Danach bin ich aufgrund einer großen Zahl plausibler Hinweise, die der gesunde Menschenverstand und die Erfahrungen des Alltags mit sich bringen, davon überzeugt, dass auch das Dezimalsystem in unserer Welt bevorzugt ist.

Die Entstehung des Quadrats als erste vollkommene Einheit in der gegenständlichen, der materiellen Vielheit aus der ursprünglichen, nicht gegenständlichen, sondern rein geistig durch Informationen bestimmten Einheit des Kreises, ist eng mit den ersten vier Ordnungszahlen, also 1, 2, 3 und 4, verknüpft.
Auch die beiden nächsten Zahlen, also 5 und 6, sind, wie ich noch erläutern werde, geometrisch plausibel mit dieser Entstehungsgeschichte verbunden, die Zahl 7 dagegen nicht mehr.
Zunächst etwas zur Zahl 6, die sich im regelmäßigen Sechseck spiegelt: Im ersten Schritt meines Gedankenexperiments entsteht über die erste Ausdehnung des Kreises durch seine Verdoppelung ein gleichseitiges Dreieck GD (S. 59).
Sechs davon lassen sich in einem Kreis unterbringen. Verbindet man ihre Schnittpunkte mit dem Kreis entsteht ein regelmäßiges Sechseck:

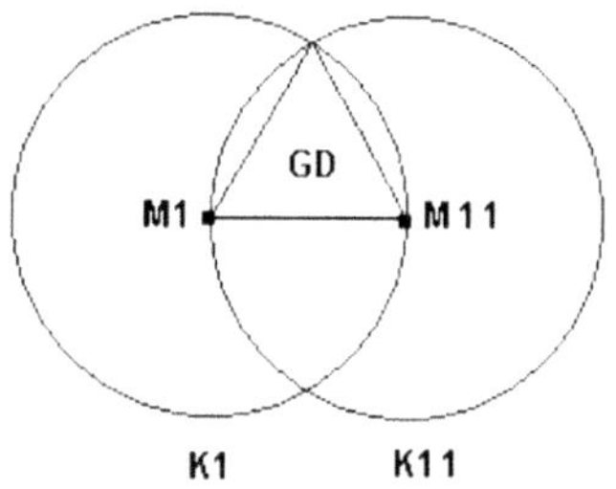

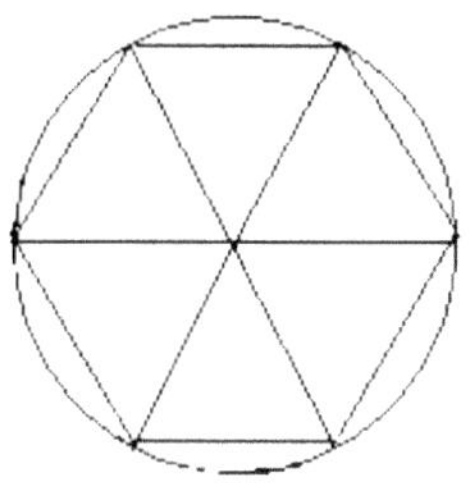

Bis zum regelmäßigen Sechseck teilen alle vorangehenden geometrischen Formen den Kreis, aus dem sie hervorgehen, in *endliche* Winkelgrade. Ein Siebeneck führt dagegen erstmals zu irrationalen Winkeln und ist somit nicht mehr exakt darstellbar.
Die Zahl 7 repräsentiert also eine strikte Zäsur.

Die Zahl 5 findet sich im Pentagramm, den Fünfstern, wieder. Um ihn lässt sich ein regelmäßiges Fünfeck zeichnen, das Pentagon. Aus dem griechischen übersetzt heißt Pentagramm jedoch nur "fünf Linien".

Daher wird der Begriff Pentagramm oft auch synonym für beides, also für regelmäßige Fünfsterne und Fünfecke, benutzt. Das Pentagon teilt den Kreisbogen in 5 Abschnitte zu je 72^0. Die Zahl 72 ist das Produkt aus 3 x 24, zwei wichtige Größen, auf die ich noch zurückkommen werde.

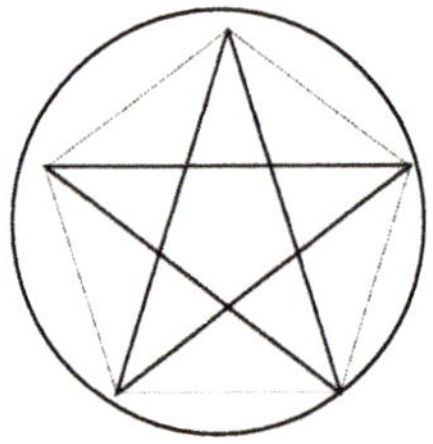

Das Kreuz, u.a. Symbol im Christentum, hat in seinem Kreuzungspunkt einen Mittelpunkt und so neben den vier Endpunkten einen zentralen, alles andere verbindenden, fünften Punkt. Vielleicht ist gerade auch das ein Grund, warum die Zahl 5 in vielen Religionen und Mythen als die göttliche Zahl und die Zahl der Liebe bezeichnet wird; denn Liebe ist das Verbindende, so wie dieser fünfte Punkt, der Mittelpunkt des Kreuzes.
Die 5 gilt auch als Zahl alles Lebendigen: In der Natur sind z.B. fünf Blütenblätter, wie etwa bei der Rose, sehr verbreitet. Nicht zuletzt ist der Mensch ein Paradebeispiel für die "erhabene" Fünfheit: Er besitzt jeweils zwei paarige untere und obere Gliedmaßen (symmetrische und polare Vier), dagegen aber nur eine (asymmetrischen, unpolaren) Kopf, der zugleich das oberste Zentrum ist.
Schon immer waren regelmäßige Fünfecke (Pentagone) und Fünfsterne (Pentagramme) sehr beliebte Abzeichen von diversen Geheimbünden, von philosophischen und religiösen Zirkeln oder Orden. Heute noch zieren Fünfsterne die Fahnen der USA oder Chinas, früher fand man einen auf der Flagge der Sowjetunion.
Die chinesische Akupunktur bietet hierfür auch ein klassisches Beispiel mit der seit Jahrtausenden bedeutsamen Lehre von den 5 Elementen: Seit jeher verbindet man sie in Richtung gegenseitiger "Erzeugung" zu einem regelmäßigen Pentagon. In ihm lässt sich dann wiederum ein Pentagramm zeichnen, wenn man die sich gegenseitig "bändigenden", bzw. "verachtenden" Elemente, miteinander verbindet.
Sinnbild der geschlechtlichen Liebe, aber auch von Perfektion und Schönheit, war bei den Babyloniern die Göttin Ischtar. Auch ihr war schon das Pentagramm symbolisch zugeordnet. Bei den alten Griechen wurde daraus die Liebesgöttin Venus. Die antiken Astronomen hatten bereits beobachtet, dass der zweitnächste Planet im Verhältnis zur Sonne vor dem Hintergrund der zwölf Tierkreiszeichen im Laufe von acht

Jahren ein perfektes Pentagramm in den Nachthimmel spurte. Die alten Griechen benannten deshalb diesen Planeten nach ihrer Göttin Venus, doch ist die Zahl 5 nicht erst seit Pythagoras das Symbol der Liebe. Wegen dieser besonderen astronomischen Konstellation fanden damals die Olympischen Spiele alle acht Jahre statt, und ihr Symbol war der Fünfstern. Heute haben wir diesen Wettkampfzyklus halbiert und aus dem Fünfstern die fünf olympischen Ringe gemacht. Damit wollte man den modernen Geist der Spiele im harmonischen Miteinander noch besser darstellen.

Ein wesentlicher Grund für die Mystifizierung von Pentagrammen und Pentagonen seit alters her mag auch darin liegen, dass sie eine geradezu göttlich-mystische Geometrie aufweisen, so wie es später der berühmte deutsche Mathematiker und Astronom Johannes Kepler (1571-1630) zeigte:

Man kann in jedes Fünfeck eine unendliche Folge von immer kleiner werdenden Fünfecken zeichnen, die sich zu ihrem obersten unpolaren Zentrum S hin mit ebenfalls immer kleiner werdenden, regelmäßigen Fünfsternen (Pentagrammen) abwechseln. Alle, hier sich theoretisch unendlich häufig abwechselnden Figuren, ergeben sich durch stetige Teilung, den goldenen Schnitt (GS).

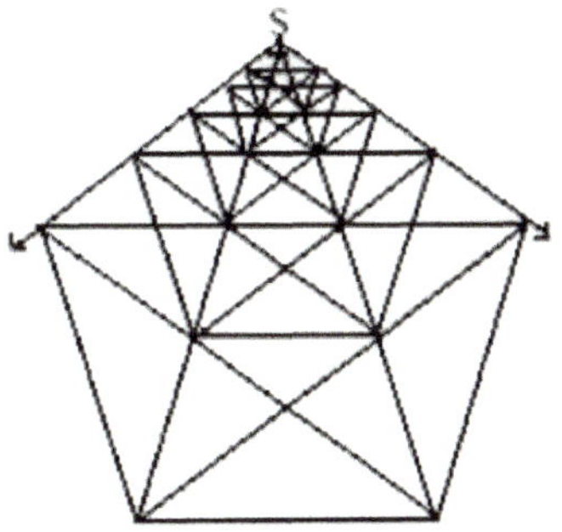

Die offenkundig entscheidenden Eckpunkte aller Existenz – Kreis, Quadrat, goldener Schnitt und Pentagramm, repräsentiert durch einen nackten Mann mit ausgestreckten Armen und Beinen – finden sich in der berühmten Zeichnung Leonardo da Vincis aus dem Jahre 1509:

Die Idee zu dieser Skizze lieferte allerdings schon um 30 v.Chr. der römische Architekt *Marcus Vitruvius Pollio*[1] *(ca. 55 v.Chr – 14 n.Chr.)*, genannt *Vitruv*, in dem einzigen, noch von ihm erhaltenen Buch über die Baukunst des Altertums (De architectura libri decem).

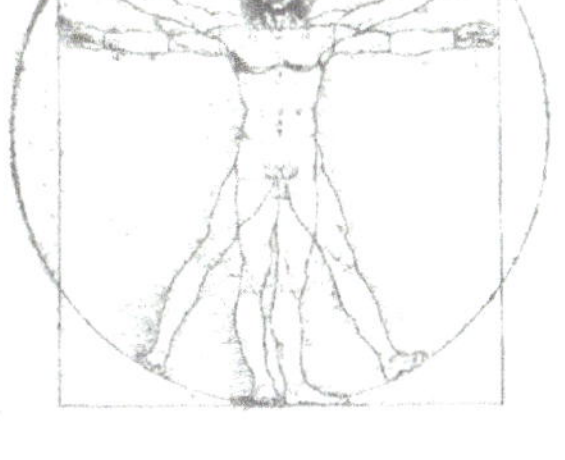

Schritt 6: Die 24er-Ordnung als höchste Vollkommenheit:

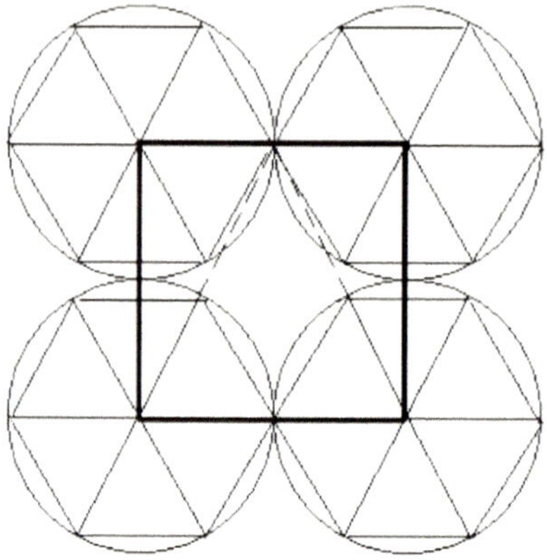

Das Quadrat ging aus dem Kreis als neue vollkommene Figur hervor. Die nach außen hin neu erschlossene Zweidimensionalität wird zunächst durch vier Kreise vollendet.
Jeder dieser Kreise ist nach innen hin strukturiert: Jeder Kreis enthält sechs gleichseitige Dreiecke, die zusammen ein regelmäßiges Sechseck ergeben. Über die 4 Kreise der neuen Vielheit entstehen somit insgesamt 24 gleichseitige Dreiecke.

Hier scheint ein weiterer schlüssiger, geometrisch fundierter Hinweis uns nahe zu legen, dass jede endliche Existenz nach außen hin in einem zyklischen **24**er-Rhythmus, nach innen hin dagegen immer in einem 6er-Rhythmus strukturiert wird.
Möglicherweise kannten schon die alten Babylonier diesen Sachverhalt, weshalb sie sich vor zweieinhalbtausend Jahren zu der bis heute gültigen und ganz offenkundig sehr nützlichen Zeiteinteilung entschlossen haben.

Aus drei nicht-endlichen und somit nicht-materiellen, also rein geistigen Informationen entsteht zunächst die erste gegenständliche Existenz – nennen wir sie materielle Einheit – der endliche Punkt, ein Kreis.
Nach dem sinngemäß biblischen Motto, "Wachset und mehret Euch", entsteht nach plausibel nachvollziehbaren, einfachen und klaren Regeln bald eine neue endliche Einheit in der materiellen Vielheit, das Quadrat.
Der Ausgangskreis, zugleich die Schnittstelle zwischen der rein geistigen Information und seiner materiell endlichen Manifestation, deckt zwei feste Ordnungsprinzipien auf: eine nach innen gerichtete 6er-, und eine nach außen gerichtete 24er-Ordnung. Bedingt durch das Rund des Kreises als kleinste endliche Manifestation sind die innere wie die äußere Strukturierung nicht linear, sondern zyklisch orientiert.

Aus einem einzigen endlichen Punkt, dem noch so klein gedachten Kreis als Ausgangspunkt, und damit aus einer *Einheit*, bekommen wir mit dem Quadrat ein erstes, diese Einheit umfassendes und übersteigendes, neues Objekt in der *Vielheit*.

Bis dahin erfolgte die Ausdehnung vom ersten Kreis zum Quadrat allein in die Fläche, d.h. in die **Zwei**dimensionalität. Nach dem Erreichen der neuen Vollkommenheit in der Vielheit ist in einem nächsten Schritt ein neuer Qualitätssprung zu fordern.
Dieser liegt in der Erschließung des Raumes, also einer weiteren, nun räumlichen Dimension, d.h. der Ausdehnung in die **Drei**dimensionalität. Eine Möglichkeit dazu wäre die folgende:

Mit Hilfe eines fünften Kreises, der sich wie das Lot zur Ausgangsfläche senkrecht aufrichtet, erhalten wir eine regelmäßige Pyramide mit quadratischer Grundfläche, das Tetraeder: Ganz so, wie sie die alten Ägypter für die Grabkammern ihrer *Gott*-Könige geschaffen haben.

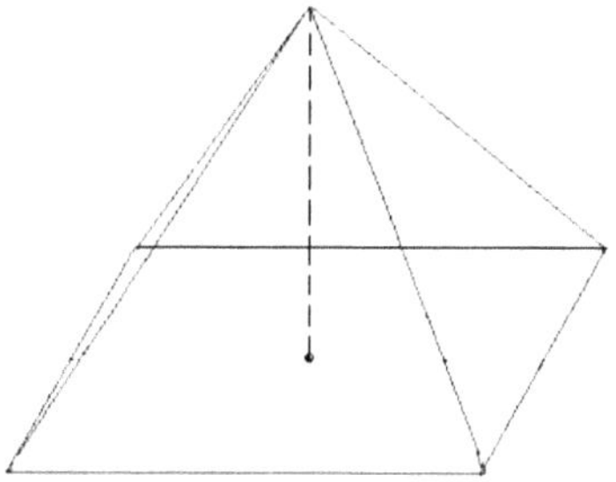

Diese Art, den Raum zu erschließen, ist nach meiner Auffassung zwar eine für uns Menschen naheliegende logische Schlussfolgerung; denn nur sie entspricht unserer natürlichen Vorstellung vom Raum als etwas **Drei**dimensionalem.

Ich glaube jedoch, dass eine andere, alternative Sichtweise richtiger ist.
Wir finden sie leicht, wenn wir die entscheidenden Schritte meines Gedankenmodells noch einmal objektiv und obendrein streng logisch Revue passieren lassen:
Die Erschließung der **Zwei**dimensionalität, also der Fläche, durch die Ausdehnung nach außen hin, erfolgt ja erst mit Hilfe des dritten Kreises dadurch, dass dieser sich nun senkrecht oder lotrecht, also im rechten Winkel zur Ausgangs*linie* der beiden ersten Kreise bildet (siehe Schritt 4).
Die Erhebung über die **Zwei**dimensionalität hinaus, und damit die Erschließung des **drei**dimensionalen Raumes als eine neue qualitative Ausrichtung, sollte demnach natürlich auch wieder senkrecht, d.h. im rechten Winkel zur Ausgangs*geometrie* erfolgen müssen; denn nur das wäre *eindeutig* durch das Vorhergehende bestimmt.
Die Ausgangs*geometrie* ist nun aber selbst eine *Fläche* und keine Linie mehr. Somit kann die Erschließung des Raumes nur über eine weitere, senkrecht zur ersten Fläche stehende, zweite Fläche erfolgen. Der Raum wird also zunächst ganz anders, nämlich über eine x^2y^2-Geometrie

erschlossen. Die aber ist **nicht drei-**, sondern **vier**dimensional, wie die folgende Grafik zeigt:

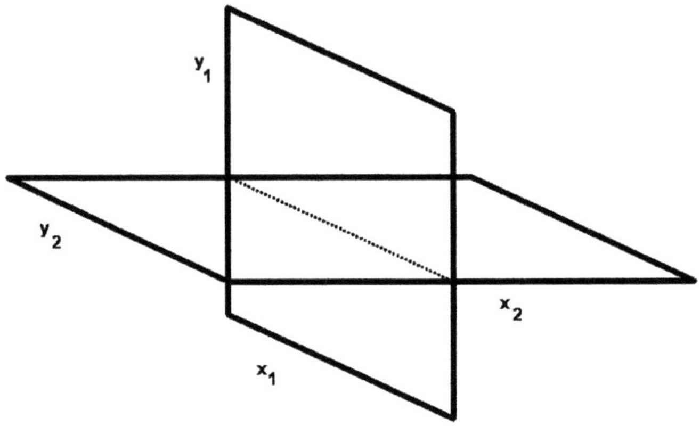

Schließen wir mein Gedankenexperiment dieses Kapitels nun ab und übertragen seine Ergebnisse auf unsere Welt, das Universum und alles Leben:

Nehmen wir an, zwei Flächen, die sich senkrecht durchdringen, sind durch Zahlen bestimmt und in einer 24er-Ordnung zyklisch strukturiert. Zahlen laufen von 1 bis unendlich.

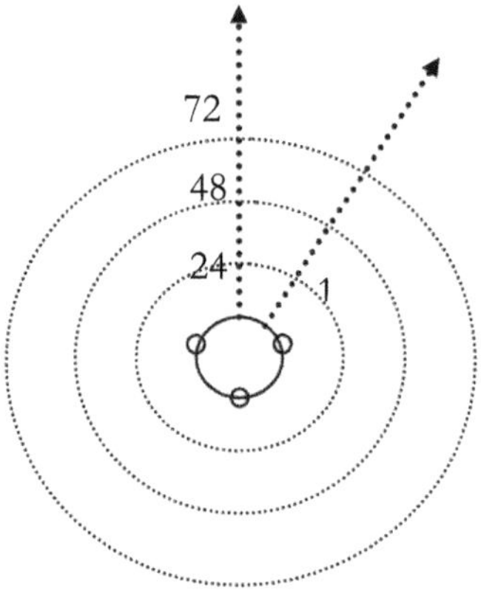

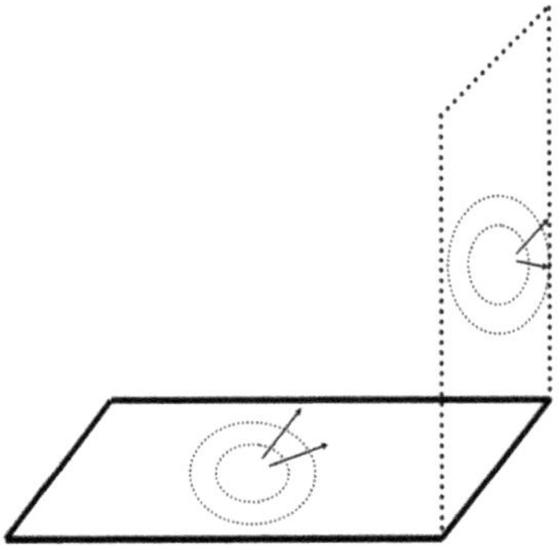

Wir bekämen zwei sich unendlich senkrecht durchdringende Flächen und über die unendliche Zahlenstruktur eine echte räumliche und unendliche **Vier**dimensionalität.

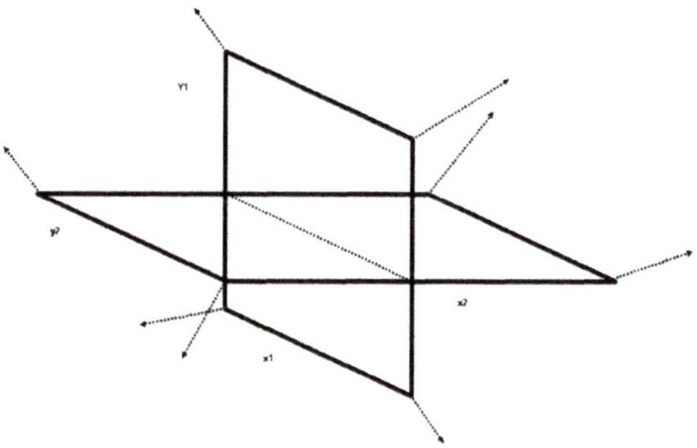

Albert Einstein hatte Recht, als er erkannte, dass unser Universum vierdimensional sein muss. Einstein kannte jedoch nur die drei Dimensionen des Raums. Es war sein Fehler, trotz seiner Genialität nicht auch eine vierte, echte räumliche Dimension zu fordern!
Vielmehr konstruierte er die bis heute zwar anerkannte, nach meiner Ansicht allerdings grundlegend falsche, vierdimensionale Raumzeit.
Der kosmische Raum, unser Universum, ist primär ein rein geistiges Konstrukt. Er folgt einfachen geometrischer Vorgaben und ist durch Zahlen unendlich strukturiert. Seine Ausdehnung setzt allerdings die Schaffung erster materieller Existenzen voraus. Sekundär manifestieren sich in ihm alle weiteren Körper, die selbst natürlich auch wieder an seiner Ausdehnung teilhaben. Der Raum ist also zwangsläufig eine Folge jedes endlichen SEINs, ähnlich wie später einmal "Geist" zwangsläufige Folge eines jeden Gehirns ist. Sowenig aber, wie der Geist tatsächlich das *Produkt* des Gehirns ist, sondern nur als differenziertes Informationsfeld betrachtet werden muss (vgl. Teil 4 und 5), wofür das Gehirn nötig ist, sowenig ist auch der Raum ein echtes Produkt von Materie; denn seiner Ausdehnung liegen allein geistige Regeln zugrunde – ihm innewohnende, geometrische Informationen. Nur sie sorgen für seine unendliche Ausdehnung mit Hilfe der unendlichen Folge aller Ordnungszahlen. Da Raum und Zeit untrennbar miteinander verbunden sind – wenngleich nicht als vierdimensionales Raumzeit-Konstrukt à la Einstein, existiert das Universum somit nach menschlichem Ermessen ewig.
Der Raum selbst ist unendlich und vierdimensional. In ihm entstehen und entwickeln sich erst endliche und dreidimensionale Objekte – und mit ihnen wieder der Raum. Weil er selbst unendlich ist, gibt es keine höhere, ihn umfassende weitere Dimensionalität.

Symmetrie und Polarität sind universelle Gesetze, die allem und jedem innewohnen wie zwei Seiten derselben Medaille.
Drei- und Vierdimensionalität sind auf diese Weise genauso untrennbar miteinander verbunden wie Geist und Materie, zyklische Struktur und lineare Zahlenfolge, Endlichkeit und Unendlichkeit, bzw. Ewigkeit.
Auch Raum und Zeit folgen diesem Gesetz – und schließlich auch Leben und Tod. Auf alle diese existentiell bewegenden Themen werde ich im Folgenden zu sprechen kommen.
Einfache geometrische Formen und ihre plausibel aufeinander folgenden Verbindungen, bzw. Abläufe, bilden, so bin ich überzeugt, den göttlichen Rahmenplan, nach dem alles und jedes in diesem Universum entsteht und sich entwickelt.
Dieser Rahmen ist die unumstößliche Vorgabe, in ihm steckt viel Freiheit für Entwicklungen jeder Art. Im Laufe der Zeit kommen noch weitere kleine Regeln hinzu, die offensichtlich dafür sorgen sollen, einen klar umrissenen Weg aller Entwicklung strikt einzuhalten: Den Weg hin zu einer selbstbewussten Vergeistigung der ganzen Welt in höchster Perfektion und größtmöglicher Vielheit.

Mein Kapitel endet mit einer Reihe von Hypothesen. Die folgenden Kapitel müssen nun zeigen, dass meine Denkansätze plausibel und daher vermutlich grundsätzlich sind.
Am Ende steht eine ganz neue, alternative und unsere Beobachtungen ausnahmslos integrierende Sicht unserer Welt.
Sie ist dringend erforderlich, um die Menschheit vor dem hausgemachten Untergang zu bewahren! Das gegenwärtige Verständnis kann das nicht; denn ihm fehlt das Wichtigste: die Überzeugung von der Existenz einer uns überlegenen, unendlich liebenden, göttlichen Dimension, egal, ob wir sie Gott, Brahman, Allah, Manitu oder sonstwie nennen, und der wir letztendlich alles verdanken, was zu diesem Universum und damit auch zu uns geführt hat. Wir alle sind Teil einer gigantischen Entwicklung. Dabei ist jeder von uns wichtig; denn jeder Einzelne ist auch eine geistige Persönlichkeit, von der niemals etwas verloren geht.

2.5) Absolute Perfektion: der Goldene Schnitt

"Am Anfang war das Wort, und das Wort war bei Gott, und das Wort war Gott", heißt es zu Beginn des Johannesevangeliums. Ein Wort ist eine Form von bereits komplexer Information, und Gottes Wort aus heutiger Sicht wohl ein Synonym für die Informationen, die unsere Welt bestimmen. Zahlen sind genauso Informationen wie geometrische Formen: Zusammen bilden sie einen göttlichen Code.
Die erste "materielle" Schöpfung, der endliche Punkt, also der kleinste Kreis, sowie die ersten sechs Ordnungszahlen bilden ihn im engeren Sinn, da sie diesen Kreis rational untergliedern (vgl. letztes Kapitel):
Jede dieser ersten sechs Zahlen lässt eine ganz bestimmte Deutung zu:
Die "1" steht für das Göttliche, Gott, oder die Einheit des Geistes. Sie entspricht dem Ausgangszustand für alles, was entstand und entsteht, und ist so die erste göttliche Zahl. Sie steht für jeden Anfang und für jede kleinste Informationseinheit. Sie steht als Symbol für jede Einheit, die als Schnittstelle zwischen den "Welten" fungiert (vgl. Kap. 2.14).
Die "2" steht für die polare Symmetrie, die Bildung des gegensätzlich Symmetrischen aus dem Ausgangszustand und insofern auch für die Schaffung von Materie aus dem geistigen Hintergrund.
Die "3" steht für endliche Räume, also alles dreidimensional Körperliche. Sie ist die Basiszahl jeder materiellen Existenz und determiniert die materielle Struktur. In einer mathematischen Potenz hat sie die Aufgabe der Basiszahl (vgl. Kap. 2.7).
Die "4" steht für die Unendlichkeit, die räumliche Vierdimensionalität, und bestimmt die Funktion von Strukturen. In einer mathematischen Potenz hat sie die Aufgaben des Exponenten (vgl. Kap. 2.7).
Die "5" nenne ich einmal die zweite göttliche Zahl; denn sie ist die erste "echte" Primzahl: Die 5 ist Startpunkt der unendlichen Reihe von Primzahlen, die nur durch sich selbst und die 1 teilbar sind und zudem der allgemeinen Formel "$6n \pm 1$" (mit $n =$ fortlaufend jede ganze Zahl) folgen. Die üblicherweise in der Mathematik auch zu den Primzahlen gezählten ersten drei Ordnungszahlen, die ja ebenso nur durch sich selbst und die 1 teilbar sind, werden von mir bewusst und plausibel nachvollziehbar ausgeklammert (vgl. Kap. 2.3).
Die Häufigkeit von Primzahlzwillingen, bei denen also nach der Formel "$6n \pm 1$" sowohl die höhere als auch die niedrigere Zahl eine Primzahl ist,

nimmt mit wachsender Ordnungszahl (n) zunächst allmählich, dann später rapide ab (folgt der Euler-Zahl, vgl. Kap. 3.4).
Primzahlen regeln offensichtlich eine ganze Reihe von Wirkungen im kosmischen Raum, wie z.B. Licht und Gravitation etc. (vgl. Teil 3).
Die "6" strukturiert geschlossene, also dreidimensionale Räume nach innen. Sie hat die höchste Packungsdichte. So sind z.B. Bienenwaben ja auch zu Sechsecken "gepackt".

Die Zahl "7" lässt sich nicht mehr aus einer einfachen geometrischen Entwicklung herleiten (vgl. letztes Kapitel). Das Siebeneck ist nicht mehr regelmäßig und das erste Vieleck, das den Kreis, die Ausgangsgeometrie dieses "Schöpfungsmodells", nicht mehr in rationale Winkelgrade teilt. Sie stellt somit einer Zäsurmarke dar.
Der ein oder andere Leser mag jetzt vielleicht pure Esoterik vermuten: Ich werde zeigen, dass dem nicht so ist.
Vielleicht sucht manch einer jetzt noch die Zahl "0", den "Zwilling der Unendlichkeit", wie sie im Buchtitel von Charles Seife genannt wird?
In unseren Rechensystemen ist die Null ein Platzhalter und in dieser Funktion sinnvoll und nützlich. Die Null steht für die Nichtexistenz, *das* "Nichts". Die Null ist polar-symmetrisch zum SEIN, also sein genaues Gegenteil, aber sie ist nicht der Ursprung des SEINs (vgl. letztes Kapitel). Dies steht damit im Gegensatz zu den Annahmen der meisten zeitgenössischen Naturwissenschaftler. Doch ist meine Antwort darauf: Wer an die Quelle möchte, muss auch gegen den Strom schwimmen können!

Aus der gesetzmäßigen Abfolge einer kleinen Anzahl geometrischer Entwicklungsschritte lassen sich sechs Zahlen und zwei geometrische Verhältnisse als determinierend für die entscheidenden Gegebenheiten in unserer Welt vermuten: Zum einen gehört dazu der "Goldene Schnitt". Zum anderen lässt sich die Fläche des Quadrats als der neuen Einheit in der Vielheit, mit dem Kreis als die zu ihm führende Ausgangsgeometrie, ins Verhältnis setzen (vgl. letztes Kapitel). In beiden Fällen ist es somit ganz egal, welches Rechensystem ich dabei verwende. Nur muss man dann für alle Betrachtungen das einmal gewählte benutzen. Wir haben heute, wie schon die meisten Kulturen zuvor, in unserer Gesellschaft das Dezimalsystem überwiegend als sinnvoll und nützlich ausgewählt.
Obwohl das hier im Grunde bloß eine Nebenrolle spielt, glaube ich dennoch, dass sich der Mensch damit tatsächlich am "Standard der Welt" orientiert. Ich werde das noch des Öfteren erläutern.

Im Dezimalsystem ergibt der "Goldene Schnitt" die Zahlenfolge 6-1-8. Bei diesem Maß der stetigen Teilung (vgl. letztes Kapitel) ist es völlig unerheblich, ob man die jeweils längere Strecke durch die kürzere oder umgekehrt dividiert. Im ersten Fall entsteht 1,618, im zweiten Fall 0,618. Natürlich ist die Zahlenfolge 6-1-8 nicht abschließend: Vielmehr handelt es sich bei ihr um eine irrationale Zahl. Sie ist folglich unendlich. Die "göttliche Geometrie" lässt sich halt nicht mit unseren Rechenmethoden punktgenau darstellen: Alle Messungen oder Berechnungen "pendeln" stets um ein Ideal, seine eigentliche Größe. Niemals können wir dieses ideale geistige Muster jedoch exakt erreichen. Das faszinierte schon die alten Griechen Jahrhunderte vor Christus. Denselben Sachverhalt finden wir regelmäßig in unserer Welt wieder. Eines von vielen Paradebeispielen hierfür ist sicher die Lichtgeschwindigkeit, die sich ganz offensichtlich an der Zahl "3" orientiert, aber sie genauso wenig exakt trifft.

Die Zahlenfolge 6-1-8 hatte u.a. der italienische Mathematiker *Leonardo Fibonacci von Pisa (ca. 1180- ca.1250)* durch ein verblüffend einfaches Gedankenexperiment gewonnen, welches sich mit der kontinuierlichen Fortpflanzung von Kaninchen beschäftigte: Was wäre, so fragte sich Fibonacci, wenn ein Karnickelpärchen jeden Monat aufs Neue ein Paar Junge bekäme. Zugleich sollten vom jeweils zweiten Monat an auch die jungen Kaninchen fruchtbar sein und dann ebenfalls Junge werfen: Im ersten Monat brächte ein Kaninchenpaar *ein* junges Paar zur Welt. Im zweiten Monat gäbe es schon *zwei* Paare (das Elternpaar und das junge Paar). Aber da die Jungen ja erst ab dem zweiten Monat werfen würden, brächte zunächst wieder nur das ursprüngliche Elternpaar ein junges Paar zur Welt. Im dritten Monat würde dann das erste Elternpaar erneut – und nun zum ersten Mal auch das erste junge Paar – werfen, u.s.w.

Man erhält so schließlich folgende Statistik:

Monat:	1	2	3	4	5	6	7	8	9	10	11	12	13	14	15
Anzahl von Paaren:	1	1	2	3	5	8	13	21	34	55	89	144	233	377	610

Die untere Zeile weist eine geordnete Zahlenreihe auf; denn ab der dritten Zahl, was dem Moment entspricht, von dem ab regelmäßig jeden Monat ein weiteres, ebenfalls Junge werfendes Elternpaar hinzukommt, entspricht jede folgende Zahl der Summe der beiden vorangegangenen Zahlen. Diese Zahlen heißen seither auch "Fibonacci-Zahlen".

Dividiert man je zwei aufeinander folgende Fibonaccizahlen miteinander, so ergibt sich Folgendes:

1:1 = 1; 2:1 = 2; 3:2 = 1,5; 5:3 = 1,667; 8:5 = 1,6; 13:8 = 1,625; 21: 13 = 1,615; 34:21 = 1,619; 55:34 = 1,618.

Dividiert man dagegen umgekehrt die niedrigere Zahl durch die höhere, erhält man 0,618. In beiden Fällen bekommen wir also die identische Zahlenfolge 6-1-8.
Die Bezeichnung "Goldener Schnitt" passt offenbar vortrefflich:
Psychologen wollen zum Beispiel mit diversen Tests herausgefunden haben, was einen weiblichen Körper in den Augen der Mehrzahl der Männer besonders attraktiv macht. Das Ergebnis scheint sehr schlicht: Die Taille muss einfach nur etwas unter 70% des Hüftumfangs betragen. Wetten, dass es bei genauester Berechnung ein Wert um etwa 0,618 (=61,8%) sein muss...?

.

Tatsächlich interessant ist nun, dass man eben genau diesen "Goldenen Schnitt" überall in der Natur wiederfindet. Man kann förmlich sagen, die Natur strebe, wo immer möglich, nach dem "Goldenen Schnitt".
Ein paar Beispiele von unzähligen zunächst aus der Botanik: Spektakulär ist die spiralige oder überlappende Anordnung von Blütenblättern bei vielen Pflanzen, wie z.B. bei Sonnenblumen, Gänseblümchen, Disteln, Agaven, vielen Palmen, ja auch Kohlarten oder bei der Rose. Mal teilen zwei aufeinander folgende Blütenblätter einen um sie herum gedachten Kreis im Winkel des Goldenen Schnitts, mal bilden Blüten, Blätter oder die Schuppen spiralige Anordnungen, die im Verhältnis des Goldenen Schnitts in beide Richtungen gedreht sind, wie z.B. bei Tannenzapfen oder der Ananas. Genauso ist das Wachstum der Spiralwindungen eines Schneckenhauses identisch mit dem eines Spiralnebels, also einer Galaxie im fernen Weltall, oder den Spiralen eines Hurrikans. Ihre Abstände vergrößern sich stets im Verhältnis des Goldenen Schnitts. Auch die Abstände der neun Planeten unseres Sonnensystems *(Titus-Bode-Regel)* sowie ihre Umlaufzeiten und die ihrer Monde folgen dem Goldenen Schnitt.
Oder etwas ganz anderes: Streckt der Mensch seine Arme horizontal zur Seite aus, dann bildet jede Armlänge zur Schulterbreite ebenso den Goldenen Schnitt wie auch der Oberarm zum Unterarm oder der Oberschenkel zum Unterschenkel. Der Abstand von der Fußsohle zum Bauchnabel und von diesem zum Kopf folgt natürlich einmal mehr dem

goldenen Schnitt. Dasselbe gilt auch für die Länge von der Schulter zu den Fingerspitzen im Verhältnis zum Ellbogen bis zu den Fingern und in adäquater Weise natürlich genauso an den Beinen (vgl. Skizze von Leonardo da Vinci nach Vitruv, S. 65).
Betrachtet man die Glieder von Fingern oder Zehen und daneben noch den entsprechenden Mittelhand- oder Fußknochen, dann verhalten sich je zwei benachbarte Glieder zueinander wieder wie Major und Minor, d.h. auch sie liefern uns den Goldenen Schnitt. Genauso lässt er sich in den verschiedenen Gesichtsproportionen überall wiederfinden.
Schier unzählige Beispiele lassen sich so allein für die menschlichen Proportionen aufzählen, für Maler und Zeichner natürlich eine bekannte Orientierung. Der "Goldene Schnitt" ist ein universelles Phänomen und steht für Perfektion und das Optimale. Bei Tieren ist es nicht anders:
Nehmen Sie ein Pferd: Der Abstand von den Hufen bis zum Unterbauch verhält sich zum Durchmesser der Rumpfes wie der Goldene Schnitt. Andere Proportionen tun das natürlich genauso.
.Mit Zahlen lassen sich geometrische Verhältnisse beschreiben. Beim "Goldenen Schnitt" gelingt das nur mit Hilfe einer irrationalen Zahl.
Fazit: Ein durch Zahlen und mit Hilfe menschlicher Berechnungen nur unzureichend zu beschreibendes geometrisches Verhältnis, das selbst für Perfektion steht, findet also exakte Entsprechungen in der Natur.
In der Mathematik lässt sich der "Goldene Schnitt" einfach durch die Entwicklung der sogenannten "Binomischen Formeln" ableiten.
Eine abstrakte mathematische Zahlenentwicklung spiegelt somit eine Vielzahl natürlicher Prozesse wider.
Nun ein paar Takte Musik: Eine Oktave besteht wie bekannt aus acht Tönen und sieben Tonstufen: Das Schwingungsverhältnis des ersten Tons zu sich selbst ist natürlich 1:1 oder 1,0. Das Verhältnis zwischen dem ersten Ton und dem ersten Ton der nächst höheren Oktave, also z.B. c und c', ist 2:1 oder 2,0. Die Tonstufenfolge, deren Intervalle die Zahl der stetigen Teilung wie ein Pendel dermaßen umspielen, dass sie mit jedem folgenden "Pendelschlag" immer besser getroffen wird, ergibt folgende Intervallfolge:

	c	c'	g	a	as	as+
	1/1	2/1	3/2	5/3	8/5	13/8
oder	1,0	2,0	1,5	1,667	1,6	1,625

Man erkennt sehr schön, wie auch hier die nachfolgenden Verhältnisse wieder denen der Zahlenreihe von Fibonacci entsprechen. Die hier noch

verbleibende Differenz zur Zahl 1,618 ist sehr gering. Folglich sollte es ein optimales Tonintervall geben, das ein ganz klein wenig größer als die bekannte reine Quinte ist und das genau den goldenen Schnitt als Folge einer stetigen Teilung der Oktave trifft. Das forderte bereits *Johannes Kepler (1571-1630)*. Für ihn war der "Goldene Schnitt" deshalb das Ergebnis einer "göttlichen Teilung"*(lat. proportio divina)*. Das hier gesuchte Tonintervall entspräche dann der "reinsten" oder "vollkommensten" Quinte. Die (normale) Quinte ergibt sich aus der Zahl 5 und ist das größte Intervall (z.B. zwischen c und g nach oben, d.h. jeweils drei Ganzton- und ein Halbtonschritt) innerhalb einer Oktave, das in der Musik als vollkommen konsonant angesehen wird.
Zusammen mit der nachfolgenden Quarte (zwischen g und c') teilt sie jetzt die Oktave harmonisch in zwei unterschiedlich große Abschnitte.
Beide sind sie ein Meilenstein auf dem Weg zu einer echten stetigen Teilung. Dieser Sachverhalt lässt auch vermuten, dass die nach der Zahl "1" erste echte Primzahl "5" selbst von besonderer Bedeutung sein muss. Der berühmte italienische Geigenbauer *Antonio Stradivari (ca. 1644-1737)* nutzte den Goldenen Schnitt zur exakten Bestimmung des f-Lochs seiner genialen Instrumente, um so eine vollkommene Quinte spielen zu können.

An dieser Stelle möchte ich noch einmal auf eine Abbildung des letzten Kapitels verweisen. Im Original stammt sie von Kepler, der eine (theoretisch) unendliche Folge ineinander geschachtelter, immer kleinerer regelmäßiger Fünfecke, also Pentagramme zeichnete, die alle zu einer gemeinsamen Spitze (S) führen. So entsteht ein Gebilde, in dem sich diese Fünfecke mit Fünfsternen abwechseln. In ihnen findet man automatisch wiederum regelmäßig angeordnete gleichschenklige Dreiecke, wobei sich spitz- und stumpfwinklige miteinander abwechseln.

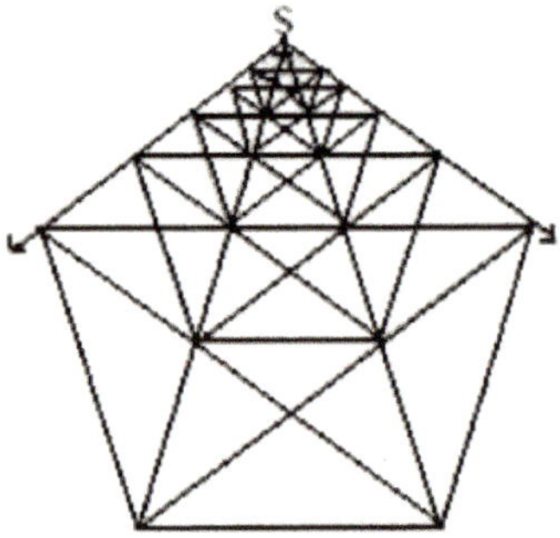

Man kann genauso sagen, dass darin die Grundelemente einer großen geometrischen Formenvielfalt versammelt sind. Die unzähligen Dreiecke teilen ihre Seiten zur Spitze dieses Gebildes (S) hin (also in Richtung "Unendlichkeit") wieder stetig im Verhältnis 1: 1,618, bzw. 1: 0,618.

Kepler sah allerdings auch in diesem Bild nur einen kleinen Ausschnitt der eigentlichen Vollkommenheit; denn die Pentagramme lassen sich zeichnerisch noch zu einer dann absolut vollkommenen "Zehnheit" zusammenfügen, womit wir eine weitere geometrische Entsprechung zum Dezimalsystem haben.
Nach *Ernst Bindel* sieht dieser Körper aus wie ein vollkommener Diamant

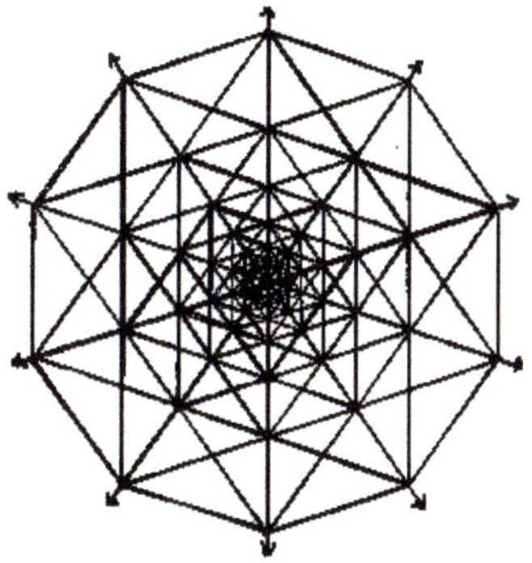

Es scheint wohl eine in der Natur real verankerte optimale Zahlenfolge für Teilungen zu geben. Der "Goldene Schnitt" entspricht damit einer "Optimale Teilung". Der Goldene Schnitt ist Perfektion pur.
In der Natur findet man den Goldenen Schnitt so regelmäßig wieder, dass man sich des Eindrucks kaum erwehren kann, die Natur strebe ihn gezielt an. Viele Architekten vergangener Zeiten ahmten ihn deshalb in ihren Plänen für große Bauwerke nach: Beispielsweise finden wir ihn in den wesentlichen Proportionen des Parthenons der Athener Akropolis genauso wieder wie im Mailänder und im Kölner Dom oder in den altägyptischen Pyramiden. Alle diese Bauwerke haben viele Jahrhunderte, manche ja sogar Jahrtausende allen Widrigkeiten der Natur, moderner Umweltverschmutzung und schlimmsten kriegerischen Wirren getrotzt. Der Kölner Dom hat sogar zahlreiche Bombeneinschläge im zweiten Weltkrieg überstanden ohne einzustürzen. Die Wahl des "Goldenen Schnitts" als Grundlage für kolossale Bauwerke war offensichtlich stets eine außerordentlich gute Wahl. Manch ein modernes Bauwerk kann da heute nicht mehr mithalten. Wie sagte schon Leonardo da Vinci zum Goldenen Schnitt? *"Die Proportion findet sich nicht nur in den Zahlen und den Maßen, sondern auch in den Tönen, den Landschaften, den Zeiten und den Orten, und in jeder bestehenden Macht."*
Obgleich der Name "Goldener Schnitt" erst vor etwa 200 Jahren geprägt wurde, war das Phänomen der stetigen (optimalen) Teilung eben schon vor ein paar Tausend Jahren den damaligen Hochkulturen in Ägypten, Babylon oder Griechenland wohlbekannt. Dennoch schreiben einige Historiker seine Entdeckung dem griechischen Mathematiker *Euklid (um 300 v.Chr.)* zu, weil er ein Lehrbuch der gesamten damaligen Mathematik verfasst hatte.

2.6) Die Grenze des Machbaren

Neben dem "Goldenen Schnitt" gibt es noch ein weiteres geometrisches Verhältnis, das sich offensichtlich überall im Universum spiegelt:
Am Ende meines kleinen Schöpfungsspiels von einem wachsenden und sich vermehrenden endlichen Punkt, dem kleinsten Kreis, ergibt sich als krönender Abschluss der Ausdehnung in die Zweidimensionalität das Quadrat – die neue vollkommene Einheit in der Vielheit.

Dividiert man die Fläche vom Quadrat durch die des Kreises, so bekommt man ein weiteres geometrisches Verhältnis, dessen Darstellung im Dezimalsystem wieder eine unendliche, also irrationale Zahl mit der Zahlenfolge 2-7-3 ist.

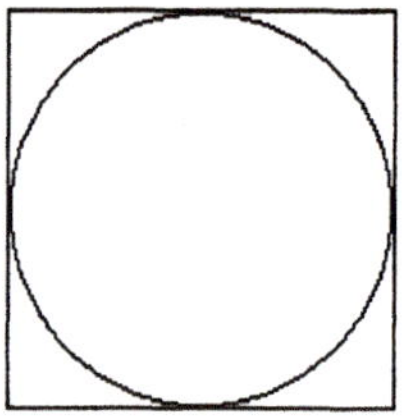

$\frac{Q}{K} = 1{,}273$

Sie findet man vor allem an Schlüsselpositionen unseres Universums. Offensichtlich charakterisiert die 2-7-3 die Grenze des Machbaren. Sie steht dabei für das Optimale am Rande des Möglichen. Da man auch diese Zahlenfolge wieder aus einem rein geometrischen Zusammenhang mit Hilfe des Dezimalsystems berechnet, ist es natürlich legitim, sie mit den genauso ermittelten Werten in unserem Universum zu vergleichen.

Wenn wir in unserem Land Temperaturen messen, benutzen wir im Allgemeinen die dezimale Temperaturskala nach dem schwedischen Astronomen *Anders Celsius ((1701-1744)*. Das Lebenselixier unserer Erde und vermutlich für alles Leben im Universum ist das Wasser (H_2O). Alle Elemente und demnach auch ihre chemischen Verbindungen kommen in drei verschiedenen Phasen, den Aggregatzuständen vor, und zwar in fester, flüssiger und gasförmiger Form. Alle Lebensformen benötigen flüssiges Wasser, dem wahrscheinlich wichtigsten und, nach neuesten Erkenntnissen, auch in Hülle und Fülle überall im ganzen Universum vorkommenden Stoff. Celsius teilte den flüssigen Zustand des Wassers zwischen seinem Schmelzpunkt und dem Siedepunkt dezimal in 100 Grade ein. Der schwedische Naturforscher *Carl von Linné (1707-1778)* legte dann den Schmelzpunkt mit 0°C und den Siedepunkt mit 100°C fest. Null Grad Celsius ist aber nicht der tiefste mögliche Kältegrad, wir kennen das: Beispielsweise liegt der Siedepunkt des häufigsten Elementes unserer Atemluft, dem Stickstoff (N), schon bei ca. -195°C, d.h. darunter ist Stickstoff flüssig, bis ca. 15 Grad abwärts. Es gibt jedoch eine untere Temperaturgrenze, die nirgendwo im ganzen Universum unterschritten werden *kann*: Man spricht hier vom *"absoluten Nullpunkt"*. Er liegt bei ziemlich genau -273°C. Doch nirgendwo im Universum gibt es ihn, was einen einfachen Grund hat; denn Temperatur (Wärme) entsteht ja durch Bewegung der Teilchen, und bei -273°C würde sich nichts mehr bewegen – nirgendwo. Das Universum wäre regungslos erstarrt.

Längst haben Wissenschaftler entdeckt, dass, egal wohin man blickt, überall im Universum eine Temperatur vorherrscht, die geringfügig höher ist als der absolute Nullpunkt: Und diese weicht um exakt 2,73°C davon nach oben ab. Man spricht von der Hintergrundstrahlung (HGS).

Der berühmte englische Physiker, *Sir William Thomson*, genannt *Lord Kelvin (of Largs, 1824-1907)*, führte eine dezimale Temperaturskala (Kelvinskala, K) ein, die beim absoluten Nullpunkt (also -273°C) beginnt. Danach ist der Schmelzpunkt des Wassers natürlich +273 K.

Und die in allen Richtungen unseres Universums enorm gleichmäßige (isotrope) Hintergrundstrahlung (HGS), sozusagen die Basistemperatur des Weltalls, liegt damit bei ziemlich genau 2,73 K (vgl. Teil 3).

Kosmologen werden nun einwerfen, man habe mittlerweile mit dem COBE-Satelliten[8] nachweisen können, dass die HGS tatsächlich nicht so konstant sei und Schwankungen aufweise: Man nennt sie Fluktuationen.

Nur, diese Abweichungen sind sehr gering und betragen weniger als ein Dreißigmillionstel Grad. Und bitte bedenken Sie: Die Zahlenfolge 2-7-3 ist kein rationaler, also "glatter" Wert, sondern das rechnerische Ergebnis eines geometrischen Verhältnisses. Erkennt man in der Geometrie einen geistigen Rahmenplan für unseren Kosmos, dann muss alles, was sich damit in dieser Welt manifestiert hat, auch kleine und "irrationale" Abweichungen von diesen Idealen besitzen! Der moderne Kosmologe hält diese "Wärme" für eine Art Nachglühen des Urknalls, aus dem das Universum vor etwa 13-15 Milliarden Jahren hervorgegangen sein soll.

Die vermutlich wahre Bedeutung dieses exakten Temperaturwertes verkennt er, weil er ihn ohne Geometrie auch gar nicht erkennen kann. Folglich gibt es einige naturwissenschaftliche Bücher und Abhandlungen, in denen die HGS sogar bloß mit der völlig unzulänglichen Näherung von 3 K (anstatt 2,73 K) angegeben wird.

Weitere Beispiele für die wohl grundsätzliche Bedeutung der Zahlenfolge 2-7-3 seien an dieser Stelle nur kurz erwähnt:

---

[8] COBE= **Co**smic **B**ackground **E**xplorer; ist seit 1989 in der Erdumlaufbahn

Beispielswiese ziehen sich nach dem bekannten physikalischen Gesetz nach *Gay – Lussac* alle Stoffe in unserem Kosmos bei 1 Grad Abkühlung und konstantem Druck um genau 1/273 ihres Volumens zusammen, um sich dann bei entsprechender Erwärmung um genau diesen Betrag wieder auszudehnen.
Oder: Der Radius des Mondes entspricht genau 0,273 Erdradien, und die Mondbeschleunigung auf seiner Bahn um die Erde beträgt 0,273 cm/s^2. Ein *siderischer*, also echter Mondmonat beträgt 27,3 Tage, ebenso wie die *synodische* Rotation der Sonne. Die Wissenschaft diskutiert heute auch, dass unser Mond ein echter Zwillingsplanet der Erde sei und genau diese Größen haben musste, um die Erde in unserem Sonnensystem dauerhaft optimal zu stabilisieren.
Oder: Auf der Sonne beträgt die Schwerebeschleunigung 273 m/s^2.
Das Jahr als Maß für die Umlaufzeit der Erde um die Sonne hat bekanntlich 365,25 Tage (pro Jahr werden seit Einführung des Gregorianischen Kalenders im Jahr 1582 fortan 365 Tage, im Schaltjahr 366 Tage angesetzt). Der Kehrwert dieser Zahl ergibt die dezimale Folge 2-7-3.
Im Medizinstudium lernt man, dass die durchschnittliche Dauer einer menschlichen Schwangerschaft 273 Tage beträgt, was damit genau 10 Mondmonaten entspricht, womit die Schwangerschaftsdauer wieder dem Kehrwert der Tage eines Jahres entspricht.
Oder: Unsere Luft ist in Wirklichkeit ein buntes Gasgemisch. Kleine Änderungen in ihrer Zusammensetzung hätten für unser Überleben vermutlich tragische Konsequenzen. Bei einem optimalen Anteil von 21% Sauerstoff und 77% Stickstoff, ergibt sich ein Sauerstoffanteil am Stickstoff von 0,273 oder 27,3%.
Natürlich wird der Kritiker mir jetzt vorhalten, dass ich ausgerechnet den Menschen und sein teils "erfundenes" Umfeld mit als plausible Hinweise oder gar Beweise für die Existenz universeller Maßstäbe verwende, sei unzulässig und willkürlich. Das glaube ich nicht.
Betrachten wir doch den geschichtlichen Ablauf der Menschwerdung einfach mal rückwärts: Ich wähle uns Menschen, weil wir zumindest auf der Erde den heute vorläufigen Höhepunkt der geistigen Entwicklung repräsentieren. Für uns, und damit zum Erreichen dieses herausragenden geistigen Entwicklungsstandes, ist eine optimale Zusammensetzung des Gasgemisches Luft, wie wir sie hier vorfinden, absolut lebensnotwendig.
Bereits kleine Schwankungen hätten uns gar nicht erst möglich gemacht. Für das Entstehen dieser Luftatmosphäre ist die Sonne und ein stabiles Umlaufsystem der beiden Himmelskörper Erde – Mond in genau

definiertem Abstand zwingend erforderlich. Die Sonne ist ein Fixstern in einem Universum mit einer überall ziemlich konstanten Temperatur, der schwachen Hintergrundstrahlung. Jede dieser aufeinander angewiesenen Konstellationen ist eng mit der Zahl 273 verbunden.
Diese Erkenntnis hat mich in meinem früheren Buch, "Der Schlüssel zur Ewigkeit", zu der Aussage bewogen, es gäbe wohl genügend Gründe, um sicher davon ausgehen zu dürfen, dass sehr bedeutsame Entwicklungen in unserem Universum stets und geradewegs zu einer Verwirklichung der optimalen Ziffernfolgen "streben". Die Welt ist erst dann "zufrieden", wenn diese Werte auch tatsächlich erreicht werden.
Inzwischen kann ich noch einen Schritt weiter gehen; denn ich habe gezeigt, dass die beiden Ziffernfolgen 6-1-8 und 2-7-3 die bloß rechnerische (dezimale) Darstellung einer natürlichen Entwicklung sind. Sie entstehen als das natürliche Ergebnis von *Vermehrung und Wachstum* der einfachsten geometrischen Form, dem endlichen Punkt. Daraus aber kann man dann folgerichtig schließen, dass der Aufbau unserer ganzen Welt im Grunde einer einfachen mathematischen Ordnung entspricht.
Diese muss zwingend real existieren und das natürlich bereits seit ewigen Zeiten. Geometrische Formen und Zahlen sind etwas rein Immaterielles, und ihr Dasein ist auch völlig unabhängig von energetischen Zuständen im herkömmlichen Sinn zu sehen.
Das Prinzip der Energieerhaltung nach den selbstverständlich korrekten physikalischen Gesetzen der Thermodynamik ist daher dort primär nicht entscheidend, wo einfache geometrische Formen und Ordnungszahlen auf die Welt einwirken und ihre Strukturen und Abläufe eo ipso, d.h. durch sich selbst, ordnen.
Zahlen und Formen sind es, die alle Materie in bestimmte Bahnen oder Zustände regelrecht zwingen. Die heutzutage fast hektische, aber bislang völlig erfolglose Suche nach allerlei Substanzen, die so viele Wirkungen auf die Materie vermitteln sollen, wie z.B. nach Gravitonen für die Schwerkraft oder Gluonen für den Zusammenhalt der Atomteilchen, wird damit vollkommen überflüssig.
Geometrische Formen und die Ordnungszahlen sind allerdings nur *ein* Teil einer übergeordneten geistigen Welt. Wenn man jedoch schon jetzt Zahlen und Formen als eine real existierende geistige Qualität nahe legen kann, dürfte die Akzeptanz noch weiterer und differenzierterer geistiger Qualitäten selbst dem eingefleischten Skeptiker kaum mehr so große Bauchschmerzen bereiten.

2.7) Form und Zahl bestimmen Struktur und Funktion

Mein einfaches Gedankenexperiment, das sich mit der Vermehrung und dem Wachstum der einfachsten geometrischen Form, dem endlichen Punkt, und damit den kleinsten Kreis, beschäftigte, schuf schon nach wenigen Schritten alle wichtigen geometrischen Grundformen, die wir heute kennen. Aus ihnen lassen sich alle weiteren Formen bilden.
Zugleich ergaben sich zwei besonders prägnante Zusammenhänge: Der "Goldene Schnitt" sowie der Quotient aus der neuen Einheit in der Vielheit, dem Quadrat, und dem Ausgangskreis (vgl. Kap. 2.4).
In beiden Fällen handelt es sich nicht um neue, eigenständige Formen, sondern allein um besondere Maße. Sie ergeben sich bei dieser zunächst rein theoretischen Schöpfung am Reißbrett zwangsläufig.
Das erste Maß, der "Goldene Schnitt", entstand bei der Umstellung von reiner Vermehrung zu Anfang auf zusätzliches Wachstum. Das zweite Maß ist das Ergebnis aus dem direkten Vergleich zwischen der optimalen Neuschöpfung (Quadrat) und ihrem optimalen Ausgangswert (Kreis).
Ich halte es für lohnenswert, sich einmal mit diesen aufs erste so trivial wirkenden Zusammenhängen etwas näher zu beschäftigen.
Betrachtet man die Welt im Kleinen wie im Großen, dann finden wir, wohin wir auch schauen, genau diese Zusammenhänge immer wieder.
In den letzten beiden Kapiteln habe ich hierzu schon eine ganze Reihe von Beispielen erwähnt. Interessant dabei ist, dass sich der "Goldene Schnitt" mit der Zahlenfolge 6-1-8 stets dort finden lässt, wo es sich um Vermehrung und Wachstum dreht. Der Quotient 2-7-3 aus Quadrat und Kreis als Repräsentanten von Neuschöpfung und Ausgangszustand zeigen sich dagegen überall an den Grenzen der Neuschöpfung: Zum Beispiel sind der absolute Nullpunkt und die Hintergrundstrahlung (HGS) unseres Universums typische Grenzwerte dessen, was ich hier als "Neuschöpfung" bezeichne: Die materielle Welt, in der wir leben (vgl. auch Teil 3 und 5). Andererseits folgt das Wachstum der Spiralarme aller Galaxien oder die Abstände der Planeten unseres Sonnensystems auf einer gedachten Spirale dem goldenen Schnitt genauso wie Blütenblätter und Tannenzapfen, die sich analog dazu unterschiedlich ausrichten.
Ohne Zweifel bestehen hierbei genauso enge Zusammenhänge zu Wachstum und Vermehrung wie bei der berühmten "Kaninchenzucht" in den Gedanken Fibonaccis von Pisa.

Die aus geometrischen Verhältnissen entstammenden dezimalen Zahlen 6-1-8 und 2-7-3 scheinen in dieser Welt Maßzahlen für entscheidende Funktionen zu sein.
Ähnlich den Peitschenhieben eines Raubtierdompteurs sorgen sie für ganz bestimmte Anordnungen, Ausrichtungen oder Verhaltensweisen.
Die meinem Gedankenexperiment zugrunde liegenden geometrischen Formen bestimmen dagegen alle Manifestationen und Ausprägungen.
Deshalb sind Planeten und Sterne grundsätzlich Kugeln und die Umlaufbahnen um ihre Zentralgestirne primär rund. Die elliptischen Bahnen sind Folge unterschiedlicher Einwirkungen, d.h. kräftebedingt. Hierauf werde ich noch zu sprechen kommen.
Ihnen liegt der Kreis zugrunde, der im unendlichen, vierdimensionalen echten Raum zwangsläufig zur dreidimensionalen Kugel wird.
Jede neue materielle Realität bildet sich aus Kugeln und entwickelt sich erst später zu vielleicht anderen Formen weiter, weil ihr die Idee des Kreises zugrunde liegt. Auch jeder Mensch entsteht zunächst aus einer kugeligen befruchteten Eizelle.
Das Grundprinzip von Struktur und Funktion, gesteuert von Formen und Zahlen, lässt sich in der Welt überall wiederfinden.

Man kann diese Dualität jetzt noch einen Schritt weiter führen:
Ein endlicher Punkt, zugleich der "kleinste" Kreis, erreicht mit dem Quadrat seine erste umfassende Formvollkommenheit in der zunächst zweidimensionalen äußeren Vielheit.
Jeder Ausgangskreis wird selbst wieder durch 3 Punkte – oder allgemein Informationen – eindeutig bestimmt. Sie sind nicht endlich. Als reine Informationspunkte handelt es sich um geistige Punkte, Koordinaten oder Positionsangaben. Natürlich existieren sie genauso real; denn, wie Ideen "in" unserem Gehirn zumindest so lange real existieren, wie dieses Gehirn funktioniert, so lange bestehen "Gottes" Ideen, wie "Gott" lebt.
Das aber ist aus unserer Perspektive ewig.
In meinem Gedankenexperiment entstand das Quadrat aus vier Kreisen: Für eine eindeutige Festlegung muss jedem Punkt auch die Information anhaften, zu welchem Kreis sie gehört. Für Kreis 1, dem Ausgangskreis, könnte man die drei Informationspunkte demnach vielleicht P11, P12 und P13 nennen. Ein durch Spiegelung aus Kreis 1 hervorgehender, symmetrischer zweiter Kreis wird wieder durch drei nicht-endliche, d.h. immateriell geistige Punkte eindeutig bestimmt. Sie tragen dann ihrerseits die Information, zum zweiten Kreis zu gehören, also z.B. P21, P22 und P23. Für einen Kreis können wir somit 3 Positionsangaben machen, für

zwei Kreise nun aber schon 9, wenn wir sie zusammen als neue "Einheit" oder *ein* Gefüge betrachten. Suchen wir nämlich – zunächst für die beiden ersten Kreise zusammengenommen – alle nur denkbaren Positionen der sie eindeutig bestimmenden Informationsbausteine, so erhalten wir die Koordinaten P11/P21, P11/P22, P11/P23, P12/P21, P12/P22, P12/P23, P13/P21, P13/P22, P13/P23, also insgesamt neun. Nimmt man drei Kreise, dann werden es schon 27 sein. Die Anzahl möglicher Positionen ist also eine Funktion zur Basis 3 – weil es 3 zugrunde liegende Informationsbausteine für jeden Kreis gibt – und im Exponent, der Hochzahl, steht die Anzahl der beteiligten Kreise.
Die Zahl der Bausteine, die zur eindeutigen Bestimmung unserer Kreise, also der "Struktur", erforderlich sind, wird mathematisch zur Basiszahl. Sie ist natürlich mit "3" konstant.
Die "Funktion" ergibt sich nun aus der Menge der beteiligten Kreise, und sie steht als Hochzahl (Exponent). Man erhält also eine Zahl 3^n, wobei "n" die Anzahl der Kreise bedeutet.
Wieder vereinfacht gesagt gilt also: Exponenten liefern die Steuerbefehle für die Basiszahlen, die ihnen entsprechend folgen – so wie es die folgende ältere Abbildung meines Sohnes Martin verdeutlichen mag:

Der Steuermann sitzt oben, so wie der Exponent auf der Basiszahl. Dieser Vergleich soll bewusst etwas an die berühmten Bilder vom heiligen Christophorus erinnern, der seinen Steuermann, das Jesuskind, auf den Schultern durch das Wasser trägt. Vielleicht ist auch dieses christliche Bild ein Symbol für Exponent und Basiszahl?
(Abb. von Martin, 1999)

In meinem Schöpfungsspiel vom Wachstum und der Vermehrung des endlichen Punktes, eines kleinsten Kreises, liefert dieser Prozess bis zur ersten Vollkommenheit in der Vielheit, dem Quadrat, über die vier dazu erforderlichen Kreise schon automatisch die in unserem Universum so wichtigen beiden Zahlenfolgen 2-7-3 und 6-1-8 sowie über die Anzahl der gleichseitigen Dreiecke durch innere Teilung die Zahl 24.
Um nun alle vier Kreise – mit der das Quadrat als erste vollkommene Einheit in der Vielheit neu geschaffen wird – im Gesamten eindeutig zu bestimmen, sind 3^4 (= 81) Positionsangaben erforderlich.

Mit der Zahl 81 erhält man eine neue, noch ungemein bedeutsame Zahl: Auch sie finden wir im ganzen Universum wieder, und sie steht für eine klare Begrenzung jeder materiellen Ausdehnung. So gibt es, wie ich noch näher erläutern werde, genau 81 chemische Elemente, die sowohl natürlich vorkommen als auch nicht spontan zerfallen – also stabil sind. Und es gibt genau 81 Codepositionen im Erbgut allen Lebens und nicht, wie Biologen in Verkennung der Wirklichkeit heute glauben, bloß 64 (= 4^3) Kombinationen von Codebausteinen, den sog. Nukleotiden.

Ein relativ einfaches, kleines und abgeschlossenes Gedankenmodell reicht aus, und wir erhalten für unser ganzes Universum alles, was wir brauchen, um es in seinen grundlegenden Strukturen und Bedingungen erklären zu können:
Vier endliche Punkte, die kleinsten Kreise, bilden mit dem Quadrat schon bald eine erste neue Vollkommenheit. Innerhalb seiner eigenen Begrenztheit eröffnet jeder Kreis die Möglichkeit, sich theoretisch unendlich nach innen zu strukturieren oder zu teilen. Das wird durch die Notwendigkeit, seine Fläche allein mit Hilfe einer unendlichen, also irrationalen Zahl darstellen zu können, verdeutlicht. Das Quadrat aus vier Kreisen bildet die erste umfassende Vollkommenheit in der soweit noch **zwei**dimensionalen Vielheit nach außen hin. Bereits auf dem Weg dahin liefert uns ihr Wachstums- und Vermehrungsprozess alle wichtigen geometrischen Formen und Verhältnisse, die offensichtlich das ganze Universum bestimmen. Dazu gehört auch, dass unser Universum vierdimensional unendlich sein muss, während wir Menschen es für *drei*dimensional halten.
Nur Albert Einstein hatte die Notwendigkeit der Vierdimensionalität erkannt. Jedoch zog er daraus den falschen Schluss und konstruierte ein vierdimensionales Raum-Zeit-Kontinuum. Wenngleich, wie ich in Teil 3 erläutern werde, Raum und Zeit tatsächlich durch die Entstehung der physikalischen Welt zu einem untrennbaren Kontinuum werden, so hat doch jede dieser beiden Aspekte vier eigene Dimensionen.

Die ersten vier Ordnungszahlen sind also besonders entscheidend.
Addiert man sie, so erhält man die vollkommenste Zahl der Pythagoräer, die "10". Und damit haben wir einen weiteren Hinweis auf die kosmische Realität des Dezimalsystems als das bevorzugte Zähl- und Rechensystem dieser Welt. Einmal mehr scheint es, dass wir Menschen das Dezimale deshalb auch für uns als besonders nützlich entdeckt haben, weil sich die Natur längst zuvor schon dafür entschieden hat.

Natürlich sind grundsätzlich auch alle anderen Rechensysteme denkbar – nur, die Entscheidung scheint auf anderer Ebene gegen sie gefallen zu sein. Und da mein Schöpfungsspiel mit den vier Kreisen und dem Quadrat als erste vollkommene Neuschöpfung die allem *inne*wohnende Ordnung von Symmetrie und Polarität widerspiegelt, finden wir die "10" in unserer Welt zumeist in 2 Fünferpacks verwirklicht, so wie z.B. auch wir eben 2 mal 5 Finger oder Zehen haben, u.s.w.

Wir alle sind durch die Evolution von vornherein entsprechend geprägt – können wir doch Mengen bis 5 sehr einfach *erfassen*. Erst solche Mengen, die darüber hinausgehen, müssen dagegen *abgezählt* werden. Sie können mit Hilfe der folgenden Abbildung gerne selbst einen solchen kleinen Test für sich durchführen:

Mein Sohn Martin hat dazu ein schönes Beispiel gezeichnet: Sieben Felder mit verschiedenen Mengen unterschiedlicher Dinge sind zu sehen. Bis einschließlich 5 lassen sie sich ohne Abzählen sofort erfassen.

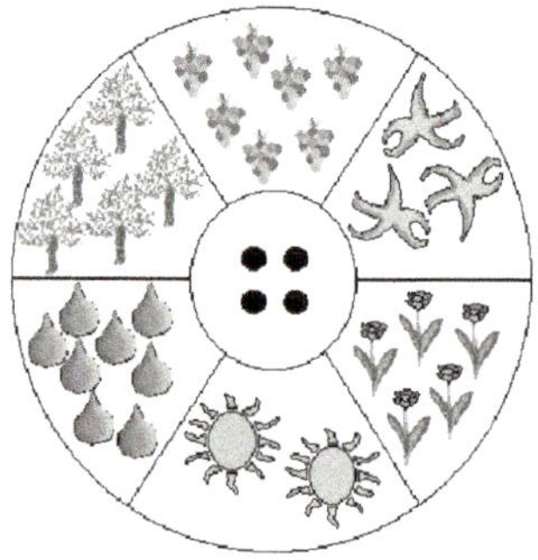

Das einfache Ausgangsexperiment wachsender und sich vermehrender endlicher Punkte, den kleinsten Kreisen, hat als "Schöpfungsakt" auch eine regelrechte Zahlenfamilie geschaffen: So lässt sich allein mit den ersten 4 Ordnungszahlen, der Null für das Nichts und damit dem Gegenteil des Seins, also der Existenz, dazu noch mit den Zahlen 10, 24, und 81 sowie den Zahlenfolgen 2-7-3 und 6-1-8 eine alternative und, wie ich meine, sogar bessere, weil der Wirklichkeit wohl näher kommende, Geschichte unserer Welt beschreiben.
Noch einmal möchte ich an dieser Stelle unterstreichen, dass sich diese Zahlenfamilie und alle wichtigen geometrischen Formen vollständig über die **Zwei**dimensionalität ergeben. Der jedoch von uns Menschen allein wahrgenommene **drei**dimensionale Raum spielt dabei überhaupt keine Rolle; denn der **drei**dimensionale Raum entsteht erst aus einer ihm in Wahrheit zugrunde liegenden echten räumlichen **Vier**dimensionalität, die selbst eine (unendliche) **Zwei**flächengeometrie in der Form x^2y^2 ist.
Aus diesen letztlich doch recht einfachen Zusammenhängen erhalten wir noch ein paar weitere wichtige Informationen:

Die Zahl 1 steht am Anfang für das Neue und für den Beginn der weiteren Entwicklung unserer endlichen Punkte. Die Zahl 5 beschreibt nun auch wieder etwas Neues: Sie ist der erste Punkt einer neuen, räumlichen Dreidimensionalität. Darum wählten wohl die alten Ägypter die Pyramide als Grabmal ihrer Pharaonen:

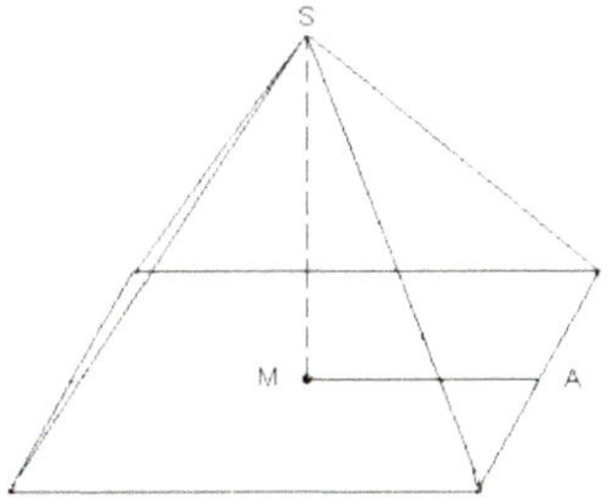

Der fünfte Punkt steht senkrecht über dem Quadrat und bildet die Pyramidenspitze. Und die gewählten Strecken SA und MA teilen sich nach dem Goldenen Schnitt. Zuvorderst repräsentiert die Spitze der Pyramide aber das Menschliche; denn der Mensch sieht durch die Zahl 5 den dreidimensionalen Raum erschlossen.
Der Mensch nimmt nur diesen Raum wahr, weil Unendlichkeit für ihn nicht fassbar, und der dreidimensionale Raum endlich ist.
Der Raum unseres Universums aber ist tatsächlich unendlich:
Er ist vierdimensional. Dennoch, die 5 wird zum Symbol des Geistes.

Betrachtet man noch einmal unseren Ausgangskreis, so erhalten wir ja eine nach innen hin theoretisch unendlich fortsetzbare Strukturierung in gleichseitige Dreiecke, beginnend mit 6, die sich automatisch bilden und den ersten Teilungszyklus abzeichnen (Abb. von Martin).

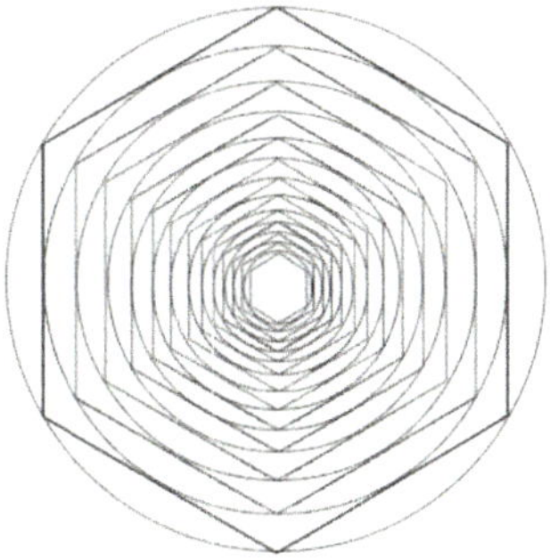

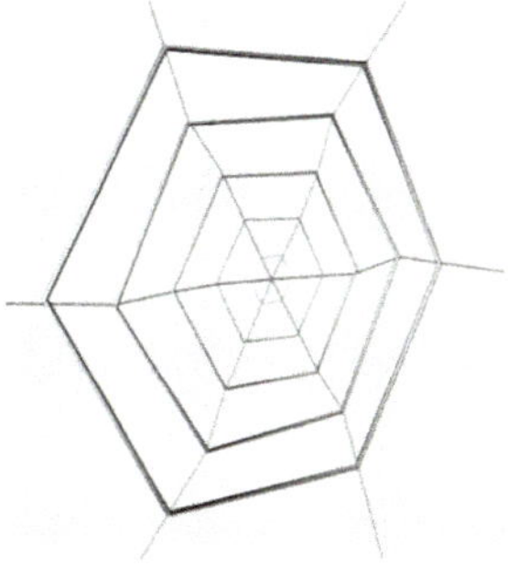

Diese innere Einteilung in Form regelmäßiger Dreiecke erinnert stark an ein Spinnennetz. Woher weiß die Spinne, dass sie so spinnen soll? Sie kann nicht anders, weil sie bloß nach Plan arbeitet (Abb. von Martin).

Ein siebtes Dreieck lässt sich nicht mehr rational, also mit einer "glatten" Winkelangabe, darstellen: Jeder Winkel wird irrational, unendlich.
Auch die 7 bietet damit wieder etwas völlig Neues: den Schlüssel zur Transzendenz.

In der Mathematik sind die Zahlen 5 und 7, genau wie gemeinhin auch die Zahlen 1, 2 und 3, Primzahlen. Alle weiteren Primzahlen folgen einheitlich der Formel $6n\pm1$, wobei n alle ganzen Zahlen bis unendlich durchläuft. Auch die Zahlen -1 und +1 ließen sich mit dieser Formel darstellen, für n=0. Die Zahlen -1 und +1 sind die polar-symmetrischen Ausgangspunkte der beiden unendlichen Folgen aller Ordnungszahlen.
Sie repräsentieren die Entwicklung aller Existenz und nehmen deshalb eine Sonderstellung ein, auf die ich noch zu sprechen kommen werde.
Die Zahlen 2 und 3 passen kaum wirklich in das Schema für Primzahlen, weil sie der allgemeinen Formel $6n\pm1$ nicht folgen. Deshalb sollten sie nicht weiter als "echte" Primzahlen oder solche im engeren Sinn gelten.
Die Folge der unendlichen "echten" Primzahlen, bzw. der im engeren Sinn, beginnt also mit der Zahl 5. Prim bedeutet soviel wie das Erste, das Neue. Und Primzahlen haben, wie ich noch zeigen werde, eine offenbar ganz wichtige Aufgabe in unserer Welt. Sie zeichnet noch eine weitere Besonderheit aus: Um die Formel "$6n\pm1$" finden sich zunächst immer Primzahlzwillinge, wie z.B. 5 und 7 für n=1, 11 und 13 für n=2, sowie 17 und 19 für n=3. Mit wachsender Größe von "n" – räumlich gesprochen könnte man auch sagen: mit wachsendem Abstand "n" – nimmt die Anzahl von Primzahlen, und so natürlich auch von Primzahlzwillingen, ab. Ein Beispiel: Wählt man für "n" jetzt die Zahl 4, dann ergeben sich nach der Formel $6n\pm1$ die Zahlen 23 und 25. Die Zahl 23 ist zwar eine Primzahl, die 25 aber erstmals nicht.
Unterstellt man, dass Zahlen eine steuernde Funktion in unserer Welt haben, dann ist auch die Abnahme der Primzahlen und ihrer Zwillinge mit wachsendem Abstand von großer Bedeutung (vgl. Teil 3).

2.8) Drei Musketiere in Aktion

In dem spannenden Roman des französischen Schriftstellers *Alexandre Dumas* mit dem Titel *"Die drei Musketiere"* kämpfen drei Recken vereint für Recht und Ordnung. Ein kleiner Vergleich lässt sich wieder in Bezug auf die Ordnung in unserem Universum herstellen: Hier sind es die drei Zahlen 10, 24 und 81, die als "Musketiere" fungieren.

Wir finden sie im ganzen Universum an den verschiedensten Stellen.
Zum Beispiel gibt es alle chemischen Elemente unseres Universums, d.h. sämtliche Bausteine unserer materiellen Welt, entweder als sogenannte Reinstoffe oder als maximal je 10 kleinere Abweichungen, die wir *Isotope* nennen. Wie ja bereits erwähnt, charakterisiert die 10 das Dezimalsystem, mit dem die meisten Menschen und Kulturen seit sehr langer Zeit mit großem Erfolg und kaum auf der Suche nach etwas Besserem rechnen.
Gemeinhin leitet man seine Wahl aus dem systemlosen Fingerzählen ab. Kaum aber hält man es heute für möglich, dass es dafür sogar eine reale oder gar universell verankerte Grundlage geben könnte. Jedoch sollte man sich fragen dürfen, ob die Anzahl unserer Finger und Zehen mit jeweils 10 und geordnet in 2**x**5 nicht selbst schon ein starker Hinweis auf die reale Existenz des Dezimalsystems in unserer Welt ist?[9]
In den letzten Kapiteln habe ich das für mich bereits bejaht und anhand von Gedankenexperimenten nahe gelegt. Es scheint, dass jede materielle Existenz überhaupt erst durch die Ausdehnung von einer ursprünglichen Einheit in eine dann polare, d.h. gegensätzliche, und symmetrische Zweiheit vernünftig gedacht werden kann. Diese Zweiheit als folglich sprichwörtliche Kehrseite der Medaille findet man immer und überall in der Welt. Sie ist ein Fundament. So scheint auch die Darstellung von 10 Fingern oder Zehen in spiegelbildlicher 2 x 5 - Form sofort plausibel und selbstverständlich. Die Addition der Zahlen von 1 bis 10 ergibt die Zahl 55. Auch diese Zahl weist 2-mal die 5 auf, und ihre Quersumme ergibt wieder 10. Der englische Mathematiker *Barrow*, dem es sicher völlig fern liegt, in die Welt der Zahlen Mystik hineinzubringen, stellt in seinem schönen Buch *"Ein Himmel voller Zahlen"* dennoch nüchtern fest, dass die Zahl 10 schlichtweg optimal ist: Bei zu kleiner Zahl sei das Zählsystem nicht mehr leistungsfähig genug und bei zu großer Zahl bräuchte man zu viele einzelne Zählmarken oder Zahlwörter. Außerdem sei allein das Dezimalsystem aufgrund seiner *"angenehmen Symmetrie"* sehr einfach.
Interessanterweise zeigt sich bei Gegenüberstellung der verschiedenen Zählsysteme in den wichtigsten 20 Kulturen der letzten paar tausend Jahre von den alten Ägyptern bis heute, dass hiervon 15, also 75%, das Dezimalsystem verwandten. Drei Kulturen rechneten auf der Basis 20 und zwei auf der Basis 60. Auch diese beiden Werte sind ja bloß wieder Vielfache der 10. Keine einzige Kultur arbeitete mit einem "krummen" Zwischenwert, obwohl aus objektiv mathematischer Sicht jede beliebige

[9] Dies gilt als genetische Anlage für alle Lebewesen auf der Erde und aufgrund der vermuteten Universalität auch für alle möglichen Lebewesen in unserem Universum.

Basis grundsätzlich genauso geeignet gewesen wäre. Lediglich unsere heutigen Computer benutzen den binären Code mit der Basis 2, der aber ganz anders gesehen werden muss. Er unterscheidet schließlich allein zwischen "Sein" und "Nicht-Sein", also den Informationen "1" und "0". Das ist jedoch nichts anderes als ohnehin das absolute Fundament und kein wirkliches Rechensystem. Auch der binäre Code wurde also letztlich der Natur abgeguckt, wie ich noch zeigen werde.
Bereits die Babylonier, daneben aber auch die Mayas und die Chinesen, arbeiteten "schon immer" mit Positionssystemen, wobei der Stellenwert jeder Ziffer ihren Wert festlegt. Dies entspricht auch unserer Zählweise, die, ursprünglich aus Indien kommend, über den arabischen Raum[10] in unsere westliche Kultur gelangte.
Das hebräische Alphabet, in dem ursprünglich das alte Testament der Bibel verfasst ist, beginnt mit dem Buchstaben "Alef" (א). Er besteht aus zwei sich an einer schrägen Achse spiegelnden Buchstaben Jota.
Jedem hebräischen Buchstaben ist sowohl eine Zahl als auch ein Symbol zugeordnet. Dem Jota entsprechen die Zahl 10 und das Symbol der Hand mit ihren 5 Fingern. Dem Buchstaben Alef als Ganzes werden die Zahl 1 und als Symbol der Stier zugeordnet. Da die hebräische Sprache eine reine Konsonantenschrift besitzt, kann das (A)l(e)f eigentlich nicht ausgesprochen werden. Der erste Buchstabe im hebräischen Alphabet heißt deshalb auch der Unaussprechbare. Mit Hilfe dieser Analyse lässt sich natürlich sehr schön auf einer zahlenmystischen und religiösen Klaviatur spielen. Der Erste (Gott) ist unaussprechlich (d.h. nicht zu beschreiben, so wie es ja das erste biblische Gebot eigentlich auch meint, wenn es heißt, man solle sich kein Bild Gottes machen). Er verkörpert die Kraft, die Macht der Handlung, symbolisiert durch den Stier. In ihm stecken bereits alle Symmetrie und Polarität, die durch Handlung, also die Manifestation der Idee in unserer Welt, sichtbar werden. In jeder dieser symmetrischen und polaren Manifestationen steckt die Zahl 10 als Maßzahl der Vollkommenheit einer in sich abgeschlossenen (System-) Ebene. Über sie lässt sich dann die nächsthöhere Ebene erschließen.
Die 10 entspricht wieder der Einheit, aber eben auf der nächsten Ebene; denn sie ist nur die in der Position verschobene und somit erhöhte Zahl 1. Die 2 Hände ("das Jota im Alef") offenbaren zugleich die sich überall fortsetzende Zweiteilung von allem, hier in 2 **x** 5 Finger.

[10] Man erkennt das heute noch gut daran, dass die Araber Zahlen von links nach rechts, Buchstaben aber von rechts nach links schreiben.

Die Grundordnung unserer Welt ist somit bereits in der ursprünglichen Einheit, der "göttlichen Einheit", enthalten.
Markanterweise steckt alles Entscheidende schon in diesem hebräischen Buchstaben. Auf noch weitere, mehr historische, mystische oder religiöse Hinweise zur Besonderheit der Zahl 10 will ich an dieser Stelle nicht eingehen. Ein paar Bemerkungen dazu habe ich ja ohnehin schon hier und da gemacht. Lassen Sie mich jedoch noch einmal hervorheben, dass die Zahl 10 immer wieder für den typischen Neuanfang auf einer neuen und zugleich höheren Ebene oder in einer völlig anderen Dimension steht. Parallelen zum Dezimalsystem sind regelmäßig und offensichtlich.
Ich glaube, in jeder mystischen und religiösen Urerfahrung ist zumindest ein Körnchen Wahrheit. Dann aber sollte das hier wieder als weiterer Hinweis auf die Realexistenz und Verankerung des Dezimalsystems als das bevorzugte Zählsystem in unserer Welt verstanden werden können.
Diese Sichtweise setzt natürlich voraus, dass Zahlen selbst in dieser Welt real sind, also wirklich existieren. Dafür aber finden sich laufend weitere Hinweise, wie eine Analyse der Zahl 24 zeigt.
Im letzten Kapitel habe ich auf die wichtige Gruppe der Primzahlen hingewiesen. Auch sie scheinen wichtige Steuerfunktionen zu haben, die noch näher zu erläutern sind. Wenn man zunächst von den Zahlen 2 und 3 absieht, die einen gewissen Sonderstatus einzunehmen scheinen, folgen alle anderen Primzahlen der Formel $6n\pm1$ (vgl. letztes Kapitel).
Bis n=3 finden wir stets Primzahlzwillinge (5 und 7, 11 und 13 sowie 17 und 19). *Unter* der 24 (für n=4) findet sich noch die echte Primzahl 23, *darüber* aber erstmals nicht noch eine Primzahl. Die Zahl 25 ist jedoch das *erste Primzahlquadrat*; denn 25 ist 5^2. Rein mathematisch betrachtet findet man demnach auf Höhe der Zahl 24 eine erste Zäsur, die einmal mehr mit der 4. Ordnungszahl verbunden ist (da bei n=4 aufgetreten).

Die Alphabete zweier wichtiger historischer Kulturen, nämlich das neue hebräische und das alte griechische Alphabet, haben beide jeweils 24 Buchstaben. Andere Alphabete, wie z.B. das unsrige, bieten für ähnliche oder im Prinzip identische Laute mehrere Buchstaben an[11]. Auch gab es im alten Ägypten 24 einschichtige Hieroglyphen. *Stelzner* schreibt in seinem Buch, dass die Zahl 24 in der Mythologie immer dort auftritt, "wo das Einzelne in das Große fließt".

[11] z.B. werden v und f, bzw. c und z des deutschen Alphabets gleich gesprochen, so dass auch nur 24 verschiedene Laute übrig bleiben.

Im Christentum – neues Testament, die Offenbarung – schreibt der Evangelist Johannes von seiner prophetischen Vision der Apokalypse: In einem Kreis (!) stehen 24 Throne, und darauf sitzen 24 Älteste, welche die Welt derzeit einmal richten werden. Am 24. Dezember eines Jahres feiern wir den Heiligen Abend, an dem das Licht, verkörpert durch Jesus, der Sohn Gottes, die Welt erblickt, womit eine *neue Ära* beginnt. Und natürlich möchte ich noch einmal an die Einteilung eines Tages*zyklus* in 24 Stunden erinnern, die seit den Babyloniern auf der ganzen Erde Bestand hat. Im Allgemeinen wird sie aber als Erfindung des Menschen, keineswegs jedoch als vielleicht sinnvolle Ableitung aus der Natur oder als Ergebnis intuitiver Erfahrung gedeutet. Vermutlich war Pythagoras der erste, der erkannte, dass alle reinen, konsonanten Musikintervalle miteinander ganzzahlige Verhältnisse bilden.
Daraus lässt sich schließen, dass auch wir Menschen irgendwie mit Hilfe ganzer Zahlen "geordnet" sein müssen; denn wie sonst ist es zu erklären, dass ein dissonanter Akkord, dem also kein ganzzahliges Verhältnis zugrundeliegt, sofort als falsch oder missklingend herausgehört wird? Will man sämtliche Musikintervalle, wie Oktaven, Quinten und Quarten, d.h. alle natürlichen Teilintervalle einer Oktave, durchgehend ganzzahlig darstellen, dann geht das nur, wenn man dafür einen 24er – Rhythmus wählt.
Das biblische Offenbarungsbeispiel von den 24 Thronen weist zugleich bereits auf die besondere Anordnung der 24 hin, nämlich kreisförmig, also zyklisch. Gestehen wir doch, sozusagen in "dubio pro reo"[12], dem Religiös-Mystischen mal wieder das berühmte Körnchen Wahrheit zu und gestatten der Zahl 24 in unserer Welt real zu existieren. Dann müssen wir folgern, dass die 24 grundsätzlich alles in Kreisform ordnet.
Diese offensichtliche Zyklik der 24 in unserer Welt lässt sich wieder sehr schön durch eine Alltagsbeobachtung untermauern: Filmt man mit einer Hochgeschwindigkeitskamera einen Tropfen, der auf eine Wasser- oder Milchoberfläche trifft, so sieht man, dass dabei regelmäßig 24 kleine Tröpfchen kreisförmig zur Seite spritzen. Mein Sohn Martin hat das in der folgenden Abbildung skizziert. *Stelzner*, der dieses Beispiel in seinem Buch präsentiert, schreibt hierzu: *"man kann sich diesem Phänomen mit physikalischen und mathematischen Theorien nähern und sie derart begründen, so oft und so exakt man will: Die 24 und ihr Kontext bleiben"*.

[12] Lat.: Im Zweifel für den Angeklagten

Beim Aufprall eines Wasser- oder Milchtropfens entstehen regelmäßig 24 kleine Tröpfchen.
Dieses Beispiel weist auch auf den zyklischen Zusammenhang zwischen dem Teil und dem Ganzen in unserer Welt.

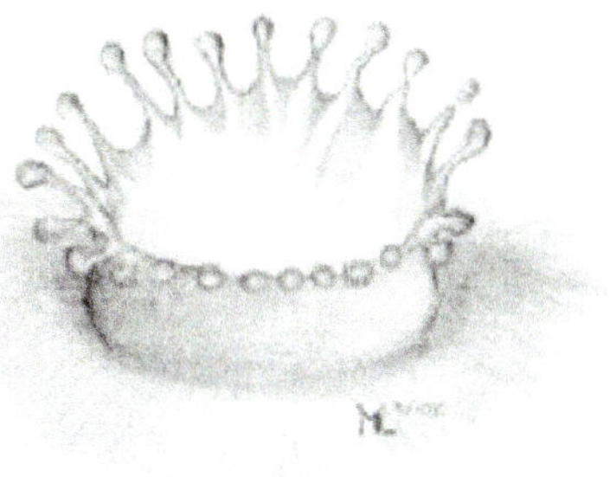

Nun, wir wissen bereits, dass die Zahlen 10 und 24 eine gemeinsame mathematische Basis aus den ersten vier Ordnungszahlen haben:
Es gilt ja: $1 + 2 + 3 + 4 = 10$
Genauso gilt: $1 \times 2 \times 3 \times 4 = 24$
Die ersten vier Ordnungszahlen bilden auf diese Weise meine beiden ersten "Musketiere", die Zahlen 10 und 24, zum einen durch Addition, zum anderen durch Multiplikation.
Die ersten vier Ordnungszahlen lassen sich auch wie folgt kombinieren, wobei die nächsthöhere Rechenart eingeführt wird.
Für den dritten "Musketier" gilt: $1^2 \times 3^4 = 81$
Operiert man allein mit der Potenzierung, so ergibt sich wieder die Ausgangszahl "1"; denn es gilt: $1^{2 \times 3 \times 4} = 1$
In Kapitel 2.4 habe ich erläutert, wie zu Anfang aus der ersten Einheit, dem Kreis, mathematisch der Zahl "1" entsprechend, eine vollkommene neue Vielheit, das Quadrat, dargestellt durch die "4", entsteht.
Das Quadrat ist eine neue Einheit in einer auch erkennbar höheren Dimension. Natürlich führt diese "Ausdehnung" über die Zahlen 2 und 3. Das alles klingt zwar wieder sehr trivial. Aber, so unverschämt simpel es auf den ersten Blick auch scheinen mag, in genau diesen vier Zahlen steckt der mathematische Clou unseres ganzen Universums.
Mit Hilfe der drei möglichen Rechenarten Addition, Multiplikation und Potenzierung (die drei entgegengesetzten, negativen Arten folgen daraus nach den Gesetzen von Symmetrie und Polarität zwangsläufig), lassen sich die Zahlen 10, 24 und 81 – sowie, als "Zurück" zur Einheit, die 1 – aus den ersten *vier* Ordnungszahlen leicht ermitteln. Für die Pythagoräer war die 10 bereits die vollkommenste Zahl überhaupt. Sie ist Kennziffer und damit Namensgeber unseres Dezimalsystems, das der *Mathematik unserer Welt* auch nach meiner Auffassung als bevorzugtes Zählsystem zugrundeliegt.

Die 24 ist dabei offenbar die Kennzahl für alle natürlichen und zyklischen Abläufe in diesem Universum.
Nun ein paar erklärende Worte zur Zahl 81, die sich ebenso natürlich, unter Verwendung der nächst höheren Rechenart, aus den ersten *vier* Ordnungszahlen ergibt:
Im Chemieunterricht erlernt man das Periodensystem der chemischen Elemente. Danach gibt es in unserem Universum 8**3** stabile und natürlich vorkommende Elemente. *Plichta* wies darauf hin, dass es in Wirklichkeit nur 8**1** sind. Zwei Elemente dieser Reihe, und zwar Technetium (Nr. 43) und Promethium (Nr. 61), lassen sich nur künstlich herstellen.[13]
Von den verbleibenden 8**1** Elementen ragt das kleinste Element mit der Ordnungszahl 1, der *Wasserstoff*, gegenüber allen anderen deutlich heraus: Es ist das mit Abstand häufigste und wichtigste Element im ganzen Universum. Auf ihm bauen sich alle anderen auf.
Der Wasserstoff ist sozusagen der Star einer Elementreihe, von denen jedes nächsthöhere exakt ein Proton[14] mehr besitzt. Alle Elemente dieser Welt reihen sich ganz brav darin ein. Keineswegs scheint sie nur zufällig genau der Folge unserer Ordnungszahlen zu entsprechen.
Geht man nun vom Dezimalsystem als das in unserer Welt bevorzugte und real verankerte Rechensystem aus, dann können wir auch eine weitere Position der "1", nämlich die Zahl "100", durch 81 dividieren.
In diesem Fall erhalten wir, wie *Plichta* schon früher zeigte, die Folge 1,234567(8)(9)(10)(11)(12)....(∞)[15]. Aus dem Kehrwert von 81 erhält man folglich sämtliche Ordnungszahlen, von 1 bis Unendlich. Der Kehrwert ist polar-symmetrisch zum Ausgangswert.
Die Ordnungszahlen sind demnach eine Umkehrung der in der Welt real verankerten, maximalen natürlichen Ausdehnung alles Materiellen, die über die Zahl 81 geregelt wird. Dabei nimmt die Zahl 1 auch hier wieder eine exponierte Stellung ein.
Genau deshalb sollte natürlich auch der genetische Code allen Lebens über die Zahl 81 gesteuert werden, und das vermutlich im ganzen Universum. In der modernen Biologie sieht man das bislang jedoch völlig anders: Vorschnell und leichtfertig, wie ich meine, bezichtigt man diesen Code sogar, "degeneriert" zu sein.

---

[13] Technetium wurde 1937 und Promethium 1945 erstmals künstlich hergestellt
[14] darunter versteht man das positiv geladene Kernteilchen.
[15] Diese Rechenoperation zur Darstellung des periodischen Bruchs als unendliche Stellenwerte entlang aller Ordnungszahlen (also auch über 10 hinaus) ist zwar einfach, soll aber hier nicht weiter vertieft werden. Zum Nachvollziehen empfehle ich bei Interesse ein Mathematikbuch.

Im genetischen Code sind vier mögliche organische Moleküle, sog, Basen, in Tripletts genannte Dreiergruppen angeordnet. Jedes dieser 4 Moleküle stellt quasi einen Buchstaben des genetischen Alphabets dar.
Jedes genetische "Wort" besteht also aus drei Buchstaben, und ein Wort bestimmt dann, welche Aminosäure (AS) in ein Eiweiß, dem Baustoff allen Lebens, als kleinster Baustein eingebaut wird.
Es gibt 20 verschiedene Aminosäuren. Je nach Codierung lassen sie sich zu beliebig langen Kettenmolekülen, eben den Eiweißen oder Proteinen, zusammensetzen. Einerseits fungieren solche Eiweiße als Baumaterial, andererseits aber auch als die für das Bauen benötigten Bauarbeiter und die Gerätschaften, die *in* einem Lebewesen ihre Arbeit machen, d.h. die sogenannten Enzyme.
Wenn vier verschiedene, zu Dreiergruppen angeordnete Basen für die Verkettung von 20 möglichen Aminosäuren zu langen Eiweißmolekülen verantwortlich sind, dann lassen sich $4^3 = 64$ mögliche Kombinationen errechnen, um Aminosäuren zu codieren. Folglich müssen mehrere Basentripletts für ein und dieselbe Aminosäure verantwortlich sein. In der Biologie hält man das bis heute für Verschwendung durch die Natur und nennt den genetischen Code deshalb "degeneriert".
Doch dem ist keineswegs so! Ganz im Gegenteil, ich glaube, dieser Code ist sogar außerordentlich "clever"; denn – und das habe ich bereits in früheren Büchern zeigen können – vielmehr beugt er sogar der Gefahr von zufälligen Veränderungen, den Mutationen, wirksam vor, die in der Regel mehr schaden als nützen. Im nächsten Kapitel will ich das noch mal ein wenig näher erläutern. An dieser Stelle nur vorweg die wichtigste Erkenntnis: Vor mir hatte noch kein anderer erkannt, dass die Rechnung $4^3 = 64$ als Maß möglicher Kombinationen zwar richtig, aber letztlich gar nicht maßgeblich ist: Die Prämisse wurde schlichtweg falsch gewählt.
Mit einer genauen Analyse möglicher Basenkombinationen habe ich als erster nachweisen können, dass es überhaupt nicht auf die Anzahl der möglichen *Tripletts* ankommt. Vielmehr zeichnet allein der jeweilige Stellenwert (oder die Position) einer Base *innerhalb* ihrer Dreiergruppe dafür verantwortlich, welche Aminosäure codiert wird; denn letztendlich bestimmt immer nur eine einzige Basen*position*, was tatsächlich zu einem Eiweiß zusammengesetzt wird. Transformiert man den genetischen Code in so ein Stellenwertsystem, dann lassen sich genau 84 mögliche Basen*positionen* nachweisen. Drei dieser Basen*positionen* bilden jedoch sogenannte Nonsenstripletts. Wie der Name schon andeutet, kann mit ihnen keine einzige Aminosäure transportiert werden. Wenn sie an der Reihe sind, endet vielmehr jede weitere Eiweißproduktion. Somit bleiben

noch **81** (= 3^4) Basenpositionen übrig, die tatsächlich wirksam sind, weil mit ihrer Hilfe Aminosäuren zu Eiweißen zusammengebaut werden können.
Bei den chemischen Elementen nimmt, wie Sie gesehen haben, der Wasserstoff eine exponierte Stellung ein, weil er Ausgangspunkt für alle weiteren Elemente ist. Genauso gibt es auch im genetischen Code *ein* Triplett, das wieder durch *nur eine einzige* Basenposition bestimmt wird und jede Eiweißproduktion startet. Deshalb heißt es auch Startcodon.
Zur sicher allgemeinen Verblüffung lässt sich also sagen, dass die entscheidenden Grundlagen in der Chemie und der Biologie – gemeint sind alle Elemente und das gesamte Erbgut – immer durch ein und dieselbe Zahl bestimmt werden, nämlich durch die 81, und zwar in der Form 80 + 1. Und wie ich bereits gezeigt habe, lässt sich die 81 wieder aus den Zahlen 1 bis 4 herleiten.

Natürlich bleibt zu erörtern, was dabei der Faktor 1^2 soll, bzw. warum ich die Darstellung der 81 mit Hilfe *aller* vier ersten Ordnungszahlen wähle, wo doch die Zahlen 3 und 4 mit 3^4 ausreichen würden.
Dies stimmt nur auf den ersten Blick: Die Verwendung von 1^2 ist sogar absolut notwendig und wegweisend!
Bei der Berechnung der "Musketiere" 10 und 24 benötigte man jeweils nur *eine* Rechenoperation, einmal die Addition, im anderen Fall die Multiplikation. Berechne ich die Zahl 81 "auf meine Weise", also mit allen vier ersten Ordnungszahlen als $1^2 \times 3^4$, nutze ich zwei *unterschiedliche* Rechenoperationen.
Und genau darin finden wir, wie ich meine, ganz subtil versteckt, einen weiteren und entscheidenden Schlüssel für das Verständnis unserer Welt: Die Zahlen 10 und 24 beschreiben in genau dieser Reihenfolge rein geistige, d.h. immaterielle Grundlagen unseres Universums: Die Zahl 10 macht zum Beispiel klar, in welchem Zähl- oder Rechensystem alles funktioniert. Zwar sind alle Systeme grundsätzlich gleichberechtigt, doch eines ist eben, plausibel nachvollziehbar, bevorzugt. Mit der Zahl 10 wird die erste Entscheidung getroffen. Auf dieser untersten Ebene wird entschieden, nach welcher Regel Zahlen auf alles wirken und alles steuern sollen. Mathematisch ergibt sich der kleinste "Musketier" auch über die niedrigste Rechenoperation, die Addition.
Wenn klar ist, *wie* die Mathematik in unserer Welt wirken soll, dann wird auf der nächsthöheren Ebene zu regeln sein, *wie* sich die Welt räumlich ausdehnt. Es geht also um den Raum, *mit und in dem* das materielle

Universum existieren wird. Es muss entschieden werden, *wie* in Zahl und Form alles angeordnet und ausgedehnt sein soll.
Das augenscheinliche Ergebnis dieser Entscheidung ist die "Kreisform". Sie wird mit Hilfe der Zahl 24 bestimmt und gesteuert. Mathematisch betrachtet entsteht sie daher über den nächst höheren Rechenschritt, die Multiplikation der ersten vier Zahlen. Auch dieser Rechenschritt ist noch genauso "homogen", d.h. sie benutzt nur eine Rechenart, weil im Ergebnis nach wie vor etwas rein Immaterielles codiert wird: Die 24 ist die geistige Information für Anordnung und Ausdehnung aller Prozesse und Verläufe.
Erst die dritte Zahl, die 81, beschäftigt sich jetzt unmittelbar mit dem Materiellen. Sie determiniert die maximale mengenmäßige Ausdehnung, also Anzahl und Verteilung der wichtigsten Güter *innerhalb* des Raumes.
Und hier nun geschieht etwas ungemein Wichtiges: Zwar wird auch die 81 wieder aus den ersten vier Zahlen gebildet, nun aber erstmals mit Hilfe von *zwei verschiedenen* Rechenoperationen. Dabei steht die Zahl 3^4, die zwar allein schon 81 ergibt, für die maximale Anzahl und Verteilung des rein Materiellen. Konsequenterweise ist nun aber der Faktor 1^2 das Zeichen dafür, dass alles Materielle in dieser Welt sich in Wahrheit aus zwei völlig verschiedenen Anteilen zusammensetzt, wovon jedoch einer nur allzu leicht übersehen werden kann und regelmäßig auch wird, da er selbst nichts Materielles repräsentiert. Der Faktor 1^2 bringt uns aus einer rein mathematisch-logischen Überlegung heraus den Nachweis, dass jede materielle Existenz zugleich etwas "an sich hat", das zwar "unsichtbar" zu sein scheint, aber nichtsdestotrotz zwingend dazugehört: nämlich die bloße *Information* "zu sein" – oder anders ausgedrückt, die *Information* der eigenen Existenz. Alles Materielle teilt sich also auch dadurch mit, dass ihm das "SEIN" informationell untrennbar anhaftet. Jede noch so kleine materielle Existenz besteht eben auch aus einer Information, jede noch so komplexe Existenz aus einer entsprechend komplexen Information. Jede Information, und so auch die des "SEINs" ist etwas Immaterielles, etwas Geistiges. Geist ist demnach ein untrennbarer Teil von Materie.
Alle Materie hat etwas Geistiges an sich. Beide sind wieder zwei Seiten ein und derselben Medaille. Die Mathematik ist es, die uns diese Vorstellung logisch und eindeutig nahe legt.
Die Mathematik liefert uns so einen *Beweis* für den universalen, ganz subtilen Dualismus zwischen der geistigen Information allen Seins und seiner materiellen Seite. Und das rein rechnerisch mögliche Weglassen der 1^2 zur Herleitung der Zahl 81 zeigt im Übertragenen auch, dass Geist

und Materie keinerlei Verbindung haben, die den physikalischen Erhaltungsgesetzen der Thermodynamik Rechnung tragen müssen.
Mit Hilfe "meiner göttlichen Analogie" in Kapitel 2.10 werde ich das noch näher erläutern. Hier möchte ich nur festhalten, dass alle Materie dieser Welt in Wahrheit zugleich ein informationelles (geistiges) *und* ein materielles SEIN besitzt. Und nun wird klar, dass jede Ausdehnung, jede Formation und jeder Aufbau materiellen SEINs zwangsläufig gleichzeitig auch etwas Geistiges ist. Und als solches, als auch geistige und nicht nur allein materielle Grundlage, hat alles Materielle natürlich genauso einen ewigen Aspekt.

2.9) Ein wahrhaft smarter genetischer Code

Die Genetik befasst sich mit den Veränderungen im Erbgang zwischen verschiedenen Generationen. Schon der griechische Dichter *Theognis von Megara (540-470 v.Chr.)* kritisierte um 600 v.Chr. die Heiratsgewohnheiten seiner Mitbürger, weil sie ihre Partner mehr nach kommerziellen Gesichtspunkten auswählen würden. Dabei hatte man doch mit der Auswahl nach charakterlichen Eigenschaften bei Tieren recht große Zuchterfolge zu verzeichnen.
Platon (427-347 v.Chr.) machte sich in seinem Werk *"Der Staat"* Gedanken über Möglichkeiten zur *"Veredelung des Menschengeschlechts"* durch geeignete Zuchtwahl. Und *Aristoteles (384-322 v.Chr.)* nahm schon an, Samen sei der Träger der Vererbung. Die revolutionären Entdeckungen des berühmten englischen Naturforschers *Charles Darwin (1809-1882)* und die darauf basierenden heutigen Evolutionstheorien waren bereits Gegenstand in meinen früheren Büchern. In Teil 4 werde ich darauf zurückkommen.
Eine Reihe anderer Forscher suchte nach einer übergreifenden Theorie, die in der Lage ist, die Mechanismen der Vererbung zu beschreiben – doch viele Versuche blieben erfolglos. Den ersten, bis heute gültigen Ansatz entwickelte mit viel Glück der Augustinermönch *Gregor Mendel (1822-1884)* im Jahre 1859. Mit der Gartenerbse wählte Mendel das richtige Untersuchungsmaterial, weil sie als Selbstbestäuber nicht der

äußeren Verunreinigung durch Fremdpollen unterliegt. Außerdem hatte er das große Glück, dass die von ihm beobachteten und bei den nachfolgenden Generationen ausgezählten Merkmale auf verschiedenen Chromosomen liegen. Chromosomen kannte man damals aber noch nicht. Man kann sie einfach mit den einzelnen Bänden eines großen Lexikons vergleichen. Obwohl Mendels Ergebnisse bereits 1865 dem *"Naturforschenden Verein"* in Brünn, im heutigen *Tschechien*, vorgetragen wurden, blieben sie dennoch fast 40 Jahre unbeachtet. Erst durch drei Botaniker, den Niederländer *Jan de Vries (1890-1964)*, den Deutschen *Carl Correns (1864-1933)* und den Österreicher *Erich Edler von Tschermak-Seysenegg (1871-1962)* wurden sie um das Jahr 1900 wieder ausgegraben und schnell populär.

Mit den Mendelschen Gesetzen konnte eindeutig nachgewiesen werden, dass sich bestimmte Phänomene über alle Generationen nach ganz bestimmten Regeln vererben.

Die Zellbiologie mit ihrer molekularbiologischen Entschlüsselung der biochemischen Erbsubstanz DNS[16] durch die Biochemiker *James Watson (*1928)* und *Francis Crick (1916-2004)* im Jahre 1953 ermöglichte es, nun auch das *"Wie"* der Vererbung auf molekularer Ebene plausibel und experimentell nachprüfbar darzustellen. Demnach besteht unser Erbgut, das Genom, aus einem doppelt gedrehten Strang organisch chemischer Verbindungen, der Doppel-Helix. Allerdings bedeutet "organisch-chemisch" noch lange nicht "belebt". Es ist nur eine notwendige Vorstufe, um "Leben" in diesem materiellen Universum zu beherbergen oder, vielleicht besser gesagt, aufzunehmen. Leben selbst stellen diese noch so kompliziert zusammengesetzten Moleküle sicher nicht dar.

In einer bestimmten Phase der Zellteilung (Mitose) stellt sich das mit einem Wollknäuel zutreffend vergleichbare "Doppel-Helix-Gewühl" als voneinander abgrenzbare Stränge, sog. Chromosomen, dar.

Biochemisch bestehen sie aus langen Ketten von Nukleinsäuren, die man deshalb zusammengefasst, je nach Funktion und Anordnung, als *DNS* oder *RNS* bezeichnet. Jede einzelne dieser Nukleinsäuren besteht wiederum aus einer Vielzahl kleinerer Einheiten, den sog. Nukleotiden.

Nach immer 10 sich gegen den Uhrzeigersinn drehenden Nukleotiden ist eine komplette Helixwindung vollendet. Jedes einzelne Nukleotid besitzt 3 Bausteine, ein Phosphorsäuremolekül, einen Fünfer-Zucker (Pentose) und eine Base. Nur diese Base ist der entscheidende, weil der für den genetischen Code relevante Faktor eines jeden Nukleotids.

---

[16] DNS = Desoxyribonukleinsäure, Kettenmolekül des Erbguts

Anders gesagt, nur die Basen sind die eigentlichen Buchstaben des genetischen Alphabets. Davon gibt es nun 4 verschiedene, nämlich Adenin (A), Guanin (G), Cytosin (C) sowie Thymin (T) in der DNS und anstatt des Thymins die Base Uracil (U) in der RNS. Durch verschiedene Vorgänge, auf die an dieser Stelle nicht mehr näher eingegangen werden soll, werden diese 4 Buchstaben des genetischen Codes benutzt, um sog. α-Aminosäuren (α-AS), die Bausteine allen Lebens, miteinander zu Eiweißen (Proteine) zusammenzufügen.
Je 3 Basen hat die Natur zu einem Triplett zusammengefasst. Man kann das Triplett mit einem Wort vergleichen und sagen, jedes Wort des genetischen Codes besteht aus genau 3 Buchstaben. Und an so einem Triplett hängt immer eine Aminosäure. Verschieden angeordnete Basen im Triplett codieren möglicherweise eine andere Aminosäure. Es gibt genau 20 verschiedene AS. Inzwischen werden gerne noch 2 weitere dazugezählt. Jedoch sind dies bloß Varianten der bekannten 20 α-AS.
In diesen Fällen wird jeweils ein Nonsenstriplett, das üblicherweise gar nicht zur Eiweißsynthese beiträgt (s.u.), missbräuchlich verwendet.[17]
Die Anordnung der Basen zu Tripletts ist schon aus logischen Gründen erforderlich. Erst durch 4 x 4 x 4 (= 4^3 = 64) Basen können die bekannten 20 (Basis- oder α-) Aminosäuren codiert werden. Wären bloß je zwei Basen in "Dupletts" zusammengefasst, um eine AS zu codieren, so könnten damit nur maximal 16 (=4 x 4), also vier Aminosäuren zu wenig, codiert werden.
Da es andererseits nun mit 4^3 = 64 aber theoretisch schon weitaus mehr Möglichkeiten gibt, die vorhandenen 20 Aminosäuren zu codieren, steht für den Transport ein und derselben AS in der Regel mehr als ein Triplett bereit. Das ist für spätere Überlegungen noch von großer Bedeutung. Dies scheint mir ein Grund dafür zu sein, warum zufällige Einwirkungen auf das Erbgut, wie sie Mutationen darstellen, wesentlich stumpfer, d.h. unwirksamer sind, als die Genetiker gemeinhin annehmen. Mehr noch: die Natur bietet nach meiner Auffassung hier für das Erbgut sogar einen ziemlich wirksamen Schutz vor Mutationen, indem die viel größere Zahl von Codemöglichkeiten den Zusammenbau der Eiweiße in Wirklichkeit unempfindlicher gegen Störeinflüsse macht.
Der moderne Biologe bezeichnet den genetischen Code wegen der Überzahl von Möglichkeiten jedoch als "degeneriert". Ich halte das für lächerlich. Mit 4^3, also 64 theoretischen Kombinationsmöglichkeiten,

---

[17]Selenocystein, entdeckt 1996, "missbraucht" UGA, breites Vorkommen, und Pyrrolysin, entdeckt 2004, "missbraucht" UAG. Vorkommen bei sog. Archaebakterien.

ergibt sich vordergründig zwar eine Umkehrung des bereits bekannten elementaren 3^4- Gesetzes, das zum dritten Musketier, der Zahl 81, führte. Tatsächlich jedoch ist die Zahl 4^3 gar nicht entscheidend. In Wirklichkeit steht auch bei der Proteinsynthese die Zahl 81, also 3^4, im Vordergrund. Dies habe ich als erster schon im Jahr 1999 eingehend erläutert. Für das Verständnis universeller Gesetzmäßigkeiten ist diese Erkenntnis von entscheidender Bedeutung.
Die nachfolgende Abbildung einer Codesonne, gezeichnet von meinem Sohn Alexander, soll das verdeutlichen. In ihr sind die Basennamen der t-RNS mit ihren Anfangsbuchstaben (A-U-G-C) abgekürzt.

Mit Hilfe von *vier* organischen Basen, die stets zu *dritt* als sog. Nukleotidtripletts angeordnet sind, lassen sich über den genetischen Code sämtliche 20 Aminosäuren (α-AS), die in biologischen Körpern zu Eiweißen (Proteinen) zusammengesetzt werden, codieren. Dabei können mehrere Tripletts auch ein und dieselbe AS bestimmen. So werden beispielsweise 9 AS durch je 2 Tripletts gebunden.

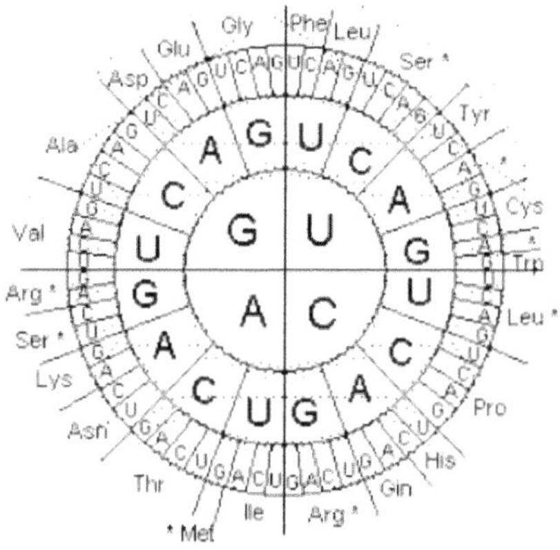

Insgesamt lassen sich so 84 Code*positionen* darstellen. Drei davon bilden aber sog. Nonsenstripletts, d.h. für sie gibt es keine Aminosäure, und sie beenden jeden Synthesevorgang. Damit verbleiben genau 81 – oder eben 3^4 – exakte Code*positionen.* Davon wiederum bildet ein Code immer das sog. Startcodon (AUG).
So wie es 81 natürlich vorkommende und stabile chemische Elemente im ganzen Universum gibt, so besitzt das Erbgut vermutlich allen Lebens in dieser Welt genau 81 "bautechnisch wirksame" Code*positionen.* Mit ihnen wird die Stellung eines jeden genetischen Buchstabens, des Nukleotids mit seiner freien Base, eindeutig bestimmt. Wird einer dieser Buchstaben durch eine Mutation verändert oder fällt er gar ganz weg, so dass sich die Triplett-Anordnung verschöbe, wird deshalb der ganze Text keineswegs unlesbar. Durch Markierung einer jeden festen Position im Verbund "weiß" der Körper sofort, wo genau das Problem steckt und ist in der

Lage, es zu beheben, bevor es vielleicht zu schweren Veränderungen im Gesamtgefüge kommt.
So, wie der Wasserstoff in der Reihe der chemischen Elemente eine exponierte Stellung einnimmt, so nimmt im genetischen Code das Startcodon eine ebensolche Ausnahmeposition ein. In beiden Fällen arbeitet die Natur mit der Zahl 81 in der Form "80+1".
So, wie von den 80 chemischen Elementen genau 20 als sog. *Rein*formen existieren, so lassen sich mit 80 genetischen Codepositionen exakt 20 *Alpha*-Aminosäuren codieren.
Geht man von meiner Annahme aus, der genetische Code arbeite mit Hilfe von 81 exakten und bautechnisch wirksamen Positionsangaben, dann könnten einzelne Mutationen dem Ablesevorgang, der schließlich zur Produktion von Eiweißen führt (Protein-Biosynthese), nicht mehr soviel "Böses" anhaben. Während der Eiweißsynthese würden falsche Basen-Positionen auffallen und von den Reparaturkräften des Körpers ausgebügelt werden können. Dies entspräche damit der alltäglichen Beobachtung, dass Mutationen zwar ständig auftreten, und die meisten offensichtlich zu großen Schäden führen (z.B. Krebs). Der Organismus wird aber zumeist mit ihnen fertig. Er erkennt sie, wie ich annehme, weil sie ganz einfach eine "falsche Nummer" tragen. Mit zunehmendem Alter eines jeden Organismus wird die Fähigkeit, diese Fehler zu erkennen und auszumerzen, schlechter, weshalb immer häufiger Krebserkrankungen auftreten.
Aber auch für das Verständnis der Evolution hat meine These gewaltige Konsequenzen: Mutationen werden als Motor der Evolution allmählich schlichtweg degradiert (nicht aber deshalb auch ausgerottet). Während zu Beginn der Evolution allen Lebens Mutationen noch eine entscheidende Rolle spielen mögen, kommt es im Laufe der Evolution im Rahmen einer sie begleitenden Weiterentwicklung der Evolutions*mechanismen* zum Aufbau anderer und zunehmend zielgerichteter, am Ende sogar zur Bildung bewusster Mittel, die gesamte Entwicklung zu beeinflussen und besser zu kontrollieren.

Hier wird also erneut deutlich, dass sich eine strenge Ordnung allein schon über die Zahl 81 erkennen lässt. Sie gilt für alle stabilen und natürlich vorkommenden Elemente unseres Universums genauso wie für unser Erbgut, den genetischen Code. Das scheint mir auch ein recht schlüssiger Beweis dafür, dass weder der genetische Code, noch die Anzahl der Elemente in unserem Universum zufällige Ereignisse sind.

Die Zahl 81 lässt sich aus den Zahlen 3 und 4 als 3^4 darstellen.
Diesen Wert findet man auch in der quadratischen Form der berühmten Gleichung von *Albert Einstein* wieder, wenn man anstatt $E = m\ c^2$ nun schreibt: $E^2 = m^2\ c^4$, wobei c, die Lichtgeschwindigkeit, mit dem Faktor 3 (mal einer Potenz von 10) einzusetzen ist.
Dann heißt es nämlich $E^2 = m^2 \times 3^4$
Wie bereits im letzten Kapitel gezeigt, entspricht im Dezimalsystem der Faktor 3^4 (=81) dem Kehrwert sämtlicher Ordnungszahlen von "1" bis Unendlich.
Im Universum gibt es 20 α-Aminosäuren und 20 Reinelemente, also Elemente ohne Varianten (Reinisotope). Sie alle kommen in der Form "19+1" vor: Zum Beispiel hat eine AS nur ein Kohlenstoffatom, die restlichen 19 aber mindestens zwei. Sie sind optisch aktiv. Von den 20 Reinisotopen haben 19 eine ungerade Zahl von Protonen und nur 1 Element eine gerade Protonenzahl.
Es muss Gründe haben, warum die Natur so agiert. Addiert man die 19 zur 81 erhalten wir 100, was, dezimal betrachtet, lediglich eine weitere Stelle bedeutet. Durch kein anderes beliebiges Rechensystem ließe sich das in derselben Weise darstellen.
Ich habe im letzten Kapitel erläutert, warum die Zahl 81 nicht bloß als 3^4, sondern vielmehr in der Form $1^2 \times 3^4$, also unter Verwendung aller vier ersten Ordnungszahlen, dargestellt werden sollte.
Analog dazu ergaben sich die Zahlen 24 und 10 aus der Addition bzw., der Multiplikation der ersten vier Ordnungszahlen.
So wird erkennbar, dass unser ganzes materielles Universum letztlich nur auf den Säulen der Zahlen 1 bis 4 basiert. Simplex sigillum veri (est).[18]

[18] lat.: "Einfach ist das Siegel des Wahren" – eines meiner Lieblingszitate.

2.10) Eine göttliche Metapher

"Es gibt unzählige Definitionen von Gott. Doch ich bete Gott nur als Wahrheit an". Dieser Ausspruch stammt von *Mahatma Gandhi*, dem großen indischen Staatsmann, und er ist ein Zeugnis seiner tiefen Religiosität. In diesem Kapitel möchte ich nur versuchen, den göttlichen Ursprung unserer Welt in einer kleinen, aber wohl sehr zutreffenden Metapher zu zeigen.
Wieder einmal hilft dabei ein wenig Mathematik, zumal inzwischen recht klar geworden sein dürfte, welche fundamentale Bedeutung sie im ganzen Universum zu haben scheint.
Betrachten wir deshalb den Wert "1" etwas näher; denn er verkörpert mathematisch die erste (ganzzahlige) Realität.
Die "1" steht für den Ausgangskreis, dem ersten endlichen Punkt meines Gedankenexperiments in Kapitel 2.4. Mit ihm lassen sich Wachstum und Vermehrung nach einfachen geometrischen Regeln konstruieren. Dabei bilden sich Zug um Zug die entscheidenden Zahlen unseres Universums. Deshalb darf man nun fragen, woher kommt denn die "1" überhaupt? – Wie entsteht sie?
Natürlich muss die "1" als Zahl genauso geistig bestimmt sein, wie es der kleinste endliche Punkt (Kreis) ist, der ja die Zahl 1 geometrisch repräsentiert. Dieser Kreis wird durch 3 ebenso reale, aber eben nicht-endliche Informationspunkte bestimmt. Damit erhält man eine zunächst etwas abstrakt anmutende Analogie für das Prinzip, dessen Kenntnis zum Verständnis der wahren Entstehung unserer Welt unabdingbar ist.
In späteren Kapiteln werde ich es dann noch mit reichlich "praktischem Leben" füllen. Meine Vorstellung, um es immer wieder zu betonen, befindet sich in breitem Einklang mit den entscheidenden Vorstellungen letztendlich aller Religionen, Mythen und früherer Philosophien.

In der Mathematik kann man aus 1^2 die Wurzel ziehen und erhält so den Wert 1. Da 1^2 im Wert dasselbe ist wie einfach nur 1, und wir aus 1 durch Wurzelziehen (Radizieren) auch die -1 erhalten können, kann man auch folgende einfache Reihe aufstellen:
$(-1)^2 = +1$ und $(+1)^2 = 1^2 = 1$ oder $1^2 = (-1)^4$.

Wenn man aus +1 die Wurzel ziehen kann, so muss das logischerweise auch aus -1 möglich sein. Jeder weiß aber, dass es keine uns Menschen bekannte rationale Zahl gibt, die wieder -1 ergibt, wenn man sie mit sich

selbst multipliziert, also quadriert. Die "menschliche" Mathematik stößt damit also an eine Grenze, welche die Logik natürlich nicht kennt. Der italienische Mathematiker *Rafaello Bombelli (1526-1572)* führte daraufhin erstmals die sogenannte imaginäre Zahl "i" ein.
Sie steht jetzt für eine Zahl, die zwangsläufig real existieren muss, die wir Menschen aber mit unseren Mitteln nicht darstellen können. Deshalb heißt sie imaginär, aber – und das muss deutlich gemacht werden – an ihrer tatsächlichen Existenz kann es keinen Zweifel geben.
Wir können sie halt nur umschreiben, als Bild oder vielleicht mit einem Buchstaben darstellen. Die Mathematik – hier reduziert auf das System von Zahlenlogik – *beweist* uns auf eine ganz andere Art, nämlich durch die Notwendigkeit einer imaginären Zahl "i", die Existenz und das Einwirken einer völlig anderen und doch ebenso realen Dimensionalität.
Dann gilt: $i^2 = -1$ und $(-1)^2 = +1$ und $(+1)^2 = 1^2$ $[= 1 = (-1)^4]$.

Diesen simplen Zusammenhang will ich nun auf meine Betrachtungen übertragen. Dann muss jede Art von materieller Existenz, so wie sie sich im einfachsten Fall als bloß endlicher Punkt, dem "kleinsten" Kreis, geometrisch darstellen lässt, zwangsläufig aus etwas entstehen, das es zwar genauso sicher geben muss, das wir aber selbst nicht mehr näher mit Elementen desselben Systems beschreiben oder darstellen können.
Somit sind wir Menschen auch *nicht* in der Lage, Ursache und Beginn unserer eigenen Existenz oder die des von uns bewohnten Universums mit Hilfe irgendwelcher der uns bekannten Systemeigenschaften zu erklären, geschweige denn sinnlich wahrzunehmen.
Nimmt man jedoch den bildlichen Vergleich an, den uns die Mathematik anbietet, dann müssen wir zur Kenntnis nehmen, dass keine wie auch immer geartete erste endliche Realität aus einem *Nichts* entstehen kann.
Und für das Nichts steht nicht zuletzt auch in unserem westlichen Kulturkreis dank *Leonardo Fibonacci von Pisa* mathematisch die *Null.*
Damit können wir aber auch sagen, dass es neben der Null als die "Zahl" für das *Nichts* offenbar symmetrisch zu beiden Seiten hin *jeweils eine*, und damit folglich insgesamt *zwei* reale ganzzahlige Existenzen gibt, nämlich die von -1 und +1.
Die Mathematik, zunächst schon für mein einfaches Gedankenspiel von einer geometrisch gesteuerten, logischen Punkt- bzw. Kreisentwicklung in Anspruch genommen, bietet uns jetzt eine weitere wunderschöne, arithmetische Analogie für die Entstehung unserer ganzen Welt.
Man kann sie ebenso gut auf alle weiteren evolutionären Entwicklungen übertragen.

Alles in der Welt beginnt als eine Schöpfung aus einer für uns nicht näher zu beschreibenden und für uns nicht vorstellbaren Entität. Diese Schöpfung ist sicher kein einmaliger Akt, sondern ein langer Prozess, über dessen Beginn und Verlauf keine näheren Aussagen möglich sind.
Das Nicht-Vorstellbare, das dieser Schöpfung zugrunde liegt, ist es, das in den Religionen z.B. "Gott" genannt wird. Der mathematische Kunstgriff eines "i" kann in dieser Metapher, natürlich ganz bewusst sehr stark vereinfacht, als kleinste Einheit Gottes aufgefasst werden.
Aus ihr, und *nicht* aus der *Null* oder dem *Nichts*, entstehen nacheinander zwei reale, zugleich voneinander getrennte, zueinander symmetrische und polare Seinsebenen. Eine davon ist unsere materielle Welt: Sie ist die *spätere* Seinsebene und kann in ihrer Manifestation und Ausdehnung mit den positiven ganzen Zahlen und ihren Quadraten, beginnend mit 1^2, treffend beschrieben werden. Die andere, jedoch *frühere* und von der materiellen Seite aus weitgehend unsichtbar verborgene Realität, muss daher logischerweise auch inhaltlich eine dazu polare und symmetrische Welt, also eine rein geistige Ebene, sein.
Aus einer für uns unvorstellbaren und somit unbeschreiblich höheren, geistigen Entität, die wir Gott nennen, entsteht zunächst eine zu Beginn noch unvollkommene, weil undifferenzierte, geistige Realität, die sich im Laufe von Äonen dann differenziert. Zug um Zug entsteht durch sie und mit ihr die materielle Welt, die sich dann im Gleichschritt weiter formt. Beide Welten sind schließlich untrennbar miteinander verbunden.
Was ich heute mit Logik herleite, aber zur Überzeugung des Zeitgeistes Schritt für Schritt mühsam erläutern muss, um den Glauben an Gott und unseren Geist zu erneuern, haben die Menschen früherer Zeiten viel leichter "geschluckt". Ich glaube, Sie waren deshalb besser dran. So heißt es doch für genau diese Zusammenhänge einfach und schlicht in der Bibel, Buch Genesis, 01.01: "*Am Anfang schuf Gott Himmel und Erde*".
Unseren Vorfahren war sicher klar, dass mit "Himmel" das Geistige und mit "Erde" das Materielle gemeint war. Nur wir sind heute so naiv und suchen noch Gott *am* (kosmischen) Himmel und verstorbene Seelen auf "Wolke sieben". In diese schon fast kindliche Naivität passt die Antwort des französischen Astronomen *Pierre Laplace (1749-1827)*, der auf die Frage *Napoleons*, wo in seiner *Mécanique céleste*[19] denn Gott noch Platz habe, antwortete: "*Sire je n'avais pas besoin de cette hypothèse*"[20]. In ähnlicher Form äußerten sich auch russische Kosmonauten in den 1960er Jahren.

[19] Franz: Himmelsmechanik
[20] Franz.: "Sire, dieser Hypothese bedurfte ich niemals".

Glauben Sie, meine Vorstellung sei nur hübsche Theorie? Mitnichten! Unbestritten besitzt der "Goldene Schnitt", unvollkommen dargestellt als Verhältnis mit der Zahlenfolge 618, nämlich 1,618…, in unserer Welt einen ganz zentralen Stellenwert. Nicht umsonst wird er auch "göttliche Teilung" bezeichnet und nicht umsonst schaut man fasziniert darauf, dass wirkliche Perfektion irgendwie immer mit ihm verbunden ist. In der Welt finden wir aber auch die Zahlenfolge 2-7-3 immer wieder. Sie zeigt, dass wir an die Grenzen des Machbaren stoßen. In der Form 1,273.... ist sie in meinem kleinen Schöpfungsmodell das Ergebnis der Division des Quadrats als erste neue Vollkommenheit in der Vielheit durch den Ausgangskreis (vgl. Kap. 2.4). Die Grenze des Machbaren bedeutet in meinem Weltmodell zugleich eine Schnittstelle zwischen der materiellen und der sie schaffenden und ihr zugleich vorausgehenden geistigen Welt. Nach meiner Metapher entspricht so das Verhältnis 1,273… der "-1" und der "Goldene Schnitt", also 1,618…, der "+1". So wie die "-1" die Wurzel aus "+1" ist, so ist auch die transzendente Zahl 1,273… die Wurzel aus 1,618… - mit einer Abweichung von nur 3,7%.

Interessant wird es auch am anderen Ende der Skala: Mein bildlicher Vergleich von der Entwicklung dieser Welt aus "i" (=unbeschreibbarer, göttlicher Ursprung) über "-1" (=geistige Realität) nach +1 (=materielle Manifestation) bis hin zu $(+1)^2$ (=Wachstum und Ausbreitung materieller Manifestation) führt noch zu einem anderen logischen Schluss:
Zwischen Null und ±1 haben wir eine begrenzte *(endliche)* Strecke auf der sich aber *unendlich* viele Zahlen unterbringen lassen, und zwar sämtliche Kehrwerte von 1 (= 1/1) über 1/2, 1/3, 1/4, bis 1/∞
Auf der anderen Seite gibt es keinerlei Streckenbegrenzung für die unendlich möglichen ganzen Zahlen, die Ordnungszahlen über Null. *Unendlich* viele Zahlen also auf *unendlicher* langer Strecke.

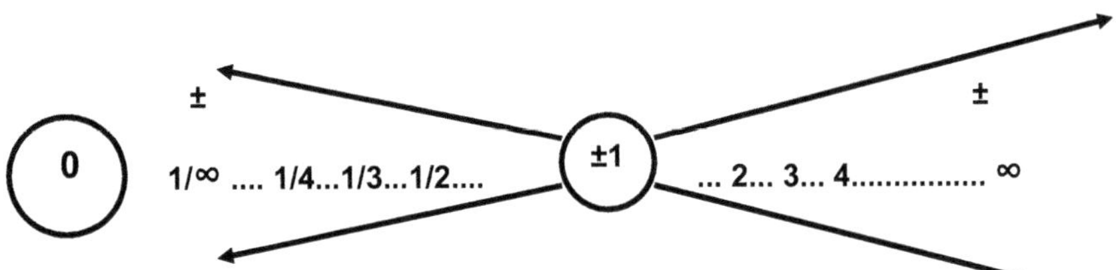

Jede Materie besitzt einen Wachstums- und einen Zerfallsprozess. Beides läuft nach einem universellen Muster ab und wird beschrieben durch eine mathematische Funktion auf Basis der transzendenten Zahl "e". Sie stammt von dem Schweizer Mathematiker *Leonhard Euler (1707-1783).*[21] Wachstum und Zerfall sind Gegensätze, wobei Wachstum (theoretisch) unendlich und zugleich unbegrenzt ist, jeder Zerfall aber (theoretisch) auch unendlich sein kann, gleichzeitig aber durch Ausgangszustand und Menge begrenzt sein muss.
Überträgt man diese Gedanken auf meine Metapher von "i" über "-1" zu "+1" und schließlich zu $(+1)^2$, dann muss die Euler'sche Zahl "e" über $(+1)^2$ repräsentiert sein. Wie ich ausführte, kennzeichnet die Zahl "+1" als "metaphorische Schnittstelle" den Goldenen Schnitt. Quadriert man 1,618..., so erhält man 2,618... Die Differenz dieses Produkts zur irrationalen Euler'schen Zahl beträgt wieder nur 3,7%.

Überträgt man meine "göttliche Metapher" nun auf ein Ergebnis der materiellen Welt, das unbestritten eine lange geistige Evolution hinter sich hat, also der Einfachheit halber mal auf uns Menschen, dann lässt sich folgendes festhalten: Ein Teil des Menschen muss *begrenzt* sein und dennoch gleichzeitig einen *unendlichen* Anteil innerhalb dieser Endlichkeit (Begrenztheit) besitzen. Zum anderen muss es einen Teil geben, der *unbegrenzt* und *unendlich* zugleich ist. Die einzige plausible Erklärung, die dieser Forderung entspricht, ist dann: Der Mensch besitzt einen begrenzten Körper mit einem begrenzten Gehirn, aber einen unbegrenzten Geist. Sie beide existieren voneinander unabhängig und doch zusammen wie zwei Seiten einer Medaille. Dasselbe gilt für das Leben als zwangsläufige Begrenzung des begrenztes Teils: Jeder Mensch stirbt. Doch dieser Tod betrifft nur das Körperliche des Menschen und nicht seinen Geist. Die Lebenszeit des Körpers ist begrenzt, doch lässt sich sein Geist schon da nicht als begrenzt betrachten. Der Tod ist die Schnittstelle, mit der sich sein Geist in Ewigkeit, also zeitlich unbegrenzt, fortentwickelt.

So wie in meiner Analogie die "-1" polar und symmetrisch zur "+1" ist und zweifellos selbst absolut real existiert, so sind auch die geistige und die materielle Welt zwei zueinander polare und symmetrische Realitäten einer letztlich einheitlichen ganzen Welt.

[21] Euler'sche Zahl e = 2,718281828459...; Die Funktion lautet: $f(x) = f_0 e^x$

Beide Realitäten sind so wirklich wie Sie und ich es als tatsächlich ohnehin nur äußerlich materielle Wesen auch sind. Vielleicht sollte man sagen, der geistige Teil der einen Welt stellt eine Art "Paralleluniversum" dar, wobei dieser Begriff eigentlich mehr der Sciencefiction vorbehalten und dort völlig anders besetzt ist.

Der *geistige* Teil dieser einen Welt ist Ausgangspunkt und Vorläufer für das Entstehen des *materiellen* Teils der Welt, also für das, was *wir* als unser Universum wahrnehmen. Dabei liefert der Geist auch die zentralen Ideen und somit die prinzipiellen geistigen Grundlagen alles späteren materiellen Seins. Der Geist ist die Welt der immateriellen Information jedes Seins. Es ist die andere Seite derselben Medaille.

Mit den Worten unserer Zeit lässt sich die geistige Welt vielleicht am besten mit einem unermesslich gigantischen Internet vergleichen. Sie ist das "Internet Gottes".

Im Gegensatz jedoch zu den Vorstellungen *Platons (ca. 427-347 v.Chr.)* und vieler seiner "geistigen Nachfolger" bis in unsere Gegenwart, liefert die geistige Welt nach meiner Ansicht keineswegs sämtliche Ideen für alles bereits Fertige in der materiellen Welt. Bis auf einige recht einfache, wenngleich feste Regeln und Rahmenbedingungen ist das "Internet Gottes" zunächst weitgehend unbeschrieben oder undifferenziert.

Vielmehr stellt es zunächst bloß ein enormes Potential dar, das es noch zu entdecken und zu differenzieren, also auszufüllen gilt. An dieser Stelle verweise ich auf den altchinesischen Philosophen *Laotse (ca. 7. Jhd. v.Chr.)* und sein *"Tao-Te-King"*, was nach *E. Diederichs* übersetzt soviel heißt wie das Buch vom Sinn, oder besser, von den geistigen Regeln dieser Welt.

Laotse spricht dort von einem dem Geheimnis noch tiefer liegendem Geheimnis, dem *"Wu Gi"*, in dem alle Unterschiede noch ungetrennt durcheinander sind, und das durch einen einfachen Kreis dargestellt zu werden pflegt! Darin findet sich sozusagen die bloße Möglichkeit des Seins, gewissermaßen das Chaos.

Wie der französische Mathematiker und Astronom *Pierre Laplace (1749-1827)* schon vor etwa 200 Jahren zeigen konnte, hätte unsere Welt unter der Voraussetzung schon immer vorhandener Modelle für alles Fertige überhaupt keine Chance zur kreativen Schaffung von etwas Neuem, was wir als Emergenz bezeichnen.

Das "Hervorbringen immer neuer Formen und Systeme aus bereits Bestehendem" ist jedoch sicher ein ganz entscheidendes Kennzeichen unserer Welt. Bloß stimme ich genauso wenig den vielen modernen Forschern zu, die, wie noch vor wenigen Jahrzehnten der österreichische Philosoph *Karl Popper 1902-1994)*, behaupten, zufallsbedingte Emergenz sei der *alleinige* Motor für *jede* Entwicklung in der Welt. Ich stehe da *zwischen* Platon und Popper und glaube, dass jede Emergenz gewissen Rahmenbedingungen untersteht, die sie sozusagen an die Hand nimmt.

Deshalb glaube ich genausowenig an das urplötzliche, zufällige Auftreten von ein paar sehr erstaunlichen physikalischen Naturgesetzen sowie äußerst engen Naturkonstanten, und der ganze Rest bleibt sich dann in einer rein materiellen Welt auf "ewig" selbst überlassen. Vielmehr glaube ich an eine ständige Interaktion zwischen zwei real existenten Welten, einer geistigen und der von uns zumeist allein wahrgenommenen und akzeptierten materiellen Welt.

Sie beide sind aber wohl zwei sich gegenseitig ständig sehr subtil beeinflussende Seiten ein und derselben Medaille, so wie das altchinesische Yin und Yang.

Dabei ist es die geistige Realität, die auf den materiellen Anteil dieser Welt zunächst mit Hilfe ganz bestimmter allgemeingültiger Ordnungsprinzipien einwirkt. Zu diesen zählen einfache geometrische Formen und die Ordnungszahlen.
Im Laufe riesiger Zeiträume kann und muss sich der zunächst wenig differenzierte geistige Hintergrund durch ständige Rückkoppelung mit einer sich jetzt allmählich entwickelnden materiellen Welt laufend verändern und so schließlich irgendwann einmal vervollkommnen.
Höchste Perfektion bei maximaler Vielfalt ist die kosmische Devise.
In gewisser Weise entspricht das dem, was der französische Philosoph, Theologe und Anthropologe *Pierre Teilhard de Chardin (1881-1955)* den Omegapunkt nennt: Demnach sind wir alle sozusagen Gott – ein Gott im Werden.
Es scheint also möglich zu sein, einfache mathematische Beziehungen für ein plausibles Erklärungsmodell unserer ganzen Welt metaphorisch heranzuziehen. Es funktioniert, *weil* man feststellen kann, dass so ein Modell zwangsläufig – und zunächst unabhängig vom Rechensystem – ganz bestimmte Zahlen liefert, die sich uns an den entscheidenden Stellen der materiellen Welt immer wieder aufdrängen. Deshalb können wir jetzt noch einen Schritt weiter gehen und konkretisieren:
Aus dem realen, aber für uns imaginären "i" als der hier vergleichbar kleinsten Einheit "göttlicher Transzendenz" entstammt die göttliche *Idee* einer Welt *"nach seinem Bilde"*.

Die göttlichen Gedanken oder, wie die Bibel schreibt, *"Gottes Wort"*, entsprechen dann i^2, was aber gleichbedeutend ist mit -1, der Analogie für den Geist.
Die Manifestation dieser Idee als geistige Welt ist dann $(-1)^2$. Das ist aber auch bereits +1, womit sich die beginnende materielle Transformierung andeutet, bzw. die Schnittstelle zeigt; denn die "1" (hier: +1) steht für den Einheitskreis, der ja noch keine räumliche Dimension besitzt. Das Quadrat von +1, also $(+1)^2$, steht dann für das kleinste "echt-materielle" Sein. Von +1 gehen zwei Zahlenfolgen ab: Die erste ist die aller Ordnungszahlen von 1 bis unendlich. Sie repräsentiert die räumliche vierdimensionale Ausdehnung.
Zugleich gibt es die Folge ihrer Kehrwerte, also 1/1, 1/2 , 1/3, 1/4 u.s.w. bis 1/ unendlich. Auch hierbei handelt es sich um eine unendliche Zahlenfolge. Aber im Gegensatz zur ersten ist sie räumlich begrenzt; denn sie steht zwischen 1 und Null. Sie repräsentiert alle materielle Gegenständlichkeit, also alle dreidimensionalen Objekte in unserer Welt: Der universale Raum ist unendlich, seine in ihm enthaltenen Objekte aber sind begrenzt – eben dreidimensional.

Gerade weil man aber $(+1)^2 = 1^2$ gemeinhin einfach nur als 1 schreibt, wird übersehen, dass es genauso auch $(-1)^4$ ist. Damit verkennt man in der von mir gewählten Analogie den eigentlichen geistigen Hintergrund und die geistige Herkunft alles materiellen Seins.
Jedem kleinsten Gegenstand, d.h. also hinunter bis zu jedem beliebigen noch so kleinen, bloß noch *endlichen Punkt*, haftet somit die (rein geistige) Information an *zu sein.* Jede Existenz besitzt eben auch eine rein geistige Seite, die Information seines SEINs.
Diese Vorstellung ließ sich bereits aus der Notwendigkeit, die Zahl 81 für das Maß der materiellen Ausdehnung nicht einfach nur als 3^4, sondern konsequenterweise als 1^2 **x** 3^4 darzustellen, herleiten (vgl. Kap. 2.8).
Selbst jedes Atom ist daher *nicht nur* ein materieller, d.h. endlicher kleiner Punkt in unserem Kosmos. Vielmehr liefert es zugleich die Information, dass es *ist.* Genauso ist jeder einzelne Mensch, der aus einer aberwitzigen Vielzahl von Atomen äußerst komplex zusammengebaut ist, damit auch ein gewaltiges immaterielles Informationsfeld. Das bildet damit sein absolut perfektes, dreidimensionales "informationelles Abbild". Da dieses Abbild ihm als körperlich manifestierter, derzeit lebender Mensch bereits innewohnt, bleibt es selbstverständlich auch dann erhalten, wenn sein materielles Umfeld zusammenbricht, er also stirbt.

Jede beliebige Existenz in diesem Universum, ob belebt oder unbelebt, ist entsprechend meiner Analogie selbst eine Medaille mit zwei Seiten, die zueinander symmetrisch und polar sind.
Jede einzelne Existenz besitzt also die Seite ihrer materiellen Identität sowie die immaterielle Information ihres *SEINs* – und sei diese noch so komplex. Für mich ist es äußerst spannend herauszuarbeiten, welche Konsequenzen sich daraus für das Bild unserer belebten und unbelebten Welt und für so wichtige auch existentielle Themen wie Unendlichkeit, Ewigkeit oder Unsterblichkeit ergeben.
Der große deutsche Philosoph und Naturforscher *Gottfried Wilhelm Leibniz (1646-1716)* hatte vor etwa 300 Jahren bereits geschrieben:
"Die imaginären Zahlen sind eine feine und wunderbare Zuflucht des göttlichen Geistes, beinahe ein Amphibium zwischen Sein und Nichtsein"[22]

2.11) Sechs Regeln bestimmen die Welt

Nach den letzten 10 Kapiteln lässt sich folgendes Fazit ziehen:

1) **Von nichts kommt nichts:** Die Null, das Nichts, ist zwar das Gegenteil vom SEIN, aus ihr entsteht aber nichts. In meiner schönen Geburtsstadt Köln ist das schon immer ein ehernes Grundgesetz und heißt dort: "Vun nix kütt nix".

2) **Es gibt kein SEIN allein:** Von allem gibt es ein polares Spiegelbild. So wie es "+1" gibt, gibt es auch" -1". Zur Materie gibt es den Geist. Alles ist symmetrisch und polar, gegensätzlich zueinander geordnet.

3) **Alles Sein entsteht aus SEIN:** Das letzte SEIN aber lässt sich für uns nicht näher beschreiben, bzw. es entzieht sich unserer Anschauung. So wie es eine Wurzel aus "+1" gibt und diese "-1" ist, so muss es auch eine Wurzel aus "-1" geben. Wir können sie zwar nicht berechnen, aber

[22] Zit. aus Simon Singh, "Fermats letzter Satz", s. Literaturverzeichnis.

es gibt sie: Jedoch entzieht sie sich unserer Anschauung. Diese Wurzel nennt der Mathematiker "i". Und "i" ist somit das kleinste *Symbol* für die reale Existenz Gottes.

4) **Alles SEIN hängt voneinander ab:** So wie aus "i" die "-1" und aus "-1" die "+1" entsteht, so entsteht aus Gott alles Geistige und aus dem Geistigen alles Materielle. In der Bibel heißt das einfach und treffend: *"Am Anfang schuf Gott Himmel und Erde"*. In der bildlichen Anschauung wird Geist zu Himmel und Materie zu Erde.

5) **Alles SEIN entwickelt sich konsequent fort:** Ist erst einmal etwas entstanden, also IST etwas – völlig gleich ob als "-1" (metaphorisch: Geist) oder als "+1" (metaphorisch: Materie) – so entwickelt es sich grundsätzlich ewig (zeitlich unbegrenzt) weiter:
Aus "-1" wird "-2", dann "-3", bis "minus unendlich", aus "+1" wird "+2", u.s.w. bis "plus unendlich".

6: **Nur alles Materielle ist begrenzt und endlich, alles Geistige dagegen unendlich und ewig:** Alles Materielle entsteht grundsätzlich aus primär Geistigem. Deshalb haftet allem Materiellen die Information des SEINs, also etwas rein Geistiges, an. Es ist schlichtweg die andere Seite seiner Medaille. Während alles Materielle einem Zerfall unterliegt und somit zeitlich begrenzt ist, gilt das für seine andere Seite, die (geistige) Information seines SEINs nicht. Sie besteht unbegrenzt und daher auch dann weiter, wenn die Existenz des Materiellen in seiner ursprünglichen Form beendet ist: Die Seite der Information besteht also ewig. Infolgedessen gibt es, wie ich schon im letzten Kapitel erläutert habe, auch niemals ein Ende einer einmal entstandenen Persönlichkeit; denn sie ist etwas rein Geistiges.
Und so wie sich die Ordnungszahlen kontinuierlich weiter in Richtung unendlich abwickeln und nicht, wie die Schrittfolge der bekannten Luxemburger "Echternacher Springprozession", mal vor und mal zurück, so entwickelt sich auch jede einzelne Persönlichkeit unaufhörlich immer weiter.
Das Ziel dieser Welt ist ihre Vergeistigung in maximaler Vielfalt und höchster Perfektion. Der Geist kehrt also zu sich selbst zurück.
Maximale Vielfalt aber bedeutet zugleich, dass die Natur spätestens dann das Individuelle bevorzugt, wenn der Geist sich seiner bewusst wird.
Beim Menschen ist das der Fall. Schon einer der wichtigsten Denker des Mittelalters, der Schotte *John Duns Scotus (1265-1308)*, hat die Bedeutung

der menschlichen Individualität hervorgehoben und angemerkt, das Individuum sei das *"wahre Ziel der Natur"*.[23]
Jede einzelne Persönlichkeit trägt somit ihr persönliches Scherflein zur Perfektionierung dieser Welt bei, indem sie sich ewig weiterentwickelt.
Nur, so wie wir schon im irdischen Leben mit zunehmendem Alter eine rein subjektiv immer verschwommenere Zeitvorstellung entwickeln und die Zeit uns unter den Fingern immer schneller davonrennt, so wenig fühlt der reine Geist überhaupt noch Zeit, weil es Zeit für ihn gar nicht gibt. Die Ewigkeit wird also nicht langweilig. Auch dazu später mehr.

2.12) Alles ist geordnet nach Maß und Zahl

Wir kennen **drei**dimensionale, also geschlossene Räume und Körper, und ich behaupte, es gibt eine echte räumliche **Vier**dimensionalität eines unendlichen Raums. Der Ausgangspunkt von allem ist die **Ein**heit des Kreises, der sich ausdehnt und so zunächst das **Zwei**te schafft, das sich zur Einheit polar-symmetrisch verhält. Die ersten vier Ordnungszahlen spiegeln sich in meiner kleinen "Schöpfungsgeschichte" wider.
Die Addition der ersten **vier** Zahlen führt zur Zahl **10**. Es dürfte kaum Zufall sein, dass wir in dieser Welt das **Dezimal**system als Rechensystem bevorzugen.
Durch Multiplikation der ersten **vier** Ordnungszahlen erhalten wir die Zahl **24,** und, wie ich nahegelegt habe, eine *sinnvolle* Kombination aus Multiplikation und Potenzierung dieser **vier** Werte führt uns zur Zahl **81**.
Sie alle sind entscheidende Kennzahlen in unserem Universum. Mit einem einfachen geometrischen Vermehrungs- und Wachstumsprozess gelangt man über zwei transzendente geometrische Verhältnisse (1,618… sowie 1,273…) zu den sehr wichtigen Zahlenfolgen **273** und **618**.
Beide sind also irrational und somit Ausdruck der unvollkommenen Umsetzbarkeit des Geistes in der materiellen Welt. Dabei scheint die Zahl **273** ein Maß für die maximale Ausdehnung im Rahmen des

---

[23] Duns Scotus lehrte übrigens die letzten zwei Jahre seines Lebens in meiner Heimatstadt Köln und wurde dort auch nach seinem Tod beigesetzt.

Machbaren, die **618** dagegen ein Maß für optimale Verwirklichungen, d.h. für Perfektion, darzustellen.
Schaut man sich aus diesem Blickwinkel die wichtigsten der sogenannten Naturkonstanten an, so ergibt sich schier Erstaunliches.
Alle Naturkonstanten sind unveränderliche physikalische Größen, die man experimentell messen kann, und die in der Wissenschaft besondere Eckwerte für die Existenz aller Dinge in dem uns bekannten, materiellen Universum darstellen. Ein erklärtes Ziel aller Naturwissenschaftler ist natürlich, diese Zahlenwerte sinnvoll miteinander zu verknüpfen, d.h. für sie eine gemeinsame, übergreifende Theorie zu entwickeln.
Bislang ist das allerdings nicht gelungen. Auf den ersten Blick scheinen auch meine folgenden Vorschläge in diese Richtung etwas weit hergeholt zu sein. Dennoch glaube ich, dass es sich hierbei um einen legitimen und obendrein einleuchtenden Versuch handelt, meine alles vereinigende Hypothese, die konsequent auf einfachen, mathematisch-logischen Überlegungen aufbaut, zu stützen.
Jede dieser Naturkonstanten schwankt nur ganz geringfügig um ihren Messwert – allenfalls um wenige Prozent. Wären sie nicht so stabil wie sie offenbar sind – und das ist unter allen beteiligten Wissenschaftlern ganz unbestritten – dann gäbe es unser Universum nicht – weder Atome, noch feste Materie, noch Galaxien, Planetensysteme und Planeten – und natürlich auch keinerlei Leben.

1) Eine ganz wichtige Naturkonstante ist die **Lichtgeschwindigkeit c**.
Albert Einstein ist es zu verdanken, dass sie als absolute Grenze erkannt wurde. Gemessen beträgt ihr Wert 2,99792458 x 10^8 m/s, also fast 300.000 Stundenkilometer. Vermutlich aber steht tatsächlich ja die Ordnungszahl **3** hinter diesem Messwert und ist so die eigentlich maßgebliche und orientierende "geistige" Maßzahl[24].
Im Dezimalsystem ergibt sich somit über die **3**, durch Multiplikation mit einem beliebigen Vielfachen von 10 (also 10^n, wobei n dann alle ganzen Zahlen durchläuft), je nach gewählter dezimaler Maßeinheit (also z.B. m/s oder km/h) die obere Grenze für den gemessenen Wert von c.
Wieder kann man erkennen, dass die in der materiellen Welt tatsächlich gemessenen Werte ihre "geistigen Vorgaben" immer ein wenig umspielen, nie aber exakt treffen: Obschon ja auch der Kreis rein optisch

[24] Dies wurde erstmals von *Plichta* dargestellt und wurde im Rahmen meiner früheren Bücher von mir dankbar aufgegriffen und ausführlich erläutert.

rund und endlich ist, kann man seine Fläche oder den Umfang nur unzureichend mittels eines irrationalen Zahlenwerts darstellen.
Erneut fällt mir an dieser Stelle spontan der dazu schön passende Dialog zur Geometrie aus *Peter Höeg*'s Thriller *"Fräulein Smillas Gespür für Schnee"* ein, in dem er darauf hinweist, dass es in unserer Welt ein Ideal geben muss, das unerkannt im Hintergrund existiert und als Orientierung dient, in seiner materiellen Manifestation aber niemals exakt verwirklicht wird (vgl. Kapitel 2.6).
Die Lichtgeschwindigkeit "streift so eben" das ihr ganz offensichtlich zugrunde liegende "Ideal", gegeben durch ein dezimales Vielfaches der Ordnungszahl **3**. Dieses Ideal macht sie zur Konstante. Die Abweichung des tatsächlichen Messwertes von der Zahl **3** beträgt nur **0,069%**.
Licht entsteht nicht durch das Zusammenwirken zweier Körper.
Vielmehr hängt sein Wert unmittelbar mit der Raumausdehnung im Universum zusammen. Für diese gilt somit das Produkt aus $\mathbf{3 \times 10^n}$. Ich werde darauf später noch näher zu sprechen kommen. Dagegen werden Wirkungen zwischen voneinander abhängigen räumlichen Körpern durch den Kehrwert dieses Produktes bestimmt.
Anstatt $\mathbf{3 \times 10^n}$ gilt dann der Term: $\mathbf{1 : (3 \times 10^n)}$ oder $\mathbf{1/3 \times 10^{-n}}$.

2) **Die Anziehungskraft** oder **Gravitation** ist eine solche Wirkung: Sie wirkt immer zwischen mindestens **zwei** (**drei**dimensionalen) Körpern. Folglich lässt sich deshalb das Produkt aus der Zahl **2** und dem zuletzt unter 1) aufgeführten Kehrwert bilden, also:
$\mathbf{2 \times (1/3 \times 10^{-n})}$ oder $\mathbf{2/3 \times 10^{-n}}$. Das ist aber auch $\mathbf{6{,}6666... \times 10^{-n}}$.
Die neben der Lichtgeschwindigkeit bedeutendste Konstante in unserem Universum ist die **Gravitationskonstante**.
Sie besitzt den Messwert $\mathbf{G = 6{,}67259 \times 10^{-19}}$ (Nm^2/kg^2), was eine Abweichung von bloß **0,088%** zum o.a. Rechenwert bedeutet.

3) Mit einem ganz ähnlichen Faktor kann auch das sog. **Planck'sche Wirkungsquantum** oder die **Planck-Konstante (h)** aufwarten.
Es steht für das konstante Maß einer *kleinsten Wirkung* zwischen **zwei** Körpern in unserem Universum.
Wieder muss derselbe Faktor ($\mathbf{1/3 \times 10^{-n}}$) eine Rolle spielen; denn als Kehrwert des Faktors von Raumausdehnung und Lichtgeschwindigkeit steht er ja für alle Wirkungen nach innen. Und wieder muss er mit **2** multipliziert werden (also $\mathbf{2/3 \times 10^{-n}}$), da es sich um ein Maß zwischen zwei Körpern handelt.

Tatsächlich ist der Messwert von **h= 6,626075 x 10^{-34}** (J/s).[25]
Die Abweichung beträgt jetzt lediglich **0,61%.**

4) Die **zwei** wichtigsten Kernteilchen "Proton" und "Elektron" sind als polar, also gegensätzlich zueinander, aufzufassen; Das Proton ist positiv, das Elektron negativ geladen. Im Wasserstoffatom, dem mit Abstand wichtigsten und am weitesten verbreiteten Atom im ganzen Universum, gibt es nur diese beiden Kernteilchen. Sie stellen – nicht nur was ihre entgegengesetzten Ladungen, sondern auch ihre Größenunterschiede angeht – wahrlich zwei extreme Gegensätze dar. Das schlägt sich vor allem im Verhältnis ihrer Massen zueinander nieder. Man spricht vom sog. **Massenquotienten.**
Er ist ebenfalls eine Naturkonstante und beträgt: **1836,152701.**
Ist es nicht verblüffend, dass nun wieder einmal der oben erwähnte Faktor **2/3 x 10^n** (wobei hier n=1 ist), multipliziert mit der Kennzahl für die maximale Ausdehnung, dem Machbaren, d.h. mit **273**, zu einem annähernd gleichen Ergebnis kommt?
Es gilt: **2/3 x 10^1 x 273 = 1820,9.**
Die Abweichung beträgt aufgerundet nur **0,84%.**

5) Eine wichtige Naturkonstante ist auch die **Elementarladung.**
Sie sollte bestimmt eine *optimale* Größe sein. Dafür, so habe ich gezeigt, hält der von mir postulierte mathematische Bauplan unserer Welt den "Goldenen Schnitt" mit der Zahlenfolge **618**, also das Verhältnis von **1,618 zu 1**, bereit.
Der tatsächlich gemessene Wert für die Elementarladung beträgt **1,60217733 x 10^{-19}** (C) /[26]. Die Abweichung beträgt nur **0,99%.**

6) Schließlich noch etwas zur sog. **Feinstrukturkonstanten** α, die auf atomarer Ebene die grenzwertigen Abstände zwischen **zwei** kleinsten materiellen Bausteinen bestimmt.
Hätte sie einen anderen Wert als **1 : 137,0359895** (± etwas!), dann könnten sich die Atome nicht auf die gewohnte Weise zu Molekülen verbinden. Statt z.B. Wasser, Metalle, Steine und Sand hätten wir es mit einem Atombrei zu tun.

---

[25] Auch J = Joule ist eine dezimale Einheit für Energie. Es gilt 1J = 1Nm (Newtonmeter) = 10 kgm^2/s^2
[26] C = Coulomb = As = Ampèresekunde, was ein dezimales Maß für die Elektrizitätsmenge ist.

Deshalb sollte sie auch etwas mit der Zahlenfolge für die Grenzen der Ausdehnung, dem Machbaren, also der Zahl **273**, zu tun haben. Auch geht es wieder um eine Wirkung zwischen **2** Körpern, so dass, ganz analog zu den anderen Konstanten, der Faktor **2 : 273** logischerweise anzusetzen sein sollte.
Kürzt man diesen Wert, so erhält man **1 : 136,5**, was nur eine Abweichung von **0,39%** vom tatsächlichen Messwert ausmacht.

7) Zwar keine Naturkonstanten im anerkannten Sinn, nichtsdestotrotz jedoch nur allzu oft verkannte Konstanten für Perfektion und Grenze des Machbaren, sind die Zahlen **273** und **618**. In früheren Kapiteln habe ich ihre Bedeutung immer wieder gewürdigt und schon vor Jahren als erster ihre Herleitung aus ganz einfachen geometrischen Überlegungen in mehreren Büchern wiederholt dargestellt.
Ich habe auch die schöne Metapher für die Entwicklung von Geist und Materie aus dem unbeschreiblichen Göttlichen entworfen: Über "i" entsteht zuerst "-1", dann "+1" und schließlich $(+1)^2$ durch einfache Quadrierung vgl. Kapitel 2.10).
Die moderne Wissenschaft schreibt bislang nur der materiellen Wahrnehmung eine reale Existenz zu. Betrachtet man die Welt innerhalb dieses Rahmens, so ergibt sich aus einer Vielzahl von Beobachtungen, dass die Zahlenfolge **273** stets Grenzen markiert, während sich die **618** immer wieder als das Maß für Perfektion und Optimales erweist.
Alles Materielle unterliegt zugleich einem regelmäßigen Wachstums- und Zerfallsverhalten, was mit der **Euler'schen Zahl (e = 2,72...)** beschrieben werden kann. Es gibt somit zwei Grenzen materieller Existenz, eine "untere" und eine "obere".
Die Zahlenfolge 273 entstammt aus dem geometrischen Verhältnis vom neuen Quadrat zum Ausgangskreis (=1,**273**...), aus meinem einfachen Gedankengang zur Entstehung der Welt. Dabei bildete sich auch der "Goldene Schnitt" mit 1,**618**...
Übertragen auf meine eingangs erwähnte Metapher ergibt sich:
$(1{,}273\ldots)^2 \approx 1{,}618$ und $(1{,}618)^2 \approx e$ (vgl. Kap. 2.10).

Fazit meiner Ausführungen:
Bei all den hier genannten entscheidenden Naturkonstanten scheinen einmal mehr die ersten **drei** Ordnungszahlen, also **1**, **2** und **3**, dazu über die nächste Zahl, die **4**, durch Addition das Dezimale, d.h. die **10**, und schließlich die Eckwerte für die Grenze des Machbaren sowie alles Optimale, d.h. die Zahlenfolgen **273** und **618**, im Spiel zu sein.

2.13) Jedes Sein geht seinen ewigen Weg

Alles Materielle in dieser Welt lässt sich in einem Gedankenspiel auf einen mehr oder minder gigantischen Komplex aus kleinsten Einheiten reduzieren. Zweidimensional flächig betrachtet, ist es der endliche Punkt. Egal wie klein wir ihn uns denken, immer ist er ein kleiner Kreis. Ist er dagegen nicht-endlich, dann handelt es sich um eine Information, eine Koordinate. Jeder kleinste Kreis lässt sich mit Hilfe von maximal drei solcher Koordinaten eindeutig bestimmen. Diese Zusammenhänge habe ich in Kapitel 2.4 ausführlich erläutert. Jede noch so kleine endliche Entität, also jedes materielle Etwas, hat folglich zwei Seiten:

Sein materielles SEIN und die Information, die es auszeichnet. Dabei ist es völlig egal, ob wir von einem Kreis, einem Atom, einem Stein, einer lebenden Zelle oder einem Menschen sprechen. Mit zunehmender Komplexität wächst nur die Zahl der dem Gegenstand oder Wesen zugrunde liegenden materiellen kleinsten Einheiten und damit auch sein Informationsgehalt. Natürlich ändert sich dieser Informationsgehalt auch ständig: Reisen Sie z.B. durch die Weltgeschichte, so haben Sie während einer gewissen Zeit an vielen Orten laufend neue "Informationsspuren" gelegt. Was geschieht nun mit dem einen Teil, der endlichen Materie, im Beispiel repräsentiert durch einen endlichen Punkt, dem kleinsten Kreis, und was geschieht mit dem anderen Teil der Medaille, der alles ungemein genau und eindeutig bestimmenden Information?

Nun ja, was mit den einzelnen materiellen Einheiten, Steinen, Galaxien und Lebewesen passiert, ist allgemein hinreichend bekannt. Wir erleben es täglich: Irgendwann geht alles einmal kaputt und Lebewesen sterben. Allerdings gehen die materiellen Bausteine selbst dabei nicht verloren.

Sie wandeln sich nur um: Aus ihnen entstehen andere Bausteine, die wieder irgendwo und irgendwann für neue Objekte und Wesen zur Verfügung stehen: Erde zu Erde und Asche zu Asche eben.

Dass selbst Materielles nicht verloren gehen kann, beweist die Physik mit ihrem Wissen in der sog. Thermodynamik.

Materie ist, wie Einstein eindrucksvoll durch seine berühmte Gleichung $E=mc^2$ herleitete, eine Art eingefrorene Energie, und diese bleibt stets erhalten – eben irgendwie. Aber was ist schließlich Energie? Sie ist wohl eine Art bewegte Information. Deshalb ist es vor allem für uns denkende Menschen viel interessanter zu erfahren, wie es mit der allem untrennbar verbundenen Information weiter geht?

Die Antwort ist nach all dem Vorhergesagten logisch und einfach:
Ist erst einmal etwas als kleinste Einheit, als endlicher Punkt entstanden, bleibt die Information von seiner Existenz, seinem SEIN, ewig erhalten, weil genau das durch die Ordnungszahlen, dem allem SEIN zugrunde liegenden Informationsgerüst, so vorgegeben ist.
Jede Einheit dehnt sich in der Vielheit entlang aller Ordnungszahlen aus. Zahlen aber sind reine Information und geben eine Ausdehnung ins Unendliche vor. Genauso lässt sich der Informationsgehalt einer jeden Existenz nach innen hin, d.h. innerhalb eines begrenzten Bereichs, unendlich strukturieren: Hierfür zeichnen dann die Kehrwerte aller Ordnungszahlen verantwortlich.
Jedem endlichen, d.h. **drei**dimensional existierenden *geschlossenen* Körper haftet, mit ihm untrennbar verbunden, die unendliche Folge aller real existierenden Zahlen sozusagen als seine immaterielle zweite Seite an.
Nach innen hin ist die Strukturierung von Informationen genauso unendlich wie nach außen hin. Jedoch begrenzt sie der dreidimensionale Raum, während es nach außen hin keinerlei Begrenzung gibt. Anders gesagt: Entsteht ein endlicher Punkt, der kleinste denkbare Kreis, dann bildet sich um ihn zugleich ein Informationsgerüst aus Zahlen, die ihn dennoch nach innen hin, d.h. auf seiner begrenzten Fläche, unendlich strukturieren. Die Zahl π ist Ausdruck dieser Unendlichkeit und hat deshalb schon die alten Philosophen Griechenlands so fasziniert.
Ebenso bildet sich ein Informationsgerüst aus Zahlen, das sich nach außen hin ausdehnt. Dies aber geschieht nun nicht nur ebenfalls unendlich, sondern nun zugleich auch unbegrenzt; denn die Ausdehnung der Information um ein kleinstes Etwas oder, wie ich es mehr philosophisch nenne, um ein kleinstes SEIN, folgt der Unendlichkeit des echt vierdimensionalen Raums.
Der endliche Punkt, also der kleinste denkbare Kreis, wird selbst durch drei nicht-endliche, reine Informationspunkte eindeutig bestimmt. Diese kleinste endliche Einheit entsteht also selbst auch aus etwas: Das jedoch ist etwas Nicht-Endliches. Die kleinste endliche Einheit bildet sich jetzt genauso wieder aus einer – nicht-endlichen, informationellen – Vielheit.
Für diesen Sachverhalt stehen symbolisch vermutlich auch die biblische und hinduistische Trinität, also die Dreieinigkeit Gottes mit Vater, Sohn und Heiligem Geist, bzw. mit Brahman, Wishnu und Shiva.
Und dass wir den imaginären Ursprung "**i**" für die Ordnungszahlen als eine *Metapher* für "den kleinsten Teil Gottes" nicht noch näher erklären können, entspricht ganz der biblischen Überlieferung. Deshalb heißt es im ersten Gebot, man solle sich kein Bildnis von Gott machen: Natürlich

nicht, weil der Mensch es nicht *darf*, sondern weil er es einfach überhaupt nicht *kann*.

Mit der "**1**" als der kleinsten Informationseinheit und der jeder noch so kleinen Materie (analog zum endlichen Punkt) automatisch anhaftenden immateriellen Information seines *SEINs*, seiner *Existenz*, finden wir den schon erwähnten Hinweis auf den grundsätzlichen Wahrheitsgehalt zahlreicher biblischer Überlieferungen. Den Begriff Information im Sinne heutiger Datenverarbeitung kannten die Bibelschreiber natürlich noch nicht. Außerdem klingen Abstrahierungen wie "i" und "1" viel zu nüchtern, um mit ihnen das noch lange nicht "verwissenschaftlichte" Volk zu faszinieren. Viel besser klingen daher Worte wie Gott und Wort. Deshalb heißt es in der Bibel auch im Johannesevangelium: *"Am Anfang war das Wort und das Wort war bei Gott. Alles ist durch es geworden, und ohne es ist nichts geworden"*[27].

Längst haben wir in unserer Welt die Erfahrung gemacht, dass alle materiellen Bausteine im Laufe riesiger Zeiträume zur Bildung immer komplexerer Strukturen neigen.
Unser Sonnensystem, unsere lebenspendende Erde und natürlich alle Lebewesen stehen beispielhaft dafür. Während die kleinsten materiellen Bausteine praktisch unvergänglich sind, gilt das für die sich aus ihnen bildenden materiellen Komplexe nicht mehr.
Im Gegensatz dazu ist die allen noch so komplexen Entitäten anhaftende Gesamt*information* immateriell. Deshalb ist sie selbst in ihrer komplexen Form nicht vergänglich. Sie bleibt auch dann noch bestehen, wenn die mit ihr zunächst vergesellschaftete materielle Umgebung in ihrer eigenen Komplexität nicht mehr existiert. Damit wird eine Aufsehen erregende These des englischen Privatgelehrten *Julian Barbour (*1937)* mit Hilfe meines Erklärungsansatzes ansatzweise denkbar:
Seiner Meinung nach gibt es ein Universum ohne Zeit. Das, was wir unter Zeit verstehen, ist für ihn reine Illusion. Alle denkbaren Welten existieren daher gleichzeitig. In sogenannten Zeitkapseln sind zeitliche Abläufe als bloße Bilder eingefroren. So werden alle Bewegungen und jede Vergangenheit zu einer perfekten Illusion.
Meinen Ausführungen gemäß dürfte tatsächlich alles, was jemals existierte und handelte, in einem für uns unermesslich gigantischen Datennetz auf ewig nebeneinander existieren (vgl. Teil 3 und 5).

---

[27] Die Bibel, Neues Testament, Johannesevangelium, 01.01.-01.03.

Dies bedeutet in der Praxis, dass auf alles jederzeit Zugriff besteht und man sich in alles auch immer wieder hineinversetzen kann. Zeit und Raum sind polar-symmetrisch wie Wert und Kehrwert. Dennoch ist ein rückwirkender Eingriff in historische Abläufe dabei nicht möglich. Eine Verletzung der Kausalität bleibt ausgeschlossen. Sämtliche Abläufe aller Zeiten bleiben in ihrer eigenen Dynamik auf ewig erhalten. Ich werde diese auf den ersten Blick kompliziert wirkenden Zusammenhänge später noch weiter vertiefen und entwirren.
Aus meinem Schöpfungsspiel von der Vermehrung und dem Wachstum eines endlichen Punktes, also der Entstehung des Quadrats als Symbol der Vielheit aus der Einheit eines kleinsten Kreises, ergeben sich zwei weitere wichtige Konsequenzen:
Zum einen habe ich gezeigt, dass dabei auch eine innere Ordnung entsteht: Jede noch so kleine endliche Größe strukturiert sich nach innen gerichtet. Durch die untrennbare Verbindung mit der unendlichen Folge der Ordnungszahlen und ihrer Kehrwerte schreitet sie immer weiter fort, bis ins Unendliche. Niemals aber wird diese innere Strukturierung den Wert Null erreichen können.
In Kapitel 2.10 habe ich dies bereits angesprochen: Der Ausgangskreis ist mit einer begrenzten Strecke vergleichbar, der zwischen Null und 1.
Auf ihr lassen sich beliebig viele Brüche unterbringen, mathematisch ausgedrückt, die Kehrwerte aller Ordnungszahlen von 1 bis Unendlich (1/2, 1/3, 1/4, ..., 1/∞). Man erhält eine unendliche Zahlenfolge auf einem begrenzten Abschnitt des Zahlenstrahls.
Wachstum und Vermehrung lassen sich mathematisch also ausdrücken durch die unendliche Zahl aller Ordnungszahlen.
In meinem Gedankenexperiment bildet sich aus dem endlichen Punkt, dem kleinsten denkbaren Kreis, in der neu geschaffenen Vielheit nun das Quadrat aus vier Kreisen. Dabei handelt es sich um eine zunächst rein flächige Ausdehnung nach dem Prinzip polar-symmetrischen Wachstums und Vermehrung. Konsequenterweise und absolut logisch erschließt sich der Raum als nächst höhere Dimensionalität in Form einer senkrecht zueinander ineinander greifenden Zweiflächengeometrie. Sie hat die mathematische Formel x^2y^2 und ist, da natürlich ebenfalls über alle Ordnungszahlen strukturiert, unendlich. Ein echter vierdimensionaler Raum also, der Einsteins vierdimensionale Raumzeit ablöst. Folglich lässt sich seine Zahlenstruktur durch die *Quadrate* aller Ordnungszahlen beschreiben, also: 1^2, 2^2, 3^2, 4^2 ... ∞.

Im Unterschied zu der nach innen gerichteten unendlichen Zahlenfolge der Kehrwerte, die ja zwischen Null und 1 (der Fläche des endlichen Punktes) begrenzt ist, läuft die nach außen gerichtete Zahlenfolge – wenn sie erst einmal "losgetreten" ist – unendlich und unbegrenzt weiter. Sie ist weder zeitlich noch räumlich begrenzt, da es keine numerische Grenze für sie gibt.
Hier findet man einen ganz entscheidenden Hinweis auf das tatsächlich *unendliche* und *ewige* Universum, das sich schon allein durch die Schöpfung eines einzigen endlichen Punktes automatisch und zwingend ergibt.
Vermehrung und Wachstum orientieren sich also grundsätzlich an der unendlichen Folge von Zahlen, und im Speziellen, wenn man den vierdimensionalen (Welt-)Raum zugrunde legt, an der ihrer Quadrate.
Eine gleichermaßen innerhalb der dreidimensionalen Körperlichkeit "ablaufende", innere Strukturierung ist natürlich genauso *unendlich*, aber nunmehr räumlich *begrenzt*. Nach außen hin kann sich jedoch alles *unendlich* und *unbegrenzt* fortentwickeln.
Genau so, wie von der realen Existenz **"+1"** zwei unendliche Zahlenfolgen ausgehen, wovon nach innen hin die Folge der Kehrwerte, *unendlich*, zugleich jedoch *begrenzt*, und die andere nach "außen hin" *unendlich* und zugleich *unbegrenzt* ist, gilt dasselbe natürlich auch für die polar-symmetrische reale Existenz "**-1**".
Es gibt eben zwangsläufig *zwei* Welten. Einerseits sind sie voneinander *getrennt*, andererseits bilden sie nur *zusammen* unsere *eine* Welt.
Sie beide stammen von dem Unbeschreiblichen und Unaussprechlichen, zugleich Persönlichen, *das-den-die* wir "Gott" nennen, und sind direkte Folge einer somit "göttlichen Schöpfung". Sie beide entwickeln sich, erst einmal geschaffen, in wieder zwei Richtungen unendlich und ewig fort.

2.14) Die Welt ist voller Schnittstellen

Eine kleinste Einheit, der endliche Punkt oder noch so klein gedachter Kreis, dehnt sich in die Vielheit aus und schafft dabei eine neue Einheit, das Quadrat. Einheit und Vielheit sind zwei Seiten derselben Medaille und bedingen sich gegenseitig wie Yin und Yang. Jede neue Einheit, die

aus einer Vielheit entsteht und sich selbst dann zu einer neuen Vielheit ausdehnt, steht auf einer höheren Ebene: Der endliche Punkt, unser Ausgangskreis, ist beispielsweise noch eindimensional, das Quadrat aus vier endlichen Punkten ist dagegen nun zweidimensional.
Natürlich findet man für dieses Phänomen überall Entsprechungen in der Natur. Der russisch-belgische Physikochemiker *Ilya Prigogine (1917-2003)* konnte nachweisen, dass sich organische Bausteine (Vielheit) eines zuvor ungeordneten Zustands in einen bis dahin unbekannten, höheren und geordneten Zustand (neue Einheit) umformieren, wenn nur ständig Energie (Information!) in ausreichender Menge hinzugefügt wird. Für die Entdeckung der sogenannten "dissipativen Strukturen" erhielt er 1977 den Nobelpreis.
Auch jede Einheit kommt selbst wieder aus der Vielheit, die so zur Einheit auf einem höheren Niveau findet: Es erfolgt ein Qualitätssprung, womit die neue Einheit dann etwas völlig Neues ist. Damit ist die neue Einheit eine Schnittstelle zwischen der ihr vorangehenden und der von ihr ausgehenden neuen Vielheit. Als solche besitzt sie immer Aspekte beider Existenzbereiche: Es sind die zwei Seiten derselben Medaille.
Alles, jede Struktur oder Form, jede Entwicklung und folglich auch jeder zeitliche Prozess, besitzt zwei zueinander symmetrische und polare Seiten. Zwischen diesen liegt stets eine solche Schnittstelle.
Mathematisch gesehen beschreibt man eine Einheit einfach mit **1**.
Die darunter liegende Vielheit wird aus Sicht der **1** repräsentiert durch die unendliche Folge der Kehrwerte aller Ordnungszahlen (Teilung), die von ihr ausgehende neue Vielheit dagegen durch die unendliche Folge der Ordnungszahlen selbst. Bildlich gesprochen hat jede materielle Einheit ein jedenfalls theoretisch unendlich oft teilbares Inneres auf einem allerdings begrenzten Raum. Nach außen hin gibt es diese Begrenzung nicht, es "herrscht" eine unendliche und unbegrenzte Weite.
Analog dazu besitzt auch jeder zeitliche Prozess – wieder aus Sicht einer solchen Einheit – ein begrenztes "Vorher" und ein – wieder theoretisch gesehen – unbegrenztes "Nachher". Letzteres nennen wir eine Ewigkeit, in der es dann unendlich viele Möglichkeiten gibt.
Der Begriff der Unendlichkeit hat uns Menschen schon immer große Verständnisprobleme bereitet. Das liegt aber nur daran, dass wir meist eine rein materielle Sichtweise aller Dinge gewöhnt sind. Materiell betrachtet kann es keine unendlichen Mengen geben: Alle (materiellen) Mengen sind endlich. Darauf habe ich bereits hingewiesen; denn jede Gesamtmenge auch theoretisch unendlich vieler Teilmengen ist konkret eine endliche Menge. Deshalb überholt Achilles die Schildkröte und das

Olbers'sche Paradoxon (vgl. Kapitel 2.2) ist tatsächlich keines; denn auch in einem unendlichen Universum gibt es nicht unendlich viele Sterne – weil nämlich das unendliche Universum in Wirklichkeit primär kein materieller Raum ist und sein kann, sondern ein geistiger oder, weniger mystisch, ein Informationsraum. Dazu später wieder mehr.
Den erwähnten theoretisch unendlich vielen Teilmengen auf begrenztem Raum entsprechen die Kehrwerte aller Ordnungszahlen. Addiert man sie auf und bestimmt den Grenzwert, wenn sie immer kleiner werden und gegen Unendlich streben, so bleibt ihre Summe eben dennoch endlich.
Unendlichkeit bleibt für uns daher ein abstrakter Begriff. Jedoch besitzt er eine konkret erfahrbare Realität in einer rein geistigen Dimension.
In unserer materiellen Welt dürfen wir gleichwohl mit ihm umgehen; denn trotz allem gehört Unendlichkeit in gewisser Weise zu unserem Alltag. Stellen Sie sich doch einfach zwischen zwei große Spiegel und sie werden unendlich oft gespiegelt. Dennoch werden Sie sich selbst nur endlich oft erkennen können. Die Summe der immer kleiner werdenden Ebenbilder ist endlich, obgleich es theoretisch unendlich viele sind.
Die Entstehung von Einheit aus Vielheit und die polar-symmetrische Fortsetzung durch die Entwicklung wieder neuer Vielheit ist ein *einmaliger* Vorgang im jeweiligen System; denn die neue Vielheit ist unendlich und unbegrenzt. Theoretisch denkbar ist natürlich wieder eine neue Einheit. Aber sie kann nur dann entstehen, wenn dabei das ursprüngliche System der unendlichen und zugleich unbegrenzten Fortentwicklung in die Vielheit nicht fundamental gestört wird. Das aber bedeutet, dass jede weitere (höhere) Einheit die ihr zugrunde liegende Vielheit mit der ihr eigenen Fortentwicklung völlig unangetastet beinhalten, bzw. umfassen muss. Ein Ende des Prozesses einer zu neuer Vielheit strebenden nicht-endlichen Einheit kann es nicht geben. Die ewige Zyklik von Prozessen ist ein typisches Kennzeichen *innerhalb* eines jeden Systems dieser Welt, und auch das nicht-endliche Gesamtsystem mag vielleicht selbst wieder zyklischen Abläufen unterliegen. Doch dann muss jeder einzelne Prozess dabei dennoch für sich mit seiner bereits bestehenden, ihm selbst eigenen und unendlichen Fortentwicklung unangetastet bleiben.
Das Verständnis dieser fundamentalen Erkenntnis ist notwendig, um so zentrale Fragen, wie z.B. die nach dem persönlichen Überleben des körperlichen Todes und nach der Wahrscheinlichkeit einer fleischlichen Wiedergeburt, der Reinkarnation, schlüssig beantworten zu können. In den Büchern, die sich vornehmlich mit dem "Tod" befassen, habe ich diese Thematik seit 1999 bereits ausführlich behandelt.

Wie schon zu Anfang dieses Kapitels ausgeführt, hatte *Ilya Prigogine* das plötzliche Entstehen neuer und höherer Systemebenen oder Niveaus entdeckt. Er nannte dieses Phänomen die *"dissipativen Strukturen"*. Unter Energiezufuhr können sich danach urplötzlich organische Verbindungen in einen höheren und geordneten Zustand umorganisieren. Aus der Vielheit entsteht auch ein neues Ganzes, eine neue Einheit. Bricht die Energieversorgung ab, so kehren sie wieder in ihren alten ungeordneten, niederen und unkooperativen Zustand zurück.
Überträgt man diese wichtige Entdeckung aus der Biochemie mit Hilfe des Grundprinzips der beiden zueinander symmetrischen und polaren unendlichen Zahlenfolgen aller Ordnungszahlen und ihrer Kehrwerte auf einen zeitlichen Ablauf, so ergibt sich Folgendes:
Aus einem theoretisch oder rein geistig betrachtet unendlichen *Potential* von untergeordneten Strukturen, einer Vielheit, entsteht "im Laufe einer begrenzten Zeit" eine neue und höhere Einheit. Von ihr aus lassen sich alle Stufen, die zu ihr führten, mit den Kehrwerten (Brüchen) der ganzen Zahlen von 1 bis Unendlich darstellen und vergleichen.
Als endliche, d.h. materielle Menge betrachtet, erzielen sie ihren größten Wert mit dem Erreichen dieser neuen Einheit, wie die folgende Abbildung meines Sohnes Martin zeigt.

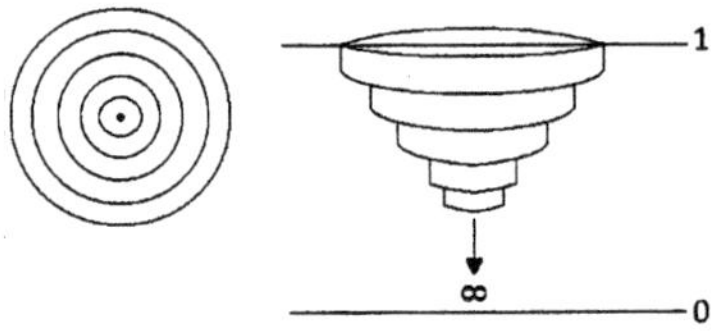

Ist diese neue Einheit einmal erreicht, kommt es anschließend wieder zu einer potentiell unendlichen, jetzt aber zugleich auch unbegrenzten und damit für unsere Begriffe ewigen Weiterentwicklung, wie die nächste Abbildung von Martin recht anschaulich zeigt.

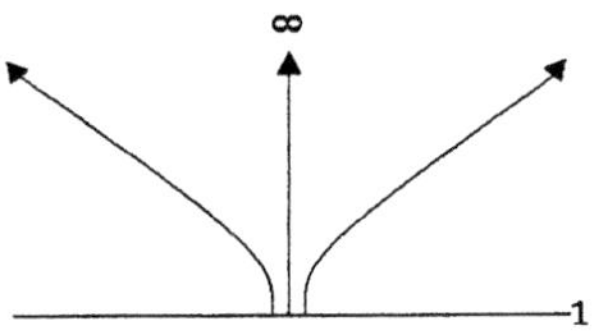

Dieses Grundprinzip finden wir bei näherer Betrachtung ebenso ständig in unserer Welt wieder.
Zum zunächst besseren Verständnis habe ich hier bewusst eine lineare Darstellung gewählt.
Tatsächlich jedoch finden wir in unserer Welt überall zyklische Abläufe vor (z.B. bei den Jahreszeiten).

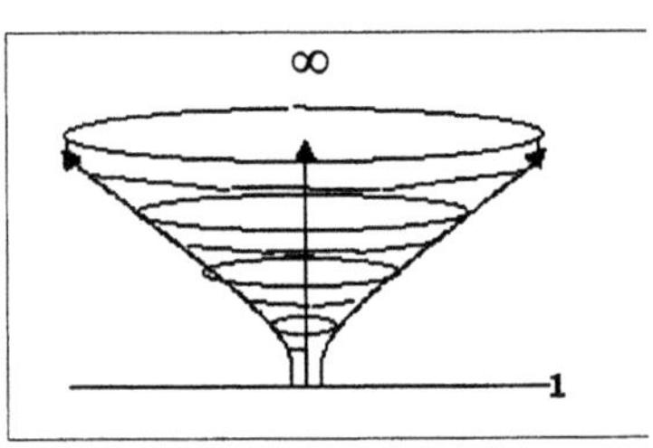

Deshalb bietet es sich natürlich an, jede Entwicklung aus einer Vielheit zur umfassenden neuen Einheit und von dort weiter in eine unendliche und zugleich unbegrenzte Vielheit auch als einen überall in der ganzen Welt gültigen zyklischen Prozess zu betrachten.

Zwei ganz charakteristische, universelle Prozesse sind dabei durch eine Schnittstelle, mathematisch die "1", untrennbar miteinander verbunden.
Die Welt ist deshalb voll von solchen Schnittstellen, die im Besonderen so auch die geistige und die materielle Welt miteinander verbinden. Auf einige davon werde ich im Verlauf der nächsten Kapitel näher eingehen:
Die Zahlenfolge 273 ist das Ergebnis, wenn man die Quadratfläche und die Fläche des Ausgangskreises in einem einfachen Gedankenexperiment miteinander dividiert. Beobachtungen in unserer Welt zeigen, dass sich genau dieser Wert an entscheidenden Schlüsselpositionen immer wieder findet. Dabei stellt er immer eine Grenze dar – wie ich sie nenne, die Grenze des Machbaren. Die 273 ist so eine Schnittstelle dieser Welt.

Das Photon, also die kleinste Einheit elektromagnetischer Strahlung oder einfacher gesagt, ein einzelnes, sogenanntes Lichtteilchen, ist ebenfalls eine weitere Schnittstelle: Es ist zugleich die gequantelte Information der geistigen Welt und das masselose Energiequant in der materiellen Welt.
Die materielle Welt ist der letztendlich endliche Teil des Ganzen: Sie strukturiert die unendliche Folge der Quadrate der Kehrwerte aller Ordnungszahlen (vgl. Kap. 2.13). Dementsprechend muss sich Licht wie jede andere elektromagnetische Strahlung in die unendlichen Weiten des ja primär nicht-materiellen Weltraums verdünnen (vgl. Teil 3).
In derselben Weise müssen auch die Anziehungskräfte, also schlechthin die Gravitation, nach außen hin abnehmen und zu einem materiellen Körper hin zunehmen. Elektromagnetische Strahlung (z.B. Licht) und Gravitation sind natürliche *Wirkungen* von Materie im kosmischen Raum. Schon *Isaac Newton (1643-1727)* hatte die Wirkung der Gravitation mit dem reziproken Abstandsquadratgesetz beschrieben. Die Suche nach sog. Gravitonen als materielle Mittler der Anziehungskraft ist folglich überflüssig. Gravitation ist eine Wirkung im Raum und gehorcht deshalb den mathematischen Gesetzen, die diesem primär geistigen Raum zugrunde liegen und ihn unendlich strukturieren (vgl. Teil 3).
Licht als Schnittstelle hat also eine geistige Seite. Jedes Lichtteilchen, das Quant, ist die kleinste Informationseinheit und entspricht mathematisch der Zahl "1".

Dieser Informationswert des Lichts dehnt sich entlang der Quadrate aller Ordnungszahlen unendlich im Universum aus und bleibt somit auf ewig erhalten. Mathematisch gesprochen bedeutet das: Die "1" wird mit dem Quadrat jeder Ordnungszahl multipliziert. Dadurch ändert sich ihr Wert nicht. Der "geistige Rahmen" des Raums bleibt unverändert (vgl. Teil 3). Während die materielle Seite des Lichts, also seine Wirkung und somit seine Stärke oder Intensität, durch die Kehrwerte aller Zahlen immer weiter verringert wird, bleibt der informationelle Wert des SEINs, jedoch für immer konstant erhalten.

Der Atomkern ist ebenfalls eine solche Schnittstelle mit einer materiellen und einer geistig-informationellen Seite. Aus materieller Sicht stellt er das Ende einer theoretisch *unendlichen* Vielzahl von Kernteilchen dar, den Quarks, die wieder entlang der Kehrwertquadrate aller Ordnungszahlen denkbar wären. Natürlich kann es in der Praxis nur eine *endliche* Zahl materieller Kernteilchen geben.

Betrachtet man wieder mein einfaches Gedankenexperiment von dem sich nach außen entwickelnden endlichen Punkt, dem Kreis, dann findet sich dort eine innere Strukturierung in Form von sechs gleichseitigen Dreiecken, die ein regelmäßiges Sechseck bilden.

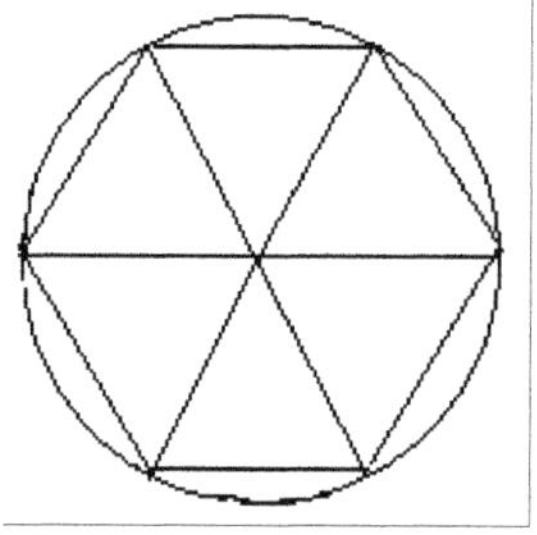

Schaut man sich die Dreiecke genauer an, dann liegen sich immer zwei davon polar-symmetrisch gegenüber (hier: weiß, grau und schwarz gezeichnet). Man findet also eine typische Strukturierung in sechs Dreiecke zu drei Pärchen.

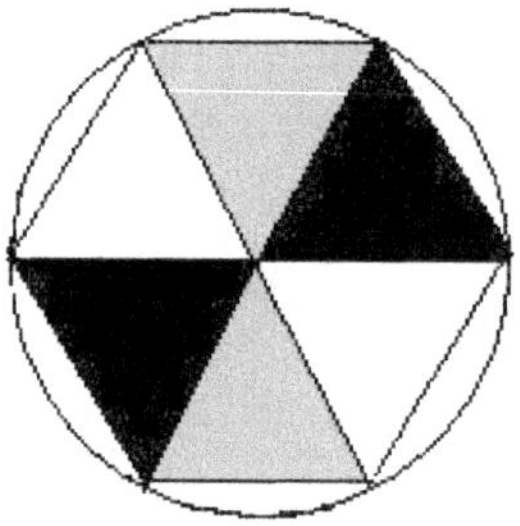

Nun zurück zu den Kernteilchen des Atoms, den Quarks: Interessanterweise gibt es davon ebenfalls sechs, gegliedert zu drei polar-symmetrische Pärchen. Diese drei Quarkpaare bilden ein Tripel und lagern sich so aneinander, dass sie die Koordinaten, also die drei Dimensionen der endlichen Körper bilden. Ein solcher Körper aus drei Quarkpaaren wird dann als Proton bezeichnet.

Nach außen hin dehnt sich das Atom um den Atomkern herum aus, sowohl in materieller als auch immaterieller Sicht; denn jedes noch so kleine materielle Etwas besitzt auch die (geistige) Information des eigenen SEINs, und sie beide sind zusammen zwei Seiten derselben Medaille.
Die materielle Seite des Atoms ist natürlich, wie alles Materielle, immer endlich. Betrachtet man das ganze Atom als eine Einheit, dann gilt:
Nach innen hin ist es begrenzt und genau so strukturiert, wie es mein Gedankenexperiment von dem sich vermehrenden und wachsenden endlichen Punkt, dem kleinsten Kreis, nahelegt. Der Kreis wird durch das regelmäßige Sechseck aus drei polar-symmetrischen Dreieckspärchen optimal nach innen hin strukturiert. Ein regelmäßiges Siebeneck lässt sich dagegen nicht mehr rational darstellen: Ein Siebeneck hat irrationale (unendliche) Winkel.
Tatsächlich gibt es im Atom auch nur sechs vollständig mit Elektronen besetzte Atomschalen. Die Elektronen streben dort nach Paarbildung mit unterschiedlicher Ausrichtung (Spin). Das folgt zwangsläufig, da das Atom ein dreidimensionaler Körper ist, der sich erst aus zwei senkrecht zueinander durchdringenden unendlichen Flächen ergibt (vgl. Kap. 2.4).
Zwar gibt es auch Atome mit einer siebten Schale, jedoch kommen sie in der Natur entweder nicht natürlich vor, d.h. diese Atome müssen erst künstlich hergestellt werden, oder sie sind nicht stabil. Außerdem ist die siebte Schale, die sog. Q-Schale, stets nur unvollständig besetzt. Weitere Elektronenschalen existieren dagegen nicht.
Noch weitere theoretische Überlegungen zeigen, dass die Zahl 7 eine strenge Zäsur darstellen muss. Ich werde später darauf zurückkommen.
Betrachtet man die "geistige Seite" des Atoms, also den Informationsteil, dann ergibt sich Folgendes: Entlang der Kehrwerte aller Ordnungszahlen lässt sich eine unendliche Teilung nach innen, d.h. innerhalb des Kerns, *denken*. Es ist somit durchaus möglich, dass man auf tieferer Ebene, also analog zu einem neuen und kleineren Sechseck innerhalb des nach innen strukturierten Kreises, noch weitere Sub-Kernteilchen entdecken wird, die sich dann zahlenmäßig analog zu den Quarks genauso aufbauen.
Nach außen hin dehnt sich jedes Atom mit der Information seines SEINs, d.h. seiner Existenz, entlang der Quadrate aller Ordnungszahlen in den unendlichen, echt vierdimensionalen Raum aus. Folglich existiert die reine Information seiner Existenz für ewig. Mathematisch betrachtet wird die Information der Existenz eines endlichen Körpers, die 1, bzw. 1^2, mit den Quadraten aller Ordnungszahlen multipliziert. In ähnlicher Weise kommt man im Rahmen einer sinnvollen Kombination der ersten

vier Ordnungszahlen zur Begrenzungszahl 81 für die maximale materielle Ausdehnung (vgl. Kap. 2.8, Anzahl der Positionen im genetischen Code sowie Anzahl stabiler und natürlich vorkommender Elemente im ganzen Universum). Danach gilt: $1^2 \times 3^4 = 81$.

Schaut man nun auf etwas ganz anderes, die Evolutionsgeschichte allen Lebens auf unserer Erde, so ergibt sich wieder Ähnliches:
In einem bis heute begrenzten, wenngleich für uns unermesslich langen Zeitraum von einigen hundert Millionen Jahren kommt es zu einem zunächst langsamen, dann aber immer stärkeren und schließlich schier explosionsartigen Anstieg der Artenvielfalt. Vermutlich geschah dies aufgrund von Naturkatastrophen, die weite Teile des Lebens zerstörten, sogar wiederholt. Mathematisch gesehen wird die Verhältniszahl jeder materiellen Perfektion oder der "Goldene Schnitt", also die Folge 1,**618**, quadriert, was die Euler'sche Zahl **e** ergibt (vgl. Kap. 2.12).
Am Ende dieser Entwicklung betritt vor nur wenigen Millionen Jahren der Mensch die Bühne des Lebens. Mit ihm entsteht eine neue, höhere Einheit, und die Evolution wechselt nun, wie ich glaube, das Pferd:
Der immense Artenreichtum kommt ganz allmählich zum Stillstand. Das bedeutet aber keineswegs zugleich auch das Ende von Vielfalt. Ganz im Gegenteil wächst sie fortan sogar noch viel dramatischer, nur eben jetzt vollkommen anders, und zwar auf einer völlig anderen und höheren Ebene: Zunächst entstand die Vielfalt des Lebens durch die Entwicklung immer neuer Kollektive, den Arten oder Gattungen. In ihnen sind die Einzelindividuen über lange Zeit praktisch austauschbar. Erst bei den höheren Säugetieren und insbesondere bei den Primaten verliert sich das langsam ein wenig. Die Gesamtzahl aller Arten ist natürlich eine endliche Größe, also begrenzt. Mit dem Auftreten des Menschen endet nun der Artenreichtum ziemlich abrupt, nicht aber die Vielfalt. Sie beschleunigt sich sogar, jedoch zukünftig bloß innerhalb einer einzigen Art, und zwar der des Menschen. Jetzt aber sind es einzelne Individuen, die zu einer ganz neuen, nun potentiell unendlichen, und diesmal auch unbegrenzten Vielfalt führen; denn die neue Vielfalt ist allein durch das Geistige wirklich charakterisiert. Der Mensch wird so zur Schnittstelle "1" der Evolution des Lebens auf unserer Erde; einmal zwischen kollektiver und individueller Entwicklung sowie zum anderen zwischen dem Streben nach körperlicher und geistiger Perfektion.
Nicht mehr potentiell ins "Unendliche" strebende, aber zahlenmäßig am Ende natürlich begrenzte Mengen *verschiedener Arten* mit vornehmlich materieller Differenzierung, aber weitgehend einheitlichem Charakter

und vergleichbarer Physiognomie, bestimmen die Szenerie. Vielmehr kristallisiert sich nur noch eine einzige, nach und nach alles andere auf der Erde dominierende Art als die neue Devise der Evolution heraus: der Mensch. Und der Mensch ist jetzt tatsächlich auch von unbegrenzter *individueller* Vielfalt, eben weil sich diese Vielfalt nun auf etwas Geistiges, Emotionales und Kulturelles gründet. Etwas Geistiges ist aber nicht zählbar und somit unendlich und unbegrenzt. Da aber der Tod dem Menschen Grenzen für die unbegrenzte Entwicklung des ja *individuell Geistigen* setzt, liegt darin ein Widerspruch. Also kann es diese Grenze nicht geben.

Betrachtet man weiter allein die Entwicklung der geistigen Vielfalt und ihre materielle Repräsentanz im Rahmen der Evolution, so zeichnet sich ein vergleichbares Bild ab:

Innerhalb von mehreren hundertmillionen Jahren entwickeln sich zunächst ganz allmählich neuronale Strukturen und ihre Verschaltungen, also Nerven und Nervenzellhaufen, die miteinander kommunizieren.

Später, über einige bloß noch zehnmillionen Jahre, beschleunigt sich diese Entwicklung schon ganz erheblich. Doch erst innerhalb weniger hunderttausend Jahre, womöglich sogar in noch kürzerer Zeit, kommt es dann zu einer unvergleichlichen, geradezu explosionsartigen Vermehrung dieser Nerven, ihrer Verbände und Verknüpfungen untereinander. Das bisherige Ende dieses gigantischen Prozesses markiert nun der Mensch: Er ist ausgestattet mit einem voll ausgebildeten und ungeheuer komplex verschalteten Großhirn.

Besonders erstaunlich ist nun, dass sich dieses Großhirn in den paar hunderttausend Jahren, seitdem der Mensch in seiner heutigen Form als "Homo sapiens (sapiens)" die Erde bewohnt, praktisch nicht mehr wesentlich verändert hat. Seine heutige Komplexität trägt der Mensch nicht erst seit hundert oder tausend Jahren mit sich herum, sondern schon seit Zeiten, in denen manche ihn heute gerne noch mit besonders gereiften Affen vergleichen. Was ist passiert?

Die Evolution hat ein weiteres Mal das Pferd gewechselt: Zwar hat die immense Vielfalt spezifischer Materie, d.h. der neuronalen anatomischen Strukturen und ihrer Verknüpfungen, ein relatives Maximum erreicht und ist langsam zum Stillstand gekommen. Doch bedeutet dies längst nicht das Ende der Entfaltung geistiger Vielfalt.

Im Gegenteil: Vielmehr kommt es jetzt ohne noch weitere adäquate anatomische Anpassungen bzw. Erweiterungen von Hirnmasse oder Hirnstruktur zu einem praktisch identischen Entwicklungsprozess, wie er für die Entwicklung der Gesamtzahl neuronaler Strukturen auch schon

galt: Erst langsam, dann immer stärker und schließlich bis in unsere heutige Zeit geradezu explosionsartig, kommt es zu einem Anstieg geistiger Vielfalt mit jetzt riesigen *individuellen* Differenzen bei jedoch ein und demselben Hirntyp mit annähernd identischer Ausstattung.
So, wie sich die Vielfalt des Lebens und damit auch die geistige Vielfalt lange Zeit quer über alle Gattungen erstreckt, wobei jedes Artenkollektiv wieder als eigene Einheit fungiert und sich als solche zur Perfektion weiterentwickelt, sind Vielfalt des Lebens und geistige Vielfalt nunmehr etwas rein *Individuelles* geworden und streben zur Perfektion bei ein- und derselben Art, dem Menschen.
Die Basis der geistigen Vielfalt, sozusagen ihre notwendige Hardware in unserer materiellen Welt, ist das bei allen Individuen praktisch identische Gehirn. Seit vielen Jahrtausenden hat es sich kaum mehr verändert.
Mit Hilfe des menschlichen Gehirns als eine weitere und zugleich jüngste Schnittstelle "zwischen den Welten", dehnt sich nun der (immaterielle) Geist quantitativ und qualitativ ins Unendliche aus; denn geistige und emotionale Vielfalt sind nicht zählbar, dafür unbegrenzt und unendlich.
Bis zum Menschen war der Geist durch Abermillionen verschiedener Tierhirne repräsentiert. Innerhalb ein und derselben Art gab es keine besonderen geistigen Abstufungen. Die geistige Entwicklung lief im Gleichklang mit der Entwicklung neuer und höherer Arten, also von *Kollektiven*, und die geistige Gesamtentwicklung der Art war weitgehend proportional zur Entwicklung komplexerer Hirne.
Das menschliche Gehirn hat, geprägt durch den "Quantensprung" seines komplexen Großhirns, nun offenbar den Charakter einer anatomischen "Endstufe" erreicht, die dennoch, und ganz ohne weitere materielle Neubildungen oder Differenzierungen, zugleich zu neuen Horizonten aufbricht. Das Geistige ist damit nämlich keineswegs selbst auch an sein Ende gelangt: Ganz im Gegenteil – seine Evolution beginnt erst jetzt so richtig und geht, da etwas Immaterielles, analog zur unendlichen Folge aller Ordnungszahlen nun sogar unbegrenzt weiter.
Geistige Fähigkeiten wachsen auch dann weiter – und oft eben erst dann überhaupt richtig – wenn die eigentliche anatomische Basis, nämlich die Hardware "Gehirn" bereits längst erwachsen ist. Das gilt insbesondere für all die geistigen Qualitäten und Emotionen, die keine unmittelbare materielle Entsprechung durch irgendetwas Körperliches besitzen.
Anders gesagt: Natürlich ist zum Beispiel auch die Sprache etwas Geistiges. Aber sie ist in ihrer Umsetzung untrennbar an einen ganzen Apparat von sprachvermittelnden Strukturen des Körpers gebunden (z.B. Zunge, Mund, Lippen, Kehlkopf, etc.).

Jede Form von Denken (auch später das Denken von Sprache), ebenso wie alle wirklich *tiefen und differenzierten* Emotionen, also z.B. Liebe, Trauer, Gerechtigkeitssinn u.v.m., sind dagegen prinzipiell unabhängig von jeder materiellen Struktur. Und gerade sie entwickeln sich ungleich stärker bei längst erwachsenem Großhirn – d.h. ohne entsprechendes materielles Korrelat: Nicht bloß riesige, jedoch begrenzte Mengen von Hirnzellen und deren Verschaltungen sind das "A und O" einer schier unendlichen geistigen Vielfalt. Sie gibt es auch ohne entsprechendes Gegenstück. Und daher ist geistige Vielfalt tatsächlich auch etwas Unbegrenztes, was sich nun bei jedem einzelnen Individuum ein- und derselben Art, dem Menschen wiederfindet.
Für die weitere Entwicklung des "Gesamtgeistes" ist *Individualität* nun ganz offensichtlich von weit größerer Bedeutung als ein kollektiver Geist. Darauf hat, wie ich bereits erwähnte, der "Kölner" Schotte *Duns Scotus* schon im Mittelalter hingewiesen. Nur ein sich individuell in jedem Einzelnen von uns unterschiedlich voneinander entwickelnder Geist führt zu weit schnellerem und größerem Wachstum mit ungleich mehr Vielfalt.
Der Mensch und sein Gehirn sind damit als Ganzes nicht nur die jüngste, sondern auch eine Art "besondere Schnittstelle" der Evolution. Zwar steht natürlich nicht nur der Mensch auf beiden Seiten dieser Welt, der geistigen wie auch der materiellen Seite. Auch viele Tiere, Säuger und sogar Vögel, scheinen einen viel höheren geistigen Entwicklungsstand zu besitzen, als man ihnen gemeinhin heute immer noch zutrauen will.
Doch wohl allein der Mensch ist als einziges Wesen auf der Erde in der Lage, sich dieser Situation und seiner Einzigartigkeit wirklich bewusst zu werden.
Wenn aber die Reife beim Menschen erst mit den Jahren kommt, während sich der menschliche Körper in derselben Zeit mehr und mehr verschleißt, dann sollte auch dieser augenscheinlichen Diskrepanz eine wichtige Bedeutung zukommen: Aus dieser Sichtweise wird es nämlich vollkommen absurd anzunehmen, der körperliche Tod eines Menschen sei zugleich sein persönliches Ende:
Ein bis ins hohe Alter unaufhörlicher, geistiger und emotionaler Wachstumsprozess ohne adäquate Neubildung von Hirnmasse und Verschaltungen, ja im Gegenteil, bei sogar gleichzeitigem Abfall des Körperlichen, wird selbstverständlich und schon aus reiner Logik den körperlichen Tod überleben und überleben müssen.
Der Tod ist daher nur das Ende einer wichtigen Etappe eines jeden menschlichen Lebens, nicht aber das Ende des Versterbenden selbst.

Der Tod wird damit eben selbst zu einer entscheidenden Schnittstelle im ewigen geistigen Entwicklungsprozess eines jeden von uns. Aus dieser Perspektive ist er schlichtweg notwendig, um diesen Prozess überhaupt in einem für uns heute noch erkennbaren Ausmaß in Gang zu setzen.

2.15) Geradeaus und zyklisch

Nach meiner Überzeugung gibt es eine unabhängige, vollkommen reale geistige Ebene. Sie entstammt aus etwas Unbeschreiblichem: Wir nennen es Gott, viele anders, doch im Prinzip meinen alle dasselbe.
Erlauben Sie mir, dass ich auch weiterhin von Gott spreche, das aber nur stellvertretend für alle anderen, letztlich jedoch im Wesentlichen gleichen oder ähnlichen Vorstellungen und Überzeugungen.
Aus dem Göttlichen Ursprung und über eine eigenständige geistige Welt entsteht nachfolgend die materielle Welt. Anfangs sind sie beide noch weitgehend undifferenziert, so wie ein leeres Buch, das noch beschrieben werden muss. Einige wenige Dinge stehen natürlich fest: Es sind die Rahmenbedingungen einer gigantischen Evolutionsgeschichte, die alles umfasst und mit einbezieht: die geistige Welt genauso wie die materielle Welt und die entscheidenden Regeln, die diese fantastische Evolution begleiten werden. Der Gestaltungsspielraum ist trotz allem riesig. Daher sprechen wir mit Fug und Recht von Emergenz, also dem kreativen Hervorbringen jeder Seinsstufe aus einer vorherigen, wie auch von Indeterminismus, also der Unbestimmtheit von Entwicklungsprozessen. Natürlich sind beide von Anfang an aufgrund feststehender "geistiger" Rahmenbedingungen nicht vollkommen frei.
Zu diesen rein "geistigen Naturgesetzen" gehört z.B. die Festlegung eines ganz bestimmten Ablaufs bei der Entstehung von Materie und Raum.
Alles dabei muss einfach, sicher und fehlerfrei vonstatten gehen. Das wird ermöglicht durch eine strenge logische Konsequenz einerseits und ein Gerüst aus der unendlichen Reihe aller Ordnungszahlen andererseits.
Damit bilden sich schnell die entscheidenden geometrischen Ideale, die, wie Platon schon vermutete, im Hintergrund allen SEINs die geistigen Ideen darstellen, nach denen sich alles in dieser Welt aufbaut. Diese

geometrischen Ideale sind es, die geistige Unendlichkeit in körperliche Endlichkeit transformieren. Ihre Beziehungen untereinander erschaffen zugleich die entscheidenden Grenz- und Eckwerte für Perfektion und Machbares.
Über die Umsetzung von geistiger Unendlichkeit in körperliche, also materielle Endlichkeit entsteht ein alles durchziehender Dualismus im Sinne einer polaren, also gegensätzlichen Symmetrie. So entstehen Zeit und Raum, unbelebte und belebte Materie, Leben und Tod (vgl. Teil 3, 4 und 5).
Auch Leben ist ein geistiges Prinzip. Die Entstehung von Leben mit Hilfe zunächst unbelebter, organischer Materie weist uns auf eine neue und ganz entscheidende weitere Rahmenbedingung in unserer Welt hin: Leben kennzeichnet den Aufbruch des Geistes zu sich selbst.
Sinn und Ziel ist es, ein anfangs völlig undifferenziertes, sozusagen brach liegendes oder unbeschriebenes geistiges Feld schließlich zu maximaler Perfektion in größtmöglicher Vielfalt am Ende aller Zeiten durch ständige interaktive Fortentwicklung auszudifferenzieren.
Der zweite Hauptsatz der Thermodynamik, eine wesentliche Basis in der Physik unseres Universums, bekommt jetzt erst wirklich Sinn:
Danach strebt die ganze Welt im Laufe der Zeit zu immer größerer Unordnung, zu immer mehr Chaos. Eine antike Tasse, die vom Tisch fällt und dabei zerbricht, kann ohne zusätzlichen Energieaufwand (z.B. Restaurator, Handarbeit, Klebemittel, Farben etc.) nicht mehr in ihren Ausgangszustand zurücküberführt werden: Sie bleibt kaputt, der Pfeil der Zeit lässt sich nicht rückgängig machen.
Doch alles in dieser Welt hat zwei Seiten. Das scheint mir ein ehernes Gesetz, das durch jede Beobachtung gestützt wird. Fehlt uns eine Seite, dürfen wir nicht an diesem Gesetz zweifeln, vielmehr müssen wir nach ihr suchen. Und so gibt es natürlich auch das passende Gegenstück zu diesem thermodynamischen Hauptsatz, nach dem alle Materie infolge einer unumkehrbaren Zeit zu immer mehr Unordnung strebt:
Ich nenne diese zweite Seite der universellen Medaille schlicht "das geistige Prinzip": So wie alle Materie in die Unordnung strebt und die Zeit unumkehrbar wird, während sich zugleich der Raum immer weiter ausdehnt, so strebt der Geist zu immer höherer Perfektion in ständig wachsender Vielfalt. Und Zeit und Raum sind selbst zwei Seiten der Medaille, ein wichtiger Aspekt, den ich schon in früheren Büchern oft eingehend erläutert habe, und worauf ich später zurückkommen werde.
Einer meiner Lieblingsphilosophen ist sicher der französische Allround-Wissenschaftler und Theologe *Pierre Teilhard de Chardin (1881-1955).*

Teilhard spricht von einer *"immateriellen Energie der Dinge"*, deren Ausdruck *"das Leben"* ist. Leben führt im fortgeschrittenen Prozess zur Individualisierung und schließlich zu individuellem Bewusstsein. Weiter meint er, dass nur *"die Liebe"* in der Lage ist, diese aufstrebende Vereinigung von allem in diesem Universum zu starten und als unermüdlicher Motor in Gang zu halten. Die Liebe ist ein *"universelles Prinzip"*, doch widersetzt sich ihr der Mensch, der zwar gegenwärtig die höchste Entwicklungsstufe, aber keineswegs den voraussichtlichen Endpunkt der zwangsläufig weiter fortschreitenden Entwicklung dieses Universums darstellt, heftig. Die Entwicklungsgeschichte ist längst nicht zu Ende, *"wir alle"*, so Teilhard de Chardin, *"sind sozusagen Gott – Gott im Werden!"* Besser, so finde ich, kann man es kaum ausdrücken. Und ich stimme ihm aus ganzem Herzen zu.

Zurück zur Entstehung und Entwicklung der materiellen Komponente unserer Welt:
Trotz enorm viel kreativer Freiheit (Emergenz und ein "gemäßigter" Indeterminismus) gibt es selbstverständlich gewisse Regeln, die allesamt geistiger, also immaterieller Natur sind: Dieses Stützkorsett bilden die Folge der unendlichen Ordnungszahlen, einige einfache geometrische Formen sowie die logische Abfolge des Zusammenwirkens von beidem.
Den Zahlen ist gemein, dass sie sich in die beiden theoretisch möglichen, zur Null, also dem Nichts, symmetrischen Existenzrichtungen ins Unendliche abwickeln und somit jede Einzelinformation ins Unendliche transportieren.
Grundsätzlich bedürfen sie keiner geometrischen Struktur, weshalb wir sie uns im Allgemeinen immer linear, d.h. als einen Zahlenstrahl mit zwei entgegengesetzten Richtungen, vorstellen.
Drei (immaterielle) Informationen, also etwas Geistiges, bilden die erste (materielle) Räumlichkeit, den kleinsten endlichen Punkt, der, wie ich zuerst in Kap. 2.4 erläutert habe, stets ein noch so kleiner Kreis ist.
Vier solcher Kreise führen zur ersten neuen Vollkommenheit in der Vielheit, dem Quadrat, entstanden aus der Verbindung aller vier Kreismittelpunkte. Der Ausgangskreis ist in diesem Quadrat zugleich auch sein Innenkreis. Setzt man die Flächen dieser beiden Geometrien, Ausgangspunkt und erste vollendete Neuschöpfung, zueinander in ein Verhältnis, in dem ich ihren Quotienten bilde, so erhält man 1,273….
Mit der Zahlenfolge 273 bekommen wir ganz offenkundig die Maßzahl für die Grenze des materiell Machbaren (vgl. Kap. 2.6).

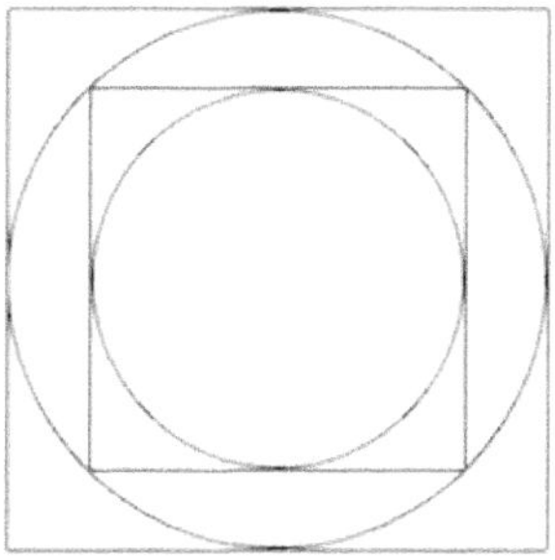

Um das Quadrat kann man mit Hilfe seiner vier Eckpunkte, also von vier (materiell repräsentierten) Informationen der neu erschaffenen Endlichkeit, einen weiteren Kreis zeichnen, seinen Umkreis. Dieser Umkreis kann sich wieder zu vier neuen Kreisen vermehren und so ein neues und größeres Quadrat bilden, in dem dieser Kreis wieder zum Innenkreis wird. Dann lässt sich um das neue, größere Quadrat erneut ein weiterer Umkreis bilden und so weiter und so fort (vgl. Abb. von Martin).

Wie ich in Kapitel 2.4 dargelegt habe, ist die Bildung des Quadrats über vier Kreise mit der Zahl 24 verbunden, da jeder Ausgangskreis wieder innen durch sechs gleichseitige Dreiecke strukturiert wird.
Es lässt sich so eine kontinuierliche räumliche Ausdehnung durch nach außen hin immer größer werdende konzentrische Kreise konstruieren.
Anders gesagt: Der erste Kreis dehnt sich zwiebelschalenartig aus. Auf der anderen Seite ist er untrennbar mit den Ordnungszahlen verknüpft und über die Zahl 24 nach außen hin abschnittsweise strukturiert.
Legt man also den Gedanken zugrunde, dass alles Materielle dieser Welt eine geistige Basis besitzt, d.h. aus Informationen geschaffen wird, dann ist der endliche Punkt als ein immer noch so kleiner Kreis der eigentliche Ausgangspunkt für jede materielle Entwicklung und damit für das ganze Universum.
Jeder einzelne Kreis startet über die mit ihm untrennbar verknüpfte unendliche Folge aller Ordnungszahlen seine eigene, zwiebelschalenartig strukturierte unendliche, geistige Ausdehnung.
Um jeden Kreis herum entsteht also mit Hilfe der ganzen Zahlen eine unendliche Informationsfläche, etwas rein Geistiges.
Das Modell zweier sich senkrecht zueinander durchdringender Flächen, die unendlich sind, weil sie durch die Ordnungszahlen codiert sind, führt so rückschrittig zur dreidimensionalen Kugel als räumliche Umsetzung des Kreises in der Vierdimensionalität. Darüber hinaus erklärt es recht plausibel den unendlichen Informationsraum. Dieser Raum ist natürlich leer; denn schließlich ist er immateriell geistig, eben, wie gesagt, ein reiner Informationsraum. Er wird durch Zahlen strukturiert, genauer gesagt, durch ganze Zahlen, die im 24er-Rhythmus um jede neue kleinste Kugel Schalen bilden, die sich wie bei einer Zwiebel jetzt bloß unendlich – und folglich – ewig ausdehnen. Aus Geist entsteht so Materie, die wiederum

mit Hilfe dieser Materie etwas neues Geistiges schafft, zunächst den unendlichen Raum, der selbst wiederum neue Materie beherbergt.
Das Universum ist, wie wir seit den Experimenten von *Edward Morley (1838-1923)* und *Albert Michelson (1852-1931)* wissen, praktisch leer.
Er besitzt keinerlei "Äther". Wir glauben, es handele sich dabei um einen Raum, der durch das seit einem unvorstellbaren Urknall vor ungefähr 13-15 Milliarden Jahren vorauseilende Licht begrenzt wird.
Ich halte das für falsch! Nicht nur, dass es, wie ich später noch näher darlegen werde, niemals einen Urknall im bekannten Sinne gegeben hat, Licht bestimmt auch nicht zwangsläufig die Raumgrenzen.
Licht dehnt sich, wie Einstein richtig feststellte, als Wirkung im Raum mit einer konstanten Geschwindigkeit bei entsprechend gegenläufiger Abschwächung aus. Die Lichtausdehnung hält dabei sehr wohl mit der Raumausdehnung Schritt; denn beides wird nämlich wieder allein durch Zahlen codiert. Der kosmische Raum, unser Universum, ist aber selbst etwas ganz anderes: Er ist etwas rein Geistiges, ein allein durch die Ordnungszahlen codierter und sich zwiebelschalenartig um jede kleinste Materieeinheit herum aufblähender *Informations*raum. Und so wie die Zahlen nicht begrenzt sind, so ist auch unser Universum unbegrenzt.
Jedes Stückchen Materie ist damit sowohl der Erschaffer seines eigenen unendlichen Informationsraums, als auch selbst kosmischer Mittelpunkt.

Betrachten wir wieder den Ausgangspunkt der Welt-Evolution: Ganze Zahlen spielen eine entscheidende Rolle, genauso wie geometrische Ideale, die sich aus der kleinsten Einheit, dem endlichen Punkt, einem noch so kleinen Kreis, automatisch ergeben. Die Ordnungszahlen lassen sich linear betrachten, wo sie auf einem Zahlenstrahl zu beiden Seiten von Null ausgehend in die Unendlichkeit anwachsen. Die erste materielle Einheit, der Kreis, und seine Ausdehnung in die Vielheit, dem Quadrat, das wieder eine neue Einheit, den Umkreis, ermöglicht, der dann als weitere Basis zur Fortschreibung in eine wieder neue, höhere Vielheit (größeres Quadrat u.s.w., siehe Abb. S. 137) dient, zwingt die Zahlen in eine zyklische Ausdehnung in die Unendlichkeit.
Linearität und Zyklik sind zwei weitere Seiten ein und derselben Medaille, wobei die Linearität in die Unendlichkeit die geistige Seite und die erzwungene Zyklik die materielle Seite abbilden.
Wir Menschen haben eine Ahnung von dieser geistigen und tatsächlich kontinuierlichen Linearität wegen der Zeit, die wir genau in der Weise *empfinden*. In unserer materiellen Welt gibt es jedoch weder Zeit noch Kontinuität. Alles im Universum lässt sich ausnahmslos auf ein reines

Nacheinander kleinster Quantenprozesse zurückführen: Materie lässt sich nicht unendlich teilen, das wissen wir. Egal, ob erst das Atom als Ganzes, später dann die Atomkerne oder heute deren Kernteilchen als neues Modell für das Kleinste dafür herhalten müssen. Es mag noch lange so weitergehen, wie mein Modell von der Innenstrukturierung des kleinsten Kreises im 6er-Rhythmus sogar vermuten lässt.
Viele Forscher werden damit auch zukünftig Meriten erwerben, doch wirklich weiter kommen sie so nicht, weil ihnen der Blick für das Ganze fehlt. Der für uns offenkundige Zusammenhang aller Materie in dieser Welt lässt sich nicht mehr mit Materie selbst beschreiben: Kontinuität ist etwas Geistiges, so wie die Ordnungszahlen etwas Geistiges sind und von 1 bis Unendlich laufen. Sie lassen sich zwar abgrenzen, aber sie gehören deswegen doch untrennbar zusammen. Sie sind wie die Wellen eines großen Meeres, scheinbar geteilt und doch eins.
Raum und Zeit erleben nur wir auch als etwas Kontinuierliches.
Wissenschaftlich betrachtet ist das jedoch undenkbar. Im Grunde sollte jeder Mensch jeden Bruchteil einer Sekunde bis ins letzte Detail zerfallen und anschließend sofort wieder neu entstehen. Jeder wird sagen, so ein Quatsch, und genau das denke ich natürlich auch.
Unser Leben, die Zeit, der Raum durch den wir schreiten, sie alle sind aber allein für uns kontinuierlich. Tatsächlich besteht alles Materielle in dieser Welt, folglich natürlich auch wir selbst, aus bloß unzähligen vielen Teilchen, die höchstens auf kleinstem Raum dicht beieinander liegen, aber deshalb noch lange keine Kontinuität ausmachen.
Kontinuität *kann* kein Produkt der materiellen Welt sein, weil es sie in dieser materiellen Welt gar nicht als solches gibt. Für uns jedoch ist sie etwas Reales, sie wird täglich aufs Neue empfunden und das zu Recht.
Wir sind dazu aber nur in der Lage, weil es zwei Seiten gibt und wir eben beiden Seiten dieser Welt, einer geistigen und der materiellen, von Natur aus bereits gleichzeitig angehören. Jedes Lebewesen tut das, aber erst der Mensch kann sich dessen wohl – zumindest hier auf unserer Erde – bewusst werden und darüber sinnieren.
Es ist die Kontinuität der Zahlen, die uns diese Eindrücke vermittelt und uns damit die Illusion des Zusammenhangs in der materiellen Welt gibt.
Nur durch die Kontinuität der unendlichen Zahlen im unendlich Großen, wie auch die ihrer Kehrwerte im endlich Kleinen, wird das materielle Universum und alles was hineingehört real strukturiert.
So vergrößert sich der um jeden endlichen Punkt entstehende reale und unendliche, immateriell geistige Zahlenraum entlang der Quadrate aller Ordnungszahlen. Dies ist die Folge der Zweiflächengeometrie (x^2y^2-

Geometrie); denn, projiziert auf nur eine Fläche (xy-Geometrie), ist nur die unendliche Folge aller einfachen Ordnungszahlen maßgeblich.
Im Gegensatz dazu verdünnen sich natürlich alle Wirkungen in den Raum ebenso allein durch Zahlen gesteuert: z.B. nehmen Lichtintensität oder Anziehungskräfte (Gravitation) im vierdimensionalen, unendlichen Raum aufgrund dessen Zweiflächengeometrie (x^2y^2-Geometrie) entlang der Quadrate der Kehrwerte aller Ordnungszahlen ab (also entsprechend $1/r^2$). Nach dem großen englischen Physiker *Isaac Newton 1643-1727)* spricht man deshalb vom "reziproken Abstandsquadratgesetz".
Damit ist auch jede Wirkung in einen unendlichen Raum hinaus stets verendlicht. Sie bleibt zwar, codiert durch die unendlichen Zahlen, unendlich und ewig nachweisbar; denn ihre SEINs-Information, die "1", bleibt ewig erhalten. Gleichwohl wird sie natürlich immer kleiner. Ihre Gesamtmenge aber – also bei Licht die Gesamtintensität – ist, genauso wie die Summe aller Brüche von 1 bis Unendlich, am Ende endlich groß.
Halten wir zwischen zwei gegenüberliegende Spiegel eine Lichtquelle, so schaffen wir unsere eigene Unendlichkeit, weil sich alles dazwischen, und so auch das Licht einer Kerze, gegenseitig unendlich spiegelt. Dennoch wird es niemals auch unendlich hell werden.
Die einmal von dem Bremer Arzt *Wilhelm Olbers (1758-1840)* aufgestellte und bis ins 20. Jahrhundert sogar als Beweis akzeptierte Behauptung, unser Universum müsse endlich sein, weil in einem unendlichen Universum unendlich viele Sterne den Nachthimmel taghell erleuchten lassen müssten, ist einfach von der Prämisse her falsch. Weil es nie unendlich viele Mengen endlicher Dinge geben kann, gibt es auch nicht unendlich viele Sterne – und das auch dann nicht, wenn das Universum selbst unendlich ist. Dann kann das Universum aber nur deshalb selbst unendlich sein, weil es anderen Prinzipien gehorcht als endlichen, d.h. seine Grenzen dürfen nicht von materiellen Teilchen bestimmt sein.

Raum und Zeit sind, wie ich meine, etwas Kontinuierliches und deshalb von rein geistiger (immaterieller) Grundausstattung.
Beide sind zwei gegensätzliche Seiten ein und derselben Medaille.
Dort wo wir den Raum als durchschreitbar empfinden, ist die Zeit ein unumkehrbarer Pfeil. Das ist unser heutiges Los: Wir leben in einer nach außen hin materiellen Welt und können körperlich den Raum in seinen Dimensionen durchschreiten.
Die Dimensionen der Zeit bleiben dagegen für das Materielle, unsere Körper, verschlossen. Wenn wir uns jedoch auf den rein geistigen Teil unserer selbst zurückziehen, z.B. durch Meditation, dann ändert sich das

grundlegend: Wir sind jetzt in der Lage, die Zeit zu durchschreiten und z.B. in Wachträumen längst Vergangenes hautnah nachzuleben. Jedoch der Raum, in dem sich währenddessen unser Körper befindet, bleibt weitgehend derselbe. Auch er verändert sich natürlich mit jeder Sekunde etwas.
Im weiteren Verlauf dieses Buches werde ich die polar-symmetrischen Beziehungen von Zeit und Raum noch eingehender beleuchten.

In unserer materiellen Welt verläuft die Zeit linear und folgt somit dem Zahlenstrahl aller Ordnungszahlen von 1 bis Unendlich. Der Raum ist primär auch etwas Geistiges; denn er wird durch Zahlen strukturiert. Allerdings geschieht das zyklisch, und zwar zwiebelschalenartig im 24er-Rhythmus. Da Zeit und Raum beide etwas primär Geistiges sind, sind sie kontinuierlich.
Auch einen Lichtstrahl hält man für etwas Kontinuierliches. Seit *Max Planck 1858-1947)* und *Albert Einstein (1879-1955)* weiß man aber, dass Licht aus Teilchen (Quanten) bestehen muss, d.h. gequantelt ist.
Da das Universum keinerlei (materielles) Medium, also keinen "Äther" besitzt, das die Lichtteilchen transportieren kann, ist man auf die Idee gekommen, Licht einen eigenen Wellencharakter zuzuschreiben: Licht ist seither Teilchen und Welle zugleich.
Alle bisherigen Beobachtungen stützen diese Annahme, wenngleich sie auch heute selbst für Wissenschaftler noch schwer verständlich ist.
Dennoch stellt sich die Frage, ob diese Erklärung wirklich zwingend ist: Ich glaube nicht!
Dass Licht als Welle agiert, bedeutet keineswegs, dass es auch eine Welle sein muss, selbst dann nicht, wenn wir kein Medium für das Universum dingfest machen können.
Licht besitzt zweifellos *irgendeinen Wellencharakter*: Daran ist tatsächlich nicht zu deuteln. Meine alternative Antwort ergibt sich aus meinem Gedankenmodell ziemlich einfach. Wie wir wissen, haben Lichtteilchen keine eigene Masse. Und zu Licht werden sie erst, wenn sie auf etwas stoßen, das diese Teilchen registriert, absorbiert oder reflektiert.
Betrachten wir ein Lichtteilchen doch einmal aus einer ganz anderen Perspektive: Jedes Lichtteilchen ist die kleinste Informationseinheit des Universums. Es ist die Information, dass etwas IST, also Information eines SEINs. Ein Lichtteilchen hat deshalb keine Masse, weil es bloß Information ist, so wie auch eine Zahl Information ist. Ein Lichtteilchen ist folglich auch etwas Geistiges oder, besser gesagt: Es hat eine geistige Seite. Andererseits hat es auch eine materielle Seite; denn es ist Baustein

für Materie: In entsprechenden Labors[28] konnte man schon mit Hilfe des gegenseitigen Beschusses von Lichtteilchen, sog. Photonen – manche nennen das reine Energie – kleinste massehaltige Materiebausteine entstehen lassen. Mathematisch gesprochen wird aus jedem Lichtteilchen (Photon) die kleinste Information "1".

Denkt man sich das Universum als eine durch die Ordnungszahlen um jeden Ausgangskreis herum zyklisch strukturierte Informationsfläche, die zum Informationsraum wird, weil sich ja zwei senkrecht zueinander stehende Flächen unendlich durchdringen, dann wird die Information "1" des Lichtteilchens als 1^2 mit jeder Zahl um diesen Kreis herum multipliziert und dehnt sich so ins Unendliche aus.

Das Photon erhält nun seinen Wellencharakter tatsächlich nur deshalb, weil der Raum mit Hilfe konzentrischer Zahlenschalen strukturiert ist.

Keine Beobachtung braucht deshalb in Zweifel gezogen werden, bloß ihre Interpretationen sind anders und lassen so ganz neue Schlüsse zu.

Wenn aber lineare Kontinuität eine geistige Eigenschaft ist und sich zyklisches Verhalten erst durch die Materialisation sekundär ergibt, dann dürfen wir die Zyklik nicht als Argument dazu benutzen, rein geistige Dinge zu beschreiben.

Ein altes indianisches Sprichwort sagt "alles kommt in Kreisen". Dem entspricht die Beobachtung, dass sich geistige Informationen zyklisch in unserer Welt präsentieren. Auch das Universum selbst ist, wie ich meine, kreisförmig strukturiert. Der eigentlich geistige Hintergrund aber ist ein anderer: Geist entwickelt und differenziert sich schnurstracks geradeaus, also linear. Die Natur vergeudet keine Zeit, die sich durch kreisförmige Entwicklung zwangsläufig ergäbe. Sie benötigt die Zyklik bloß zur effizienten Strukturierung in der materiellen Welt.

Dafür findet sich ein klarer Hinweis in der Evolutionsgeschichte allen Lebens auf unserer Erde: Während sich im Laufe gigantischer Zeiträume Leben über viele Umwege, Kurven und Rückschläge entwickelt und dabei auch Bekanntes und lange vorher Bewährtes immer mal wieder wiederholt, gibt es eine zentrale Konstante, die sich ganz anders verhält:

---

[28] Schon im Jahre 1998 konnte Materie während einer Reihe von Experimenten am Stanford - Teilchenbeschleuniger in Kalifornien (USA) aus Photonen geschaffen werden.
Fälschlicherweise wird in diesem Zusammenhang immer wieder von einer "Schöpfung aus dem Nichts" gesprochen: Hier bedient man sich zum Beweis gerne fernöstlicher Weisheiten, ohne sie aber richtig zu interpretieren: Das "Nichts" als freie Übersetzung des "Nicht-Seins" ist nach Laotse (7. Jh. v.Chr.) keineswegs ein wirkliches Nichts, sondern vielmehr das nicht fassbare, unsichtbare Gegenstück zum materiellen Sein. Letzteres wird daher von ihm als "Sein" bezeichnet, ersteres als "Nicht-Sein".

Ich meine das Nervensystem, das ganz offensichtlich der materielle Mittler des Geistigen bei allen (fortschrittlicheren) Lebewesen ist. Denn schon sehr früh in der Evolution entstehen neuronale Strukturen, über die Informationen laufen. Zunächst findet so Kommunikation *innerhalb* einer lebendigen Struktur statt, später *zwischen* einzelnen Wesen und auch zwischen verschiedenen Arten. Mit der Zeit wird das Nervensystem immer komplexer und komplizierter. Die Entwicklung verläuft anfangs allmählich, dann immer schneller und zu Beginn der Menschwerdung geradezu explosionsartig.

Irgendwann ist dann jedoch auf einmal Schluss: Die "Hardware" hat einen Standard erreicht, und es kommt, bisher jedenfalls, nichts wirklich Neues mehr hinzu. Ganz im Gegensatz zur Entwicklung der rein körperlichen Attribute, hat das Nervensystem einen einzigartig geraden, eben linearen Verlauf bei wachsender Beschleunigung genommen.

Während also die neuronale Hardware irgendwann ausgereift zu sein scheint, nimmt jetzt die geistige, emotionale und kulturelle Entwicklung jedoch erst ihren Anfang: Unter Freilegung eklatanter Unterschiede zwischen den *einzelnen Individuen* entsteht eine völlig neue Evolution.

In der Vielheit der Arten war mit der Gattung Mensch eine neue Einheit entstanden, die zu neuer Vielheit aufbricht und dabei eine ganz andere Qualitätsebene, die des Geistes, aufweist.

Die im Hintergrund ablaufende geistige Entwicklung des kosmischen Ganzen ist ein rein linearer Vorgang. Die zu seiner Umsetzung zwingend erforderlichen anatomischen "Gerätschaften", die Hardware wie Gehirn und Rückenmark mit ihren unzähligen Nervenzellen und Fasern, machen demgemäß auch keine zyklische Entwicklung durch, sondern sind von Lebensstufe zu Lebensstufe stets von besserer Beschaffenheit und höherer Funktionalität.

Die Welt besteht aus zwei verschiedenen Komponenten, einer geistigen und einer materiellen. Die geistige Seite schafft die materielle und benötigt sie zur eigenen ewigen Weiter-Differenzierung. Dabei schreitet sie schnurstracks linear zu immer höherer Ordnung fort, die man mit maximaler Perfektion in größtmöglicher Vielfalt umschreiben kann.

Die materielle Seite wird zyklisch strukturiert, und alles Materielle strebt im Gegensatz zum geistigen zu maximaler Unordnung, dem Chaos.

Die materielle Welt ist letztlich nur ein notwendiges Vehikel des Geistes. Ohne sie geht es nicht; denn beide Teile werden zu zwei Seiten derselben Medaille im Moment der Schöpfung! Solange Geist ständig neue Materie erschafft, solange geht alles seinen weiteren Weg. Da die Zahlen ein wichtiges geistiges Ordnungsprinzip sind und bis ins Unendliche laufen,

wird sich Geist ewig zu größtmöglicher Vielfalt und höchstmöglicher Perfektion differenzieren und Materie für diese Zwecke produzieren. Das Universum ist deshalb unendlich und existiert ewig.
Da die geistige Entwicklung des Ganzen grundsätzlich linear ewig weiter läuft, egal ob bisweilen durch ihre materielle Verknüpfung mal zyklisch orientiert oder nicht, gilt das selbstverständlich auch für jede individuelle geistige Entwicklung.
Das heißt: Der Geist jedes einzelnen Menschen hat spätestens mit seiner Geburt, vermutlich aber irgendwann während der Embryonalzeit, seinen Anfang genommen, so wie ein endlicher Punkt, der kleinste Kreis, der Ausgangspunkt für alles Materielle ist. Einmal entstanden, entwickelt sich dieser individuelle Geist unaufhörlich weiter, auch dann, wenn die dafür zunächst notwendige materielle Umgebung, d.h. sein menschlicher Körper, dereinst dem Chaos verfällt, also stirbt.
Infolgedessen gibt es genauso wenig ein Zurück oder eine Umkehr des jeweiligen Geistes, z.B. mit Hilfe neuer Körper, wie es der in Mode gekommene Reinkarnationsglaube als unumgänglich glauben machen möchte.
Geist und Körper sind zwei Seiten ein und derselben Medaille, so wie es Linearität und Zyklik auch sind. Geist geht stets konsequent geradeaus, Körper sind zwangsläufig kreisförmig strukturiert.

2.16) Was wohl Pythagoras schon wusste

Die Zahlen 3, 4 und 5 dienen seit Jahrtausenden als Grundlage für die uns bekannte und offensichtlich sinnvolle Einteilung unserer Zeit in Sekunden und Minuten[29]. Nach wie vor glauben jedoch die meisten Wissenschaftler, darin bloß zahlenmystische Ursachen grauer Vorzeiten erkennen zu können, bar jeder universellen Realität.
Schaut man sich die Zahlen an, so kann man sie nach dem deutschen Naturforscher *Peter Plichta (*1939)* in drei unendliche Reihen unterteilen: Eine Gruppe sind Primzahlen, bei einer zweiten sind alle Zahlen durch 2

[29] 60 Minuten = $3 \cdot 4 \cdot 5$; 3600 Sekunden = $3^2 \cdot 4^2 \cdot 5^2$ (vgl. Kapitel 1).

teilbar, bei der dritten durch 3. Die Zahlen 3,4 und 5 repräsentieren so alle drei Gruppen. Darüber hinaus sind sie die ersten pythagoräischen Zahlen; denn sie sind die ersten ganzen Zahlen, mit denen sich die drei Seiten eines rechtwinkligen Dreiecks rational darstellen lassen.
Jeder Schüler kennt den Satz des *Pythagoras (ca. 580-496 v.Chr.)* zur Genüge. Es gilt: $a^2 + b^2 = c^2$
Der Zahlenwert 345 ist auch die Summe aus den Zahlen 273 und 72, wobei 72 wieder 3 x 24 ist.
Die Zahl 273 haben wir als universelle Grenze des Machbaren kennen gelernt, die Zahl 24 ordnet die Ausdehnung aller Ordnungszahlen um jede kleinste materielle Einheit wie Zwiebelschalen ins Unendliche.
Und die Zahl 3 spielt auch eine besondere Rolle: Sie codiert die (geistige) Raumausdehnung (vgl. Teil 3). Bereits in Kapitel 2.12 habe ich gezeigt, wie eng sie mit Naturkonstanten wie der Lichtgeschwindigkeit verknüpft ist.
Neben der Zahlenfolge 273 ist die 618 von entscheidender Bedeutung: Sie ist die Maßzahl der Perfektion, des Optimalen, und repräsentiert den "Goldenen Schnitt". Addieren wir diese Werte, so gilt: 273 + 345 = 618.
Nach dem Satz des Pythagoras gilt: $a^2 + b^2 = c^2$.
Damit lassen sich die drei Zahlen 273, 345 und 618 selbst als Flächen von drei Quadraten auffassen, die zusammen ein rechtwinkliges Dreieck umschließen. Die drei Zahlen 3, 4 und 5, die hier gemeinsam einen Flächenwert bilden, sind, wie eben erwähnt, die drei kleinsten ganzen Zahlen, die als Kantenlängen diese rechtwinklige Dreiecksgeometrie selbst erfüllen und deshalb pythagoräische Zahlen heißen.
Die Fläche des eingeschlossenen Dreiecks ergibt den Wert 153 (vgl. nächste Abbildung, S. 148).
Schaut man sich diese Zahlenfolge erst nur aus einer zahlenmystischen Perspektive an, so erkennt man, dass sie mit der "1" das Symbol für eine allgegenwärtige und allem in der Welt zugrunde liegende Information oder, christlich-religiös gesprochen, für den Geist enthält. Mit der "5" in der Mitte steht das Zahlensymbol für das Leben schlechthin, aber auch für Gott, das Göttliche, und die Liebe. Schließlich findet sich auf der "anderen Seite" der 153 die "3", die Maßzahl für alle dreidimensionale Körperlichkeit im Universum schlechthin.
Jetzt gehört eigentlich nur noch wenig Phantasie dazu, in der hier ganz zentral positionierten neuen Zahlenfolge 1-5-3 eine Verbindung zur christlichen Trinität mit dem zentralen, über allem stehenden Gott-Vater, dazu einem ihm zur Seite stehenden Heiligen Geist und einem, den körperlichen Menschen symbolisierenden, Jesus Christus zu

erkennen. Natürlich lässt sich für andere Religionen Ähnliches sagen, da die Trinität kein bloß christlicher Glaube ist.
Etwas mehr wissenschaftlich betrachtet, lässt sich mit dem Zahlenwert 153 erneut die Gesamtheit jeder materiellen Ausdehnung, nämlich die der körperlichen Mengenausweitung (81) und die der Raumausdehnung (3) eines konzentrischen Zahlenraums mit Kreisen im 24er Rhythmus, darstellen. Die Gesamtheit von verschiedenen Dingen ist mathematisch gesehen eine Summe. Es gilt deshalb: 153 = 81 + (3 x 24) /[30]

Drei Zahlenfolgen liefern die optimalen Rahmenbedingungen für unsere Welt – und das nicht durch besondere Betonung religiöser und zahlenmystischer Übereinstimmungen.
Der Satz des Pythagoras verbindet sie miteinander *geometrisch*, so wie in *Albert Einsteins* berühmter Gleichung die universelle Mengenausweitung mit der Folge aller Ordnungszahlen *arithmetisch* verknüpft ist; denn aus $E = m\,c^2$ entsteht in ihrer quadratischen Form $E^2 = m^2\,c^4$
und $c = 3^4 \times (10^x) \;\Rightarrow\; E^2/m^2 = 3^4 = 81$.
Wie schon gezeigt, führt uns der Quotient 1/81 durch einfache Rechnung zur Folge sämtlicher Ordnungszahlen von 1 bis Unendlich (vgl. Kap. 2.8., S. 94).
Albert Einstein hat, ohne es allerdings selbst zu erkennen, mit seiner Formel den mathematischen Beweis dafür angetreten, dass Endlichkeit und Unendlichkeit zwei Seiten derselben Medaille sind, dass beides existiert und die Welt bestimmt.
Meine Darstellung liefert aber ja noch eine neue, eingeschlossene dreieckige Fläche, deren Wert von 153 selbst auch wieder Raum und Mengen beinhaltet.
Die nunmehr vier Zahlenwerte 153, 273, 345 und 618 lassen sich also alle vollständig aus den schon bekannten vier Zahlen bilden, die jede für sich selbst wieder als wichtige Schlüsselzahlen in unserem Universum gelten können, nämlich der Zahl 3 sowie den "drei Musketieren" 10, 24 und 81 (vgl. Kap. 2.8).
Auch aufgrund dieser Verknüpfungen bin ich schon früher einen Schritt weiter gegangen und habe behauptet: Man muss wohl annehmen, dass sowohl das Dezimalsystem, als auch die zyklische 24er Ordnung aller Prozesse und Abläufe in dieser Welt genauso real verankert sind wie die Zahl 81, mit der die Raumausdehnung über sämtliche Ordnungszahlen

[30]Mathematisch betrachtet ist die Klammer überflüssig; denn es gilt natürlich: Punktrechnung geht vor Strichrechnung.

sowie die Ausdehnung alles Materiellen über die 81 (vgl. chemische Elemente und genetischer Code) codiert wird. Und sie sind wohl gerade deshalb in unserem gesamten Universum der entscheidende Schlüssel, *weil* sie sich alle mit Hilfe der vier ersten Ordnungszahlen als Summe, Produkt oder sinnvoller Kombination aus Produkt und Potenz darstellen lassen, also: $1+2+3+4=10$, bzw. $1 \times 2 \times 3 \times 4=24$, bzw. $1^2 \times 3^4 = 81$.

Man kann die vier geometrisch verknüpften Zahlenwerte 153, 345, 273 und 618 nur mit Hilfe der vier ersten Ordnungszahlen darstellen, also ohne jede Primzahlen in der Form ($6n\pm1$), für $n=1$ bis ∞. /[31]
Dazu benötigt man nur die drei positiven Rechenarten Addieren(+), Multiplizieren(x) und das Potenzieren(^{hoch}).
Es lässt sich erkennen, dass allein über diese vier Zahlen auch sämtliche Grundrechenarten in unserer Welt verankert sind; denn aus den drei positiven ergeben sich automatisch die drei entgegengesetzten negativen Rechenformen: Subtrahieren(-), Dividieren(:), Radizieren(√).
Summe und Produkt der ersten vier Ordnungszahlen, also 10 und 24, dazu noch die (sinnvolle) Kombination aus Produkt und Potenz dieser vier Zahlen (vgl. Kap. 2.12), also die 81, ergeben drei entscheidende Rahmenbedingungen für unser Universum. Damit ist anzunehmen, dass dies auch für das *reine* Potenzieren gilt.
Das aber ist trivial; denn 1 hoch 2 hoch 3 hoch 4 ($=1^{2\bullet3\bullet4}$) bleibt ja im Ergebnis 1. /[32] Und die Zahl "1" ist die erhabenste Zahl überhaupt.
Sie ist die eigentliche Schlüsselzahl der ganzen Welt.

Und noch einmal ein wichtiger Aspekt zur Erinnerung:
In der (materiellen) Welt kommen die Zahlen 273 und 618 ja nicht als ganze Zahlen, sondern stets als irrationale Dezimalzahlen mit unendlich vielen Nachkommastellen vor. Dasselbe gilt natürlich auch für die mit ihrer Hilfe rechnerisch ermittelten Werte 153 und 345. Sie alle sind transzendente Zahlen[33].
Bei meinem Versuch, die Mathematik, alle Naturwissenschaften sowie Philosophie und Religionen unter einen gemeinsamen Hut zu bringen,

---

[31] Es gilt auch:
153 $= 81+72 = 3^4 + 3 \cdot 24 = 3^4 + 3(1 \cdot 2 \cdot 3 \cdot 4) = \underline{3^4 + 1 \cdot 2 \cdot 3^2 \cdot 4}$;
273 $= (81+10) \cdot 3 = (3^4+10) \cdot 3 = \underline{(3^4+1+2+3+4) \cdot 3}$;
345 $= 273 + 72 = (81+10) \cdot 3 + 3 \cdot 24 = (3^4+10) \cdot 3 + 3(1 \cdot 2 \cdot 3 \cdot 4) = \underline{(3^4+1+2+3+4) \cdot 3 + 1 \cdot 2 \cdot 3^2 \cdot 4}$;
618 $= 273 + 345 = \underline{(3^4+1+2+3+4) \cdot 3 + (3^4+1+2+3+4) \cdot 3 + 1 \cdot 2 \cdot 3^2 \cdot 4}$;
[32] dabei muss selbstverständlich die natürliche Reihenfolge gewahrt bleiben.
[33] da sie nicht durch eine algebraische Gleichung mit rationalen Koeffizienten dargestellt werden können.

ist es wohl gestattet, diesen Aspekt noch einmal aus zahlenmystischer Sicht zu werten: Jede dieses Zahlen ist infolge ihrer eigenen unendlichen Nachkommastellen ein untrennbarer Teil der Unendlichkeit unserer Welt.

Abbildung rechts von Alexander: "Geometrie des Universums", schematische Darstellung: Bedeutsame Schlüsselzahlen der Naturwissenschaften, Prinzipien von Mengenentwicklung und Mengenausdehnung, Raumstruktur und Raumausdehnung; sämtliche Ordnungszahlen, das dezimale Rechensystem, die Dimensionen des Raums, die Transzendenz von Zahlen, die Kreiszahl π, Quadrate

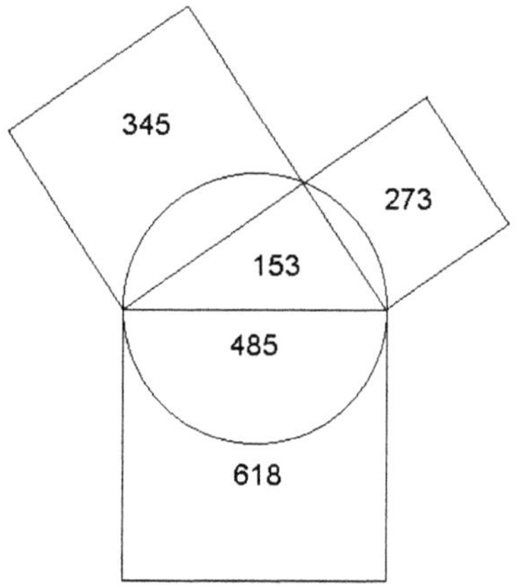

als Paradebeispiel für alle Vierecke, das rechtwinklige Dreieck als solches auch für alle Dreiecke, der Kreis und mit ihm alle Formen zusammen als Grundlage sämtlicher geometrischer Konstruktionen – das alles ist hier miteinander auf einfache Weise verbunden.

Um das hier dargestellte rechtwinklige Dreieck lässt sich ein Umkreis zeichnen, der zugleich auch Innenkreis des größten äußeren Quadrates, des Quadrates über seiner Hypotenuse ist. Die Fläche eines Quadrates, dividiert durch die Fläche seines Innenkreises, ergibt immer 1,273.

Nur bei genau diesen Größenverhältnissen entspricht die 273 auch exakt der Fläche des kleinsten Kathetenquadrats.

Die Fläche des Kreises ist selbst wieder interessant: Ihr Wert ist ebenso transzendent und beträgt ohne Nachkommastellen 485.

Dabei gilt: 485 – 345 = 140.

Wie sich die Zahl 345 mit Hilfe von universell wichtigen Zahlenwerten darstellen lässt, ist bereits bekannt.

Die Zahl 140 schließt eine weitere Lücke. Es gilt nämlich:

$140 = 1^2+2^2+3^2+4^2+5^2+6^2+7^2$.

In einigen meiner Büchern[34] habe ich, wie auch hier in Kapitel 2.14, Vermutungen angestellt, warum die Elektronen sämtlicher Elemente auf maximal 7 Schalen sitzen, wobei die letzte Schale nur unvollkommen besetzt wird. Auf jeder dieser Kreisbahnen um einen Atomkern können

[34] vgl. Literaturverzeichnis.

jeweils maximal so viele Elektronenpaare Platz nehmen, wie dem Quadrat der entsprechenden Ordnungszahl entspricht (also $1^2 = 1$ Paar auf der *ersten* Schale, $2^2 = 4$ Paare auf der *zweiten* Schale, u.s.w.). Die maximale Grenze von 7^2 habe ich zuvor über die Unmöglichkeit, in einen Kreis ein regelmäßiges Siebeneck einzeichnen zu können, abgeleitet. Ein weiteres Argument ergibt sich aus der zyklischen Raumstruktur im 24er-Rhythmus, auf die ich in Teil 3 noch einmal näher eingehen werde.
Hier drängt sich nun auf, dass allein die *geometrische* Verknüpfung der wichtigsten universellen Zahlen diese Grenze womöglich *direkt* codiert.

Wie die Abbildung auf der letzten Seite zeigt, lassen sich alle wichtigen arithmetischen und geometrischen Grundlagen des Universums bereits in einem einfachen Bild verschlüsselt wiedergeben. Dass bei alledem der berühmte Zufall im Spiel sein soll, halte ich für ziemlich ausgeschlossen, zumal er auf lange Sicht seine Wirkung stets verliert.
In früheren Büchern habe ich dem Thema "Zufall" regelmäßig ganze Kapitel gewidmet. Hier nun sollen zwei Beispiele ausreichen.
Zunächst möchte ich an das berühmte Galtonsche Nagelbrett erinnern: Es besitzt oben einen Trichter, im mittleren Teil quadratisch über Eck eingesetzte Nägel und unten eine Reihe schmaler, oben offener Kästchen. Schüttet man oben kleine Kügelchen in den Trichter, so stoßen diese beim Herunterfallen regelmäßig an die Nägel und werden so in ihrer Laufrichtung wechselseitig abgelenkt.
Auf *keiner* Nagel*ebene* kann vorhergesagt werden, in welche Richtung ein Kügelchen nun weiterkullert. Lässt man jedoch nur genügend viele Kugeln hindurchlaufen, so erhält man das bekannte Bild der *Gauß'schen Glockenkurve*[35] oder auch *Normalverteilung.*
Dasselbe passiert, wenn man das Nagelbrett weglässt und einfach einen Sack mit Reiskörnern ausschüttet. In der Mitte ist der größte Haufen, zur Seite hin nimmt er nicht-linear ab. Der Kurvenverlauf ist dabei derselbe. Reiskörner und Kügelchen scheinen also zu „wissen“ wohin sie müssen, um sich als Gesamtheit richtig zu verteilen. Natürlich weiß kein Reiskorn irgendetwas! Jedoch funktioniert es immer gleich und lässt sich beliebig reproduzieren. Zufall birgt Chaos. Jedes Chaos führt aber irgendwann auf bestechende Weise wieder zu einer neuen, selbstähnlichen Ordnung, die der Begründer der sog. Chaosforschung, der polnische Mathematiker *Benoit Mandelbrot (*20.11.1924)* als *"fraktale Geometrie"* bezeichnete.

---

[35]nach Carl Friedrich Gauß (30.04.1777-23.02.1855); dt. Mathematiker und Astronom.

Genauso kann man zeigen, dass alle thermodynamischen Stoßprozesse, und das bedeutet im Prinzip alles, was so an stofflichen Ereignissen in diesem Universum dem Zufall gemeinhin zugeschrieben wird, auf exakt die gleiche Art und Weise funktionieren müssen. Hierzu bietet sich ein sogenanntes Chaos-Spiel an, das auf einen Bremer Mathematikprofessor zurückgeht. In einem gleichseitigen Dreieck sind die Ecken mit 1, 2 und 3 gekennzeichnet. Außerhalb des Dreiecks soll sich eine winzige Kugel, z.B. ein einzelnes Gasatom, befinden. Ein Zufallsgenerator, der nur die Zahlen 1, 2 und 3 ausspucken kann, zeigt die erste Zahl an, und man zieht nun eine Verbindungslinie von der Kugel zur entsprechenden Ecke des Dreiecks. Auf halber Weglänge wird jedoch gestoppt und wieder eine Zufallszahl mittels des Computers ermittelt. Nun wird wieder eine Verbindungslinie, diesmal von dem Haltepunkt aus, zur neuen Ecke (was natürlich auch dieselbe sein kann) gezogen. Der Weg dorthin wird dann erneut auf halber Strecke gestoppt und wieder eine Zufallszahl gezogen, u.s.w.

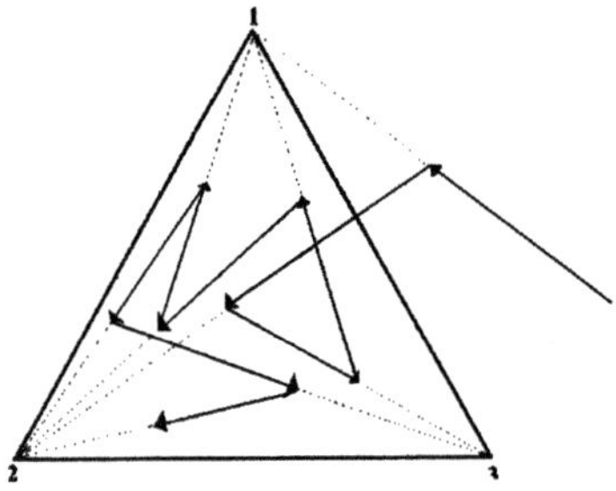

Das Spiel setzt man beliebig lange fort, mindestens etwa 1000-mal, um eine genügend große Menge zufällig ermittelter Zahlen und damit neuer Richtungen in unserem Spiel zu erhalten.
Bereits nach kurzer Zeit befindet sich unsere Kugel oder das Gasatom innerhalb des Dreiecks und kann dadurch nicht mehr heraus; denn jede neue Richtung läuft ja nun von innen zu einer Ecke hin. Am Ende werden alle drei Ecken gleichmäßig oft angesteuert. Man muss nur eine genügend große Mindestzahl zufälliger Einzelereignisse voraussetzen.

Statt Zufall dürften hier auf ganz einfache und bestechende Weise die mathematischen Grundlagen unserer aller Existenz angelegt sein.
Diese Zusammenhänge habe ich als erster schon in meinen früheren Büchern "Der Schlüssel zur Ewigkeit" (1999) und in "Eine bessere Geschichte unserer Welt, Band 1, Das Universum" (2000) beschrieben. Dennoch bin ich inzwischen davon überzeugt, dass vieles davon bereits einigen großen Denkern des Altertums, allen voran vielleicht *Pythagoras* und *Platon*, zumindest vom Prinzip her bekannt gewesen sein dürfte.

Nur hatten sie keine Möglichkeit, den vermutlich höheren Sinn speziell dieser Zahlenfolgen zu erkennen, da man sie erst heute mit Hilfe naturwissenschaftlicher Beobachtungen richtig einordnen kann.
Vielleicht aber haben schon Myriaden von Schülern und Lehrern seit vielen Generationen eine wichtige geometrische Grundlage unserer physikalischen Welt gelernt und gelehrt, ohne sich ihrer eigentlichen Bedeutung jemals bewusst geworden zu sein.
Dieser Gedanke ist geradezu phantastisch.

Sämtliche Zahlen und Zahlenfolgen, die offenbar ganz entscheidende Schlüsselpositionen in unserer Welt besetzen und dabei Aufbau wie Ausdehnung aller Dinge regeln, sind durchweg *zwei*dimensional angelegt.
Anders gesagt: Schon wenn man sich auf die reine *Zwei*dimensionalität beschränkt, scheint alles glaubhaft erklärbar zu sein.
Aber wir leben im *Raum*; den wir als dreidimensional erfahren, da wir selbst dreidimensionale Körper besitzen.
Doch diese Diskrepanz lässt wieder nur einen vernünftigen, logischen Schluss zu: Unser Universum ist nicht von derselben dreidimensionalen Räumlichkeit, wie wir alle annehmen.
In Wirklichkeit ist der kosmische Raum *vier*dimensional angelegt, was schließlich selbst logisch ist; denn eine *abgeschlossene Drei*dimensionalität macht eine höhere, sie umfassende *Vier*dimensionalität erforderlich.
Auch muss der wirkliche *vier*dimensionale Raum ganz eng mit der *Zwei*dimensionalität verknüpft sein; denn in ihr findet sich sein vollständiger Plan. Bereits aus rein logischer Sicht kann der kosmische Raum deshalb nur als zwei unendliche, senkrecht ineinander greifende *Zwei*dimensionalitäten wirklich plausibel gedacht werden.
Während der von uns täglich erfahrene *drei*dimensionale Raum eine "xyz-Geometrie" (3 Achsen) mit der Maßeinheit (z.B. Meter) in dritter Potenz besitzt, hat der *vier*dimensionale Raum eine "x^2y^2-Geometrie", die sich aus den beiden senkrecht ineinander greifenden Flächen ergibt. Seine Maßeinheit steht dann in vierter Potenz. Und dieser Raum ist unendlich; denn er wird allein durch die unendliche Folge aller Ordnungszahlen gebildet, gesteuert und im 24er Rhythmus kreisförmig geordnet.
Der tatsächliche kosmische Raum ist also ein mit Hilfe von Zahlen strukturierter Informationsraum. Das klingt für uns zunächst fürchterlich abstrakt, aber dieser Raum ist genauso real, wie die Zahlen selbst es sind. Und dafür sollten wir so langsam schon etwas Verständnis gewonnen haben können; schließlich begegnen sie uns ja überall als im Hintergrund steuernde Vertraute für alles in unserer Welt. Zahlen schreiben die alles

entscheidenden Regeln von Universum und Leben. Sie sind damit wohl genau das, was schon *Laotse (* ca. 604 v.Chr.)* mit seinem *Tao* meinte, das er zu seiner Zeit aber noch nicht so darstellen konnte.
Doch wie weise er dies vor über 2 1/2 Tausend Jahren allein durch Intuition erkannte, veranschaulicht sein folgender Vers:
"Es gibt ein Ding, das ist unterschiedslos vollendet. Bevor Himmel und die Erde waren, ist es schon da, so still, so einsam. Allein steht es und ändert sich nicht. Im Kreis läuft es und gefährdet sich nicht. Man kann es nennen die Mutter der Welt. Ich weiß nicht seinen Namen. Ich bezeichne es als TAO.[36] *Mühsam einen Namen ihm gebend, nenne ich es: groß. Groß, das heißt immer bewegt. Immer bewegt, das heißt ferne. Ferne, das heißt zurückkehrend. So ist das TAO groß, der Himmel groß, die Erde groß, und auch der Mensch ist groß. Vier Große gibt es im Raume, und der Mensch ist auch darunter. Der Mensch richtet sich nach der Erde. Die Erde richtet sich nach dem Himmel. Der Himmel richtet sich nach dem TAO. Das TAO richtet sich nach sich selber."*
Im kosmischen Zusammenhang betrachtet, scheint mir dieser Vers geradezu grandios.

Über einen ganz anderen Denkansatz hat *Plichta* als erster einen solchen Zahlenraum für unser Universum postuliert.
Meine Herleitung jedoch, die sich allein aus dem logischen Zahlenaufbau und einer einfachen geometrischen Betrachtungsweise ergibt, die ich in mehreren Büchern seit 1999 abschnittsweise publiziert habe, scheint mir allerdings schlüssiger, deutlich einfacher und leichter verständlich zu sein. Sie ist durchweg plausibel nachvollziehbar.
Am Ende kommen wir natürlich, wie sollte es auch anders sein, zu einem im Grundsatz ähnlichen Ergebnis.
In Teil 3 werde ich mich intensiver mit der zyklischen Raumstruktur und den daraus sich ergebenden Konsequenzen beschäftigen.

---

[36] Von Richard Wilhelm im Jahre 1910 mit "SINN" übersetzt. Er schreibt dazu auch, dass damit ein "Wirken ohne Handeln" gemeint sein muss – so wie es Laotse selbst beschrieb.

Teil 3:

Unser Kosmos

3.1) Materialismus pur

Seit einigen Jahrzehnten hat sich das Bild vom Urknall als Zündfunke unseres Universums in den Augen der Wissenschaftler verfestigt.
Für viele, insbesondere auch in den populärwissenschaftlichen Medien, gelten er und die mit ihm verbundenen Vorstellungen bereits als längst erwiesen. Der normale Bürger ist wegen der heute in immer kürzerer Zeit kräftig anwachsenden enormen Fülle an Informationen überhaupt nicht mehr in der Lage, das ihm Dargebotene auch nur halbwegs kritisch abzuwägen.
Die entscheidende Folgerung, die sich aus dem gegenwärtigen Stand wissenschaftlicher Annahmen zu Entstehung und Entwicklung unserer Welt, des Lebens sowie Herkunft und Qualität des menschlichen Geistes ergibt, ist für jedwede Religiosität oder Metaphysik absolut entmutigend und frustrierend: Nur das sinnlich Erfahrbare und damit das Materielle ist tatsächlich wahr, und alles kann letztendlich irgendwie auf dieselben materiellen Gesetzmäßigkeiten zurückgeführt werden.
Für die Wissenschaft gibt es weder Gott noch einen körperlosen Geist und natürlich auch kein Leben nach dem Tod. Der Mensch ist eine Art unbedeutender Hauch in einem gigantischen Sturm, der ohne Grund und vielleicht auch ohne Sinn auftritt, wieder vergeht und seine kurze Existenz allein dem Zufall zu verdanken hat.

Man muss es so hart formulieren, weil die Erfahrung zeigt, dass manche Glaubensströme immer noch die Hoffnung hegen, im vermeintlichen Wissen unserer Zeit wenigstens kleinste Lücken zu finden, in denen ihr Glaube noch Platz haben könnte. So wird selbst die Urknalltheorie für manch eine Religionsgemeinschaft zu einer Säule des Christentums und man treibt es mit der Anpassungsfähigkeit ganzer Religionen entschieden zu weit.[37] Tatsächlich lassen die Wissenschaften den Religionen kaum mehr Platz und sind nach Kräften bemüht, selbst die kleinsten Lücken irgendwann noch wegzuforschen. Das sind nüchterne Tatsachen.

Demgegenüber gibt es Glaubensströmungen, die sich wissenschaftlichen Vorstellungen gänzlich entziehen und ihr uraltes fundamentalistisches Gedankengut Wort für Wort dogmatisch selbst in unserer Zeit weiter lehren. Wissenschaftliche Erkenntnisse sind ihnen durchweg egal, selbst dann, wenn sie als gesichert gelten können.

Solange sich solche Gemeinschaften nicht aufmachen, zu missionieren und ihre Dogmen gar mit Gewalt zu verbreiten, ist das kein ernsthaftes Problem. Leider spricht vieles in unserer Welt heute eine andere Sprache, und solche Entwicklungen sind tatsächlich sehr gefährlich und für die Menschheit als Ganzes außerordentlich bedrohlich.

Die Wissenschaften müssen einsehen, dass sie an diesen Bedrohungen erhebliche Mitschuld tragen. Es hat sich noch niemals in der Geschichte der Menschheit ausgezahlt, gegen die Herzen der Menschen, gegen intuitive Vorstellungen und Überzeugungen, ja gegen das menschliche Wesen ganz allgemein mit Worten und Taten vorzugehen. Dasselbe gilt genauso für eine Vielzahl von Politikern, die unter Missachtung des Individuums menschenfeindliche Lebens- und Gesellschaftsformen preisen und dem Staat zur Übermacht verhelfen.

Der Wissenschaftler mag einwenden, was könne er dafür, wenn religiöse Vorstellungen jeder Wissenschaftlichkeit entbehrten. Aber ist es so?

Bieten die Wissenschaften tatsächlich immer mehr Wahrheit an, als es die Religionen in ihrer Gesamtheit tun? Ich glaube nicht!

Den modernen Naturwissenschaften fehlt bisweilen leider das Korrektiv durch die Philosophen, die sich in alter naturphilosophischer Tradition um übergreifende Weltvorstellungen bemühen sollten. Sie müssten den tiefen intuitiven menschlichen Erfahrungen, wozu Mythen und die Religionen zählen, in ihren klassischen drei Grundsätzen ausreichend Raum offen halten. Dazu zählen:

[37] z.B. in Philberth, B., "Der Dreieine", s. Literaturverzeichnis

1) Glaube an die Existenz eines personalen Gottes oder einer adäquaten göttlichen, uns und der materiellen Natur des Universums überlegenen Dimension.
2) Glaube an die Existenz eines körperunabhängigen Geistes und einer geistige Ebene sowie
3) Akzeptanz der Möglichkeit, den körperlichen Tod zu überleben.

Beleuchtet man den heutigen Wissensstand eingehender, dann kommt man bald nicht umhin, drei Dinge gegenzuhalten:
1) Vieles von dem, was vor allem durch die gewaltige Medienherrschaft als anerkanntes Wissen verkauft wird, ist es gar nicht. Vielmehr strotzen die angebotenen Inhalte vor subjektiv gefärbten und in Wahrheit völlig ungesicherten Interpretationen allenfalls kleiner Wissenskerne.
2) Den meisten sogenannten "Erkenntnissen" fehlt der Vergleich mit solchen aus anderen Fachbereichen. Der Blick über den Tellerrand, so wie ich ihn in Kapitel 1.3 fordere, ist eher die Ausnahme als die Regel.
3) Eine große Vielzahl von Beobachtungen passt längst nicht mehr zu den bestehenden Theorien. Nicht selten werden diese dann durch ein paar manipulative Kunstgriffe nachträglich wieder den Beobachtungen angepasst. Manche werden schlichtweg übergangen, vernachlässigt oder ignoriert. Nicht selten gilt das Motto: Was nicht sein darf, kann auch nicht sein.

3.2) Das Universum heute

In diesem Kapitel beschäftige ich mich zunächst mit den derzeitigen Vorstellungen von unserem Universum, allen voran mit dem kosmischen Raum. Danach entstand das Weltall vor ungefähr 13-15 Milliarden Jahren durch einen Urknall (Big Bang), einer Art gigantischer Explosion aus einem ungeheuer winzigen, ja eigentlich unendlich kleinen Punkt (sog. Singularität) von zugleich unvorstellbar hoher Dichte.
In extrem kurzer Zeit – innerhalb von Bruchteilen von Sekunden – entwickelte sich ein ungeheuerlicher Feuerball von extrem großer Hitze. Durch Abkühlung bildete sich schon recht bald eine Art dicke Suppe aus kleinsten Materiebausteinen und elektromagnetischer Strahlung (z.B. Licht). Durch ständige Kollisionen von Strahlenteilchen wurden im

Laufe riesiger Zeiträume zunächst Materieklumpen und noch viel später gigantische Materiehaufen erschaffen. Aus ihnen formten sich schließlich alle Himmelskörper und Galaxien, darunter auch unser Sonnensystem.
Bedingt durch die Urknallexplosion fliegen seither alle großen und kleinen Himmelskörper, wie z.B. alle Galaxien, immer mehr auseinander. Unser Universum expandiert – und das, wie man heute meint, immer schneller, was vor allem die sog. Rotverschiebung des Lichtes beweisen soll. Im physikalischen Spektrum des sichtbaren Lichtes hat rotes Licht eine geringere Frequenz und damit eine größere Wellenlänge als blaues. Man nimmt nun an, Licht verhalte sich analog zum Doppler-Effekt, benannt nach dem österreichischen Physiker *Christian Doppler (1803-1853)*: Stellen Sie sich dazu vor, Sie stehen an einer Straße und es nähert sich ein Krankenwagen mit laut dröhnendem Martinshorn. Solange der Wagen noch auf Sie zufährt, hören Sie einen helleren Ton, was einer höheren Tonfrequenz und geringeren Wellenlänge entspricht. Töne kommen zustande, weil das Horn Schwingungen der Luft verursacht und Wellen entstehen. Bei sich näherndem Fahrzeug kommen immer mehr Wellen auf Sie zu und werden vor Ihrem Ohr gestaucht. Der Abstand zwischen zwei Luftwellen, die Wellenlänge, wird somit kürzer, und die Anzahl der Wellen, die Frequenz, steigt. In dem Moment, wo der Wagen an Ihnen vorbeifährt und sich bald von Ihnen wieder entfernt, kommen immer weniger Luftwellen an ihrem Ohr an, und der Abstand zwischen den Wellen wird wieder größer. Die Wellenlänge steigt also an und die Frequenz sinkt. Der Ton des Martinshorns wird tiefer. Diesen Effekt überträgt man nun vom Schall auf das Licht.
Von fernen Himmelskörpern, wie z.B. von den Galaxien, empfangen wir Licht. Wir können beobachten, dass sich dieses Licht immer stärker ins Rötliche verschiebt, je weiter die Galaxien entfernt sind.
Schon 1924 hatte der amerikanische Astronom *Edwin Hubble (1889-1953)* nachgewiesen, dass es in unserem Universum viele Milliarden von Sternen und zumindest viele Millionen von Galaxien geben muss. Und im Jahr 1929 hatte er ein Phänomen gesichtet, das er zunächst als Nebelflucht, später dann bereits selbst als Rotverschiebung bezeichnete.
So wie der tiefe Ton anzeigt, dass sich ein Schallkörper entfernt, weil bei einem tiefen Ton die Schallfrequenz ab- und die Wellenlänge zunimmt, so soll, wie die Kosmologen heute annehmen, die Rotverschiebung des Lichtes von fernen Himmelskörpern ebenso Zeichen einer niedrigeren Frequenz sein und daher beweisen, dass sie sich von uns entfernen. Das Weltall dehnt sich infolgedessen immer weiter aus, und wie man heute aufgrund weiterer Beobachtungen meint, dazu immer schneller.

Noch ein anderes Phänomen scheint die Urknalltheorie zu stützen: Man kann im ganzen Weltall eine sehr kleine Abweichung der Temperatur vom sogenannten absoluten Nullpunkt (0^0K oder -273^0C) nachweisen. Läge diese Hintergrundtemperatur bei exakt dem absoluten Nullpunkt, gäbe es überhaupt keine Bewegung, alles wäre vollkommen erstarrt. Diese auch als Wärmestrahlung oder Mikrowellenstrahlung bezeichnete Temperatur des Universums liegt mit exakt $2{,}73^0$K geringfügig über dem absoluten Nullpunkt.[38] Sie erfüllt das ganze Weltall mit unglaublich erstaunlicher Konstanz in allen Richtungen, was man auch als isotrop bezeichnet.[39] Die Kosmologen nehmen an, diese Hintergrundstrahlung (HGS) sei die unmittelbare Folge einer Abkühlung des Kosmos nach dem Urknall innerhalb von wenigen hunderttausend Jahren.

Die Urknalltheorie klingt aufgrund dieser Beobachtungen zwar durchaus sinnvoll, hat aber dennoch eine ganze Reihe von Erklärungsnöten:

Zunächst muss man sich fragen, was eigentlich *vor* dem Urknall war, bzw. woraus es zum Urknall kam. Die Wissenschaft lässt den ersten Teil der Frage gemeinhin gar nicht erst zu; denn auch die Zeit, wie wir sie kennen, sei erst durch den Urknall selbst entstanden, also kann es kein "vorher" gegeben haben.

Für den zweiten Teil gibt es folgende Antworten: Der Urknall kam aus dem *Nichts*, was nach Ansicht von Quantenphysikern aber wieder kein totales Nichts sein kann; denn auch im "Nichts der Quantenwelt" gäbe es noch unvorstellbar kleine, eher "virtuelle Partikel", die ganz plötzlich auftauchen könnten. Rein zufallsbedingt könnte es so zu einer Art kettenreaktionsartigem Zusammentreffen vieler solcher sogenannter Quantenfluktuationen gekommen sein, was zum Urknall geführt habe.

Allerdings müsste ein derart entstandenes Universum dann zwangsläufig endlich sein und demnach irgendwann auch einmal wieder vergehen; denn keine dieser Quantenfluktuationen könnte unendlich viel Energie bereithalten, was im Falle eines tatsächlich unendlichen Kosmos jedoch erforderlich wäre.

Alternativ sei es zu einem Urknall aus einer sogenannten Singularität gekommen. Darunter versteht man einen unendlich kleinen Punkt.[40]

In diesem Fall müsste man aber kritisch anmerken, dass sich nun selbst die so erdverbundene materialistische Physik im von ihr sonst allgemein

---

[38] ± weitere Ziffern ab der dritten Stelle hinter dem Komma.

[39] Man konnte lediglich kleinste Unterschiede (Fluktuationen) von weniger als einem 30.000stel Grad feststellen

[40] Physikalisch ist eine Singularität ein unendlicher Punkt an dem die Gesetze der Physik nicht mehr gelten.

abgelehnten "Metaphysischen" bewegt; denn Unendlichkeiten gibt es für endliche, also für materielle Dinge genauso wenig wie deren unendliche Mengen – natürlich auch dann nicht, wenn es sich um Galaxien handelt. Alles Teilbare, und das ist nun mal jede Form von Materie, ist letztlich endlich.
Der zurzeit wohl bekannteste Kosmologe, der durch eine fürchterliche Krankheit leider an der Rollstuhl gefesselte englische Physiker *Stephen Hawking (*1942)*, meint deshalb auch: *"Im Übergang vom Nichts zum Sein verbirgt sich der Schlüssel zum 'Plan Gottes'."*[41]
Hawkings Worte zeugen wohl eher von beißendem Spott:
Mir jedenfalls scheint das Dargebotene im Gesamten äußerst wenig Platz für das "Göttliche" zu bieten. Dabei sollten wir uns alle davor, und ganz egal was wir unter dem "Göttlichen" im Einzelnen verstehen wollen, eigentlich (und ich versuche mir dies täglich zu vergegenwärtigen) in großer Demut verneigen. Selbst eine Singularität, dieser Hauch von Nichts, müsste ja bereits sämtliche Informationen beinhalten, die jemals im ganzen Kosmos für schlichtweg alles, also bis hin zum Leben schlechthin, für den Geist von uns Menschen und für noch unermesslich viel mehr darüber hinaus, benötigt werden.
Ein weiteres Problem: Der zweite Hauptsatz der Thermodynamik lehrt uns, dass alles Materielle von größtmöglicher Ordnung zur Unordnung strebt. Deshalb, so habe ich schon einmal in Kapitel 2.15 (S. 135) erläutert, kann auch eine Kaffeetasse, die vom Tisch auf den Boden fällt, ohne Zugabe neuer Energie (z.B. durch Arbeit, Kleben, Anmalen und Hochheben etc.) nicht wieder in ihren Ausgangszustand und auf den Tisch zurückgebracht werden. Wenn man das heutige Weltall betrachtet, findet man doch eine immer noch erstaunliche Ordnung für sein Alter. Dies hieße aber, dass im Moment des Urknalls diese Ordnung noch um ein Vielfaches größer gewesen sein müsste. Das aber widerspricht allen Urknallbeschreibungen. Höchstmögliche Ordnung im Urknall scheint mir schlichtweg eine völlig unsinnige Annahme.
Und wie kam es zum "Bang", dem Knall? Eine wesentliche Kraft im All ist die Schwerkraft. Wenngleich die schwächste aller postulierten Kräfte, wirkt sie doch als einzige über riesige Distanzen. Wo aber war sie zum Zeitpunkt des Urknalls und in der frühen Expansion?
Wie sagte doch der russische Physiker *Jakov Zeldovich* einmal so treffend: *"Die Kosmologen irren oft, doch nie quält sie ein Zweifel."*

[41] Gespräch des deutschen Magazins "Der Focus" mit Stephen Hawking, 36 (2001)

3.3) Kritische Fragen – plausible Alternativen

Ich halte die Urknalltheorie, für mich nach wie vor nur eine Hypothese, für äußerst fraglich, ja eigentlich schlichtweg für Blödsinn. Allein die Tatsache, dass diese so hochkomplex strukturierte Welt nur deshalb überhaupt existieren kann, weil sie ungeheuer eng gefasste Naturgesetze und Naturkonstanten immer und überall äußerst streng befolgt, spricht dagegen (vgl. Kap. 2.12).

Plakativ gesprochen scheint es mir sehr viel wahrscheinlicher, dass jeder Erdenbürger seit Menschengedenken an jedem Tag seines Lebens den Jackpot im Lotto geknackt hätte, als dass wir alle auf die bisher angenommene Weise wirklich entstanden sein könnten.

Der Forschungsleiter am München-Garchinger Max-Planck-Institut für Astrophysik, *Gerhard Börger*, sagt selbst in diesem Zusammenhang, dass "die uralten Fragen: Woher kommen wir? und: Wohin gehen wir? heute aktueller sind als je zuvor." /[42]

Neben vielen anderen noch ungeklärten oder zumindest nicht eindeutig geklärten Fragen, wie z.B. die von der Asymmetrie von Materie und Antimaterie[43] u.v.m., scheinen mir gerade auch die "Kernbeweise" für den Urknall ziemlich wankend zu sein: Insbesondere bleibt zu bemerken, dass die schon erwähnte Hintergrundtemperatur (HGS) von 2,73... Grad Kelvin in allen Richtungen des Universums äußerst konstant ist und nur unglaublich minimalen Schwankungen unterliegt.[44]

Natürlich sollten Sie Ihr Augenmerk auf die Zahl selbst, also die 273, richten; denn sie ergibt sich als Flächenquotient im Rahmen meines simplen Schöpfungsmodells, das von der kleinsten denkbaren endlichen Existenz ausgeht (vgl. Kap. 2.4) und offenbar die universelle Grenze des Machbaren darstellt (vgl. Kap. 2.6). Aus dieser Sicht ist die HGS also als unterste Temperatur aufzufassen, die nötig ist, um eine Kältestarre des Universums zu verhindern. Eine andere HGS als 2,73 K ist nach meinen Ausführungen schlichtweg gar nicht denkbar. Damit aber bricht bereits ein wesentliches Fundament für die Urknalltheorie weg.

---

[42] Prof. Dr. Gerhard Börger im Gespräch mit Thomas Bührke. In: Spektrum der Wissenschaft – Spezial: Forschung im 21. Jahrhundert, s. Literaturverzeichnis.

[43] auch wenn es inzwischen hierfür ansatzweise neue Erklärungsmodelle gibt, so ist das Problem nach wie vor nicht geklärt und durch Beobachtungen abgesichert.

[44] Bereits das COBE-Weltraumteleskop hatte nur solche von etwa einem Dreißigmillionstel Grad gemessen. Die neuesten Versuche mit Messballons (Boomerang und Maxima) ergaben noch deutlich geringere Schwankungsbreiten. Die Hintergrundtemperatur ist vollkommen isotrop, d.h. in allen Richtungen des ganzen Kosmos absolut gleich!

Nun zur Rotverschiebung, mit der das Licht von sehr weit entfernten Galaxien bei uns eintrifft. Heute sind die Kosmologen in der Lage, ziemlich weit ins Weltall zu blicken. Sie messen deshalb immer öfter Rotverschiebungen, die bereits so groß sind, dass die Himmelskörper, die sie aussandten, mit fast Lichtgeschwindigkeit oder sogar noch mehr entfliehen müssten. Das aber kann gar nicht sein; denn Materie müsste, wenn sie so schnell würde und Lichtgeschwindigkeit erreichte, unendlich träge und schwer werden.[45] Außerdem hat Einstein wohl Recht, wenn er die Geschwindigkeit des Lichts als konstante obere Grenze betrachtet, so dass Licht durch nichts Materielles überholt werden kann. Und nicht umsonst hat ein Lichtteilchen, das Photon, als nach meiner Auffassung "Schnittstelle" zwischen geistiger und materieller Welt, selbst keine Masse. Auch die kleinste Masse würde unendlich "schwer" werden.
Folglich hätten wir es schon wieder mit Unendlichkeiten zu tun, die es für endliche Körper gar nicht geben kann, betrachtet man den materiellen Aspekt.
Die Kosmologen helfen sich jedoch, indem sie jetzt einfach nur die Berechnungsgrundlagen für wachsende Expansionsgeschwindigkeiten ändern.[46] Ich übertreibe sicher nicht mit meiner Ansicht, dass es sich dabei um eine Manipulation handelt, bloß um das bestehende und nach meiner Auffassung überkommene Weltmodell nicht zu gefährden.
Auch wissen wir, dass die Verteilung der kosmischen Materie in Galaxien keineswegs so gleichmäßig in alle Richtungen verläuft, wie man es im Falle eines Urknalls fordern müsste. Schon im Jahre 1954 entdeckte die Astronomin *Vera Rubin (*1928)*, dass dem nicht so ist. Doch der Urknall war "in", was sicher vor allem am englischen Namen "Big Bang" liegt. Er ist so schön griffig und medienwirksam, dass dies allein schon ein Grund sein mag, sich davon nicht einfach zu verabschieden. Natürlich wurden Rubins Entdeckungen nicht akzeptiert. Im Jahre 1986 konnte jedoch die amerikanische Astronomin *Margaret Geller (*1947)* beweisen, dass unser Universum einem gigantischen Schwamm ziemlich ähnlich sieht:
Dabei werden unterschiedlich große, fast völlig leere kosmische Blasen von Galaxien umrahmt, wodurch der Schwammcharakter entsteht. Aus der Ferne betrachtet ist alles phantastisch homogen, nur eben nicht typisch Urknall-*like*!
Andere Probleme bietet der Urknall bezüglich seiner Altersbestimmung. Nach einhelliger Auffassung der Astronomen sollte er ungefähr 13 bis 15

[45] Nach Albert Einstein und Hendrik Lorentz (1853-1928), niederl. Physiker.
[46] durch Veränderung der sog. Hubble-Konstante bei zunehmender Entfernung.

Milliarden Jahre zurückliegen. Dann aber hätte es vieler Milliarden Jahre bedurft, um komplexe Himmelskörper zu formen. Erst im Jahr 2004 haben die amerikanischen Astronomen *Daniel Schwartz* und *Shanil Virani* vom *Harvard Smithonian Center for Astrophysics* ein supermassives, sog. Schwarzes Loch von rund einer Milliarde Sonnenmassen entdeckt.[47]
Dieses Objekt ist offensichtlich 12,7 Mrd. Lichtjahre von uns entfernt und müsste also schon ungefähr eine Milliarde Jahre nach dem Urknall entstanden sein. Auch ist es nicht das erste derart alte Objekt, das die Astronomen entdeckt haben: Mittlerweile hat man sogar riesige Galaxienhaufen entdeckt, die über 10 Mrd. Jahre alt sind.[48] Umgekehrt sollten sich alle Galaxien innerhalb einer vergleichbaren Phase nach einem Urknall gebildet haben. Vor kurzem entdeckten amerikanische und russische Astronomen auf Bildern des Hubble-Weltraumteleskops die Galaxie "I-Zwicky18", die erst etwa 500 Mio. Jahre alt sein dürfte.
Auf dem Kongress der internationalen astronomischen Gesellschaft in Sydney im Jahr 2003 erläuterte die Amerikanerin *Debra Fisher* von der *University of California*, warum es kurz nach dem Urknall keine Planeten geben konnte. Zur selben Zeit berichtete dann *Steinn Sigurdsson* von der *Pennsylvania State University* genau davon, nämlich dass er im Sternhaufen M4 unserer eigenen Milchstraße ein komplettes Planetensystem gefunden habe, das bereits 1,3 Mrd. Jahre nach dem Urknall existiert haben muss. Mit der gegenwärtigen Urknalltheorie ist das schlichtweg nicht oder nur schwerlich zu erklären, hindert aber keinen daran, diese These auch weiterhin als vermeintlich gesichertes Wissen zu verbreiten.

Der geniale und deshalb zu Recht berühmte deutsche Physiker *Albert Einstein (1879-1955)* ist mit seinen Relativitätstheorien auf eine Vier-Dimensionalität gestoßen. Er interpretierte sie allerdings als eine vierdimensionale Raum-Zeit. Sie umfasst die drei Dimensionen für den Raum sowie als vierte Dimension die eindimensional gerichtete Zeit.
Wie Einstein bewies, ist Zeit wiederum relativ, d.h. sie ist abhängig von der Geschwindigkeit des Objektes, auf der sie *erfahren* wird. Dasselbe gilt für Objekte, die durch Schwerkräfte (Gravitation) angezogen werden. Tatsächlich empfinden wir alle die Zeit als eindimensional gerichtet: So können wir Vergangenes nicht mehr neu erleben. Es stellt sich allerdings die Frage, ob die Eindimensionalität der Zeit objektiv betrachtet nicht wieder genauso relativ ist, wie es die Zeit selbst als objektive Größe auch

---

[47] katalogisiert unter Nr. SDSSp J1306)
[48] zuletzt noch der aus vielen großen Galaxien bestehende Haufen XMMU-J2235.3-2557.

ist. Anders gesagt: Gibt es vielleicht einen Zustand, in der die Zeit mehrdimensional ist, so wie es für uns der Raum ist?
Ich habe schon erwähnt und werde darauf noch einmal zurückkommen, dass wohl genau das zutrifft, weil nämlich Zeit und Raum symmetrisch und polar zueinander sind. Sie sind also genauso Gegensätze wie eine Zahl und ihr eigener Kehrwert – oder wie Waagerechte und Senkrechte. Raum und Zeit sind zwei Seiten ein und derselben Medaille.
Aus einer solchen Perspektive wäre nun auch die Zeit drei-dimensional, dafür aber erschiene der Raum jetzt nur noch eindimensional – genau so, wie es im dreidimensionalen Raum die Zeit tut.
Diese Überlegung führt dazu, die Einstein'sche Vier-Dimensionalität nicht mehr als vierdimensionale kombinierte Raum-Zeit, sondern als echte vierdimensionale reine Räumlichkeit (4-D-Raum) zu betrachten.
Unser Universum ist so nicht mehr, wie derzeit noch angenommen, dreidimensional, sondern in Wirklichkeit vierdimensional.
Den Gedanken eines echten 4-D-Raums hat, soweit ich weiß, als erster *Peter Plichta* aufgrund einer allerdings ganz anderen Argumentationskette formuliert und veröffentlicht. Ich habe diese Idee schon vor vielen Jahren dankbar aufgegriffen und selbst später als erster zeigen können[49], dass sich diese räumliche Struktur allein nach den Gesetzen elementarer Logik sogar zwangsläufig ergeben muss – ebenso wie viele andere Rahmenbedingungen auch, die man in unserer Welt überall findet. Dies setzt allerdings voraus, dass man für die Entstehung unseres Universums ein *völlig neues Modell* zugrunde legt, das selbstverständlich an keiner bekannten Erkenntnis vorbeigeht, aber eine ganze Reihe von heutigen Interpretationen komplett neu fasst (vgl. Kap. 2.4).
Einsteins fälschliche Annahme einer vierdimensionalen Raumzeit führte dazu, eine Krümmung des kosmischen Raums vorherzusagen.
Dazu muss man verstehen, dass nach der bisherigen Vorstellung, und weil ja tatsächlich nichts schneller sein kann als Licht, die Raumgrenzen durch die Expansion des Lichtes bestimmt werden. Anders gesagt: Geht man von einem Urknall vor etwa 15 Milliarden Jahren aus, dann kann unser Kosmos heute nicht größer als ein "drei-dimensionaler Ballon" mit 15 Milliarden Lichtjahren Radius sein. Wie vor einiger Zeit dennoch von amerikanischen Astronomen veröffentlicht wurde, soll das Universum einen Durchmesser von 156 Mrd. Lichtjahren haben. Mir ist das ziemlich schleierhaft und widerspricht jeder Logik.[50]

---

[49] Mein Buch "Das Universum", Monolog, Kapitel 5, "Auf den Punkt gebracht".
[50] aus FOCUS, Juni 2004

Durch Anziehungskräfte, so meinte Einstein zu Recht, müsste folglich Licht von großen Himmelskörpern auf seiner Bahn gekrümmt werden. Dies entspräche dann *zugleich* auch einer Krümmung des Raumes selbst. Mittlerweile schauen wir ja ziemlich weit ins Weltall hinaus. Tatsächlich jedoch haben die Kosmologen bis heute nicht die geringste Krümmung des Raums feststellen können, wohl aber die des Lichts.
Das Weltall ist offensichtlich absolut flach oder eben (euklidisch). Schon vor einigen Jahrzehnten hatte man aber beobachten können, dass ein Lichtstrahl, der an einer großen Masse, wie z.B. der Sonne, vorbeizog, nunmehr einer gekrümmten Bahn folgte. Daraus folgert man heutzutage, dass es wenigstens *lokale* Raumkrümmungen geben müsse.
Wäre es nun aber so, wie ich behaupte, dass Licht und Raum nicht mehr unbedingt miteinander deckungsgleich sind, weil Raum etwas anderes ist und sich anders entwickelt als bislang angenommen, dann müsste die Umlenkung des Lichtes nicht mehr zwangsläufig die Krümmung des Raums bedeuten. Nach allgemeiner Auffassung ist so eine Vorstellung unsinnige Spielerei; denn was sollte sonst den Raum ausdehnen und die Raumgrenzen markieren? Was sonst sollte die Natur des kosmischen Raums sein, wenn nicht eine Art "Lichtkegel", entstanden aus einem unvorstellbaren Urknall?
Die moderne Kosmologie geht davon aus, dass sich die Galaxien immer schneller voneinander entfernen und das ganze Universum expandiert.
Die Gesetze der Schwerkraft sollten den kosmischen Raum krümmen, aber wo immer wir bislang hinschauen, ist er tatsächlich flach. Deshalb suchen die Kosmologen fieberhaft nach neuen Erklärungen und erfinden zum Beispiel dunkle Materie, zurzeit gedacht als äußerst kleine, aber zugleich ungeheuer schwere und Materie durchdringende sog. "wimps". Gesehen hat sie bislang niemand, aber man denkt bereits daran, ihnen die Hintergrundstrahlung (HGS) ursächlich zuzuschreiben. Und man erfindet Antischwerkräfte, die man jüngst als Ursache für die schnelle Expansion des Universums nach dem vermeintlichen Urknall wähnt und spekuliert munter über ein sog. Inflatonenfeld, das dann nach dem Urknall wieder zerfiel. Gefunden hat man bisher natürlich nichts von alledem – und zwar, wie ich behaupte, weil es überhaupt nichts von den hier angesprochenen "Zauberdingen" gibt!
Das grundsätzliche Problem bleibt, dass mittlerweile immer weniger neue Beobachtungen wirklich zur Ausgangshypothese passen, man aber nicht bereit ist, sie endlich über Bord zu werfen und nach geeigneten Alternativen zu suchen.

Infolgedessen passt man eben alles den neuen Beobachtungen an und erklärt eine Hypothese – längst zur Theorie avanciert – für immer besser gestützt. Mit meiner gebietsübergreifenden Alternative biete ich etwas völlig Neues an, das im Gesamten wesentlich plausibler zu sein scheint. Kein Astronom denkt jedoch bislang daran, das bisherige Modell trotz aller Unzulänglichkeiten, immer neu erzwungener Spekulationen und großer Widersprüche, ernsthaft in Frage zu stellen. Zu groß scheint mir der Ärger um mögliche Beeinträchtigungen der eigenen Karriere zu sein und zu stark das Kartell der Verteidiger alter Zöpfe. Nicht umsonst wohl kursiert im Volksmund die Einstellung, dass neue Erkenntnisse erst dann gewürdigt werden, wenn die Verfechter der alten ausgestorben sind.

Die Schwerkraft (Gravitation) scheint mir für die Kosmologen etwas besonders "Mystisches" zu sein: Seit *Isaac Newton (1643-1727)* weiß man, *wie* sie wirkt: Von ihm stammt das "reziproke Abstandsquadratgesetz", wonach die Schwerkraft mit dem Abstand von einer Masse quadratisch abnimmt. Dabei handelt es sich um ein reines Zahlengesetz. Und solche Zahlengesetze findet man in dieser Welt offenbar zuhauf.
Dass gerade *sie* vielleicht selbst ganz real existieren und deshalb der entscheidende Grund für sehr viele Beobachtungen und Eigenschaften in der Welt sein könnten, hält man leider für ziemlich obskur. Vor über zweitausend Jahren war das mal ganz anders, wie man z.B. bei *Pythagoras (ca. 580-496 v.Chr.)* oder *Platon (ca. 427-347 v.Chr.)* sehen kann.
Über zwei Jahrtausende war man der Annahme, das Universum sei mit einer Art Äther gefüllt, nachdem der berühmte griechische Philosoph *Aristoteles (384-322 v.Chr.)* sich ein leeres Universum nicht vorstellen konnte und von einem "horror vacui", der Angst vor der Leere, sprach.
Jedoch konnten die amerikanischen Forscher *Edward Morley(1838-1923)* und *Albert Michelson (1852-1931)* jede Art kosmischer Füllung und damit diesen Äther schon vor über hundert Jahren experimentell ausschließen.
Das Universum ist außerhalb der unzähligen riesigen Himmelskörper mit ihren gigantischen Massen absolut leer, wenn man von ganz wenigen, weit weg voneinander entfernt herumfliegenden einzelnen Atomen mal absieht. [51] Unser Kosmos bietet also tatsächlich ein ziemliches Vakuum. Und genau diese Erkenntnis führte die Wissenschaftler dann auch zu der heutigen Vorstellung von Licht:

[51] Man geht heute von etwa nur 1 Atom pro Kubikmeter Weltall aus.

Schon *Isaac Newton* war der Ansicht, Licht müsse aus kleinsten Teilchen bestehen, und die berühmten deutschen Physiker *Albert Einstein* sowie *Max Planck* bestätigten neben vielen anderen diese Sichtweise.
In der Kommunikationselektronik beispielsweise experimentiert und arbeitet man schon längst mit den Teilchen des Lichts, den *Photonen.* Jede Strahlung besteht also zweifellos aus Teilchen oder ganz allgemein aus *Quanten.* Sie haben keine Masse und sind, wie ich schon in Kapitel 2.14 darlegte, eine Schnittstelle an der Grenze zwischen einer real existenten geistigen und der uns geläufigen materiellen Welt. Im Wesentlichen sind sie eine kleinste Informationseinheit, sie sind die Information des SEINs, also dafür, dass etwas existiert. Mathematisch betrachtet entsprechen sie der Zahl "1". Sie sind das schlichte Gegenteil vom Nichts, der Null.
Natürlich ist es richtig, dass sich in einem Vakuum wie dem Kosmos das Licht als Abfolge bloß solcher masseloser Teilchen nicht großartig fortbewegen könnte. Gibt es kein Medium, keinen Äther, dann muss das Licht eben selbst mehr sein als nur eine Anzahl von Teilchen: So kam man zu der heute gültigen Annahme des Welle-Teilchen-Dualismus vom Licht. Das Licht wird damit zu einer Art Zwitter: Licht, bzw. jede beliebige elektromagnetische Strahlung (EMS), soll demnach gleichzeitig aus einzelnen *Teilchen und eigenständigen* Wellen bestehen.
Sämtliche Beobachtungen lassen darauf schließen, dass diese Vorstellung richtig sein muss – sowenig sie wieder einmal selbst manche Physiker wirklich begreifen mögen.
Dennoch halte ich sie für falsch! Der einfache Grund für meine schon blasphemische Behauptung ist: Die Prämisse ist falsch. Ein anschaulicher Vergleich mag meine Zweifel zunächst verdeutlichen (Abb. von Martin):

Wirft man Steine ins Wasser, so entstehen zwar Wellen, aber es sind nicht die des Steins, sondern die des Wassers, dem Umgebungsmedium. Ruft man in einen Raum, so entstehen zweifellos wieder Wellen, aber es sind nicht die eines durch Stimmbandschwingungen hervorgerufenen Tons selbst, sondern die der umgebenden Luft, die den Ton erzeugen.
In beiden Fällen entstehen die Wellen durch die Schwingungen eines Umgebungsmediums. Ein solches, den berühmten Äther also, gibt es im All jedoch erwiesenermaßen nicht. Einigen Wissenschaftlergenerationen bereitete das natürlich Kopfzerbrechen, woraufhin ja die heute gültige Theorie entsprang, Licht sei Teilchen und Welle zugleich.

Ebenso gibt es erhebliche Schwierigkeiten, was das kosmische Ende in ferner Zukunft betrifft: Die jüngsten Ergebnisse der Kosmologen[52] führen nach längerem Hin und Her mittlerweile wieder zu der noch vor wenigen Jahren kaum vorstellbaren Annahme, das Weltall sei flach und dehne sich unendlich aus (inflationäres Universum, aber auch steady state). Irgendwann in unvorstellbar ferner Zeit werde es sich schließlich immer weiter ausdünnen, sich dann in ein praktisch trostloses Nichts auflösen und völlig erstarren. Lange Zeit war man der Ansicht, das Universum müsse am Ende seiner Ausdehnung irgendwann wieder zusammenfallen und über einen weiteren Urknall neu entstehen (fluktuierendes Universum).[53]

Die bereits erwähnten Quantenfluktuationen als eine Modellvorstellung, die zum Urknall hätte führen sollen, müssten eigentlich mit der neuen Idee einer unendlichen Ausdehnung und Erstarrung ad acta gelegt werden: Schließlich kann es am Anfang aller Dinge nicht unendlich viel Energie gegeben haben. Das aber wäre eine Voraussetzung, hielte man zugleich an der Urknallthese fest. Natürlich scheint man sich trotz der neuen-alten Annahme von einer unendlichen Ausdehnung des Weltalls deshalb noch lange nicht Unendlichkeit so richtig plausibel vorstellen zu können. Vielleicht liegt das daran, dass ja nach den derzeit gängigen Vorstellungen der kosmische Raum weiterhin an seinen Grenzen durch etwas Materielles, nämlich durch Licht, markiert sein müsse.

Zudem deutet ein "flaches Universum" zwar schon auf Flächen hin, Lichtgrenzen jedoch bedeuteten einen nach herkömmlicher Vorstellung (materiellen) "Rahmen", und ein solcher widerspräche jeder unendlichen Ausdehnung. Tatsächlich stecken die Kosmologen wohl eher in einem kaum überwindbaren Dilemma sich selbst gestrickter Widersprüche, weil sie nicht bereit sind, von ihren eigenen, unglaublich phantasievollen, aber offensichtlich falschen Hypothesen abzulassen.

Einige von ihnen, darunter auch der nach Ansicht vieler so geniale englische Physiker *Stephen Hawking*[54], besitzen darüber hinaus sogar noch die "Chuzpe" zu glauben, mit diesen Theorien "endlich" unmittelbar vor der Beschreibung eines alles erklärenden Weltmodells zu stehen.

---

[52] diese Vorstellungen stammen aus dem Jahr 2001.

[53] aufbauend auf den Modellen des russ. Physikers Alexander Friedmann (1888-1925).

[54] Ich betrachte es allerdings nicht als Überheblichkeit oder gar Arroganz, ihn in einem Leserbrief an das deutsche Magazin FOCUS (38, 2001) als größten Märchenerzähler seit den Gebrüdern Grimm bezeichnet zu haben.

Schon in meinen früheren Büchern habe ich die seit jeher immer schon auch von namhaften Wissenschaftlern vertretene These verteidigt, dass nur das Einfache auch das Wahre sein kann: Simplex sigillum veri est.[55]
Und einmal mehr behaupte ich hier, auch unser Kosmos dürfte bei aller heutigen Komplexität einen ihm zugrunde liegenden, genial einfachen, eben göttlichen Plan haben.
Hierzu hatte ich schon vor Jahren als erster ein einfaches und sinnvolles Gedankenexperiment entwickelt. Im Kapitel 2.4 habe ich es in noch weiter vereinfachter und erweiterter Form dargestellt. Ausgangspunkt ist ein endlicher Punkt, der, egal wie klein wir ihn wählen, immer ein Kreis sein muss. Vorausgesetzt werden nur zwei Grundbedingungen:
1) Strikte Orientierung an der sinngemäßen biblischen Forderung Gottes, "wachset und mehret euch", und
2) Beachtung der überall in der Welt zu beobachtenden Alltagserfahrung von Symmetrie und Polarität.
Allein durch Spiegeln und Vergrößern des Ausgangskreises und unter Berücksichtigung dieser beiden klaren Vorgaben mit so sich selbständig entwickelnden, neuen Bezugspunkten erhält man schon nach wenigen Schritten vier neue Kreise, bei denen die Verbindung ihrer Mittelpunkte eine neue und vollkommene Einheit in der Vielheit ergibt: das Quadrat.
In dieser ersten Ausdehnung eines endlichen Punktes in die Fläche (zwei Dimensionen, mathematisch: *xy-Ebene*) ergeben sich ganz automatisch bereits alle wichtigen idealen geometrischen Grundmuster sowie ganz bestimmte, vom gewählten Rechensystem grundsätzlich unabhängige Zahlenkonstellationen. So finden wir neben dem Kreis (Start: kleinster endlicher Punkt) und dem Quadrat (neue Einheit in der Vielheit durch Verbindung der Mittelpunkte von vier Ausgangskreisen) auch noch das rechtwinklige Dreieck und das gleichseitige Dreieck.
Jongliert man ein wenig mit Zahlen, so startet man mit der "**1**" für den Kreis und kommt über die Zahlen "**2**" und "**3**" schnell zur "**4**" für das Quadrat aus vier Einheitskreisen.
Addiert man die Zahlen **1**, **2**, **3** und **4**, über die sich das Quadrat aus einem Kreis "erspiegeln" lässt, so erhält man **10**.
Miteinander multipliziert kommt man auf die Zahl **24**.
Und durch eine sinnvolle Kombination (vgl. Kap. 2.8) der ersten vier Ordnungszahlen mittels Multiplikation und Potenzierung erhält man die Zahl **81**. Außerdem ergeben sich im dezimalen Rechensystem[56], genauso

[55] lat.: Einfach ist das Siegel des Wahren. Eine meiner Lieblingsweisheiten.
[56] wobei das Rechensystem grundsätzlich egal ist, weil sich die Zahlen aus geometrischen Verhältnissen ergeben (vgl. Teil 1).

automatisch die Zahlenfolgen **618** als Maß der Perfektion und Ausdruck des "Goldenen Schnitts" sowie die Folge **273** als Grenze des materiell Machbaren.
Will man sich aus der Zwei-Dimensionalität, also der Fläche, nun in den Raum erheben, so muss man, wenn man in der strengen Logik meiner kontinuierlichen und stets kontrollierten Entwicklung bleiben möchte, die Fläche selbst ebenfalls spiegeln. Dadurch erhält man zwei senkrecht zueinander stehende und ineinander greifende Flächen, deren jeweilige Geometrien ("xy") folglich miteinander multipliziert werden müssen. So erhält man eine x^2y^2-Geometrie zweier senkrecht zueinander stehender und sich durchdringender Flächen oder Ebenen.
Jetzt fehlt noch ein kleiner Schritt: Mein ganzes Gedankenexperiment basiert zunächst allein auf den ersten vier Ordnungszahlen. Stellen Sie sich nun jedoch vor, Zahlen existieren so real wie Sie und ich. Stellen Sie sich vor, Zahlen, die ja reine Information sind, bilden den geistigen "Datenäther" unseres Universums. Nun nehmen wir an, diese real existierenden Zahlen stehen bereits am Anfang meines Schöpfungsspiels als Information hinter der Entwicklung der ersten endlichen Punkte, den kleinsten Kreisen. Dann könnte man sich leicht vorstellen, diese Zahlen laufen, wenn sie erst einmal "losgetreten" sind, selbständig immer weiter. Hat sich die 1 gebildet, entsteht automatisch die 2, dann die 3 u.s.w.
Diese Entwicklung liefe immer ins Unendliche; denn Zahlen lassen sich, im Gegensatz zu den uns geläufigen endlichen, d.h. materiellen Dingen, durchaus unendlich "denken".
Wie ich im Kapitel 2.15 erläutert habe, lässt sich eine im 24er-Rhythmus strukturierte Ausdehnung der (geistigen oder informationellen) Zahlen um jeden kleinsten endlichen Punkt herum vermuten. Sie würde somit über zwei Flächen ins Unendliche verlaufen. Da diese zwei Flächen senkrecht (symmetrisch und polar) zueinander stehen und sich beide gegenseitig durchdringen, erhält man einen "echt vierdimensionalen", unendlichen reinen Zahlenraum oder allgemein, Informationsraum.
Mit dieser Vorstellung ließen sich automatisch alle kosmischen Probleme aufs Einfachste lösen: Das Universum, als mittels Zahlen strukturierter Raum aus zwei unendlich ineinander greifenden Flächen gedacht, wäre unendlich, was der jüngsten Annahme der Kosmologen entgegenkommt. Auch wären Raumausdehnung und Ausdehnung des Lichts nicht mehr zwingend deckungsgleich, d.h. sie sind voneinander unabhängig denkbar. Wenn Licht durch große Massen umgelenkt wird, bedeutet das nicht mehr gleichzeitig auch eine Krümmung des Raums. Auch wenn Licht aus masselosen Teilchen besteht, so besitzt es doch als Schnittstelle

zwischen der geistigen und der materiellen Seite unserer Welt immer noch einen eigenen materiellen Anteil. Die Zahleninformationen für unsere Raumstruktur sind dagegen rein geistiger Natur. Folglich kann die Schwerkraft auch nicht darauf einwirken, während sie die Teilchen des Lichtes sehr wohl beeinflusst. Licht wird also zu einer Wirkung im Raum, Licht bildet und formt ihn mit, umrahmt ihn aber nicht.
Der Raum wäre nun genau so, wie es alle neuesten Beobachtungen zur Verblüffung vieler Kosmologen zu bestätigen scheinen, nämlich absolut flach, *eben* oder euklidisch. Man bräuchte keine Antischwerkraft mehr und auch nicht weiter nach dunkler Materie zu suchen.
Der neue Raum hätte außerdem (endlich) wieder einen "Äther", also ein Medium, allerdings kein Materielles: Der neue "Äther" wird nur gebildet durch die ihn strukturierenden Informationen real existierender Zahlen.
Folglich könnte man auch das Licht wieder von seiner problematischen materiellen Doppelnatur erlösen: Die Wellen des Lichtes wären jetzt keine "echten" Lichtwellen mehr. Vielmehr rührten sie allein von dem Transport der masselosen Licht*teilchen* (Photonen) her, der über die von jedem endlichen Körper abgehenden, konzentrischen Zahlenschalen ins Unendliche hinaus erfolgt. Licht wird dabei als Information des SEINs oder mathematisch betrachtet als Zahl "1" mit allen Zahlen multipliziert. Die Wellenlänge der Lichtkurve eines Photons ergäbe sich folglich aus dem Abstand der Zahlen, bzw. Zahlenschalen, die für den Lichttransport verantwortlich zeichnen. Der wiederum ist abhängig von der Größe des endlichen Punktes, z.B. eines Atoms, bzw. der Anzahl und Dichte von Atomen, die ein Stück Materie bilden, von dem das Licht ausgeht.
Auf diese Details komme ich noch einmal zurück, wenn es darum geht zu erklären, warum die Rotverschiebung des Lichts eben *nicht* zugleich als Beweis für die Expansion des Universums angesehen werden muss.
Sie sehen, alle bekannten physikalischen Beobachtungen und Ergebnisse bleiben bei meinem Modell völlig unangetastet – selbst das Wellenmuster bleibt erhalten: Nur handelt es sich dabei eben nicht mehr um die Welle des Lichts selbst. Am Ende haben sich lediglich die Interpretation des Musters und seine Herleitung geändert. Genau das aber ist entscheidend; denn mit meinem Modell wird die Existenz einer geistigen Dimension ermöglicht und mit der materiellen Welt untrennbar verknüpft.
Die momentanen Vorstellungen der Kosmologen erlauben die Existenz einer solchen Dimension dagegen erst gar nicht erst.
Auch die Schwerkraft (Gravitation) wäre jetzt selbstverständlich eine Wirkung im Raum mit endlicher Geschwindigkeit – genau so, wie es *Albert Einstein* im Gegensatz zu *Isaac Newton* vorausgesagt hatte. Die

beiden Geschwindigkeiten von Licht und Schwerkraft wären naturgemäß identisch und ihre konstante Grenze allein durch die "rein geistige", also zahlengesteuerte Raumausdehnung vorgegeben. Licht und Schwerkraft können der Raumausdehnung zwar hinterherhinken, z.B. wenn man sie abbremst, was beim Licht in einigen Versuchen in jüngerer Zeit gelungen ist. Dagegen können sie der Raumausdehnung nicht vorauseilen, also schneller sein als diese; denn die Raumausdehnung ist es, die beide Wirkungen begrenzt. Die tatsächlich "rein geistige" Raumausdehnung und die Expansion des "materiell-geistigen Zwitters" Licht sind jetzt zwei grundsätzlich verschiedene Paar Schuhe.
Die Zahl "4" steht für den echt *vier*dimensional *unendlichen* Raum, und wir bezeichnen alle darin befindlichen *endlichen* Körper als "*drei*-dimensional". Deshalb liegt es schon aus rein theoretischen Erwägungen nahe, die *endlichen* Geschwindigkeiten von Licht und Gravitation mit der Zahl 3 verknüpft zu sehen. Natürlich muss die 3 dann auch das Maß der durch Zahlen gesteuerten Raumausdehnung und somit obere Grenze sein.
Diese Idee darf man natürlich nur als einen einleuchtenden Hinweis, nicht aber als einen wissenschaftlichen Beweis dafür verstehen.
Tatsächlich wissen wir schon seit langem, dass auch die *experimentell gemessene* Lichtgeschwindigkeit nur eine Spur unter 3 x 10^n liegt. [57]
Darüber hinaus haben vor wenigen Jahren amerikanische Astronomen am Radioteleskop Effelsberg in der Eifel ebenfalls die Geschwindigkeit der Schwerkraft in genau derselben Größenordnung gemessen.
Natürlich klingt das alles zunächst verrückt – ich weiß – aber lassen wir uns mein alternatives Weltbild doch einfach einmal weiter "spinnen":
Der Raum unseres Weltalls ist, da er ja in Wirklichkeit allein durch real existierende Zahlen strukturiert wird, etwas rein Geistiges. Weniger religiös-philosophisch, sondern mehr modern-praktisch gesprochen, ist unser Kosmos ein unvorstellbar gigantisches Informationsfeld.
Geist, als unser traditioneller Ausdruck für geordnete immaterielle Information, ist auf einmal in unsere Welt zurückgekehrt – endlich, wie ich meine! Zu allem Überfluss, und damit zum Leidwesen aller Anhänger des Materialismus, bekommt er jetzt sogar (wieder) eine entscheidende Rolle zugewiesen: Schließlich ist es nur noch ein ganz kleiner Schritt zu der Idee, real existierende Zahlen seien nicht alles und entsprächen nicht dem ganzen Geistigen. Tatsächlich sind sie wohl nur ein (kleiner)

[57] Der genaue Messwert der Lichtgeschwindigkeit im Vakuum beträgt 2,9979 · 10^8 m/s, was gerade mal 0,069% von dem Ideal 3 x 10^n abweicht (vgl. Teil 2, Kapitel 12).

Ausschnitt aus einem für uns unermesslichen, real existierenden geistigen Informationsfeld.
Genau dasselbe gilt auch für eine ganze Reihe idealer geometrischer Grundformen, dem eigentlichen geistigen Ausgangsmaterial für jede materielle Manifestation, aber auch jede Zahlenabwicklung. Dazu liefern sie der Welt alle notwendigen Rahmenbedingungen – und zwar völlig unabhängig vom Rechensystem.
Mit Fug und Recht glaube ich behaupten zu können, einen Plan – einen geistigen, absolut "göttlichen" Plan für unsere Welt (wieder-) entdeckt zu haben.
Schließlich noch ein weiterer kleiner Gedankenschritt:
Mein kleinster endlicher Punkt ist ja ein Kreis. Als solcher ist er die kleinste und *ideale* Umsetzung ins Materielle. Jeder beliebige Kreis lässt sich mit Hilfe von *drei* Informationsangaben des Kreisbogens exakt bestimmen. Der Mathematiker wird vielleicht sagen, zwei Informationen täten es doch auch, wären es bloß die Koordinaten vom Mittelpunkt und einem Punkt der Bogens. Das ist zwar richtig, aber zu unbestimmt; denn man müsste zusätzlich noch erklären, wofür diese beiden Informationen stehen. Und das wäre auch wieder mindestens eine weitere Information. Salopp gesagt, ein Kreis fände sich so nicht von alleine, im Gegensatz zu meiner 3-Punkte-Wahl. Erneut kann man erkennen, dass die Natur den eindeutigen und sicheren Weg wählt. Genau deshalb arbeitet sie auch im genetischen Code mit insgesamt 84, davon 81 wirksamen Positionen für die Eiweißsynthese. Damit ist der genetische Code eben sehr smart und keineswegs degeneriert, wie viele Biologen heute noch standardmäßig behaupten (vgl. Kap. 2.9).
Alle diese Informationen sind natürlich etwas rein Immaterielles. Daraus kann man logischerweise folgern, dass allein das Geistige das Materielle unmittelbar erschafft. Religiös formuliert heißt das Schöpfung.
Die ersten Worte im biblischen Johannesevangelium lauten treffend:
"Am Anfang war das Wort – und das Wort stand bei Gott – und Gott war das Wort". Nicht nur, dass bestimmt einmal mehr aus gutem Grund genau drei Abschnitte den Inhalt des ersten und bedeutendsten Satzes in diesem Evangelium ausformen. Auch die Begriffswahl "das Wort", hier ebenfalls dreimal vorkommend, ist, wie ich meine, heute noch genauso ein schönes Symbol für jede immaterielle Information.
Der Schöpfungsgedanke in der Bibel bekommt damit einen ganz neuen Gehalt und Wert, vorausgesetzt man ist bereit, ihn, wie andere biblische Lehren und die anderer Religionen auch, nicht immer wörtlich, sondern vielmehr symbolisch zu betrachten.

Informationen sind der Stoff des Geistes, so wie die Atome der Stoff der Materie sind. Mit der Hilfe von Informationen, also aus Geist, entsteht etwas Materielles – in meinem Beispiel bildlich vereinfacht dargestellt durch einen endlichen Punkt, den noch so klein denkbaren Kreis. Und Informationen sind auch Bestandteil jedes neuen Kreises. Alles in dieser Welt wird durch seine materielle Existenz somit auch zu einer Medaille mit zwei symmetrischen und zugleich polaren Seiten. Die materielle Seite ist immer mit endlicher Ausdehnung und endlicher Existenz verknüpft, die immateriell geistige Seite dagegen mit unendlicher Ausdehnung und ewiger Existenz.

Wenn es so ist, dass Zahlen als ein Teil dieses real existierenden Geistes selbst real existieren, dann bilden sie um jede beliebige Form materieller Existenz in unserer Welt eine Art ewiges geistiges oder "informationelles Klettergerüst". An ihm rankt sich die Information des "SEINs", mathematisch die "1", eines jeden noch so kleinen "materiellen Etwas" für alle Zeiten in die unendlichen Weiten dieser mehr und mehr auch materiellen Welt.

Anders formuliert wird zunächst um jeden endlichen, also materiellen Punkt herum eine unendliche Folge real existierender ganzer Zahlen "losgetreten" und immer im 24er-Rhythmus strukturiert (vgl. Kap. 2.15). Genau genommen bilden sich zwei Zahlenfolgen um jede endliche Existenz herum, da wir es ja letztlich mit räumlichen Körpern zu tun haben: auf jeder der beiden senkrecht zueinander stehenden und sich gegenseitig durchdringenden Kreisflächen *(x^2y^2-Geometrie)* eine.

Demnach müssen wir die Ausdehnung der Zahlen um jeden endlichen (dreidimensionalen) Körper *quadratisch* auffassen – oder anders gesagt: Es entsteht ein über die Quadrate der Ordnungszahlen strukturierter Informationsraum. Dieser ist in seiner Ausdehnung unendlich und ewig, weil die Zahlen, die ihn bilden, real existieren und ins Unendliche laufen. Er bildet das "geistige Korsett" jedes beliebigen materiellen Punktes in unserem Universum.

3.4) Die kosmische Zwiebel

Die Idee eines Zahlenraums hatte wohl erstmals der Naturforscher *Peter Plichta (*1939)* in den 1990er Jahren gehabt. Sie hatte mich damals intuitiv in den Bann gezogen.
Allerdings ergibt sich nach meinem Dafürhalten für dieses Modell erst durch mein einfaches Gedankenexperiment, das vom Wachstum und der Vermehrung eines kleinsten endlichen Punktes unter Beachtung von Symmetrie und Polarität ausgeht, auch eine wirklich zwingende Logik.
Über viele Monate hatten *Plichta* und ich damals engen Kontakt. Viele unserer Diskussionen waren, wie ich auch heute noch meine, sehr fruchtbar. Nach Veröffentlichung meines zweiten Buches, "Der Schlüssel zur Ewigkeit", hat er Anfang Januar 2000 alle Verbindungen zu mir abbrechen lassen, da ich ihm vermutlich zu einer unliebsamen Konkurrenz wurde. Leider konnte er deshalb viele meiner neuen sehr plausiblen, ergänzenden Gedankengänge und Modelle nicht mehr aus erster Hand kennen lernen und mit mir diskutieren.

Die natürliche Abwicklung aller Ordnungszahlen um jeden endlichen Punkt herum, d.h. um jeden beliebigen materiellen Körper, erfolgt also in Kreisen. Wie ich in Kapitel 2.9 darlege, besagt schon ein uraltes indianisches Sprichwort: *"Alles kommt in Kreisen"*. Jeder durch Zahlen strukturierte Informationsraum – einfach Zahlenraum genannt – besteht demnach aus unendlich vielen, zwiebelschalenartig angeordneten konzentrischen Kreisen. Mein Schöpfungsspiel legt dabei plausibel nahe, dass jede dieser Schalen genau **24** (= 1x2x3x4) Zahlen aufweisen muss.
Das deckt sich mit den Gedanken *Plichtas*, der dies aus seinem früheren, aber völlig anderen Denkansatz heraus genauso für sinnvoll hält (s.u.).

Schematische Darstellung zahlenstrukturierter konzentrischer Kreise um einen endlichen Innenkreis, gezeichnet von meinem Sohn Martin:

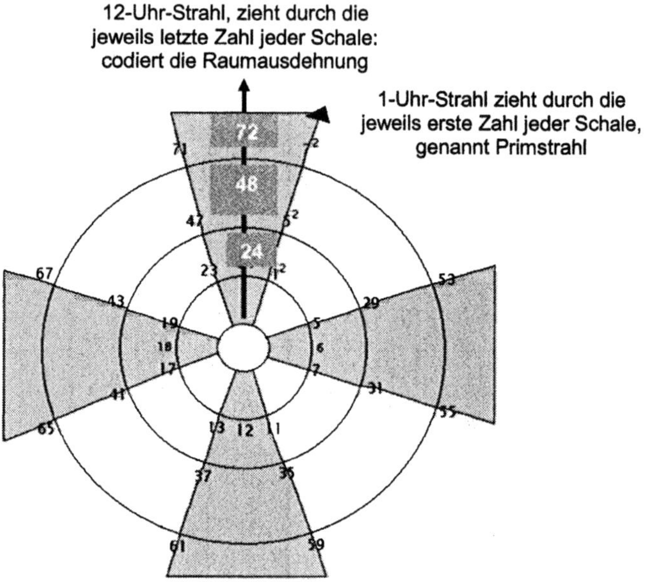

Alle Ordnungszahlen wickeln sich, ausgehend vom endlichen Innenkreis, bis ins Unendliche ab, wobei sie im 24er-Rhythmus wie Zwiebelschalen angeordnet sind. Die zwei Pfeile markieren zwei Zahlenstrahlen bei 12 Uhr und 1 Uhr. Wenn sich um ein endliches Objekt ein derartig strukturierter reiner Informationsraum bildet, dann ist anzunehmen, dass in ihm verborgen auch sämtliche Informationen stecken, die für die Entwicklung dieses Raums von Bedeutung sind, d.h. alle erforderlichen Bedingungen und Rahmendaten genau festlegen. Auf diese beiden Zahlenstrahlen werde ich im Folgenden näher zu sprechen kommen.

Hier noch etwas Interessantes: Alle Primzahlen lassen sich in diesem Zahlenraum innerhalb des grau unterlegten Kreuzmusters direkt ablesen. Dieses Kreuz entspricht dem Malteser- und Johanniterkreuz. Gehört die Ahnung von den entscheidenden mathematischen Grundlagen unserer Welt nicht schon seit Urzeiten zur intuitiven Menschheitserfahrung?

Zunächst zum Primzahlstrahl oder einfacher, zum Primstrahl, wie *Plichta* ihn nennt. Die folgende schematische Abbildung meines Sohnes Martin zeigt ihn bei 1 Uhr (Pfeilrichtung). Er verläuft durch die jeweils erste Zahl jeder "Zwiebelschale":

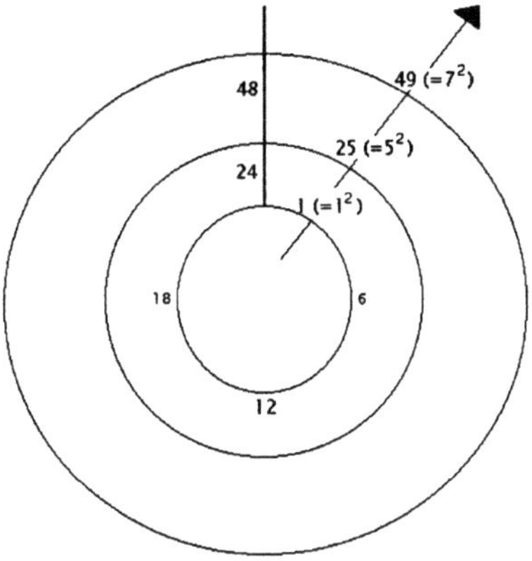

Wofür ist das nun gut? Es scheint, dass es Beobachtungen in unserem Universum gibt, die sehr eng an Primzahlen gekoppelt sind. Primzahlen eignen sich sehr gut als Codeschlüssel. Praktisch alle Nachrichtendienste nutzen sie zur Verschlüsselung von Geheimnissen. Warum also nicht auch die Natur?

Stellt man sich die innere "Zwiebelschale" der jeden kleinsten endlichen Körper umgebenden und im 24er-Rhythmus durch Zahlen strukturierten konzentrischen Kreise wie eine 24-Stunden-Uhr vor, dann steht dort ja die Zahl 24 ganz oben, anstatt wie üblich die Zahl 12.

Auf so einer Uhr lassen sich alle Primzahlen unmittelbar über 8 Strahlen ablesen (Malteserkreuz, vgl. S. 173). Dort, wo die 1 auf unserer Uhr steht, finden wir sie auch im ersten Zyklus. Die erste Zahl der zweiten Schale ist die 25 oder 5^2, also ein Primzahlquadrat. Auf der dritten Schale liegt an gleicher Stelle dann die 49 oder 7^2, ein weiteres Primzahlquadrat. 5 und 7 sind benachbarte Primzahlen oder Primzahlzwillinge. Schnell erkennt man, dass an so exponierter Stelle ein auswärts gerichteter Strahl entsteht, auf dem sich neben einfachen Primzahlen die Quadrate und Produkte aller denkbaren Primzahlen, beginnend mit 1^2, 5^2, 7^2 und so weiter, der Formel "6n±1" folgend, befinden. Dazwischen liegen dann immer wieder Schalen mit einfachen Primzahlen. Zum Beispiel findet man auf der vierten Schale dort die Zahl 97, eine einfache Primzahl, während auf der fünften Schale mit 11^2 wieder ein Primzahlquadrat liegt. Auf Schale 6 hätten wir mit 5x29 ein Primzahlprodukt, dann auf der siebten Schale mit 13^2 wieder ein Primzahlquadrat. Mit wachsenden

Zahlenwerten nimmt die Anzahl der Primzahlzwillinge ab, wie schon der französische Mathematiker *Jacques Hadamard (1865-1963)* 1896 bewies. Diese Abnahme folgt einer bedeutenden Konstanten, der *Eulerschen Zahl "e"*. Sie beschreibt auch alle Wachstums- und Zerfallsprozesse in der Natur und entspricht mit nur kleiner Ungenauigkeit dem Quadrat des "Goldenen Schnitts" (vgl. Kap. 2.12). Zwischen dem Primstrahl und allerlei Prozessen, die in der Natur die Regel sind, besteht also ein enger und bewiesener Zusammenhang.
Die Abnahme der Primzahlzwillinge mit wachsendem Abstand vom Ausgangsobjekt scheint, wie ich im Folgenden noch darstellen werde, von großer Bedeutung zu sein.

3.5) Licht und Raum

Licht[58] besteht aus einzelnen kleinen Teilchen, den Photonen. Sie haben keine eigene Masse. Bereits aus dieser Perspektive ist Licht nicht wirklich etwas Materielles, scheinbar weder Fisch noch Fleisch. Dennoch gehören Lichtteilchen zweifellos in unsere materielle Welt; denn wir nehmen sie ja in ihr wahr, wir arbeiten mit ihnen tagtäglich und können sie mit physikalischen Geräten beobachten. Licht ist eine *Wirkung* in unserer materiellen Welt. Wie ich meine, ist Licht in gewisser Weise eher "Fisch *und* Fleisch". Nach meiner Auffassung besitzt Licht allerdings eine ganz andere Form von Dualismus, als es die Physiker unisono behaupten: Wie ich bereits in Kapitel 2.14 erläuterte, betrachte ich das Licht als eine *Schnittstelle* zwischen dem materiellen Teil des Universums sowie seinem geistigen Ur- und ewigen Hintergrund; denn ohne eigene Masse ist jedes Photon tatsächlich erst einmal ein reiner *Informations*punkt (geistige, informierende Wirkung). Zugleich "leuchtet" er (materielle Wirkung), weil es beim Auftreffen auf die Netzhaut eines Auges zu einer Reaktion an sensiblen Zellen kommt, womit ein Nervenimpuls gesetzt wird, den das Gehirn verarbeitet. Das Auge steht hier auch nur stellvertretend für technische Messgeräte.

[58] Licht steht hier natürlich stellvertretend für alle elektromagnetischen Strahlen.

Gäbe es keine Sinnes-, Nerven- und Hirnzellen, gäbe es also keinen, der Licht "sähe", hätte Licht keinerlei materielle Bedeutung. Das Universum ist dunkel. Wir erhellen es, weil wir sehen (oder messen).
Als *Schnittstelle* zwischen Geist und Materie besitzt es beide Aspekte: Als geistige Information hat es keine Masse, als materielles Energiequant ist es ohne Kontinuität. Allein deshalb kann es nicht zugleich eine Welle sein. Auf der einen Seite gehorcht Licht den bekannten physikalischen Naturgesetzen des Kosmos wie dem der Raumausdehnung. Das soll z.B. heißen, dass Licht nicht schneller sein kann als die Raumausdehnung.
Der Raum ist aber aus meiner Sicht ein geistiger oder informationeller Raum. Dasselbe gilt für die Schwerkraft. Gravitation ist eine Wirkung von Materie im Raum (vgl. Kap. 3.12). Dabei beeinflussen sich Licht und Schwerkraft gegenseitig. Im Gegensatz zum heutigen Wissenstand bin ich der Meinung, Licht erschafft nicht den Raum und bildet so auch *nicht zwangsläufig* seine Grenzen, wenngleich es so sein *kann*. Vielmehr müssen Licht und Raumausdehnung getrennt voneinander gesehen werden, wobei die Raumausdehnung dem Licht die obere Grenze setzt und seine Geschwindigkeit limitiert. Die eigentliche Konstante ist also nicht die Lichtgeschwindigkeit, sondern die Raumausdehnung. Licht kann nicht schneller sein als sie, aber im Gegensatz zu ihr durchaus langsamer.
Die masselosen Lichtteilchen entsprechen, mathematisch betrachtet, der Information "1". Sie wird über die konzentrischen Zwiebelschalen des wirklichen kosmischen Raums transportiert, indem sie mit jeder Zahl des unendlichen Zahlenraums multipliziert wird. In diesem Zusammenhang verweise ich noch einmal auf Kapitel 2.8: Wichtige universelle Eckpfeiler sind die Zahlen 10, 24 und 81. Sie alle bilden sich durch Kombination der ersten vier Ordnungszahlen, die das Fundament des Zahlenraums bilden. Während die 10 die Summe und die 24 das Produkt dieser vier Zahlen ist, entsteht die 81 aus einer, wie ich es nenne, sehr *sinnvollen* Kombination aus Multiplikation und Potenzierung dieser vier Zahlen ($1^2 \times 3^4 = 81$). Auch wenn rein mathematisch der Faktor 1^2 völlig überflüssig ist, sein Dazutun ist sogar überaus sinnvoll, weil *er* auf den eigentlichen Charakter jeder materiellen Existenz in unserem Universum hinweist: In allem steckt nämlich die Information des SEINs, repräsentiert durch die Zahl 1, bzw. bei dreidimensionalen Körpern im vierdimensionalen Raum durch die 1^2.
Das Lichtteilchen oder Photon ist also die kleinste denkbare Existenz mit zwei Seiten, einer materiellen und einer geistig-informationellen. Aber da es keine Masse besitzt, ist es auch noch keine vollwertige Materie. *Plichta* hat errechnet, dass die Summe der Zahlen einer jeden

"Zwiebelschale" einschließlich der jeweils ersten und letzten Zahl[59] immer ein Vielfaches von 300 (= $3x10^2$) ergibt:
Die Summe der ersten Schale ist 300 (= **1** x $3x10^2$), die der zweiten 900 (=**3** x $3x10^2$), die der dritten 1500 (=**5** x $3x10^2$), und die der vierten 2100 (=**7** x $3x10^2$). Der Grundwert 300 (oder 3 x 10^2) vergrößert sich also von Schale zu Schale entlang der unendlichen Folge aller *ungeraden* Zahlen. *Plichta* nennt sie die *Erweiterungszahlen.*
Addiert man die ersten beiden Summen (300 und 900), so erhält man 1200 oder 300 x 2^2. Die Addition der ersten drei Summen ergibt 2700 = 300 x 3^2. Danach bekommen wir 300 x 4^2, dann 300 x 5^2 usw.
Die Vergrößerung der Zahlen*mengen* auf den Schalen der sich um jeden endlichen Körper nach außen hin ausdehnenden "Raumzwiebel" entspricht letztlich einer quadratischen Mengenausweitung entlang aller Ordnungszahlen mit dem Faktor $3x10^2$.
Zurück zu den *Erweiterungszahlen*: Die Summe der ersten 10 davon ergibt 100 oder **1** $x10^2$, die der zweiten 10 ergibt 300 (= **3** $x10^2$), dann 500 oder **5** $x10^2$, u.s.w.
Damit entsteht wieder eine neue und noch höhere Ordnung, die erneut durch die *ungeraden* Zahlen codiert ist.
Letztlich kann man sagen, dass sich über die Vollendung eines Kreises mit jeweils 24 Zahlen (d.h. bei 12 Uhr) ein mathematisches Modell für seine Ausdehnung ergibt, das über die Zahl 300 (= **3** $x10^2$) läuft oder einem durch die Summen der *ungeraden* Zahlen codierten Vielfachen davon. Man könnte dafür auch schreiben: 3 x 10^2 x 10^2 x 10^2 u.s.w.

Wenn man Potenzen multipliziert, werden die Exponenten addiert. So erhält man ganz allgemein als Formel für die Raumausdehnung: **3 x** $\mathbf{10^n}$
Tatsächlich rechnen wir für die Lichtgeschwindigkeit üblicherweise mit **3**00.000 km/s, was **3** x 10^8 m/s entspricht. Der dieser Größe bisher am nächsten kommende aktuelle Messwert beträgt 299.792,458 km/s.
Die Differenz zum "Ideal" beträgt bloß 0,069% (vgl. auch Kap. 2.12).

Die Raumausdehnung erfolgt also quadratisch und ist über die **3** codiert.
Der berühmte *Isaac Newton (1643-1727)* hatte für die Schwerkraft eine quadratische Abnahme mit zunehmendem Abstand (r) zu einer Masse festgestellt. Vereinfacht gilt: $1/r^2$ / [60]
Schwerkraft ist eine Wirkung *im* Raum genauso wie Licht auch.

[59] Dies folgt aus der Geometrie konzentrischer Kreise und entspricht der Theorie überall vorkommender Schnittstellen.
[60] sog. Newtonsches "reziprokes Abstandsquadratgesetz".

Die Intensität, und damit die Helligkeit der masselosen Licht*teilchen*, die sich in den unendlichen Raum ausdehnen, nimmt demnach quadratisch mit der Entfernung von der Lichtquelle ab: Das Licht wird schwächer.
Durch die Schwerkraft, die von jeder Materie ausgeht – von sehr massereichen Objekten wie Himmelskörpern natürlich besonders stark – wird es dann wieder quadratisch verstärkt: Das Licht wird also wieder heller. Genau das sieht man in großer Entfernung als Lichtkrümmung.
Da für mich Licht- und Raumgrenzen nun aber zwei Paar Schuhe sind, bedeutet eine Verstärkung des Lichtes (=Anziehung der Photonen) **k**eine Krümmung des Raums mehr. Geht man wie auch ich von einem immateriell geistigen Zahlenraum aus, so kann es einfach keine Raumkrümmung mehr geben; denn der Raum besteht dabei ja aus zwei unendlichen, ineinander greifenden senkrechten Flächen. Die aber sind per definitionem eben und nicht gekrümmt.
Im Zuge dieses Modells lässt sich die Schwerkraft ebenfalls ganz einfach erklären: Licht und Schwerkraft sind Wirkungen im Raum. Licht besteht aus Photonen, die ihre Quelle verlassen können, die Schwerkraft wirkt dagegen zu einer Masse hin. Licht ist im Grunde reine Information und besteht aus Teilchen. Wenngleich diese keine Masse besitzen und so keine echte Materie sind, sind sie dennoch deren Vorstufe.
Gravitationsteilchen gibt es dagegen nicht, d.h. Schwerkraft wird nicht durch Informationsteilchen vermittelt. Ihre Wirkung beruht wie die des Lichtes allein auf den Raumgesetzen, d.h. sie ist durch Zahlen codiert. Licht und Schwerkraft haben somit gleiche Eigenschaften, weshalb ich noch einmal ein wenig aushole und zugleich rekapituliere: Aus den Gesetzen von Symmetrie und Polarität folgt nämlich:
Licht ist etwas primär "Geistiges", d.h. reine Information. Mathematisch wird diese durch die "1" repräsentiert und stellt so die Information des SEINs, der kleinsten Existenz dar. Licht hat als Schnittstelle zwischen Geist und Materie auch einen materiellen Anteil, bzw. seine materielle Seite: Gemeint ist die Quantelung oder Stückelung in (diskontinuierliche oder unterbrochene) masselose kleinste Teilchen.
Während der Raum aus der Abwicklung *aller Zahlen* von 1 bis unendlich um jede kleinste Endlichkeit entsteht, besteht Licht aus einer Abfolge von ausschließlich "1"-Informationen. Sie werden mit den Zahlen der Raumausdehnung multipliziert, wodurch jedes Lichtteilchen im Raum transportiert wird.
Wenn das Lichtteilchen, die Information "1" des SEINs etwas primär *Geistiges* ist, muss es zu ihm ein polar-symmetrisches *Wirkungspendant* auf der "*materiellen*" Seite geben. Damit meine ich eine Wirkung, die von

jeder Masse ausgeht, aber auch eine informationelle, d.h. geistige und deshalb nun *kontinuierliche* Seite besitzt. Das jedoch schließt das Vorhandensein von Teilchen, die diese Wirkung vermitteln, aus.
Die Schwerkraft oder Gravitation erfüllt diese Forderung: Sie geht von jeder Masse aus. Und Newtons Entdeckung, dass die Schwerkraft nach einem einfachen mathematischen Grundprinzip wirkt, dem "reziproken Abstandsquadratgesetz", lässt sich jetzt allein aus dem quadratischen Aufbau des ja aus zwei Flächen gebildeten und von den Ordnungszahlen strukturierten Zahlenraums plausibel herleiten, ohne dass es Teilchen bedarf, die diese Wirkung vermitteln. Folglich wird damit die Suche nach den sog. Gravitonen, die Schwerkraft ausüben oder vermitteln sollen, jetzt überflüssig: Es gibt sie nämlich gar nicht. Und auch eine andere Idee, die Schwerkraft sei in Wirklichkeit Folge des Druckes von kleinsten unsichtbaren Teilchen, den Neutrinos, die völlig regellos durch das All schwirren, ist wohl schlichtweg Science-Fiction. Der Zug der Gravitation sei danach in Wirklichkeit ein Druck. Was hier wieder als neu verkauft wird, geht tatsächlich auf die Schweizer Physiker und Mathematiker *Nicolas Fatio de Duillier* sowie *Georges Louis Le Sage* (Anfang bis Mitte des 18. Jhd.) zurück.

3.6) Der Urknall geht baden

Was folgt aus all dem für den Urknall am Anfang unseres Universums?
In der Hintergrundstrahlung (HGS) von **2,73** Grad Kelvin über dem absoluten Nullpunkt von -**273**°C sehen die Forscher ein wichtiges Indiz für den Urknall: Man betrachtet sie bislang als eine Art Nachhall der kosmischen Abkühlung. Dass sie in alle Richtungen des Weltalls so ungemein homogen verteilt ist – man nennt das *isotrop* – und nur sehr geringe Schwankungen aufweist (vgl. Kap. 2.6), lässt bis heute immer noch kaum einen der meinungsbildenden Kosmologen ernsthaft an der Urknalltheorie zweifeln. Ganz im Gegenteil, als man in den 1990er Jahren solch kleinste Schwankungen der HGS in einer Größenordnung von etwa einem Dreißigmillionstel Grad fand, sah man das sogar als eine Bestätigung des bisherigen Weltbilds an. Dabei ist doch klar: Die Welt ist

zwar mit idealen Rahmenbedingungen ausgestattet, genauso wie ein Kreis endlich scheint. Erst durch die Umsetzung ins Materielle, wozu natürlich auch das Anwenden mathematischer Regeln gehört, entstehen zwangsläufig sehr geringe Abweichungen vom Ideal. Genausowenig ist eben die Kreiszahl π ein rationaler Wert.

Fällt Ihnen an der HGS etwas auf? Die Zahlenfolge **273** ist eines der frühen Resultate meines Schöpfungsspiels von der Vermehrung und dem Wachstum eines endlichen Punktes, dem kleinsten Kreis. Sie ergibt sich aus dem Quotienten der Flächen von Quadrat und Ausgangskreis (vgl. Kap. 2.4). Durch die rechnerische Umsetzung eines allgemeingültigen geometrischen Verhältnisses entsteht eine irrationale Zahl. Sie zeigt, dass dem Endlichen das Unendliche innewohnt und erklärt auf einfache Weise kleinste Schwankungen zwischen materiellem IST und geistigem Ideal.

Wohin wir auch in dieser Welt blicken, an den besonders entscheidenden Schlüsselpositionen finden wir die Folge 2-7-3 regelmäßig wieder.

Sie stellt die Grenze des materiell Machbaren dar (vgl. Kap. 2.6). Und so, wie die Kreiszahl π irrational ist, weil sie der unzulängliche Versuch ist, ein geometrisches Ideal, eine geistige Perfektion wie den Kreis mit den Methoden der materiellen Welt umzusetzen und darzustellen, so finden wir nur ähnlich unscharfe Werte für alle Naturgesetze und Konstanten.

Sie alle ergeben sich letztlich nur aus der "materiellen Umsetzung" einer hinter allem stehenden geistigen Welt mit ihren perfekten Mustern und Vorbildern im Hintergrund. Und deshalb finden wir überall dort, wo man etwas Optimales und Perfektes vermuten darf, auch die Zahlenfolge 6-1-8 wieder, das Maß des "Goldenen Schnitts". Folglich ist die Zahl 273 in Wirklichkeit kein Hinweis auf einen Urknall.

Den zweiten entscheidenden Beleg für die Urknallhypothese sehen die Kosmologen in der Rotverschiebung des Lichtes.

Doch auch für sie gibt es alternative Erklärungsmodelle, die ich schon im Jahr 1999 als erster vorgeschlagen habe. Hierzu zunächst wieder eine kurze Wiederholung wichtiger Eckpunkte meiner Vorstellungen.

Das Universum ist ein reiner Informationsraum, etwas rein Geistiges, und bildet sich bereits um jeden endlichen Punkt, also um jeden noch so kleinen materiellen Körper.

Seine geometrische Struktur ist vierdimensional unendlich und besteht aus zwei senkrecht ineinander greifenden unendlichen Flächen. Das Universum ist somit vollkommen flach (eben oder euklidisch).

Die das Universum eindeutig strukturierenden Informationen sind die Ordnungszahlen von Null bis unendlich. In der Fläche ist der kleinste

endliche Punkt ein Kreis. Die Raumausdehnung um ihn herum erfolgt in konzentrischen Kreisen, so ähnlich wie Zwiebelschalen.
Mein einfaches Schöpfungsmodell vom Wachstum und der Vermehrung eines kleinsten Kreises legt nahe, dass jede dieser "Zwiebelschalen" über 24 Zahlen fortlaufend codiert wird. Mit diesem Modell lassen sich auch die Raumausdehnung und die Lichtgeschwindigkeit plausibel erklären.
Da es sich hierbei um einen reinen Zahlencode handelt, muss er aus der spezifischen Anordnung der Zahlen bereits ablesbar sein. Somit muss sich auch die Rotlichtverschiebung im Zahlenraum verstecken.
Die erste konzentrische Zahlenschale endet mit der Zahl 24, und jede weitere mit einem Vielfachen davon. Legt man durch diese Endpunkte jeder Schale eine Verbindungslinie nach außen, so lässt sich damit das konstante Maß der Raumausdehnung, über die Zahl 3 verschlüsselt, als Code in der Form 3×10^n darstellen (vgl. letztes Kapitel, S. 177 und 178). Diese obere Grenze entspricht genau dem schon von *Albert Einstein* berechneten konstanten Limit für die Lichtgeschwindigkeit.
Tatsächlich liegen alle Messwerte nur um einen Bruchteil darunter.

Wenn nun der Zahlenstrahl, der durch die jeweils *letzte* Zahl einer jeden "Zwiebelschale" verläuft, von grundsätzlicher Bedeutung ist, dann sollte man Ähnliches auch von dem Zahlenstrahl erwarten können, der durch die *erste* Zahl jeder Schale zieht. Der erste Strahl wird durch Primzahlen, ihre Produkte und Primzahlquadrate gebildet (vgl. Kap. 3.4, S. 174). *Plichta* taufte ihn den Taktgeber des Zahlenraums, ohne aber wohl selbst zu ahnen, wie wörtlich man dies in Bezug auf die Eigenschaften des Lichtes nehmen sollte.
Die erste Zahl auf dieser Linie ist 1^2, die erste Zahl der zweiten Schale und somit die zweite Zahl des Primstrahls ist 5^2, die dritte dann 7^2. Wir sehen also drei Primzahlquadrate hintereinander. Danach kommen mit der 73 sowie anschließend mit der 97 einfache Primzahlen. Dann, auf Schale fünf finden wir mit der 11^2 wieder ein Primzahlquadrat auf dem Primstrahl vor, danach ein Primzahlprodukt ($145 = 5 \times 29$), u.s.w.
Je weiter man nun nach außen geht, desto weniger *Primzahlquadrate* kommen vor. Anders gesagt: Die Abstände zwischen den nachfolgenden Primzahlquadraten werden immer größer.
Ich gehe davon aus, dass die *Geschwindigkeit* des Lichts über die Raumausdehnungskonstante durch den Zahlenstrahl codiert wird, der durch die jeweils *letzte* Zahl jeder Zwiebelschale zieht. Folglich könnte eine weitere physikalische Größe des Lichtes, nämlich seine Frequenz, durch den Strahl festgelegt sein, der durch die jeweils *erste* Zahl jeder

Schale verläuft. Unterstellt man, dass die Photonen in den unendlichen Raum nicht über jede einzelne Kreisschale, sondern nur über diejenigen transportiert werden, die durch Primzahlquadrate eingeläutet werden, dann könnte die Lichtfrequenz über die mit der Entfernung *abnehmende Zahl der Primzahlquadrate* codiert sein.
Das hätte zur Folge, dass sich die Lichtfrequenz mit wachsender Entfernung von einer Lichtquelle verringert oder, anders gesagt, dass Licht allein durch die großen Distanzen eine Rotverschiebung aufweisen würde. Die tatsächlich zu beobachtende Rotverschiebung entfernter Himmelskörper würde sich als ein natürliches Phänomen herausstellen, das sich eben allein durch die riesigen Entfernungen ergäbe.
Salopp gesprochen könnte man sogar sagen, Licht "altert" in gewisser Weise, weil seine Frequenz auf langen Strecken abnimmt.[61]
Allein schon das Alter eines Himmelskörpers führt zur Rotverschiebung des von ihm ausgestrahlten Lichtes. Das ist eine allen Kosmologen längst geläufige Tatsache. Nur, wenn man von einem Urknall ausgeht, dann sollten Himmelskörper und Galaxien, die nah beieinander liegen, keine riesigen Altersunterschiede aufweisen. Genau das aber kommt vor. Daher ist es viel sinnvoller anzunehmen, sie jagen unterschiedlich schnell davon. In einem Universum ohne Urknall aber, in dem ständig Neues entsteht, sind solche Altersdifferenzen überhaupt kein Problem.
Dazu ein typisches Beispiel: Die Astronomen haben *Quasare*[62] entdeckt, die vermutlich sehr weit entfernte Galaxien darstellen. Aber sie weisen eine so hohe Rotverschiebung auf, dass man sie mit dem Doppler-Effekt nicht mehr erklären kann: sie würden seine Interpretation ad absurdum führen und die "Lichtgeschwindigkeit" als obere Grenze in Frage stellen. Deshalb sucht man fieberhaft nach anderen Alibierklärungen.
Bemerkenswerterweise gibt es Quasare, die in unmittelbarer räumlicher Nachbarschaft zu bestimmten Galaxien liegen müssen, bzw. mit diesen sogar verbunden sind, und alle gleich weit von uns entfernt sind.
Dennoch weisen ausgerechnet solche Objekte sehr stark voneinander abweichende Rotverschiebungen auf.
Als klassisches Beispiel hierfür sei nur die *Galaxie NGC4319* genannt, deren Rotverschiebung auf eine Fluchtgeschwindigkeit von 1.700 km/s schließen lässt. Über ein helles Lichtband ist sie jedoch mit dem *Quasar*

[61] Natürlich ist das kein echter Alterungsprozess. Wenn man, ganz salopp gesprochen, den Begriff der Frequenz auf menschliches Verhalten überträgt und sie mit jugendlicher Hektik vergleicht, dann ist die Frequenzabnahme vergleichbar mit der Gelassenheit des Alters.
[62] Quasare = quasistellare Objekte, bzw. Radioquellen, also sternähnliche Objekte, möglicherweise verendete Galaxien.

Markarian 205 verbunden. Dessen Rotverschiebung deutet auf eine viel schnellere Fluchtgeschwindigkeit von 21.000 km/s hin.

Außerdem gilt: Wenn die Primzahlquadrate, die mit der Entfernung vom Ausgangspunkt seltener werden, ein versteckter Zahlencode sind und die Frequenz des Lichtes steuern, dann wird allein damit eine ständige Expansion des Raumes imitiert; denn die Abstände zwischen ihnen wachsen ja an. Im Ergebnis ist das wieder vergleichbar mit dem oft zitierten Luftballon, auf dem man eine Strecke eingezeichnet hat, die länger wird, wenn man den Ballon aufbläst. Auf diese Weise lässt sich eine tatsächlich beobachtete Dehnung der sogenannten Lichtkurven ebenfalls erklären.
Nur ist die Ursache dafür jetzt eine andere: Lichtkurven werden gedehnt, weil dafür ein real existierender quadratischer Zahlencode verantwortlich ist, der die wahre Raumstruktur bewirkt.
Man kann die Rotverschiebung des Lichts also vor allem auch auf die riesigen Entfernungen zwischen den Objekten zurückführen, wodurch viele recht paradoxe Erscheinungen am Himmel ziemlich einfach erklärt würden, so wie eben am Beispiel von Galaxie und Quasar erläutert.

Wenn sich aber die Rotverschiebung auf ganz andere Weise als bisher über den Doppler-Effekt und die Dehnung der Lichtkurven als Folge einer Raumexpansion erklären ließe, dann entfiele damit das wichtigste Argument für die Expansion selbst. Dem Urknall würde so auch der letzte Boden entzogen.
Dabei bezweifle ich überhaupt nicht, dass sich im Kosmos alle Gestirne mit hohen Geschwindigkeiten bewegen und um diverse Achsen rotieren – aber sie müssen nun nicht mehr alle und mit zudem noch unaufhörlich wachsenden Geschwindigkeiten voneinander davonjagen.
Unter dieser neuen Prämisse bräuchte man den Urknall nicht mehr.
Ich glaube, das wäre eine wesentlich bessere Ausgangsposition, unser Universum zu erklären und Widersprüche zu vermeiden.
Ein weiteres Beispiel: Vor einiger Zeit hat man in nur 36.000 Lichtjahren einen Stern entdeckt, der nach Angaben der Forscher als eine Art Frühgeburt vor etwa 15 Milliarden Jahren entstanden sein muss – und damit schon ungeheuer kurz nach dem vermeintlichen Urknall.[63]

[63] Er trägt die Bezeichnung HE0107-5240.

Allerdings hat das Ganze einen Schönheitsfehler: Dieser Stern ist wegen seines offenbar äußerst geringen Eisenvorkommens so massearm, dass er so früh gar nicht hätte entstehen können...
Und: Mit der neuerdings wahrscheinlichsten Rückdatierung des Urknalls auf etwa -13,7 Mrd. Jahre passt seine Existenz schon gar nicht ins Bild. Ohne die zweifellos griffige, sehr medienwirksame und damit viel Geld einbringende Urknallhypothese könnten wir über einen anderen Beginn für unser Universum freier nachdenken – endlich! Ein einziger Anfang hierfür, der alles jemals später Existente schon zu Anfang beinhaltet haben müsste, wäre vom Tisch. Alternativ könnte man sich vielleicht viele kleine Anfänge vorstellen, die zugleich immer wieder "neuen Raum im Raum" schaffen und vielerorts gleichermaßen auftreten. Solch ein Szenario wäre natürlich gänzlich unspektakulär, was aber den biblischen Darstellungen viel mehr entgegenkäme. Schließlich wurde danach die Welt in einigen Tagen erschaffen, wobei das hebräische "jom", übersetzt mit Tag, eigentlich große, nicht näher bestimmbare Zeiträume umfasst. Man könnte sich so durchaus eine eher kontinuierliche Schöpfung vorstellen, die selbst heute längst noch nicht zu Ende sein muss.
Materie entsteht wohl offensichtlich auch heute noch. Sie verdichtet sich zu Sternen und Galaxien, bewegt sich stets ruhelos durchs All und geht irgendwann einmal wieder zugrunde, indem sie sich in ihre Bestandteile auflöst. Sicher kennen sie alle die sehr eindrucksvollen Bilder von den schier gigantischen Sternenfabriken, die wir erstmals vor wenigen Jahren durch das *COBE-Weltraumteleskop*[64] übermittelt bekamen.

3.7) Schöpfung im neuen Licht

Doch woraus entsteht die Materie in diesen Brutstätten?
Aus elektromagnetischer Strahlung (EMS) oder vereinfacht, aus Licht.
Der wahre Ursprung des Lichtes ist nun aber Geist; denn Licht hat zwei Seiten, kommt aber primär als Information daher: Wie jede Form von Geist ist Licht eben im Grunde reine Information (vgl. Kap. 2.14).
Die materielle Seite des Lichts ergibt sich aus seiner Quantelung: Licht besteht aus voneinander abgrenzbaren Teilchen, den Photonen. Jedes ist

[64] COBE = Cosmic Background Explorer, der seit 1989 in der Erdumlaufbahn weilt.

die von der Null, dem Nichts, grundverschiedene Information "1", die, mathematisch betrachtet, mit allen Ordnungszahlen des Zahlenraums multipliziert wird. Teilchen bedeuten Diskontinuität, und genau das ist das Wesen alles Materiellen. Im Gegensatz dazu ist Kontinuität das Wesen des Geistigen. Die Unterschiede sind vergleichbar mit Wüste und Meer: Schaut man aus einem Flugzeug auf beide herab, ergeben sie eine imposante, scheinbar homogen zusammenhängende Weite. Doch die Wüste besteht aus unermesslich vielen abgrenzbaren Sandkörnern. Das Meer zeigt zwar Wellen und am Strand gibt es kleinste Wasserlachen, aber kein Tropfen ist voneinander wirklich abgrenzbar.
Sein Teilchencharakter macht Licht zu einer Schnittstelle zwischen Geist und Materie, wobei es – im Gegensatz eben zur Gravitation – primär aus der geistigen Seite stammt.
Erst viel später, im Laufe der Evolution allen Lebens, werden zunächst allgemeine, undifferenzierte Informationen zu immer komplizierteren und zunehmend komplexen, dennoch untrennbar zusammenhängenden, differenzierten Informationskonglomeraten vereinigt.
Ein am Anfang aller Dinge einmal weitgehend undifferenzierter Geist wird so mit "tatkräftiger" Hilfe von komplexen materiellen Strukturen allmählich immer stärker differenziert. Dazu mehr in Teil 4.

All das bisher Gesagte hat in mir schon seit vielen Jahren zur klaren Erkenntnis und tiefen Überzeugung geführt, dass sich ein ausgewogenes und unsere Welt umfassend erklärendes Bild wohl nur durch eine völlig neue Sicht des Universums erzielen lässt. Ein solches Modell für unseren ganzen Kosmos schließt nicht nur Geistiges ein, vielmehr baut es sogar auf Geistigem auf. Der Geist liefert dabei zunächst den entscheidenden Rahmen und zugleich den regelnden Hintergrund für eine unendliche und ewige kosmische Existenz.
Abgesehen davon scheint mir dieser "Urgeist" im "Frühstadium" selbst noch ziemlich "geistlos" gewesen zu sein: Er war recht "inhaltsarm" und "undifferenziert". Allmählich entwickelte er sich fort wie ein Embryo vor der Geburt.
Mit meiner völlig anderen, alternativen Vorstellung bleiben Schöpfung und Schöpfer nicht nur möglich, sondern sie werden wieder benötigt.
Schöpfer und Schöpfung werden wieder zu einem unerlässlichen und wichtigen Teil unserer unendlichen und ewigen Welt und transzendieren sie gleichermaßen.

Wenn es aber eine den universellen Geist transzendierende Schöpfung und ein Schöpferwesen gibt, dann kann die Welt nur verstanden werden als Aufbruch dieses Geistes über sein Universum zurück zu sich selbst.
Der zu Anfang aller Dinge einmal ziemlich undifferenzierte Geist sucht nicht nur einfach eine beliebige Manifestation in und mit dieser Welt.
Nein, er braucht *seine* materielle Manifestation, um sie in und mit dieser Welt zu verwirklichen, um zu wachsen und zu gedeihen. So schafft er sich alles Notwendige und macht es sich zunutze, um sich damit letztlich in seiner eigenen Welt zu höchster Perfektion in größtmöglicher Vielfalt fortzuentwickeln: Der Geist schafft das Leben und ist die Quelle allen Lebens. Leben ist die rein geistige Qualität, die einen sehr komplexen Materiehaufen, den wir z.B. einen tierischen oder menschlichen Körper nennen, von z.B. einem Fels unterscheidet.
Keine Zahlenfolge, keine Information, kein Geist und kein Leben – alle rein geistige Qualitäten – können in diesem unendlichen und ewigen Kosmos jemals enden oder verschwinden.
Für sie alle gibt es somit auch keinen Tod.

3.8) Zur polaren Symmetrie von Zeit und Raum

Alles in dieser Welt hat zwei Seiten. Die beiden Seiten derselben Medaille demonstrieren Symmetrie und Gegensätzlichkeit – Polarität.
Eine Seite gebiert die andere. Schauen wir der Einfachheit halber bloß auf die Entstehung eines Menschen: Ihn, den Menschen, gibt es nur als Mann und Frau, also auch als "polar-symmetrischen Zwilling". Das Weibliche steht stets am Anfang, und erst aus ihr entwickelt sich dann das Männliche – nicht umgekehrt. Der Mann entsteht, salopp gesagt und vereinfacht, über die Frau.
Auch Raum und Zeit sind zwei polare Symmetrien. Natürlich gehören sie zusammen wie Pech und Schwefel, wenn beide sich erst einmal gebildet haben. So ist es nicht falsch, von einer zusammenhängenden Raumzeit zu sprechen, jedoch wohl kaum im Sinne von Albert Einstein. Für ihn besteht die Welt aus einer Zeit- und drei Raumdimensionen, und alle Physiker plappern es ihm seither nach. Da Raum und Zeit zwei polar-symmetrische Seiten ein und derselben Medaille bilden, sind beide für sich vierdimensional.

Dabei sind aber wichtige Details zu unterscheiden: Der Raum entsteht ja erst sekundär über jede endliche Neuschöpfung – kurz, über Materie. Und er ist etwas rein Geistiges, weil er durch die unendliche Folge der Ordnungszahlen strukturiert ist. Im kosmischen Raum verwirklicht sich der Geist also schon wieder selbst. Dieselben Vorgänge werden wir am Leben und am differenzierten Geist lebender Wesen später genauso erkennen können. Der Raum besitzt auch eine *materielle* Seite; denn er bildet sich aus zwei Flächen, d.h. zwei Zweidimensionalitäten. Beide Flächen sind polar-symmetrisch zu sich selbst, weil sie sich ja senkrecht zueinander durchdringen (vgl. Kap. 2.4). Diese x^2y^2-Geometrie ist damit noch nicht automatisch unendlich: Das wird sie erst durch den ihr innewohnenden geistigen Anteil, eben durch die sie konzentrisch kreisförmig strukturierenden Zahlen (vgl. Kap. 3.4).
Geist schafft mit dem endlichen Punkt, dem kleinsten Kreis, praktisch "erste Materie". Es ist zunächst "Materie" in der Fläche. Erst im weiteren Verlauf kommt es zur Bildung eines vierdimensionalen Raums über zwei Flächen (vgl. Kap. 2.4). Dreidimensionale, endliche Körper entstehen darin folglich sekundär. Die beiden Flächen des vierdimensionalen Raums werden durch Zahlen, integrale Bestandteile des Geistes, bis ins Unendliche gesteuert. Der Geist hat sich damit also über seine materielle Schöpfung erneut manifestiert. So wie sich die Vierdimensionalität des Raums durch zwei polar-symmetrische Flächen bildet, so muss die Vierdimensionalität des Geistes selbst auch eine innere polare Symmetrie besitzen. Sie entfaltet sich erst mit der Bildung des zu sich selbst polar-symmetrischen Raums, d.h. im Moment der Schöpfung des Materiellen. Geist ohne seine materielle Schöpfung ist ein zeitlos unbeschriebenes Blatt. Mit der Entstehung des Raums als Folge der Schöpfung von Materie entfalten sich Vergangenheit und Gegenwart als die beiden Dimensionen des geistigen Ereignishorizontes sowie Zukunft und Unendlichkeit als die beiden mit der Raumausdehnung untrennbar verknüpften beiden weiteren, polar-symmetrischen Dimensionen.
Ich werde das im Folgenden näher erläutern.

Kontinuität und Diskontinuität, also Unterbrechung, sind zwei weitere symmetrische Gegensätze. Raum und Zeit sind für uns kontinuierlich.
Tatsächlich gibt es in unserer materiellen Welt jedoch keine Kontinuität. Alles, was wir im Universum finden, lässt sich immer weiter zerteilen. Am Ende bleiben stets kleinste Partikel übrig – Atome, Atomkerne und Quanten. Alles ist bis ins Letzte zerstückelt, d.h. es ist unterbrochen oder diskontinuierlich. Auch Zeit scheint diskontinuierlich, da sie untrennbar

mit dem Licht und seiner Geschwindigkeit verbunden ist. Und Licht ist gequantelt, besteht also aus einzelnen Teilchen, den Photonen. Wir haben uns dem angepasst und messen seit 1967 eine Sekunde über die definierte Anzahl von 9.192.631.770 Perioden der elektromagnetischen Strahlung des Cäsiumatoms (Cs-Atomuhr).
Unterbrechung oder Diskontinuität bilden das Wesen alles Endlichen und damit das Grundkonzept der materiellen Welt. Doch dies trifft nicht unsere Empfindungen und Beobachtungen: Denn danach ist Zeit eben kontinuierlich, genauso wie jedes Leben. Wir leben über einen längeren Zeitraum und sterben nicht in jedem Bruchteil einer Sekunde, um dann anschließend wieder im alten Zustand neu zu entstehen. Das aber wäre die unweigerliche Konsequenz eines rein materiellen Weltbildes ohne eigene Kontinuität. Die Kontinuität von Zeit muss eine Illusion bleiben, sucht man sie in der materiellen Welt. Um diese Widersprüche zu umgehen, schufen die Physiker die Licht*welle*. Dabei handelt es sich um den wissenschaftlichen Versuch, Kontinuität in die Welt zu bringen, die nichts Materiellem zu Eigen ist. Albert Einstein hatte sich gegen dieses Konstrukt gewehrt, doch er hatte keine alternative Erklärung parat und musste sich geschlagen geben. Kontinuität gehört dennoch genauso wenig zum Wesen des Materiellen wie Unendlichkeit. Und doch gibt es beides, und Kontinuität und Unendlichkeit gehören dabei untrennbar zusammen. Aber sie sind Eigenschaften einer geistigen Welt.
Kontinuität ist *kein* Produkt unseres sinnlich erfahrbaren, materiellen Universums. Wir Menschen haben nur deshalb ein Gefühl für Zeit, weil wir leben und beseelt sind und somit beiden Ebenen dieser Welt, der geistigen wie der materiellen Ebene, von Natur aus angehören. Sehr viele Lebewesen, insbesondere alle mehr oder weniger bewussten, und natürlich alle sich selbst bewussten Wesen besitzen einen Geist im materiellen Körper. Das gilt sogar für diejenigen von uns Menschen, die diese andere, die geistige Seite der Medaille unserer Existenz gegen ihre eigenen täglichen Erfahrungen ignorieren und bekämpfen...
Woher aber nun kommt diese Kontinuität, die wir in den Phänomenen Zeit, Leben und Geist oder Beseeltheit überall im ganzen Universum beobachten können? Woher kommt dieser innere Zusammenhang?
Warum erfindet man die Licht*welle*?
Kontinuität entsteht in der materiellen Welt allein durch die Abwicklung aller Ordnungszahlen von "1" bis Unendlich. Sie also sind der geistige Hintergrund aller Kontinuität. Zahlen sind etwas rein Geistiges. Sie vermitteln uns den illusionären Eindruck eines inneren Zusammenhangs in der materiellen Welt. Der kosmische Raum ist somit kontinuierlich,

weil er durch Zahlen strukturiert ist. Zwei senkrecht ineinander greifende unendliche Flächen bilden ihn. Aus der Einflächengeometrie xy wird so eine Zweiflächengeometrie x^2y^2. Damit wird auch die Zahlenstruktur des Raums quadratisch, und jede Information des SEINs, die als "1" mit jeder Ordnungszahl multipliziert wird, wird im Raum zur 1^2. Der Raum ist eine notwendige Eigenschaft des materiellen Universums. Materie schafft also Geist, indem sie ihn differenziert. Das materielle Universum aber ist selbst wieder eine notwendige Bedingung einer längst zuvor schon existierenden geistigen Ebene. Es wird zwingend benötigt, weil sich nur so der Geist in unvorstellbar riesigen Zeiträumen zu schließlich höchster Perfektion in größtmöglicher Vielfalt ausdifferenzieren kann.
Ohne Raum gibt es keine Vielfalt und damit auch keine Perfektion. Alle materiellen Dinge lassen sich auf etwas Einfaches zurückführen und entstehen auf der Basis ganz simpler geometrischer Idealvorgaben einer zunächst rahmengebenden geistigen Welt. Damit es dazu kommen kann, muss sich die Einzelinformation vom geistigen Feld abspalten: Die "1" trennt sich sozusagen vom Feld der unendlichen Ordnungszahlen und wird selbständig. An der Wertigkeit der Gesamtinformation des Geistes ändert sich nichts; denn die "1" trennt sich durch Division.
Diskontinuität ist entstanden und damit der alles entscheidende Schritt zur materiellen Welt vollzogen. Infolgedessen kommen einzelne Informationen "in Bewegung". Sie treffen aufeinander, was bedeutet, dass sie miteinander multipliziert werden. In unseren Sprachgebrauch und damit in die materielle Perspektive gewechselt, sind mit der Abspaltung von Einzelinformationen jetzt Quanten entstanden, die Photonen. Ihre Bewegung ist Energie in ihrer grundlegendsten Form.
Einzelne Quanten kollidieren miteinander. Durch mehrfache Kollisionen oder, etwas sanfter ausgedrückt, durch einige Zusammenschlüsse solcher masseloser Quanten bilden sich die "Keimzellen" aller Materie. Wieder mehr mathematisch formuliert bestimmen dann drei Informationen eindeutig einen Kreis und drei Informationspärchen eine Kugel (vgl. Kap. 2.4., 2.14 und 2.15).
Um jede kleinste endliche Schöpfung entsteht dann automatisch ein Informationsraum, der durch die Abwicklung aller Ordnungszahlen von 1 bis Unendlich über eine 24er-Ordnung strukturiert wird und sich zwangsläufig unendlich ausdehnt. Jeder Informationstransport, wie z.B. die Ausbreitung von Licht, ist gleichbedeutend mit der Multiplikation der Zahl 1 mit jeder Ordnungszahl dieses Zahlenraums, unserer kosmischen Raumzwiebel.

Dadurch, dass sich der Geist eine zweite, zu ihm polar-symmetrische Welt schafft, weil er sie für den Aufbruch zu sich selbst benötigt, wie es *Teilhard de Chardin* bereits nannte, entsteht erst das universelle Gesetz von Symmetrie und Polarität. Alles, was sich fortan bildet und entwickelt, muss deshalb zwei Seiten ein- und derselben Medaille besitzen.
Auch wenn der kosmische Raum als Informations- oder Zahlenraum selbst wieder etwas Geistiges ist, so hat er ja nun doch eine materielle Ursache und ist nur wieder deren neu-differenzierter geistiger Aspekt.
Ohne diese erste endliche, also materielle Existenz, die selbst natürlich wieder auf eine Schöpfung aus dem Geistigen zurückgeht, würde der Raum letztlich nicht entstehen.

Innerhalb der Unendlichkeit des vierdimensionalen Zahlenraums bilden sich die Endlichkeiten dreidimensionaler materieller Körper.
Jede Endlichkeit besitzt damit einen unendlichen Aspekt und umgekehrt.
Zeit ist dagegen die eigentliche Ur-Dimension des Geistes und wird erst sekundär auf die physikalische Welt übertragen und in dieser umgesetzt.
Zeit bedarf der Subjektivität, d.h. Zeit ohne Zeitempfindung ist nett, aber wertlos. Empfindungen und Subjektivitäten im Allgemeinen sind aber keine Eigenschaften der materiellen Welt.
Zeit ist zwangsläufig kontinuierlich, und Kontinuität ist eine notwendige Eigenschaft des geistigen Raums und so auch für das Universum, wenn man es sich als einen geistigen Informations- oder Zahlenraum denkt.
Der Begriff eines Raums, wie wir ihn annehmen, existiert in einer geistigen Welt vor der Schöpfung des Materiellen noch nicht, weil es dort grundsätzlich keinen Sinn macht. Der primär geistige Raum ist ein Zustandsraum und kein Raum, der materiellen Körpern Platz bietet.
Die Zeit ist eine primär geistige Dimension. Sie wird sekundär auf den sich um jedes neu entstehende Materielle bildenden Raum – und damit auch auf das Universum als Ganzes – übertragen. Mit dem Materiellen und "seinem" Raum entsteht erstmals überhaupt ein Begriff von Raum.
Dieser neue Raumbegriff wird sekundär auf die geistige Welt übertragen und damit überhaupt erst existent in der geistigen Vorstellung.
Zeit ist relativ, wie schon Einstein eindrucksvoll nahelegen konnte.
Relatives Zeit*empfinden* bedeutet, dass Zeit auch subjektiv ist.
Albert Einstein stellte sich einmal vor, auf einem Lichtstrahl zu reisen. Das machte ihm deutlich, dass Zeit selbst bei objektiver Messung in der materiellen Welt nicht absolut ist. Deshalb sprechen wir seither von ihrer Relativität. Ähnlich kann man sich auch die subjektive Relativität von Zeit leicht vergegenwärtigen: Beispielsweise nimmt jeder Mensch Zeit

ganz unterschiedlich wahr. Psychologen meinen, der Mensch empfindet die ersten 18 bis 20 Lebensjahre seines Lebens als genauso lang wie die restlichen, vielleicht 50 oder 60 Jahre. Jeder weiß aus Erfahrung, dass die wenigste Zeit Rentner besitzen, müssten jedoch gerade sie die meiste haben, da sie keinem Broterwerb mehr nachgehen.
Wenn man sich auf einen bald anstehenden Urlaub oder eine Festivität freut, so vergeht einem die Zeit bis dahin oft nicht schnell genug. Das frohe Ereignis oder die Urlaubszeit selber vergehen dagegen viel zu schnell.
Es gibt auch eine biologische Zeit: Jeder Mensch altert biologisch anders, manch einer sieht mit 80 noch aus wie andere mit 50, und wieder andere schon mit 30 genauso. Dieselben äußerlich alt wirkenden Menschen mögen dagegen wieder "innerlich" jünger sein, zum Beispiel, wenn sie geistig jung geblieben sind – vor allem, weil sie nie aufgehört haben zu lernen. Auch besondere verantwortungsvolle Aufgaben erfordern und fördern länger jung zu bleiben. Beispiele dafür sind der frühere deutsche Bundeskanzler *Konrad Adenauer (1876-1967)*, der erst im recht "betagten" Alter von 73 Jahren in sein Amt gewählt wurde, oder *Papst Johannes Paul II, (1920-2005)*, der trotz lebensgefährlicher Verletzung nach einem Attentat und noch einigen anderen schweren körperlichen Leiden viele weitere Jahre sehr aktiv und geistig fit die Welt bereiste und sicher maßgeblich mit an der Beendigung des "Kalten Krieges" beteiligt war.
Man sollte deshalb einen Schritt weitergehen: Um lange zu leben, ist es von großem Nutzen, wenn man geistig rege bleibt. Das ist erwiesen. Man hat sogar bessere Chancen, selbst sonst lebensbedrohende körperliche Erkrankungen länger zu überleben. Der allseits berühmte Ausspruch des französischen Philosophen und Naturforschers *René Descartes (1596-1650)*, *"Cogito ergo sum"* (Ich denke, also bin ich) mag somit eine noch viel weitreichendere Bedeutung haben: Eben *nur weil* ich denke oder, im übertragenen Sinn, *weil* ich *noch* geistig rege bin, lebe ich (auch noch).
Diesem Gedanken tun auch Altersgebrechen des Gehirns wie Alzheimer oder Demenz keinen Abbruch: Beides sind nämlich keine Erkrankungen des Geistes, sondern allein des Gehirns. Der Begriff "Hirnerkrankung" dürfte in den meisten Fällen ohnehin treffender sein.

Zeit wird also – subjektiv betrachtet – völlig unterschiedlich bewertet.
Und selbst objektive Zeitmessungen sind – geschwindigkeitsabhängig – verschieden. Die Geschwindigkeit des Lichtes relativiert also Zeit. Wenn Lichtquanten primär Informationen und damit etwas Geistiges sind, dann sind "Subjektivität" und "Relativität" von Zeit praktisch eins und

weisen auf die wahrhafte Herkunft von Zeit als Grunddimension des Geistes hin. Für den Raum gilt dagegen nicht dasselbe. Raum ist nicht relativ. Distanzen und Größen sind überall – ganz objektiv – identisch. Einen subjektiven Raum gibt es in der materiellen Welt nicht, bloß in unserem Denken, also "im Geist".
Um größere Distanzen im kosmischen Raum zurückzulegen, müssen wir uns gehörig anstrengen. Reisen wir dagegen "in unserem Geist" in die Vergangenheit und nehmen noch einmal teil an längst verflossenen Erlebnissen, so ist das ein Klacks bei ausreichend Muße und Besinnung. Zwanzig Jahre entsprechen im Raum-Zeit-Begriff einer Entfernung des Lichts von fast 200 Billionen Kilometern. Das ist die Strecke, die Licht dann nämlich zurückgelegt hat.
Zeitreisen können wir also viel leichter durchführen als Raumreisen.
Sie werden natürlich einwerfen, sie fänden ja auch (nur) "im Geiste" statt und meinen damit wohl eigentlich das Gehirn. Das ist aber nicht korrekt. Zeitreisen finden "im" und auch "mit" unserem Geist statt. Und das hat, wie ich im vierten Teil dieses Buches einmal mehr aufzeigen werde, mit dem Gehirn zwar auch, aber letztlich nur bedingt etwas zu tun.

Die Zeit ist nur deshalb kontinuierlich, weil sie ursprünglich eine geistige Dimension ist. Ihre Projektion in unsere materielle Welt erfordert ein Medium. Dazu dient das Licht oder allgemein, die elektromagnetische Strahlung (EMS), womit die Zeit Zugang zur physikalischen Welt findet.
Durch den "Abfall" der "1" aus dem weltimmanenten Informationsfeld, religiös formuliert: dem göttlichen Geist, verliert Zeit ihre Kontinuität.
Das macht sie nun zu einer relativen, weil bewegungsabhängigen, d.h. geschwindigkeitsabhängigen, physikalischen Größe. Ihre neu erworbene, jetzt physikalisch geprägte Objektivität ist wieder polar-symmetrisch zu ihrem rein subjektiven Charakter in der geistigen Welt.
Der Raum wird dagegen deshalb kontinuierlich, weil er allein durch geistige Komponenten, nämlich die Ordnungszahlen, strukturiert wird.
Raum und Zeit sind zwei Seiten derselben Medaille. Der Raum besticht einerseits durch die Endlichkeit jedes seiner dreidimensionalen Körper bei andererseits gleichzeitiger Unendlichkeit seiner eigenen, echt vierdimensionalen Raumstruktur. Die Zeit ist einerseits auch endlich, und zwar für alle dreidimensionalen, also ohnehin auch räumlich begrenzten Körper. Andererseits ist sie unendlich, d.h. ewig. Dies ist sie schon deshalb, weil Ewigkeit als vierte Dimension der Zeit aus Gründen der polaren Symmetrie zur räumlichen Vierdimensionalität existieren muss. Außerdem ist sie für die Unendlichkeit des vierdimensionalen

Raums erforderlich, weil Unendlichkeit der Zahlen und Ewigkeit des Geistes denselben geistigen Hintergrund darstellen.
Informationen, d.h. physikalisch das Licht oder, mathematisch die "1", manifestieren die primär rein subjektive Eigenschaft "Zeit" der geistigen Welt im Raum, den sie dafür selbst zunächst erschaffen und dann strukturieren, also auch ausfüllen. Dadurch erhält die Zeit zunächst einen objektiven Anstrich. Die ursprüngliche Subjektivität äußert sich nun jedoch in der bewegungsabhängigen Relativität. Dennoch findet Zeit bald auch wieder zurück zu ihrer ureigenen echten Subjektivität: Nach Äonen von Jahren schafft sie das durch die Heranreifung von Leben und Bewusstsein mit Hilfe unzähliger, adäquat herangereifter neuronaler Strukturen (vgl. Teil 4). Diese machen es schließlich möglich, durch ständige Interaktion mit ihrem eigentlichen geistigen Hintergrund echte Kontinuität im Allgemeinen und folglich auch kontinuierliche *zeitliche* Abläufe im Besonderen zu empfinden.
In der materiellen Welt bleibt Zeit dagegen nach wie vor diskontinuierlich, zerstückelt oder unterbrochen. Eine Sekunde messen wir weiterhin als milliardenfache Perioden (Frequenzen) des Caesium-Atoms, so wie auch ein Film aus vielen Millionen einzelner Bilder besteht, den erst *wir* selbst zu einem kontinuierlichen Film machen, weil nur *wir*, also unser Geist, die Abfolge dieser Bilder als kontinuierlich empfindet.
Der österreichische Philosoph *Karl Popper (1902-1994)* hatte einmal in den 1970er Jahren mit dem Hirnforscher und Nobelpreisträger *John Eccles(1903-1997)* über den Tod und ein mögliches Danach diskutiert.
Für Popper war die Aussicht auf ein "ewiges Leben" unerträglich, weil wahrscheinlich unerträglich langweilig. Deshalb könne er es sich auch nicht vorstellen und daran glauben. Eccles war da allerdings ganz anderer Ansicht und von einer nachtodlichen Existenz der menschlichen Persönlichkeit genauso überzeugt, wie ich es bin.
Wenn man meinen Argumenten folgt, die Zeit sei primär die Dimension einer geistigen Welt, weil es im materiellen Universum Zeit gar nicht als etwas Kontinuierliches gibt und sie auf der geistigen Ebene zudem etwas rein Subjektives ist, dann geht Poppers Argument von der unerträglichen Langeweile ins Leere. Eine "nachtodliche Ewigkeit" ist so natürlich auch etwas rein Subjektives und wird mit unserer Vorstellung von objektiver Zeitmessung relativer Zeiten durch uns zurzeit materiell manifestierte Erdbewohner nichts zu tun haben.

Zeit ist die Dimension des Geistes. Sie ist polar symmetrisch zum Raum, der die Dimension der materiellen oder physikalischen Welt ist.
Der kosmische Raum scheint in Wirklichkeit vierdimensional zu sein. Die Zeit ist es auch. Der Raum besitzt echte vier Dimensionen, die sich durch Aufrichten einer Zweiflächengeometrie, also durch Potenzieren der 2, bilden. Zwei echte Raumdimensionen entfalten sich erst im Rahmen der "Materialisierung" so wie aus der einfachen Information "1" die 1^2 entsteht (vgl. Kap. 2.10). Die Vierdimensionalität des Raums im Sinne einer x^2y^2-Geometrie macht erst Sinn, wenn sie unendlich ist. Der kosmische Raum ist wohl unendlich. Unendlichkeit aber ist keine Eigenschaft der materiellen Welt. Sie wird erreicht durch das Geistige, das durch die Abwicklung aller Ordnungszahlen die beiden senkrecht ineinander greifenden Flächen des vierdimensionalen Raums ins Unendliche strukturiert. Der Geist, der den Raum über das Materielle schafft und strukturiert, sorgt auch für seine Unendlichkeit. Das aber bedeutet zugleich Ewigkeit; denn Ewigkeit ist der Begriff für geistige Unendlichkeit. In der materiellen Welt erscheint uns der Raum als dreidimensional. Tatsächlich ist er vierdimensional. Die Zeit erscheint uns als eindimensional gerichtet: Sie strebt aus der Vergangenheit über die kaum fassbare Gegenwart weiter in die Zukunft. Was in der geistigen Welt schon drei verschiedene echte Dimensionen sind, fließt in unserer Perspektive zusammen. Die Vierdimensionalität des Raums entsteht aber durch Entfaltung zweier Dimensionen aus einer zugrundeliegenden Zweidimensionalität. In der geistigen Welt sollte man wieder eine polare Symmetrie dessen erwarten. Analog zum Raum finden wir dort zwei offene Zeitdimensionen und zwei weitere, die sich erst noch entfalten. Offen sind Vergangenheit und Gegenwart, es entfalten sich Zukunft und Ewigkeit. Da es Raum nicht gibt, kann nur der von uns wahrgenommene Raumbegriff Eingang in die geistige Subjektivität finden. Demnach erscheint uns der Raum dort dreidimensional. In beiden Fällen ergibt sich nun eine Fünfdimensionalität: Die Zahl "5" gilt seit jeher in allen Mythen und Religionen als Zahl alles Lebendigen, als verbindende Zahl und so als Zahl der Liebe oder als göttliche Zahl. Das scheint sich hier jetzt widerzuspiegeln. Tatsächlich gibt es ja keine Fünfdimensionalität.
Die materielle Welt ist eine objektive Welt mit subjektiven "Geistern", die sie im Laufe der Zeit bevölkern und bewerten. Sie ist vierdimensional und besitzt einen eindimensionalen Zeitpfeil. Die geistige Welt ist rein subjektiv. In ihr empfindet man die beiden zeitlichen Dimensionen Vergangenheit und Gegenwart als eigen und nebeneinander existent. Dazu kommt die erlebte Dreidimensionalität des Raums.

Für uns im Hier und Jetzt finden verschiedene Handlungen räumlich nebeneinander zur selben Zeit statt. Während ich zum Beispiel gerade an meinem Buch schreibe, sitzen Sie irgendwo anders auf dieser Erde und arbeiten, schlafen, relaxen, spielen mit Ihren Kindern, pflegen ihre Eltern oder essen vielleicht gerade etwas. Wenn Sie dieses Buch einmal lesen, schreibe ich vielleicht schon an meinem nächsten – mit völlig anderer Thematik. An jedem der vielen verschiedenen Orte, an denen wir zur selben Zeit irgendetwas anderes tun, hat zudem in der Vergangenheit bereits schier unermesslich viel stattgefunden.

Nur, für uns ist die Zeit in eine Richtung davongerast, und von früheren Geschehnissen ist an diesen Orten heute nichts mehr wahrzunehmen.

Es war einmal…

In unserer physikalischen Welt hat also eine gigantische Folge von Ereignissen zu ganz unterschiedlichen Zeitpunkten an ein- und demselben Ort stattgefunden. Dadurch hat sich der Ort zwar verändert, doch er ist dieselbe Stelle in seinem Bezugssystem geblieben.

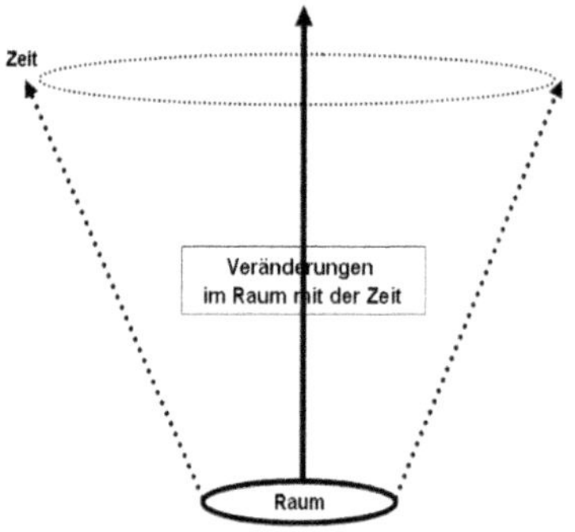

Jetzt versetzen wir uns in eine geistige Dimension. Dort existieren jetzt sämtliche Vergangenheiten bis zur Gegenwart nebeneinander, so wie im materiellen Raum alle Orte. Das, was für uns in der physikalischen Welt der Ort ist, nimmt in der geistigen Welt die Zeit ein.

So wie hier für uns die Zeit kontinuierlich in eine Richtung davonrast, so macht das in der geistigen Welt der als dreidimensional empfundene Raum. Er ändert sich ständig wie für uns heute die Zeit. So wie wir in der physikalischen Welt vom Strom der Zeit mitgerissen werden und Sekunden, Minuten und Stunden kontinuierlich wechseln, so reißt uns in der geistigen Welt der Raum mit, und wir wechseln laufend den Ort des Geschehens, weil der Raum sich ständig ändert.

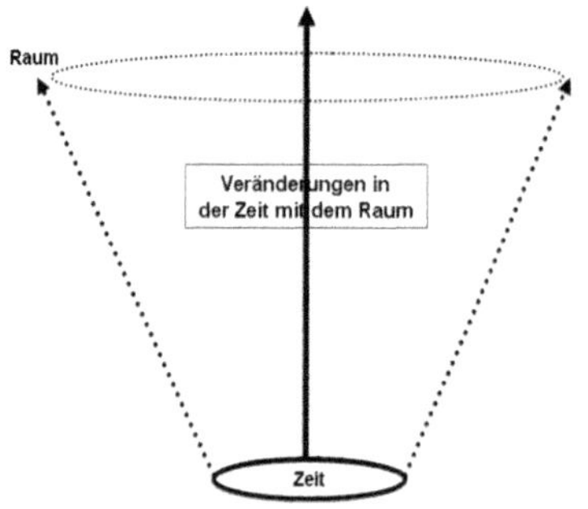

In unserer physikalischen Welt können wir nicht an verschiedenen Orten gleichzeitig sein. Wir können aber an demselben Ort zu verschiedenen Zeiten sein. Auf Vergangenes können wir keinen Einfluss nehmen, selbst

wenn es an demselben Ort geschehen ist, weil wir dort in einer anderen Zeit sind.
In der geistigen Welt können wir nicht in verschiedenen Zeiten zugleich sein, sowenig wie hier zugleich an verschiedenen Orten. Wir können aber nach Belieben dieselbe Zeit aufsuchen – so wie hier denselben Ort. Hier haben wir dann allerdings eine andere Zeit, in der geistigen Welt dafür einen anderen Ort, was zu einer neuen Perspektive führt. Somit können wir auf bereits vergangene Geschehnisse niemals mehr Einfluss nehmen – wir bleiben Zuschauer.
Suchen wir in der geistigen Welt das Vergangene auf, hat sich bereits ein neuer, bzw. veränderter Raum "ereignet", so wie in der materiellen Welt eine neue Zeit anbricht, wenn wir den Ort wechseln. Hier und jetzt bleibt uns dann nur das Erleben des Ortes zur gegenwärtigen Zeit ohne die Ereignisse der Vergangenheit vor sich zu haben. Dort und dereinst in der geistigen Welt bleibt uns die Beobachtung der Geschehnisse zu ihrer Zeit, nun aber aus der Perspektive des gegenwärtigen, neuen Ortes.
Wenn wir in der materiellen Welt woanders hin reisen, können wir auf Vergangenes nicht mehr einwirken, weil sich während unserer Reise die Zeit verändert hat, eben so, wie es der beliebte deutsche Zeichner und Dichter *Wilhelm Busch (1832-1908)* beschreibt: *"Einszweidrei im Sauseschritt, läuft die Zeit, wir laufen mit."*
Wie hier bei uns ein Ortswechsel nicht geht, ohne dass eine neue Zeit anbricht, so ist dort die Reise in eine andere Zeit automatisch verbunden mit einer Veränderung des Raums.
In unserer materiellen Welt haben seit Beginn aller Existenz bis zum Erreichen des Jetzt unermesslich viele Ereignisse ihren Platz in dem Raum gehabt, der jetzt existiert. In der geistigen Welt, in der die Zeit die Stelle des physikalischen Raums einnimmt, hat alles, was seit Beginn der Welt in dem Raum, der jetzt begrifflich existiert, einmal geschehen ist, seinen Platz in der Zeit, die im Moment dort *ist*.
Unsere zeitliche Zukunft im Hier und Jetzt ist folglich untrennbar verbunden mit der weiteren Entfaltung des Raumes in der Zukunft.
Zukunft ist also nicht allein eine Frage der Zeit, sondern auch eine Frage des Raums. Das gilt damit auch für alle zukünftigen Geschehnisse. Raum *und* Zeit ändern sich und formen beide eine gemeinsame Zukunft.
Somit lässt sich die Zukunft *nicht* exakt voraussagen.
Wenn wir in unserer Welt über Zukunftsprognosen philosophieren, sehen wir nur auf die Zeit, die noch nicht ist, und vergessen dabei den Raum, der für die Zukunft erst noch entstehen muss. Bedenkt man, dass der Raum nicht nur als Ganzes gesehen werden kann, sondern er

vielmehr um jede kleinste Endlichkeit immer wieder neu entsteht, wird die fundamentale Bedeutung der untrennbaren Verknüpfung von Raum und Zeit deutlich. Dass wir die Zukunft also grundsätzlich *nicht* vorhersagen können, heißt deshalb nicht, dass es je nach Perspektive nicht ganz erhebliche und bestimmte Wahrscheinlichkeiten gibt, die zukünftiges Geschehen eingrenzen.
Ein einfaches Beispiel: Wenn Sie mir gegenüber behaupten würden, sie könnten ohne Hilfsmittel – quasi stehenden Fußes – sofort wegfliegen, dann ist dafür die Wahrscheinlichkeit gleich Null, und insofern kann ich natürlich ganz trivial die Zukunft voraussagen.
In der geistigen Welt sind alle früheren Geschehnisse parallel vorhanden, so wie in der materiellen Welt alle Orte parallel existieren. In dieser Welt können wir andere Orte aufsuchen und dort neue Handlungen vollführen. Wir können jedoch nicht in alte eingreifen, wenngleich der Ort des Geschehens derselbe ist. Die Zeit hat sich aber mittlerweile geändert. Und da während der Reise ein Stück Zeit vergangen ist, ist jede Handlung aus der Sicht vor Beginn der Reise immer eine zukünftige.
In der geistigen Welt können wir alle früheren Geschehnisse aufsuchen, wir können frei in der früheren Zeit reisen. Jedoch können wir in vergangene Geschehnisse nicht mehr eingreifen, weil sich der Ort im Moment der Zeitreise bereits verändert hat. Wollen wir eine Handlung vollbringen, findet sie deshalb stets in einem neuen Raum statt. Eine Verletzung der Logik ist ausgeschlossen: Man kann eben nicht mal kurz in die Vergangenheit reisen und seinen eigenen verhassten Großvater töten, wodurch sofort die eigene Existenz ausgelöscht wäre. Das ist mehr etwas für Science-Fiction Autoren. Diese paradoxe Vorstellung beruht eben auf einem kleinen Denkfehler.
Nun muss man allerdings noch einen Schritt weiterdenken. Geist schafft Materie, und Geist durchdringt, bzw. umfasst Materie. Diese stellt den letzten Schritt in der Ausdehnung der Existenzebenen dar. Und mit ihrer Hilfe entwickelt sich der Geist selbst wieder fort.
Geist "geht" deshalb zwar ohne Materie, nicht aber Materie ohne Geist. Allerdings hat der Geist ohne Materie kaum Spaß an seiner Existenz; denn es kann mit ihm so ohne Materie nicht weiter vorangehen.
Natürlich beschränkt sich der geistige Anteil lebloser Materie zunächst auf die ihr innewohnende einfache Information zu sein, d.h. die SEINs-Information "1", repräsentiert durch das Photon. Die "1" markiert quasi jedes kleinste (endliche) Partikelchen, aus dem etwas besteht, und wird entlang des durch Zahlen strukturierten, von ihm selbst ausgehenden, unendlichen Informations- oder Zahlenraums transportiert: Sie "strahlt".

Bei den Lebewesen wächst der geistige Anteil dramatisch an und erreicht zurzeit bei uns Menschen sein Maximum, zumindest auf unserem Planeten. Meine Betrachtungen zu Zeit und Raum ergeben sich natürlich aus Sicht eines auf dieser Erde noch lebenden Menschen und damit aus Sicht von Materie *und* Geist. Aus Sicht eines rein geistigen Wesens in einer rein geistigen Welt sind zwei andere Aspekte beachtenswert:
Zum einen der Aspekt der Mischwahrnehmung, die sich aus der eben noch geschilderten materiell-geistigen Perspektive ergibt. Sie folgt aus der polaren Symmetrie von Zeit und Raum, die man kennengelernt hat.
Daneben wird man mit wachsendem Abstand von der physikalischen Welt oder, wenn primär keine Kenntnis von materiellen Verhältnissen erlangt wurde, eine in wachsendem Maße oder gar von vornherein rein geistige Wahrnehmung und Empfindung annehmen.
In ihr nehmen Zeit und Raum keinen bedeutenden Stellenwert mehr ein, da der Raum fehlt oder die "Erinnerung" daran nachlässt, um echte Zeitdifferenzen noch zu empfinden. Infolgedessen wird alles mehr und mehr rein subjektiv und aus dieser Perspektive zugleich zeitlos, während es nach wie vor natürlich auch einen objektiven, wenngleich relativen Zeitablauf von der materiellen Welt her, gibt.
Ein schönes Bild zum zeitlichen Nebeneinander in einer geistigen Welt findet sich in der Oper *"Parsifal"* des deutschen Komponisten *Richard Wagner (1813-1883)*: Der jugendliche Held Parsifal wird vom alten Gralsritter Gurnemanz in die Gralsburg geführt, um dort an der heiligen Handlung der Enthüllung des Grals teilzunehmen.
Als Wandeldekorationen gleiten die Bühnenbilder an dem schreitend stillstehenden Wanderer vorüber. Parsifal zeigt sich darüber sehr verwundert und sagt zu Gurnemanz: *"Ich schreite kaum, doch wähn' ich mich schon weit"*. Darauf antwortet ihm Gurnemanz: *"Du siehst, mein Sohn, zum Raum wird hier die Zeit"*.

In der geistigen Dimension kann man innerhalb des momentan durch Raum und Zeit festgelegten Ereignishorizontes jeden früheren Zeitpunkt aufsuchen. Sie alle existieren nebeneinander in ihren fließend ineinander übergehenden, ja "davonrasenden" Räumen. Da man sich selbst aber bereits außerhalb des aufgesuchten Raums befindet – so wie hier am selben Ort aber in einer anderen Zeit – kann man vergangenen Handlungen nur noch passiv beiwohnen. Das ist ähnlich wie in einem Kino; denn auch dort befindet man sich in einem von der Filmhandlung getrennten, aktuellen Raum. Zukunft heißt jetzt Öffnung des Raums für Neues und damit zugleich Entfaltung neuer Zeit.

Für jeden in dieser geistigen Welt, egal aus welcher *Zeit* er stammt, gilt dasselbe.
Unser, wie *wir* natürlich meinen, einzig echter, d.h. physikalischer Raum ist zwar grundsätzlich auch etwas Geistiges; denn schließlich ist er ein reiner Informations- oder Zahlenraum. Aber da er erst sekundär über die Schöpfung jeder kleinsten Endlichkeit entsteht und so schließlich mit Materie "angefüllt" und von Licht "erhellt" wird, avanciert er für uns zur zentralen Dimensionalität der Welt und damit unserer Erkenntnisebene.
Dagegen bleibt Zeit eine rein geistige Ausdehnung, die in der materiellen Welt praktisch nur simuliert werden kann. Genauso ist umgekehrt auch unser Raum in der geistigen Welt wieder eine Form von Simulation, die voraussetzt, dass er als echte Dimension erst einmal erfahren wurde.
Man kann dies als einen weiteren Hinweis darauf verstehen, dass die Entwicklung des Geistes oder, wie ich es immer wieder gerne nenne, seine "Differenzierung zu höchstmöglicher Perfektion in größtmöglicher Vielfalt", die Erschaffung der materiellen Welt zwingend voraussetzt.
Die Zeit ist also tatsächlich von vornherein etwas Zusammenhängendes, etwas Kontinuierliches, wofür es in der materiellen Welt keinerlei echtes Pendant gibt. Sie besitzt ihre Kontinuität, ihren Fluss[65], allein durch das Denken eines subjektiven Geistes. Da es in unserer materiellen Welt zwar eine objektive, aber keine absolute Zeit gibt, sie uns also immer relativ ist, weil abhängig von Schwerkraft und Geschwindigkeit, setzt sie gemeinsame Vorstellungen unter den "subjektiven Geistern", d.h. unter uns denkenden Wesen, voraus – und damit auch wieder unsere Existenz.
Wir erst machen die Zeit sekundär zu einer dann scheinbar echten physikalischen Größe.
Wegen ihres kontinuierlichen Charakters bleibt sie jedoch stets eine Simulation in der physikalischen Welt. Immer ist sie von Schwerkraft und Geschwindigkeit abhängig und somit auch objektiv flexibel: Wie ja bekannt, wurde die Relativität selbst objektiver Zeitmessung von *Albert Einstein* entdeckt. Je größer die Geschwindigkeit, aber auch je stärker die Schwerkraft, desto langsamer "vergeht" Zeit, die wir über enorm viele Schwingungsperioden (=Frequenz) des Caesium-Atoms messen.[66]

---

[65] "Panta rhei", griech.: alles fließt. Dieser Ausspruch stammt von dem griech. Philosophen *Heraklit (ca. 544-483 v.Chr.)*

[66] Eine Sekunde ist seit 1967 die als Basiseinheit der Zeit definierte Dauer von 9.192.631.770 Perioden der elektromagnetischen Strahlung, die beim Übergang zwischen den beiden Hyperfeinstrukturniveaus des Grundzustandes des Cäsiumisotops ^{133}Cs entsteht (Cäsium-Atomuhr).

Man kann sich das ziemlich leicht vor Augen führen. Vielleicht haben Sie früher schon einmal die Werbung einer bekannten Batteriefirma im Fernsehen gesehen, in der viele Plüschhäschen lustig auf Trommeln herum schlagen, die ihnen vor den Bauch gebunden wurden. Wenn die Batterien schwächer werden, wird auch ihr Trommeln langsamer. Man kann es auch ganz anders formulieren und sagen, sie tun sich einfach schwerer. Das ist ungefähr so, als müssten sie nun bei gleicher Leistungsfähigkeit gegen einen erhöhten Widerstand antrommeln – eben z.B. gegen eine größere Schwerkraft.
Auch dann täten sie sich schwerer und alles ginge langsamer. Bei größerer Schwerkraft gehen deshalb auch die Uhren langsamer.
Stellen Sie sich dagegen vor, man fliegt sehr schnell, vielleicht so mit halber Lichtgeschwindigkeit. Darüber hatte *Einstein* intensiv nachgedacht und das Gedankenexperiment mit den Lichtuhren entwickelt: Licht, das mit seiner Lichtgeschwindigkeit in einer riesigen Vakuumröhre hin- und her fliegt, muss nun, wenn sich diese Röhre selbst auch noch durch das Weltall fortbewegt, eine längere Strecke zurücklegen.
Da die Lichtgeschwindigkeit aber konstant ist, d.h. nach oben begrenzt, muss sich, als einzige logische Konsequenz daraus, die *Zeit* verändert haben: genauer gesagt, sie verlängert sich. Einstein sprach auch von einer Zeitdilatation.

Die nebenstehende Zeichnung von meinem Sohn Martin veranschaulicht die Zeitdilatation: Das Licht wandert in einer Vakuumröhre von 0 nach A' und wieder zurück. Gleichzeitig wandert die Röhre von 0 nach A. Damit muss das Licht einen weiteren Weg zurücklegen. Wenn die Geschwindigkeit von Licht konstant ist, muss also die Zeit verlängert sein.

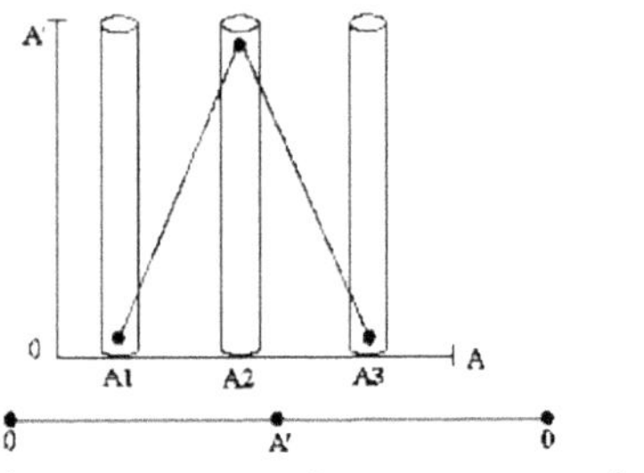

Wie schon gesagt, in der ganzen materiellen oder physikalischen Welt gibt es nichts, was wirklich kontinuierlich ist. Alles lässt sich letztlich auf ein Mit- und Nacheinander einzelner Teilchen, und selbst im Fall des Lichtes, auf das von Photonen (allgemein: Quanten) mit ihren *"1"-Informationen* zurückführen. Spricht man von *Zeit*, meint man Kontinuität, die es in unserer materiellen Welt tatsächlich gar nicht gibt.

Kontinuität in unserem materiellen Universum entsteht allein durch die Abwicklung aller Ordnungszahlen in den Zahlenräumen, die sich um jeden endlichen Punkt herum bilden. Sie sind aber etwas Immaterielles: Alle Zahlen sind etwas Geistiges. Und durch ihre Abwicklung von 1 bis Unendlich entsteht der Eindruck von der Kontinuität des Raumes.
Die Informations- oder Zahlenräume sind die geistige Ausdehnung jeder Materie. Alle Materie hat also auch einen geistigen Anteil. Das ist wieder verständlich, wenn man Materie selbst als das Produkt von etwas Geistigem sieht. Geist und Materie bedingen sich offenbar gegenseitig so, wie es schon die berühmten und jahrtausendealten Prinzipien *Yin und Yang* in der chinesischen Philosophie für alles in der Welt erkennen (vgl. Kap. 2.10, S. 110).
Die im ganzen Universum tatsächlich immer diskontinuierliche Abfolge von Einzelereignissen wird erst durch das Zahlengerüst des Raums, und damit durch etwas Geistiges, zu etwas Kontinuierlichem.
Nur Lebewesen können, abhängig vom jeweiligen Bewusstseinsgrad, Zeit als das, was sie ist, nämlich als etwas wirklich Kontinuierliches, erfassen. Und wir Menschen sind dafür offen durch unser höheres Bewusstsein, das uns in die Lage versetzt, solche Zusammenhänge zu begreifen, sowie der Fähigkeit, abstrakt darüber nachzudenken – was beides selbst wieder auf geistigen Prinzipien beruht.
Ohne das Leben mit seinen denkenden Wesen machen Zeit und Kontinuität keinerlei Sinn.
Wir Menschen entwickeln also, ohne dafür in unserer physikalischen Welt ein Vorbild zu haben, eine konkrete Vorstellung von Zeit. Allein das ist sicher ein weiterer sehr deutlicher Hinweis auf die unabhängige Existenz einer geistigen Seinsebene, in der jetzt Zeit von genau so grundlegender Bedeutung ist wie der Raum in der materiellen Welt. Und dieser geistige Hintergrund ist es, der viel später dann dafür sorgt, dass sich – über die nackten Zahlen hinaus – noch weitere sowie ungleich komplexere und differenziertere geistige Inhalte in unserer materiellen Welt manifestieren, um sich auf diese Weise letztlich wieder selbst weiterzuentwickeln. Diese rein geistigen Inhalte sind Leben und Geist.
Jedes Leben entsteht auf bis heute völlig ungeklärte Weise. Tatsächlich ist es nach wie vor ein ungeklärtes Phänomen. Leben kann stets nur aus Leben entstehen. Über die verschiedensten Lebensstufen führt es schließlich zu einem alles und sogar sich selbst bewusst werdenden, immer komplexeren Geist (vgl. Teil 4).

Die *Zeit* ist nicht bloß die vierte Dimension des Einstein'schen Modells eines Raum-Zeit-Kontinuums. Praktisch alle Wissenschaftler haben das seither kritiklos übernommen. Die (nur) vierdimensionale Raumzeit ist, wie ich meine, eine unzutreffende Schöpfung des Menschen in einem Zeitalter, in dem es seit langem modern ist, materialistische Aspekte als die einzig wahren zu betrachten.

Natürlich gibt es für uns hier einen Zeitpfeil, der von der Vergangenheit in die Zukunft weist und zu immer mehr Unordnung (Entropie) führt. Das besagt der zweite Hauptsatz der Thermodynamik. Damit erscheint die Zeit wie eine eindimensionale Linie mit einer klaren Ausrichtung. Nur ist das bloß die *materielle* Seite der ganzen Wahrheit. Betrachtet man auch die geistige Seite – vorausgesetzt man erkennt ihre Existenz – dann sieht das Ganze eben völlig anders aus. Deshalb will ich zum Schluss dieses Kapitels noch einmal das Wesen der Zeit abwechselnd von beiden Seiten dieser Welt aus betrachten. Zunächst schauen wir erst wieder durch die gewohnte *materielle* Brille, durch die der *Raum dreid*imensional, und die Zeit *ein*dimensional gerichtet erscheint.

Mit meinen beiden Söhnen hatte ich schon vor ein paar Jahren ein recht treffendes Beispiel diskutiert. Es begann damit, dass wir alle 1995 zusammen mit meinem Vater auf dem Tafelberg in Kapstadt (Südafrika) spazierten und die traumhafte Aussicht genossen. Leider verstarb mein Vater schon ein Jahr später. Im Jahr 1997 reisten wir wieder zu derselben Stelle. Dort haben wir mit Liebe und in tiefer Verbundenheit an ihn gedacht und von ihm gesprochen, was alles Schöne der Vergangenheit wieder vor unserem inneren Auge hat gegenwärtig werden lassen.

In unserer materiellen Welt waren wir an demselben *Ort*, d.h. an derselben Stelle im Raum.[67] Während wir den *Ort* zwischenzeitlich beliebig wechseln konnten, verlief die *Zeit* dagegen nur in eine Richtung. Mein Vater war 1997 leider nicht mehr dabei. Was vorbei ist, ist *hier* eben vorbei.

Betrachtet man das Ganze aus einer geistigen Dimension, dann wird der *Raum* eben zu dem, was für uns hier "auf Erden" die *Zeit* ist.

Der Raum erscheint uns nun zwar auch dreidimensional, aber als eine Art geistige Linie. Dagegen spielt sich seit ewigen Zeiten Vergangenes und Gegenwärtiges gleichzeitig nebeneinander ab. Die Zukunft muss jedoch wie ein neuer Raum gesehen werden, der ständig neu erschlossen wird, so wie im materiellen Raum die zukünftige Zeit. Die beiden eben

---

[67] Für das Verständnis dieses Beispiels kann man vernachlässigen, dass sich in Wahrheit die Erde mittlerweile nicht mehr an derselben Stelle des kosmischen Raums befand.

erwähnten Besuche auf dem Tafelberg existieren in der geistigen Welt nach wie vor und nebeneinander. Beide lassen sich wieder "besuchen", aber man ist niemals mittendrin, weil man jetzt alles aus einer anderen Raumwarte, halt ähnlich wie im Kino den Film, betrachtet.
In der geistigen Welt können wir alle bereits vergangenen Situationen bis zur Gegenwart nacherleben, jedoch nirgendwo mehr mitmischen. "Hier" können wir denselben *Raum* zu verschiedenen Zeiten aufsuchen. Doch müssen wir hier eine *zeitliche* Grenze erfahren: Demselben Erlebnis können wir nicht mehr beiwohnen. In der geistigen Welt können wir dagegen mühelos vergangene *Zeiten* besuchen, erfahren dafür aber dort eine *räumliche* Grenze: Dadurch können wir nicht mehr in Geschehenes eingreifen.
Nun, ich glaube, dass der *Raum* unendlich offen und vierdimensional ist. Die Unendlichkeit des Raums ist Folge der Unendlichkeit der *Zeit*. Wir nennen sie ewig. Ein unendlicher *Raum* und eine ewige *Zeit* besitzen und erinnern damit aber *unendlich und ewig* die Information sämtlicher Geschehnisse sowohl in ihrer ursprünglichen, als auch in der sich ständig verändernden vollen Komplexität. Alles existiert völlig real und bleibt auch in seiner ganzen Dynamik ewig erhalten. Alles Handelnde ist so auf ewig genauso handlungsfähig. Niemals aber ist es möglich, die Kausalität zu verletzen. Obwohl jede *Zeit* nebeneinander existiert und in der geistigen Welt "besucht" werden kann, ist der *Raum* immer wieder ein anderer.

Eines der großen Probleme unserer Zeit ist einfach, dass wir uns von unserer materialistischen Sichtweise aller Dinge immer noch nicht gelöst haben und auch nicht lösen wollen. Nach wie vor bildet sie den Zeitgeist. Deshalb sind wir nicht (mehr) in der Lage, diese Nuancen zu erkennen.
Das macht viele Menschen auf unserer Erde mut- und hilflos, manche treibt es zu radikal-fundamentalistischer Dogmatik. Beides ist schlimm.
Nur eine neue und bessere Weltsicht kann deshalb der längst überfällige Schlüssel zu einer besseren Welt sein. Nur sie ist vermutlich auch der zugleich *einzige* Schlüssel zu einer in Zukunft überlebensfähigen Welt.

3.9) Wo steckt denn bloß die Antimaterie?

Von Raum und Zeit zur Antimaterie? Meinen Sie vielleicht, das sei ein großer Sprung? Keineswegs.
Alles ist polar-symmetrisch und von nichts kommt nichts sind die zwei vielleicht wichtigsten elementaren Grundregeln unserer Welt (vgl. Kap. 2.11).
Die Akzeptanz einer real existenten polaren Symmetrie von Raum und Zeit mit ihren beiden Aspekten Endlichkeit und Unendlichkeit sind entscheidend für das Verständnis des gesamten Weltgefüges.
Wenn Wissenschaftler heutzutage zu ergründen versuchen, warum es Antimaterie und Materie oder links und rechts "gebaute" Aminosäuren (AS)[68] geben sollte, bzw. warum es Mann und Frau oder zwei Arme und zwei Beine gibt, dann ist die Antwort: Weil es aus Symmetriegründen so sein muss. Auch wenn wir irgendwann einmal irgend woanders in diesem Universum mit anderen Wesen in Kontakt kommen sollten, dann wird es bei ihnen keine Ausnahme von dieser prinzipiellen, in unserer Welt immanenten polaren Symmetrie geben und geben können. Und dass es diese "Aliens" gibt, halte ich für außerhalb jeden Zweifels; die Frage ist nur, ob es wegen der so immens großen räumlichen Entfernungen auch zu physischen Kontakten kommen kann und wird? Wohl eher nicht!
Bei alldem ist jedoch unverkennbar, dass es in einigen Existenzbereichen fast ausschließlich nur eine einzige Form, dagegen aber nur ganz wenige Vertreter ihrer polar-symmetrischen Variante gibt, während in anderen Bereichen beide Möglichkeiten in fast identischer Häufigkeit anzutreffen sind. Warum ist das so?
Symmetrie und Polarität finden sich natürlich auch schon auf geistiger Ebene verwirklicht, die ja Vorbild und Urgrund für die Schaffung der materiellen Welt darstellt. Dort existieren geistige Werte wie z.B. Gut und Böse, Liebe und Hass, Gerechtigkeit und Ungerechtigkeit, Schönheit und Hässlichkeit oder Harmonie und Disharmonie, u.s.w.
Hier nun zeichnet sich bereits ein entscheidender Unterschied ab:
Während in der *dis*kontinuierlichen materiellen Welt alles grundsätzlich polar ist und dazwischen keine Übergänge bestehen, z.B. Materie *oder* Antimaterie; links- *oder* rechts gebaute Aminosäuren u.s.w., finden sich in

[68] Eine von 20 biologisch relevanten Aminosäuren hat kein optisches Zentrum. Sie kann sowohl links- als auch rechts gebaut vorkommen. Die restlichen 19 AS sind dagegen optisch aktiv und kommen entweder links- oder rechts gebaut vor.

der kontinuierlichen geistigen Welt immer fließende Übergänge zwischen den Antipoden. Am besten wird das deutlich am Beispiel von Mann und Frau. In rein materieller Hinsicht handelt es sich dabei um klar getrennte Geschlechter. In geistiger, das heißt auch emotionaler Hinsicht gibt es aber unzählige Übergänge zwischen ihnen beiden.

Darüber hinaus gilt sicher die Regel, dass das Ausmaß der Manifestation von rein materiellen und geistigen Aspekten letztlich vor allem davon abhängt, wie stark oder wie lange ein geistiger Einfluss auf das jeweilige Objekt wirkt: Wenn die Entstehung von etwas Körperlichen längere Zeit in Anspruch nimmt, ist der subjektive Einfluss der geistigen Welt darauf stärker, als wenn etwas schnell oder gar ganz plötzlich entsteht. Je länger dieser Einfluss auf ein Objekt ist, desto größer ist dann der zeitabhängige Wandlungsprozess. Dinge dagegen, die spontan und plötzlich entstehen, unterliegen keinem zeitlichen Entwicklungsprozess; sie manifestieren sich grundsätzlich immer in der einen *oder* der anderen Form, und die einmal entstandene Form ändert sich später praktisch nicht mehr oder nur selten. Das ist der entscheidende Grund, warum es offensichtlich nur Materie und nicht oder nur verschwindend wenig Antimaterie gibt und fast nur links und nicht auch rechts gebaute Aminosäuren, selbst wenn theoretisch beides möglich wäre. Antimaterie ist die Spiegelform von Materie. Antimaterie lässt sich deshalb in Spuren und mit ungeheurem Aufwand mittlerweile genauso herstellen wie auch rechts "gebaute" Aminosäuren. Die natürliche Existenz größerer Mengen von Antimaterie aber wäre auf alle Fälle problematisch; denn beim Zusammenprall mit Materie würde sich beides gegenseitig zerstören.
Betrachtet man die in unserem Universum natürlich und zugleich stabil vorkommenden Elemente und die Anzahl links gebauter Aminosäuren (AS), so zeigt sich ja folgendes (vgl. Kap. 2.9): Die 20 biologisch relevanten AS kann man in 19 optisch aktive und eine optisch inaktive AS aufteilen. Die dem Wasserstoff als führendes Element nachfolgenden 80 weiteren Elemente lassen sich, wie *Plichta* sehr schön darlegte, nach verschiedenen Kriterien in vier Gruppen à jeweils 20 Elemente einteilen, die sich wieder stets in der Form "1 + 19" darstellen lassen. Beispielhaft möchte ich an dieser Stelle nur die Gruppe von 20 Elementen nennen, die in sog. "*Rein*form" vorkommen. Man nennt sie auch *Rein*isotope. Die erste Reinform ist das Beryllium mit 4 Protonen. Es ist ein *gerad*zahliges Reinisotop. Die restlichen 19 Reinisotope haben *ungerad*zahlige Mengen von Protonen, und zwar samt und sonders *primzahlige*.

Plichta hatte als Erster darauf hingewiesen, dass es genau 81 natürlich und stabil vorkommende Elemente im ganzen Kosmos gibt. Dagegen habe ich als Erster aufgezeigt, dass das wohl entscheidende Ordnungsprinzip des genetischen Codes in exakt 81 für die Eiweißsynthese maßgeblichen Codepositionen liegt. Auf der einen Seite gibt es ein führendes Element, den Wasserstoff, aus dem sich alle anderen Elemente bilden, auf der anderen Seite gibt es *ein* einziges Nukleotid oder ein Codewort, das jede Eiweißherstellung startet: Zumeist ist es das AUG (vgl. Kap. 2.9).
Die Kernelemente von lebloser *und* lebendiger Materie bedienen sich der Zahl 81, einer Zahl, die sich aus den ersten vier Ordnungszahlen auf besonders smarte Weise herbeiführen lässt (vgl. Kap. 2.8).
Unter anderem legt uns, wie ich verschiedentlich bereits im zweiten Teil erläutert habe, allein die Summe der ersten vier Ordnungszahlen auch das Dezimalsystem als wohl universelles Rechensystem nahe. In diesem Stellenwertsystem findet sich nach der 10 ($=10^1$) als nächste Stelle die Zahl 100 ($=10^2$). Die Differenz aus 100 und 81 ergibt 19, eine Primzahl. Primzahlen scheinen, wie *Plichta* früher schon hervorhob, eine ganz besondere Bedeutung in unserer Welt zu haben.
Dazu gehört zum Beispiel auch die Steuerung der Frequenzabnahme des Lichtes mit wachsender Entfernung von einer Lichtquelle, die vermutlich entscheidende Ursache für die Rotverschiebung von fernen Sternen und Galaxien, wie ich schon vor einigen Jahren als erster herausgefunden und beschrieben habe (vgl. Kap. 3.6).
Aus all dem lässt sich vermuten, dass elementare Strukturen in unserer Welt stets im Verhältnis von "19 + 1" auftreten. Demnach sollte es auch etwa 5% Antimaterie geben, die sich mit entsprechender Menge Materie wieder gegenseitig auslöscht. Dasselbe gilt für links- und rechts gebaute AS und für alle anderen Dinge, von denen wir heute nur noch *eine* Variante in der Natur vorfinden. Die schließlich wohl eher rein zufällig bevorzugte und nun überwiegend vorkommende Variante konnte wegen des hier erläuterten Zusammenhangs in stets ausreichend großer Menge und Zahl verbleiben.

3.10) Symmetrieunterschiede von Geist und Materie

Überall in der Natur gibt es zwei prinzipielle Varianten von Symmetrie: Man muss unterscheiden zwischen dem Grundsätzlichem und seinen Ausprägungen oder Ausgestaltungen.
Geist und Materie sind grundsätzliche Strukturen so wie auch Zeit und Raum, bzw. Endlichkeit und Unendlichkeit. Sie sind polar zueinander und bilden sich durchweg in vollkommener Symmetrie. Für Männliches und Weibliches, also beim Menschen für Mann und Frau, gilt dasselbe.
Vollkommene Symmetrie verdeutlicht stets den roten Faden der Evolution in unserer Welt. Alles Grundsätzliche kann sich anschließend weiter ausprägen und ausgestalten. Bei unbelebter Materie finden wir z.B. die Bildung einzelner Elemente und dort wieder die Ausgestaltung von Isotopien. Bei organischer Materie bilden sich Gencodepositionen und Aminosäuren. Was die Details des Grundsätzlichen betrifft oder, wie ich es nenne, seine einzelnen Ausprägungen und Ausgestaltungen, erfordert das "Gesetz der Symmetrie" zwar auch stets die Realisierung *beider* möglicher Varianten. Gleichwohl könnten sie, beide gleichermaßen entstanden, der Evolution unter Umständen eher schaden als nutzen.
Infolgedessen werden sie aufgrund einfacher mathematischer Vorgaben nach anderen Gesichtspunkten gesteuert – denen einer asymmetrischen Manifestation. Im Falle einfacher materieller Basisbausteine, ohne weiter differenzierten geistigen Anteil, löschen sich die beiden Spiegelformen möglicherweise gegenseitig aus, wie im Fall von Materie und Antimaterie. Absolute Symmetrie wäre in solchen Fällen deshalb kontraproduktiv.
Durch eine rein mathematisch gesteuerte "asymmetrische" Symmetrie bleibt aber immer eine Variante übrig, mit deren Hilfe sich alles Weitere ohne Risiko aufbauen kann.
Diese Form der polaren Symmetriebildung findet sich auf allen weiteren Ebenen der Evolution wieder. Ein bewusst ganz abgehobenes Beispiel hierfür scheint mir die in unserer heutigen Gesellschaft oft viel zu heiß diskutierte Homosexualität. Auch sie ist nichts anderes als eine natürliche Variante der sexuellen Ausrichtung, die sich im Übrigen nicht nur beim Menschen, sondern gleichermaßen auch bei Tieren finden lässt.
Aus Sicht der Fortpflanzung ist sie natürlich kontraproduktiv. Daher ist sie in der Natur asymmetrisch realisiert. Heute wissen wir, dass ungefähr 5% der Menschen homosexuell fühlen, eine Zahl also, die genau in diese Vermutung passt. Homosexualität ist sicher weder eine Krankheit noch

ein anerzogenes oder sonst wie erworbenes Fehlverhalten. Die davon Betroffenen können nichts dafür, ihre Neigung ist schlichtweg das Ergebnis einer völlig natürlichen Spielart der Natur, von der sie getroffen wurden und andere nicht. Der moderne Mensch, dem der Geist gegeben ist, solcherlei Phänomene zu entdecken und auch zu durchschauen, sollte deshalb endlich lernen, das rundum zu akzeptieren und nicht zu diffamieren.
Das sei besonders auch an manche Vertreter einiger Religionen adressiert, wenn sie zwar die Liebe Gottes, Allahs, Jehovas u.s.w. – oder wie immer man "ihn+sie", die personale göttliche Dimension, nennen will – über alles preisen, dabei aber vergessen, dass "dieses großartige Göttliche" *alle* seine Geschöpfe in ihrer *natürlichen Ausgestaltung* liebt.

Je stärker es im Rahmen der Evolution dieser Welt zum Vormarsch des rein Geistigen und damit des Emotionalen, des Ethisch-moralischen, allgemein des Kulturellen und des Ästhetischen durch Differenzierung kommt, desto mehr beeinflusst die Zeit die Symmetrie bestimmter Werte und Verhaltensweisen.
Sie ändern sich durch einen steten Entwicklungsprozess. Das ist der alles entscheidende Grund dafür, warum wir Menschen trotz aller Kriege, Krisen und selbstgestrickter Probleme auf lange Sicht nach wie vor sehr optimistisch und hoffnungsvoll in die Zukunft blicken und annehmen dürfen, dass sich das Böse mit der Zeit zum Guten und das Ungerechte zum Gerechten wandelt, und aus Hass Liebe entsteht, usw.
Zunächst gilt das für die Entwicklung der Menschheit als kollektives Unterfangen der Evolution auf dieser Erde – aber nicht mehr nur: Die Menschheit ist kein irgendeiner Tierart vergleichbares, weitgehend homogenes Kollektiv, sondern besteht wie keine andere Art aus einer großen Vielzahl von unermesslich wichtigen Einzelindividuen. Deshalb gilt diese Forderung nicht mehr nur für das Ganze; denn das würde einfach nicht mehr ausreichen. Nur wenn auch die vielen einzelnen Teile des Ganzen, die einzelnen Menschen innerhalb der ganzen Menschheit als Individuen dieser Entwicklung optimistisch entgegensehen können, nur dann wird es die Menschheit auch als Ganzes tun können.
Der Mensch lebt aber als körperliches Wesen nicht lang genug, damit ihm das als Individuum zeitlebens jemals gelingen könnte und wird.
Auch wenn zukünftige Menschen vielleicht diesen Idealen als Ganzes näher kommen mögen, die heute lebenden Menschen sind davon viel zu oft noch sehr weit, ja zu weit entfernt, wie wir alle täglich leider immer wieder erfahren müssen. Aber meine Forderung macht auch bei uns, den

"Ahnen der Zukunft", keinerlei Ausnahmen: Alle, ausnahmslos und ohne Zweifel alle Menschen, müssen und werden diese Entwicklung zum Positiven selbst und an sich durchmachen.
Nur dies "erlöst" im wahrsten Sinne des Wortes die ganze Menschheit.
Das aber geht dann nur über eine "Verlängerung" des Lebens auf einer alles durchdringenden und allumfassenden geistigen Ebene – oder, wie die fernöstlichen Religionen annehmen, durch ständige Wiedergeburt in einer Vielzahl körperlicher Leben. An Letzteres glaube ich jedoch nicht, schon allein weil die Logik dagegen spricht (vgl. Kap. 2.15).
Somit bleibt es bei der zwingenden Annahme einer Weiterexistenz jedes individuellen Lebens in einer anderen, einer geistigen Welt.

Wiederholt habe ich dargelegt, dass der unendliche Raum unmittelbar aus der Endlichkeit eines jeden materiellen Punktes heraus entsteht.
Jedes einzelne Atom sorgt für einen unendlichen Informationsraum. Die Gesamtheit aller dieser Einzelräume ergibt das von uns wahrgenommene Universum, das sich in höchster Dynamik ständig verändert.
In dieser Vorstellung findet sich bereits die Quelle einer ewigen und unendlichen Informationsspeicherung von allem und jedem. [69]
Genauso ewig lebt der differenzierte und zunehmend persönliche Geist weiter: Er ist das Produkt der Differenzierung aus der gemeinsamen Interaktion dazu fähig gewordener materieller endlicher Körper (der Gehirne) mit einem sie durchdringenden, zunächst undifferenzierten geistigen Feld. Der nun differenzierte Geist entspricht nach religiöser Terminologie der Seele. Er ist sowohl ein eigenes und selbständiges Ganzes als auch Teil eines größeren und alles umfassenden Ganzen.

Mit Hilfe der endlichen Körperlichkeit von Materie differenziert sich ein unendlicher Geist. Nicht immer ist ihm seine ewige Existenz bereits bewusst. Sie zeichnet sich durch ihr subjektives Zeitempfinden und einer zeitlichen wie räumlichen Unbeschränktheit aus.
Dabei ist der Geist kein eigenständiges Substrat im Sinne von *René Descartes (1596-1650)*, sondern er entwickelt sich erst durch Interaktion von Materie und dem sie umgebenden geistigen Feld zu einem dann differenzierten, individuellen Produkt. Ein gereifter Geist entsteht also erst durch die wachsende Zusammenarbeit von dazu allmählich fähiger

[69] Das scheint mir z.B auch die intuitiv-religiös erfahrene Grundlage der sogenannten →Akasha-Chronik zu sein. Dieser Begriff stammt aus dem Sanskrit und heißt soviel wie "Raum, Äther". Gemeint ist damit eine Art "Weltgedächtnis", in dem sämtliche Ereignisse des Universums aufgezeichnet sein sollen.

Materie mit einem zunächst unreifen geistigen Feld. Die Interaktionen beginnen in dem Augenblick, wo die Materie ausreichend kompetente Strukturen ausgebildet hat. Das bedarf einer geraumen Entwicklungszeit (vgl. Teil 4 und 5). Diese gezielte Evolution bedarf wieder einer ständigen und konsequenten geistigen Steuerung. Ihre Grundlage sind ganz einfache mathematische Regeln (vgl. Teil 1). Diese Entwicklung funktioniert im Übrigen nur dort, wo es Leben gibt. Leben aber, und das werde ich im nächsten Teil erläutern, ist bereits das Ergebnis geistiger Einwirkung und nicht irgendein Automatismus unbelebter organischer Strukturen.

Erst nach einer sehr langen Vorlaufzeit ist die Materie irgendwann reif und damit fähig genug zu einer nennenswerten, effizienten und später bewussten und sogar selbstbewussten Interaktion mit dem Geist.

Durch sein Selbstbewusstsein hat der Mensch nun eine weitere, höhere Stufe auf dieser Leiter erklommen. Von ihr aus beschleunigt sich dieser geistige Reifungsprozess mit ungeahnter Schnelligkeit und Effizienz. Das aber setzt wieder voraus, dass sich der Mensch der zugrundeliegenden Gesetzmäßigkeiten und Zusammenhängen endlich bewusst wird.

Und wie sich auf der einen Seite jede materielle Ordnung zur Unordnung hin entwickelt, was zugleich unumkehrbar ist (physikalisch: positive Entropie), so entsteht gleichermaßen – als die andere, die spiegelbildliche Seite derselben Medaille – ein immer komplexerer, stärker geordneter und höher entwickelter Geist.

Die Welt strebt wegen der ihr in allem Grundsätzlichen anhaftenden vollkommenen Symmetrie zur höchstmöglichen Differenzierung eines anfangs völlig ungeordneten, undifferenzierten geistigen Feldes.

Höchstmögliche Perfektion erfordert dabei höchstmögliche Vielfalt. Der schließlich differenzierte oder gereifte Geist ist beileibe kein kollektiver. Er ist die komplette Sammlung perfekter individueller und differenzierter Geister, er ist die Summe aller Seelen.

Perfektion in Vielfalt macht die Vorstellung von einem materiellen Raum zwingend notwendig. Wenn die Existenz eines sich weiter entwickelnden geistigen Wesens inhaltlich nicht nur Makulatur sein soll, dann gehört zu seiner Differenzierung, seiner Reifung, untrennbar auch die Erfahrung der Räumlichkeit. Folglich muss eine materielle Dimension als reales Gegenstück zur ewigen geistigen Zeitlichkeit zwangsläufig entstehen. Die Existenz differenzierter geistiger Persönlichkeiten in alle Ewigkeit mit ihrer subjektiven Zeitempfindung erfordert eine räumliche Anschauung. Nur damit lässt sich der ursprünglich raumlose Zustandsraum in eine Art Spielwiese verwandeln, auf der geistige Reifung möglich ist.

Wenn der Geist als das Gegenstück zur Materie, die erwiesenermaßen zu immer größerer Unordnung strebt, selbst zu immer größerer Ordnung und stärkerer Differenzierung oder Reifung, d.h. höchster Perfektion in größtmöglicher Vielfalt strebt, dann hat das Konsequenzen, die meinen Optimismus stützen. Dazu zunächst noch eine weitere Überlegung:
Diese Welt kann nur dann überhaupt existieren, wenn das ursprünglich Absolute zum einen das einzig Absolute und zum anderen das absolut Gute, die absolute Güte und unermesslich große Liebe ist. Gäbe es den absoluten Gegenpol, das absolut Böse, so hätte nichts jemals eine Chance gehabt überhaupt zu entstehen. Ein absolut Böses schlösse nicht nur alles Positive, sondern letztlich überhaupt jede andere Existenz von vornherein aus. Nichts könnte neben einem absolut Bösen bestehen, sonst wäre es nichts absolut Böses. Genausowenig könnten wir bewusste Menschen noch Kinder in die Welt setzen, würden wir nicht auch an das Positive und die Liebe glauben.
Das Streben des Geistes nach höchster Perfektion in größtmöglicher Vielfalt muss folglich auch zwangsläufig einhergehen mit dem Streben der Werte vom Bösen zum Guten. So dürfen wir optimistisch davon ausgehen, dass sich auf lange Sicht Ungerechtigkeit zu Gerechtigkeit und Hass zu Liebe entwickeln werden. Genau das aber lehren uns auch die Religionen, wenn wir nur wieder versuchen genau hinzuhören.

Wir können sicher davon ausgehen, dass unbelebte und belebte Materie ebenso wieder zwei Seiten derselben Medaille sind wie Materie und Geist oder Endlichkeit und Unendlichkeit. Natürlich bedeuten Endlichkeit Vergänglichkeit und Unendlichkeit Ewigkeit. Daraus folgt ebenso logisch wie konsequent, dass auch Leben und Tod zwei Seiten derselben Medaille sind. Jeder Tod entspricht in diesem Sinne bloß der zwangsläufigen Vergänglichkeit eines jeden dreidimensionalen Körpers, nicht aber des ihm innewohnenden, potentiell unendlichen Geistigen, seiner Seele. (vgl. Kap. 2.14). Der Tod ist dann zwar das zeitliche Ende jeder materiellen Räumlichkeit, aber damit keineswegs des Lebens an sich, weil es der räumlichen und zeitlichen Unendlichkeit entspricht.
Da Leben selbst aber wieder eine Medaille mit den beiden Seiten Körperlichkeit und Geist (auf welchem Niveau auch immer) ist, muss jedem einleuchten, dass der Tod nur die endliche dreidimensionale Körperlichkeit beendet. Nach ihm folgt das unendliche und ewige, unkörperliche Weiterleben des Geistigen. Materielle Unkörperlichkeit bedeutet deshalb keineswegs wirklich Unkörperlichkeit. Die Dimension wird nur ein wenig verschoben.

3.11) Elektrizität und Magnetismus sowie eine Vereinheitlichung der vier Elementarkräfte

Elektrizität und Magnetismus sind zwei Phänomene, welche die moderne Wissenschaft bisher zwar beschreiben, aber nicht genau erklären kann. Meiner Ansicht nach sind auch sie wieder zwei Seiten derselben Medaille und gehören somit untrennbar zusammen. Natürlich müssen sich beide Phänomene mit meinen Vorstellungen erklären lassen. Ich will es daher mal so versuchen: Elektrizität beruht ja bekanntlich auf der Existenz von zwei polaren Ladungen, die wir willkürlich mit (+) und (-) kennzeichnen und elektrische Pole nennen. Pole mit gleicher Ladung stoßen sich ab, diejenigen gegensätzlicher Ladung ziehen sich an. Dazwischen wirken also Kräfte, das elektrische Feld, die förmlich nach einer Erklärung über den Zahlenraum "schreien": Im 19. Jahrhundert hatte der Engländer *Michael Faraday (1791-1867)* entdeckt, dass jede (Gesamt-)Ladung stets ein ganzzahliges Vielfaches einer kleinsten Ladungsmenge ist, der sog. Elementarladung. Daraus folgt, dass die Gesamtladung proportional zur Anzahl der Ladungsträger ist. Bei bewegten oder zeitlich veränderten Ladungen entsteht ein weiteres Kraft-*Feld*, das magnetische Feld.
Elektrisches und magnetisches Feld sind zwei Erscheinungsformen ein und desselben Feldes, des elektromagnetischen Feldes. Wir sprechen von Feld, ohne jedoch Näheres darüber zu wissen. Zunächst haben wir hier eine Form von Magnetismus, der elektrische Ladungen zugrunde liegen.
Es gilt Folgendes: Die Größe der anziehenden und der sich gegenseitig abstoßenden Kraft ist jeweils direkt proportional zur Gesamtladung.
Das ergibt sich einmal schon aus dem Vorhergesagten; denn je mehr Ladungsträger vorhanden sind, d.h. je größer also die Gesamtladung ist, desto größer ist natürlich die Kraft, die zwischen den gegensätzlichen Polen ausgeübt wird. Darüber hinaus aber hängt sie auch vom Abstand der beiden Pole zueinander ab.
Und dabei gilt einmal mehr: Vergrößert sich der Abstand der Körper, bzw. genauer, der seiner Ladungsschwerpunkte, dann vermindert sich die Kraft immer quadratisch entlang der Kehrwerte der Ordnungszahlen. Nähern sich die Pole dagegen an, dann wächst die Kraft wieder mit den Quadraten aller ganzen Zahlen. Man erkennt darin sicher unschwer das "reziproke Abstandsquadratgesetz" von *Isaac Newton* wieder, das ja auch die Abnahme von Schwerkraft und die Abschwächung von Licht im

Raum regelt. Die Quadrate aller Ordnungszahlen bestimmen also auch die *Wirkung* der (elektro-)magnetischen Kraft. Verantwortlich dafür ist ganz allein der real existierende Zahlenraum um jeden endlichen Körper.
Nun muss man noch klären, worauf unterschiedliche Ladungen beruhen könnten. Wir wissen bereits, dass jede endliche Existenz, d.h. im Raum jeder dreidimensionale Körper, über seinen von ihm selbst ausgehenden Zahlenraum eine Schwerkraft ausübt. Sind viele endliche Körper dicht gepackt, dann ist diese Anziehungskraft entsprechend größer.
Praktisch dasselbe gilt nach *Faraday* auch für die (elektro-)magnetische Kraft. Nur ist sie um ein Vielfaches stärker als die Schwerkraft. Das heißt aber doch, dass die *Struktur* oder, anders gesagt, die "nackte" Existenz endlicher Körper allein *nicht* die elektromagnetische Kraft erklären kann.
Ich glaube deshalb, dass neben der Struktur die *Funktion* eine ganz entscheidende Rolle spielt. *Funktion* bedeutet in diesem Zusammenhang *Drehung*:
Jeder endliche Körper kann sich nämlich um sich selbst drehen, im Kleinen wie im Großen: Gleiche Dreh*richtung* bedeutet dann auch gleiche *Elementarladung*. Schon in meinem Buch über das Universum habe ich das vor einigen Jahren als erster vorgeschlagen.[70] Wenn sich zwei Körper mit gleicher Bewegungsrichtung und folglich gleicher Ladung nähern, dann stoßen sie sich genauso ab, wie ein sich drehendes Zahnrad nicht mit einem in die gleiche Richtung drehenden Nachbarrad harmoniert.
In jedem Atom drehen sich die winzigen, sich ohnehin schon um sich selbst drehenden Elektronen *(Spin!)* obendrein noch auf ihren Bahnen um den Atomkern. Die sehr viel größeren Protonen des Kerns drehen sich nur um sich selbst, aber entgegengesetzt zu den Elektronenbahnen. Die Neutronen rotieren dagegen offenbar nicht.
Somit entstehen die unterschiedlichen Elementarladungen, die sich in demselben Atom normalerweise ausgleichen. Nach außen hin erscheint ein Atom deshalb als neutral, d.h. nicht elektrisch geladen, wenn es genauso viele Elektronen wie Protonen besitzt, d.h. jeweils gleich viele Teilchen, die sich in die eine und andere Richtung drehen. Erst wenn man ein Elektron entfernt – im einfachsten Fall z.B. durch Reibung – wird das ganze Atom elektrisch geladen.
Übrigens ist "Elektron" griechisch und heißt "Bernstein". Denn schon die alten Griechen hatten festgestellt, dass ein Stück Bernstein, das mit einem Fell gerieben wird, die Fähigkeit annimmt, andere Körper, z.B. Haare oder Federn, anzuziehen.

---

[70] "Eine bessere Geschichte unserer Welt, Bd. 1, Das Universum" (August 2000).

Ein durch zu wenig oder zu viele Elektronen elektrisch geladenes Atom *(Ion)* strebt immer nach Entladung, d.h. Neutralisierung.
Folglich wandern Elektronen von Orten mit einem Überschuss an Elektronen (negativer Pol) zu solchen mit einem Mangel (positiver Pol). Wir sagen dann, es fließt ein elektrischer Strom. Dabei handelt es sich also um einen rasend schnellen Teilchen- und Informationstransport von Atom zu Atom.
Hierdurch werden die Zahlenräume der beteiligten Atome laufend *neu frequentiert* und im Sinne einer ständigen "Erneuerung" noch verstärkt.
Damit wird nun ein Zustand simuliert, als wären viel mehr Atome dicht gepackt zusammen, als es tatsächlich der Fall ist. Das wiederum führt zu einer Vervielfachung der "einfachen Schwerkraft", und es entsteht der Elektromagnetismus. Er wirkt zwar grundsätzlich genauso wie die Schwerkraft, ist aber eben um ein Vielfaches stärker.
Die Gravitation ist die durch den realen Zahlenraum um jeden endlichen Punkt entstehende und gesteuerte "Basis-Kraft". Sie kommt allein durch die "nackte" *Existenz* einer jeden endlichen *Struktur* zustande.
Elektrische Ladung ist Ausdruck von *zusätzlicher Bewegung* und damit ein äußeres Zeichen einer weiteren *Funktion.* Unterschiedliche Ladungen sind dabei eine direkte Folge *verschiedener* Bewegungs*richtungen.*
Beim Elektromagnetismus wirkt nun die Funktion "Bewegung" direkt wie eine Art Brennglas und verstärkt die "einfache" Schwerkraft massiv. Jede dieser Kräfte wird ausschließlich durch die Zahlen der unendlichen realen Zahlenräume gesteuert.
Das Wort "Magnetismus" stammt übrigens von dem angeblichen ersten Fundort bestimmter Eisenerzstücke, die dann andere Metalle angezogen haben, und zwar von *Magnesia*, bzw. heute *Manisia* in Kleinasien, nordöstlich der türkischen Stadt Izmir. Einige Metalle, wie z.B. Eisen (Fe) oder Kupfer (Cu), besitzen stets *zwei* offenbar ziemlich "locker gebundene" Außenelektronen.
Vereinfacht gesagt wandern diese nun schon im festen Zustand leicht zwischen den Atomen ihres Verbunds umher. Hier findet also ein ganz natürlicher Teilchentransport statt, weshalb Metalle auch besonders gut elektrisch leitfähig sind. Die "lockeren" Außenelektronen verhindern eine feste Bindung zwischen zwei solchen Metallatomen zu Molekülen. Dafür fördern sie eine enge Gitterstruktur, bei der die Atome sehr nah beieinander zu liegen kommen. Ich nehme nun an, dass durch diese räumliche Nähe die beiden äußeren Elektronen in Achtertouren je zwei benachbarte Atome umkreisen, wobei ihre Bahndrehung gegenläufig wird.

Die nachfolgende Zeichnung von meinem Sohn Martin soll das verdeutlichen:

Damit entstehen stabile Pärchen, die zwei Pole gleicher Intensität aber unterschiedlicher Ladung aufweisen. Man nennt sie Dipole. Weil sie die kleinste Einheit sind, zwischen denen ein Elektronenaustausch stattfindet, nennt man sie einen Elementarmagneten. Fe = Eisen, N = Nordpol, S = Südpol.

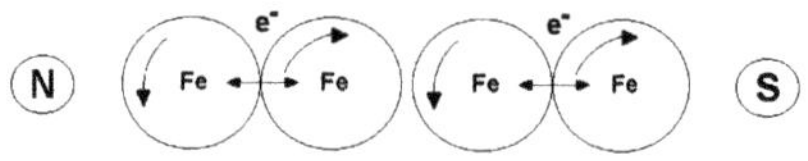

Sind die Dipole "wild durcheinander" verteilt, dann heben sie sich in ihrer magnetischen Wirkung gegenseitig auf.
Werden sie aber schön brav in einer Richtung geordnet, dann wird das ganze Gebilde magnetisch. Wir erhalten den typischen Magneten mit einem stabilen Nord- und Südpol. Auch beim natürlichen Magnetismus finden wir also einen "Elektronenfluss". Die beiden Pole des Dipols bilden selbst zwei sich in der Mitte überlappende und daher sich dort in ihrer Auswirkung gegenseitig aufhebende Zahlenräume, während sie zu den Polen hin natürlich wieder verstärkt werden. Diese ordnen die magnetische Kraft in Bezug auf Ausdehnung und Ausrichtung.
Der Magnetismus ähnelt insgesamt zwar der Schwerkraft, weil sein Wirkverhalten dasselbe ist. Letzteres ist aber eben allein das Ergebnis der *Struktur*, also bereits die Folge jeder "nackten" endlichen Existenz, die um sich herum einen unendlichen zyklischen Zahlenraum bildet.
Dieser bestimmt dann das Verhalten anderer Massen und Wirkungen.
Der Magnetismus baut nun darauf auf. Er entsteht durch die *Funktion*, also aufgrund von Bewegung, die eine solche Struktur ausüben kann.
Der Magnetismus ist um ein Vielfaches stärker als die Schwerkraft, weil seine Wirkung infolge der ständigen Bewegung von Teilchen mit sich folglich dauernd erneuernden Zahlenräumen praktisch fokussiert wird.
Alle Wirkungen gehorchen in Anordnung und Ausdehnung dennoch grundsätzlich allein den Zahlen. Struktur und Funktion bestimmen dabei zusammen, *welche* Art von Kraft entsteht. Die Zahlen bestimmen dann, *wie* diese Kraft wirkt.
Alle bekannten vier Elementarkräfte lassen sich damit letzten Endes allein über die Begriffe "Struktur" und "Funktion" sowie mit Hilfe des unendlichen zyklischen Zahlengerüstes um einen jeden endlichen Punkt herum begreifen und recht leicht erklären.

Dabei meint "Struktur" immer die reine oder nackte endliche Existenz eines jeden endlichen Körpers selbst und "Funktion" die Bewegungen, die von diesem endlichen "Sein" ausgeführt werden, manchmal aber auch seine Anordnung.
In den beiden nächsten Kapiteln will ich mich nun mit ein paar Spezialitäten aus der Physik, Mathematik und Kosmologie beschäftigen, die mit dem hier vorgestellten Weltmodell ebenfalls sehr einfach und genauso einleuchtend erklärt werden können.

3.12) Physikalische Exoten: Das Doppelspaltexperiment und der Aspect-Versuch

Aus meinen Ausführungen folgt: Licht besteht nur aus Teilchen und tritt eben *nicht* auch zugleich als selbständige Welle auf. Diese nur auf den ersten Blick antiquierte, tatsächlich aber wohl revolutionäre Vorstellung widerspricht, und das weiß ich natürlich, komplett dem Erkenntnisstand der modernen Physik. Man sollte sich eigentlich schon fast schämen, so etwas zu behaupten, aber ich glaube, ich habe Recht.
Ich habe meine Ansichten dazu erstmals 1999 veröffentlicht und, wie ich meine, recht plausibel belegt. Mittlerweile sind viele Jahre "und weitere fünf Bücher" verflogen, und ich fühle mich in meiner Auffassung sogar bestärkt. Der Wellencharakter des Lichtes scheint zwar gut belegbar, ist aber wohl dennoch reine Illusion. Die beobachtbaren Wellenphänomene sind Folge einer Art kosmischen Äthers, dessen Nichtexistenz doch schon vor über 100 Jahren bewiesen wurde…
Dennoch gibt es ihn. Allerdings ist er längst nicht mehr das, für das er mal über mehrere tausend Jahre gehalten wurde: Der wirkliche Äther ist *nicht* materieller Natur, sondern, wie ich meine, etwas Geistiges: Er ist reine Information in einem unendlichen Informationsraum – vergleichbar mit einem weltumspannenden und alles durchdringenden kosmischen Internet. Er wird durch alle Ordnungszahlen strukturiert, weshalb er auch Zahlenraum genannt wird. Von der materiellen Seite aus betrachtet, werden durch ihn Lichtteilchen, die Photonen, transportiert. Jedes Photon ist aber im Grunde eine Einzel-Information. Mathematisch

entspricht sie der Zahl "1", weshalb ich sie auch als "1-Informationen" bezeichne.
Die "1" ist die Information einer kleinsten Existenz oder, wie ich sie nenne, die SEINs-Information. Sie ist somit das *Gegenteil* von der Null, der Nicht-Existenz oder dem echten Nichts, aber sie stammt nicht aus ihr ab. Die "1" ist deshalb nicht polar-symmetrisch zur Null; denn das ist die "-1". Folglich bedingen sich "1" und Null nicht, während das bei "-1" und "+1" der Fall ist (vgl. Kap. 2.10).
Wenn Lichtteilchen durch den kosmischen Raum transportiert werden, heißt das, ihr eigentliches Wesen, die Information "1", wird mit jeder Ordnungszahl von 1 bis unendlich in einem sich um jeden endlichen Körper bildenden unendlichen Zahlenraum multipliziert.

Mit Hilfe dieser ganz neuen, alternativen Vorstellung, die sich schon allein aus meinem sehr einfachen Gedankenexperiment vom Wachstum und der Vermehrung eines kleinsten endlichen Punktes, dem kleinsten Kreis (vgl. Kap. 2.4), plausibel herleiten lässt, lassen sich offensichtlich alle Beobachtungen in unserer Welt erklären.
Meine Idee von der wahren Natur des Lichts wäre auch problemlos in der Lage, einige Phänomene zu erklären, welche die Physiker seit vielen Jahrzehnten beschäftigt und die bislang immer noch auf eine wirklich befriedigende Antwort warten.
Zum einen meine ich das sog. "Doppelspaltexperiment. Vereinfacht gesagt gilt folgendes:
Jagt man Licht durch *einen* Spalt in einer Wand, so entsteht auf einem Schirm dahinter eine typische Anordnung von Lichtpunkten, die wir als "Gauß'sche Normalverteilungskurve"[71] kennen.
Demnach muss das Licht eindeutig in Form einzelner Photonen, den masselosen "Lichtteilchen", durch diesen Spalt geflogen sein.
Lässt man Licht nun aber durch *zwei* in derselben Wand nebeneinander angebrachte Löcher hindurch fliegen, so kommt es auf den Schirm dahinter zu einem sogenannten "Interferenzmuster"[72].
Das wiederum weist scheinbar ebenso eindeutig darauf hin, dass Licht jetzt als "Welle" durch die Löcher hindurchgejagt sein muss.

---

[71] Es kommt zu einer Verteilung der alle durch das Loch strömenden Photonen des Lichts nach der von dem berühmten Mathematiker *Carl Friedrich Gauß (1777-1855)* entwickelten Glockenkurve. Die meisten Photonen treffen ziemlich in der Mitte auf, nach außen hin nimmt die Wahrscheinlichkeit von dort auftreffenden Photonen zu beiden Seiten hin exponentiell ab.
[72]Interferenz = die bei der Überlagerung von "Wellenvorgängen" an einem Punkt im Raum auftretenden Erscheinungen, wobei sich zu jeder Zeit die beitragenden Auslenkungen (oder die schwingenden Größen) aufaddieren oder aufheben können.

Man wollte das Licht nun austricksen und schoss auch mal nur einzelne Photonen durch die Versuchsanordnung. Das aber änderte am Ergebnis nichts: Bei nur einem Loch gab es nur einen Lichtpunkt auf dem Schirm, im Fall des Doppelspalts fanden sich stets zwei Punkte hinter der Wand. Die Experimentatoren wollten clever sein und entschieden nun erst ganz kurz nach dem "Abschuss" eines einzelnen Photons[73], ob sie die Wand mit nur einem oder mit zwei Spalten schnell noch dazwischen schoben. Doch immer wieder zeigte sich: Das Licht lässt sich nicht überrumpeln. Dasselbe hat man inzwischen auch mit Elektronen und sogar mit ganzen Atomen gemacht, die zwar alle immer noch ungeheuer winzig, aber im Gegensatz zu Photonen nicht mehr masselos sind.

Die Erklärung der modernen Physik halte ich für abenteuerlich, aber sie ist bis heute naturwissenschaftliches Manifest:
Licht muss danach eben *Teilchen und Welle zugleich* sein. Man spricht von einem Teilchen-Welle-Dualismus. Vielleicht sogar könne es – wie auch immer – am Experimentator selbst liegen, *wie* sich das Licht, ob als Strom von Photonen oder gar nur als ein einzelnes Photon, schließlich tatsächlich verhält. Andere sprechen sogar dem Licht selbst irgendeine Subjektivität zu. Der berühmte dänische Physiker *Niels Bohr (1885-1962)* meinte dazu, Licht würde als Teilchen abfliegen und auch ankommen. Dazwischen aber würde es als Welle reisen. Erst durch das Messen oder allgemein, durch die Beobachtung eines Experimentators, käme es schließlich zum "Zusammenbrechen der Wellenfunktion".

Ich glaube, das Problem lässt sich viel einfacher und plausibler lösen, wenn man die Existenz eines unendlichen Informationsraums, der durch Zahlen strukturiert wird und um jeden endlichen Punkt herum entsteht, berücksichtigt.
Jeder endliche Punkt, d.h. insbesondere jedes Atom als größte denkbare kleine Endlichkeit, bildet um sich herum einen unendlichen Zahlenraum aus, der durch die Abwicklung aller Ordnungszahlen von 1 bis unendlich strukturiert wird (vgl. Kap. 2.4, 2.13, 2.15).
Stets transportiert dieser Zahlenraum die kleinste mögliche Information unseres Universums, nämlich mathematisch die "1", bis ins Unendliche durch das ganze Universum, indem sie mit jeder dieser Ordnungszahlen

[73] Man muss sich vor Augen führen, dass es sich dabei um die Ablösung eines Lichtteilchens oder besser, einer "1"- Lichtinformation von einem Atom, also einem endlichen Punkt, handelt.

einfach multipliziert wird.[74] Alle Zahlenräume sind real existent, gäbe es sie nicht, gäbe es auch keinen endlichen Punkt und umgekehrt.
Ob man Licht im Sinne eines kräftigen Photonenstroms oder bloß als einzelnes Photon abstrahlt – stets bedeutet es dasselbe: Eine Lichtquelle wird benötigt, und die besteht nun mal aus endlichen Teilchen, also aus Atomen. Das Aussenden von Licht oder einzelner Photonen heißt dann, die Information "1" wird allein oder in großer Zahl hintereinander mit jeder Ordnungszahl des Zahlenraums der Lichtquelle multipliziert. In diesem Moment ist die "1"-Information tatsächlich überall präsent, aber auf einer immateriellen, reinen "Informationswelle", der Kreisschale des Zahlenraums. Insofern hat Bohr mit seiner Deutung durchaus Recht. Jedoch wird nicht das Licht selbst zur Welle, sondern die Welle existiert unabhängig davon, ob Licht über sie transportiert wird oder nicht; denn es handelt sich dabei ja um eine permanente Raumwelle.
Der Rest des Experiments erklärt sich trivial: Alle Raumwellen, also die Zwiebelschalen des Zahlenraums, lassen eine "1"-Information durch jedes Loch hindurch, das sich ihnen auf dem Weg ihrer unendlichen Ausbreitung anbietet. Gibt es ein Loch, sieht man dahinter eben ein Photon oder eine Normalverteilungskurve, wenn es sich um einen Strom von Photonen, also einen ganzen Teilchenstrom, handelt. Sind dagegen zwei Löcher in einer vorgeschalteten Wand, finden wir auf dem Schirm dahinter eben zwei "1"-Informationen, bzw. Normalverteilungskurven.
Für den Forscher, der sie mit speziellen Messgeräten misst oder gar mit dem Auge sehen kann, sind die "1"-Informationen natürlich Photonen, weil sie sich mit den Empfangszellen oder -stellen eines entsprechenden Gerätes oder auf der Netzhaut des Auges austauschen. Das nennt man dann Energieaustausch.
Die scheinbare Welle des Lichtes ergibt sich in Wirklichkeit also allein aus der Multiplikation der "1"-Information mit jeder Ordnungszahl eines unendlichen Informationsraums, der sich um jeden noch so kleinen endlichen Punkt bildet.

Speziell für "Kosmosfreaks" hier noch ein bisschen mehr des Guten:
Auf ganz ähnliche Weise kann man das sogenannte "EPR-Paradoxon" abhandeln und damit das "Bell'sche Theorem" sowie den später zum Beweis dazu durchgeführten, sogenannten Aspect-Versuch erklären:

---

[74] Genau genommen ist es die 1^2 für dreidimensionale Körper in der Zweiflächengeometrie des Raums.

Aber der Reihe nach: Die Physiker *Albert Einstein*, *Boris Podolsky* und *Nathan Rosen* (aus den Anfangsbuchstaben ihrer Nachnamen ergibt sich die Abkürzung "EPR") glaubten nicht an die in der Quantenphysik postulierte bloße Zufälligkeit für das Auftreten zentraler Ereignisse auf atomarer und subatomarer Ebene. Auf einer Konferenz mit den großen Physikern ihrer Zeit, im Jahre 1927 in Brüssel, fiel aus genau diesem Grund der berühmte Satz Einsteins: "Gott würfelt nicht".
Im Jahre 1935 veröffentlichte Einstein daher mit den soeben erwähnten Kollegen eine Abhandlung[75], in der sie ihre Zweifel an der Richtigkeit und Vollständigkeit der Quantenphysik zusammenfassten. Einstein war der Auffassung, dass deren Erklärungen zumindest unvollständig sein mussten, da er nach wie vor von einer tiefen Gesetzmäßigkeit aller kosmischen Geschehnisse überzeugt war. Und ich bin davon überzeugt, Einstein hatte Recht.
Aber damals wurde er wegen seiner Beharrlichkeit stark angegriffen, und bis heute folgt man nur den Vorstellungen der Quantenphysiker.
Jedenfalls sahen die erwähnten drei Herren hier große Widersprüche, die dann unter dem Namen "EPR-Paradoxon" in die Geschichte eingingen.
Der irische Physiker *John Bell (1928-1990)*[76] erdachte etwa 30 Jahre später als erster ein Experiment, mit dem die vielen Widersprüche in der Quantenphysik, die sich ja auch im vorgenannten Beispiel mit der Frage "Welle oder Teilchen" ausdrücken, aufgehellt werden sollten.
Erst jedoch der französische Physiker *Alain Aspect (*1947)* konnte 1972 dazu eine praktische Versuchsreihe durchführen: Im Prinzip wird ein so genanntes Zwillingsphotonenpaar mit unterschiedlicher Polarisation von einem Atom abgesprengt und gleichzeitig in verschiedene Richtungen davongejagt (emittiert).
Man kann sich das so vorstellen, als besäße jedes dieser beiden Photonen außer ihrer Information "1" noch einen kleinen "Pfeil", wobei ein Photon einen horizontalen und das andere einen vertikalen Pfeil hat.[77]
Damit ergibt sich eine andere Konstellation als beim zuletzt erläuterten Doppelspaltexperiment; denn dort wurde ja nur die nackte Information "1" als Nachweis der Existenz eines kleinsten "Sein" emittiert. Hier nun hat man es noch mit einer weiteren Information zu tun, nämlich der Polarisation. Die beiden unterschiedlich polarisierten Photonen wurden

[75]Titel dieser Abhandlung: "Kann die Wirklichkeitsbeschreibung der Quantenphysik als vollständig betrachtet werden?"
[76]John S. Bell, vgl. Literaturverzeichnis.
[77]Dies dient nur der besseren Anschauung. Die Pfeilrichtung und Stellung ist im Prinzip auch beliebig.

von der Forschergruppe um *Aspect* gleichzeitig abgeschossen. In einem ganz bestimmten Abstand konnte man beide Photonen (im Versuch waren es nur ein paar Meter) wieder nachweisen. Dazu setzte man sogenannte Polarisationsfilter ein, die ganz gezielt nur das Photon mit einer jeweils passenden Polarisation aufgriffen. Salopp gesagt konnte der eine Filter nur das Photon mit dem horizontalen, der andere nur das Photon mit dem vertikalen Pfeil auffangen.

Es kam zu folgenden paradoxen Versuchsergebnissen:
Wenn man mit dem Filter "nur für horizontale Pfeile" ein Photon auffangen wollte, erhielt man automatisch auch das horizontal gerichtete Photon. Das andere konnte man dann nur mit dem Filter "für vertikale Pfeile" nachweisen. Versuche, es mit einem weiteren Filter für "horizontale Pfeile" zu fangen, schlugen immer fehl. Dasselbe Ergebnis hätte man auch auf eine Entfernung von vielen Millionen Kilometern bekommen, hätte man soviel Platz gehabt. Das war jedem Forscher klar.
Nun versuchte man es wieder einmal mit einer List. Schoss man erst die Photonen ab und entschied *danach*, welchen Filter man auf welcher Seite zum Auffangen benutzen wollte, dann ergab sich dennoch immer wieder dasselbe Bild: Wenn man auf der einen Seite erst nach Abschuss der unterschiedlich polarisierten Photonen beschloss, einen horizontalen Filter einzusetzen, dann konnte man das andere Photon auf der anderen Seite nur noch mit dem Filter für vertikale Pfeile fangen.
Woher aber sollten die Photonen vorher wissen, *welchen* Filter man erst *nach* ihrem Abschuss tatsächlich benutzen wollte?
Diese sehr stark vereinfachte Versuchsdarstellung unterstrich *scheinbar* die Ansicht der Quantenphysiker, dass, analog zu dem zuvor erläuterten Doppelspaltexperiment, die Photonen eigentlich keine Eigen-Existenz sondern nur eine Art "Wahrscheinlichkeit" besäßen.
Richtig manifestieren würden sie sich erst dann, wenn ein externer Beobachter, also der Experimentator, durch einen bewussten Eingriff, nämlich das Messen der Photonen, praktisch von außen entschied, wie sich die Photonen zu verhalten hätten.
Andere wiederum sprachen den Photonen selbst eine Art Bewusstsein zu, mit dem sie quasi ihre Polarisation einstellen könnten, um, man kann es fast schon nicht anders formulieren, den erstaunten Experimentatoren diverse Schnippchen zu schlagen.
Wieder andere meinten, es müsse eine Art überlichtschnelle Verbindung zwischen den beiden unterschiedlich polarisierten Photonen geben, die genau in dem Moment, wo durch den Experimentator entschieden

worden ist, mit welchem Filter ein Photon gemessen werden soll, das andere ganz schnell entsprechend reagiert und sich umgekehrt verhält.
Jeder, der das liest, wird einsehen, warum manches in der Quantenphysik soviel Unbehagen und Unverständnis selbst bei vielen Wissenschaftlern hervorruft. Aber bis heute hatte man keine besseren Antworten als diese. Schließlich avancierte die "Wahrscheinlichkeitswelle" als die für viele sinnvollste Lösung zu einem zwar oft unverstandenen, aber bis heute immer noch mehr oder minder fröhlich behaupteten Dogma.
Einstein hat diese Vorstellungen übrigens bis zu seinem Tod bekämpft, aber er war der Übermacht der Kollegen schließlich unterlegen.

Wie sooft gilt auch hier: Einer Minderheit anzugehören muss deshalb nicht unbedingt auch heißen, falsch zu liegen. Ich habe als Erster bereits im Jahr 1999 in meinem Buch "Plädoyer für ein Leben nach dem Tod und eine etwas andere Sicht der Welt" versucht, mit der nachfolgenden Lösung Einstein – damals 44 Jahre nach seinem Tod – zu rehabilitieren. Zum 50. Todestag in diesem Jahr ist es mir geradezu ein Bedürfnis.
Physiker mögen mir jedoch verzeihen; denn ich versuche dies ja als ein Nicht-Physiker und bin mir dieser Chuzpe durchaus bewusst:
Diesmal geht es allein um Photonen. Beide Zwillingsphotonen sind also rein masselose Teilchen, wobei der Begriff "Teilchen" eigentlich ja schon des Guten viel zuviel ist. Letztlich handelt es sich nur um die kleinsten Informationseinheiten von allem in dieser Welt, von aller Energie und damit auch aller Materie. Und wie ich nicht ruhen werde zu wiederholen, sind sie keine selbständigen Wellen. Mathematisch betrachtet sind sie grundsätzlich die ins Unendliche transportierte Zahl "1" (bzw. 1^2), wobei diese mit allen Ordnungszahlen multipliziert wird, die einen unendlichen Zahlenraum, der sich um jeden kleinsten endlichen Punkt automatisch bildet, strukturieren.
Die beiden Photonen im Aspect-Versuch besitzen nun allerdings zwei Informationen, nämlich einmal die Information "1" sowie darüber hinaus noch die Information "Pfeil horizontal" oder "Pfeil vertikal".
Mathematisch lassen sich diese beiden zusätzlichen Informationen ganz einfach durch verschiedene Vorzeichen ausdrücken, also durch + und -.
Damit erhalten die beiden Photonen jetzt die Bezeichnung +1" und "-1".
Wenn man sie nun beide gleichzeitig losjagt, dann werden sie auch beide gleichzeitig entsprechend der Raumausdehnungskonstanten durch den Raum transportiert. Wenn sich nun der Experimentator – egal wie weit entfernt vom Abschussort auch immer – entschließt, mit den beiden passenden Filtern seine Messungen durchzuführen, dann entscheidet er

durch die Wahl des Filters natürlich, welche Information, also ob die "+1" oder die "-1", er nachweisen möchte.
Beide Informationen sind aber zur selben Zeit überall nachweisbar, weil sie zunächst einmal als reine "1"-Informationen natürlich zur selben Zeit mit allen Zahlen des unendlichen Zahlenraums multipliziert werden und das mit Lichtgeschwindigkeit.
Durch "Energieaustausch" kann sich schließlich jedoch nur eine der beiden Photonen oder "1"-Informationen manifestieren, so dass für einen weiteren Energieaustausch nur noch die andere Information zur Verfügung steht. Es liegt somit tatsächlich am Experimentator, welche Polarisation wir messen, aber aus einem ganz anderen Grund, als von der Wissenschaft bisher angenommen:
Das eine Photon manifestiert sich eben nicht, weil es erst in dem Moment, wo man es messen will, seine Gestalt ändert, bzw. die passende Information annimmt. Vielmehr möchte der Beobachter genau das eine Photon messen, wobei er sich gar nicht bewusst ist, dass er aufgrund des zahlenstrukturierten Informationstransportes der Basisinformation "1" durch den unendlichen "Zwiebelschalenraum" grundsätzlich *immer* beide Polarisationen messen könnte.
Damit wird mit Hilfe der Versuche um die Aspect-Gruppe im Prinzip *nicht*, wie der englische Astrophysiker *John Gribbin (*1946)* behauptet, die *Nicht*lokalität des Photons bewiesen, sondern seine *Pan*lokalität.
Das Photon ist im Grunde genommen also *gleichzeitig überall.*
Der Beobachter hat selbst tatsächlich keinerlei Möglichkeit, durch seinen subjektiven Eingriff eine objektive Existenz zu verändern. Er hat nur die Wahl, welche der beiden möglichen, mit Hilfe der Mathematik immer gleichzeitig und überall vorhandenen, objektiven Informationen er jetzt tatsächlich messen will.
Das Ganze geht natürlich nur deshalb, weil es sich hier um die kleinsten Informationseinheiten der Welt und damit aller elektromagnetischen Strahlung (EMS), also letztlich aller Materie, handelt.
Dass alles so funktioniert, liegt somit vor allem an den "Materialien", mit denen experimentiert wird. Hätte man hierzu Äpfel und Birnen anstatt Photonen genommen, wäre man natürlich nicht zu diesem Resultat gekommen.

3.13) Warum Pierre de Fermat Recht hatte

Vielleicht liegt in dem hier vorgebrachten alternativen Raummodell auch das eigentliche Geheimnis des "letzten Satzes" von *Fermat*:
Der berühmte französische Hobbymathematiker *Pierre Fermat (1601-1665)* war eigentlich Richter und zudem ein typischer Eigenbrötler. Es freute ihn Zeit seines Lebens, alle seine mathematischen Kollegen damit zu foppen, dass er irgendwelche mathematischen Sätze fand und ihnen dann erklärte, er habe sie auch bewiesen. Die Beweise aber gab er ihnen, wenn überhaupt, nur selten und unvollständig weiter. Mit seinen meist diskreten Lösungsvorschlägen ließ er seine Kollegen nur allzu gerne zappeln. Was seinen berühmten "Großen oder letzten Satz" betrifft, dazu noch einmal kurz zur Erinnerung der Satz des *Pythagoras*, auf den ich ja schon in Kapitel 2.16 eingegangen bin. Er scheint mir von entscheidender Bedeutung für das Verständnis unserer materiellen Welt zu sein. Es gilt: $a^2 + b^2 = c^2$. Das heißt, in einem rechtwinkligen Dreieck ergibt die Summe der Kathetenquadrate das Hypotenusenquadrat.
Die ersten drei ganzen Zahlen, die diese Bedingung erfüllen, sind ja die Zahlen 3,4 und 5, die deshalb auch pythagoräische Zahlen heißen.
Pythagoras konnte im Übrigen *beweisen*, dass es unendlich viele ganze Zahlen gibt, die diese Bedingung erfüllen.
Nun kam Fermat auf die Idee zu prüfen, wie viele Zahlen denn diese Gleichung erfüllen würden, wenn man den Exponenten beliebig erhöht: z.B. zunächst auf $a^3 + b^3 = c^3$? Bildlich gesprochen handelt es sich dann nicht mehr um Quadratflächen, sondern um Würfel.
Also, so lautete seine Frage, gibt es z.B. zwei Würfel, die sich ganzzahlig so darstellen lassen, dass ihre Volumina, zusammen addiert, dann einen dritten, auch ganzzahlig darstellbaren Würfel ergeben?
Dieselbe Frage stellte er sich natürlich auch für noch höhere, ja für alle denkbar höheren Exponenten, so dass man die Gleichung wie folgt verallgemeinern konnte: Gibt es eine ganzzahlige Lösung für die Formel $a^n + b^n = c^n$, wenn "n" größer als 2 ist?
Fermat stellte schließlich fest, dass es *keine einzige* Zahl größer als 2 gibt, mit der sich diese Gleichung mit Hilfe ganzer Zahlen erfüllen ließe.
Für die Gleichung des großen Fermat'schen Satzes ($a^3 + b^3 = c^3$, bzw. generell mit höheren Exponenten als 2) gibt es also keine einzige ganzzahlige Lösung. Wieder bildlich gesprochen heißt das, es gibt zum Beispiel keine zwei Würfel, die zusammen einen passenden dritten

Würfel ergeben. Dagegen gibt es jedoch *unendlich* viele Exponenten, die so eben *knapp daneben* liegen, wie hier am Beispiel von Würfeln mit den Kantenlängen 6 und 8 in der Zeichnung meines Sohnes Martin gezeigt:

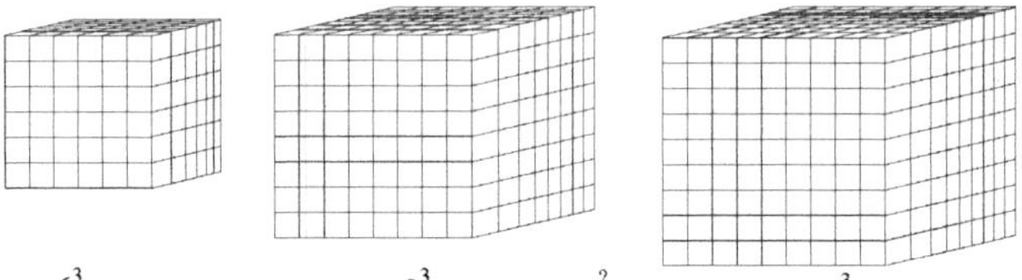

$$6^3 \quad + \quad 8^3 \quad \stackrel{?}{=} \quad 9^3$$

$$216 \quad + \quad 512 \quad \stackrel{?}{=} \quad 729$$

$$728 \quad = \quad 729 \;\; \mathbf{-1\,!!}$$

Natürlich ließ Fermat alle seine Kollegen wieder wissen, dass er dies auch habe beweisen können, verriet ihnen den Beweis aber nicht. Bis vor einigen Jahren hatte ihn trotz intensiver Suche danach noch kein anderer nachvollziehen können. Über drei Jahrhunderte zermarterten sich alle möglichen Mathematiker dieser Welt darüber vergeblich ihre Köpfe. Erst im Jahre 1993 konnte der Engländer *Andrew Wiles* einen mathematischen Beweis für Fermats berühmten Satz vortragen. Er umfasst wohl mehr als hundert Druckseiten, wie der Wissenschaftsjournalist *Simon Singh* in seinem sehr schönen Buch erläutert.

Was aber, so fragen Sie sicher, hat das mit dem alternativen Weltmodell zu tun?

Nun, zunächst ist es doch wohl schon sehr erstaunlich, dass es für den Exponenten "2" unendliche viele ganzzahlige Lösungen gibt, für alle höheren Exponenten aber keine einzige, jedoch viele "Fastlösungen".

Das erinnert mich wieder an *Peter Högs* Roman, *"Fräulein Smillas Gespür für Schnee"*, aus dem ich schon in Kapitel 2.2 zitiert habe.

Die Natur bietet immer wieder Manifestationen, die nur zu deutlich an ein optimales Programm erinnern, das ihnen wohl zugrundeliegt, aber die tatsächlich nie so genau verwirklicht sind. Andererseits erinnert es mich an einen weiteren Mathematiker, nämlich *Leopold Kronecker (1823-1891)*, der einmal gesagt hat, *"die natürlichen Zahlen hat der liebe Gott gemacht, alles übrige ist Menschenwerk!"* Und Kronecker ging davon aus, dass sich die gesamte Mathematik auf die ganzen Zahlen zurückführen ließe.

Wenn das unserer materiellen Welt zugrundeliegende mathematische *Programm zwei*dimensional ist und aufgrund des Gesetzes von Symmetrie

und Polarität durch Spiegelung über den rechten Winkel aus einer Fläche ein *vier*dimensionaler (unendlicher) Raum gebildet wird, dann kann es auch nur *eine einzige* Lösung für die Fermatsche Gleichung geben.
Nur der Exponent 2 (oder darunter, also 0 und 1, aber das ist trivial) passt in das *zwei*dimensionale *Programm* für unsere physikalische Welt.
Dann kann es einfach nichts geben, was über den Satz des Pythagoras hinausgeht. Denn eine *drei*dimensionale Räumlichkeit, wie wir sie bloß kennen, ist ja selbst nur ein "reduzierter" Teil der *Vier*dimensionalität infolge der Entwicklung aller materiellen Dinge.
Jeder geschlossene *drei*dimensionale Körper erfordert aus Gründen der Logik aber schon die Existenz dieser *vierten* Raumdimension: Eine *ein*dimensionale Linie kann zum Beispiel nur gedacht werden auf einem *zwei*dimensionalen Blatt Papier. Das wiederum benötigt als Umgebung einen *drei*dimensionalen Raum. Demgemäß braucht auch er eine echte *Vier*dimensionalität, die ihn umfasst. Nun könnte man das ja so ewig weiterdenken, wenn nicht die *Vier*dimensionalität auch *unendlich* wäre. Damit schließt sie eine noch höhere Raumdimensionalität aus.
Genau das habe ich versucht darzulegen, indem man sich die unendliche Vierdimensionalität des Raums durch zwei senkrecht ineinander greifende, unendliche Flächen vorstellt. Die Unendlichkeit dazu liefern erst die Zahlen. *Plichta* war der Erste, der diese Raumstruktur entwarf. Ich habe als erster ein schlüssiges Konzept entwickelt, warum sie sich so und nicht anders, außerdem ganz einfach und völlig logisch, tatsächlich entwickeln muss (vgl. Kap. 2.4, 2.10, 2.11, 2.13 und 2.15).
Zwar kenne ich den mathematischen Beweis des Fermatschen Satzes durch *Wiles* nicht, und vermutlich würde ich ihn auch kaum verstehen – aber ich kann hier eine einleuchtende und logische Begründung liefern, die zudem pragmatisch ist und meine alternativen Vorstellungen von unserer Welt, wie sie tatsächlich sein dürfte, unterstützt.

3.14) Nachwort

Unser heutiges kosmisches Weltbild basiert keineswegs nur auf exakten Ergebnissen aus Beobachtungen und Experimenten.
Vielmehr baut es auf einer Vielzahl von Interpretationen auf, denen viele exakte Ergebnisse zugrunde liegen.
Im Gegensatz zu den reinen Ergebnissen sind Interpretationen jedoch subjektiver Natur und hängen von zahlreichen Umständen ab, bei denen gerade auch der jeweilige Zeitgeist eine führende Rolle spielt. Gegen den Zeitgeist zu interpretieren kann durchaus die eigene Karriere kosten und manch ein Forscherleben vorzeitig beenden. Auch einige Physiker und Kosmologen mussten bisweilen schon diese Erfahrung machen.
Das gegenwärtige kosmologische Weltbild scheint mir nicht stimmiger zu sein als das geozentrische Weltbild des *Ptolemäus (ca. 100-170 n.Chr.)*, nach dem die Erde von der Sonne und allen Gestirnen umkreist wird.
Dieses falsche Weltbild wurde über anderthalb Jahrtausende von der katholischen Kirche als die maßgebliche kulturelle Institution des Abendlandes bewahrt. Andersdenkende wurden nicht selten verfolgt und sogar getötet.
Schon lange bevor schließlich die offizielle Kirche dem Druck der neuen Erkenntnisse nachgeben musste, gab es diese.
Heute scheint mir die Situation sehr oft ähnlich zu sein.
Wenigstens haben jedoch Andersdenkende bessere Überlebenschancen.

Teil 4:

Leben und Geist

4.1) Wieder einmal mischen Zahlen mit

Im Jahr 1999 habe ich als erster zeigen können, dass der genetische Code ein universeller *Positions*code auf Basis der Zahl 81 zu sein scheint.
Auch haben wir die Zahl 81 als das Maß für die Menge aller stabilen und natürlich vorkommenden chemischen Elements im gesamten Universum kennengelernt. Die 81 ergibt sich über eine nur auf den ersten Blick eigenartige, im Grunde aber logische mathematische Verbindung aus den ersten vier Ordnungszahlen, und zwar durch $1^{2 \cdot} 3^4$ (vgl. Kap. 2.8).
Nach gängiger Lehrmeinung ist der genetische Code die entscheidende Gebrauchsanleitung zum Bau aller Organismen.
Jedes Lebewesen macht eine Zeit der Entstehung durch, bevor es auf die Welt kommt. Wir nennen sie seine Embryonalentwicklung.
Der bekannte englische Biologe *Lewis Wolpert*[78] kommt aufgrund vieler experimenteller Untersuchungen, z.B. an Hühner- und Mäuseembryos, zu dem Schluss, dass vor allem die genaue Position der Zelle in ihrem embryonalen Gewebeverbund letztlich darüber entscheidet, wie sich diese Zelle später weiter ausbildet, d.h. differenziert oder ausreift.
Ob sie z.B. zu einer Unterarm- oder Handzelle, zu einer Leber- oder Muskelzelle wird, hängt am Ende davon ab, an welcher Stelle – oder eben *Position* – im Zellverbund die Ursprungszelle, die sog. Stammzelle, zu Beginn der Entwicklung sitzt.

---

[78] L. Wolpert, "Regisseure des Lebens", vgl. Literaturverzeichnis

Kein Biologe weiß aber bis heute, *woher* die Information zur Einnahme einer ganz bestimmten Position stammt und *worin* sie eigentlich besteht. Natürlich sucht man die entscheidenden Zusammenhänge dafür einmal mehr *in* den Genen, also den Sequenzen aus Nukleotidtripletts (vgl. Kap. 2.9), die gemeinsam ein äußeres Merkmal, den Phänotyp, bestimmen. Genauer gesagt, man sucht diese Information fast nur im biochemischen Aufbau des Erbguts. Ich vermute jedoch darin wieder eine Sackgasse, zumal sich dann, wenn "*Positionen*" ins Spiel kommen, Zahlen geradezu aufdrängen.

Auch *Lewis Wolpert* sucht für dieses Phänomen nur nach biochemischen Hinweisen und Ursachen. Er kann zeigen, dass sich in ganz frühen Entwicklungsstadien von Organismen vielfach zunächst zwei *senkrecht zueinander stehende Entwicklungsachsen* (!) bilden, um die sich dann der dreidimensionale Zellverbund ausbildet. Wolperts Vorstellung scheint meinem Gedankenmodell von der Entwicklung endlicher Punkte (Kap. 2.4) offenbar ziemlich nahe zu kommen.

Die Zellen an den Enden der beiden senkrecht zueinander stehenden Achsen werden dabei zu zwei entgegengesetzten Polen. Zwischen ihnen entsteht ein offensichtlich sehr fein abgestuftes Konzentrationsgefälle von Zellflüssigkeit (Zytoplasma), das für die Positionsinformationen verantwortlich zu sein scheint. Dabei scheinen ganz bestimmte Stoffe als Vermittler eine Rolle zu spielen.[79] Sie bewirken, dass nur spezielle Gene abgelesen werden können. Damit werden dann die entsprechend codierten Eiweiße (Proteine) in bekannter Weise gebildet (vgl. Kap. 2.9). Diese wiederum blockieren oder fördern das Ablesen weiterer Gene. Infolgedessen kommt es zu einer zunehmenden Differenzierung jeder Zelle, und sie spezialisiert sich. In dem Augenblick, wo sie sich höher differenziert hat, wird automatisch die Entstehung anderer Zelltypen blockiert, obwohl ursprünglich einmal jede beliebige Zelle alle dafür erforderlichen Informationen besessen hat (Pluripotenz).

Die entscheidende Frage aber lautet doch, *wie* es zu diesem fein abgestuften zytoplasmatischen Konzentrationsgefälle kommt, wodurch genaue Positionsinformationen möglich werden?

Allein der Begriff von einer Positionsinformation weist meiner Ansicht nach auf einen unmittelbaren Zusammenhang mit ganzen Zahlen hin.

Das Wachstum infolge eindeutiger Positionsangaben ist sicher universell; zumindest gilt es für alle Erdbewohner in grundsätzlich gleicher Weise.

---

[79] z.B. die sog. Retinsäure, ein Vitamin A

Zum Beispiel konnte *Wolpert* für Amphibien zeigen, dass Positionswerte wie auf einer Uhr mit der Ziffernfolge 12, 1, 2, 3, ...9, 10, 11, 12 und dann noch ein zweites Mal bis 12, insgesamt somit bis 24, um eine Extremität herum angeordnet sein müssen. Nur wenn sie komplett vorhanden sind, kommt es zum Wachstum und selbst zur Regeneration ganzer verlorener Extremitätenteile. So lassen sich etwa am ebenfalls gut regenerationsfähigen Schienbein (Tibia) der Küchenschabe verschiedene Positionen markieren, die man nun willkürlich, zum Beispiel von 1 bis 10, durchnummerieren kann.

Entfernt man bei diesem Tier dann ein großes mittleres Stück mit den Positionen 2 bis 9 und verbindet die beiden kurzen Endstummel an den Positionen 1 und 10 miteinander, so wird das fehlende Zwischenstück mit den Nummern 2 bis 9 neu gebildet. Schließlich kommt es zur kompletten Neubildung eines normalen Schienbeins, wie die folgende Abbildung meines Sohnes Martin, modifiziert nach Wolpert, zeigt:

Schneidet man nun bei einer Schabe das kurze Endstück nach Position 10 ab und setzt an den verbliebenen langen Teil das ebenfalls längere Beinstück einer anderen Küchenschabe an, das man schon bei Position 1, also ziemlich am Anfang, abgetrennt hatte, so sind dann zwar wieder die Positionen 1 und 10 verbunden, nun aber in umgekehrter Folge.

Man sollte annehmen, der Körper würde das überschüssige Gewebe wieder abbauen, um auf die viel kürzere Normalform zu kommen.

Doch das Gegenteil passiert: Tatsächlich wird das Schienbein jetzt noch länger, und zwar deshalb, weil wieder die fehlenden Positionen 2 bis 9 regeneriert werden, wie in der folgenden Abbildung von Martin, modifiziert nach *Wolpert*, zu erkennen:

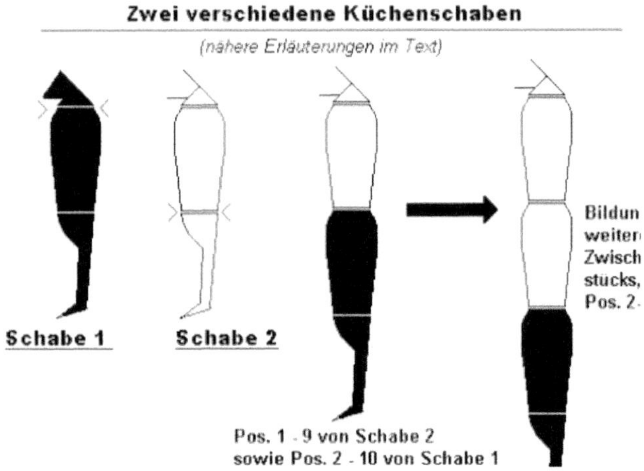

Wolpert meint dazu, dass die Zellen offenbar nicht auf irgendwelche generellen Reize, die die Länge des Schienbeins bestimmen, reagieren, sondern nur auf lokale Reize. Damit zeichnet sich ein wichtiges Prinzip ab; denn bringt man Zellen in die Nähe anderer Zellen, die nicht ihre *natürlichen* Nachbarn sind, dann lagern sie dazwischen immer die *fehlenden Positionswerte* ein. Alle Experimente zeigen nachhaltig, dass die Zellen solche Positionswerte tatsächlich besitzen. Wieder andere Experimente beweisen, dass Wachstum und Regeneration anscheinend stets entlang einer durch die Ordnungszahlen codierten, exakten Abstufung erfolgen.
Der englische Biologe *E.L. Grant Watson* beschrieb eigenartige Umstände bei der Verpuppung der von ihm untersuchten Schwalbenschwanz-Schmetterlinge[80]:
In der Puppe *'findet ein Gewebeabbau statt'*, der fast alle Organe der Raupe *'zu einer Art nicht-zellularen Brei'* reduziert. Doch *'Form und Lage der Schmetterlingsorgane sind in diesem Entwicklungsstadium auf der Puppe markiert. Diese Markierungen befinden sich auf der Außenseite, und im Inneren ist noch nichts ausgeformt, was ihnen entsprechen würde... Obwohl im Inneren nichts als der Zerfall begriffene alte Körper der Larve anzutreffen ist, findet man auf der Außenseite der Puppe die Zeichnung des ganzen Insekts, mit Flügeln, Beinen, Fühlern etc., an deren Stelle später die jetzt noch nicht gebildeten Organe treten werden...'*
Die Verpuppung der Schmetterlingsraupe zum Schmetterling ist eine Metamorphose, d.h. eine Verwandlung, die mit einer Weiterentwicklung einhergeht. Dabei bildet sich das Zellgewebe zurück. Offenbar sind jetzt

[80] Zitiert bei Adams, G. (1979) und Bischof, M. (1995)

Kräfte am Werk, die die Kontinuität des *Lebens* beibehalten und über ganz gezielte, offenbar immaterielle Informationen, den weiteren Weg vorzeichnen. Es scheint also "immaterielle Entwicklungsprogramme" zu geben. Der englische Entwicklungsbiologe *Lewis Wolpert* meint dazu, dass sie aus sehr einfachen Anweisungen bestehen können und auch müssen, obwohl sie oft sehr komplizierte Formen veranlassen. Er vergleicht das mit dem *Origami*, der japanischen Kunst des Papierfaltens, bei der die Anleitungen nur aus einigen wenigen Handgriffen, wie z.B. dem Falten und Auseinanderfalten von Papier, bestehen. Dagegen sind die später entstehenden Formen, wie z.B. ein Papiervogel oder eine schöne Blume, durchaus sehr kompliziert. Wolpert sieht die "biologischen Anleitungen" durch *chemische* Konzentrationsgefälle gegeben, was dann jedoch die eingangs schon gestellte Frage automatisch wieder anschließen müsste, *wie* und *wodurch* diese dann wieder bestimmt werden.

Kommen wir zurück zum Menschen. Achtet man auf die zahlenmäßige Aufgliederung der Knochen an Arm und Bein, so kann man im Grunde dasselbe sehen: *Einem* Oberarmknochen folgen *zwei* Knochen am Unterarm, dann d*r*ei Handwurzelknochen in erster Reihe und *vier* in zweiter Reihe. Dann folgen *fünf* Finger (Phalangen). Am Bein verhält es sich wieder genauso: Nach nur *einem* Oberschenkelknochen kommen *zwei* Knochen am Unterschenkel. *Drei* Knochen bilden den Rückfuß in erster Reihe (Sprungbein, Fersenbein und Kahnbein), *vier* Knochen dann die zweite Reihe (drei Keilbeine und ein Würfelbein), gefolgt von *fünf* Zehenstrahlen. Diese klar an den ersten *fünf Ordnungszahlen* orientierte Entwicklung der Extremitäten bei sehr vielen Lebewesen ist wohl das eigentliche Geheimnis ihrer embryonalen Steuerung – was heißen soll: Zahlen bestimmen auch die Entwicklung allen Lebens.
Und welche Bedeutung das *paar*weise Auftreten der *Fünf*, also die Zahl 10 besitzt, habe ich ja schon erläutert:
Die 10 ist die Maßzahl des offensichtlich in unserer Welt bevorzugten Rechen- und Zählsystems, des Dezimalsystems, *weil* sie die Summe der ersten *vier* Ordnungszahlen ist.
Was die Anzahl der Strahlen (Phalangen, d.h. also Finger und Zehen) der bei allen (höheren) Lebewesen[81] paarig angelegten Extremitäten betrifft, finden wir daher mit der *Fünf* eine offenbar vorgegebene natürliche

[81] Dies trifft ja zum Beispiel nicht auf Insekten und Spinnentiere zu. Auch ihre Ausdehnung wird natürlich zahlengesteuert, folgt aber einer nach innen gerichteten Strukturierung, worauf hier jedoch nicht näher eingegangen werden kann.

Grenze[82]. Dies müsste zunächst erstaunen; denn eigentlich hätte sich die zahlenmäßige Aufgliederung der Anatomie fortsetzen sollen, zumal alle Phalangen jeweils aus zwei, bzw. drei Knochen bestehen: Nach bereits *fünf* Mittelhand-, bzw. Mittelfußknochen hätten ja durchaus auch *sechs* Grundglieder mit vielleicht *sieben* Mittelgliedern und *acht* Endgliedern wachsen können. Dem ist aber nicht so. Eine *Sechs*gliedrigkeit (*sechs* Finger oder Zehen im körperfernen eigentlichen Strahlabschnitt) kommt zwar vor – nur ist sie eine recht seltene *Ausnahme*. Und ein *siebtes* Glied ist noch viel seltener und dann bloß ein endständiger Stummel.

Ziemlich offensichtlich scheint hier einmal mehr etwas rein Geistiges, nämlich die im Hintergrund real existente und bestimmende immaterielle Folge ganzer Zahlen, im Spiel zu sein. Anders gesagt: *Was wie* bei der Entwicklung abläuft, bestimmen Ordnungszahlen. Nur sie scheinen in der Lage zu sein, solch feine und exakt quantifizierte Abstufungen im Zellmilieu zu bewirken. Doch nach so simplen Informationsgebern hat man bislang noch nie gesucht, obwohl viele geradezu verblüffende Zahlenparallelen in diese Richtung weisen. Einige Entwicklungsbiologen finden derzeit immer neue Hinweise dafür, dass gerade die *Position* einzelner Zellen in ihrem eng begrenzten Umfeld eine entscheidende Basis für ihre weitere Entwicklung darstellt.

Daneben scheint auch die unterschiedliche Artentwicklung oft durch geringe, eher graduelle Veränderungen (z.B. asymmetrisches Wachstum) bei ansonsten identischen Vorgaben zustande zu kommen.

Schon der britische Biologe *D'Arcy Thompson*[83] hat zu Anfang des 20. Jahrhunderts recht einfache kartographische Zeichnungen hergestellt, die belegen können, auf wie einfache Weise die Formverschiedenheit ganzer Arten zustande kommt. Lewis Wolpert dazu: *"Wenn man die Körperform eines Tieres, zum Beispiel eines Krebses oder Fisches, in ein rechtwinkliges Koordinatensystem einträgt, dann kann man durch leichte Verzerrung der Achsen die Form verwandter Fische oder Krebse erzeugen. Es ist ungefähr so, wie wenn man die Gestalt auf ein Gewebe aus stark dehnbarem Gummi zeichnet und dann dieses Tuch in verschiedenen Richtungen auseinander zieht oder anderweitig verformt"*,

Das verdeutlicht die nachfolgende Zeichnung meines Sohnes Martin, modifiziert nach Wolpert:

[82] Die Ausprägung von Doppelzehen beim Paarhufer (z.B. Kuh) oder eines einzelnen Hufes, wie z.B. beim Pferd, sind natürlich funktionell bedingte "Rückschritte" aus einer bei all diesen Tieren dennoch vorhandenen fünfteiligen Anlage.

[83] nach Lewis Wolpert, "Regisseure des Lebens", vgl. Literaturverzeichnis

Die rechte Abbildung zeigt einen Fisch, der in ein rechtwinkliges Koordinatensystem eingezeichnet wurde. Durch leichte Verzerrung der Achsen entsteht ein neuer Fischphänotyp.

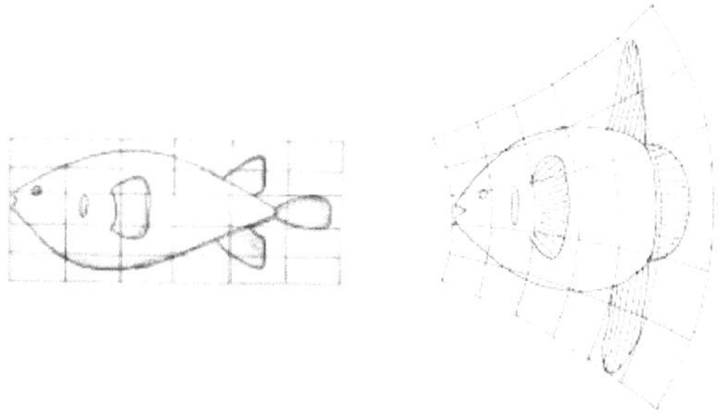

Dasselbe lässt sich z.B. auch mit den Schädelformen von Säugern bis hin zum Menschen machen. Die nebenstehende Zeichnung von Martin, modifiziert nach *Wolpert*, zeigt die Schädel eines Schmalnasenaffen, z.B. Mandrill (oben), und eines Orang-Utans (unten).

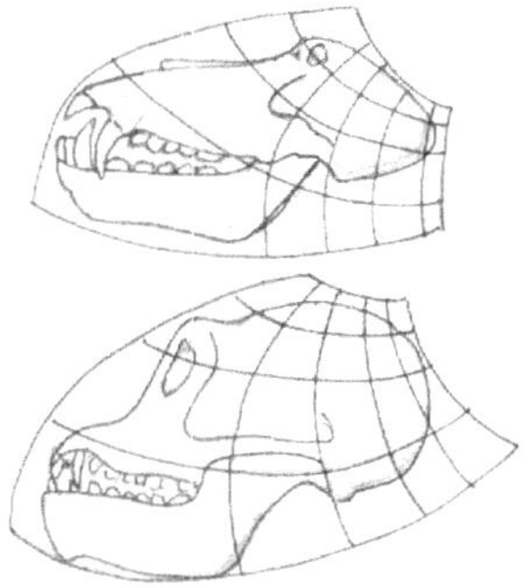

Sieht man die kugelige Fischform als Ergebnis der Verzerrung eines Koordinatensystems an, müsste es auch selbst real existieren.
Wolpert kann sich für eine solche Sichtweise allerdings nicht erwärmen. Er sieht die Ursache dieser Formverschiedenheiten in unterschiedlichen Wachstumsgeschwindigkeiten einzelner Bereiche im Koordinatensystem. Die Fragen *"wie"* und *"woher so genau"* derlei Wachstum koordiniert und gesteuert wird, können damit jedoch kaum plausibel beantwortet werden. Koordinatensysteme sind natürlich nichts anderes als *mathematische Positionskarten.* Diese offenbar allgemeingültigen Sachverhalte sind ein weiteres schönes Indiz dafür, dass Ordnungszahlen, mit denen ja solche Kartensysteme erstellt werden, tatsächlich im Hintergrund aktiv sind. Dann aber könnten auch verzerrte Koordinatensysteme die Entwicklung steuern und nicht umgekehrt.
Ganz sicher steckt eine Unmenge von Informationen in unseren Genen; aber vermutlich ist nur ein Teil davon *biochemisch* angelegt.
Möglicherweise werden sogar weitaus mehr Informationen *physikalisch* gespeichert. Der entscheidende Grund dafür liegt vermutlich in ihren dreidimensionalen, räumlichen Strukturen. Darauf werde ich später noch

näher eingehen. Egal jedoch, ob etwas biochemisch oder physikalisch gespeichert ist, immer steht dahinter ein "geistiges" Programm.
Das wiederum ist selbst auch *eine* Medaille mit *zwei* Seiten. Eine Seite des geistigen Programms folgt der unendlichen Folge der real existierenden Ordnungszahlen. Das ist seine rein *objektive* Komponente. Dagegen ist die andere Seite *subjektiv* und beinhaltet das, was ich schlechthin mit "Geist" umschreibe.
Dabei gilt: Je früher eine Gattung die Bühne des Lebens betritt, desto maßgeblicher wirkt die "objektive Komponente" an ihrer Entwicklung mit. Die Entwicklung allen Lebens nennen wir Phylogenese.
Dasselbe gilt auch für die jeweilige Individualentwicklung (Ontogenese): Je jünger ein Organismus noch ist, desto stärker wirken auf ihn und seine Entwicklung "objektive Komponenten" ein. Je später aber eine Art die Lebensbühne betritt oder je älter der individuelle Organismus ist, desto stärker und umfangreicher ist auf ihn der Einfluss des rein "subjektiv Geistigen". So werden also Phylo- und Ontogenese gesteuert.
Aus dieser Sicht ist der Mensch, das erste Wesen auf dieser Erde, das sich seines Selbst und seiner Umwelt bewusst wird, tatsächlich eine "Krönung der Schöpfung" – nicht zuletzt auch deshalb, weil er das erste Wesen ist, das sich solcher Zusammenhänge bewusst werden kann.
Und das ist, wie ich meine, keineswegs Arroganz, wie *Gerd Binning*, im Jahr 1986 Nobelpreisträger für Physik, in einem Interview behauptet.[84]

4.2) Mutationen sind es nicht allein

Spätestens im 19. Jahrhundert traten die Naturwissenschaften endgültig ihren Siegeszug an und begründeten eine rein materialistische Weltsicht. Bis heute hat sie, zumindest im abendländischen Kulturkreis, Bestand.
Man spricht auch von einem *monistischen Materialismus*: Danach beruht alles in unserer Welt allein auf Materie, dem eigentlichen und alles umfassenden Grundprinzip. Selbst der menschliche Geist, unser Bewusstsein und der eigene Wille seien bloß Systemeigenschaften oder Produkte von Materie, sog. Epiphänomene. Die moderne Biologie sowie

---

[84] "Wirtschaftswoche", 24 (2001)

die Hirnforschung lassen uns das glauben. In den nächsten Kapiteln werde ich diese Vorstellungen sehr kritisch beäugen. Bereits zu Anfang möchte ich jedoch die Fronten klären: Ganz unmissverständlich halte ich eine rein materialistische Sicht unserer Welt in jeder Hinsicht schlichtweg für falsch.

Der bekannte französische Mathematiker und Astronom von *Napoleon (1769-1821)*, *Pierre Laplace (1749-1827)*, antwortete auf dessen ironische Frage, wo er denn in seinem Werk *"Mécanique céleste"* für Gott noch einen Platz im Universum sähe: *"Sire, je n'avais pas besoin de cette hypothèse"* [85]

Laplace steht, so meine ich, für eine bis in unsere heutige Zeit reichende unglaubliche Arroganz nicht weniger gebildeter Menschen, die damit noch nicht einmal von Selbstzweifeln geplagt werden.

Zu den Säulen der modernen Erkenntnis gehören die inzwischen kaum noch ernsthaft angezweifelten Evolutionstheorien, die letztlich alle auf den britischen Naturforscher *Charles Darwin (1809-1882)* zurückgehen.

Im 19. Jahrhundert waren sie die psychologische Bombe schlechthin, weil sie mit einem Aufsehen erregenden und schockierenden Aufhänger populär wurden, der vermeintlich unmittelbaren Abstammung des Menschen vom Affen. *Darwin* selbst hatte das im Übrigen nie geäußert.

Zwischen 1831 und 1836 bereiste er auf dem Schiff *"Beagle"* die Erde. Noch vor kurzem wandelte ich auf seinen Spuren und durchfuhr den nach seinem Schiff benannten Beagle-Kanal zwischen Argentinien und Chile in Feuerland. Auf seinen Reisen beobachtete Darwin sehr genau die Tierwelt, vor allem auf den Galápagosinseln im pazifischen Ozean, westlich von Südamerika. Seine Ergebnisse dienten ihm als Grundlage für seine späteren Studien, die sich mit der Veränderlichkeit und der Neubildung der Arten befassten. Im Jahre 1883 entstand daraus das bis heute in der Biologie anerkannte Hauptwerk *"Über den Ursprung der Arten durch natürliche Zuchtwahl"*. Das und weitere Werke *Darwins* führten zu einer völlig neuen Weltanschauung, dem *Darwinismus*.

Seine Evolutionstheorie ist eine reine *Selektionstheorie*: Selektion bedeutet Auswahl, und immer wieder wird im Zusammenhang mit *Charles Darwin* von einem "Kampf ums Überleben" oder gar dem "Recht des Stärkeren" gesprochen. Dabei stammen solcherlei Formulierungen gar nicht von *Darwin* selbst; denn er sprach nur von *"the fittest"*, was besser mit "der Geeigneteste" oder mit "der Angepassteste" übersetzt werden kann, und was längst nicht immer auch die Stärksten meint. Weitere Möglichkeiten, sich als sehr "geeignet" zu erweisen, z.B. durch Kooperationsfähigkeit,

---

[85] Aus dem Franz. übersetzt: "Sire, ich bedurfte dieser Hypothese niemals"

spielen gewiss auch eine große Rolle. Ihr Stellenwert gewinnt erst in den letzten Jahren zunehmend an Bedeutung. Mittlerweile glaubt man auch erkannt zu haben, dass selbst Mikroben wie Bakterien untereinander kommunizieren und miteinander kooperieren. Keinesfalls darf man das Ringen ums Dasein *("struggle for life")*, wie Darwin es nannte, mit einem Kampf zwischen ungleich starken Wesen gleichsetzen.

Derlei Verschärfungen der Ausleseprinzipien stammen eher von seinen wissenschaftlichen Nachfahren, z.B. von dem deutschen Biologen *Ernst Haeckel (1834-1919)*. Er und einige andere seiner Zeit wurden zu den Begründern des *Neodarwinismus*. Zwar kalkulierte auch Darwin bereits mit zufälligen Veränderungen, nur wusste er noch nicht, wo sie zum Tragen kämen; denn man kannte weder Gene noch Chromosomen usw.

Mit der Genetik avancierte jedoch die *Mutation* von Erbgut zu dem nun alles entscheidenden, zufälligen Schlüssel für jede Neuerung.

Jedem Selektions- oder Auswahlprozess sollte logischerweise eigentlich zunächst eine Anpassung des jeweiligen Organismus an seine Umwelt vorangehen. Jede umweltbedingte Änderung an einem Lebewesen kann sich aber nur dann bei seinen Nachfahren auswirken, wenn sich die Änderung auch auf die Nachfahren überträgt. Nach der bis heute gültigen Vorstellung kann das jedoch nur mit Hilfe des biochemischen Erbguts geschehen, das man im Laufe des 20. Jahrhunderts immer besser beschreiben lernte. Wachsen etwa einem Kamel Schwielen an seinen Kniegelenken, *weil* es soviel in der Wüste kniet, dann haben davon seine Nachkommen noch lange nichts. Ein bekannter wissenschaftlicher Vorfahre Charles Darwins, der französische Naturforscher *Jean-Baptiste Lamarck (1744-1829)*, meinte aber, Anpassungen an die Umwelt würden tatsächlich auf die nachfolgenden Generationen übertragen. Und sein Gedanke scheint ja grundsätzlich auch durchaus plausibel. Zu Lamarcks Zeiten gab es aber noch keine Idee von der Vererbungslehre (Genetik). Heute wissen wir, dass Lamarck nicht Recht haben kann, solange wir zum biochemischen Erbgut, dem Genom, als dem bislang einzigen bekannten Überträger jeglicher Erbinformation keine weitere Alternative in Erwägung ziehen. Eine erst im Laufe des Lebens neu erworbene Veränderung in der äußeren Gestalt eines Wesens, seinem Phänotyp, manifestiert sich nämlich *nicht* im (biochemischen) Erbgut, womit sie sich folglich auch nicht vererben kann.

Schon seit den Entdeckungen von *Gregor Mendel (1822-1884)*, spätestens aber seit dem Jahr 1953, als der englische Vererbungsforscher *Francis Crick (1916-2004)* zusammen mit dem Amerikaner *James Watson (*1928)* die DNS als den eigentlichen Bauplan aller Lebewesen dieser Erde erkannte und entschlüsselte, schien zweifelsfrei festzustehen, dass sich jede Anpassung erst im *Genom* des jeweiligen Wesens manifestieren muss, wenn sie auf die Nachkommen übertragen werden soll. Auch die Schwielen des Kamels mussten also zunächst im Erbgut entstanden sein. Nur wie? Wie also konnte das Erbgut, ohne ja selbst denken zu können, wissen, dass für sein "Herrchen", das Kamel, Schwielen an den Knien nützlich seien?

Die Antwort der Biologen darauf lautet bis heute: reiner *Zufall*. Danach gibt es keinerlei Möglichkeit oder gar Richtung, die ganz gezielt zu etwas Nützlichem hinführt. Erst wenn ein Merkmal entstanden ist, lässt sich rückblickend sagen, solche Schwielen, um bei diesem Beispiel zu bleiben, sind nützlich, somit geblieben und nicht wieder verschwunden.

Als etwas "Geeignetes" hat es sozusagen die Stürme der Jahrmillionen im "Daseinskampf" dieses Lebewesens überlebt. Aber dass die Schwielen überhaupt entstanden sind, beruhe eben nur auf einer zufälligen *Mutation* im Erbgut des Lebewesens "Kamel".

Nach den Lehren der modernen Evolutionsbiologen, die heute im Übrigen nicht mehr von Neodarwinismus, sondern von "Synthetischer Evolutionstheorie" sprechen, muss am Anfang jeder Neuerung der Zufall mit einer genetischen Mutation stehen. Nun wissen wir, dass solche Mutationen selbstverständlich zur Bildung neuer und anderer Eiweiße führen können. Dennoch scheint es offenbar sehr wirksame Mechanismen zu geben, welche die Auswirkung von Mutationen auf die Bildung neuer Zellstrukturen (Proteinbiosynthese) viel eher hemmen als fördern.

So stehen außer einem Starter und drei Nonsenstripletts genau viermal so viele Basen-*Positionen* im genetischen Code zur Verfügung (80), als es Aminosäuren gibt (20). Interessanterweise ergibt sich hier mit 4:1 wieder einmal ein ganzzahliges Verhältnis. Kleinere Defekte, wie sie z.B. durch das Vertauschen einzelner Nukleotide auftreten können, führen daher nicht unbedingt auch zu einer Änderung der Aminosäurensequenz (vgl. Kap. 2.9). Darüber hinaus gibt es noch mehr Schutzmechanismen, die die Auswirkungen von Mutationen eher zu hemmen scheinen:

Die meisten wichtigen Eiweiße, die wir im Körper zum Bauen und zur Erhaltung seiner Funktionen, den sog. Bau- und Betriebsstoffwechsel, brauchen, sind sehr lange Ketten aus 20 sog. α-Aminosäuren.

Einige dieser Proteine können im Körper von Mensch und Tier mit Bauarbeitern oder mit Bauwerkzeugen verglichen werden. Man nennt sie *Enzyme*.

Enzyme braucht man, um andere wichtige Dinge herzustellen, z.B. neue Gewebe, die nach einer tiefen Wunde zur Heilung beitragen. Als Beispiel für ein ganz wichtiges Enzym bei der Atmung dient das "Cytochrom C". Sein Eiweißanteil besteht aus 104 Aminosäuren (AS). Davon könnten aber locker 70 AS ausgetauscht werden, ohne dass es zu irgendeiner Beeinträchtigung seiner Funktion oder überhaupt zu einer Veränderung käme. Um durch Mutationen hier etwas ausrichten zu können, ist schon eine ganze Menge Zufall nötig. Es scheint, wie ich meine, tatsächlich eher so, dass Mutationen sehr häufig ziemlich stumpf sind.
Anders gesagt: Viele Mutationen laufen schlichtweg ins Leere.
Die Natur, oder wie immer wir an dieser Stelle das nennen wollen, was hier tatsächlich konstruktiv tätig ist, mag die Mutation offensichtlich gar nicht so sehr und schützt sich vor ihr. Welch ein Wunder übrigens; lesen wir alle doch täglich davon, dass Mutationen eher unser Selbst bedrohen, als dass sie uns zu "höheren Weihen" verhelfen können. Zu den heute am meisten gefürchteten Krankheiten gehören z.B. Krebserkrankungen. Viele von ihnen sind u.a. auch auf Mutationen zurückzuführen, die z.B. durch Sonneneinstrahlung (→Melanome), Viren (→Lymphome) oder eine Reihe von gefährlichen Stoffen, z.B. Benzole, Asbest oder Nikotin (→Lungenkrebs) in ganz normalen Zellen hervorgerufen oder veranlasst werden können.
Mutationen scheinen also tatsächlich oft mehr zu schaden, als dass sie uns nützen. Und es ist kaum vorstellbar, dass ihr Einfluss auf Keimzellen anders sei als auf normale Körperzellen. Das heißt natürlich keineswegs, dass sie nur und ausschließlich schaden müssen. Nein, sie können durchaus auch eine wichtige, aber wohl eher nur ergänzende Rolle für nützliche Neu- oder Weiterentwicklungen spielen.
Dazu noch eine weitere Überlegung: Wenn – und damit noch einmal zurück zu den Kamelschwielen – ja wenn jede Mutation anschließend immer einer strengen Selektion, also einem Auswahlprozess unterliegt, dann dürfte sie diesen sinnvollerweise nur dann erfolgreich überstehen können, wenn sie schon in der nächsten Generation zu etwas Besserem geführt hat. Sollte sie dagegen nur eine gewisse Entwicklungsrichtung angestoßen, aber noch nicht zur Vollendung gebracht haben, na dann wird sie, den gültigen Lehrmeinungen zufolge, ganz schnell wieder "weg vom Fenster" sein müssen; denn Selektion scheidet, so die Definition, alles Unvollkommene erst einmal aus, wenn es in der neuen Form als ungeeignet oder auch als "noch nicht ausreichend geeignet" angesehen werden muss.

Nun mag ja im Einzelfall, z.B. was wieder die Schwielen des Kamels betrifft, eine sofort "selektionsstabile" Verbesserung durch eine Mutation im Genom noch plausibel sein. Problematisch aber wird es sicher, wenn man glauben soll, dass alle Arten auf dieser Erde, und damit die gesamte Evolution im Tierreich bis hin zum Menschen, *ausschließlich* zunächst mit Hilfe zufälliger Mutationen gezündet und anschließend durch Selektion der "am geeignetesten Mutierten" hervorgegangen sein sollen.
Hier sträubt sich jede Logik, und auch der stereotype Hinweis auf die doch so unermesslich riesigen Zeiträume seit Beginn dieser Prozesse auf unserer Erde vor vielleicht ein- oder zwei Milliarden Jahren ist nach meiner Auffassung wenig hilfreich.
Sehr schön und mit der nach meiner Auffassung notwendigen Schärfe schrieb dazu 1978 der Biologe *Wilder-Smith*: *"Wenn ein Wurm mit Hilfe der Mutation als Wurm überleben soll, muss die Mutation ihn zum 'besseren' Wurm machen – und nicht zur nächsthöheren Entwicklungsstufe in der Tierwelt. Denn am Beginn der nächsten Evolution wird er als Wurm automatisch wenig tauglich sein. Die natürliche Auslese wird also nicht zur höheren Spezies führen, sondern zur Stabilisierung und Verbesserung schon bestehender Arten".*
Zufällige Mutationen kommen sicher ständig vor und spielen zweifellos auch eine wichtige Rolle im Evolutionsgeschehen. Das bestreite ich überhaupt nicht. Keineswegs aber glaube ich, dass sie im Rahmen der Evolution tatsächlich die alles entscheidende Rolle spielen, die man ihnen bislang dabei zumisst. Der Stellenwert der Mutation wird, davon bin ich überzeugt, zurzeit gewaltig überschätzt – genauso wie übrigens der unserer Gene und des Gehirns. Aber dazu später.

4.3) Evolution durch natürliche Auslese

Für die Neodarwinisten, die sich heute Vertreter der synthetischen Evolutionstheorien nennen, ist die Mutation die eigentliche Basis und der entscheidende Motor der Entwicklung allen Lebens. Mutationen sind zufällige Veränderungen im Erbgut und werden auf die Nachkommen übertragen. Ist sie vorteilhaft, dann hält sie zum einen den jeweiligen Umweltbedingungen stand. Dieser Vorteil mag anfangs gering sein, doch längerfristig *kann* er dazu beitragen, dass sich schließlich nur noch

Nachkommen der neuen Variante durchsetzen. Zum anderen führt so eine Mutation eventuell auch zu einer Veränderung, die zunächst weder Vor- noch Nachteil bedeutet, sich aber dennoch auf die kommenden Generationen weitervererbt, aber versteckt bleibt. Irgendwann ändern sich nun doch vielleicht die Umweltbedingungen für dieses Lebewesen, und die vormals praktisch nur passiv mitgeschleppte Mutation erweist sich dann auf einmal als vorteilhaft. Infolgedessen werden die Nachkommen solcher Mutationen sich in Zukunft als angepasster an ihre Umwelt behaupten und durchsetzen können. Die Plausibilität des hier Skizzierten habe ich im letzten Kapitel bereits andiskutiert. Nun unterstellen wir einfach, dass es so ist. Den Mechanismus der hier kurz erläuterten natürlichen Auslese nennen wir "Selektion". Für die Biologen ist er neben der Mutation der zweite und alles mitentscheidende Evolutionsmechanismus.

Grundsätzlich geht der Gedanke einer Evolution durch Selektion zwar auf *Charles Darwin* zurück – aber während Darwin selbst noch Anhänger *Lamarck*'scher Ideen war, wonach sich also die im Laufe des Lebens *erworbenen* vorteilhaften Anpassungen an die jeweilige Umwelt auch auf ihre Nachkommenschaft auswirken sollten, d.h. *irgendwie* an sie weitergegeben würden, werden diese Vorstellungen heute nicht mehr akzeptiert.

Wenn durch Mutation entstandene neue Gene evtl. sogar über Millionen von Jahren nichts bewirken, aber ständig weitergeschleppt werden, so akzeptiert das der moderne Evolutionsbiologe ohne jeden Zweifel an seinen Theorien. Er nennt dieses Phänomen "vorauseilende Anpassung" und nimmt es als gegeben hin. Dabei ist es in meinen Augen äußerst erstaunlich, dass man beispielsweise bei Fliegen ein Gen nachweisen kann, das für die Bildung eines Innenohres zuständig ist, was Fliegen natürlich nicht besitzen. Implantiert man es Mäusen, die durch einen Gendefekt kein Innenohr besitzen, entsteht bei ihnen eins.

Die tonangebende Wissenschaft ist im Großen und Ganzen der Ansicht, die Evolutions*mechanismen* seien mit den Begriffen "Mutation" und "Selektion", vielleicht noch ergänzt durch "Kommunikation" und "Kooperation", hinreichend erklärt.

Ich bin da allerdings ganz anderer Ansicht. Nicht, dass ich diese vier wesentlichen Grundprinzipien anzweifle. Nur, in meinen Augen ist die Geschichte damit noch lange nicht zu Ende – ganz im Gegenteil, jetzt fängt es wohl erst richtig an spannend zu werden.

Ich behaupte nichts weniger, als dass *Lamarck* mit seiner Vorstellung, gewisse Lebenseinflüsse könnten sich auf die Nachkommenschaften dauerhaft und prägend auswirken, *im Prinzip* Recht hatte. Mancher Biologe mag jetzt seine Nase rümpfen und vielleicht mein Buch an dieser Stelle weglegen wollen. Das wäre jedoch zu voreilig.

Lamarck wollte nur erklären, warum die Nachkommengenerationen von vielen Tieren immer bessere Merkmale, Eigenschaften oder Fähigkeiten entwickelt hatten. Jedes Lebewesen könne durch eine *"Anstrengung seines inneren Gefühls"* in sehr zweckmäßiger Weise bestimmte Organe oder Körpermerkmale generell entwickeln und andere vernachlässigen. Durch derartige, über lange Zeit gleich bleibende Einflüsse erfolge dann eine Neu-, Rück- oder allgemein, Umbildung von Organen oder ganzen Körperteilen. Die jetzt neu erworbenen Eigenschaften sollen dann auf die Nachkommen übertragen werden können. Ein hierzu von allen Seiten immer gern wieder angeführtes Beispiel ist das der langhalsigen Giraffen: Bei ihnen soll das ständige Strecken nach hoch an den Bäumen hängenden Blättern über viele Generationen hinweg zu einer dann vererbten Verlängerung des Halses geführt haben.

Nach heutiger Auffassung in der Biologie kann das so niemals geschehen sein. Schon der deutsche Neodarwinist *August Weismann(1834-1914)* hatte vor über 100 Jahren dieser Vorstellung mit seiner Doktrin den Garaus gemacht, wonach das Keimplasma (heute spricht man von Genom oder Genotyp) das Körpergeschehen (Somatoplasma, heute eher Phänotyp) bestimmt, aber niemals umgekehrt.

Und tatsächlich, bis heute gibt es keinerlei Anhalt dafür, dass sich die im Laufe eines Lebens erworbenen körperlichen Veränderungen in dem uns bekannten Erbgut irgendwie *biochemisch* gezielt manifestieren und damit die Nachkommenschaften prägen.

Deshalb kann mit den bisher beschriebenen Evolutionsmechanismen gerade mal das erste Kapitel eines Buches zur Evolution wirklich fertig sein. Das Buch muss nun endlich einmal fortgesetzt werden; denn ich glaube, Vererbung bedeutet tatsächlich viel mehr als die bloße Weitergabe von biochemischen Informationen über die Gene.

Vielmehr scheint mir Vererbung ein höchst komplexer Begriff zu sein, der noch weitere Mechanismen einschließt. Und zwar solche, die heute gar nicht erst in Erwägung gezogen werden, bzw. deren Existenz man in der Regel schon grundsätzlich und kategorisch bestreitet.

Ich spreche hier von Mechanismen, die mit der realen Existenz einer Ebene zusammenhängen, die man ganz grob am besten mit *"immateriell geistig"* beschreiben kann. Ihr zuzuordnen sind dann Phänomene wie Instinkte oder Bewusstsein. Beide betrachte ich keineswegs als bloß zufällige und dabei mehr oder weniger willkommene (Neben-)Produkte

ihrer materiellen Ausgangsbasis, dem Gehirn, sondern als prinzipiell völlig eigenständige und unabhängige, obendrein hierarchisch abgestufte immaterielle Einflussgrößen.
Folglich wird Vererbung jetzt zu einem viel komplexeren Geschehen als bislang angenommen. Einerseits spielt sie natürlich auch weiterhin auf der bekannten materiellen Klaviatur und besitzt materielle Auslöser und Mittler. Andererseits aber wird sie dazu von einer hiervon unabhängigen und dennoch genauso real existierenden, immateriell geistigen Ebene maßgeblich und ständig beeinflusst.
Diese Auffassung ist, wenn man Beobachtungen und Interpretationen unserer Welt voneinander trennt und nüchtern betrachtet, mit den wirklich gesicherten Erkenntnissen über unsere Welt vereinbar.
Allein schon die vielen zahlenmäßigen Übereinstimmungen bezüglich der wichtigsten Eckdaten und Schlüsselpositionen in der Chemie, der Genetik und der Kosmologie, sollten einen unvoreingenommenen Leser überzeugen können, die Realexistenz von Zahlen und geometrischen Formen als geistige Steuerungsinstrumente zu akzeptieren.
Die reale Existenz einer geistigen Dimension wird so wenigstens im Grundsatz bejaht.
Eine Reihe weiterer, dazu passender Hinweise aus Biologie und Medizin werde ich noch in den nächsten Kapiteln anbieten.
Wenn jedoch Zahlen und geometrische Formen eine wichtige und reale Rolle im Hintergrund der Evolution spielen, dann kann man z.B. das Entstehen der Giraffen durchaus mit der allmählichen Anpassung ihrer Vorfahren an höherliegende Nahrungsquellen erklären:
Genauso, wie sich eben Fische oder Primaten-Schädel allein durch proportionale Verzerrungen von Koordinatensystemen darstellen lassen (vgl. 4.1), ließe sich so etwas natürlich auch für Giraffen denken.
Der lange Hals benötigt folglich keine ganz neue Entwicklung.
Ein ständiger Umweltreiz nutzt den möglichen Spielraum einer bereits bestehenden Erbanlage, bei der Zahlen eine ohnehin entscheidende Rolle spielen, einfach aus.
Die folgende Abbildung meines Sohnes Martin auf der nächsten Seite, in der eine afrikanische Kurzhalsgiraffe, das *Okapi*, mit einer typischen (Langhals-)Giraffe verglichen wird, mag das verdeutlichen:

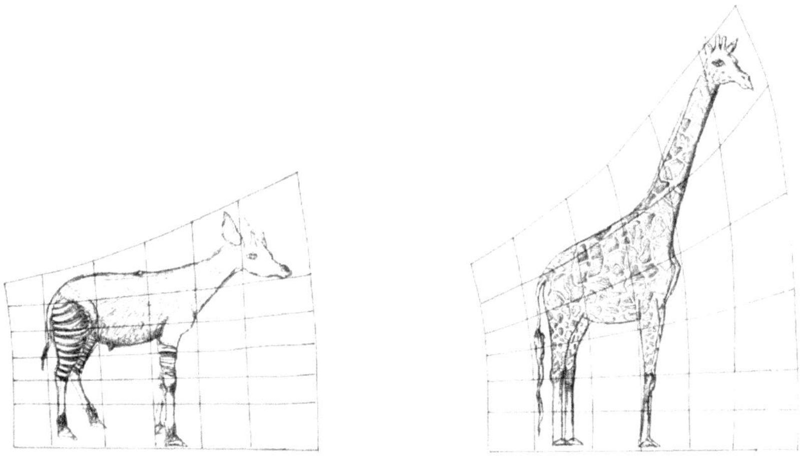

Und noch etwas zum Schluss dieses Kapitels:
Das am meisten vorgebrachte Argument dafür, dass Mutation und Selektion allein die Evolution ausreichend beschreiben könnten, ist das der gigantischen Zeiträume, in denen sich die Evolution bewegt.
Kritiker dieser geläufigen Theorien würden nur deshalb immer wieder nach anderen Lösungen suchen, weil sie so ungeduldig wären und nicht in so enorm großen Zeiträumen dächten. Diese seien für uns letztlich so abstrakt wie eine riesige Menge Geld, z.B. wenn (berechtigterweise) über das Haushaltsdefizit eines Landes diskutiert wird. Man kann das sicher nachvollziehen, wenn man die Gleichgültigkeit sehr vieler Bürger gerade auch in unserem Land sieht, trotz horrender und zu einem großen Teil völlig unnötiger und überzogener, dazu hausgemachter Schulden eines eklatant überwuchernden Staatsapparates sieht.
Doch so eine Argumentation hinkt ganz gewaltig: Nicht nur, dass selbst Hunderte Millionen von Jahren bei genauem Nachrechnen viel zu kurz sein müssten, wenn es bei der Mutation als dem alles entscheidenden Motor der Evolution bliebe. Überdies haben Zoologen aus den USA und Australien mittlerweile herausgefunden, dass ganz neue Tierarten sogar schon nach verblüffend kurzen Zeiträumen entstehen können.
Das kann aber nur bedeuten, dass Zufall gar nicht die ihm zugedachte Rolle als Hauptmotor spielen kann. Wie in dem sehr respektablen Wissenschaftsmagazin *Science*[86] nachzulesen ist, hat sich beispielsweise

[86] Science, Band 289

eine erst vor 60 Jahren in einen Binnensee verschleppte Lachsart[87] in zwei verschiedene Linien aufgezweigt, die sich nicht mehr untereinander kreuzen können. Genau das ist jedoch das typische Charakteristikum, dass nunmehr zwei verschiedene Tierarten existieren.
Bei Insekten treten oft sogar schon nach noch viel kürzeren Zeiten ganz neue Arten auf. Zwei miteinander verwandte australische Fliegenarten[88] veränderten beispielsweise ihre Sexuallockstoffe innerhalb von nur neun Generationen dermaßen stark, dass Paarungen untereinander nicht mehr möglich waren, weil sich Weibchen und Männchen dieser nun zwei neuen Spezies schlichtweg "nicht mehr riechen" konnten.
Mutation und Selektion bleiben unbestritten zwei wichtige Mechanismen in der Evolutionsgeschichte allen Lebens. Aber, und hier wiederhole ich mich gerne, sie beide sind bestimmt nur ein Teil der ganzen Wahrheit, vielleicht sogar nur der kleinere.

4.4) Evolution und Theodizee - ein philosophischer Ansatz

Da die Evolutionstheorien bisher keineswegs alles plausibel erklären können, rufen sie Kritiker auf den Plan, die oft mehr Schritte zurück als Sprünge nach vorn machen.
In der Diskussion um das Wesen der Evolution konkurriert die heute wissenschaftlich anerkannte "Synthetische Evolutionstheorie" mit drei zum Teil sehr kontrovers und voreingenommen bewerteten Modellen:
So gibt es die vor allem in den USA und Australien sehr rege agierende Gruppe der "Kreationisten": Sie glauben an den Wortlaut der biblischen Schöpfungsgeschichte, wonach die Welt in sechs Tagen geschaffen wurde. Ihnen geht es also keineswegs nur um die Feststellung eines Gottes oder einer Art personaler göttlicher Dimension am Anfang und als supraintelligenter Hintergrund kosmischer Grundgesetze wie etwa Vertretern der sogenannten Schöpfungslehre. Letztere zählen eher zu den gemäßigten Kritikern, die wohlbegründete Zweifel daran hegen, dass

---

[87] Blaurückenlachse (Oncorhynchus nerka), die im Lake Washington zwischen 1937 und 1945 ausgesetzt worden waren. Innerhalb von nur 13 Generationen fanden sich bereits weitgehend artentrennende Unterschiede.
[88] Taufliegen Drosophila serrata und Drosophila birchii

die heute gängigen Evolutionstheorien tatsächlich abschließend und ausreichend erklärfähig, also glaubhaft, seien.
Dabei bezieht die "Schöpfungslehre" zwar in der Regel auch biblische Vorstellungen mit ein, muss es aber keineswegs. Zu den Vertretern der Schöpfungslehre zählen zum Beispiel schon die berühmten griechischen Philosophen *Sokrates (469-399 v.Chr.)*, sein von mir besonders hoch geschätzter Schüler *Platon (427-347 v.Chr.)* sowie dessen Schüler *Aristoteles (384-322 v.Chr.)*.
Demgegenüber gibt es noch eine moderne, rein naturwissenschaftlich geprägte Gruppe von Kritikern, die grundsätzlich auf alle religiösen Vorstellungen verzichtet. Sie vertreten die sog. "Intelligent-Design"-Theorie und versuchen, allein mit wissenschaftlichen Methoden zwischen Zufall, Notwendigkeit und intelligentem Design auf der Basis möglichst tellerrandüberschreitender Blicke in andere Fachbereiche, zu alternativen Perspektiven zu kommen.
Ich selbst sehe die Lösung irgendwo in der Mitte – die kreationistische Vorstellung als Irrglaube mal ganz ausgenommen – zugleich aber auch deutlich erhaben zu allen. Keiner von uns kann sich wohl die ganze Wahrheit auch nur im Entferntesten vorstellen, aber wir können die richtige Richtung wählen. Eine Zeichnung meines Sohnes Martin, die er mir einmal für einen naturphilosophischen Vortrag angefertigt hatte.

Alle Menschen, die sich auf der Suche nach der Wahrheit befinden, stehen um einen Berg herum, dessen Gipfel die Wahrheit ist. Manch einer steht ihr schon näher, manch einer noch etwas ferner. Manch einer steht ihr zumindest zugewandt, manch ein anderer muss sich dazu erst noch herumdrehen. Wie z.B. die amerikanische Philosophin *Ayn Rand (1905-1982)* bin ich überzeugt, dass es eine objektive Wahrheit gibt. Und der Mensch hat die Vernunft, sie zu erkennen.

Sämtliche bisher vorgestellten Thesen oder Theorien haben irgendeinen Anteil an der Wahrheit, aber keine wird sie für sich gepachtet haben.
Die Religionen nicht, weil sie weder wissenschaftliche noch historische Authentizität besitzen. Aber, sie repräsentieren einen intuitiven Zugang, der ganz offensichtlich zum Kern der Menschwerdung gehört, leider jedoch von vielen Wissenschaftlern heute aber ignoriert, manchmal sogar

verachtet wird. Doch gerade das Intuitive im Menschen, aus dem alle Religionen hervorgegangen sind, scheint mir ein wichtiger roter Faden auf dem Weg zur Erkenntnis darzustellen.
Danach drehen sich praktisch alle Religionen und viele Mythen immer um dieselben drei Kernthesen[89]:

1) Existenz eines Gottes, etwas Göttlichem, einer göttlichen Dimension
2) Existenz eines unabhängigen Geistes, einer geistigen Ebene
3) Eine wie auch immer geartete Fortexistenz des Geistes oder der Seele nach dem körperlichen Tod.

Die "Intelligent-Design"- oder kurz "ID"-Theorie wird die Wahrheit genauso wenig für sich gepachtet haben, und zwar vor allem weil sie auf das Göttliche komplett verzichtet. Dennoch wird sie von den Vertretern der "klassischen Wissenschaftstheorien" massiv angefeindet. So musste sogar ein deutscher Biologieprofessor an der Universität Köln für einige Zeit seine Homepage, auf der er sich den Thesen der ID-Theorie anschloss, auf Druck der Wissenschaftsgilde ruhen lassen. Man hätte ihn womöglich sonst disziplinarisch verfolgt. Für mich trägt das schon Züge, die der früheren katholischen Inquisition nicht ganz unähnlich zu sein scheinen. Doch allein die Tatsache, dass die ID-Theorie bislang kaum oder keine Zweifel am gängigen *kosmischen* Weltbild anmeldet, ist aus meiner Sicht problematisch; denn wenn dieses nicht stimmt, muss eine Theorie, die zumindest mit ihm in dieser Form arbeitet, fehlerhaft sein. Und dass es kaum stimmen kann, habe ich in Teil 2 und 3 ausgeführt.
Die Schöpfungstheorien bringen zwar das Göttliche wieder ins Spiel, ohne sich allerdings dabei zwingend an den genauen Wortlaut religiöser Überlieferungen zu klammern. Mir aber gehen sie zu *weit*; denn zu oft implizieren sie die ständige göttliche Allmacht und Schöpfung von allem. Die Frage von göttlicher Allmacht und Allgegenwart führen auch zur *Theodizee*, einer heftigen Religionskritik: Danach müssten zum Beispiel die unermesslichen Verbrechen von Menschen an der Menschheit, wie etwa der Holocaust durch die Nationalsozialisten, gegen die Existenz Gottes oder des Göttlichen sprechen. Gäbe es Gott als das absolut Gute, hätte "er+sie" so etwas niemals geschehen lassen dürfen und können.
Für mich ist dieses Denken viel zu kurzsichtig: Ich bin der Überzeugung, dass die Welt trotz der Schöpfung einer Reihe von Rahmenbedingungen und prinzipiellen Eigenschaften grundsätzlich "kreativ emergent" bleibt, also sich selbst entwickelt und immer wieder erschafft.

---

[89] Ausführliche Darstellungen in meinem Buch: "Wer stirbt, ist nicht tot!" (2003)

Nur, was umfasst jetzt der Begriff "Welt"?
Für die moderne Wissenschaft umfasst er nur alles Materielle, die ganze physikalische Welt. Mehr gibt es für sie nicht. Ich aber bin überzeugt von der Existenz einer dazu polar-symmetrischen geistigen Welt, die sowohl der materiellen Welt vorausgeht und aus der letztere sogar hervorgeht.
Noch wichtiger aber ist, sie beide stehen dauerhaft in einem ständigen Informationsaustausch. Gott findet sich zunächst in der Schöpfung der vielen ersten Dinge, seien sie geistiger oder materieller Natur (vgl. Kap. 2.10-2.13). Gott findet sich natürlich ebenso in der "Konstruktion" der absolut genialen Rahmenbedingungen und vieler Eigenschaften, die man in dieser Welt überall erkennen kann, wenn man bloß will.
Sicher, Gottes Einfluss steht der ganzen Welt auch darüber hinaus im Laufe ihrer weiteren Entwicklung grundsätzlich immer zur Verfügung. Dies ist aber eine mehr subtil geistige Einflussnahme, die auf Interaktion beruht. Somit kann und wird sie jeder Mensch während seines *Lebens* erfahren. Aber, das Entscheidende ist, was heißt hier "Leben"?
Ich glaube, die Frage nach der Theodizee ist sogar ein indirekter Beweis für die "kreative Emergenz" in unserer Welt. Gottes Allgegenwart und Allmacht zeigt sich eben nicht in der Verhinderung und Beseitigung aller Probleme und Lasten auf dem jeweiligen Lebensweg. Vielmehr zeigt sie sich in der Gewissheit, dass dieser Weg gelingt und sein Ziel erreicht.
"Er+sie", Gott, das Göttliche, kann und darf das schlichtweg gar nicht, weil derart notorisches Eingreifen jede "kreative Emergenz" verhindern würde. Allein sie kann aber über ständig Neues zu höchster Perfektion in größtmöglicher Vielfalt, und damit zum Ziel der Welt, führen.
Wenn dem so ist, muss daraus aber logischerweise zwingend folgen, dass man unter dem *Leben* etwas anderes verstehen sollte, als man es heute gemeinhin tut. Der Lebensweg eines jeden ist aus göttlicher Perspektive etwas ganz anderes als das, wofür *wir* ihn halten. Mithin ist unsere Sicht falsch. Unser aller Leben überlebt nämlich den körperlichen Tod. Unser Lebensweg erleidet mit dem Tod bloß eine Zäsur. Sie ähnelt aber mehr einem Schulwechsel. Der Mensch beginnt nun eine höhere Ausbildung.
Das körperliche Leben macht nur einen kleinen Teil der wirklichen "Zeit" eines jeden aus. Gerechtigkeit, die er auf Erden nicht unmittelbar erfährt, wird ihm dennoch später einmal ganz sicher zuteil werden.
Meine Vorstellungen, und mein in Teil 5 dieses Buches einmal mehr und im Detail vorgestelltes Weltmodell, schöpfen aus allen Thesen und Theorien, wobei sie nach meiner Auffassung dem Gipfel der Wahrheit ein Stück näherkommen, weil sie integrativ und holistisch sind, d.h. verbindend und umfassend.

4.5) Beispiele von Kuriositäten der Evolution

In dem schönen Kinofilm "Die lustige Welt der Tiere"[90] werden in wirklich sehenswerter, sehr lustiger Weise Ausschnitte aus dem "Alltag" einer Reihe von Tieren in der afrikanischen Wüste Namib gezeigt.
Diese Wüstenregion erstreckt sich über 2000 Kilometer entlang der Atlantikküste von der nördlichen Kapprovinz Südafrikas über Namibia bis ins südliche Angola. Schon ein paar Beispiele aus dem Film werden auch Sie fragen lassen: "*Wie* kann es dazu kommen?":

Zunächst stelle ich Ihnen einen sicheren Schlangenjäger vor, die Schleichkatze oder das Mungo, gezeichnet von meinem Sohn Martin. Es öffnet Schlangeneier, indem es sie regelrecht unter sich her gegen einen Stein schießt, wodurch sie zerbrechen.

Dabei handelt es sich um einen sehr komplexen Vorgang, der kaum nur durch einfache Mutation im Erbgut erklärt werden kann. Viel eher ist wohl denkbar, dass Jungtiere hier ihren Eltern über Generationen hinweg etwas nachahmen und so stets aufs Neue erlernen.
Wie aber lassen sich solche Verhaltensweisen erklären, wenn Tiere diese Dinge nie abgucken konnten, um sie dann nachzuahmen?
Die Wüstenente will ihre Brut schützen, wenn sich eine Hyäne nähert. Zunächst teilt sie ihren Jungtieren durch ein heftiges und möglicherweise sogar ganz gezieltes Geschnatter, also in einer Art Entensprache mit, sich absolut ruhig zu verhalten und über Wasser ein sicheres Versteck aufzusuchen. Diese Anweisung kommt blitzschnell und dauert nur wenige Sekunden. Die Jungtiere gehorchen praktisch aufs Wort.
Dann wendet sich die Entenmutter der Hyäne zu und spielt die Verletzte und Wehrlose. So wird das Raubtier abgelenkt und folgt ihr sogar bis ins Wasser, ohne dabei weiter auf die Brut der Alten zu achten. Ein äußerst kompliziertes Verhaltensmuster im Zusammenspiel zwischen Eltern und Nachkommen und gegenüber räuberischen Gegnern scheint bei diesen Enten irgendwie einprogrammiert zu sein. Hierfür bloß eine *biochemische*

[90] Im Original: "Beautiful People", von Janie Uys (+1996), Südafrika 1970

Grundlage im Erbgut der Enten verantwortlich zu machen, kann ich mir kaum vorstellen – ich werde darauf noch zurückkommen.
Dieses Verhaltensmuster scheinen zudem nur alle Tiere desselben Biotops zu beherrschen – ganz sicher auch ohne selbst einmal in die spezielle Gefahrensituation gekommen zu sein.

Der Nashornvogel, hier von Martin gezeichnet, mauert sein Weibchen nach der Begattung für mehrere Monate in eine Baumhöhle

mit Lehm ein. Darin brütet es die Eier aus. Der männliche Vogel reißt danach einen länglichen Schlitz in die Baumrinde, nur so groß, dass sein Schnabel genau hindurchpasst. Durch den Spalt füttert er die Brut, die niemals das fast geschlossene und damit praktisch unzugängliche Nest beschmutzt. Die Tiere wissen von Geburt an, was sich gehört: Sie sind stubenrein und setzen sich mit ihrem After immer so geschickt vor den Spalt, dass sie ihr Geschäft zielsicher nach außen erledigen.
Lernen fällt hier als Möglichkeit, ein solches Verhalten zu erwerben, von vornherein aus. Genauso dürfte das Erbgut für solche Verhaltensweisen wieder kaum entsprechende Genabschnitte aufweisen.

Sehr interessant ist auch die Symbiose, also der gegenseitige Nutzen, von Honigdachs und Honigkuckuck. Der Kuckuck führt den Dachs zu einem Bienenstock. Der Dachs ist immun gegen die Stiche der Bienen, der Kuckuck aber nicht. Deshalb hat der Dachs die Aufgabe, für ihn den Honigblock zu wildern. Dieser wird dann vom Dachs zunächst aus der Gefahrenzone geschleppt, wo er in Ruhe von ihm fressen kann. Aber er frisst immer nur einen Teil und überlässt den noch ansehnlichen Rest dem Kuckuck.

Solange Löwen satt sind, trinken Zebras mit ihnen zusammen friedlich an der Wasserstelle. Auch andere Tiere scheinen geradezu zu spüren, wann es zusammen *mit*, und wann besser *nur ohne* die Löwen geht.
Kommen andere Raubtiere in die Nähe der Wasserstelle, gibt es sogar noch einen Alarm: Ein sog. "Go away"-Vogel warnt die Anwesenden vor tierischen, aber auch menschlichen Räubern.

Hier noch zwei Beispiele aus dem Ökosystem der Unterwasserwelt des großen Barriereriffs vor der nordostaustralischen Küste Queenslands:

Dort leben recht eigenartige, walzenförmige Stachelhäuter, die Seegurken oder Seewalzen, wie hier von Martin gezeichnet. Diese Tiere kriechen über die Meeresböden, sind völlig blind und leben allein. Sie kennen einander nicht, sodass sie sicher nichts von der Existenz anderer Vertreter ihrer Art wissen. Interessant ist nun ihre Vermehrung: Dazu stellen sie sich, wie von unsichtbarer Hand geführt, alle zur

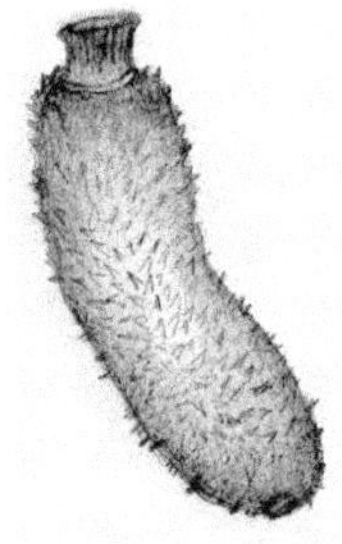

exakt selben Zeit einmal im Jahr auf ihre Hinterteile, recken dabei ihren Walzenkörper durch eigenartig kreisförmige, drehende Tanzbewegungen immer mehr in die Höhe und stoßen schließlich Ei- oder Samenzellen in hohem Bogen ins Wasser aus. Natürlich ist die Wahrscheinlichkeit, dass es zu einer Vermischung mit den Keimzellen anderer Seegurken und damit zur Befruchtung kommt, umso größer, je höher sie sich aufrichten und je weiter sie durch ihre Drehbewegungen die Keimzellen ausstoßen können. Wie aber kommt es zu einem zeitlich so genau abgestimmten Verhalten? Hier müssen Muster vorliegen, die nicht einmal erprobt und aufeinander abgestimmt werden konnten. Seegurken gibt es schon seit Urzeiten. Ihre Existenz scheint nach einer kurzen Entstehungsphase nun seither stabil und unverändert zu sein.
Sie sind einfach im Rahmen ihrer Möglichkeiten perfekt.
Dasselbe gilt auch für die Korallen des Riffs selbst: Sie stoßen ebenso alle zur genau gleichen Zeit des Jahres wie auf Kommando ihren Laich ins Wasser aus, wodurch er vermischt und befruchtet wird. Das alles geschieht, sehr subtil abgepasst, über alle Arten hinweg.
Auf der Erde leben zahlreiche Wesen seit vielen Millionen Jahren, ohne jede weitere Anpassung, weil sie eben bereits ausgereift und perfekt sind.
Dazu gehört auch der von Martin animierte Pfeilschwanzkrebs, der an der amerikanischen Atlantikküste vorkommt (amer.: Horses-Shoe Crab). Ihn gibt es auf der Erde schon seit ungefähr 500 Millionen Jahren (Kambrium).Auch er vermehrt sich nur einmal im Jahr, im Frühsommer.
Und alle Tiere kommen zur Begattung wie auf Kommando zusammen.

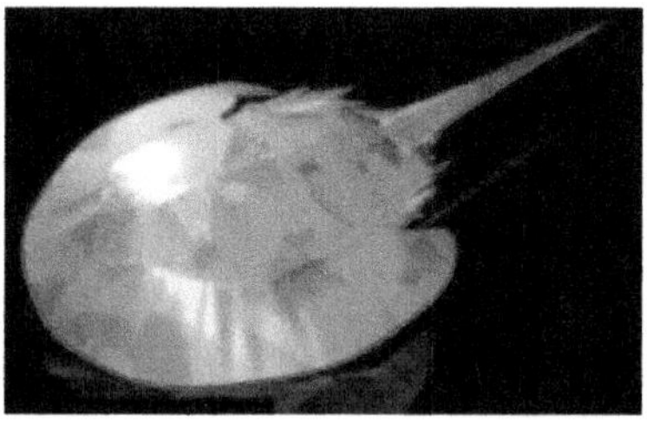

Ein paar schöne Beispiele aus verschiedenen Ökosystemen zeigen hier manch komplizierte und merkwürdigerweise auch oft ungeheuer exakt aufeinander abgestimmte Verhaltensweisen. Einige davon werden sogar zwischen völlig unterschiedlichen Gattungen gemeinsam ausgeübt und sind dabei für alle gleichermaßen hilfreich. Häufig sind es sehr komplexe Muster, die selbst bei manch höheren Arten kaum bewusst eingesetzt werden. Bewusstsein dürfte zudem – wenn überhaupt – nur bei wenigen der hier erwähnten Tiere, und dann sicher nur in sehr rudimentärer Form, vorliegen.

Die Wissenschaft ist seit Jahren dabei, das Erbgut von Tier und Mensch zu entschlüsseln, und sie vermutet die entscheidenden Hinweise für solche Verhaltensweisen in den Genen. Doch mehr und mehr erweisen sich die biochemischen Unterschiede im Erbgut, selbst zwischen weit von einander entfernten Arten, ja sogar zwischen Mensch und Fliege, als weitaus geringer als bislang angenommen. Die genetischen Unterschiede zwischen Mensch und Menschenaffe dürften bei nur etwa einem Prozent liegen, und vielleicht sind sie sogar noch geringer. Genauso scheint mir die jetzt innerhalb der Menschheit geradezu aberwitzig große Vielfalt mit einer genetischen Differenz von weniger als 0,1 bis 0,2 Prozent nur schwerlich zu erklären sein – versucht man es auf herkömmliche Weise.
Heute wissen wir, unser menschliches Erbgut besitzt nach den neuesten Erkenntnissen nur zirka 30.000 Gene, die Eiweiße codieren und damit sowohl zu den erforderlichen Baumaßnahmen als auch zu Eigenschaften des jeweiligen Wesens beitragen können. Das ist allerdings wesentlich weniger als früher angenommen.[91] Die zunächst naheliegendste Antwort auf diesen Widerspruch ist wohl, dass Gene nicht nur *ein*, sondern gleich mehrere Merkmale steuern können. Jedoch stellt sich dann die Frage, was ihnen die dafür nötigen Entscheidungshilfen bietet? Meiner Meinung nach wären hierzu wieder weitere, bislang vielleicht völlig unbekannte Informationsmechanismen in den Zellen, bzw. im Erbgut selbst, nötig. In Kapitel 4.10 biete ich eine plausible Antwort an.
Womöglich gibt es noch ganz andere, von der heutigen, materialistisch orientierten Wissenschaft missachtete Vererbungsmechanismen.
Mittlerweile bin ich mir sicher, dass ein immaterieller Einfluss aus einer parallel existierenden, genauso realen, geistigen Welt bei der Evolution sämtlicher Organismen mit im Spiel ist. Gerade diesen, für die meisten

---

[91] Auch die früher angenommenen 100.000 Gene würden zu keiner anderen Sichtweise zwingen, worauf ich später noch zu sprechen kommen werde.

heutigen Biologen leider wohl eher absurden Gedanken, werde ich im weiteren Verlauf meines Buches weiter zu untermauern versuchen.
Eine sinnvolle Antwort auf die hier gezeigten Beispiele aus der Pflanzen- und Tierwelt dürfte sein, dass je nach Entwicklungsstand erst mehr oder minder zufällig bestimmte Verhaltensweisen entwickelt, erprobt, trainiert und noch in derselben oder innerhalb nur weniger Folgegenerationen optimiert und sicher erlernt wurden. Sofern andere Arten dabei beteiligt sind, wurden sie sorgfältig aufeinander abgestimmt.
Das Neue, das Gute und einmal sicher Erlernte wird nun von den Nachkommen viel leichter "neu entdeckt", fortentwickelt und wieder gelernt, so als ob sie zuvor schon eine gewisse "Ahnung" von diesen Neuerungen gehabt haben. Damit spielt der Zufall von Generation zu Generation eine abnehmende Rolle. Jede weitere Generation verbessert und perfektioniert das entsprechende Muster und verfeinert zudem die Abstimmung zwischen allen beteiligten Tierarten.
Über viele Generationen hinweg entsteht schließlich ein optimierter komplexer Ablauf, der bei jeder der miteinander kooperierenden Arten fest gespeichert ist. Fortan, und ohne die Notwendigkeit immer neuen Entdeckens, Entwickelns und Lernens, wird das neue Verhaltensmuster an die jeweiligen Nachkommen weitergereicht. Nur, wie soll all das geschehen, wenn das Erbgut in seiner biochemischen Formation durch das Erlernte nachweislich nicht verändert werden kann?
Üblicherweise lehnt die moderne Biologie deshalb den Prozess der Perfektionierung durch gegenseitige Abstimmung auf informationeller Ebene, so wie ich ihn als meinen plausiblen Vorschlag skizziert habe, ab. Sie zieht sich darauf zurück, dass alles grundsätzlich nur durch Mutation rein zufällig entstanden, somit im biochemischen Erbgut manifestiert, und später durch Selektion äußerst mühsam und sehr zeitaufwendig weiterentwickelt worden sein muss.
Deshalb glaube ich, dass es noch andere Vererbungsmechanismen geben muss und auch gibt. Eine Reihe von Beobachtungen scheinen meine Vorstellungen zu stützen. Und auch der bekannte amerikanische Genforscher *Craig Venter*, der zur Zeit als einer der Top-Forscher für die Entschlüsselung des tierischen und menschlichen Erbguts gilt, meint dazu in einem Interview mit einem deutschen Magazin[92]:
"Ich bin überzeugt, dass es sogar weniger als 30.000 (Anm. von mir: Gene beim Menschen) *sind. Die Fruchtfliege hat 13.000 Gene, der Fadenwurm 20.000. Die Genanzahl sagt offensichtlich wenig über die Komplexität eines Lebewesens aus. Der*

92 "Focus" 8 (2001)

Fund widerlegt die genetisch deterministische Denkweise, die heute so weit verbreitet ist." Und an anderer Stelle erklärt er im gleichen Gespräch klipp und klar: *"Wir haben im menschlichen Erbgut nur 300 Gene gefunden, für die es kein Gegenstück in der Maus gibt."*

4.6) Geistige Felder im Dienste der Vererbung?

Im Jahre 1920 kam der Schotte und spätere Wahlamerikaner *William McDougall (1871-1938)* an die *Harvard-University* und experimentierte dort mit einer weißen Rattenart. Unter Laborbedingungen wurde sie fünfzehn Jahre lang gezüchtet, wobei es zu 32 reinrassigen Rattengenerationen kam. Die Tiere sollten lernen, aus einem speziell für diesen Versuch konstruierten Wasserbecken zu entkommen. Dafür mussten sie zu einem der beiden Durchgänge schwimmen, die aus dem Wasser herausführten. Da die Tiere normalerweise Dunkelheit meiden, war der "falsche", also blind endende Durchgang, hell erleuchtet, während der "richtige", der zum Ausgang führte, dunkel blieb.
Zunächst versuchten die Ratten natürlich, das Wasser über den hellen, aber "falschen" Durchgang zu verlassen. An dessen blindem Ende bekamen sie jedoch zusätzlich einen kräftigen elektrischen Schlag.
Man erschwerte das Training noch dadurch, dass man beide Durchgänge abwechselnd beleuchtete, stets aber nur den unbeleuchteten Durchgang offen ließ. Die Anzahl von Fehlentscheidungen einer Trainingsratte, bis sie schließlich gelernt hatte, das Wasser jeweils über den wechselseitig unbeleuchteten Durchgang schließlich zu verlassen, galt als Maß für ihre Lerngeschwindigkeit.
Nach unterschiedlich vielen Versuchen lernten am Ende alle Tiere, regelmäßig zum jeweils unbeleuchteten Durchgang zu schwimmen.
Während dafür die erste Rattengeneration im Durchschnitt noch 56 Versuche benötigte, brauchten die Vertreter der 32. Generation nur noch durchschnittlich 20 Versuche. Zugleich wurden die Ratten der späteren Generationen insgesamt vorsichtiger.
Als später der Schotte *F.A. Crew*, ein Kritiker der Ergebnisse *McDougalls*, diese Untersuchungen überprüfen wollte, wählte er für das gleiche Experiment einen anderen Nachkommenstamm der Ratten McDougalls.

Zusätzlich ließ er noch eine Kontrollgruppe von Ratten trainieren, deren Vorfahren nicht an den früheren Experimenten beteiligt waren.
Auch Crew machte einen Langzeitversuch. Das erstaunliche Ergebnis war nun, dass von *Crews* Ratten schon die erste Generation bloß so viele Versuche benötigte wie die 30. Generation von McDougalls Ratten, bis die Tiere direkt richtig schwammen. Offenbar kannten Crews Ratten schon etwas, das sie noch nie zuvor gelernt hatten. Und dieser Erfolg war sogar vollkommen unabhängig von der Rattengruppe: Selbst Crews Kontrollgruppe, deren Vorfahren nie zuvor ein Schwimmtraining absolviert hatten, erzielte dasselbe Ergebnis. Der Australier *W.E. Agar* führte deshalb ähnliche Untersuchungen in seinem Land durch. Auch Agars untrainierte Ratten lernten in der Ferne fast genauso schnell richtig zu schwimmen wie die über viele Generationen trainierten Ratten.
Hier musste also etwas stattgefunden haben, das bis heute in der Biologie noch nicht ausreichend gewürdigt worden ist: Offensichtlich gibt es eine Art Vererbung und Wissensvermittlung noch auf anderen als den bisher bekannten genetischen, d.h. biochemischen Wegen.
S.A. Barnett[93] schrieb 1967 hierzu: *„Was immer auch die Verbesserung der Leistung bedingte, es war nicht die Dressur“* (...) *„Viele der Beobachtungen sind noch nicht geklärt; manche scheinen auf unbeabsichtigte Veränderungen in der Ernährung zurückzuführen sein“.* Auch Barnett zeigte sich von dem Ergebnis dieser Experimente sehr überrascht. Über seine Begründung kann ich jedoch nur herzhaft lachen: Immer dann, wenn man nicht mehr weiter weiß, soll die Ernährung schuld sein. Doch *wie* soll man sich das wirklich glaubhaft vorstellen können?
Der bekannte englische Biologe *Rupert Sheldrake (*1942)* hat selbst eine Reihe von Beobachtungen gemacht, die auch ihm eindeutig zeigten, dass *Gelerntes* irgendwie auf ferne Nachkommen übertragbar sein muss. Sie brachten Sheldrake auf die Idee von den sogenannten *"morphogenetischen Feldern"*. Schon in den 1920er Jahren war dieser Begriff von einigen anderen Entwicklungsbiologen im Zusammenhang mit mehreren gleich gelagerten Experimenten eingeführt worden. Ursprünglich ist ein "Feld" ein Begriff aus der Physik und stammt von *Michael Faraday (1791-1867).* Danach soll der Raum selbst eine Energiequelle sein.
Später wurde der Feldbegriff auf elektromagnetische Phänomene, wie z.B. das Licht, beschränkt – dann jedoch von *Albert Einstein* wieder auf die Anziehungskräfte zwischen verschiedenen Massen, die Schwerkraft,

---

[93] Samuel Anthony Barnett, früher Zoologe an der Universität Glasgow, vgl. Literaturverzeichnis.

ausgedehnt. Meiner Meinung nach sollte der Feldbegriff modifiziert werden; denn jedes Feld ist etwas Einheitliches und Kontinuierliches. Kontinuierlich aber ist, so glaube ich, in dieser Welt grundsätzlich immer nur eine *immateriell geistige* Eigenschaft. Somit muss jedes Feld etwas rein Geistiges sein. Dazu gehört dann der kosmische Raum selbst mit seiner strukturierten Ausdehnung entlang der Quadrate aller real existierenden Ordnungszahlen. Unser Universum ist ein informationell geistiger Raum (vgl. Teil 3).

Sheldrake nun postuliert seit den 1980er Jahren die Existenz von real existenten, immateriellen, rein geistigen Feldern, die eine Form von Artgedächtnis darstellen. Alle Lebewesen einer Art würden es bilden und sich darüber unabhängig von Zeit und Raum, (unbewusst) in ständiger Resonanz miteinander austauschen und gegenseitig beeinflussen.

Der gesamte *"ganzheitliche"* und *"selbstorganisierende Charakter von Systemen, wie einfach und komplex sie auch sein mögen"*, beruhe danach *"auf dem Einfluss solcher Felder"*.

Seinen "Feldansatz" prüfte Sheldrake mit einem Experiment, das die Organisation von Termitenkolonien betrifft. An dieser Stelle weist er darauf hin, dass die Vorstellung von organisierenden Feldern keineswegs die Bedeutung der normalen sinnlichen Kommunikation schmälern soll; denn man weiß heute sicher, dass viele Tiere, auch Insekten und somit auch Termiten und Ameisen, sehr verschiedene Kommunikationswege nutzen, wie zum Beispiel Geräusche, Gerüche, gegenseitiges Berühren oder das Teilen von Nahrung. Sein besonderes Augenmerk zielt aber auf den Bau von Bögen in Termitennestern, wie die folgende Abbildung von Martin zeigt:

So errichten ihre Arbeiter erst voneinander entfernte Säulen, die sich, zunächst noch nach oben hin offen, nach und nach wie eine Brücke immer weiter zueinander hin neigen, bis sie sich schließlich in der Mitte treffen.

Die Termiten sind vollkommen blind. Die Arbeiter auf der einen Säule können also weder die andere Säule, noch die dortigen Arbeitertermiten sehen. Auch laufen sie nicht auf dem Boden umher, um zwischen den Säulen den Abstand zu messen.

Und, so schreibt Sheldrake, *"es ist unwahrscheinlich, dass sie inmitten all der hektischen Betriebsamkeit wohldefinierte Geräusche von der anderen Säule her wahrnehmen können, die sich durch den Boden übertragen"*.
Auch der Geruchssinn dürfte *"kaum ausreichen, um die Gesamtanlage des Nests oder die Einbindung der einzelnen Insekten in das Gesamtgeschehen zu erklären"*. Vielmehr *"scheinen sie zu 'wissen', was für bauliche Strukturen erforderlich sind; sie scheinen von einem unsichtbaren Plan gelenkt zu sein"*.
Sheldrake vermutet, dass die Kolonie als Ganzes ein Organisationsfeld besitzt, und der Bauplan zu diesem geistigen Feld gehört. Solche Felder *"müssen wie Magnetfelder die materiellen Strukturen durchdringen können"* und *"die Aktivitäten verschiedener Termitengruppen auch dann koordinieren, wenn keine normale Kommunikation über die Sinne möglich ist"*. /[94]

In Teil 5 dieses Buches werde ich noch einmal ausführlich darlegen, dass es nach meiner Überzeugung eine rein geistige Welt gibt. Auf der einen Seite bringt sie unsere gesamte materielle Welt hervor, auf der anderen Seite umfasst und durchdringt sie die materielle Seite vollständig.
Jedes Lebewesen gehört bereits kraft seiner Eigenschaft zu leben, beiden Teilen dieser Welt zugleich an.
Während seines eigenen, physikalischen Lebens hilft so jedes Wesen bei der Differenzierung und Vervollkommnung des ursprünglich einmal undifferenzierten oder unreifen geistigen Feldes mit.
Je höher die geistige Entwicklung allen Lebens nun fortschreitet – bis schließlich hin zu einem sich selbst bewussten und seine Umgebung bewusst erkennenden, individuellen Geist, wie wir ihn beim Menschen vorfinden – desto klarer wird das geistige Feld auch ein auf vielfältige Weise persönlich strukturiertes und nicht mehr bloß ein kollektives Feld sein. Genau darin unterscheiden sich meine Ansichten am Ende von denen *Rupert Sheldrakes*.

[94] Zitate aus R. Sheldrake, "Wunder und Geheimnis des Übersinnlichen – Sieben Phänomene, die das Denken revolutionieren", vgl. Literaturverzeichnis.

4.7) Die Konvergenz: Seltsam und unerforscht

Ein sehr interessantes und zudem eigenartiges Phänomen in der Natur ist die Konvergenz. Darunter versteht man das Auftreten identischer oder zumindest sehr ähnlicher Merkmale bei gar nicht miteinander verwandten Pflanzen und Tieren als jeweilige Anpassung an gleiche oder ähnliche äußere Lebensumstände.
Konvergenzen finden wir in geographisch weit auseinander liegenden Erdregionen. In der Regel können wir sicher sagen, dass die betroffenen Lebewesen keine wie auch immer gearteten Kontakte untereinander haben oder früher einmal gehabt haben konnten.
Konvergenzen finden wir darüber hinaus auch in ganz unterschiedlichen Zeitabschnitten: Es gibt Pflanzen und Tiere mit sehr ähnlichen oder gar identischen Merkmalen und Verhaltensweisen, die in weit voneinander entfernten, anderen Epochen der Erdgeschichte gelebt haben. Trotz grundsätzlicher Übereinstimmungen lassen sich verwandtschaftliche Verbindungen zwischen ihnen ausschließen.
Mit den bislang anerkannten Theorien lässt sich Konvergenz vernünftig kaum erklären. Sogar sehr spezielle Formen in der äußeren Erscheinung, im anatomischen Aufbau, was die Funktion von Körperteilen, von Organen oder gar das Verhalten ganzer Arten betrifft, treten immer wieder genau so und nicht anders auf. Wie kommt es dazu, wenn doch der eigentliche Motor der Evolution die zufällige Mutation sein soll?
Scheint es nicht eher, die Natur schöpft über Jahrmillionen aus einem ihr bekannten Fundus? Ein Vergleich: Viele phantastische Bauwerke sind von Menschenhand geschaffen worden. Für unzählige Arbeitsvorgänge über Jahre und Jahrzehnte benötigte man dazu ganze Heerscharen von Arbeitern und Baumaschinen. Im Baustoffwechsel der Zellen eines jeden Organismus sind es bestimmte Eiweiße, die Enzyme, die genau diese Aufgaben wahrnehmen. Um nur ein einziges dieser Enzyme rein zufällig herzustellen – und zwar zunächst einmal ein kleines, das aus bloß 100 Aminosäuren besteht und nur eine einzige Aminosäure besitzt, die nicht vertauscht werden darf, ohne dass sich dadurch gleich auch seine Funktion ändert – besteht nach *Lüth* eine Wahrscheinlichkeit von 10^{-130} oder 1 zu 10^{130}. Anders gesagt, würde man um seine Zusammensetzung einfach würfeln, dann bräuchte man zu seiner zufälligen Herstellung wahrscheinlich mehr Würfe als unser bisher bekanntes Universum an Atomen hat. Zwar lassen sich solcherlei Rechnungen durch ein paar

Gegenargumente durchaus etwas relativieren, doch widerlegen lassen sie sich nicht. Und noch viel schwieriger wird die Gegenargumentation, wenn man davon ausgeht, dass ein einzelnes Enzym letztlich so wenig weiterhilft, wie eine einzelne Schwalbe einen Sommer macht. Vielmehr sind für die Ausbildung identischer komplexer Merkmale stets unzählige Enzyme und Abläufe erforderlich. "Mister Zufall" hilft also kaum weiter.
An ein paar schönen Beispielen will ich das Phänomen der Konvergenz etwas näher bringen:
Schon vor etwa 200 Millionen Jahren gab es Flugsaurier, die leichte Knochen besaßen und deren Handknochen sich so verlängert hatten, dass zwischen ihnen Flügel entstehen konnten. Erst nachdem alle diese Arten längst ausgestorben waren, entstanden andere Arten mit genau denselben Merkmalen, nämlich die Vögel und einige Säugetiere, wie z.B. die Fledermäuse oder fliegenden Füchse.
Nicht miteinander verwandt und sich dennoch ähnlich sind zum Beispiel der australische Ameisenigel, das nordamerikanische Riesengürteltier, der südamerikanische große Ameisenbär und das afrikanische Schuppentier.
Sie alle haben lange Schnäbel oder schnabelähnliche Schnauzen sowie eine noch längere klebrige Zunge, an der Insekten, die ihnen zur Nahrung dienen, hängen bleiben. Daneben besitzen sie starke Klauen zum Ausgraben von Ameisennestern und einen sehr robusten Magen, der mit giftiger oder chitingepanzerter Nahrung fertig wird.
Viele Evolutionsbiologen begründen solche Übereinstimmungen gerne mit "gleicher Nahrung", die das bewirken soll (vgl. Kap. 4.6).
Mir reichen derlei Erklärungsversuche jedoch nicht aus. Bei Fragen *"warum"* und *"wie"* Konvergenz funktioniert, muss man mit heftigem Kopfschütteln der meisten Wissenschaftler rechnen. Solche Fragen gelten nicht immer als wissenschaftlich.
In seinem Buch über das "Überleben in Eis, Wüste und Tiefsee" beschreibt *Walter Kleesattel* ebenfalls einige Beispiele für Konvergenz.
Jedoch vermeidet auch er jede konkrete Aussage zu möglichen Gründen für dieses erstaunliche Phänomen. So erwähnt er z.B. wasserspeichernde Wolfsmilchgewächse in der Namibwüste Südwestafrikas, die sich kaum von den Kakteen nordamerikanischer Wüsten unterscheiden. Oder die Art, in der sich die afrikanische Zwergpuffotter seitwärts windet, ist dieselbe wie die der amerikanischen Seitenwinderklapperschlange:
In beiden Fällen berühren sie wegen ihrer besonderen Art der Fortbewegung nur ganz kurz und mit wenig Körperoberfläche den heißen Wüstensand. Alle diese Tiere haben einmal mehr gemeinsam, nicht miteinander verwandt zu sein.

Schier unzählige weitere Beispiele für Konvergenz lassen sich aufführen. Außer Aufbau und Funktionsweisen, die untereinander identisch oder sehr ähnlich sind, findet man sogar identische Verhaltensweisen. Manche von ihnen müssen einem sogar absurd erscheinen, weil sie für die speziellen Umgebungsverhältnisse, in der sie verschiedentlich praktiziert werden, eher schädlich oder sogar gefährlich sind. Das bekannte Argument, tierisches Verhalten sei eben nach mehrfacher Mutation aus irgendwelchen Vorstufen zufällig entstanden und wegen eines etwaigen Überlebensvorteils herausselektiert worden, ist in solchen Fällen dann wohl eher äußerst pikant. Beispielhaft hierfür nenne ich zwei artfremde und räumlich weit voneinander getrennt lebende Tierarten: Es sind der arktische Moschusochse und das Takin, eine schwer einzuordnende Mischung aus Schaf und Ziege im Himalaja. Sie gleichen sich in ihrem Verteidigungsverhalten enorm: Beide bilden sie eine Art "Körperburg", die einen äußeren Abwehrkreis gegen Feinde und Eindringlinge darstellt. Dabei senken sie ihre Köpfe und schützen so die innerhalb des Kreises befindlichen Jungtiere. Die Takins leben aber in dichter Vegetation. Ihre Körperburg ist deshalb überhaupt nicht effizient: Vielmehr wäre es für sie viel besser, im Falle drohender Gefahren zu flüchten.

Mit Problemen dieser Art konfrontiert, haben die Biologen schnell eine bloß scheinbar plausible Erklärung zur Hand: Es müsse halt doch gemeinsame Vorfahren gegeben haben. In neuerer Zeit lassen sich verwandtschaftliche Verflechtungen aber mit Hilfe von Genanalysen nachweisen. Das Resultat: Sie widersprechen den Argumenten eindeutig: Der Moschusochse ist mit dem Takin genauso wenig verwandt wie mit uns Menschen.

Der deutsche Paläontologe *Edgar Dacqué (1878-1945)*, ein erfrischender Querdenker, verwies auf folgende Besonderheiten: Auf einer *unter* den Säugetieren angesiedelten Entwicklungsstufe, nämlich derjenigen der Beuteltiere, gibt es den Beutellöwen, den Beutelwolf, den Beutelbären, den Beuteldachs, die Beutelratte, die Beutelmaus und auch die Beutelfledermaus. Man sollte besser sagen, es gibt schon den Löwen, den Wolf, den Bären, den Dachs, die Ratte, die Maus und auch die Fledermaus als Beuteltiere. Dieselben Tiere kommen auf der höheren Entwicklungsstufe der Säugetiere nun wieder vor. Sie sind uns ja als Löwe, Wolf, Bär, etc. bestens bekannt. Vielleicht erklärt das auch den langen Hals der Giraffe: Dasselbe Muster finden wir viele Millionen früher bereits bei Sauriern, wie z.B. dem Brachiosaurus.

Die Konvergenz ist meiner Meinung nach ein Phänomen, das die von mir postulierte Existenz eines auch hinter der Entwicklung allen Lebens

stehenden geistigen Bauplans regelrecht aufdrängt. *Platon* würde es sicher die reale Existenz der "Ideen" für *alle* Wesen nennen. Danach könnte man sich vorstellen, dass es gewisse Grundmuster gibt, die ganz real als geistige Baupläne vorhanden sind, und nach denen bestimmte Merkmale, Funktionen und Verhaltensweisen auf einer neuen Entwicklungsstufe wieder verwirklicht werden. Ich möchte aber betonen, dass mir die Ansicht Platons viel zu weit geht: Er glaubt auch an die Realexistenz aller *fertigen* Abbilder in einer Art "Geistwelt", aus der sie sich dann bloß noch materiell manifestieren müssen. Das halte ich, ganz im Einklang mit den logischen Einwänden von *Laplace*, für falsch. Auch widerspräche es der Logik von einer bestmöglichen Welt, die auf *kreative Emergenz* nicht verzichten sollte. Dennoch bin ich davon überzeugt, dass die "Ideen für einige ganz bestimmte Grundmuster" genauso real existieren wie die "Rahmenbedingungen für ihre Verwirklichung".
Jederzeit könnten sie auf einer geistigen Ebene – so ähnlich, wie sie vielleicht *Sheldrake* als morphogenetische Felder beschreibt – an die tatsächlichen Lebens- und Umweltbedingungen neu angepasst, bzw. durch Lernvorgänge darüberhinaus sogar aktiv modifiziert werden.
Somit bleibt die Entwicklung schließlich *emergent*, also selbstschaffend und organisierend, wie es der Österreicher *Karl Popper* vorschlug.
Zum Schluss dieses Kapitels noch ein weiteres Beispiel: Kamele und Ammenhaie haben identische Merkmale in ihrem Immunsystem: Ihnen fehlen nämlich zwei sogenannte leichte Antikörperketten, die andere Lebewesen besitzen. Schon auf den ersten Blick dürften diese beiden Arten kaum miteinander verwandt sein. Warum aber sind sie sich dann in diesem Merkmal so ähnlich?
Mit den gängigen Evolutionstheorien lassen sich solche Phänomene jedenfalls durchweg nicht wirklich einleuchtend und glaubhaft erklären.

4.8) Affe und Mensch: Wer stammt von wem ab?

Natürlich ist die Überschrift dieses Kapitels bewusst provokativ.
Dennoch, so einfach lässt sich diese Frage nicht einmal beantworten.
Der im letzten Kapitel erwähnte deutsche Naturforscher, Philosoph und Paläontologe *Edgar Dacqué* hatte in der ersten Hälfte des 20. Jahrhunderts

festgestellt, dass die verschiedenen Zeitalter unserer Erdgeschichte wohl nicht einfach alle Lebewesen auf einmal enthielten.
Vielmehr gab es in jeder Periode ganz bestimmte Lebensformen, die für sie charakteristisch sind. Dabei scheinen sich auch einige grundsätzliche Tendenzen zu offenbaren: So entwickeln sich zum Beispiel *zunehmend* der aufrechte Gang oder das Fliegen. Zu einem späteren Zeitpunkt werde ich noch erläutern, dass wohl die Entwicklung differenzierter geistiger Fähigkeiten und von Bewusstsein ebenfalls dazugehört.
Verschiedene Erdzeitalter "verlangen" vielleicht regelrecht nach einer besonderen Spezialität oder Spezialisierung. Dazu meint Dacqué: *"Es ist gerade, als bedürfe die Natur an verschiedenen Stellen einer 'bestimmten' Tiergestalt und präge sie aus irgend welchen 'anderen Formen', die ihr gerade an den Plätzen zur Verfügung stehen"* (Hervorhebungen durch '...' von mir).
Aus seinen Beobachtungen stammt auch der Vergleich von den großen prinzipiellen Ähnlichkeiten zwischen einer Reihe von Beutel- und Säugetieren (vgl. Kap. 4.7). *Dacqué* erkennt darüber hinaus, dass sich im Rahmen der Evolution keineswegs immer einfach nur das vermeintlich Höhere aus dem ebenso vermeintlich Niederen entwickelt haben kann, was jedoch den heutigen Grundthesen von der Evolution widerspricht.
In seinem schönen Buch[95] schreibt der deutsche Soziologe und Arzt *Paul Lüth (1921-1986)* dazu, dass es zwar sehr logisch zu sein scheine, wenn sich das Kompliziertere oder Höhere immer aus dem Einfacheren und Niederen ableiten würde – ja, wenn, so *Lüth*, das Einfache auch wirklich einfach wäre. Wer aber jemals Einzeller in ihrer Welt studiert habe, der wisse, wie kompliziert sie in Wirklichkeit aufgebaut sind. Schon in ihrem winzigen Zellkörper sind nur mikroskopisch sichtbare, kleinste Organe vorhanden, die sogenannten Organellen – und darüberhinaus noch weitere submikroskopische, d.h. noch kleinere Strukturen.
Und der Biologe *V. Franz* schreibt schon im Jahre 1924 dazu: *"Aus einer Art 'Urzelle' entstanden sowohl höhere Pflanzen als auch einzellige Pflanzen und einzellige Tiere"* (Hervorhebungen durch '...' wieder von mir).
Letztere seien, so *Paul Lüth*, als Abspaltung von den einzelligen Pflanzen, die sich ihrerseits nicht mehr weiter verbreiten konnten, hervorgegangen.
Genau dasselbe finden wir auch bei Tieren und bei uns Menschen, wenn wir die Entwicklung der Keimzellen betrachten.
Jeder weiß, dass eine weibliche Eizelle und ein männliches Spermium die Voraussetzungen für die Schaffung eines neuen Menschen, bzw. eines neuen Tieres, sind. Im Grunde sind beide Keimzellen auch Einzeller, die

[95] "Der Mensch ist kein Zufall", vgl. Literaturverzeichnis

aus den komplexen Vielzellern "Tier" oder "Mensch" erst mit Hilfe der sogenannten Reduktionsteilung, der Meiose, entstehen. Diese beiden Einzeller besitzen jetzt nur einen halbem (haploiden) Chromosomensatz, ohne dass ihnen dadurch Erbinformation verloren gegangen ist.
Verschmelzen sie bei der Befruchtung miteinander, so entsteht wieder eine Zelle mit vollem (diploiden) Chromosomensatz, aus der sich dann durch einfache Teilung schnell der Vielzeller entwickelt. Gäbe es die Meiose nicht, würden sehr schnell kaum überlebensfähige Monsterwesen mit riesigen Chromosomensätzen entstehen.
Tatsächlich scheint es in der Natur wohl so zu sein, dass sich Vielzeller leichter und unkomplizierter als Einzeller bilden und Letztere daher eher aus den Ersten entstehen und nicht umgekehrt. Diese Beobachtung erschwert aber das Verständnis für die bisherigen Vorstellungen von der Evolution des Lebens. Nicht alles Höhere entsteht also zwingend aus dem Niederen, und verschiedene Zeiten bringen immer wieder, zwar auf sich selbst neu abgestimmte, aber untereinander doch sehr ähnliche Lebensformen hervor. Sie entstehen auf einer für sie spezifischen Entwicklungsstufe, die wir bereits als Konvergenz kennengelernt haben.
Damit drängt sich einem die Vermutung auf, dass es für alle Erscheinungsformen in der Natur eine gemeinsame, zentrale Stamm- oder Grundform geben könnte. Diese darf man sich keineswegs nur abstrakt denken, sondern sie ist durchaus *empirisch*, d.h. auf Erfahrung begründet, zu verstehen. Vielleicht gibt es ungeheuer viele ganz reale Ideen von Wesen, bzw. ihren Grundprinzipien. Sie existieren unabhängig voneinander und entwickeln sich jeweils selbständig weiter. Man könnte sie mit den Samen verschiedener Sträucher und Bäume vergleichen, aus denen diese dann wachsen. Das jeweilige Ergebnis, also der Baum oder ein Strauch, ist in seiner späteren Ausprägung ebenso niemals genau vorhersagbar. Ein solcher Strauch kann groß werden oder klein bleiben, ausgedehnt verästeln oder dünn und karg sein.
So wie die verschiedensten Sträucher und Bäume aus den Samen hervorgehen, so könnten sich aus den real existierenden Ideen für alles Leben, also aus ihren Grundprinzipien, auch die unterschiedlichsten und vielfältigsten Lebensformen durch Spezialisierung und Anpassung an die Umstände der jeweiligen Zeitalter regelrecht "herausentwickeln". Die jeder Lebensform letztlich zugrunde liegende zentrale Stammform strebt selbst dagegen niemals eine Spezialisierung an. Dennoch, so vermute ich, besitzt diese zentrale Stammform eine andere, ganz besondere und wesentliche Eigenschaft, weshalb ich ein wenig ausholen muss: Selbst noch so unterschiedliche anatomische und physiologische Ausprägungen

scheinen sich in der Tierwelt auf verschiedenen Entwicklungsebenen nach ganz bestimmten Mustern zu wiederholen.
Das gilt jedoch nicht für eine besonders wichtige Struktur auch unseres Körpers: das Nervensystem. Die Evolution der Körper wies recht viele Wiederholungen auf, machte Kurven und Zick-Zack-Bewegungen oder folgte Umleitungen. Nur das Nervensystem hat sich bei sämtlichen Lebensformen, zu allen Zeitaltern und überall auf der Welt, tatsächlich schnurstracks vom jeweils Niederen zum Höheren fortentwickelt. Das Nervensystem wird zu einer zentralen Konstante der Evolution, ein sehr bemerkenswerter Umstand, auf den ich noch ausführlicher zu sprechen kommen werde.
Das Nervensystem jeder nächsthöheren Entwicklungsstufe baut dabei immer konsequent auf der darunter liegenden Stufe auf. Die aus einer (niederen) Stammform hervorgegangene spätere Lebensform zeichnet sich also durch einen immer höheren und qualifizierteren neuronalen Aufbau aus. Am bisherigen Ende dieser Stammform steht auf unserer Erde bislang der Mensch. Es scheint mir nun sinnvoll anzunehmen, dass sich im Laufe der Erdgeschichte alle Lebewesen aus dieser zum Menschen führenden Stammform durch körperliche Spezialisierung regelrecht herausgeschält und immer weiter perfektioniert haben.
Dagegen zeichnet sich der körperlich ansonsten unspezialisierte Mensch selbst am Ende dieser Stammformreihe durch ein zu wachsender Vervollkommnung reifendes Gehirn aus. Demgemäß entstehen alle Wesen dieser Erde "sozusagen aus dem Menschen und seiner speziellen Entwicklungslinie heraus", die allein durch das sich geradlinig reifende Nervensystem gekennzeichnet ist. Und es ist eben nicht der Mensch, der, wie bislang angenommen, umgekehrt aus tierischen Vorstufen entsteht. Das könnte mit erklären, warum seit dem Auftreten von uns Menschen der Evolutionsdruck offensichtlich erheblich nachgelassen hat und damit die Artenvielfalt abnimmt.[96]
Am Ende stammt dann also auch der Affe vom Menschen ab und nicht der Mensch vom Affen. Dies würde eine in der Biologie anerkannte, berühmte Regel des deutschen Biologen *Ernst Haeckel* erst wirklich verständlich machen: So scheint die menschliche Embryonalentwicklung,

[96]Hiervon müssen allerdings die beiden anderen und auch grundsätzlich völlig anders strukturierten Lebensformen, nämlich die Pflanzen und die Insekten, ausgenommen werden. Ich verweise dazu auf mein erstes Buch, "Plädoyer für ein Leben nach dem Tod und eine etwas andere Sicht der Welt", s. Literaturverzeichnis.

seine Ontogenese, eine verkürzte Wiederholung und Darstellung der Phylogenese, d.h. der Stammesentwicklung seit Urzeiten, zu sein.
In der Biologie weiß man, dass der Mensch während der Embryonalzeit Anlagen besitzt, die z.B. bei Fischen zu Kiemen führen. Beim Menschen aber entstehen daraus u.a. Teile von Gesicht, Ohr und Gehörgängen. Im Gegensatz zu einigen landläufigen Vorstellungen entwickeln sich beim Menschen diese Teile aber nicht aus den Kiemen selbst. Das aber legt nahe, dass natürlich kein menschlicher Embryo irgendwann einmal so etwas wie ein Fischstadium durchmacht. Er geht nur seinen eigenen, ihm seit Urzeiten vorgezeichneten Weg hin zum menschlichen Säugling. Die ihm eigenen Anlagen, die dann z.B. später zu Gesicht oder Ohr führen, spezialisieren sich in einem früheren Zeitalter beim Fisch zu Kiemen.
Der Fisch ist also ein an einer Stelle der Entwicklung ausdifferenziertes körperliches Ergebnis der unspezialisierten Stammform "Mensch", die zu diesem Zeitpunkt als solcher noch nicht erkennbar war.

Man kann das, wie die nebenstehende Abbildung von Martin zeigt, im wahrsten Sinne des Wortes auch mit einem Baum-*Stamm* vergleichen, wobei die menschliche Entwicklung exakt den (inneren) Stamm verkörpert, der bis hin zu dem aus diesem Stamm unmittelbar abgeleiteten End-*Ast* der Baumkrone reicht. Alle dazwischen liegenden Äste entspringen dabei seitlich aus dem zentralen Stamm.

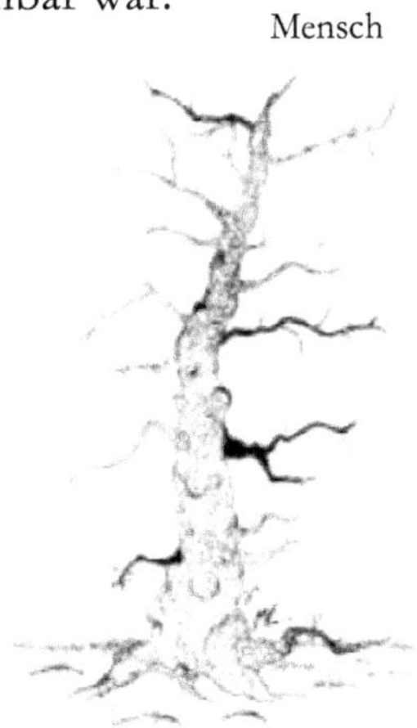

Und nun kommt das Entscheidende: So wie der Baum in dieser Analogie aus zwei verschiedenen Teilen besteht, nämlich aus Stamm- und Astholz sowie dem Blätterwerk, so ist dieser Baum-*Stamm* "Mensch" auch als ein "gedanklicher Baum" oder als "Ideenbaum" denkbar.
Aus ihm entsprießen seitlich die Äste, die ebenso wieder Ideen sind, und zwar solche zur körperlichen Spezialisierung einzelner Lebewesen.
An ihnen hängen und aus ihnen wachsen jetzt alle Blätter, das ganze Grünzeug. Das wiederum entspricht dann der materiellen, körperlichen Manifestation sämtlicher Lebensformen.
Der zentrale Ideenstamm teilt sich seiner materiellen Umgebung, d.h. den Gegebenheiten auf dieser Erde oder einfach gesagt, nach außen hin,

über das ziemlich geradlinig immer komplexer werdende Nervensystem mit. Das Holzwerk ist in der Metapher ein Pendant zum Nervensystem, das selbst wieder über das Wurzelwerk und die unzähligen Kapillaren gespeist wird. Als Nahrung dienen meinem hier gedachten Baum die Ideen, die Grundprinzipien für alle Wesen. Es ist eine immaterielle, eine geistige Nahrung. Das sie aufnehmende Wurzelwerk entspricht in diesem Beispiel den unzähligen, ja Millionen und Abermillionen von kleinsten Verästelungen unserer Nerven in der Großhirnrinde.
Der zentrale Nervenbaum, von dem ich hier spreche, steht also praktisch auf dem Kopf; denn sein "Wurzelwerk" liegt *oben*. Das sind anatomische und funktionell bedeutsame Sachverhalte, die ich noch erläutern werde.
Die Spitze, und damit *doch* die Krone meines Baumes in der Evolution, nimmt der Mensch ein. Damit bekommt er jetzt endlich etwas zurück, was er sich selbst in den letzten zweihundert Jahren zunehmend streitig gemacht hat: nämlich etwas Besonderes in dieser Welt zu sein.
Die Renaissance der Erkenntnis seiner wirklichen Bedeutung auf dieser Erde sollte ihn eigentlich dazu veranlassen, verantwortungsvoller und besser mit sich, seinen Mitmenschen und seiner Umwelt umzugehen.
So wie aber die Nährstoffe, die jeder Baum braucht, genauso wie sein Holz- und Blattwerk einerseits absolut real und andererseits doch so verschieden sind, so sind auch die Ideen und geistigen Grundprinzipien allen Lebens und ihre materiellen Manifestationen in der Welt genauso beide real und doch völlig verschieden. Das zentrale Nervensystem wird damit zu einer Schnittstelle zwischen einer von uns Menschen oft nur allein als real akzeptierten materiellen und einer tatsächlich nicht minder realen geistigen Welt. Das Nervensystem, und an dieser Stelle meine ich vor allem seinen jüngsten und hierarchisch am höchsten entwickelten Teil, das Gehirn, besitzt sowohl einen materiellen als auch einen realen geistigen Aspekt. Von vielen, auch namhaften Hirnforschern, wird dieser in unserer modernen Zeit verleugnet und wegdiskutiert. Dies wird der Wahrheit nicht gerecht und ist gesellschaftspolitisch höchst gefährlich. Später werde ich darauf ausführlicher eingehen.
Der Mensch ist also womöglich das Zentrum der irdischen Tierwelt.
Seine Spezialisierung ist eben nicht rein körperlich. Ihre materielle Seite besteht zwar in der Ausbildung eines sich optimierenden Gehirns.
Das aber entspricht nur der zu "Höherem" geborenen Hardware. Sein Großhirn als äußerst komplexe und hierarchisch höchstentwickelte Hardware ermöglicht dem Menschen eine schier ungeahnte Vielseitigkeit in qualitativer und quantitativer Sicht. Das hervorstechendste Merkmal ist dabei ein sich erstmals selbst bewusst werdender Geist.

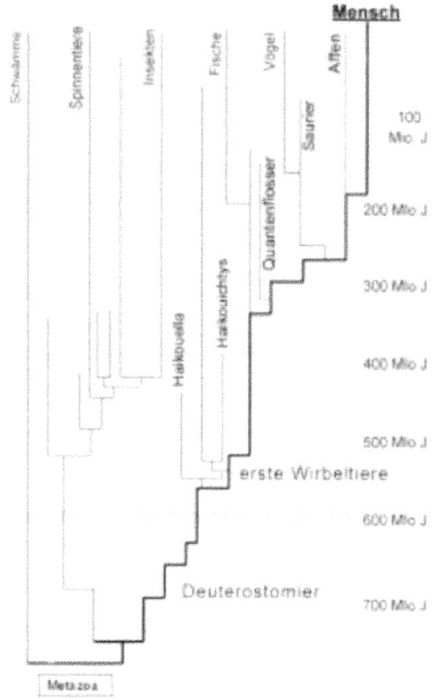

Abb. links von Martin: Konventionelle Darstellung des Stammbaums aller Lebewesen auf unserer Erde bis hin zum Menschen.
Demnach entwickelt sich der Mensch als irgendein später "Neben-Ableger" aus tierischen Vorfahren heraus und nimmt so eine unbedeutende Seitenlinie ein. Wirklich entscheidend scheint mir aber etwas ganz anderes: Es gibt eine zentrale Konstante der Evolution, das Nervensystem (s. Abb. unten von Martin). Es entwickelt sich schnurstracks geradeaus, von niederer zu immer höherer Struktur und Ebene.

Auf verschiedenen Ebenen der Entwicklung des Nervensystems entstehen immer neue Arten, die sich jetzt durch eine rein körperliche Spezialisierung auszeichnen (s. rechts). Am Ende der zentralen Linie, welche die Evolution des Nervensystems kennzeichnet, steht der Mensch. Er besitzt keine besondere körperliche Spezialisierung. An ihre Stelle tritt eine neue, rein geistige Evolution.

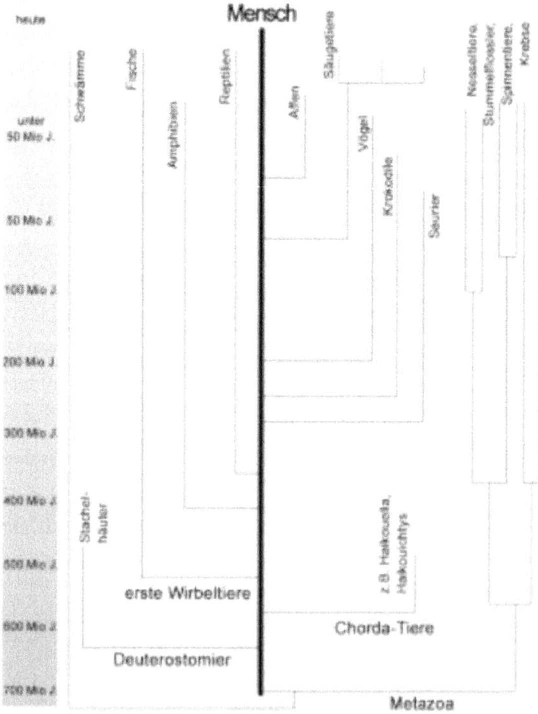

Zur Gretchenfrage wird seit Jahrhunderten, um was es sich bei diesem Geist handelt? Ist er am Ende doch nur ein durch Forschung und Experiment irgendwie greifbares, materielles Produkt des Gehirns oder ist er etwas Immaterielles, welches das dafür optimierte Gehirn benutzt? Meine volle Überzeugung ist Letzteres, und in den nächsten Kapiteln werde ich versuchen, diese Haltung als die einzig wirklich denkbare und vernünftige Lösung zu untermauern. Lassen Sie es mich sinngemäß wie schon der große Hirnforscher und Nobelpreisträger *John Eccles(1903-1997)* sagen: *"Der Geist ist es, der sein Gehirn steuert"*.
Und dieser ist, jetzt mit den Worten des zu Lebzeiten populären Arztes, Buchautors und Moderators eines deutschen TV-Wissenschaftsmagazins *Hoimar von Ditfurth (1921-1989)*, *"von einer anderen Welt"*.
Geist gibt es beileibe nicht nur beim Menschen. Alles *Leben* ist davon grundsätzlich erfüllt. Leben ist beseelt. Ihr Geist ist genau das, was eine lebende Kreatur von der unbelebten Materie wirklich unterscheidet (vgl. nächste Kapitel).
Erst durch ihn machen viele Phänomene überhaupt einen Sinn, für die wir ansonsten eigentlich keine vernünftigen Erklärungen bieten können: Wie sonst ließe sich zum Beispiel das phantastisch schöne Aussehen, ja die sich über riesige Zeiträume optimierende Ästhetik vieler Lebewesen erklären? Tatsächlich sind damit weder besondere Selektionsvorteile, noch bessere Überlebenschancen verbunden. Dies wird vor allem dann deutlich, wenn man ästhetische Perfektion sehr häufig sogar an Stellen vorfindet, wo ohnehin keiner davon Notiz nehmen kann, wie z.B. in der Dunkelheit der Tiefsee. Jedes Leben strebt offenbar nach "seiner" Perfektion. Manchmal lässt sie sich mit besseren Überlebenschancen in Einklang bringen. Viel häufiger aber scheint sie eher sogar reiner Luxus zu sein; sicher zum Beispiel dann, wenn es sich um eine rein ästhetische Perfektion handelt. Dann versagen alle bekannten Erklärungen.
Das gilt besonders auch für viele *Symbiosen*, bei denen sich Lebewesen gegenseitig sehr nützen, und das Überleben beider Arten sogar davon abhängt. In einem derartigen Fall muss man auch noch das zeitgleiche Entstehen beider oder mehrerer Arten voraussetzen – zumindest aber ein ganz gezieltes "Auf-sich-zu-Entwickeln".
Ohne gewisse Mechanismen einer übergeordneten, zentralen Steuerung ist so etwas vielleicht in Einzelfällen noch denkbar, kaum aber wohl bei der enormen Vielzahl, der großen Vielfalt und vor allem der Komplexität solch nützlicher Gegenseitigkeitsbeziehungen in der Wirklichkeit.

Und auch das Imitieren anderer Wesen, die so genannte *Mimikry*, findet, wie ich glaube, nur *so* tatsächlich vernünftige Erklärungen. Ich möchte dazu das schon von *Paul Lüth* gewählte Beispiel einer speziellen Muschel

("Lampsillis ovata ventricosa") erwähnen, die auf ihrem Mantelrand, also dem Weichkörper ihrer Schalenöffnung, ein höchst merkwürdiges Gebilde produziert, das exakt wie ein Fisch aussieht. Mein Sohn Martin hat sie nebenstehend nachgezeichnet.

Das Fischimitat besitzt ein Auge, einen Schwanz und es bewegt sich wellenförmig mehrmals pro Sekunde hin und her. Kommt nun ein Fisch, der den vermeintlichen Fisch näher betrachten möchte, der Muschel zu nahe, dann schießt sie ihm plötzlich eine Wolke von Larven entgegen, die er beim nächsten Einatmen automatisch in seine Kiemen zieht.
Mit dieser cleveren Methode pflanzt sich die Muschel fort.
Obwohl Fische eigentlich recht leicht zu täuschen sind, und somit auch eine sehr viel einfachere Fisch-Attrappe ohne weiteres zur Täuschung ausgereicht hätte, bildet die Natur hier ein ausgereiftes, komplexes und einem echten Fisch täuschend ähnliches, detailgetreues, eben perfektes Fischmotiv.
Auch viele Pflanzen bedienen sich der Mimikry. Einige Orchideenarten haben dazu Blüten entwickelt, die wie Insekten aussehen und auch noch genauso riechen. Die nachgeahmten Tiere werden zuverlässig angelockt und zur Bestäubung "missbraucht".
Die Orchideen und die Weibchen der sie bestäubenden Insekten geben einen völlig identischen Duft ab, wenn sie befruchtet worden sind.
Dieser hält dann die Männchen nicht nur von ihren Partnerinnen, sondern auch von den Blüten ab, sodass sie sich besser neuen Zielen, d.h. der Bestäubung weiterer Orchideen, widmen können.[97]
Bezeichnend ist auch die perfekte Täuschung durch Nachahmung eines besonderen Verhaltens: Es ist bekannt, dass männliche Löwen, wenn sie ein Rudel übernehmen, sehr häufig die schon vorhandenen Jungen töten. Die Löwinnen dieses Rudels sind dann schnell wieder empfängnisbereit.

---

[97] aus Oecologia, 3 (2001)

Ein derartiges Verhalten ist auch von Pavianen bekannt. Pavianweibchen aber begegnen dem neuen Rudelchef mit einem besonderen Trick: Normalerweise schwillt ihr Gesäß als Zeichen ihrer Bereitschaft zur Empfängnis und Paarungswilligkeit an und leuchtet tiefrot. Übernimmt nun ein neues Männchen die Horde, treten dieselben Veränderungen bei den Weibchen, die schon Junge besitzen, ebenfalls ein, obwohl sie nicht empfängnisbereit sind. Das Männchen scheint dies offenbar sehr stark zu beeindrucken; denn es wird dadurch so sehr abgelenkt, dass es die vorhandenen Jungtiere am Leben lässt.[98]

Zum Schluss noch ein Hinweis auf manch unliebsame Lebewesen, die wohl zu den merkwürdigsten Helfern der Evolution gehören dürften: hoch spezialisierte *Parasiten.*

Sie bilden für sich eine eigenständige, riesige Welt. Parasiten haben die Eigenschaft, oft sogar mehrere völlig verschiedene Gattungen innerhalb der Nahrungskette als Zwischen- und Hauptwirt zu benutzen.

Sie schaffen es, die verschiedenen Tiere – und nicht zuletzt auch leider den Menschen – durch ungemein geschickte und sehr ausgefeilte Manipulationstechniken so zusammenzuführen, dass ihre eigene Spezies dadurch überleben kann. Einige solcher seltsam ineinander verzahnter Beziehungen sind in dem Buch *"Parasitus Rex"* aufgeführt.[99]

Parasiten stellen, um das Überleben ihrer Art zu sichern, mit ihren Wirten geradezu phantastische Dinge an, die mit Zufall und Selektion allein wohl nur recht abenteuerlich erklärbar sein dürften. Zum Beispiel wandert ein Larvenstadium des kleinen Leberegels in das Gehirn einer Ameise. Dort manipuliert es seinen Wirt über dessen mentale Schaltstellen so, dass die armen Ameisen nun wie wild an Grashalmen hochklettern. Auf diese Weise bieten sie sich grasenden Schafen als willkommene Nahrung regelrecht an. Damit aber nicht genug: Um es den Schafen noch einfacher zu machen – schließlich könnte sie ja auch wieder herunterfallen – erleidet die Wirts-Ameise an der Grashalmspitze einen Beißkrampf, so dass sie den Grashalm nicht mehr loslassen kann. Das Schaf braucht sie nur noch in Ruhe abzupflücken.

Ich glaube, langsam wird es Zeit, sich näher den Begriffen "Leben" und "Geist" zu widmen sowie ihren "Interaktionen" mit einer optimierten gewachsenen "Hardware", angefangen bei den Organellen der Zellen, gefolgt von den Körperorganen und schließlich den Nervensystemen bis hin zum Gehirn. Dies wird Aufgabe der nächsten Kapitel sein.

---

[98] Quelle: American Journal of Primatology 52 (2000)

[99] Carl Zimmer, "Parasitus Rex", siehe Literaturverzeichnis.

4.9) Leben, Geist und ihre gewachsene Hardware

Nicht wenige Wissenschaftler glauben, es sei nur eine Frage der Zeit, bis man in der Lage sei, Leben aus nicht lebenden Vorstufen zu schaffen. Aus einem Mix organischer Substanzen könne man künstlich Zellen schaffen, die mit allem ausgestattet sind, was eine zu Fortpflanzung und Fortbewegung fähige natürliche Zelle so besitzt. Dies würde den Beginn einer Evolution von Menschenhand bedeuten.
Dem besonderen Problem der Bildung geeigneter Membranstrukturen, also von Zellwänden, scheint man an der Universität Zürich bereits auf die Schliche gekommen zu sein. Doch auch dann wird man sicher keine lebende Zelle geschaffen haben, wenn sie nicht in entscheidendem Maße aus fertigen Teilen bereits lebender Zellen zusammengesetzt wurde.
Der springende Punkt bleibt nach wie vor: Wie kommt es, dass zunächst tote Materie auf einmal lebt? Wie also kommt das Leben in die Zellen?
Lebende Zellen bestehen aus organischen Substanzen. Die Chemiker unterscheiden sie von den anorganischen Stoffen und Verbindungen.
Natürlich bestehen organische Verbindungen aus denselben Atomen wie anorganische Substanzen. Organische Stoffe setzen sich jedoch aus gemischten, komplexen, sehr vielseitigen und oft auch sehr langen Molekülketten zusammen. Wesentliche Bausteine unserer Zellen sind die Eiweiße oder Proteine. Sie werden mit Hilfe wieder anderer Proteine, den Enzymen, aufgrund genetischer Vorgaben zusammengebaut.
*Bau*proteine und Enzyme, sozusagen Baumaterialien bzw. Baugeräte auf der einen und Handwerker bzw. Baumeister auf der anderen Seite, müssen *gleichzeitig* vorhanden sein, damit sich überhaupt etwas bewegt.
Darüber hinaus müssen sie gegenseitig ständig über die Bauvorgänge und den jeweiligen Stand der Dinge informiert werden.
Die verschiedensten Arbeiten an ganz unterschiedlichen Baustellen müssen stets auf das Feinste aufeinander und miteinander abgestimmt werden und koordiniert ablaufen.
Hierbei mischt noch eine dritte Gruppe organischer Verbindungen mit: Dabei handelt es sich um die Nukleinsäuren, die in langkettiger Form unser Erbgut, das Genom, bilden.
Stellt man sich das Genom wie ein mehrbändiges Lexikon vor, dann ist jeder einzelne Band ein Chromosom. In einem Lexikon findet man unter jedem Stichwort mal mehr, mal minder ausführliche Beschreibungen.

Jede davon ist vergleichbar mit der genauen Anleitung zum Bau eines ganz bestimmten Merkmals einer Zelle oder der eines mehrzelligen Lebewesens. Man nennt sie "ein Gen" (vgl. Kap. 2.9).
Wir haben also drei voneinander strikt abgrenzbare Gruppen äußerst komplexer organischer Verbindungen. Offensichtlich mussten sie von Anfang an gleichzeitig vorhanden sein, damit sich die für das Leben notwendigen materiellen Voraussetzungen überhaupt bilden konnten.
Am 15. Mai 1953 schien der junge amerikanische Wissenschaftler *Stanley L. Miller (*1930)* einen entscheidenden Sieg für das große Heer der Materialisten errungen zu haben: Im biochemischen Institut der Columbia University in New York simulierte er als erster die irdische Uratmosphäre in einem einfachen Glaskolben. Er füllte ihn mit Methan, dem Grubengas, dazu mit Ammoniak, Wasser und Sauerstoff, erhitzte alles auf 80° C und jagte eine Woche lang elektrische Blitze durch dieses Gemisch. Schließlich fand man darin sensationellerweise nicht nur Kohlenmonoxyd (CO) und Kohlendioxyd (CO_2), sondern auch noch eine Menge organischer Verbindungen. Vor allem waren Aminosäuren entstanden, also die Bausteine der Eiweiße. Millers Versuche sind schon unzählige Male wiederholt worden, und inzwischen ließ sich so auch die Entstehung von Nukleinsäuren nachweisen.
Mit dem Vorhandensein entsprechender Grundbausteine, so glaubt man auch heute noch, sei der Weg zur Bildung einer lebenden Zelle oder gar zu mehrzelligen Organismen hinreichend geebnet. Der in Moskau geborene belgische Biochemiker und 1977 Nobelpreisträger für Chemie, *Ilya Prigogine (*1917)*, schien das mit seinen Ergebnissen zu stützen:
Prigogine konnte nachweisen, dass sich organische Bausteine aus einem zuvor ungeordneten Zustand in einen bis dahin unbekannten, höheren und geordneten Zustand umformierten, wenn nur ständig Energie in ausreichender Menge hinzugefügt wurde. Eine solche Zustandsänderung vollzieht sich plötzlich, so wie sich bestimmte Metalle, die Bimetalle, plötzlich verbiegen, wenn eine bestimmte Temperatur auftritt. Allerdings tritt der Ausgangszustand sofort wieder ein, wenn die Energiezufuhr nachlässt.[100] Die weitere Zufuhr von Energie mag sogar kaskadenförmig höhere Strukturniveaus zulassen. Aber es gibt enge Grenzen.
Erstaunlich bleibt, wie immens viele ineinander passende, scheinbare Zufälle es geben musste, damit Leben auf unserer Erde überhaupt eine Chance bekam. Schon die Zufallswahrscheinlichkeit für die Entstehung der Bausteine des Lebens ist sehr gering: Allein ein einziges, relativ

[100] Theorie der sogenannten *"dissipativen Strukturen"*

kleines Eiweiß mit 100 verschiedenen Aminosäuren besitzt 20^{100} (bei 20 AS) oder, mathematisch etwas anders ausgedrückt, ungefähr 10^{130} verschiedene Kombinationen, also eine 1 mit 130 Nullen. Sie liegt wohl bereits um ein Vielfaches höher als die Zahl der Atome in unserem bislang bekannten Universum. Per Zufall wäre kaum eine vernünftige Konstruktion der essentiellen Lebensbausteine denkbar.

Nimmt man an, die Erde sei etwa fünf Milliarden Jahre alt, und in den letzten drei Milliarden Jahren sei trotzdem in jeder Sekunde ein Protein entstanden, dann dürften bis heute nur etwa 10^{60} verschiedene Eiweiße gebildet worden sein. Das aber wäre bloß der 10^{70}te Teil von den eben erwähnten 10^{130}, mithin nur ein verschwindend kleiner Bruchteil um die Wahrscheinlichkeit zu erfüllen, ein erforderliches Protein zu bilden.

Außerdem müssen sich immer die "richtigen" Proteine finden, weil nur sie zusammenpassen. Selbst unter der Annahme optimaler Bedingungen ist es aber schon sehr gering, dass die passenden Proteine überhaupt gebildet werden, wenn die Wahrscheinlichkeiten dafür so gering sind.

Lägen alle zufällig produzierten Eiweiße in einer Schicht um die Erde verteilt, so wäre diese etwa einen Meter dick, und in jedem einzelnen Kubikzentimeter davon gäbe es ungefähr 10 Millionen Eiweiße. Das sich in dieser Schicht dann auch noch zwei "richtige" treffen, wenn vielleicht eins davon am Südpol und das andere gerade am Nordpol liegt, ist einmal mehr äußerst unwahrscheinlich. Zufall macht halt wenig Sinn.

Allerdings muss man aufgrund mathematischer Überlegungen, aus denen sich bestimmte Einschränkungen ableiten lassen, einräumen, dass bei der Bildung der Eiweiße nicht unbedingt *alle* der zur Verfügung stehenden Möglichkeiten tatsächlich ausprobiert werden. Man konnte dies schon vor über 30 Jahren am Beispiel des Tabakmosaikvirus nachvollziehen. Dennoch bleibt es letztlich viel zu unwahrscheinlich, als dass komplexes Leben rein zufallsbedingt entstanden sein könnte. Dazu ein sehr schönes Zitat aus dem Artikel *'Life force'* des angesehenen Wissenschaftsmagazins *'New Scientist'*. Dort heißt es dazu: *'Throwing energy at amino-acids will not create chain molecules, just as putting dynamite under a pile of bricks won't make a house'(Energie kann Aminosäuren nicht zu feinen, empfindlichen Kettenmolekülen machen, so wie es nicht möglich ist ein Haus zu bauen, indem man Dynamit unter einen Stapel Ziegelsteine legt und zündet.)* [101]

---

[101] Ausgabe vom 18.09.1999: sie wurde mir dankenswerterweise von meinem Freund, Schiffskapitän *Klaus Müller* aus Schottland zugeschickt.

Als nächstes stellt sich die Frage, wie und wo Leben auf der Erde entstanden sein könnte: Einige Wissenschaftler nehmen an, Leben sei im Wasser entstanden. Dem steht jedoch das sog. "Massenwirkungsgesetz" entgegen: Die aus einer Art Ursuppe entstandenen Stoffe, wie Nuklein- und Aminosäuren, sollen im Wasser miteinander reagiert und dadurch den Aufbau immer komplexerer Stoffe, wie z.B. der Proteine, ermöglicht haben. Man nennt das auch Kondensation. Bei diesem Prozess wird allerdings Wasser freigesetzt. Ein Mechanismus jedoch – und erst recht eine ungeheure Reaktionskaskade, bei der Wasser freigesetzt wird – kann niemals in einem Wasserüberschuss stattfinden. Die Entstehung von Leben in *freiem* Wasser ist von daher nicht möglich. Als Ausweg blieben nur wasserfreie Schutzzonen im Meer, z.B. in geschützten Nischen und Höhlen von Unterwasservulkanen, an deren Rändern es vielleicht genügend trockene Krusten gäbe. Genau das nehmen heute viele andere Wissenschaftler auch an.

Doch dürften die Temperaturen im Bereich von Lavamassen eher lebensunverträglich hoch sein. Zwar gibt es durchaus eine Reihe von Ein- und sogar Mehrzellern, die selbst höheren Temperaturen gewachsen sind; für die meisten Lebewesen, und erst recht für komplexere Formen, sind sie sicher unweigerlich tödlich.

Zumindest für eine allgemeingültige Erklärung der Evolution des so immens vielfältigen und komplexen Lebens scheint mir dieses Modell mehr als unwahrscheinlich und nicht besonders tauglich zu sein.

Neben Wasser ist Licht eine ganz wichtige Voraussetzung zur Bildung organischer Stoffe aus ihren anorganischen Vorstufen.

Die Sonne kann jedoch nur dann überhaupt durch Wasser hindurch scheinen, wenn es die Lichtstrahlen auch hindurch lässt. Natürlich ist Wasser grundsätzlich lichtdurchlässig. Das aber ist eigentlich erstaunlich; denn das sog. Absorptionsspektrum von Wasser[102] ist so beschaffen, dass nur ein kleiner Teil von Strahlung, und zwar ausgerechnet nur der des sichtbaren Lichtes, überhaupt durchgelassen wird. Alles andere wird vom Wasser herausgefiltert (absorbiert) und dringt deshalb gar nicht hindurch – weder Strahlung mit höherer, noch solche mit geringerer Frequenz als sichtbares Licht. Unterwasservulkane liegen aber in der Regel in solchen Meerestiefen, zu denen sichtbares Licht niemals hinkommt.

Wieder eine andere These glaubt an die "Befruchtung" der Erde von außen, z.B. über Kometen aus dem Weltall (Panspermie).

---

[102] Es gibt an, welche "Wellenlängen" durch Wasser verschluckt bzw. durchgelassen werden

Diese Erklärung scheint mir realistischer als die bisherigen. Sie hat auch einen gewissen Reiz: Man muss hierbei zwingend davon ausgehen, dass sich Leben wohl auf unzähligen weiteren Himmelskörpern angesiedelt haben wird.
Nun, wie immer es auch sei, viele behaupten, allein schon die bloße Zusammenballung von Stoffen, die das Leben zu seiner Existenz benötigt, sei selbst Leben. Doch das stimmt nicht.
Natürlich müssen alle diese Stoffe zunächst in einem sehr genau ausgewogenen und aufeinander abgestimmten Maß vorgelegen haben.
Alle Lebewesen, egal wie klein und einfach strukturiert sie auch sind, zeichnen sich dadurch aus, dass sie bereits miteinander harmonieren und funktionieren.
Fast alle Lebewesen, auch einfachste Formen, kennen bereits die sexuelle Fortpflanzung. Selbst kleine krebsartige Entenmuscheln haben ein recht "dynamisches" Sex-Leben. Um einen weiblichen Partner erreichen und befruchten zu können, besitzen sie einen überlangen Penis. Darüber hinaus wechseln sie nach Belieben ihr Geschlecht und schaffen in 75 Minuten bis zu 500 Kopulationen.[103] Sogar einzellige Bakterien pflanzen sich sexuell fort: Es gibt männliche und weibliche Individuen, die "Donor- und Akzeptorzellen".
Manche Wesen sind Zwitter: Sie besitzen beide Geschlechter entweder gleichzeitig oder sie wechseln ihr Geschlecht wie die eben erwähnten Entenmuscheln. Manchmal geschieht das in enger Abhängigkeit von Umweltfaktoren und hormonellen Einflüssen gleich welcher Ursache.
Um sich geschlechtlich fortzupflanzen, ist die Reduktionsteilung oder Meiose nötig, die aus einer Zelle mit doppeltem Chromosomensatz eine mit halbem macht, ohne dass dabei wichtige Informationen verloren gehen. Auch jedes einzellige Leben ist schon etwas außerordentlich Kompliziertes und harmoniert in vielfältiger Weise miteinander.
Kurzum, es gibt genauso wenig ein bisschen Leben, wie man ein bisschen schwanger sein kann. Entweder eine Struktur lebt oder sie lebt nicht. Ein echtes Zwischending gibt es nicht. Und auch der gern zitierte Virus, den man vorschnell zum "Halblebewesen" stempelt, ist dies sicher nicht. Zwar besitzen Viren keinen eigenen Stoffwechsel und können sich auch nicht, wie von lebenden Formen ja gefordert, selbständig fortpflanzen: Dafür brauchen sie einen anderen Mehr- oder Einzeller, der solche Eigenschaften besitzt und für sie "die Arbeit erledigt". Dennoch, Viren gäbe es ohne ihre Wirtsorganismen nicht, und damit

103 Journal of Zoology, Bd. 253

liegt natürlich der Schluss nahe, dass sie sich als Schmarotzer aus komplexeren Organismen durch "Regression", also durch Rückschritt, zu dem entwickelt haben, was sie sind, und nicht die komplexeren Wesen aus ihnen.
Schließlich sollte nicht unerwähnt bleiben, dass sich lebende Organismen auch noch durch Bewegung, Fortbewegung und durch internen Informationstransport auszeichnen.

Immer ist es also schon Leben, das neues oder höheres Leben schafft.
Erst wenn einmal Leben da ist, kann daraus wieder neues Leben entstehen. Der Biologe *K. Wacholder* schrieb dazu vor über 50 Jahren, dass Leben erst die *"Entstehung der mehrfach übereinander gestuften organischen Ordnungsbeziehungen"* ausmacht.
Leben kann erst entstehen, wenn die dafür notwendigen organischen Bausteine auch eine ausreichend hohe Komplexität erreicht haben.
Genau bis hierhin führen eigentlich die Ergebnisse *Prigogines*. Die für das Leben notwendige Komplexität einzelner Teile mag sich also über Reaktionskaskaden bei nur genügender Energiezufuhr erklären lassen.
Dadurch entstehen die höheren, selbstorganisierenden Ebenen in der Molekularbiologie. Eine der für das Entstehen solcher Prozesse zugrunde liegenden Vorstellungen ist bekanntermaßen die vom Zufall.
Das aber lehne ich ab. Der *Zufall* spielt zweifellos eine wichtige Rolle, aber er lässt nach meiner Auffassung nur die Frage offen, "*wie* genau" sich etwas später mal im Detail ausbildet. Ich glaube dagegen nicht, dass er über *"das Prinzip"* und die generelle Richtung einer Entwicklung entscheidet. *Dass* sich also überhaupt etwas ausbildet, und *dass* es sich seinen schier unbändigen Weg zur Entwicklung und Vervollkommnung bahnt, dürfte – auf lange Sicht betrachtet – vom Zufall sogar nur noch unwesentlich beeinflusst werden. Anders gesagt: Die Entwicklung zum Leben nimmt zwar, so bin ich überzeugt, den Zufall zu Hilfe, aber sie ist letztlich nicht die Folge des Zufalls.
Er moduliert nur längst – soll heißen: im Geist – schon vorhandene, also präexistente Vorstellungen für das "Grundsätzliche" in dieser Welt und auch für das Leben.
Diese "präexistenten Vorstellungen vom Grundsätzlichen" sind somit *nicht* identisch mit denen *Platons (427-347 v.Chr.)* und seinen *"Ideen für alles Seiende"*. Vielmehr lassen sie auch eine ungeheure kreative *Emergenz* zu, wovon auch der österreichische Philosoph *Karl Popper (1902-1994)* ausgeht.

In einem früheren Buch bezeichnete ich daher schon unsere Welt als "*teleologisch* und doch *emergent*, *deterministisch* und doch *indeterministisch* orientiert", was ungefähr soviel bedeutet wie: Es gibt in einem gewissen Umfang klare Umrisse und vorbestimmte Randbedingungen für alle Existenz in dieser Welt. Sie weist eine für uns vermutlich noch lange kaum einsichtige oder gar erkennbare Zielrichtung auf. Zweifellos ist sie aber vorhanden. Im Rahmen dieser Möglichkeiten kann sich alles frei und kreativ entfalten und entwickeln.[104]

Leben ist demnach ein geistiges Prinzip und nicht einfach nur das zwangsläufige Produkt einer noch so komplexen organischen Struktur.

Es ist die gezielte Manifestation einer real existenten geistigen Welt über ausreichend hardwaremäßig entwickelte und strukturierte Organismen, mit dem konkreten Ziel, sich konsequent selbst zu vervollkommnen.

Ein, wie ich es nenne, anfangs undifferenziertes, aber vollkommen real existierendes geistiges Feld entwickelt sich somit selbst mit Hilfe des Lebens zu einer differenzierten, einer ausgereiften Intelligenz.

Evolution, Leben und ein dafür notwendiger Organismus verhalten sich ungefähr so wie ein Ingenieur zu dem von ihm konstruierten Radio. Der Ingenieur ist weder mit dem Radio selbst, noch mit den vom Radio ausgestrahlten Sendungen identisch.

Er weiß aber, dass er Radiosendungen nur mit einem dazu tauglichen Radio empfangen kann. Mit den ihm zur Verfügung stehenden Bauteilen bastelt er nun so lange herum, bis er zunächst ein vielleicht zwar noch primitives, aber gleichwohl funktionstüchtiges Gerät erschaffen hat.

Erst in dem Moment, wo es ausreichend "komplex" ist, also genügend viele, richtige und passende Bauteile korrekt, und das bedeutet: wissend, zusammengefügt worden sind, funktioniert es auch.

Anders gesagt: Eine Schraube zu wenig, und das Radio funktioniert eben noch nicht. Nur Transistoren und Schalter in ein gemeinsames Gehäuse zu schmeißen, führt nicht zum Erfolg. Das fertige Radio entspricht aber schließlich ebenso wenig der "Sendung", wie auch keine Sendung im Radio selbst drinsteckt. Und natürlich ist die Radiosendung kein Produkt des Radios – genauso wenig, wie das Leben ein Produkt der Zelle ist.

Damit etwas lebt, muss zunächst eine hinreichend komplexe organische Struktur entstanden sein. Zu ihrer Entstehung benötigt sie einen Plan, einen spezifischen und eben geistigen Bauplan, nach dessen Prinzipien sie sich bildet. Das entsprechend entwickelte Gebilde lebt, weil es jetzt in der Lage ist, auf Empfang und Sendung zu gehen. Das lebende Wesen

---

[104] Erklärung der Termini "deterministisch", "indeterministisch" und "teleologisch" in Teil 5.

nimmt nun automatisch teil an einem die ganze Welt durchdringenden und alles umfassenden geistigen Feld. Die Aktivitäten gehen dabei von vornherein in beide möglichen Richtungen: Jedes Wesen ist Empfänger und Sender zugleich, während das Radio in meinem verständlichen, aber unzureichenden Vergleich ja stets nur als Empfänger funktioniert.

Ein Organismus ist, dadurch dass er lebt, sofort interaktiv tätig. Jede weitere Selbstorganisation besteht fortan darin, ein zunächst kleines, später dann allmählich wachsendes Stück des von mir postulierten und anfangs ziemlich brach liegenden, unreifen geistigen Feldes immer weiter zu differenzieren, d.h. artspezifisch, individuell und irgendwann sogar "persönlich" weiterzuentwickeln.

Im Gegenzug kann dafür der lebende Organismus auch am wachsenden Informationsstand dieses geistigen Feldes teilhaben – zumindest soweit sein spezieller Zugriff aufgrund verschiedener, zumeist allgemeiner, aber auch individueller Möglichkeiten dazu bereits ausreicht. Solche Zugriffe führen, wenn sie aus unserer Perspektive wahrgenommen werden, zu bekannten Phänomenen wie Trieb, Instinkt, Intuition, siebter Sinn, etc.

Damit habe ich eine Brücke geschlagen zu den morphologischen Feldern des Biologen *Rupert Sheldrake*. Mein angenommenes geistiges Feld unterscheidet sich jedoch in einem wichtigen Punkt ganz wesentlich von den geistigen Feldern Sheldrakes: Bei mir nimmt konsequenterweise natürlich auch das Bewusstsein eine dauerhafte und entscheidende Stelle ein, wenn es sich durch die heranreifenden körperlichen Möglichkeiten eines höheren Organismus während des Lebens ausgebildet hat.

Mit anderen Worten: Die Differenzierung des von mir postulierten, allumfassenden geistigen Feldes schreitet unaufhörlich fort. Es umfasst die kompletten Informationen alles je Dagewesenen und konserviert sie auf ewig; denn als etwas Geistiges und somit Kontinuierliches stellt es die polare Symmetrie zur diskontinuierlichen, materiellen Welt dar.

Wenn die Zeit alles Materiellen begrenzt ist, muss alles Geistige ewig existieren (vgl. Kap. 3.8 und 3.9). Durch ständige, zunächst sehr subtile Interaktionen mit den zurzeit materiell verkörperten Lebewesen kann es jederzeit Einfluss nehmen und so Entwicklungen mitbestimmen.

Im Gegensatz zu Sheldrakes Auffassungen schwindet die Subtilität dieses Einflusses jedoch umso mehr, je stärker sich im Laufe riesiger Zeiträume ein eigenes Bewusstsein und die Fähigkeit zur Selbsterkenntnis bei den Einzelindividuen ausbilden. Dadurch werden allmählich auch gezielte Einflussnahmen möglich. Bewusstsein mag anfangs sogar eher ein hemmender Faktor für den Geist als Mechanismus zur Evolution sein, weil es zunächst noch unreif ist, und jede Unreife ein Risiko darstellt.

Dennoch setzt es sich durch. Das macht nur Sinn, wenn die Chance, die es darstellt, von Anfang an jedes Risiko überwiegt. Diese Erkenntnis setzt bereits existierendes Bewusstsein voraus. Seine Chance liegt darin, dass es die Verflechtungen zwischen der materiellen und der immateriell interaktiven geistigen Welt, der es von Anfang an immer schon angehört, erkennt und begreift. Darin liegt im Übrigen seine einzige Chance, wie die unseligen, durch bewusste menschliche Taten rein selbstgemachten Gefahren auf dieser Erde leider immer stärker zeigen.
Bewusstsein kann somit eine ganz neue Form selbständiger Evolution einleiten, eine Entwicklung, die rein geistiger Natur ist, ohne dass weitere körperliche Bereiche entstehen und Spezialisierungen erfolgen müssen. Zugleich bleiben seine Entwicklungsformen in all ihren Facetten als ja bedeutender Faktor der geistigen Welt ewig erhalten.
Mit wachsendem Bewusstsein sinkt die Bedeutung des Kollektiven und damit der Art als Ganzes. Bewusstsein strebt nach Individualität.
Eine ungeheure Vielzahl einzelner und immer stärker voneinander abweichender "Bewusstseine" tut sich am Beispiel des Menschen auf.
Der Prozess der "Individualisierung" ist ein elementarer Teil der neuen Evolution auf einer höheren, der geistigen Ebene. Mit ihr lässt sich noch ungleich mehr – ja unendlich viel –Vielfalt schaffen, als zuvor schon auf körperlicher Ebene durch die Erfindung der sexuellen Fortpflanzung.
Der Mensch als erster Vertreter dieser neuen Evolutionsgeneration muss jedoch lernen, das auch als zentrales Konzept der Welt zu erkennen.
Gewaltige ideologische Strömungen vor allem in den letzten beiden Jahrhunderten haben diese Entwicklung abgrundtief verkannt und damit dem Menschen nur unsäglich geschadet. Und das scheint leider noch lange nicht zu Ende.
Viele gesellschaftliche Probleme unserer Zeit könnten gelöst werden und endlich zu einem harmonischeren Miteinander führen, wenn der Mensch sich der wirklichen Grundlagen seiner Existenz bewusst würde. Zu den größten Problemen gehört die Intoleranz gegenüber den verschiedenen religiösen und politischen Überzeugungen, auch wenn diese gewaltfrei gelebt werden.
Dazu gehören auch die nach wie vor leider allzu häufigen, stets jedoch völlig unangebrachten Diskriminierungen von Minderheiten, die vom Durchschnitt oder der Mehrheit abweichende Lebensauffassungen gleich welcher Art für sich vertreten und sie gewaltfrei ausleben.
Mit einem (egoistischen) Individualismus hat die Individualität der "neuen" Evolution im Übrigen rein gar nichts zu tun.

Auch ist der *Geist* genauso wie das *Leben* kein Produkt von irgendetwas Materiellem. Körper sind nötig, um beides zur Entfaltung zu bringen und ihre kontinuierliche und dauerhafte Entwicklung in Gang zu setzen. Der Geist reift durch die interaktive Kommunikation zwischen dem dazu irgendwann hinreichend tauglichen Organismus und einem die ganze Welt durchdringenden und alles umfassenden – ja noch mehr – einem die Welt letztlich überhaupt erst hervorbringenden, geistigen Feld. Diese ständige und allgegenwärtige interaktive Kommunikation führt wegen der nun ungeheuer wachsenden Vielzahl einzelner denkender und sich ihrer selbst bewusster Wesen zu einer für uns kaum erfassbaren, unbeschreiblichen Evolution des gesamten geistigen Feldes.
Damit erst ist, wie *Teilhard de Chardin (1881-1955)* annimmt, die Welt eine Art *"Gott im Werden"*.

4.10) Licht ist in unseren Zellen

In den letzten Kapiteln habe ich über einige Phänomene berichtet, die wohl nur einen plausiblen Schluss zulassen: Speicherung und Weitergabe von Informationen muss auch anders als bislang anerkannt erfolgen, also nicht nur über chemische Vorgänge oder mit schwachen elektrischen Strömen. Was aber kann dafür in Frage kommen?
Vielleicht kann die Bibel auf die richtige Fährte führen. Sie beginnt mit den Worten: *Und Gott sprach: Es werde Licht. Und es ward Licht"*.[105]
Der deutsche Physiker *Erwin Schrödinger(1887-1961)* wies schon darauf hin, dass offenbar nicht nur der Energiegehalt des Lichtes, sondern auch sein Informations- oder Ordnungsgehalt wichtig zu sein scheint.
Seit *Max Planck (1858-1947)* und *Albert Einstein (1879-1955)* wissen wir definitiv, dass Licht wie alle elektromagnetischen Strahlen gequantelt ist. Licht ist kein kontinuierlicher Strahl, sondern ergibt sich aus der Abfolge unzähliger kleinster Teilchen, die selbst keine eigene Masse besitzen.
Diese Photonen (vgl. Teil 3) rasen mit verschiedenen Frequenzen durch die Welt. In einer Sekunde flitzen mal mehr, mal weniger viele Photonen nacheinander durch den Raum. Alles in der Welt ist in Bewegung. So hat auch jedes Photon eine bestimmte "Eigenfrequenz". Sie lässt sich über unterschiedlich viele Wellenberge und Täler pro Zeiteinheit darstellen:

[105] Die Bibel, Genesis, 01.03

Messtechnisch betrachtet haben wir nun doch einen Licht*strahl*, der sich wellenförmig fortpflanzt. Und dies sei ja nur logisch, wie der dänische Physiker *Niels Bohr (1885-1962)* einmal in einem Telegramm an *Albert Einstein* beschied; denn wenn Licht und jede andere elektromagnetische Strahlung (EMS) nur aus Teilchen bestünden, könne sein Telegramm Einstein wohl niemals erreichen.
In der ersten Hälfte des zwanzigsten Jahrhunderts wurde so der heute immer noch vielen schwer verständliche "Welle-Teilchen-Dualismus" geboren. Mit ihm wurde eine ganz neue Physik eingeläutet, die Quanten- oder Teilchenphysik. Jedoch habe ich bereits ausgeführt, dass tatsächlich jede Strahlung nur aus Teilchen besteht und nicht zugleich Welle ist (vgl. Teil 3). Selbst der Begriff "Teilchen" ist schon ziemlich hochgestapelt; denn tatsächlich handelt es sich nur um masselose "Lichtpunkte" oder besser, um Einzelinformationen. Damit sind Photonen Schnittstellen zwischen einer realen geistigen und der von uns sinnlich erfahrenen materiellen Welt: Einerseits sind sie "materielle" Lichtpunkte, wenn sie auf etwas treffen, das sie als solche durch Energieaustausch misst oder wahrnimmt. Andererseits, und das ist ihr eigentlicher Charakter, sind sie "geistige" Einzelinformationen des Seins: Mathematisch ausgedrückt stellt jedes Photon eine "1" dar.
Natürlich lässt sich beobachten, dass Licht in Wellen durchs All jagt. Das ist ein reales Phänomen, weshalb Physiker gerne, aber vorschnell, über meine Ansicht schmunzeln mögen. Der sog. Wellencharakter des Lichtes kommt aber nicht deshalb zustande, weil das Licht selbst eine Welle ist. Vielmehr rast es allein als Quant (Teilchen) durch einen ebenso realen, zwiebelschalenartig konzentrischen, aber informationellen oder geistigen Raum. Er ist geistig, weil er durch die Abwicklung aller Ordnungszahlen von 1 bis Unendlich, unendlich und ewig strukturiert wird (vgl. Teil 3).

Die Abstände dieser Zwiebelschalen müssen aufgrund von Masseeigenschaften, Größe, Anordnung, Dichte und Verhalten der verschiedensten atomaren Strukturen und ihrer engen Verbindungen schwanken (vgl. tiefschwarze, zentrale Kreise in Martins nebenstehender Abbildung). Zum Beispiel durch radioaktiven Zerfall, bedingt durch Kernfusion bei Sonnen

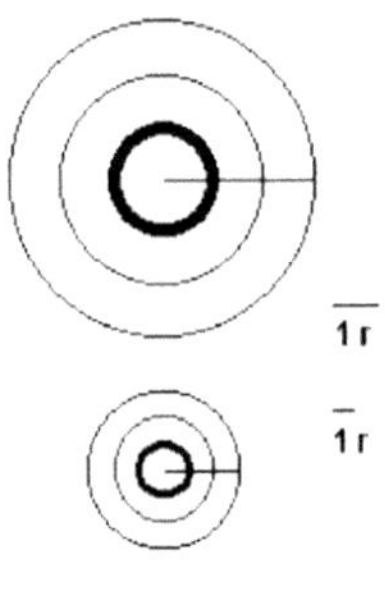

oder als Radiostrahlung von Pulsaren, werden Photonen (Quanten) ausgesendet. Sie werden dann über die unterschiedlich großen, realen

und konzentrisch strukturierten unendlichen Zahlenräume, die den uns bekannten unendlichen Raum des Universums ausmachen, transportiert. Mathematisch ausgedrückt wird die Zahl 1, bzw. 1^2, mit jeder Zahl des Zahlenraums multipliziert (vgl. Kap. 3.4 und 3.5). Dadurch tritt für uns, die wir alle innerhalb dieses Systems leben und selbst Teil dieses Systems sind, zwangsläufig das Phänomen kontinuierlicher Wellen auf.
In Wirklichkeit aber handelt es sich *nicht* um einen "Welle-Teilchen-Dualismus" des Lichtes; denn das Licht besteht ja nach wie vor nur aus masselosen Informations*punkten*. Vielmehr sehen wir jetzt einen *geistig-materiellen Dualismus*: Dieser ist durch die nach meiner Ansicht wahre Doppelnatur des Lichtes gegeben: Hier der Lichtpunkt im materiellen Sinn beim Auftreffen auf ein wahrnehmendes Objekt, dort die reine Information im geistigen Sinn – des Lichtes eigentlicher Charakter.
Immer mehr wird der Wissenschaft heute bewusst, welch ungeheures Potential wohl im Licht als Informationsträger der Zukunft steckt.
Bereits heute kann man digital codierte Informationen mittels Laserlicht sicher und dauerhaft transportieren oder speichern.
Nur allzu gerne glaubt man allerdings, damit ganz neue Techniken *erfunden* zu haben. Ich bin jedoch einmal mehr davon überzeugt, dass man in Wirklichkeit nur wieder einen Teil von dem *entdeckt* hat, was seit Anbeginn der Dinge längst in der Welt existiert und natürlich bereits bis ins kleinste Detail perfektioniert ist. Bemerkenswert an der Übertragung von Informationen durch Laserlicht ist, dass sich hierfür besonders gut schwache Laser eignen, d.h. solche mit nur sehr geringen Intensitäten.
Der deutsche Wissenschaftsautor *Marco Bischof* hat dazu ein interessantes Buch geschrieben. Darin berichtet er in gut verständlicher Weise über eine Reihe von Ergebnissen zur Strahlung von organischen Geweben, die vor allem der heute im rheinischen *Neuss* tätige Physikprofessor *Fritz Albert Popp* erarbeitet hat.
Schon im Jahr 1922 hatte der russische Mediziner und Biologe *Alexander Gurwitsch (1874-1954)* bei Untersuchungen an Zwiebeln entdeckt, dass lebende Zellen schwaches Licht aussenden. *Fritz Popp* hat mit modernen Methoden nachweisen können, dass alle Lebewesen in sämtlichen Zellen Licht speichern, dies also ein universelles Phänomen ist.
Besonders stark strahlen Zellen offenbar während ihrer Zellteilung, nach dem Auftreten von Schäden, was vermutlich auf Reparaturmechanismen zurückzuführen ist, und wenn eine Zelle *stirbt*. Ist die Zelle jedoch *tot*, strahlt sie *nicht* mehr. Die von *Popp* "Biophotonenstrahlung" genannte Erscheinung ist mittlerweile streng wissenschaftlich bewiesen. Auch ist sicher, dass es sich dabei nicht nur um eine Art "Wärmespender", also

um thermisch wirksame Photonen handelt. Vielmehr scheinen es richtige schwache Laser zu sein, die, wie *Bischof* schreibt, kaum streuen, d.h. einen außerordentlich hohen Kohärenzgrad besitzen. Dieser scheint sogar weit über das hinauszugehen, was man bisher von technischen Lasern kennt. Zumindest ist wahrscheinlich, dass Biophotonen auch eine biologische Funktion haben und einer Kommunikation in und zwischen den Zellen dienen. Gerade auch den dreidimensionalen räumlichen Strukturen von Zellen und ihren Bausteinen, wie z.B. den komplexen Proteinen und Nukleinsäuren, sollte man deshalb mehr Bedeutung zumessen. Sie sind vermutlich ideale Resonanzkörper zur Verstärkung und Speicherung der durch Licht vermittelten Information. Auch scheint bewiesen zu sein, dass Biophotonen eine starke Verbindung zur DNS besitzen, die ja das biochemische Erbgut in den Zellkernen verkörpert. Wahrscheinlich ist die DNS sogar ein Hauptspeicher für Biophotonen. Zukünftig wird man Biophotonen, also dem Licht in unseren Zellen, deshalb vielleicht eine Schlüsselrolle im Vererbungsmechanismus zuweisen können.
Noch ungeklärt ist bis heute, welche Frequenzen wichtig sind, und wie die verschiedenen Steuermechanismen mit Biophotonen funktionieren.
Kritiker dieser Theorie behaupten, Biophotonen seien bloß eine Art spontanes Leuchten von chemischen Verbindungen und entstammten einer spontanen, sogenannten Chemilumineszenz. Manche behaupten auch, sie seien chaotisch und keineswegs kohärent, weshalb sie auch zur Übertragung von Informationen unbrauchbar seien. Folglich seien sie biologisch völlig unbedeutend. Mittlerweile scheint diese Kritik an der Biophotonentheorie jedoch längst eindeutig widerlegt zu sein.

4.11) Nervensystem und Gehirn

Der bekannte kalifornische Neurobiologe *Kenneth A. Klivington* schreibt einleitend in seinem schönen Buch "Gehirn und Geist": *"Nichts ist so kompliziert wie das menschliche Gehirn. Seine Arbeitsweise stellt das größte wissenschaftliche Rätsel dar, das wir kennen"*. Und obwohl materialistischen Gedanken näher stehend, ergänzt er später: *"Hirnforschung ist auch deshalb so spannend, weil es möglich ist, Entdeckungen ganz unterschiedlich zu deuten"*.

Was wir heute über das Gehirn und seine Funktionsweise als dem sicher höchsten und mit Abstand komplexesten Teil eines enorm verzweigten und im Ganzen komplizierten Nervensystems wirklich *wissen*, lässt sich, grob betrachtet, eigentlich relativ einfach darstellen. Erwähnenswert ist zunächst, dass ein Großteil aller Organismen dieser Erde offenbar sehr gut ohne irgendein Nervensystem zurechtzukommen scheint.

Hierzu gehören alle Pflanzen, eine große Zahl einfacher Vielzeller und alle Einzeller, einschließlich der Bakterien. Der Franzose *Jean-Claude de Tymowski* von der *Alliance Médicale Internationale* in *Paris* meint dazu, dass dieser Umstand sie dennoch nicht daran hindere, hoch entwickelte Strukturen zu besitzen und sie ohne Zweifel ganz hervorragend an ihre Umgebung angepasst sind.

Ein so hochkomplexes Kommunikationsnetz wie ein Nervensystem zu besitzen, scheint also nicht zwangsläufig notwendig, nur um damit vielfältiges Leben und seine ständige Fortentwicklung über Äonen von Zeitaltern zu sichern – kurz gesagt, um in dieser Welt erfolgreich zu sein.

Irgendwann während der Evolution des Lebens auf unserer Erde tritt ein solches Nervensystem jedoch auf. Während, wie viele Hinweise zeigen, das Leben auf der Erde bis heute große Umwege und allerlei Kurven beging, hat sich im krassen Gegensatz dazu das Nervensystem stets schnurstracks geradeaus zu Höherem entwickelt. Es wurde im Laufe der Zeit immer komplexer und strebte zu immer höherer hierarchischer Ordnung. Jeder später neu hinzukommende Bereich ist dabei streng "abwärtskompatibel", d.h. er ist durchweg in der Lage, mit seinen hierarchisch untergeordneten und in der Regel älteren Abschnitten harmonisch zusammenzuarbeiten.

Seit vielen Jahrtausenden ist die Hirnentwicklung des Menschen jedoch zumindest vorläufig zum Stillstand gekommen. Unabhängig von der Art der Deutung solcher Phänomene wie "Denken", "Bewusstsein" oder "Emotionalität" kann gesagt werden, dass schon mit dem Auftreten des Menschen auf der Erde und erst recht mit seiner Entwicklung in den letzten zigtausend Jahren, ein gegenüber jedem anderen irdischen Wesen unvergleichlich hoher intellektueller, psychologischer, kultureller und emotionaler Entwicklungsgrad erreicht wurde. Allein der Mensch besitzt auch ein schier unendlich vielseitiges und vielschichtiges, individuelles Bewusstsein und Selbstbewusstsein mit einem wohl kaum sonst nur annähernd vergleichbaren Gefühlsreichtum. Außerdem besitzt nur er eine unendlich ausbaubare Fähigkeit zu abstraktem und differenziertem Denken und Handeln sowie ein unübertroffenes Gedächtnis. Und erst während der menschlichen Entwicklung explodieren diese Fähigkeiten, was natürlich nichts über ihre Qualitäten im Einzelfall aussagt…

Daraus ergibt sich zweierlei: Zum einen sind es geistige Fähigkeiten, die sich im Laufe vieler Jahrtausende sprunghaft entwickelt haben, während die Anatomie des Gehirns, also das Materielle, keine vergleichbar wesentlichen Neuerungen zu verzeichnen hat.

So meint auch *Klivington* dazu abschließend und nach sorgfältiger Abwägung entsprechender Untersuchungsergebnisse, dass *"der Nachweis struktureller Unterschiede im menschlichen Gehirn äußerst schwierig"* sei – *"selbst bei einer extrem unterschiedlichen Ausprägung von Intelligenz oder anderen Merkmalen (oder einem gänzlich anderen kulturellen Hintergrund)"*.

Zum anderen scheint es zu einem bedeutsamen Paradigmenwechsel in der Evolutionsgeschichte gekommen zu sein: Mit dem Auftreten des Menschen hat auch dann, wenn man seine oft zerstörerische Wirkung auf seine Umwelt vernachlässigt, der zuvor noch starke Evolutionsdruck mit Schaffung stets neuer und in körperlicher Hinsicht unterschiedlicher Arten eindeutig nachgelassen. Im Gegenzug ist es dafür aber zu einer schier unglaublichen Vielfalt menschlicher Einzelindividuen mit immer größeren geistigen, kulturellen und emotionalen Variationen gekommen.

Die Evolution wechselte das Pferd. Doch was ist jetzt der Geist?

Worin besteht die neue, viel größere und nicht zu bremsende geistige Evolution? Handelt es sich hierbei tatsächlich bloß um Produkte eines immer komplexer werdenden Gehirns mit immer mehr Verschaltungen, so wie es heute sehr viele Hirnforscher enorm medienwirksam glauben machen wollen? Ich sehe das nicht so: Geist ist etwas völlig anderes. Er muss schon deshalb allein aus dem Vorgenannten etwas anderes sein, weil die menschliche Hirnanatomie und die geistige Vielfalt längst nicht miteinander Schritt halten. Der nur beim Menschen explosiv wachsende Geist hat eine völlig andere Qualität als sein Gehirn und scheint mir erst *mit Hilfe* dieses Gehirns durch ständiges interaktives Erfahren während jedes einzelnen Lebens zu reifen. Konsequenterweise folgt daraus ganz nebenbei, dass Geist grundsätzlich auch unabhängig von seinem Gehirn existieren kann und so auch nicht dem unausweichlichen körperlichen Tode geweiht ist.

Unsere intellektuellen Fähigkeiten und all unsere Gefühle sind Teil jeder einzelnen Persönlichkeit und damit wieder Teil dieses Geistes, aber nicht Ausgeburt unserer Gehirne. Da diese Vorstellung im krassen Gegensatz zu denen einiger heutiger Hirnforscher steht, muss sie natürlich im Folgenden erläutert und gestützt werden:

Zunächst ein paar wichtige anatomisch-physiologische Grundlagen: Grundeinheit des Nervensystems ist die Nervenzelle, das Neuron, wie in der folgenden Zeichnung meines Sohnes Martin zu sehen.

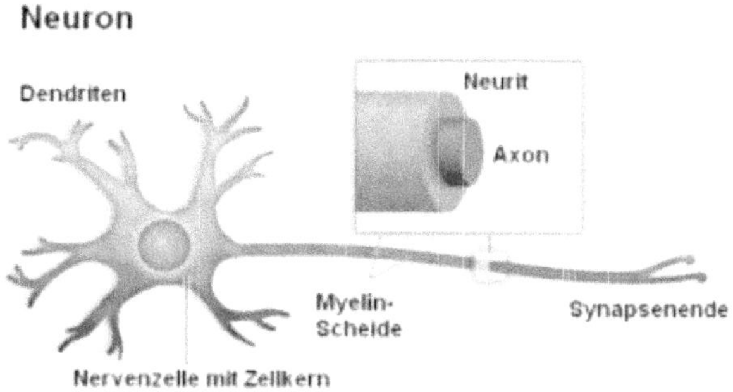

Jede einzelne Nervenzelle ist eine lebende biochemische Fabrik und gewiss in der Lage, selbst Informationen zu verarbeiten und auch zu speichern. Neuronen besitzen diverse Fortsätze, welche die Kommunikation mit benachbarten Neuronen ermöglichen. Dabei lässt sich ein Empfangsteil ausmachen, das aus einer Vielzahl von bis zu tausend kurzen Fortsätzen, den Dendriten, besteht. Über diese werden dem Neuron Informationen von anderen Zellen herangetragen. Außerdem gibt es immer *einen* längeren Fortsatz, den Neuriten.
Er besitzt ein "inneres Leitungskabel", das Axon, das Informationen auch über größere Strecken zu anderen Neuronen weiterleitet. Dort, wo Dendriten oder Neuriten an andere Zellen andocken, liegt zwischen ihnen ein nur etwa eintausendstel Millimeter breiter Spalt, der synaptische Spalt. Die Dockstelle selbst ist etwas aufgetrieben.
Man nennt sie auch Schaltstelle oder Synapse.
Für das ausgereifte menschliche Gehirn lässt sich das Ganze – etwas grob – ungefähr folgendermaßen quantifizieren: Dort besitzt der Mensch etwa eine Billion Nervenzellen mit ungefähr einer Trillion Verbindungen zu seinen Nachbarzellen, d.h. Verschaltungen.
Wenn man alle Nervenzellen eines einzigen Menschen hintereinander zu einer Kette verbinden würde, könnte man unsere Erde damit einige tausend Mal umwickeln. Das allein dient vielen schon als ausreichende Erklärung für die unglaubliche Leistungsfähigkeit eines für sie natürlich hirngebundenen Geistes. Aber das scheint mir sehr oberflächlich und allzu vorschnell gedacht.
Nun noch eine recht grobe Funktionsbeschreibung: Das Kernstück aller Informationsübertragungen innerhalb des gesamten Nervensystems sind elektrische Ströme, sog. Impulse. So führt z.B. ein Hautreiz, wie etwa eine Streicheleinheit, zu elektrischen Impulsen. Um nun fortgeleitet zu werden, z.B. zum Gehirn, mit dessen Hilfe er uns dann bewusst werden

kann, muss jeder Reiz eine adäquate Stärke besitzen. Ist er zu schwach, passiert gar nichts, und ein zuviel an Reiz macht deshalb aber auch nicht *mehr*. Dies nennt man das "Alles-oder-Nichts-Gesetz".
Strom bleibt also Strom – seine Stärke wird im Nervensystem nicht variiert; es gibt keinerlei elektrische Abstufungen eines Impulses. Dieses Prinzip wird auch nicht dadurch verwässert, dass die Reizstärke wohl über eine höhere Frequenz der Impulse erhöht werden kann. Damit aber vergrößert sich ja nur die Anzahl der Verbindungen und ermöglicht eine feinere Abstimmung. Für jede einzelne Verbindung gilt jedoch erneut das "Alles-oder-Nichts-Gesetz".
Ich glaube, die Natur versucht hier wieder, und das ganz im Gegensatz zu den bekannten Wissenschaftslehren, wie z.B. auch in der Genetik (vgl. Kap. 2.9), mögliche Fehler und Risiken durch Fehlinformationen auf ein Minimum zu senken. Allein die Vorsicht der Natur ist meiner Ansicht nach auch der Grund für die Weiterleitung von Informationen nach dem Alles-oder-Nichts-Gesetz: Sie ist sehr einfach und absolut sicher.
Entweder ein elektrischer Impuls pflanzt sich fort oder eben nicht – nicht aber ein bisschen mehr oder weniger, genauso wenig wie es ein bisschen schwanger gibt.
Wie schon gesagt, gibt es zwei getrennte Bahnen, nämlich Empfangsteil (Dendriten) und Sendeteil (Neuriten). Die Ströme, mit denen sich unsere unermesslich vielen Neuronen unterhalten, laufen darüber stets *nur in eine* anatomisch vorgegebene Richtung. Dendriten und Neuriten sind also immer Einbahnstraßen. An ihren Enden, den Dockstellen, muss der elektrische Impuls von einer Nervenzelle zur nächsten oder auf ein Erfolgsorgan übertragen werden. Dies jedoch geschieht nur in seltenen Fällen elektrisch, fast immer aber chemisch. So setzt ein herannahender Impuls an der Synapse einen chemischen Botenstoff frei, den sog. Transmitter. Dieser kreuzt den sehr kleinen synaptischen Spalt und kann auf der Gegenseite einen neuen Impuls auslösen oder auch die Bildung eines solchen hemmen. Und wieder gilt: Entweder es wird mit Hilfe des Transmitters ein neuer elektrischer Impuls ausgelöst oder nicht, nie aber nur ein bisschen Impuls. Warum es eine Vielzahl solcher Transmitter gibt, wo doch zwei zum Hemmen und Bahnen einer Impulsbildung grundsätzlich ausreichen könnten, ist uns bislang nicht bekannt.
Ich schätze aber, dass damit neben einer gezielteren Auswahl der gewünschten Impulsempfänger mal wieder eine noch feinere Abstufung zwischen ihnen ermöglicht wird – vielleicht so ähnlich, wie es durch viele Stationstasten einer Telefonanlage geschieht: Drückt man eine der Tasten, erreicht man z.B. nur jeweils *einen* ganz bestimmten Empfänger,

durch Druck einer anderen aber schon gleich *mehrere* auf einmal - möglicherweise startet man sogar einen Rundruf. Immer aber bedeutet der Druck auf eine solche Taste, dass irgendwo *mindestens ein* Telefon klingelt – und entweder die Taste wird gedrückt oder eben nicht.
Natürlich gibt es auch Krankheiten aufgrund zu wenig produzierter oder schlecht funktionierender Transmitter, so dass es zu fehlerhaften Impulsübertragungen an den Synapsen kommt. Ein Beispiel hierfür ist die Parkinson'sche Erkrankung, die als "Zitterkrankheit" bekannt ist.
Sinneseindrücke aus der Körperperipherie werden über sensible oder als afferent bezeichnete Bahnen an die Zentren, also z.B. an das Gehirn, geleitet. Von dort ausgelöste Reaktionsmuster werden an die zuständigen Erfolgsorgane in der Peripherie über efferente oder motorische Bahnen geschickt. Auch hier gibt es immer nur Einbahnstraßen.
Jedes der einzelnen Nervenkabel ist gut isoliert. Schäden an der Isolation können zu fatalen elektrischen Kurzschlüssen führen. Ein Beispiel dafür ist die schwere Krankheit "Multiple Sklerose".
Nun erst etwas zum Aufbau des Gehirns im Großen, bevor ich mich den *besonders wichtigen ganz kleinen Details in der Hirnrinde* zuwende:
Hierarchisch über dem Rückenmark steht der älteste und inzwischen unterste Teil des Gehirns, das Rautenhirn. Darüber liegt das Mittelhirn, gefolgt vom Zwischenhirn. Über alle diese Teile stülpt sich der entwicklungsgeschichtlich zugleich jüngste und hierarchisch höchste Teil, das Großhirn, auch Kortex genannt. Eine in Bezug auf Lage und Funktion besondere Stellung nimmt daneben noch das Kleinhirn ein. Alles zusammen nennt man das Zentralnervensystem.

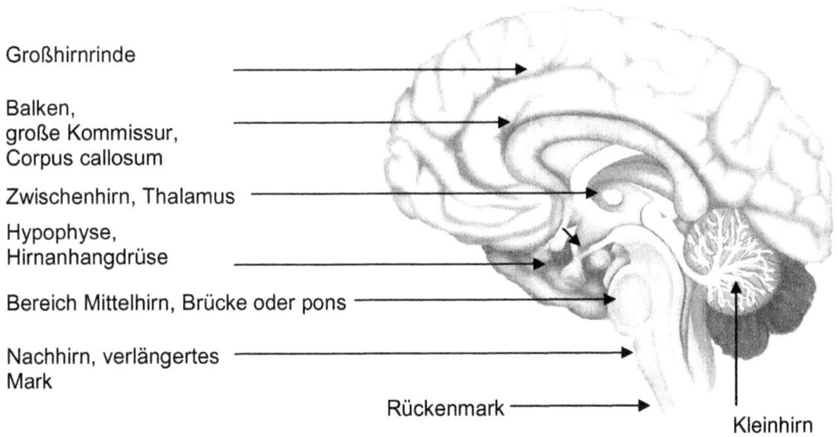

Schneidet man ein Großhirn auf, dann lässt sich leicht eine graue von einer weißen Schicht unterscheiden. Die sog. graue Substanz beherbergt eine unermessliche Zahl von Neuronen, also von Nerven*zellen*, weshalb man auch von den grauen Zellen spricht. Diese Schicht liegt *außen* und damit direkt an der Hirnoberfläche. Sie ist gerade beim Menschen durch viele Windungen und Furchen enorm vergrößert.

Was die Anzahl von Zellen und ihre Verschaltungen untereinander betrifft, führt allein *das* beim Menschen gegenüber seinen nächsten tierischen Verwandten bereits zu einer Art "Quantensprung" der Hirnkomplexität:

Die weiße Substanz liegt darunter und besteht aus den verschiedensten Leitungsbahnen. Denken, Fühlen, Gedächtnis und Bewusstsein sitzen nach heute überwiegend geäußerter Lehrmeinung *in* den grauen Zellen – entweder denen der Großhirnrinde oder in solchen, die sich als meist inselartige Ansammlungen, sogenannte Kerne, in darunter liegenden Hirnabschnitten befinden.

Derlei Vorstellungen stützt man einerseits auf eine große Vielzahl von elektrophysiologischen Untersuchungen. Daneben beobachtet man auch Veränderungen im Wesen von Mensch und Tier, die nach bestimmten operativen Eingriffen am Gehirn auftreten.

Zusätzlich bedient man sich heute einer Reihe von bildgebenden Untersuchungsverfahren, wie *MRT* oder *PET*, sowie dem Nachweis kontrastierender Substanzen, wie z.B. von Zucker, der in aktive Hirnzentren eingespeist wird, oder von radioaktivem Xenon.[106]

Trotz dieses "Beweismaterials" will und werde ich zeigen, dass die gängige Schlussfolgerung, unser Gehirn selbst sei *Sitz* und *Initiator* von bewussten geistigen und emotionalen Handlungen, eigentlich kaum wirklich haltbar ist.

Der berühmte *John Eccles* wies bereits eindringlich darauf hin, dass man auch der *Mikro*struktur der Hirnrinde, die man nur unter dem Mikroskop sehen kann, besondere Beachtung schenken sollte.

---

[106] MRT (=Magnetresonanz- oder im deutschen auch Kernspintomographie) und PET (= Positronenemissionstomographie). Xenon ist ein Edelgas.

Sehr interessant ist dabei folgender Aspekt, wie in der nebenstehenden Zeichnung von meinem Sohn Martin dargestellt, modifiziert nach *John Eccles*: Jede Nervenzelle (Neuron) besitzt ja viele Abzweigungen – einmal die Dendriten, die "Empfangsmasten", sowie andererseits den Neuriten, d.h. den "Sendemast".
Schaut man sich die Anordnung der Hirnrindenneuronen unmittelbar unter der Hirnoberfläche an, so stehen dort die vielen Dendritenbündel wie Antennen nach oben, bzw. nach außen hin, aufgerichtet. Wie die Härchen aufrecht stehender Pinsel weisen sie

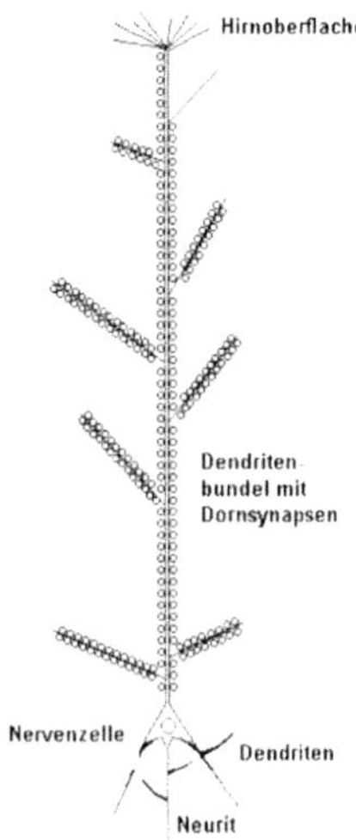

zur Hirnoberfläche, und etwa jeweils 100 solcher senkrecht aufsteigender Dendriten bündeln sich zu einer funktionellen Einheit, dem Dendron. Allein in nur einem einzigen wichtigen Abschnitt der Hirnrinde, so etwa dem Zentrum für Motorik, also für die Körperbewegungen, gibt es beim Menschen ungefähr 40 Millionen solcher Dendronen, gegenüber etwa nur 200.000 bei den höheren Säugetieren.
Jedes einzelne dieser "Pinselhärchen" ist darüber hinaus mit zirka 5000 Dornen besetzt, die freie Synapsen, also Andockstellen für die Fortsätze der Nervenzellen, darstellen. Hier nun finden wir alles in allem Billionen von Synapsen, die wie Efeu zur Hirnoberfläche ranken und dabei mit keiner einzigen weiteren Nervenzelle in Kontakt treten.

Die Dornsynapsen sind an ihren Enden tellerförmig aufgetrieben (vgl. rechte Abb. von meinem Sohn Martin, nach Eccles). Man spricht auch von einer knöpfchenförmigen Erweiterung, dem "Bouton" (= frz. für Knöpfchen). Darin befinden sich Bläschen voller Transmitter, die sog. Vesikel,

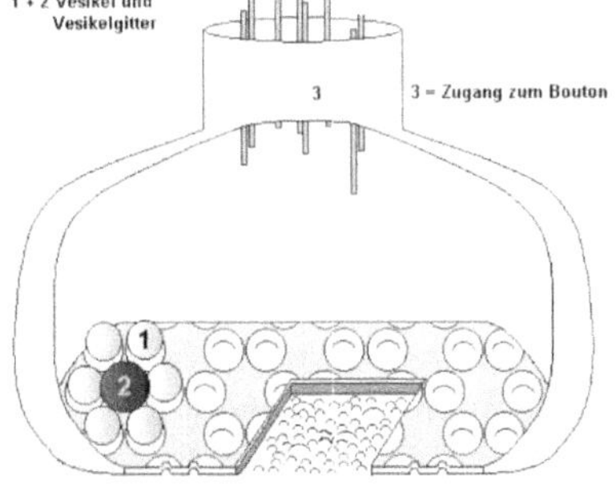

die wiederum zu je 30-50 Stück in *sechseckigen* Vesikelgittern wabenförmig angeordnet sind. Summa summarum findet man, wenn man nur genau hinschauen *will*, viele Milliarden von antennenähnlich angeordneten Nervenbahnen, die nebeneinander aufrecht zur Hirnoberfläche stehen.
Jede dieser "Antennen" besitzt wieder mehrere Tausend Schaltstellen, die Synapsen mit ihren *freien* Boutons, wovon jedes ein Vesikelgitter hat.
Auch ohne allzu große Phantasie lassen sich diese durchaus mit flachen Parabolspiegeln vergleichen, über die folglich jedes Lebewesen mit einem solchen Großhirn, also z.B. alle Säuger und vor allem natürlich auch der Mensch, auf Sendung und Empfang gehen könnte.
John Eccles, der den Nobelpreis gerade wegen dieser Synapsen bekam, sieht es ganz genauso. Er nimmt nun an, dass die in den Billionen von Vesikeln liegenden Transmitter wegen ihres minimalen Gewichtes[107] bereits durch rein physikalische "Quantenvorgänge" infolge von Denkvorgängen eines immateriellen Geistes freigesetzt werden könnten und damit dann Hirnaktivitäten und nachfolgend körperliche Reaktionen bewirken würden.
Es ist mir wichtig, noch einmal darauf hinzuweisen, dass alle Bahnen eines Nervensystems, wo immer sie auch hinlaufen, Einbahnstraßen sind. Und alle Impulse, die auf solchen Bahnen rasen, gehorchen dem Alles-oder-Nichts-Gesetz. Infolge solch eindeutiger Regelungen können die meisten Fehlerquellen in den Reaktionsketten auf ein Minimum reduziert werden.
Bei allen hoch entwickelten Lebewesen auf der Erde und ganz besonders natürlich beim Menschen stehen also am hierarchisch höchsten und entwicklungsgeschichtlich jüngsten Ende dieser Bahnen unermesslich viele "Sende- und Empfangsmasten" wie "Antennen" aufrecht. So etwas muss selbstverständlich auch einen Sinn haben!
Ich glaube, die Anatomie des Nervensystems und ganz besonders die des Gehirns mit seinen "Antennenbäumen" ähneln durchaus den Bäumen in der Natur. So wie die Blätter an den Bäumen Lichtenergie aufnehmen, besteht Anlass zu der begründeten Vermutung, dass alle Lebewesen, die ein Großhirn besitzen, damit in einem ständigen interaktiven Kontakt mit einer uns weitgehend unbekannten – auch weil nicht *er*kannten – Außenwelt stehen: Es ist die Außenwelt eines immateriellen, alles umfassenden und die Welt durchdringenden geistigen Feldes. Davon beansprucht jeder Einzelne von uns einen kleinen Teil für sich allein und differenziert es im Laufe seines körperlichen Lebens durch Lernen und

[107] Ein Transmittermolekül wiegt etwa 10^{-18} g (= ein Trillionstel- oder ein Atto-Gramm)

Erfahrung. Dieses begrenzte geistige Feld ist das persönliche "*Intranet*" eines die ganze Welt hervorbringenden und sie ewig speisenden und kontinuierlich weiter entwickelnden "geistigen Internets".
Es umfasst so auch die artspezifischen morphogenetischen Felder eines *Rupert Sheldrake*. Nur für Wesen noch ohne Selbstbewusstsein muss es immer ein unbewusstes und kollektives Intranet bleiben. Erst durch die Ausbildung von individuellem Bewusstsein und Selbstbewusstsein wird es zu einem individuellen Teil an einem unermesslich großen Ganzen. Und dieser Teil kann sich dessen zu jeder Zeit bewusst werden.
Spätestens in der Stunde seines körperlichen Todes wird sich dessen jeder Einzelne bewusst. Hier und jetzt wird klar, dass Gehirn und Geist nicht dasselbe sind – ja nicht sein können.
Deshalb wird es nun endlich Zeit, sich mit den vielen Ergebnissen zu beschäftigen, die trotzdem noch immer die meisten Hirnforscher auf ihrer materialistischen Denkschiene zu halten scheinen.

4.12) Gehirn und Geist

Zweifellos hat die Hirnforschung in den letzten Jahren gewaltige Fortschritte gemacht. Einige renommierte Hirnforscher glauben nun auf dem richtigen Weg zu sein, indem sie alle bislang unerklärlichen, jedoch grundsätzlich als "irgendwie geistig" angesehenen Leistungen als reine Hirnprodukte erkannt haben wollen. Nicht einmal vor der täglichen Erfahrung des eigenen "Ich" oder dem "freien Willen" machen sie halt.
Geist, Bewusstsein und das Denken mit all seinen Facetten werden zum Produkt unseres Gehirns erklärt, einem Epiphänomen, ähnlich einem Sekret, wie der Schweiß einer Schweißdrüse.
Der freie Wille sei pure Illusion, so wie das Ich und damit unsere ganze Persönlichkeit. Derlei Vorstellungen führen ganz nebenbei zu gewaltigen gesellschaftspolitischen Konsequenzen: So kann es keine persönliche Schuld, keine eigene Verantwortung mehr geben, wenn wir im Grunde fremdbestimmt sind von einem uns durch und durch steuernden Gehirn, das uns unsere Handlungen diktiert, die wir erst später wahrnehmen und dann rückwirkend als selbständige Entscheidung eines scheinbaren Ichs akzeptieren. Das Gehirn wird zu einem alles und sich selbst steuernden

Megacomputer, der Mensch nur zu einem wenn auch sehr komplizierten Automaten seines eigenen Gehirns.
Solch neue Betrachtungsweisen werden dieser Tage unablässig mit Hilfe der modernen Medienmaschinerie als bereits anerkanntes Wissen unter die Menschen gestreut. Zur Erhöhung der Schlagkraft werden obendrein immer wieder dieselben Hirnforscher zitiert – wie z.B. der Amerikaner *Antonio Damasio* oder in Deutschland die Hirnforscher *Wolf Singer* und *Gerhard Roth* – in Wahrheit gibt es dafür bis heute nicht die geringsten handfesten Beweise. Recht problematisch wird das alles noch dadurch, dass es nicht minder viele renommierte Wissenschaftler gibt, die diese Vorstellungen *nicht* teilen. Ihre Ansicht interessiert in einer nach wie vor materialistisch orientierten Welt jedoch wenig – und zwar selbst dann nicht, wenn sie von Nobelpreisträgern stammen (wie z.B. von dem vor wenigen Jahren verstorbenen *John Eccles, 1903-1997*). Sie passen einfach nicht in unseren Zeitgeist, weshalb sie auch keinen Platz in den Medien finden.
Vor einigen Jahren noch verglich man das menschliche Gehirn mit einer Art Telefonanlage. Es könne allerlei Meldungen aus der Peripherie, z.B. von den Sinnesorganen entgegennehmen. Im Gehirn, der Zentrale unseres Nervensystems, würden alle Informationen zusammengetragen, verarbeitet und dann, wie früher vom "Fräulein vom Amt", die möglichst richtigen Verbindungen hergestellt. So könnten die passenden Ideen, Aktionen und Reaktionen vorbereitet, über spezielle Kabel gebahnt und dann gezielt an die entsprechenden Empfangsstationen in der Peripherie weitergeleitet werden.
Wie allerdings die zentrale Verarbeitung vonstatten gehen sollte, *was* also im Gehirn letztlich genau passierte, blieb natürlich ein Rätsel. Für einen Teil der Hirnfunktionen mag dieses anschauliche Erklärungsmodell auch heute noch durchaus berechtigt sein.
In jüngerer Zeit wurde das Gehirn mehr mit einem lernfähigen Großcomputer verglichen. Nach wie vor aber reduziert man es auf eine bloß rein informationsverarbeitende Maschine. Als solche empfängt sie ständig unzählige Informationen aus ihrer Umwelt, filtert sie, verarbeitet das Notwendige und speichert es dann als Erinnerungen. Mit Hilfe lernfähiger Programme berechnet und modifiziert sie alles im Laufe des Lebens und liefert schließlich die möglichst besten Ideen, Aktionen und Reaktionen in die Peripherie, die sie über ihr gigantisches Kabelnetz äußerst schnell und effektiv erreicht.

Der amerikanische Neurobiologe *Kenneth Klivington* räumt allerdings ein, tatsächlich werde es immer deutlicher, dass *"das Gehirn nicht wirklich wie ein Computer funktioniert, zumindest nicht wie jene, die wir heute kennen"*.
Technische Computer als Erklärungsmodell für unser Gehirn scheinen mir zwar durchaus hilfreich, wenngleich keineswegs ausreichend.
Aber weder das Telefon noch verschiedene *im* Gehirn miteinander kommunizierende Computernetze sind wohl schließlich in der Lage, der Wirklichkeit auch nur einigermaßen nahe zu kommen. Jedoch scheint allein die unvorstellbar große Zahl von Zellen und Verschaltungen in unserem Gehirn für viele schon ausreichend genug zu sein, auf alle Vermutungen über nichtmaterielle, d.h. rein geistige Einflussnahmen *auf* unser Gehirn verzichten zu können: Immerhin besitzt das menschliche Gehirn wahrscheinlich etwa 30 Milliarden Nervenzellen. Jeder einzelne Erinnerungsvorgang aktiviert davon bis zu 10 Millionen gleichzeitig.
Ungefähr vier Milliarden elektrische Impulse können pro Sekunde zwischen den beiden Hirnhälften über den "großen Balken", auch "große Kommissur" genannt, ausgetauscht werden (vgl. Abb. letztes Kapitel und nächste Abb. in diesem Kapitel).
Unser Nervensystem dürfte etwa einhundert Billionen Schalt- oder Verbindungsstellen (10^{14} Synapsen) besitzen. Die Anzahl der möglichen Kombinationen aller synaptischen Verbindungen bei einem Menschen scheint größer zu sein als es Atome in dem uns bislang bekannten Universum gibt[108]. Zahl und Anordnung von Hirnzellen und Sternen, bzw. Galaxien im All, haben schon eine Reihe populärwissenschaftlicher Buchautoren angeregt, beides miteinander zu vergleichen. Einige glauben deshalb, das Universum sei eine Art gigantisches Gehirn eines noch gigantischeren, unermesslichen "Überwesens".
Im Folgenden möchte ich nun auf ein paar klassische Experimente und Untersuchungen an Tier- und Menschenhirnen eingehen und an ihnen die sehr medienwirksam verbreiteten, fast durchweg materialistischen Interpretationen diskutieren. Wir wissen mittlerweile zuverlässig, dass z.B. das Gehirn eines Wurms kaum mehr als eine Art elektronisches Kontrollsystem ist, und dass Fliegen tatsächlich winzige und perfekt arbeitende Rechenmaschinen besitzen, die, wie der deutsche *Professor Valentin Braitenberg*, ehemals am *Max-Planck Institut für Biologische Kybernetik* in Tübingen, beschreibt, hervorragende Autopiloten sind.[109] Und sicher ist auch, dass ein menschliches Gehirn im Prinzip dieselben Bausteine

[108] Zahlen aus K. und St. Kunsch, "Der Mensch in Zahlen"
[109] Zitiert aus Kenneth A. Klivington, "Gehirn und Geist"

besitzt wie das Gehirn einer Fliege. Dennoch weiß jedes Kind, das irgendwann einmal mit einem Systembaukasten gespielt hat, dass sich mit denselben Grundbausteinen vollkommen verschiedene und auch unterschiedlich komplexe und technisch anspruchsvolle Dinge herstellen lassen. Es kommt halt immer darauf an, *wie* und mit *welchen zusätzlichen* Details etwas zusammengesetzt wird.

Ein anderes Beispiel: Flugzeuge, Schiffe, Eisenbahnen und viele andere technische Großgeräte wie z.B. ein riesiger Braunkohlebagger, den ich in der Nähe meines Wohnortes des Öfteren zu Gesicht bekomme, sind alle aus grundsätzlich identischen Werkstoffen gebaut. Dennoch wird man es niemals schaffen, den Bagger fliegen oder die Eisenbahn übers Meer fahren zu lassen. Letztendlich erkennt auch *Valentin Braitenberg* an, dass *"es nichts Entwürdigendes an sich hat, wenn wir uns davon überzeugen, dass so etwas Kompliziertes und Wunderbares wie das menschliche Gehirn letztendlich aus unscheinbaren Grundbausteinen besteht. Was zählt, ist die Art, wie diese Bausteine verknüpft sind"*. Dasselbe hatte ich schon für die lebende Zelle angemerkt.

Natürlich gibt es auch beim Menschen Zentren für recht komplexe und autonom gesteuerte Tätigkeiten. Hier dürften Mechanismen am Werk sein, die für die Verarbeitung und Speicherung *in* diesen Schaltzentren sorgen, auch wenn die Art und Weise mit der dies geschieht, weiterhin vollkommen unklar ist. Und in solchen Fällen ist auch die relative Größe eines Hirnabschnitts mitentscheidend für das Ausmaß einer bestimmten Qualifikation. So besitzen beispielsweise Geier und andere Aasfresser ein relativ großes Riechhirn. Damit sind sie in der Lage, totes Fleisch über viele Kilometer Distanz wahrzunehmen. Auch ein Tyrannosaurus Rex hatte im Übrigen ein derart großes Riechareal in Relation zu seiner Hirngröße. Hier findet man eins von mehreren Indizien, die es heute wahrscheinlich machen, dass T-Rex damals nicht, wie heute zumeist noch gelehrt und in unzähligen Büchern und Filmen verarbeitet, ein gefährlicher Räuber, sondern bloß ein Aasfresser war. Offensichtlich besteht auch in der Paläontologie noch viel Änderungsbedarf…

Möglicherweise spielen bei der Verarbeitung und Speicherung in den Schaltzentren des Gehirns mathematische Regelkreise eine Rolle, die über sehr subtile Konzentrationsgefälle chemischer Substanzen Einfluss nehmen. Beispielhaft dafür kann das sehr genaue und vorausschauende Zusammenspiel unserer Verdauungsorgane erwähnt werden, das auch ohne unser bewusstes Dazutun funktioniert. So besitzt jeder Mensch Regelkreise, die schon dann, wenn wir Nahrung bloß riechen oder sehen, in unserem Verdauungstrakt alles das mit kaum fassbarer Genauigkeit

zusammenstellen, was man zum Abbau genau der Nahrungsmenge braucht, die der Körper gerade benötigt.
Zugleich wird der Appetit, ein dem Menschen tief verwurzelter und kaum zu beeinflussender Reflex, so gesteuert, dass ganz gezielt nur die vom Körper erwartete und dazu geeignete Nahrung einverleibt wird.
Dass auch Leistungen unseres Zentralnervensystems Zahlenregeln genau folgen, belegt das Beispiel der wechselseitigen Verarbeitung von Tönen mit unterschiedlichen Frequenzen in Ohr und Hirn: Solche sogenannten Hemisphärenwechsel zwischen rechter und linker Hirnhälfte treten nachweislich beim exakten Vielfachen von 40 und 60 Hz-Tönen auf.
Mit Hilfe einfacher Zahlencodes, die auf allerlei physikalische Abläufe einzuwirken scheinen, ließe sich auch erklären, warum wir z.B. zwei sehr nah beieinander liegende Töne unterscheiden können, die in unserem Innenohr, der sog. Schnecke, praktisch identische Bewegungsreize auslösen. Genauso gibt es einige biologische Rhythmen, die gut in diesen Zusammenhang passen, wie die folgenden Beispiele zeigen: Alle Säuger und auch der Mensch besitzen einen von allen Umgebungsverhältnissen völlig unabhängigen Tagesrhythmus, der zwischen 24 und 25 Stunden liegt. Bei Mäusen oder Ratten pendelt er sich z.B. auf exakt 24 Stunden und 16 Minuten ein, wofür einer der "grauen Kerne" im Gehirn, also ein innen liegender Nervenzellhaufen, verantwortlich zu sein scheint.[110]
Der Psychologe *R. F. Thompson* von der *University of Southern California* in *Los Angeles/USA* unterzog einmal Kaninchen einem Verhaltenstraining.
Ähnlich wie bei dem berühmten Hund des russischen Physiologen und Neurologen *Iwan Pawlow*, der nach einem vergleichbaren Training schon dann Magensaft produzierte, wenn lediglich ein Klingelzeichen ertönte, ohne dass ihm aber auch Nahrung zukam, konditionierte Thompson bei seinen Kaninchen das Auslösen des Lidschlagreflexes mit nur *einem* einzigen Ton. Zwischenzeitlich hatte man aufgrund anderer Experimente bereits annehmen dürfen, dass für dieses Verhalten ein ganz bestimmtes Gebiet grauer Hirnzellen (ein sog. "Kern") im Kleinhirn verantwortlich sei.[111] Entfernte man dieses Gebiet, so war die Konditionierung verschwunden, während der echte Lidreflex weiterhin erhalten blieb. Für viele ist ein solcher Versuch, von dem es eine Vielzahl ähnlich gelagerter gibt, ein klarer Hinweis (wenn nicht sogar ein Beweis) dafür, dass der hier antrainierte Reflex *in* diesen grauen Kleinhirnzellen gespeichert sein musste. Das mag in diesem Fall auch ein durchaus vernünftiger Schluss

[110] Nukleus suprachiasmaticus
[111] Nukleus interpositus

sein; man sollte allerdings direkt klarstellen, dass es sich hier nur um einen recht einfachen Reflexbogen, nicht aber um irgendeine höhere intellektuelle Leistung handelte. Außerdem liegt ein solcher Kern nicht an der Oberfläche der Groß- oder Kleinhirnrinde, sondern er ist tief im Hirngewebe verborgen: Die typischen anatomischen Besonderheiten zur Mikrostruktur der Großhirnrinde, die ich im letzten Kapitel beschrieben habe und die, wie ich finde, einen Hinweis auf Kontakte "nach außen" darstellen, sind hier gar nicht gegeben.

Dennoch, selbst in diesem Fall wäre auch eine ganz andere Erklärung denkbar: Mit der Entfernung eines Areals grauer Zellen störte man einen für das Erlernte notwendigen elektrischen Schaltkreis. Es ist so, als ob Sie in ihrer Garage einen Schlauch an einem Wasserhahn angeschlossen haben, um im Garten die Pflanzen zu wässern. Mitten im Schlauch ist ein Rasensprinkler zwischengeschaltet. Stellen Sie sich vor, sie hätten Besuch, jemand, der so ein Gerät noch nie zuvor gesehen hat. Wenn nun auch aus dem Sprinkler Wasser herauskommt, könnte man ebenso annehmen, dass dieser selbst die Wasserquelle ist. Nun stöpseln sie ihn ab und vergessen, die beiden Schlauchenden wieder zu verbinden. Wenn Sie mit der Spritzdüse nun frustriert vor Ihrem Beet stehen, weil kein Wasser mehr kommt, dann dürfte die Aussage des Ihnen zuschauenden Besuchers, das sei ja zu erwarten, weil das Wasser schließlich *im* Sprinkler *produziert* würde, bei Ihnen und anderen Außenstehenden bestenfalls ein müdes Lächeln hervorrufen. Sicher ist dieser Vergleich recht platt; aber er ist grundsätzlich richtig.

Als allgemein anerkannt gilt inzwischen auch, dass kaum ein komplexer Mechanismus oder Bewegungsablauf nur an *einer einzigen* Stelle im Gehirn gespeichert wird: Selbst die vermeintlich höchsten Hirnzentren sind davon nicht ausgenommen. Beispielsweise wird ein bestimmter Bereich der Großhirnrinde im Allgemeinen als oberstes Zentrum für willkürliche Bewegungen angesehen, der sog. "motorische Cortex". Schaltet man nun bei Katzen dieses Areal experimentell aus, führen sie ihre "normalen Tagesgeschäfte" ohne erkennbare Einschränkungen fort.

Sie sind sogar in der Lage, ihren Nachwuchs adäquat zu versorgen und Junge zu gebären. Dieses Verhalten ließe sich sinnvoll so erklären, dass einerseits gewisse reine Automatismen auch weiterhin autonom über untergeordnete Hirnzentren gesteuert würden. Weitere, zum Beispiel plötzlich zwingend erforderlich werdende, willkürliche Einflussnahmen, könnten dann mit Hilfe anderer höherer Hirnzentren lanciert werden, wenn man diese selbst nicht als den eigentlichen Verursacher solcher Handlungen, sondern nur als deren Vermittler betrachten würde.

Betrachten wir sie als Zentren der Vermittlung zwischen dem materiellen Gehirn und einem auch real existierenden hirnunabhängigen Geist:
Bei einer sich im Vergleich zum Menschen natürlich nur wenig selbstbewussten Spezies wie die der Katzen erfolgt der "geistige Austausch" mit dem während der Evolution entwickelten "geistigen Katzenfeld" – also einem typischen artspezifischen Intranet, so wie es *Rupert Sheldrake* in etwa mit seinen "morphogenetischen Feldern" postuliert.
Diese innige Kommunikation sorgt selbst dann weiter für die "richtigen", sozusagen stammeserprobten Verhaltensweisen, wie z.B. das Gebären von Jungtieren oder die umsichtige Versorgung des Nachwuchses, wenn das eigentliche Zentrum bestimmter Aktivitätsmuster ausgefallen ist.
Der Biologe *Stephen Rose* experimentierte mit Hühnerküken:
Am Tag ihres Ausschlüpfens unterzog auch er sie einem bestimmten Verhaltenstraining. Darüber hinaus injizierte man den Tieren radioaktive Substanzen, die sich im Gehirn nachweisen ließen, und womit man die Auswirkung des Trainings auf das Gehirn prüfen wollte. Es zeigte sich nun, dass im Gegensatz zu einer untrainierten Kontrollgruppe bei den trainierten Küken offenbar die Nervenzellen einer bestimmten Region des Frontal- oder Stirnhirns, und zwar speziell auf der linken Hirnhälfte, größere Mengen dieses radioaktiven Materials aufnahmen.
Die Experimente zeigten, dass sowohl Wachstum als auch Entwicklung der Nervenzellen im Stirnhirn durch das Lernen aktiviert wurden. Auch für andere Lebewesen, wie z.B. Affen, konnte das durch ähnliche Untersuchungen bestätigt werden. Nun könnte man daraus mal wieder vorschnell schließen: Aha, hier wird ein Lernvorgang in typischer Weise *in* einer bestimmten Region – auf welche ungeklärte Weise auch immer – gespeichert.
Doch langsam: Entfernte man nämlich die Hirnregionen, in denen die radioaktiven Substanzen gespeichert worden waren, so hatten die Küken ihre Lektionen trotzdem *nicht* verlernt. Man kann daher am Ende nur sagen, dass die hier beteiligten Hirnzentren irgendetwas mit dem Lernen zu tun gehabt haben müssen – keineswegs aber, dass sie selbst auch die Speicher dieser Lerninhalte sind. Wenn tatsächlich nur diese Zentren aktiv sind, weil sie die zuvor injizierten radioaktiven Substanzen eingelagert hatten, dann lässt sich wohl mit einer gewissen Sicherheit ausschließen, dass auch andere Zentren an dem Lernvorgang beteiligt waren. Wenn nun die aktiven Bereiche wegoperiert wurden, dabei aber nichts von dem Gelernten verloren ging, bleibt, so meine ich, nur eine plausible Antwort: Das Gelernte muss sich (zumindest auch) außerhalb des Gehirns manifestiert haben und wird bei Bedarf über alle dazu

fähigen Strukturen des Gehirns abgerufen. Und im Gegensatz zu dem konditionierten, relativ simplen und auf jeden Fall autonomen Lid*reflex* beim Kaninchen, der ja möglicherweise wirklich *in* einem "grauen Kern" in der "Tiefe" des Gehirns gespeichert wurde, war hier jetzt kein Reflex, sondern ein viel komplexeres, wenn auch letztlich noch vergleichsweise einfaches *Verhalten* Gegenstand des Lernens.

Daher fand seine Verarbeitung nun auch über die Hirnrinde statt, und zwar mit dem *Stirn*hirn in einem Bereich, der für viele als ein typisches "Kommunikationsorgan" für Kontakte "nach außen hin" gilt.

Insbesondere eine Reihe von esoterischen, mystischen und ostasiatischen religiösen Lehren sprechen sich für das Stirnhirn als Kommunikator mit einer geistigen Außenwelt aus – und das aufgrund reiner Intuition.

Sehr wichtige Experimente, deren vielzitierte Ergebnisse *scheinbar* die materialistischen Vorstellungen vieler Hirnforscher untermauern, nahm der amerikanische Neurophysiologe *Benjamin Libet* von der *University of California* in *San Francisco* (USA) am Menschen vor. *Libet (*1916)* wurde damit regelrecht zu einer Ikone der "materialistischen Hirnforschung".

Seine Untersuchungen sollten klären, welche Beziehung zwischen der Hirnaktivität einer Versuchsperson und ihrer bewussten Entscheidung besteht. Kurzum, es geht darum, ob der Mensch einen freien Willen besitzt oder ob dies nur eine Illusion sei. Dazu leitete Libet bei seinen Probanden elektrische Hirnströme ab. Die Probanden wurden um ganz bestimmte, immer aber um sehr einfache, also intellektuell keineswegs anspruchsvolle Handlungen gebeten.

Mit Hilfe spezieller Zeitmessmethoden fand Libet heraus, dass ungefähr eine Drittelsekunde vor Ausführung jeder Handlung ein elektrischer Strom, das sog. Bereitschaftspotential, im Stirnhirn auftritt. Dies ist ja zunächst auch zu erwarten, weil die Hirnaktivität einsetzen muss, *bevor* die Order der Versuchsperson, z.B. seinen Finger zu krümmen, an die entsprechenden Muskeln geht. Überraschend schien aber zu sein, dass sich die Probanden genauso auch ihrer Entscheidung, die Finger zu krümmen, erst eine Drittelsekunde nachdem das Bereitschaftspotential registriert werden konnte, bewusst wurden.

Mittlerweile wurden diese Versuche mehrfach wiederholt, und immer führten sie zu ähnlichen Ergebnissen. Benjamin Libet und viele nach ihm schlossen daraus, dass sogar persönliche Entscheidungen bereits dann längst *im* Gehirn gefallen sein müssen, bevor das *Ich* (wo auch immer es *im* Gehirn zu lokalisieren sei) glaubt, sie selbst gefällt zu haben.

Für Libet ist damit der freie Wille des Menschen nur noch Makulatur. Er kommt zu der Auffassung, dass die Absicht zu handeln nur aus einer reinen Hirnaktivität entstehe, und der nötige Entstehungsmechanismus dazu überhaupt nicht Teil unserer bewussten Wahrnehmung sei. Das Gehirn selbst gebe letztlich autonom den Anstoß zu einer Handlung, der man sich erst *später* bewusst werde.

Ich glaube, hier irren Benjamin Libet und seine experimentierfreudigen, aber, wie ich meine, viel zu unkritischen Nachahmer ganz gewaltig!

Zunächst weiß natürlich jede Versuchsperson vorher, *was* sie während des anstehenden Versuchs machen soll, also z.B. irgendwann und nach eigenem Gutdünken seinen Finger zu krümmen.

Die hierfür zuständigen Hirnareale stehen daher ohnehin schon parat; denn zweifellos gehört das Krümmen eines Fingers, wie schon gesagt, nicht unbedingt zu einer intellektuell oder emotional anspruchsvollen Aufgabe. Außerdem wissen wir, dass es ein besonderes Charakteristikum des gesamten Nervensystems und so auch des Gehirns ist, anstehende Aufgaben entsprechend den tatsächlichen Erfordernissen fein abgestuft anzugehen und zu delegieren.

Beispielsweise kennen wir Ähnliches vom Autofahren. Wenn wir etwa in der Fahrschule lernen, erstmals ein Auto zu fahren, erfordert das von jedem Fahrschüler anfangs noch die volle Aufmerksamkeit, während der bereits routinierte Fahrer später manchmal fährt, ohne das ganze Drum und Dran des eigentlichen Fahrens noch in allen seinen Details genau wahrzunehmen. Manch einer ist kilometerlang mit dem Auto unterwegs, ohne immer so recht wahrzunehmen, was um ihn herum passiert: Er fährt unterbewusst. Sein Bewusstsein liegt allerdings ständig auf der Lauer, um bei plötzlichen Veränderungen oder Manövern sofort wieder das Kommando zu übernehmen. Fragt man den Fahrer hinterher, was ihm zwischendurch alles aufgefallen ist oder was ihn gar an fremden Fahrzeugen passiert hat, so kann er sich kaum an etwas erinnern.

Auch wenn das Krümmen eines Fingers in den Versuchen Libets als bewusste Handlung angelegt ist, so handelt es sich dennoch um ein sehr einfaches Bewegungs*muster*, das bei jedem der Probanden bereits viele Jahre oder Jahrzehnte automatisch abläuft. Für das Gehirn ist so eine Aufgabe keine Herausforderung mehr. Damit kann zum einen durchaus vermutet werden, dass das geforderte Bewegungsmuster grundsätzlich schon lange auf irgendeiner Ebene des Gehirns *gespeichert* ist. Man kann bei diesen und allen ähnlichen Versuchssituationen also davon ausgehen, dass die ohnehin vorab geplanten Handlungen auch dann nur noch von der schon "geübten" Ebene des Gehirns ausgelöst werden, wenn sie willkürlich erfolgen. Das lässt sich etwas überspitzt mit einem Läufer vergleichen, der einen Fehlstart in Erwartung des bevorstehenden

Startschusses auslöst. Der Start ist auf Hirnebene längst gebahnt. Das allemal gespeicherte Bewegungsmuster eines Starts wartet ja nur auf seine Ausführung – genau wie das Krümmen eines Fingers im Versuchslabor der Hirnforscher. Oder wenn zum Beispiel bei einem Vortrag vor Publikum Konzentration und Vorausdenken gefragt sind, um nicht den Faden zu verlieren, kann ein (immaterieller) Gedanke schon mal zu früh umgesetzt werden, obwohl er noch nicht an der Reihe ist oder vielleicht sogar unmittelbar nach dem ersten "Andenken" wieder verworfen wurde. Man "verspricht" sich just in diesem Moment. Hier mag auch die sog. "Freud'sche Fehlleistung" eingeordnet werden.
Grundsätzlich ähnlich argumentiert auch der Philosoph und Soziologe *Jürgen Habermas (*1929)* in seiner Dankesrede anlässlich des ihm im Jahr 2004 verliehenen Kyoto-Preises, der neben dem Nobelpreis eine der höchsten Auszeichnungen für Wissenschaft und Kultur ist: Habermas bezeichnet die Aufgabenstellung als eine Art geistig-intellektuelles Artefakt, weil sich in der *"nackten Entscheidung, den rechten oder linken Arm auszustrecken, sich so lange keine Handlungsfreiheit manifestiert, wie der Kontakt zu Gründen fehlt, die beispielsweise einen Fahrradfahrer dazu motivieren können, nach rechts oder links abzubiegen. Erst mit einer solchen Überlegung öffnet sich der Freiheitsspielraum, denn es gehört, wie Ernst Tugendhat*[112] *betont, 'einfach zum Sinn des Überlegens, dass wir so und auch anders handeln können'."*
Habermas übernimmt damit eine Argumentation, die ja schon *Immanuel Kant (1724-1804)* gebrauchte, als er vor über 200 Jahren den Gedanken von der Autonomie des menschlichen Geistes gegen wissenschaftliche Angriffe insofern immunisiert hat, als dass eine Handlung selbst dann von Vernunft geleitet sein könne, wenn biologische Gesetze Abläufe von Funktionen bestimmen.
Anfang 2005 starb der Bonner Hirnforscher und Neurochirurg Professor *Detlef Linke (1945-2005)*. Ihn kannte ich selbst noch aus Studienzeiten in den 1970ern. In seinem uns postum vermachten Werk *"Die Freiheit und das Gehirn"* spricht er sich vehement gegen die zeitgeistkonformen Deutungen mancher seiner Kollegen aus. Vierzehn Milliarden Neuronen und eine Trillion Synapsen auf die Möglichkeit von Selbstbestimmung hin zu untersuchen sei etwa so, als wolle man mit einer Darmsonde die inneren Werte eines Menschen erkunden. Freiheit gehört für *Linke* in das Reich der Gründe. Die Natur aber kenne keine Gründe, sondern nur Ursachen.

---

[112] zeitgenössischer deutscher Philosoph

Der Unterschied liegt also in der Fragestellung: Wissenschaftler fragen gemeinhin nach dem *Was?* (Ursachen), nicht aber nach dem *Warum?* (Gründe). Dementsprechend liefern sie auch zumeist nur eingeschränkte Antworten.

Libet fand heraus, dass seine Probanden den Handlungsimpuls während der Bruchteile von Sekunden nach seiner Bewusstwerdung stets wieder stoppen konnten. Er sieht darin *seine* These untermauert, ich dagegen *meine* Vorstellungen; denn damit ist das Bewusstsein tatsächlich eine Art *"Wächter"*, wie *Klivington* meint, aber wohl nicht, wie er auch schreibt, über die *"vom Hirn erzeugten Absichten"*. Vielmehr wacht es über die von einem hirn*un*abhängigen Bewusstsein zwar schon zuvor beabsichtigten, dann aber von seinem Gehirn programmgemäß und am Ende sicher auch selbständig ausgelösten Bewegungen, weil sie ihm eben bekannt, bereits unzählige Male eingeübt und intellektuell nicht anspruchsvoll genug sind: Das Gehirn ist ein vorzüglicher Butler des Geistes.

Es gibt aber noch eine ganz andere Erklärungsmöglichkeit:

Das stets nachweisbare Bereitschaftspotential im Stirnhirn, das ja allen Willkürhandlungen vorausgeht, muss sogar zwangsläufig immer dann auftreten, wenn es einen hirnunabhängigen Geist gibt, der auf das Gehirn über einige der schier unzähligen kleinen "Parabolantennen", den Vesikelgittern an der Hirnoberfläche, einwirkt (vgl. Kap. 4.11).

Das Stirnhirn scheint dabei so eine Art Portal zu sein, so ähnlich wie ein Modem für die Kommunikation zwischen Computer und Internet. Diese Vorstellung kommt für viele der durch die Medien heute gerne und häufig zitierten Hirnforscher allerdings gar nicht erst in Betracht, weil schon jeder Gedanke an etwas immateriell Geistiges ihrer eigenen Grundeinstellung widerspricht. Was aber heißt dann aus *dieser alternativen* Perspektive "sich etwas bewusst zu werden"?

Für einen Außenstehenden wie dem Experimentator, muss sich die Versuchsperson ja in irgendeiner Form äußern, etwa durch eine neue Handlung, eine kurze Bemerkung, ein Augenblinzeln oder vielleicht auch ein Lächeln. Jede diese Äußerungen bedarf aber zuvor selbst wieder der Interaktion zwischen einem denkbaren hirnunabhängigen Geist und seinem Gehirn und können damit als das "Sich-bemerkbar-machen" des Bewusstseins in dieser materiellen Welt zwangsläufig immer nur mit Verzögerung messbar sein. Auch diese Interaktion dürfte natürlich über dasselbe Portal und zur selben Zeit stattfinden. Wie *John Eccles* schon feststellte, scheinen sämtliche solcher Interaktionen mit eben demselben Bereitschaftspotential im *Stirnhirn* einherzugehen.

Dafür, dass gerade dieser frontale Hirnteil eine wichtige Rolle für die *Persönlichkeit* spielt, gibt es bereits seit langem genügend Hinweise: So hat man z.B. in den 1950er Jahren vielen Menschen wegen *Schizophrenie*, also einer Persönlichkeitsspaltung, ihre Stirnhirnlappen zerstört. Folglich kam es bei diesen Menschen zu recht dramatischen Veränderungen, vor allem infolge einer Trennung zwischen ihrem Fühlen und dem Denken.
Dies geschah aber, wie ich anführen möchte, sicher *nicht*, *weil darin* entsprechende, autonom arbeitende Zentren der Persönlichkeit lagen, sondern vielmehr wohl deshalb, weil jetzt die Verbindungen mit ihrem (hirnunabhängigen) Geist nachhaltig gestört worden waren.
Aber zurück zu *Libet's* Versuchen: Den genauen Moment, in dem ein Proband vielleicht meint, sich für das Krümmen seines Fingers zu entscheiden, kann Libet so exakt überhaupt nicht feststellen; denn das hätte, wie eben ausgeführt, selbst auch wieder irgendeiner Form von Mitteilung bedurft, die für sich jeweils genauso eigenständige Aktionen mit gewissen zeitlichen Verzögerungen gewesen wären.
Die Tatsache, dass jeder Willkürhandlung für den Bruchteil einer Sekunde ein Bereitschaftspotential vorausgeht, spricht somit gerade *für* die Annahme einer Interaktion des Gehirns mit einem hirnunabhängigen Geist – eben dem dieser Person. Nur wenn man das *von vornherein* als reale Möglichkeit ausklammert, muss man sich jetzt zwangsläufig für die materialistische Interpretation eines gar nicht existenten freien Willens entscheiden und sich so auch gegen jede persönliche Alltagserfahrung stellen. Nach *Detlef Linke* muss sich das von seinen viel zitierten Kollegen abgeleitete Weltbild den Vorwurf der Trivialität und Naivität gefallen lassen. Die Bewusstwerdung einer Handlung ist im Übrigen selbst schon wieder ein interaktiver Prozess; denn der immaterielle Geist agiert zu (körperlichen) Lebzeiten zumeist nur in Verbindung mit seinem Gehirn.
Das Gehirn ist, wie ich hier und bereits zuvor in mehreren Büchern erläutert habe, eine weitere von zahlreichen Schnittstellen unserer Welt.
Als solche verbindet es die genauso reale geistige und die uns ohnehin geläufige materielle Welt. Und die Bereitschaftspotentiale vor Beginn der von ihm induzierten "materiellen" Handlungen sind dann das elektrische Substrat seiner Interaktionen.
Die leider aufgrund wohl falscher Prämissen weitverbreitete Ansicht, des Menschen freier Wille existiere in Wirklichkeit nicht einmal im Rahmen des durch seine physikalische Umgebung ohnehin schon eingeschränkten Umfangs, halte ich für unverantwortlich: Aus gesellschaftspolitischer Sicht führt das zu verhängnisvollen Fehleinschätzungen, wenn man nur z.B. an die Fragen von persönlicher Schuld oder Verantwortung denkt.

Elektrische Hirnpotentiale sind für das "Wollen" genauso wenig *ursächlich* verantwortlich wie für das Gedächtnis. Sie können sowohl ein Hinweis für hirngebunden gespeicherte automatisierte Handlungsabläufe als auch für bewusste Interaktionen zwischen Geist und Gehirn, sein.
Der renommierte Hirnforscher *Wilder Penfield (1891-1976)* hatte 1951 vorgeschlagen, bestimmten Regionen der sog. Schläfenlappen im Gehirn den Namen "Gedächtniscortex" zu geben.
In den 1980er Jahren sagte er selbst dazu: *"... ich hatte ausgeführt, die Erinnerungsaufzeichnung müsse dort im Cortex in der Umgebung der Punkte lokalisiert sein, an denen die Reizelektrode eine Erfahrungsreaktion auslösen kann. Das war ein Irrtum...! Die Aufzeichnung ist nicht im Cortex"*[113]
Bisher sind alle Versuche, *komplexe* Erinnerungsspuren *im* menschlichen Gehirn zu lokalisieren und als materielles Substrat dingfest zu machen, gescheitert. Dafür, dass man trotz sehr vielfältiger Anstrengungen bislang nichts Entsprechendes gefunden hat, gibt es nach meiner Ansicht eine ganz einfache Erklärung: Es gibt gar keine Spuren!
Genauso ist die Annahme falsch, tiefe Gefühle wie Liebe oder Trauer seien *im* Gehirn lokalisierbar. Was für Descartes noch die Zirbeldrüse war, ist für den modernen Hirnforscher heute das limbische System. Und selbst wenn man bereits glaubt, man habe Emotionen in Tierversuchen verpflanzen können, so stimmt das nur wieder sehr bedingt: Bloß niedere, rein reflexartige Gefühlsausbrüche wie z.B. Wut oder Angst, nicht aber irgendeine komplexere Emotionalität konnten bisher anderen Wesen derart aufgezwungen werden. Klivingtons Ansicht, dass *"wenn durch einen Hirnschlag oder eine andere Hirnschädigung die Fähigkeit verloren"* ginge, solch tiefe Gefühle zu empfinden, wir *"die Bestätigung"* hätten, *"dass auch sie auf der Tätigkeit von Hirnzellen und nicht etwa auf der unfassbaren Eigenschaft eines nichtbiologischen Geistes"* beruhten, kann ich nicht teilen: Denn durch keinen operativen Eingriff können wir woanders z.B. Liebe oder Trauer verankern und auslösen.
Das limbische System ist, wie alle Hirnteile bei anderen komplexen Leistungen auch, nur an der *Übertragung und Vermittlung* tiefer Gefühle oder von Gedächtnis beteiligt. Sicher aber sind sie weder deren Sitz noch ihre Produktionsstätte. Und Schäden in diesen doch höchstkomplexen Strukturen bringen eben die Kommunikation genauso durcheinander wie abgeknickte Antennen oder atmosphärische Störungen den Empfang von Radiosendungen. Deshalb sitzt das Programm aber nicht *im* Radio.

---

[113] Cortex = griech.: Rinde, bzw. hier: Hirnrinde; Penfield zitiert bei R. Sheldrake.

Da der Mensch sich über sein Gehirn nicht unmittelbar äußern kann, sondern alles nur materiell über die Peripherie seines Körpers geschieht, müssen natürlich die diversen passenden, eben materiellen Schnittstellen für die "Zündung" von Gefühlsreaktionen oder sehr tiefer emotionaler Zustände intakt sein. Ein Verlust dieser im Laufe jeder individuellen Entwicklung spezialisierten Schnittstellen innerhalb der Schnittstelle Gehirn muss logischerweise zumindest zu einem teilweisen Verlust der persönlichen Möglichkeiten führen, sich zu äußern. Damit aber können wir jetzt überhaupt nicht mehr entscheiden, ob auch das Gefühl selbst verloren gegangen ist, wenn es zu einem Schaden an der Hardware gekommen war. Nach meiner Überzeugung ist nichts Wesentliches verloren gegangen; denn alle komplexeren Gefühlsqualitäten dürften sich nur zu einem ganz kleinen Teil, vielleicht mit sehr eng begrenzten und zudem persönlichkeitsspezifischen Reaktionsmustern, ja "Macken", *im* Gehirn manifestieren. Der weitaus größere Teil ist dann aber wohl von immateriell-geistiger Natur und das, was letztlich in Erscheinung tritt, das Ergebnis einer interaktiven Kommunikation.
Eine weitere Untersuchungsmethode, mit der Hirnfunktionen besser verstanden werden sollen, beschreibt Wesensänderungen von Patienten, wenn bestimmte Teile ihres Gehirns unfall- oder krankheitsbedingt zerstört, gestört oder operativ manipuliert worden sind.
Schäden der Stirnhirnlappen habe ich schon kurz skizziert. Ein weiteres typisches Beispiel stellen Patienten dar, bei denen wegen einer schweren, chronischen und medikamentös unbehandelbaren *Epilepsie* der so genannte Balken ("Corpus callosum", "große Kommissur") durchtrennt wurde (*Split-brain-Syndrom*[114]), vgl. nebenstehende Abb. von Martin. Der "Balken" ist ein riesiges Breitbandkabel, das die beiden Hirnhälften miteinander verbindet und verschaltet. Oberflächlich betrachtet finden sich auch Wochen nach einer solchen Operation keine wirklich gravierenden Unterschiede im Verhalten der Patienten.

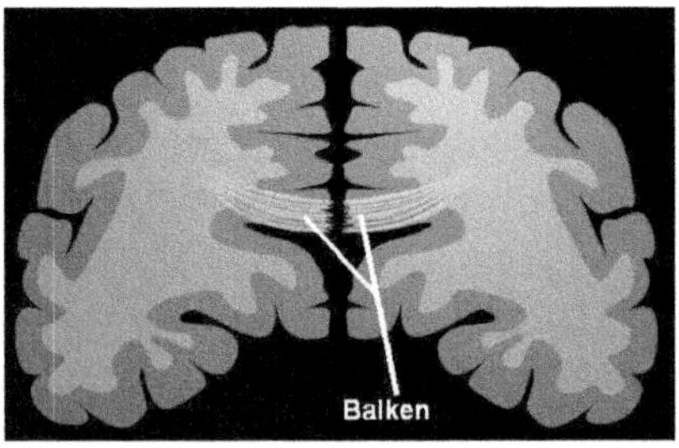

Das sollte man vielleicht als Indiz für den kompensatorischen Versuch des *Geistes* werten, die Einheitlichkeit seiner eigenen Hirnfunktionen aufrechtzuerhalten.

[114] Split brain, engl. = geteiltes Hirn.

Eine eingehende neuropsychologische Untersuchung lässt dann doch, wie ich allerdings wieder meine vorschnell, vermuten, nunmehr könnten *zwei* voneinander regelrecht getrennte "Bewusstseine" vorliegen.
Es kommt nämlich zu miteinander unvereinbaren Willenshandlungen: Zum Beispiel zieht die eine Hand die Hose 'rauf, während die andere sie gleichzeitig 'runter ziehen will.
Solche Untersuchungen werden übrigens auch maßgeblich dafür benutzt, die unterschiedliche Spezialisierung beider Hirnhälften herauszuarbeiten, die sich zwar ergänzen, deren Schwerpunkte aber verschieden sind.
Man unterscheidet beim Rechtshänder eine zumeist kausal-logisch analysierende linke Hirnhälfte von einer mehr analog-gestalthaft arbeitenden rechten. Die rechte Hälfte scheint z.B. beim Erkennen von Gesichtern überlegen zu sein und ist offenbar mehr für die emotional negativen Wahrnehmungen und Gefühlsäußerungen "zuständig".
Dagegen ist die linke Hirnhälfte mehr für die positiven Gefühle verantwortlich. Auf die Darstellung weiterer Unterschiede soll an dieser Stelle allerdings verzichtet werden. Einerseits bestehen zwar deutliche Unterschiede, was die Funktion der beiden Hirnhälften angeht.
Andererseits machen sich solche Unterschiede gewöhnlich jedoch nur dann in ihrer vollen Ausprägung tragisch bemerkbar, wenn die dafür zuständigen Verbindungen *abrupt* gestört werden. Bei sehr langsamen und womöglich sich über Jahre hinziehenden Prozessen ist sogar eine vollständige Kompensation möglich. Ein Beispiel ist das Gehirn einer guten und langjährigen Mitarbeiterin meiner Praxis, bei der man erst im Alter von über zwanzig Jahren wegen wiederkehrender Kopfschmerzen eine Computertomographie des Schädels vorgenommen hatte: Zur Überraschung aller stellte man fest, dass fast die gesamte linke Hirnhälfte zerquetscht war. Die inneren Hohlräume des Gehirns, die sog. Ventrikel, hatten sich aufgrund eines vermutlich angeborenen Defektes zwar nur ganz allmählich, im Ergebnis aber im Laufe ihres Wachstums schließlich dramatisch vergrößert. Irgendwann war der Druck im Schädel so stark geworden, dass sich bei ihr Kopfschmerzen einstellten. Dennoch hatte sie zu keiner Zeit irgendwelche Funktionseinbußen und weder Störungen von Intelligenz oder Intellekt, noch von Sprache oder sonstigen geistigen Fähigkeiten. Noch größer war der Schaden, den man zufällig bei einem 55jährigen Lastwagenfahrer fand, den man wegen eines Verkehrsunfalls im englischen Oxford ins Krankenhaus brachte. Eine CT-Untersuchung seines Schädels offenbarte das Fehlen beider Stirnlappen und großer Anteile seiner Schläfen- und Scheitellappen – kurzum, weiter Teile seines Großhirns. Vermutlich schon im Mutterleib muss er einen ausgedehnten

Hirninfarkt erlitten haben. Bei diesem Mann waren bis zu seinem Unfall keine Auffälligkeiten bemerkt worden, auch seine Intelligenz, deren Sitz viele Hirnforscher gerne *ins* Stirnhirn legen, war ganz normal.[115] Nur weil es sich eben im ersten Fall um einen allmählich fortschreitenden Prozess gehandelt hatte und im zweiten um einen Schaden, der so frühzeitig eingetreten war, dass noch genügend Zeit zur Kompensation bestand (Plastizität), war alles in Ordnung geblieben. Wären Raumforderung oder ein Hirninfarkt dieser Ausmaße dagegen plötzlich aufgetreten, wie das z.B. bei einem Schlaganfall mit kräftiger Blutung der Fall sein kann, wäre es sicher zu schwersten bleibenden Schäden oder, wahrscheinlicher noch, zum sofortigen Tod gekommen.
Eine legitime Konsequenz, die man auf alle Fälle aus den "Split-Brain-Beobachtungen" ziehen kann, ist die, dass mit zunehmendem Alter viele Hirnabschnitte mehr und mehr spezialisiert werden. Die Spezialisierung für bestimmte Aufgaben ist offenbar genetisch bedingt, also ererbt.
Das Spezialisieren von Hirnabschnitten bedeutet deshalb aber wieder nicht, dass alle Informationen auch *in* ihnen selbst gespeichert sind.
Vielmehr sollte man sie vielleicht als "Geräte im Gerät" auffassen. Mit ihnen werden vermutlich tatsächlich grundlegende, oft wiederkehrende und einfache Automatismen sowie womöglich über Ordnungszahlen gesteuerte Regelkreise abgespeichert. Darüberhinaus sind mit ihnen aber auch "äußere" Interaktionen machbar, was viele weitere Möglichkeiten von Kommunikation und Informationsverarbeitung eröffnet.
Ergänzend muss immer wieder deutlich gemacht werden, dass alle hier zitierten Untersuchungsergebnisse ausschließlich Sachverhalte *beschreiben*, also deskriptiv sind. Nie aber können sie erklären, *wie* und *warum* es zu den beobachteten Verhaltensweisen oder Änderungen von persönlichen Eigenschaften kommt. Für mich wäre aber gerade das essentiell.

Die meisten bekannten Interpretationen tatsächlicher Beobachtungen sind leider materialistischer Natur: Das Gehirn selbst, seine beiden Hirnhälften oder verschiedene Regionen, *produzieren* demnach alle unsere Gedanken, Vorsätze oder einfach überhaupt alle mentalen Inhalte.
Sie *sind* so mit dem Geist identisch (Identifikationstheorie).
Wenn aber beispielsweise die Blutung im Rahmen eines Schlaganfalls in einem der Sprachzentren in unserer linken Hirnhälfte zu bestimmten Ausfällen oder Störungen bei der Wortfindung oder dem Sprachfluss führt, dann heißt das deshalb noch lange nicht, dass dort auch die

[115] aus GEO 05-2004

Sprache primär *entsteht*. Genauso wenig heißt es, dass Sprache, Worte, Sätze, Grammatiken oder sonstige Inhalte allein dort gespeichert werden. Natürlich kann es im Gegenzug auch nicht heißen, dass jede Form von Speicherung an diesen Stellen nicht erfolgt, bzw. sogar unmöglich ist.
Ich glaube aber, dass im Gehirn selbst grundsätzlich nur Altbekanntes, Eingeübtes und Automatisiertes tatsächlich zumindest auch "vor Ort" gespeichert wird – selbst wenn man längst noch nicht weiß *wie*.
Alles Neue und zugleich Anspruchsvolle bedarf dagegen wohl zunächst der gezielten Interaktion mit seinem hirnunabhängigen Geist. Ganz und gar nicht erkenne ich bisher Beweise dafür, dass der Wille, Worte zu formulieren und Sprache zu bilden, selbst *in* diesen Zentren sitzt.
Vielmehr kann man derzeit bloß sagen, dass sich diese Bereiche der Hirnrinde mit solchen Dingen geistiger Leistung beschäftigen.
Ähnliches passiert, wenn Sie mit einem Freund telefonieren: Niemand würde heutzutage auf die Idee kommen, dieser Freund säße selbst im Telefonhörer. Würden Sie allerdings auf einen von der Zivilisation noch völlig unberührten Menschenstamm in irgendeinem Urwald stoßen und den Freund mit ihrem Handy anrufen, so wären vielleicht genügend Ureinwohner genau dieser Ansicht; denn sie kennen noch kein Telefon.
Das Telefon ist aber auch nur ein Instrument. Und wenn es mal defekt ist, können Sie sich vorerst mit ihrem Freund nicht mehr unterhalten. Das aber ändert nichts am Fortbestand seiner Existenz und an seinen Gedanken an Sie. Dies gilt sicher analog für alle höheren "grauen" Hirnbereiche und die ihnen im Krankheitsfall zugeordneten Ausfälle.
Unser Gehirn lässt sich in gewisser Weise deshalb so sehen: Wenn beim "Split-brain-Patienten" die eine Hand vielleicht genau das Gegenteil von dem machen will, was die andere möchte, dann ist das *kein* Argument gegen ein nach wie vor *einheitliches* Bewusstsein. Hier liefern am Ende nur "Geräte im Gerät" widersprüchliche Informationen. Aufgrund ihrer einmal erworbenen Spezialisierung und der Tatsache, die Bearbeitung bestimmter Aufgaben einmal delegiert bekommen zu haben, müssen diese zu ganz unterschiedlichen Reaktionen führen: Der sie (von außen) aktivierende geistige Befehl bleibt dagegen unverändert.[116]
Dazu eine weitere kleine Analogie: Die englische und die deutsche Schreibmaschinentastatur unterscheiden sich durch die unterschiedliche Anordnung von Buchstaben. Außerdem gibt es im englischen z.B. keine

[116] In ähnlicher Weise muss wohl auch der Einfluss genetischer oder sonstiger chemischer (medikamentöser) Faktoren gesehen werden. Durch neue, veränderte Rahmenbedingungen können identische geistige Befehle anders kanalisiert werden.

Umlaute und kein “ß”. Wir sprechen von der deutschen “QWERTZ"- und der englischen “QWERTY"- Tastatur.
Eine Sekretärin mit Zehnfinger-Schreibsystem muss aber erst umlernen, wenn man ihr die eine durch die andere Tastatur ersetzt. Zunächst wird sie in ihren Briefen sicher eine ganze Menge Tippfehler machen.
Beispielsweise kann *ich* gleichzeitig und gleich schnell mit der rechten und der linken Hand schreiben. Meine linke Hand schreibt dann alles automatisch in Spiegelschrift. Ich halte das im Übrigen für nichts besonderes, auch wenn vor einiger Zeit eine junge Dame mit dieser Fähigkeit viel Geld in einer sehr beliebten deutschen Samstagabendshow absahnte.[117] Es handelt sich also dabei um einen Automatismus, der an der Spezialisierung der Hirnteile liegen dürfte und nichts mit dem Geist zu tun hat, der die Handlung an sich veranlasst. Und in diesem Fall schätze ich, dass viele Menschen so schreiben können, ohne es zu wissen, da sie es noch nie probiert haben. Diese Fähigkeit ist vermutlich genetisch bedingt, wenn man die Gene für Links- *und* Rechtshändigkeit geerbt hat. Erst wenn man den Automatismus ändern will, erfordert das wieder eine neue, besondere Konzentration und damit einen weiteren bewussten, also willentlichen Eingriff.
Aber als Zeitgenosse mit "Gott-sei-Dank" intaktem Balken glaube ich behaupten zu dürfen, dass hier nur *ein* einziges Bewusstsein, nämlich *mein* Bewusstsein waltet. Der Kritiker wird einwenden, das glaubte ich bloß. In Wirklichkeit ließe ich praktisch nur beiden "Bewusstseinen" ihren freien Lauf. Und zugleich wird er noch hinzufügen, dass diese beiden "Bewusstseine" bloß zwei funktionelle Teile des Gehirns, bzw. Konsequenzen aus dessen neuronalen Aktivitäten seien.

Ich bin da jedoch völlig anderer Meinung: Im Laufe der individuellen menschlichen Entwicklung kommt es zu einer weitgehenden und sinnvollen Spezialisierung bestimmter Hirnabschnitte durch Interaktion mit einem ursprünglich undifferenzierten, also zunächst praktisch brach liegenden, noch zu strukturierenden und zu differenzierenden Geist.
Der persönliche Geist kann jetzt mit einer Art geistigem In*tra*net eines weltumspannenden und alles durchdringenden geistigen In*ter*nets, dem "Weltgeist", verglichen werden.
Je höher nun das Gerät "Gehirn" entwickelt ist, desto komplexer und spezialisierter sind seine "Geräte im Gerät", die mit dem "Weltgeist" im interaktiven Sinne ständig kommunizieren. Erst dadurch kommt es

[117] In der TV-Sendung "Wetten dass" mit Thomas Gottschalk, ZDF, Anfang 2005

während eines jeden Menschenlebens mit Hilfe aller Erfahrungen und Ereignisse zur Reifung oder, wie ich es nenne, zur Differenzierung eines eigenen, persönlichen und nur durch einen selbst auch dauerhaft zugänglichen, selbstbewussten und ewigen Anteils an diesem "Weltgeist".

4.13) Eine neue Sicht der Evolution

Ganz sicher hat sich alles Leben auf unserer Erde im Rahmen einer gigantischen Evolutionsgeschichte entwickelt. Für den Kreationismus gibt es tatsächlich keinerlei wissenschaftlich begründbaren Anhalt.
Genetische Neuerungen durch rein zufällige Mutationen der Keimzellen sind dabei genauso wichtig wie die stete Auswahl der Geeignetesten, die Selektion. Insoweit haben *Charles Darwin (1809-1882)* und viele seiner Nachfahren wohl Recht. Andererseits scheint mir das nur ein Teil der ganzen Wahrheit zu sein – und vielleicht sogar nur der kleinere Teil.
Einen vermutlich noch weit größeren Anteil an der Evolution dürften dagegen "Erfahrungen" ausmachen: Damit meine ich die ständig neue Anpassung und Spezialisierung aller Wesensformen aufgrund ihrer "Lebenserfahrungen". Sie beginnen mit gemeinsamen Grundmustern für alles und alle und führen später dann in der Regel zu immer größerer Perfektionierung der einmal eingeschlagenen Wege.
Genauso scheint es, dass die von einzelnen Generationen erworbenen Verbesserungen gleich welcher Art – also z.B. von Aussehen, Struktur und Funktion sowie von arteigenen oder sogar von artüberschreitenden kooperierenden Verhaltensweisen, praktisch nie unter den Tisch fallen.
Regelrecht alles wird gesammelt und zur immer weiteren Verbesserung der ganzen Art wiederverwendet. Hier und da wird vielleicht noch etwas modifiziert. Die Basis des Evolutionsgeschehens wird damit erheblich erweitert und entsprechend umfangreicher. Das aber lässt sich allein mit Hilfe der Genetik nicht mehr zufriedenstellend erklären. Mittlerweile durften wir zur Kenntnis nehmen, dass der Mensch tatsächlich nur etwa 30.000 wirksame Gene hat, die damit für alle seine Merkmale zuständig sein müssten. Selbst diese Zahl schmilzt in ihrer Bedeutung dahin wie Butter in der Sonne, wenn man bedenkt, dass es vergleichbar primitives Leben auf der Erde gibt, das noch viel mehr Erbgut besitzt als der

Mensch: So besitzen beispielsweise einige Lilienarten dreißigmal mehr DNS als menschliche Zellen. Auch hier zeigt sich ein Phänomen, das man durchaus schon am Gehirn beobachten konnte: Anatomische und biochemische Strukturen mögen in Größe und Zahl proportional zu biologischen Spezialisierungen sein – zu den nicht-biologischen, d.h. geistigen, sind sie es dagegen *nicht.* Zum Beispiel ist das Riechhirn bei Tieren mit ausgeprägtem Geruchssinn relativ zur Hirngröße selbst auch groß. Das Gehirn von einem gesunden debilen Menschen und das von Albert Einstein weisen dagegen kaum gravierende Unterschiede auf.
Es lässt sich ziemlich sicher ausschließen, dass Lebenserfahrungen oder äußere körperliche Veränderungen eines Wesens infolge von diversen Anpassungen an seine Umwelt seine Keimzellen modifizieren und damit sein Erbgut ändern könnten. Das (biochemische) Erbgut dürfte wirklich die wichtigste Spielwiese des Zufalls sein, auch wenn er durch manch eine fundamental feststehende Vorkehrung offenbar wirksam im Zaum gehalten werden kann (vgl. Kap. 4.2).
Wie schon seinerzeit *Alexander der Große (356-323 v.Chr.)* den scheinbar unlösbaren "gordischen Knoten" durchschlug, so will ich auch dieses Problem entwirren: Ich bin davon überzeugt, dass neben den bisher von der Wissenschaft anerkannten Evolutionsmechanismen noch einige ganz andere am Werk sind. Ich glaube sogar, dass es eine kaskadenförmige Evolution auch von Evolutionsmechanismen gibt. Den Schlüssel hierzu liefert uns das Phänomen der biologischen "Kommunikation".
Vermutlich können alle Wesen – und die, die kein eigenes Nervensystem besitzen, wahrscheinlich sogar ohne Alternativen – von außen mit Hilfe von Licht Informationen in sich aufnehmen. Photonen liefern genau das, was die einzelne Art zusätzlich braucht, um sich der Welt anzupassen und sich adäquat weiterzuentwickeln. Das Chlorophyll der Pflanzen mag als Beispiel dienen: Chlorophyll ist ein dreidimensionales Riesenmolekül und so ein molekularer Hohlkörper. Um ein zentrales Magnesiumatom, also ein Metall, das praktisch wie eine "Antenne" zur Aufnahme von Sonnenlicht bei der Photosynthese wirkt, befinden sich *vier* in *Fünfecken* angeordnete organische Substanzen.
Jeder Hohlkörper ist ein Resonanzkörper. Er ist geeignet, Informationen zu verstärken und zu speichern. Beispiele sind Musikinstrumente: Eine kleine Orgelpfeife hat nur einen kleinen Resonanzraum und bringt daher nur einen hochfrequenten, also hohen Ton hervor. Eine große Pfeife mit großem Resonanzraum erzeugt dagegen einen tiefen, niederfrequenten Ton. Die Photonen des Lichtes als der hier wirksame "materielle Stoff", sind aber in Wahrheit digitale Informationen. Jedes Photon ist eine "1".

Zugleich sind Photonen die real existierenden Grundbausteine unserer ganzen Welt. Beide Eigenschaften zeigen die zwei Seiten ihrer Medaille und künden von ihrer Herkunft; denn als masselose Informationen entstammen sie einer alles umfassenden und durchgreifenden geistigen Welt. Im Laufe der Evolution allen Lebens bilden sich offenbar schon früh weitere Strukturen aus, die neue, ergänzende und zudem noch viel differenziertere Formen von Informationsübertragung möglich machen.
So entsteht bald ein Nervensystem, das nun nicht nur innerhalb eines jeden Organismus Informationen weiterleitet, sondern auch mit seiner "geistigen Außenwelt" Kontakte pflegt, die sich damit im Gleichklang ebenfalls zunehmend und artspezifisch differenziert[118]. Voraussetzung für diese Kommunikation nach außen ist eine ausreichend hochgerüstete Hardware. Zwar besitzt jedes Nervensystem grundsätzlich identische Bausteine, so wie wir genauso einfache Radios, Multibandempfänger, Fernsehgeräte oder Computer mit nur einer Handvoll grundsätzlich gleicher Bausteine herstellen können. Dennoch gibt es zwischen diesen Geräten gewaltige qualitative und quantitative Leistungsunterschiede. So können je nach Gerät unterschiedliche Kontakte mit der Umwelt hergestellt werden. Radios empfangen nur passiv, senden selbst aber nichts. Gut ausgestattete Computer ermöglichen jedoch heute bereits gezielte Interaktionen sowohl unmittelbar mit anderen, zumindest gleichwertigen Geräten, als inzwischen auch mit einem zwar virtuellen, aber dennoch realen Datennetz, dem sogenannten *Internet*.
Zwar ändert sich der allgemeine körperlich-anatomische Aufbau aller Gattungen durch die ganze Evolutionsgeschichte hindurch immer wieder in vielfältigster Weise. Stets aber folgt er ziemlich genau ganz bestimmten Grundprinzipien. Das allein legt schon einen Bauplan, der allem zugrundeliegt, nahe. Es gibt eine Reihe von guten Gründen, solche Vorstellungen ernst zu nehmen. Dazu gehört zum Beispiel, dass sich eine Vielzahl von anatomischen und funktionellen Ausprägungen immer wieder an den ersten vier Ordnungszahlen und deren Verknüpfungen durch Addition, Multiplikation und Potenzierung orientieren. Nicht zuletzt gehören dazu auch die für den Evolutionsbiologen nach wie vor rätselhaften Phänomene wie Konvergenz, Mimikry, Symbiose oder Parasitismus u.s.w. (vgl. Kap. 4.1-4.7).
Mit dem Nervensystem entsteht dazu im Laufe der Zeit jedoch eine völlig andere Struktur, die sich, ganz im Gegensatz zu allem sonstigen

[118] Diese "geistige Außenwelt" entspricht dabei wohl dem, was in manchen Kulturen, in Mythen, der Psychologie oder der Esoterik als "Innenwelt" verstanden wird.

"Nur-Körperlichen" schnurstracks von niederer zu höherer Komplexität weiterentwickelt. Dabei gibt es keine großen Umwege, und es gibt auch keine Sackgassen. Das Nervensystem wird zu einer zentralen Konstante der Evolution. Besonders der mikroskopische Aufbau der hierarchisch jüngsten und zugleich höchsten Ebene dieses Systems, der obersten Schicht grauer Hirnzellen oder allgemein, der Großhirnrinde, ist von entscheidender Bedeutung. Wie in den beiden letzten Kapiteln ausgeführt, lässt sie sich wirklich plausibel nur mit einer ungeheuren Vielzahl von kleinsten Antennen oder Parabolspiegeln vergleichen.
In der Technik dienen solche zum Senden und Empfangen von Daten. Und auch in die Biologie kennt man inzwischen Ähnliches: Im Golf von Mexiko gibt es, wie erst kürzlich entdeckt wurde, sogar in über 2km Wassertiefe grüne Schwefelbakterien, die auch Photosynthese betreiben. Nur, so tief unter der Meeresoberfläche ist es stockdunkel. Wie der amerikanische Biologe *Robert Blankenship* von der *Arizona-State-University* feststellte, sammeln sie Licht aus äußerst schwacher geothermischer Strahlung über mikroskopisch kleine "Satellitenschüsseln" ein und nutzen es für die Produktion von Zucker (Kohlenhydraten). Eine Form von biologisch nützlicher Information wird also über "Parabolspiegel" gesammelt. Das ist bewiesen. Warum also nicht auch im Gehirn?
John Eccles (1903-1997) jedenfalls, der berühmte australische Hirnforscher und Nobelpreisträger für die Entdeckung der Hirnsynapsen, hat genau diese Idee bis an sein Lebensende vehement und gegen harsche Kritik verfochten. Auch steht er mit dieser Ansicht keineswegs allein da, wenngleich sich die meinungsmachende Schicht heutiger Hirnforscher damit nicht anfreunden möchte.
Ich glaube, *Eccles* hat grundsätzlich Recht. Als Schnittstelle zwischen seinem immateriellen Geist und unserer materiellen Umwelt bekommt das Großhirn sogar noch eine ganz neue und immens wichtige Rolle zugewiesen: Es wird zu einem höheren Motor der Evolution.
Als zentrales Empfangsorgan übernimmt das Gehirn grundlegende Informationen aus einer geistigen Welt, die lange Zeit vor allem zur *Art*entwicklung benötigt werden. Erst wenn das Gehirn nach riesigen Zeiträumen selbst eine Stufe ausreichend hoher Perfektion erklommen hat, nimmt es, in der Regel unterbewusst, Informationen auf, die auch zur *Individual*entwicklung innerhalb der eigenen Art dienlich sind.
Das Buch der Evolution allen Lebens muss damit völlig neu geschrieben werden und ist wohl auch noch lange nicht fertig. Die Vorstellungen *Darwins* bleiben darin zwar eine unverzichtbare Basis: Sie sind Inhalt der ersten Kapitel. Viele Neodarwinisten jedoch, die letztlich mit ihren auf

Darwin zwar aufbauenden, aber allzu engen Dogmen mit verantwortlich dafür sind, dass man das Buch der Evolution im Wesentlichen bereits als abgeschlossen betrachtet, sind, wie ich glaube, auf dem Holzweg.
Die Evolution bleibt sicher auch weiterhin eine ergänzungsbedürftige Geschichte, und nun steht erst einmal das nächste Kapitel an.
In ihm muss das Nervensystem, das aufgrund seiner wohl zielgerichteten Entwicklung nicht erst die Folge, sondern viel eher eine entscheidende Mitursache für die Evolution allen höheren Lebens sein dürfte, die wichtigste Rolle spielen. Es ist nämlich der Geist, der mit zunehmender Differenzierung und Strukturierung unmittelbar und ganz gezielt über das Gehirn Einfluss auf das Nervensystem nimmt und so die Evolution ohne Einbuße ihrer kreativen Emergenz in die richtigen Bahnen lenkt.
Und mit dieser neuen Vorstellung wird das Fehlen von Übergängen zwischen einzelnen Arten unterschiedlicher Entwicklungsstufe, wie z.B. zwischen dem Menschen und seinen tierischen Ahnen, werden also die sog. *"missing-links"* erklärbar: Sie fehlen nämlich wohl nicht, weil es sie nicht gibt. Vielmehr fehlen sie nur deshalb, weil sie heute nicht mehr entdeckt werden können. Denn wenn das Gehirn als Schnittstelle zwischen Geist und Materie eine bislang unbekannte Schlüsselfunktion für die Evolution innehat, dann müssen gerade die entscheidenden Informationen zur Entwicklung neuer Arten und von neuen Entwicklungsstufen zunächst auch darüber mitgeteilt worden sein. Die körperliche Manifestation dieser "Mitteilungen" folgt dem erst später.
Und wenn die Paläontologen heute weder im Erbgut noch in Fossilien Spuren solcher Übergänge finden, dann deshalb, weil das Erbgut eben nicht die ihm bislang zugedachte Monopolstellung für die Evolution besitzt, und Fossilien die erst viel spätere körperliche Umsetzung zuvor schon längst übertragener Informationen widerspiegeln.
Wir können also keine "missing-links" mehr finden; denn erst *nach* Übertragung der für den weiteren Entwicklungsweg bedeutsamen geistigen Informationen kam zu einer anatomischen Anpassung von entsprechenden Strukturen zunächst im Nervensystem. Sie alle aber sind Weichteile und damit samt und sonders längst verwest.
Und da die für jeden Evolutionsschritt zugrundeliegenden Daten selbst rein physikalischer Natur waren, gibt es für sie später deshalb keinen Nachweis mehr. Folglich wird es "missing-links" immer gegeben haben. Nur waren es zuerst immer *neuro*anatomische Zwischenstufen und nicht sonstige körperliche Merkmale, wie ein sich auf die heutige Länge zubewegender Giraffenhals.

4.14) Die menschliche Individualität ist einzigartig

Es gibt gute Gründe dafür anzunehmen, dass am Ende einer sehr langen und großartigen Geschichte, die wir die Evolution des Lebens nennen, einzig der Mensch – die Entwicklung seines Nervensystems als zentrale Konstante der Evolution zunächst einmal missachtend – ohne eine besondere körperliche Spezialisierung aus ihr hervorgegangen ist.
Von allen körperlichen Entwicklungen hat eigenartigerweise nur die des Nervensystems einen konsequent geradlinigen Verlauf genommen.
Dagegen sind alle übrigen, rein körperlichen Ausprägungen und Merkmale durch unzählige, manchmal sogar riesige Umwege und nicht selten durch regelrechte Zickzackbewegungen gekennzeichnet.
Folglich kann man sagen, die gesamte Evolution des Lebens auf unserer Erde umrankt letztlich das in qualitativer und quantitativer Hinsicht einzigartige Wachstum von Nervenstrukturen mit ihren immer höheren Organisationsformen und ihrer wachsenden Komplexität. Mit einfachen und überall identischen Grundbausteinen strebt es, von einfachsten Nervenfasern ausgehend, über ein schon recht komplexes Rückenmark zu einem äußerst vielschichtigen und höchstgradig verschalteten Gehirn. Ist diese Ebene erst einmal erreicht, kommt die Evolution scheinbar zum Stillstand. Die Zahl neuer Arten, die sich alle in körperlicher Hinsicht unterscheiden, nimmt plötzlich ab. Doch tatsächlich handelt es sich nur um einen Paradigmenwechsel – die Evolution wechselt nur das Pferd. Ganz im Gegenteil: In Wirklichkeit geht es sogar beschleunigt weiter, und zwar zunächst auch noch lange auf rein (neuro-)anatomischer Basis: Besonders die filigranen Strukturen in den "Untiefen" des Hirngewebes verbessern sich enorm, und auch seine Größe und das Gewicht nehmen in Relation zum Körpervolumen zu. Die ohnehin schon unglaubliche Vermehrung seiner Nervenzellen wird nun durch eine noch ungleich größere Vielzahl neuer Verschaltungen zwischen ihnen ergänzt.
Betrachtet man die Evolution aus dieser Perspektive – also Umwege und Schnörkel bei der Entfaltung von Körpern, aber eine kontinuierliche Weiterentwicklung des Nervensystems mit immer komplexeren und hierarchisch "abwärtskompatibel" aufeinander aufgebauten, höheren Zentren – dann sollte man akzeptieren lernen, dass die Evolution ein "klares Ziel vor Augen" hat:
Zuerst geht es natürlich darum, zu einer immer höheren Hirnstruktur zu gelangen, die qualitativ wie quantitativ mit offensichtlich immer größerer

Leistungsfähigkeit einhergeht. Währenddessen treten mehr und mehr immer differenziertere Formen von Bewusstsein und Selbstbewusstsein auf, so dass genau sie wohl letztlich das eigentliche Ziel sein dürften und zugleich die vormals rein körperliche Zielrichtung der Evolution ablösen. In der Biologie wird eine solche Vorstellung derzeit noch mehrheitlich abgelehnt. Man behauptet, sie sei lediglich die Folge unzulässiger, rein rückblickender Betrachtungen, der Retrospektion.

Doch ich sehe das anders: Die vorgenannten Unterschiede zwischen der "körperlichen" und der "neuronal-geistigen" Evolution halte ich für ein sicheres Indiz für die Richtigkeit meiner These, dass der Evolution des Lebens ein "geistiger Bauplan" prinzipiell zugrunde liegt. Er steckt den Rahmen ab und gibt die generellen Ziele vor. Darüber hinaus lässt er dann aber jeder kreativen Emergenz freie Hand. Am Ende dieser Entwicklung steht bislang der Mensch.

Mit seinem Auftreten hat der Evolutionsdruck nun interessanterweise dramatisch nachgelassen: Immer weniger neue Arten entstehen seither – und das bereits zu Zeiten, als sich der Mensch noch nicht so dramatisch wie heute breitmachte: Der nachlassende Evolutionsdruck ist sicher nicht nur dem gnadenlosen Umgang des Menschen mit seiner Umwelt zu verdanken. Und selbst wenn neueste Forschungsergebnisse Hinweise liefern, dass das Mammut dem Jagdtrieb früherer Menschen zum Opfer gefallen sein soll; der Mensch ist nicht durch sein "Handeln" schuld an dem stark reduzierten Evolutionsdruck, sondern allein durch sein "Sein".

Rein körperlich betrachtet scheint der Mensch tatsächlich ein ziemlich endgültiges "Produkt" der Evolution zu sein, wobei sie mit ihm schon einen völlig neuen Weg eingeschlagen hat – hin zu sich stetig fortentwickelnden und vervollkommnenden neuronalen (Hirn-) Strukturen – eben solchen, die geistig aktiv sind und etwas völlig Neues begründen, was es im Tierreich nicht gibt – grenzenlose Individualität.

Um es einmal in der heute modernen Computersprache auszudrücken:

Das menschliche Gehirn scheint demnach erstmals eine ausreichend qualifizierte "neuronale Basishardware" zu sein, mit der es an einer alles durchdringenden und alles umfassenden geistigen Welt völlig bewusst und sich seiner selbstbewusst durch aktive Interaktion teilnehmen kann.

Natürlich heißt dies nun keinesfalls, dass weitere Verbesserungen der Hardware nicht mehr möglich oder gar nötig sind. Mehr und mehr sind es aber nur Veränderungen und Verbesserungen im Detail – weniger im Grundsätzlichen, den grob-anatomischen Merkmalen.

Zwischen dem Menschen und jedem beliebigen Tier, auch den höchsten Menschenaffen (Primaten), die ja dem Menschen am nächsten verwandt sind, gibt es einen gewaltigen, rein "immateriell-geistigen" Unterschied:
Jedes Tier, das früher oder später erwachsen wird, ist damit sozusagen fertig – nicht so aber der Mensch. Dem erwachsenen Tier kann, wie auch *Paul Lüth* sagt, eigentlich nichts Sinnvolles mehr hinzugefügt werden, weil ihm auch nichts fehlt. *Lüth* beschreibt das so: *"Das Tier ist schicksallos wie der schlafende Säugling"*.
Der (menschliche) Säugling aber entwickelt sich weiter, und bald schon wird er den Zustand des *"vegetativen Dahindämmerns"* verlassen haben und dann sein persönliches, sein völlig individuell zugeschnittenes Schicksal leben und bewusst erleben.
Im Gegensatz zu jedem Tier, das unsere Erde bewohnt, besitzt jeder Mensch eine ihm eigene, unverwechselbare und individuelle Biographie. Einem Tier kann man so etwas zwar auch andichten – aber immer wird es eine vom Menschen geschaffene Biographie *für* das Tier sein, zumeist für sein Haustier. Nie jedoch ist sie objektivierbar, unverwechselbar und einzigartig. Sie ist keine Biographie *des* Tieres selbst, dazu noch von wirklicher Bedeutung für sich, seine soziale Gemeinschaft oder gar für die ganze Art. Auch kann kein Tier seinen eigenen Lebenslauf in seiner "vollen Pracht" bewusst und selbstbewusst (nach-)erleben, ihn in seinen Einzelheiten rückblickend verfolgen und möglichst viel davon selbst steuern oder etwas hinzusteuern. Kein älterer Menschenaffe, weder im Zoo noch in freier Wildbahn, besitzt eine sich oder für wen auch immer sonst relevante individuelle Biographie. Grob betrachtet sind alle ihre Leben durchweg austauschbar. Beim Tier haben das Individuum und das Individuelle noch einen untergeordneten Stellenwert, der zudem umso weniger zählt, je niedriger die jeweilige Entwicklungsstufe angesiedelt ist. Was tatsächlich nur zählt, ist die ganze Art. Tiere werden geboren, sie leben, ohne dabei im Entferntesten ähnlich zu erleben, wie ein Mensch dazu fähig sein kann – sie essen und trinken, pflanzen sich fort und haben, zumindest auf höherer Stufe, sicher sogar Spaß dabei.
Irgendwann sterben sie schließlich. Ihre Lebenserfahrungen sind fast identisch und durchaus wichtig – wichtig jedoch allein für das Kollektiv ihrer ganzen Art. Hier sind sie, wie ich meine, sogar von großem geistigem Wert (vgl. Kap. 4.6). Allerdings gibt es in ihrem Leben keine individuellen, unverwechselbaren Besonderheiten.
Tiere sind durchweg charakterisiert durch das *"Sein"*, Menschen dagegen bis an ihr Lebensende durch ihr *"Werden"*. Die nur gering ausgeprägte tierische Individualität ist mit der von keinem Menschen dieser Erde

auch nur annähernd vergleichbar – selbst nicht mit der Angehöriger von Naturvölkern oder früherer Vorfahren des heutigen Menschen (Homo sapiens sapiens), die man sicher völlig zu Unrecht oft als "primitiv" bezeichnet.
Ein Tier ist nur dann einzigartig, wenn wir ihm das zuschreiben – meist natürlich den Tieren, mit denen wir in engem häuslichen Kontakt leben. Das leuchtet bestimmt schnell ein, wenn man nur an die vielen, völlig anonym vor sich hin lebenden Exemplare derselben Spezies in den vielen Tierheimen denkt.
Gewiss sind auch viele Tiere bei ihrer Geburt für mehr oder weniger lange Zeit unterstützungsbedürftig und würden, sofern sie alleingelassen, kaum lange überleben können. Der Mensch aber ist, wenn er geboren wird, absolut *un*fertig und die wohl für die mit Abstand längste Zeit danach zugleich hilfloseste Spezies. Ohne den ständigen Schutz in seiner sozialen oder familiären Gemeinschaft wäre er sogar unweigerlich zum Tode verurteilt. Bis der Mensch, zumindest auf dem Papier und vielleicht rein körperlich, tatsächlich erwachsen ist, dauert es in der Regel zwei Jahrzehnte. Aber bis er, wie ich bewusst etwas kritisch formuliere, auch im geistigen Sinn wirklich erwachsen ist, kann es noch weitere, nicht selten viele Jahre oder gar Jahrzehnte dauern.
Manchmal sogar wird er nie erwachsen, jedenfalls wohl nicht zu seinen körperlichen Lebzeiten. *"Die Reife kommt erst mit den Jahren"* ist ein jedem bekannter, gleichwohl bei den meisten jungen Menschen unbeliebter, dennoch aber zutreffender Ausspruch – früher genauso wie heute.
Die oft zitierte "Reife" eines Menschen ist das nie klar definierbare, aber stets erhoffte Ergebnis eines kontinuierlichen Entwicklungsprozesses, der sich meist erst im Alter zu wirklicher voller Blüte entfaltet – dann nämlich, wenn so langsam schon der (körperliche) Tod anzuklopfen scheint. Nur der Mensch lernt in dieser potentiellen Fülle von Geburt an und das sein Leben lang. Sein Lernpensum ist mit dem keines einzigen Tieres auch nur entfernt vergleichbar. Seine Lerninhalte sind so vielseitig und vielschichtig wie bei keinem tierischen Erdbewohner.
Sie umfassen eine potentiell unendliche Vielfalt theoretischen Wissens, persönlicher Erfahrungen und enormer praktischer Fähigkeiten, allein schon, um in dieser oft unbarmherzigen Welt überleben zu können. Und nur die in dieser Form völlig neuen sowie unendlich vielseitigen, ethisch-moralischen und durch die Wissenschaft materialistisch überhaupt nicht erklärbaren, tiefen emotionalen Qualitäten haben bei keinem Tier ein auch nur annäherndes Pendant.

Solcherlei geistige und emotionalen Unterschiede, wie sie zwischen dem Menschen einerseits und der gesamten Tierwelt anderseits bestehen, gibt es innerhalb der Tierwelt nicht, auch nicht bei den Säugetieren – und seien es Delphine, Wale, Menschenaffen, Schweine, Hunde oder Katzen. Dabei möchte ich an dieser Stelle ausdrücklich betonen, dass ich den höheren Säugern und sogar manchen Vögeln durchaus eine ganze Menge zugestehe an allerdings meist rudimentärer, im Vergleich zum Menschen weit rückständiger, geistiger und emotionaler Kompetenz.
Jedoch schließt sie die Fähigkeit zu nicht nur instinktiver Fürsorge oder Trauer genauso ein wie das Vorhandensein eines gewissen Maßes an Bewusstsein und sogar Selbstbewusstsein. So scheinen sich manche Vögel (z.B. Elstern) wie auch Affen und Delphine im Spiegel erkennen zu können, Hunde oder Katzen dagegen nicht.
Betrachtet man die Entwicklung des Menschen und die aller anderen Lebewesen auf unserer Erde nun noch einmal aus einem mehr "geistigen" Blickwinkel, dann ergibt sich recht eindeutig Folgendes:
Aus dieser Perspektive sind alle Tiere miteinander ziemlich vergleichbar. Die einzelnen Individuen sind durchweg austauschbar; es gibt keine wirkliche tierische Individualität. Was bei den Tieren zählt, ist allein die "ganze Art". Jede Tierart ist im Grunde ein echtes Kollektiv. Jedes tierische Leben beschränkt sich auf das "Sein".
Es gibt kein wirkliches "Werden". Der Mensch aber besteht nur aus einzelnen, unverwechselbaren Individuen in "Sein" und "Werden", wobei das "Werden" im Laufe des Lebens immer entscheidender wird.
Nur durch ungeheuer leidvolle gesellschaftspolitische Verirrungen wurde und wird der Mensch unzulässigerweise in Kollektive gezwängt und seiner Individualität schamlos und widernatürlich beraubt. Deshalb sind auch heute sehr viele gesellschaftliche Konventionen in jeder Kultur nicht nachvollziehbar, wenn sie vom Einzelnen für sich anders gesehen und gelebt werden wollen. Es ist untragbar, wenn durch sie das Leben des Einzelnen negativ und zu seinem persönlichen seelischen Schaden beeinflusst wird. Es ist untragbar, wenn er gegen sein Ich kämpfen muss, um seine Chance nicht zu verspielen, in seiner Gesellschaft lebenswert zu leben und geachtet zu werden, weil die Bewahrung solcher Fesseln zum gesellschaftlichen oder politischen Dogma wird. Natürlich setze ich dabei als unumstößlich voraus, dass das von jedem Einzelnen gezeigte unkonventionelle Verhalten nicht zugleich seinem Nächsten substantiell schadet. *"Leben und leben lassen"* ist ein dazu passender, bekannter Satz. *"Jeder Jeck es anders"* und *"Jedem Tierchen sein Pläsierchen"* – das sind zwei aus

meiner rheinischen Heimat stammende Sätze, an denen sehr viel Wahres dran ist.[119]
Zwar gibt es auch in der Tierwelt dramatische Unterschiede zwischen verschiedenen Gattungen. Innerhalb derselben Art sind ihre Mitglieder jedoch stets äußerst homogen und stellen damit wahre Kollektive dar.
Beim Menschen gibt es dagegen unermesslich viele und dramatische Unterschiede zwischen jedem einzelnen Individuum. Überhaupt hat diese Erkenntnis nichts mit Individualismus zu tun, wie manch einer vielleicht gerne, aber vorschnell, kritisieren mag.
Zunächst ist es die nackte Feststellung, dass die Evolution mit Auftreten des Menschen einen anderen Weg eingeschlagen hat – sie hat einfach das Pferd gewechselt: Die Evolution hat jetzt ganz eindeutig den Weg der Individualität gewählt. Keine kollektive Art mehr, sondern jeder Einzelne selbst ist nun das neue Ziel evolutionärer Fortentwicklung. Immer und ausschließlich über das einzelne Individuum "Mensch" erfolgt nunmehr die Weiterentwicklung der ganzen Gattung "Menschheit".
Jeder einzelne Mensch erhält damit die ihm im Rahmen der Evolution zuerkannte einmalige Chance, maßgeblich mitgestaltender Partner dieser Evolution zu werden. Kultur wird zur Summe der Einzelevolutionen.
Evolution ist damit erstmals auch nicht mehr nur passiv zu erdulden.
Vielmehr wird sie zum Partner der eigenen Kreatur und so zu etwas, dessen man sich aktiv und bewusst bedienen kann und soll. Der Mensch als Individuum und nicht in irgendeinem kollektiven Ganzen wird damit zum Mittelpunkt zunächst der eigenen, d.h. seiner persönlichen weiteren Evolution. Dabei handelt es sich nicht mehr um reines Wachstum oder um irgendeine Form körperlicher Spezialisierung wie beim Tier.
Nein, das Leben eines jeden einzelnen Menschen wird jetzt zu seinem eigenen evolutionären Vorgang – und zwar (s)einem geistigen. Und die persönliche geistige Fortentwicklung von jedem Einzelnen wird zugleich zur notwendigen Voraussetzung für die altruistische, d.h. selbstlose Hilfe zur erfolgreichen Evolution auch jedes Nächsten.
Jeder einzelne Mensch muss sich dessen nur erst einmal bewusst werden. Jedem Menschen muss man die Chance geben, sich in der von ihm persönlich für richtig befundenen, einzigartigen Weise entwickeln zu können. Untrennbar verbunden ist damit allerdings auch seine Pflicht, jedem anderen die gleiche Chance einzuräumen und mit seiner eigenen Lebensweise keinem anderen zu schaden. Das ist eine individuelle Verantwortung, die auch keinem einzelnen genommen werden kann und

[119] Sinngemäß übersetzt heißt das soviel wie "Jeder ist anders und Jedem das Seine"

darf. Eine Reihe wissenschaftlicher, nicht selten sozio-psychologischer, und am Ende auch juristischer Vorstellungen und Bestrebungen in unserer Zeit tendieren in genau entgegengesetzte Richtungen.
Ich halte solcherlei Gedankengut für falsch und sehr gefährlich, weil es auf falschen Prämissen beruht.
Jeder einzelne Mensch muss lernen, sowohl sein eigener Motor als auch der für seine Mitmenschen zu werden. Aus dieser Perspektive hat jeder einzelne Mensch grundsätzlich eine außergewöhnliche Chance auf Selbstverwirklichung – so wie sie kein anderes Lebewesen hat, weil für andere Lebewesen auf der Erde dieser Begriff schon etwas Leeres ist.
Gleichzeitig aber obliegt jedem einzelnen Menschen damit auch eine große Verantwortung: Er hat sowohl für das eigene Wohl als auch für das jedes Nächsten einzustehen. Und die Gesellschaft hat mit Strenge darüber zu wachen, dass der Einzelne nicht durch Missbrauch seiner Chance dem Nächsten Schaden zufügt. Das gilt für den einfachen Bürger genauso wie beispielsweise für seine Politiker.
Den höchsten Stellenwert muss die körperliche und seelische Integrität jedes Mitmenschen einnehmen. Leider jedoch werden Menschen auch in unserem Lande manchmal unverhältnismäßig hoch für Delikte bestraft, deren Strafbarkeit leider immer mehr auf unangemessenen, ja sogar willkürlichen Gesetzen und Regeln beruht. Sie werden von einer immer undisziplinierter ausufernden und dadurch zwangsläufig habsüchtigeren und zu exzessivem Bürokratismus neigenden Obrigkeit gemacht. Diese sucht so neue Wege, sich selbst in ihrer schädlichen und schändlichen Aufgeblähtheit zu konservieren. Ein Beispiel hierfür ist sicher auch die derzeitige hanebüchene Gesetzesvielfalt im Steuerrecht unseres Landes.
In Relation dazu fallen Strafen gegen solche Menschen viel zu niedrig aus, die anderen Menschen nach Leib und Leben trachten.
Diese Entwicklung halte ich für falsch und für einen gefährlichen Exzess einer fehlgeleiteten Geisteshaltung und gesellschaftspolitischen Richtung. Kein ansonsten noch so verwerfliches Eigentumsdelikt ist mit Angriffen auf Leib und Seele vergleichbar. Deshalb müssen sie am härtesten und durchweg und konsequent mit großer Härte für alle unmittelbar und in der Regel auch mittelbar Beteiligten bestraft werden. Allerdings ist die vielerorts leider noch verhängte "Todesstrafe" deshalb untragbar, weil der Tod keine Strafe sein kann. Ich habe deshalb vor, mich in einem der nächsten Bücher, vielleicht sogar schon im nächsten, den dringendsten gesellschaftspolitischen Themen unserer Zeit ausführlich zu widmen.
Chance und strikte Verantwortung gegenüber sich selbst und seinen Mitmenschen sind, so meine ich, genau das, was die Bibel meint, wenn

sie von "Gottesliebe", "der Liebe zu sich selbst" und von "Nächstenliebe" spricht – und zwar exakt in dieser Reihenfolge:
Dabei steht "Gottesliebe" gerade auch für die zuvor beschworene Einsicht, dass der Mensch keineswegs nur ein zufälliges Individuum in dieser Welt ist, sondern ein vielmehr auf ewig unverwechselbares Unikat, das sich seiner Chance und Verantwortung für sich selbst, seine Nächsten und auch für die von ihm bewohnte Welt bewusst werden soll. Nur mit dieser Einsicht wird das geeignete Fundament gelegt, anderen vernünftig zu helfen und dadurch zu dienen – nicht zuletzt auch deshalb, um unsere schöne Erde vor einem leider drohenden, aber hausgemachten Untergang zu bewahren.
Jeder einzelne Mensch muss endlich begreifen, dass die Evolution des Lebens durch ihn und mit ihm eine neue und völlig andere, zugleich unvergleichlich höhere Ebene erklommen hat. Für die Evolution selbst bedeutet dieser Schritt sowohl in quantitativer als auch qualitativer Hinsicht einen Quantensprung bei Chance *und* Risiko.
Der Mensch muss lernen, dass diese neue Evolution jetzt auch seine individuelle Evolution geworden ist. Er muss erkennen, dass es sich dabei nun um seine geistige, seine ethisch-moralische, seine kulturelle und gesellschaftliche sowie seine emotionale Evolution handelt. Sie verläuft zudem sehr viel sensibler und differenzierter als jede körperliche Entwicklung.
Jeder Mensch muss erkennen, dass diese neue und individuelle Evolution erst mit zunehmendem Alter auf ihren Höhepunkt zustrebt, und der Mensch im Alter zwar körperlich, keineswegs aber geistig und emotional wirklich schwächer wird. Einmal mehr sei deshalb darauf hingewiesen, dass die meisten Geisteskrankheiten tatsächlich Krankheiten des Gehirns sind und eben nicht zwangsläufig auch des Geistes.
Wenn man das alles erkennt, dann ist es natürlich vollkommen absurd anzunehmen, der körperliche Tod eines Menschen sei sein persönliches Ende. Ein bis dahin unaufhörlicher geistiger und emotionaler Prozess wird selbstverständlich den körperlichen Tod überleben und überleben müssen. Dem Tod, als Ende einer nur wichtigen Etappe eines jeden menschlichen Lebens, habe ich bereits eigene Bücher gewidmet.

4.15) Zahlen helfen der Evolution von Leben und Geist

In einem echten vierdimensionalen Raum bestimmen zwei quadratische Zahlenfolgen unsere Welt: Aus allen Ordnungszahlen von "1" bis Unendlich (∞) entsteht automatisch zum einen die quadratische Folge mit 1^2, 2^2, 3^2, 4^2, ... ∞. Sie strukturiert alles in der Welt nach außen hin. Sie ist *unendlich* und zugleich *unbegrenzt*.
Aus den Kehrwerten aller Ordnungszahlen von 1 bis Unendlich bildet sich zum anderen die Folge der Kehrwertquadrate, also $1/1^2$, $1/2^2$, $1/3^2$, $1/4^2$,....$1/\infty$.
Auch sie ist *unendlich*, aber zugleich in ihrer Ausdehnung *begrenzt*; denn sie wird zwar immer kleiner, erreicht aber niemals den Wert Null. Sie hat also immer "Platz" zwischen den Zahlen Null und 1.
Schließlich muss die Zahl "1" noch besonders hervorgehoben werden; denn sie ist die Schnittstelle zwischen diesen Zahlenfolgen, und es gilt: $1/1^2 = 1/1 = 1 = 1^2$

Die unendliche und unbegrenzte Zahlenfolge der Quadrate aller Zahlen strukturiert alles nach außen hin und steht für die Ausdehnung alles *Zählbaren*, also aller materiellen *Dinge*.
Die unendliche, jedoch zugleich begrenzte Folge der Kehrwertquadrate aller Ordnungszahlen beschreibt dagegen die Ausdehnung und die Strukturierung von *Wirkungen* in unserem Universum.
So verdünnt sich jede elektromagnetische Strahlung, wie z.B. Licht, in die unendlichen Weiten des Universums entsprechend der unendlichen Folge aller Kehrwertquadrate. Dasselbe gilt für die Wirkung von Anziehungskräften, also für die Gravitation.
Allein die Mathematik bestimmt also ein physikalisches Verhalten.
Bestimmte Teilchen, die man heute sucht, weil sie genau das bewirken sollen, wie z.B. die Gravitonen für die Schwerkraft, werden damit überflüssig. Tatsächlich hat man sie bislang auch nicht gefunden.
Gravitationskräfte wirken natürlich auch auf Licht, d.h. die Information, die in Form masseloser Photonen durch den Raum transportiert wird.
Licht wird durch Schwerkraft angezogen und so in Umkehrung der reziproken Zahlenfolge, nach der es sich verdünnt, wieder verstärkt.
Deshalb scheint es einem entfernten Beobachter so, als krümme sich der Raum; denn bisher setzt man ja Raum und Lichtausdehnung noch gleich.

Der Raum selbst ist aber tatsächlich rein informationell-geistig und durch Zahlen strukturiert: Er ist unendlich und vollkommen eben (vgl. Teil 3). Im Gegensatz zu den masselosen Wirkungen dehnen sich alle zählbaren Massen, und damit alle materiellen Dinge, entlang der Quadrate aller Ordnungszahlen ins All aus. Da alles Materielle auch eine zweite Seite besitzt, seine geistige Komponente, d.h. die Information seiner Existenz, dehnt sich auch alles Materielle informationell unendlich aus: Anders gesagt: Was einmal existiert hat, bleibt als komplexe Information aller Einzelheiten ewig bestehen. Für den endlichen Aspekt der eigentlichen Ausgangsmaterie, d.h. seine Körperlichkeit, gilt das natürlich nicht.
Dasselbe Prinzip gilt natürlich genauso für den Raum des Universums selbst. Er entspricht der Ausdehnung aller Quadratzahlen und ist, weil damit etwas Geistiges, auch unendlich. Zählbare Massen in diesem Raum sind dagegen immer endlich.
Als Beispiel möchte ich an dieser Stelle noch einmal die Anzahl der Elektronenpaare nennen, die um einen Atomkern herumfliegen (vgl. Teil 3): Auf der ersten Schale befinden sich maximal 1^2 Elektronenpaare, auf der zweiten maximal 2^2, auf der dritten 3^2, u.s.w. Aufgrund besonderer zahlentheoretischer Umstände (vgl. Teil 3) muss bei sieben Schalen, d.h. bei *theoretisch* maximal 7^2 möglichen Paaren von Elektronen, Schluss sein. Tatsächlich gibt es auch nur sieben Schalen, wobei die äußeren allerdings zumeist nur zum Teil mit Elektronen besetzt sind, und man bislang kein noch so kurzlebiges Atom kennt, bei dem sogar die äußere Schale mit Elektronen voll aufgefüllt wäre. In der Praxis wären solche Atome sicher extrem "außenlastig" und lassen sich daher vermutlich nicht einmal jemals künstlich herstellen – selbst nicht für einen ultrakurzen Moment.
Insgesamt gibt es in diesem Universum nur 81 natürlich vorkommende und stabile Elemente. Entsprechend einer von mir vorgeschlagenen logischen Verknüpfung aus den ersten vier Ordnungszahlen, nämlich $1^{2 \cdot} 3^4$ (vgl. Kap. 2.8), können es gar nicht mehr sein.
Dementsprechend muss auch das Erbgut allen Lebens mit der Zahl 81 verbunden sein. Schon 1999 habe ich nahegelegt, dass man den genetischen Code besser als einen Positionscode verstehen sollte, wodurch man ebenfalls genau 81 relevante Codepositionen zählt.
Aus dieser Sicht wird das Ausmaß von zufälligen, also durch Mutation provozierten Schäden erheblich eingeschränkt. Die Evolution bekommt so ein neues Gesicht.
Die nach meiner Ansicht universell gültigen, einfachen und fundamental wichtigen zahlentheoretischen Aspekte lassen sich auf die verschiedenen Bereiche des Lebens und der Evolution übertragen. Betrachtet man dazu

zunächst die Entwicklung der unglaublichen Artenvielfalt im Rahmen des unermesslich langen Prozesses, den wir Evolution nennen, dann zeigt sich doch Folgendes:
Innerhalb von mehreren hundertmillionen Jahren kommt es zu einem zunächst ganz langsamen, dann immer stärkeren und schließlich schier explosionsartigen Anstieg der Artenvielfalt. Erst ganz am Ende dieser Entwicklung betritt der Mensch die Bühne des Lebens.
Die Evolution wechselt nun, so glaube ich, das Pferd.
Der immense Artenreichtum kommt langsam zum Stillstand. Das aber bedeutet keineswegs zugleich das Ende von Vielfalt. Vielmehr wächst sie nicht minder dramatisch, nun aber vollkommen anders: Anstatt einer immer neuen Vielzahl ganzer Arten, also von neuen Kollektiven, deren Einzelindividuen untereinander praktisch austauschbar sind und deren Gesamtzahl letztlich eine begrenzte Größe sein muss, entsteht nun eine neue, potentiell unendliche und jetzt zugleich unbegrenzte Vielfalt.
Gemeint ist die Vielfalt von einzelnen Individuen innerhalb nur noch einer *einzigen* Art, nämlich der des Menschen.
Der Mensch ist die Schnittstelle "1" der Evolution.
Fortan gibt es nicht mehr potentiell ins "Unendliche" tendierende, aber zahlenmäßig zwingend begrenzte Gesamtmengen von unterschiedlichen Arten mit vergleichbar einheitlichem Charakter und verwechselbarem Aussehen, bzw. nur sehr geringen Variationen.
Vielmehr kristallisiert sich nur noch eine *einzige*, jetzt alles andere dominierende Art als neue Etappe der Evolution heraus: Der Mensch.
Und er besitzt nun erstmals tatsächlich auch den unendlichen Aspekt der unbegrenzten *individuellen* Vielfalt; denn diese ist etwas rein Geistiges, etwas Emotionales und Kulturelles.
Und alles Geistige ist, da nicht zählbar, unendlich und unbegrenzt.
Betrachtet man als nächstes die Entwicklung der geistigen Vielfalt im Rahmen der Evolution, so ergibt sich ein vergleichbares Bild:
Innerhalb von mehreren hundertmillionen Jahren kommt es zu einem zunächst ganz langsamen, dann immer stärkeren und schließlich schier explosionsartigen Wachstum neuronaler Strukturen und Verschaltungen.
Und als am Ende dieses Prozesses der Mensch die Bühne des Lebens betritt, ist er ausgestattet mit einem voll ausgebildeten, ausgereiften und sehr komplex verschalteten Großhirn.
In den nur wenigen hunderttausend Jahren, die der Mensch die Erde in seiner heutigen Form als "homo sapiens (sapiens)" bewohnt, hat sich sein Großhirn praktisch nicht mehr wesentlich verändert.
Die Evolution hat erneut das Pferd gewechselt.

Zwar hat die immense Vielfalt neuronaler anatomischer Strukturen und ihrer Verknüpfungen eine Art Maximum erreicht und ist damit langsam zum Stillstand gekommen. Doch bedeutet das längst noch kein Ende der Entwicklung geistiger Vielfalt. Vielmehr kommt es ohne noch weitere adäquate morphologische Anpassungen zu einem praktisch identischen Entwicklungsvorgang, wie er schon für die Entwicklung der Gesamtzahl neuronaler Strukturen gilt:
Erst ganz langsam, dann immer stärker und schließlich in unserer heutigen Zeit explosionsartig, kommt es zu einem Anstieg geistiger Vielfalt bei nur noch *ein und demselben Hirntyp* mit annähernd identischer Ausstattung.
Die Vielfalt des Lebens und damit auch die geistige Vielfalt hat sich lange Zeit über alle Gattungen erstreckt, wobei jedes Artenkollektiv als Einheit fungiert und sich kollektiv zur Perfektion weiterentwickelt.
Jetzt aber sind die Vielfalt des Lebens und die geistige Vielfalt etwas rein Individuelles geworden und streben zur Perfektion bei nur ein und derselben Art, dem Menschen.
Die Basis für alle geistige Vielfalt, d.h. die hierfür notwendige Hardware in unserer materiellen Welt, ist das einheitliche Gehirn.
Seit vielen Jahrtausenden hat es sich praktisch kaum verändert. Mit Hilfe des menschlichen Gehirns als einer weiteren Schnittstelle "zwischen den beiden Welten Materie und Geist" dehnt sich der Geist quantitativ und qualitativ ins Unendliche aus; denn geistige und emotionale Vielfalt sind nicht zählbar und haben eine unbegrenzte Wirkung.
Bis zum Menschen war der Geist durch Abermillionen verschiedener Tierhirne repräsentiert, die jedoch innerhalb derselben Gattung alle miteinander vergleichbar blieben. Der Geist differenzierte sich damit parallel und proportional zur Entwicklung komplexer Hirne.
Das menschliche Gehirn hat, geprägt durch den "Quantensprung" seines komplexen Großhirns, offenbar den Level einer zumindest vorläufigen anatomischen "Endstufe" erreicht.
Damit aber ist der Geist keineswegs auch an sein Ende gelangt:
Im Gegenteil, seine Evolution läuft analog zur unendlichen Folge der Ordnungszahlen unbegrenzt weiter.
Geistige Fähigkeiten wachsen selbst dann noch – und oft erst dann überhaupt richtig – wenn die eigentliche anatomische Basis, nämlich die Hardware "Gehirn", längst erwachsen ist.
Dies gilt insbesondere für alle die geistigen Qualitäten und Emotionen, die selbst keine unmittelbare materielle Repräsentation durch etwas Körperliches besitzen. Das heißt: Natürlich ist zum Beispiel auch die

Sprache etwas Geistiges. Aber sie ist in ihrer Umsetzung untrennbar an einen ganzen Apparat von sprachvermittelnden Strukturen des Körpers gebunden (z.B. Zunge, Mund, Lippen, Kehlkopf, etc.).
Jede Form von Denken (auch später das Denken von Sprache), ebenso wie alle tiefen Emotionen, also Liebe, Trauer, Gerechtigkeitssinn u.v.m., sind dagegen prinzipiell völlig unabhängig von jeder materiellen Struktur. Und gerade sie entwickeln sich ungleich stärker bei längst erwachsenem Großhirn.
Nicht allein riesige, jedoch begrenzte Mengen von Hirnzellen und deren Verschaltungen sind das "A und O" schier unendlicher geistiger Vielfalt. Geistige Vielfalt hat kein echtes morphologisches Korrelat.
Sie ist tatsächlich etwas Unbegrenztes; das aber jetzt bei jedem einzelnen Individuum *ein-* und derselben Art, dem Menschen.
Für die Entwicklung des "Weltgeistes" ist die Individualität nun ganz offensichtlich von weit größerer Bedeutung als ein kollektiver Geist.
Nur ein sich individuell in jedem Einzelnen unterschiedlich voneinander entwickelnder Geist führt zu weit schnellerem und größerem Wachstum und eben zu ungleich mehr Vielfalt.
Der Mensch und sein Gehirn sind damit als Ganzes eine Art besondere Schnittstelle der Evolution. Zwar steht nicht nur der Mensch auf beiden Seiten dieser Welt, der geistigen wie auch der materiellen Seite; doch nur er ist als bislang einziges Wesen auf der Erde in der Lage, sich wohl dieser Situation und damit seiner Einzigartigkeit bewusst zu werden.

4.16) Nachwort

Wie und wann ist unser Universum entstanden?
Niemand weiß es bis heute. Die sehr volksnahe und medienwirksame Theorie von einem Urknall erscheint mir bei genauem Hinsehen mehr als zweifelhaft.
Ist unser Universum endlich oder unendlich?
Bis vor kurzem noch nahm die Mehrheit der Kosmologen an, es sei endlich. Vor wenigen Jahren hat ihr großer "Leitwolf" *Steven Hawking* erstmals die Möglichkeit seiner unendlichen Ausdehnung eingeräumt.

Was aber ist dann mit all den vorgeblich so überzeugenden Argumenten, die uns doch so lange vom Gegenteil überzeugen sollten?
Wie in der Politik, so gilt hier offensichtlich auch: Was interessiert mich mein Geschwätz von gestern.
Ist Licht selbst Teilchen und Welle, besitzt es tatsächlich eine solch materielle Doppelnatur?
Alle bisherigen Experimente scheinen diese Vermutung nahezulegen.
Doch widerspricht sie sämtlichen physikalischen Grundlagen auf allen anderen Gebieten, wie wir sie z.B. aus der Akustik, d.h. vom Schall her kennen. Schallwellen sind dort Wirkungen eines Umgebungsmediums. Im Universum gibt es aber kein relevantes materielles Medium, keinen "Äther". Muss deshalb die Interpretation, Licht müsse Teilchen und Welle zugleich sein, zwangsläufig richtig sein?
Diese Fragen und noch eine Menge mehr habe ich in den ersten drei Teilen dieses Buches abgehandelt.
Ich musste darauf Antworten geben, die den gesicherten Ergebnissen wissenschaftlicher Forschung natürlich nicht widersprechen.
Dennoch sind meine Antworten auf diese Fragen vielfach ganz anders als die Ihnen bekannten.
Vor allem aber holen sie jetzt endlich wieder das aus der Versenkung hervor, was durch die gängigen wissenschaftlichen Vorstellungen leider unwiederbringlich verloren schien: die fundierte Überzeugung von der Existenz eines alles durchdringenden und umfassenden Geistes und das klare Bekenntnis zu einer allem überlegenen und schöpferischen Kraft, die für den Christen wie mich Gott, für den Mohammedaner Allah, für den Indianer Manitu oder für den Hindu Brahman ist.
Und ganz nebenbei verliert der Tod durch meine Antworten seinen Schrecken, weil es ihn tatsächlich gar nicht gibt.
Diese Grundüberzeugungen suche ich im vierten Teil meines Buches auch in der Evolution allen Lebens auf unserer Erde. Und ich finde sie schließlich überall wieder: im Leben selbst und bald in einem immer phantastischer agierenden, später bewussten und sich selbst bewussten Geist, der zu tiefen Gefühle fähig ist und dazu ein Füllhorn von Schönheit und Harmonie ausschütten kann, wenn er es nur will.
Was mich besonders fasziniert ist die Tatsache, dass dieser schöpferische Geist – entgegen allen ideologischen Versuchen unzähliger Querköpfe vor allem auch im soeben vergangenen 20. Jahrhundert – aufgebrochen ist, sich gleichberechtigt in jedem einzelnen menschlichen Individuum zu manifestieren und nicht irgendwo als kollektiver Weltgeist versandet.

Lässt man die uns über viele Jahrzehnte vermittelten Scheuklappen eines absurden und das Wesen eines jeden Menschen zutiefst verachtenden Kollektivismus endlich hinter sich, dann wird sich in Zukunft jedem Einzelnen eine völlig neue Sicht seiner selbst einstellen:
Jeder Mensch ist ein einzigartiges Unikat in dieser Welt.
Jeder Einzelne ist wichtig für das Gelingen des großen Ganzen, der Evolution des Geistes zu etwas unbeschreiblich Höherem, zu *"Omega"*, wie es mein Lieblingsphilosoph *Pierre Teilhard de Chardin (1881-1955)* als Synonym für einen *"Gott im Werden"* gebrauchte.
Jedes menschliche Individuum ist tatsächlich *ein* echter Mittelpunkt dieser Welt und auf jeden Einzelnen kommt es dabei letztlich auch an.
Die Evolution allen Lebens ist dabei *auch* eine Evolution des Geistes, der sich dazu allmählich seine notwendige Hardware aufbaut, um so über den materiellen Teil dieser Welt zu sich selbst aufzubrechen.
Dieser nur scheinbar umständliche Weg ist in Wahrheit unumgänglich, um von einer zunächst undifferenzierten, unreifen Ganzheit über die unerschöpfliche und ungeahnte Vielfalt geistiger Individualität zu einem neuen, höheren, schließlich perfekten, differenzierten und ausgereiften Ganzen zurückzufinden.
Das Geistige dieser Welt ist dabei überall und immer präsent.
Schon im Erbgut, dem Genom, mischen stets dieselben Zahlen mit, die uns ebenfalls von den universellen Grundprinzipien des Kosmos her bekannt sind.
Zahlen und einfache Geometrien sind ein wichtiger Teil des Geistes. Sie bilden das Regelwerk, die entscheidenden Rahmenbedingungen.
Man muss bloß bereit sein, ihre reale Existenz genauso zu akzeptieren wie man Liebe, Harmonie, Barmherzigkeit, Gerechtigkeit oder Schönheit akzeptiert.
Auch auf allen Stufen des Lebens lassen sich durch Zahlen bedingte und mit ihnen eng verknüpfte Zusammenhänge ausmachen.
Sie bestimmen die engen Beziehungen von Leben, Geist und Evolution entscheidend mit.
Noch ausführlichere Betrachtungen der hier in Teil 4 angesprochenen Themenkomplexe sowie ihre kritische Diskussion finden sich in meiner dreiteiligen Buchreihe "Eine bessere Geschichte unserer Welt, Band 2, Das Leben".

Teil 5

Die Welt ist aus einem Guss!

5.1) Mein alternatives Weltmodell

Am Anfang entsteht unsere Welt durch ein "transzendentes Dazutun", einen "Ursprung", wie *Thomas von Aquin (1225-1274)* es nennt, eine "letzte Ursache" oder einen "letzten Beweger", wie *Aristoteles (384-322 v.Chr.)* meint. Über den Zeitpunkt des Beginns aller Dinge lässt sich von uns keine nähere Aussage machen. Sicher war es kein Urknall, sondern eine Phase kontinuierlicher Schöpfung mit irgendeinem Beginn. Diese Phase ist möglicherweise nicht einmal beendet.
Auch die Transzendenz der Urschöpfung kann nicht näher beschrieben werden. In der Bibel heißt es, *"Du sollst Dir kein Bildnis Gottes machen"*.
Es ist wohl deshalb unzulässig, weil es schlichtweg nicht möglich ist.
In Anbetracht meiner eigenen christlichen Tradition bezeichne ich diese Transzendenz weiterhin konsequent mit Gott, ohne dass ich damit irgendjemanden, der andere Vorstellungen oder religiöse Bezeichnungen hat, diskriminieren will. Sie/wir alle haben Recht. Gott ist bestimmt weder männlich noch weiblich, sondern zwangsläufig beides. Gott ist sicher personal zu verstehen und für uns doch wieder abstrakt. Gott ist

das Absolute und in dieser Hinsicht das absolut Gute; denn sonst könnte überhaupt nichts existieren. Gott ist die höchste Form der Liebe.
Durch Gott entsteht unsere ganze Welt, so wie als Metapher in der Mathematik aus der imaginären Zahl "i" alles Sein über Zahlen entsteht (vgl. Kap. 2.10). Das Fundament unserer Welt ist insofern eine göttliche Schöpfung. Zu ihren Grundfesten gehören eindeutige Regeln. Treten sie in der Welt auf, entwickelt sich alles fortan kreativ und emergent, also selbstschaffend, weiter.
Die Welt umfasst zwei völlig unabhängige und voneinander getrennt existierende Seinsbereiche, die dennoch durch und durch miteinander verwoben sind, ineinander greifen und sich sogar gegenseitig erschaffen.
Die für mich schönste Darstellung dieses Urzusammenhangs ist das Symbol des ostasiatischen Yin und Yang, das vermutlich auf den großen chinesischen Philosophen *Laotse (*um 640 v.Chr.)*, zurückgeht (vgl. Kap. 2.10). Alles Entstandene lässt sich folglich wie zwei Seiten ein und derselben Medaille auffassen. Beide gehören untrennbar zusammen, weil die ganze Medaille ohne eine Seite nichts ist. Dennoch gibt es ein Ziel.
Dieses Ziel führt zum Absoluten hin, was gleichzeitig wieder Einheit und Vollkommenheit bedeutet. Jede Entwicklung muss folglich auf ihrem Weg dorthin nach und nach auf eine Seite der Medaille verzichten.
Darauf werde ich noch einmal zurückkommen.
Beide Seiten der Medaille sind grundverschieden. Stets sind sie zugleich symmetrisch und polar-gegensätzlich zueinander. Das gilt natürlich auch für die beiden Seinsbereiche dieser Welt. Sie verhalten sich zueinander wie die Zahlen "-1" und "+1".
So wie in der Mathematik zuerst die "-1" aus "i" entsteht, und erst danach die "+1" aus der "-1", so bilden sich die beiden Seinsbereiche genausowenig gleichzeitig, sondern nacheinander (vgl. Kap. 2.10).
Der erste Seinsbereich bedingt den nächsten. Der Aufbau der ganzen Welt spiegelt sich in einem simplen mathematischen Prinzip wider.
Der erste Seinsbereich ist der Geist oder die geistige Welt. Dabei handelt es sich um ein aus unserer Perspektive weitgehend abstraktes und inhaltlich ursprünglich weitgehend undifferenziertes geistiges Feld.
In der Physik versteht man unter einem Feld im weitesten Sinne die Gesamtheit aller Werte, die irgendeine Eigenschaft an jedem beliebigen Punkt in einem Bereich oder in einem Raum einnimmt. Dieser Raum kann ein abstrakter Raum mit einer beliebig hohen Dimensionszahl sein.
Unter Raum verstehen wir nur allzu leicht einen dreidimensionalen Raum; denn dieser entspricht unserer täglichen Erfahrung. Davon muss man sich allerdings befreien, will man die Welt verstehen.

Das geistige Feld muss man sich in räumlicher Hinsicht zunächst völlig abstrakt vorstellen; denn es besitzt keine räumliche Dimensionalität, wie wir sie kennen. Am ehesten entspricht es dem, was frühere Philosophen unter "körperloser Existenz" verstanden. Auch der hinduistische Begriff "Nirwana", im Westen nur zu oft fälschlich mit "Nichts" oder "Leere" übersetzt, kommt dieser Vorstellung wohl nahe. Ich persönlich finde den Begriff "Zustandsraum" passend: Danach steht nicht das Räumliche im Vordergrund, sondern allein der augenblickliche Seinszustand.
Die christlichen Begriffe Himmel und Hölle sind genausowenig echte Räume, sondern bestimmte, positiv und negativ besetzte Zustände, in denen sich jemand aufgrund seines Verhaltens befinden mag.
Zum Zustandsraum gehören alle emotionalen Begriffe, wie Liebe und Hass, Gut und Böse, Gerechtigkeit und Ungerechtigkeit, Barmherzigkeit, usw.! Stark vereinfacht und wieder bloß metaphorisch lässt er sich mit der uns bekannten Traumwelt vergleichen.[120] Sie erscheint uns räumlich unbegrenzt, sie bemisst das Zeitliche subjektiv und scheint uns oft real.
Unsere Traumwelt ist jedoch nicht real und zudem individuell in sich abgeschlossen und von der Traumwelt anderer abgegrenzt.
Die Zustandswelt des geistigen Raums dagegen ist, sofern man sie mit einer Traumwelt vergleicht, eine gemeinsame Welt des ganzen geistigen Feldes und alles in ihm irgendwann einmal Existierenden. Als solche umfasst sie auch alle später einmal bestehenden individuellen "Welten", die durchweg miteinander verknüpft sind, miteinander harmonieren und aufeinander Wirkung ausüben. Während uns unsere Traumwelt zwar real erscheint, aber tatsächlich nicht real im Sinne materiellen Bestands ist, ist die Zustandswelt des geistigen Raums sogar die eigentliche Realität hinter allem.
Das geistige Feld ist zunächst pluripotent. Das heißt, es besitzt sämtliche Möglichkeiten zur Differenzierung und Spezialisierung, zur Entwicklung zu höchster Perfektion in größtmöglicher Vielfalt.
Der Begriff "Entwicklung" impliziert nun das, was wir unter "Zeit" verstehen. Das geistige Feld ist schon deshalb etwas Kontinuierliches.
So wie das Maß in unserem physikalischen Raum eine beliebige Strecke ist, so ist das Maß des geistigen Raums die Zeit. So wie alle Strecken in dem uns bekannten Raum nebeneinander existieren, so gibt es alle Zeiten nebeneinander im geistigen Feld. Dort herrscht Gleichzeitigkeit alles bereits Existierenden. Zeit entsteht aber auch erst mit dem SEIN.

[120]diese ist natürlich schon differenziert; denn wenn der Mensch träumt, hat er schon Erfahrungen gemacht, die in diese Traumwelt einfließen und sie bestimmen: z.B. räumliche Erfahrungen.

Am Anfang existiert nichts Materielles, "nur" das geistige Feld.
Im Evangelium des Johannes heißt es so wunderbar treffend: *"Am Anfang war das Wort, und das Wort stand bei Gott und das Wort war Gott"*.
Die geistige Welt entspricht den "Worten Gottes", seinen Regeln und Rahmenbedingungen für alles, was kommt. Insofern handelt es sich *nicht* um ein Feld mit bereits präformierten Ideen für alles, wie *Platon (427-347 v.Chr.)* annahm – auch wenn dem geistigen Feld bestimmte Grundideen selbstverständlich angehören. In unserer modernen Zeit voller Computer und Informationstechnik könnten wir es vielleicht mit einer Festplatte gleichsetzen, auf der nur ein Betriebssystem mit ganz bestimmten Regeln installiert ist, aber sämtliche weiteren Programme noch fehlen.
Sie wartet förmlich darauf, beschrieben zu werden.
Das hier vorgeschlagene primär existierende geistige Feld nenne ich fortan "Pluripotentes Geistiges Feld" und kürze es mit PGF ab.
Die Dimensionalität des PGF ist die Zeit. Sie ist etwas Kontinuierliches und ursprünglich als "zeitlose Ewigkeit" zu denken. Das Unendliche ist also bereits primär verkörpert. Mit dem SEIN erhält sie drei weitere Dimensionen. Zeit wird damit vierdimensional mit den Dimensionen Unendlichkeit (Ewigkeit), Vergangenheit, Gegenwart, Zukunft. Zeit ist primär ein rein geistiges Prinzip und der geistigen Welt zugehörig.
Das PGF besitzt zwei Ordnungssysteme: Dazu zählen ein "Geistiger Bauplan", den ich mit GBP abkürze, sowie ein alles fundamental ordnender und strukturierender "Mathematischer Bauplan", abgekürzt MBP. Sie beide sind die eigentlichen Grundfesten des PGF und werden nicht von ihm oder in ihm erst erschaffen. In ihnen spiegelt sich die hinter aller Schöpfung stehende transzendente Entität unmittelbar wider, die ich hier immer Gott nenne. Wie schon gesagt, ist Gott das Absolute und insofern auch das absolut Gute und die absolute Liebe. Wäre Gott dies nicht, gäbe es keinen Grund für die Existenz der Welt, die eine Welt im Entstehen ist: Genausowenig, wie wir Menschen ohne Liebe bewusst und gewollt Kinder in die Welt setzen. Gott lässt sich für uns nicht näher beschreiben. Gott ist als für uns höchste personale Entität zu sehen. Ebenso ist er aber auch die allumfassende Information und damit auf eine Art wieder unpersönlich. Gott ist weder männlich noch weiblich, sondern beides zugleich; denn durch ihn und mit ihm entsteht mittelbar beides.
Die reale Existenz des allumfassenden und durchdringenden geistigen Feldes PGF macht Gott zugleich notwendig, weil von nichts auch nichts kommen kann und kommt (vgl. Kap. 2.10 und 2.11).

Die Notwendigkeit Gottes ergibt sich also bereits aus der Abstufung des Seins, was genau der Ansicht *Thomas von Aquins (1225-1274)* entspricht.
Das geistige Feld ist die Keimzelle unseres materiellen Universums und von allem sich darin dann zwangsläufig entwickelnden Leben.
Leben selbst ist ebenso ein rein geistiges Prinzip: das wird schon daran ersichtlich, dass es wie die Zeit kontinuierlich ist. Leben ist deshalb mit der Zeit als der eigentlichen Dimension des Geistes verknüpft.
Nirgendwo im materiellen Universum gibt es Zeit als etwas Kontinuierliches.
Zeit ist primär eben keine Dimension des materiellen Raums (Kap. 3.8).
Leben ist die erste Manifestation des Geistes, nachdem sich das materielle Universum bildet, bedingt durch den geistigen Bauplan (GBP).
Die Entstehung aller leblosen Materie und mit ihr der kosmische Raum folgen im Gegensatz dazu allein dem mathematischen Bauplan MBP.
Dazu erst später.
Die nach dem Leben zweite Manifestation des zunächst pluripotenten Geistes, nachdem sich das materielle Universum bildet, zeigt sich im Auftreten von Geist in und mit den entstehenden lebenden Körpern. Nach und nach wird er zur Interaktion befähigt und kann sich mit dem geistigen Feld rückkoppeln. Zugleich differenziert er Teile dieses Feldes. Im Laufe der Zeit wird er immer eigenständiger, später bewusst und irgendwann sich seiner sogar selbst bewusst.
Die Eigenständigkeit eines immateriellen Geistes in lebenden Körpern vertreten auch *Karl Popper (1902-1994)* und *John Eccles (1903-1997)* vehement. Dieser strebt durch größtmögliche individuelle Vielfalt bei höchstentwickelter materieller Komplexität seiner neuronalen Systeme zu eigener Vervollkommnung: als Ganzes, aber eben durch individuelle Vielfalt und nicht kollektive Gesamtentwicklung.
Interaktionen zwischen geistigem Feld und individuellem Geist benötigen eine hinreichende Ordnung und Komplexität des materiellen Universums. Deshalb gibt es sicher keinen Panpsychismus, nachdem in allem, also auch in jeder kleinsten und nicht-lebenden Materie etwas Seelisches vorhanden sein muss. Mein Schluss widerspricht also den Ansichten einiger großer Philosophen, wie z.B. des Deutschen *Gottfried Wilhelm Leibniz (1646-1716)* und des Niederländers *Baruch de Spinoza (1632-1677)*. Etwas abgespeckt, lassen sie sich dagegen durchaus diskutieren.
Aus dem PGF entstehen und entwickeln sich auch unmittelbar jegliche Materie und mit ihr der uns bekannte "materielle" Raum, das Universum.

Das kontinuierliche geistige Feld erfährt dazu eine Art Anstoß, eine "erste" Bewegung: Es regt sich sozusagen etwas in dem geistigen Zustandsraum, vergleichbar mit einem "Gedankenblitz", dem "göttlichen Funken". Man könnte vielleicht auch von einer Spannung innerhalb dieses Informationsfeldes sprechen. Wir können jedoch keine Auskunft darüber geben, wie es zu ihr kam, ob sie einen Anfang hatte und wenn ja, wann sie begonnen hat, oder ob es sich nicht vielmehr um ein ewiges und weiterhin andauerndes, informationelles Spannungsfeld handelt.
Ein Urknall ist sehr unwahrscheinlich, weil in ihm alle Energie und Information für ein letztlich, wie selbst traditionelle Kosmologen heute annehmen, unendliches und ewiges Universum enthalten gewesen sein müsste. Das aber widerspräche jeder Logik.
Durch diese "Ausgangsspannung" kommt es zu einer Art "Abriss" von Einzelinformationen aus einem unendlichen Informationsfeld. (Vielleicht wurden sie zuvor einmal verdoppelt, so wie auch das Erbgut lebender Wesen vor der Entstehung von neuem verdoppelt wird?)
Jede Einzelinformation entspricht der Zahl "1". Die "1"-Informationen, die die Kontinuität des geistigen Informationsfeldes gebrochen haben, sind zugleich die unmittelbare Vorstufe von Materie und damit quasi die erste materielle Manifestation; denn Diskontinuität, d.h. Unterbrechung, zeichnet diese neue Welt aus. Da jede Einzelinformation zu beiden Welten gehört, ist sie die erste echte Schnittstelle zwischen Geist und der mit ihr sich bildenden Materie.
Und mit der Bildung erster endlicher Einheiten als Symbol materieller Existenz entsteht zugleich der materielle Raum; denn Informationen, die voneinander abgrenzbar sind, in Bewegung geraten und Neues schaffen, benötigen Raum.
Die kleinsten "1"-Informationseinheiten des nun ersten materiellen Seins nennen wir Photonen. Da mit einzelnen Photonen die Kontinuität des rein Geistigen verlassen wurde, ist die durch sie vermittelte Zeit ebenfalls diskontinuierlich. Die eigentliche Kontinuität von Zeit wird weiterhin durch das geistige Feld, das jetzt im Hintergrund wirkt, garantiert.
Natürlich benötigt auch der spätere materielle Raum Kontinuität. Diese kann durch die einzelne Photonen nicht hergestellt werden. Hierfür werden das geistige Feld und sein mathematischer Bauplan benötigt.
Die von uns zu Recht beobachtete Kontinuität des Raums ist deshalb also wieder eine Leistung der geistigen Welt. Sie ergibt sich und wird garantiert, indem sich jede noch so kleine, aus bewegten Informationen gebildete materielle Einheit selbst mit einem eigenen Informationsraum aus Zahlen umgibt und durch sie eindeutig strukturiert wird.

Doch die Photonen sind als Schnittstelle zwischen den Welten selbst noch nicht wirklich reine Materie. Ganz allgemein sind sie die Vermittler elektromagnetischer Strahlung (EMS). Ihre Bewegung zeichnet sich durch Richtung, Frequenz und Polarität aus. Licht ist ein wichtiger Teil dieser EMS. Es besteht aus den Frequenzen, die wir mit unseren Augen wahrnehmen können. Der Einfachheit halber verwende ich in diesem Buch meistens "Licht" zugleich synonym für alle EMS.
Licht ist das gequantelte, d.h. zerstückelte oder unterbrochene Pendant zum dagegen kontinuierlichen, also ungeteilten Informationsfeld des PGF. Es ist aus ihm hervorgegangen und somit die erste Schnittstelle zwischen der geistigen und der materiellen Welt: Und Gott sprach, es werde Licht!
Das PGF ist wie Wasser: Zwar gibt es einzelne Wassertröpfchen[121], aber im Wasser sind sie nicht voneinander zu trennen. Photonen sind wie Sand: Jeder noch so große Sandhaufen besteht aus einzelnen Körnchen. Wasser entspricht dem Geist, der Sand der Materie. Licht trägt Aspekte von beiden. Als masselose Information "1" ist es eine Ausdrucksform des Geistes, weil die "1" mit jeder Ordnungszahl multipliziert wird und damit wie der Tropfen Wasser Teil des Ganzen ist. Als Photon im Raum bleibt es ein Sandkorn und ist immer abgrenzbar.
Mit Hilfe des Lichtes (der EMS) wird der Raum, unser Universum, für *uns* "sichtbar", wenn Quanten auf unsere Netzhaut oder ein technisches Gerät treffen und dort mit entsprechenden sensiblen Zellen oder Stoffen reagieren. Ansonsten bleibt es in diesem Universum stockdunkel: Licht ist halt nur reine Information. *Wir* machen einen Teil davon sichtbar.
Im Gegensatz zur heutigen Auffassung *schafft* Licht den Raum aber nicht, weil dieser in Wirklichkeit ein reiner Informationsraum ist. Er wird von Zahlen "gemacht". Licht erscheint uns im Raum mit einer konstanten maximalen Geschwindigkeit, der Lichtgeschwindigkeit (c).
Sie ist konstant, weil sie durch die Ausdehnung des zahlenstrukturierten Informationsraums mathematisch begrenzt wird. Das leuchtet ein, wenn der Raum aus Zahlen besteht, und jedes Photon als "1" (oder im Raum "1^2") mit jeder Zahl dieses Raums multipliziert wird. Die "1" kann der Bildung des Raums nicht vorauseilen. Es muss also eine obere Grenze geben, wie Einstein als erster erkannte. Nur schafft Licht selbst nicht diese Grenze, was im Gegensatz zu Einsteins Ansicht steht.

[121] Natürlich besteht auch Wasser letztlich aus Atomen, d.h. aus endlichen Teilchen, aus Materie; denn Wasser gehört ja zu unserem materiellen Universum.

Die Lichtgeschwindigkeit ergibt sich also allein aus der Strukturierung des kosmischen Informations-Raums mit Hilfe eines mathematischen Bauplans (MBP) – hier durch die Abwicklung aller Ordnungszahlen und ihre logische zyklische Anordnung (vgl. Kap. 3.4 und 3.5).
Aus Geist entsteht letztlich jede Materie – zunächst Materie, die aus kleinsten, eher noch besser mit "Semimaterie" zu bezeichnenden Spuren, eigentlich Informationen, nämlich den Photonen besteht. Dennoch kann man selbst bei ihnen schon mit Recht von Materie sprechen; denn diese Lichtquanten (Photonen) sind gequantelt und so der diskontinuierliche Ausdruck von Information schlechthin. Das ursprüngliche Pendant auf rein geistiger Seite ist das unendliche kontinuierliche Feld (PGF).
Von der Teilchennatur des Lichts[122] war schon *Isaac Newton (1643-1727)* überzeugt, während der Niederländer *Christiaan Huygens (1629-1695)* im Jahre 1690 die *Wellen*theorie des Lichts begründete. Dass Licht aus kleinsten Teilchen oder Quanten[123] bestehen muss, wurde dann von dem deutschen Physiker *Max Planck 1858-1947)* bewiesen (vgl. Teil 3).

Da Photonen als "echte Teilchen" keine Chance haben, durch einen leeren Raum transportiert zu werden, *erfand* man ihre Dualität: Bis heute schreibt man ihnen zu, selbst Teilchen und Welle zugleich zu sein.
Obwohl das anerkanntes physikalisches Wissen ist und bereits mit einigen Nobelpreisen geehrt wurde, halte ich diese Vorstellung für falsch. Durch einen vermutlich nach wie vor andauernden Schöpfungsprozess entstehen schließlich mit Hilfe von Photonen die kleinsten massehaltigen materiellen Teilchen. In meiner Metapher eines Schöpfungsmodells sind sie die Ausgangskreise und entsprechen den kleinsten endlichen Punkten (vgl. Teil Kap. 2.4). So wie ein solcher Kreis als erste materielle Entität aus drei informationellen Punkten eindeutig bestimmt wird, so bilden sich die ersten massehaltigen Teilchen aus Photonen. Grund ihrer Masse ist die ständige Bewegung der sie bildenden Teilchen.
Durch weitere Zusammenschlüsse bauen sie sich allmählich zu immer komplexeren Einheiten von Materie auf.
Genau das, die Schöpfung von Materie aus praktisch reiner Energie, d.h. aus "Informationen in Bewegung", was fälschlicherweise immer wieder

---

[122] Licht bitte immer wieder synonym für alle EMS verstehen.

[123] Quant war der ursprünglich von Max Planck als "Wirkungsquantum" eingeführte Begriff, der heute zumeist den kleinsten Wert darstellt, um den sich eine "kleinste" oder "gequantelte" physikalische Größe, z.B. der Energie oder des Drehimpulses verändern kann. Der Energieunterschied zwischen zwei Zuständen wird oft von einem "Teilchen" übernommen (oder beigesteuert), welches man auch als "Quant" bezeichnet. Das kleinste "Teilchen" des Lichts, bzw. grundsätzlich aller elektromagnetischen Strahlung, ist das Photon.

auch als "Schöpfung aus dem Nichts" bezeichnet wird, ist schon im Jahre 1998 durch eine Reihe von Experimenten am amerikanischen Stanford - Teilchenbeschleuniger in Kalifornien gelungen. /[124]
Dazu wurde ein Lichtstrahl eines 1 Billion Watt starken Lasers für eine billionstel Sekunde auf eine Fläche von nur einem milliardstel Quadratzentimeter gerichtet. Diesen Laserstrahl ließ man dabei mit einem Elektronenstrahl des Beschleunigers kollidieren. Durch den enormen Crash entstanden in einer Art Kettenreaktion "Kernteilchen".
In diesem Schöpfungsakt von Materie durch Information, die wegen ihrer Quantelung und infolge unvorstellbar schneller Bewegung von uns als Energie bezeichnet wird, liegt, wie ich glaube, die tatsächlich entscheidende Bedeutung der berühmten Formel von *Albert Einstein (1879-1955)*, $E = m \cdot c^2$!
Nicht sie in dieser allseits bekannten Darstellung, sondern vielmehr ihre Umkehrung ist der wahre Schlüssel zur Entstehung unserer materiellen Welt: Es gilt natürlich $m = E : c^2$!
Das bedeutet: Mit Hilfe von ungeheuer viel Energie, also bewegter Information, entsteht Materie – d.h. Masse in zunächst kleinsten Spuren.
Alle Materie ist danach eine komplexe Form von Energie und zugleich von (geistiger) Information.
Durch Schwerkraft (Gravitation) neigt sie zu "verklumpen" und bildet große Konglomerate. Jeder endliche materielle Punkt übt Gravitation aus, d.h. alle Informationskomplexe "ziehen sich an". Wie schon Licht ist auch Gravitation eine Wirkung im Raum und damit abhängig von der Masse und damit von der Gesamtenergie (=Informationsgehalt) des endlichen Ausgangspunktes. Die Schwerkraft eines Körpers ist einerseits direkt proportional zum Quadrat seiner Gesamtenergie, bzw. bei zwei Körpern ist sie dazwischen direkt proportional zum Produkt beider Massen (Gesamtenergien). Andererseits ist sie indirekt proportional zum Quadrat des Abstandes vom Ausgangspunkt.
Die Ursache dafür sind wieder allein die Ordnungszahlen. Sie steuern natürlich auch die Gravitation als Wirkung im Raum über ihre Quadrate, bzw. die Quadrate ihrer Kehrwerte (vgl. Teil 3).
Die durch Gravitation entstehenden Materie-Konglomerate sind selbst Sender von Informationen, d.h. sie "strahlen" Licht ab oder reflektieren

---

[124] Hier bedient man sich zum Beweis gerne des Vergleichs mit fernöstlichen Weisheiten, ohne sie aber richtig zu interpretieren: Das "Nichts" als freie Übersetzung des "Nicht-Seins" ist nach Laotse (*ca. 604 v.Chr.) tatsächlich kein Nichts, sondern vielmehr das nicht fassbare, unsichtbare Gegenstück zum materiellen Sein. Letzteres wird daher von ihm als "Sein" bezeichnet, ersteres als "Nicht-Sein".

es nach Anstrahlung. So bildet sich das für uns sichtbare, bzw. sinnlich erfahrbare Universum mit allen seinen Galaxien, Sternen und Planeten.
Alle sichtbare Materie ist zu einer typischen Struktur angeordnet: Sie ist vergleichbar mit einem riesigen dreidimensionalen Schwamm, der sich in jedem beliebig groß gewählten Ausschnitt nachweisen lässt (vgl. Abbildung rechts, von Martin). Dabei entsprechen alle Galaxien den vielen Bälkchen und dazwischen liegenden Verdichtungen dieses Schwammes (hier: jeder helle Fleck).Von jedem beliebigen Punkt des (in Wahrheit allerdings unendlichen) Universums sieht es in alle Richtungen gleichermaßen homogen und uniform aus.

Alle Materie ist offenbar streng homogen verteilt. Man nennt dies auch isotrop[125] (vgl. Teil 3).

Die elektromagnetische Strahlung (EMS oder einfach Licht) verursacht im Universum eine gleichmäßige Temperatur, die wir als die sogenannte Mikrowellen-Hintergrundstrahlung (HGS) messen können.
Sie hat einen universell konstanten Wert von ziemlich exakt 2,73 K mit nur äußerst geringen Schwankungen (sog. Fluktuationen, vgl. Kap. 3.2 und 3.3). Im Gegensatz zu den Mutmaßungen der meisten Kosmologen ist die HGS meiner Ansicht nach schon immer konstant von genau dieser Größenordnung gewesen. Ihr Wert umspielt wohl einmal mehr einen Idealwert, der sich aus meinem geometrischen Schöpfungsmodell zwangsläufig ergibt (vgl. Kap. 2.4).
Damit sind auch die kleinen Schwankungen seiner Messergebnisse leicht zu erklären und sogar notwendig. Denn genausowenig, wie wir z.B. den Umfang oder die Fläche eines Kreises rational, d.h. mit einem endlichen Zahlenwert, beschreiben können, obwohl er doch optisch endlich ist, so wenig kann ein geistiges Ideal in der materiellen Welt exakt getroffen, bzw. dargestellt werden. Genau dasselbe findet sich ja auch bei der Lichtgeschwindigkeit und allen anderen wichtigen Naturkonstanten (vgl. Kap. 2.12). Folglich ist die HGS nicht als das frühe Ergebnis einer Abkühlung nach einem unvorstellbar heißen Urknall aufzufassen.

---

[125] Isotropie, von griechisch "isos" = gleich, und "tropos" = Richtung: in allen Richtungen gleich und ohne Bevorzugung verteilt. Isotropie ist noch strenger als Homogenität.

Abgesehen davon hätte sie ansonsten zu einer viel früheren Zeit (vor Milliarden von Jahren) wesentlich höher sein müssen.

Um jede noch so kleine Masse, jede vergleichbar dem kleinsten *endlichen* Punkt in meinem Schöpfungsmodell (Kap. 2.4), entsteht ein unendlicher Informationsraum. Er ist vierdimensional und entspricht zwei senkrecht ineinander greifenden unendlichen Flächen. So ist er völlig eben, flach oder euklidisch[126]. Genau das entspricht allen bisherigen Beobachtungen mit Hilfe neuester Technologien wie z.B. Satellitenbildern. Mathematisch lässt er sich treffend mit einer x^2y^2-Geometrie beschreiben. Diese Idee geht auf den deutschen Chemiker und Naturforscher *Peter Plichta (*1939)* zurück. Mit Hilfe meines schon vor Jahren entworfenen und nun erneut in Kapitel 2.4 vorgestellten kleinen Schöpfungsmodells, das von einem ersten endlichen Punkt ausgeht, wird dieses Modell in noch einfacherer, sehr plausibler und eindrucksvoller Weise bestätigt und abgerundet.
Mit diesem Raummodell, das allein auf geistigen Informationen beruht – und Zahlen oder Geometrien sind solche, wenn man sie als real existent betrachtet – wird der Raum genauso kontinuierlich wie die Zeit. Aus materieller Sicht gäbe es diese Kontinuität, die unserer Alltagserfahrung entspricht, schließlich nicht – weder für Zeit noch Raum.
Und noch etwas: Da der echt vierdimensionale Raum über die ihn strukturierenden unendlichen Ordnungszahlen wieder sekundär zu etwas Geistigem wird, ist er selbst unendlich. Dies entspricht damit wieder der jüngsten Annahme einiger renommierter Kosmologen.

Die ganze Welt entwickelt sich getreu zweier ineinander greifender und aufeinander aufbauender Baupläne, dem GBP und dem MBP.
Der geistige Bauplan (GBP) steuert ab dem frühest möglichen Zeitpunkt das Leben in der Materie. Daneben sorgt er ebenfalls schon früh für die Ausbildung neuronaler Strukturen, die schnurstracks so weiterentwickelt werden, dass sie zur Interaktion mit dem geistigen Potential befähigt werden. Interaktionen erfolgen mit den bekannten Informationsteilchen.
Die neuronalen Strukturen weisen während der Evolutionsgeschichte eine bemerkenswerte Konstanz auf, was ihre Entwicklung zu immer höherer und zugleich abwärtskompatibler Komplexität betrifft.
Sie werden damit zu einer weiteren und entscheidenden Schnittstelle des Geistes auf dem Weg zu sich selbst – nach Erreichen höchstmöglicher Perfektion in größtmöglicher Vielfalt.

---

[126] nach dem griechischen Mathematiker Euklid (um ca. 300 v.Chr.)

Der mathematische Bauplan (MBP), dem geometrische Formen wie die Ordnungszahlen angehören, steuert dagegen den formalen Aufbau sämtlicher Materie, sei sie belebt oder unbelebt. Er ist für das "materielle Gerüst" zuständig. Dass einige einfache geometrische Grundformen und die Ordnungszahlen real existieren und Bestandteil eines festen Plans sein müssen, haben ja schon die *Pythagoräer*, später vor allem die griechischen Philosophen *Platon (427-347 v.Chr.)* und *Plotin (205-270 n.Chr.)*, angenommen. Auch der Österreicher *Karl Popper (1902-1994)* sprach sich dafür aus. Im Gegensatz zu den alten Weisen behauptete er aber, dass Zahlen auch zunächst eine bloße Erfindung des Menschen seien und erst *danach* eine reale Existenz annähmen.
Der MBP tritt natürlich zuerst in Aktion und steuert ewig die allgemeine Entwicklung und Differenzierung der ganzen Welt.
Die primär rein geistige Qualität einer kontinuierlichen und subjektiv empfundenen Zeit wird in dem sich bildenden Informationsraum, den wir das Universum nennen, durch Licht vermittelt, manifestiert und repräsentiert. Zeit ist also eine Dimension des Geistes und deshalb von echter Kontinuität. Zeit ist subjektiv, d.h. sie wird empfunden.
Im materiellen Raum gibt es keinerlei Kontinuität und damit auch keine Zeit. Sie wird also allein durch die Bewegung der Quanten simuliert. Quanten sind aber etwas Diskontinuierliches[127]. Diese Bewegungen werden durch die Zahlenstruktur des Raumes gesteuert. Damit erhalten sie ihre Kontinuität. Da Zahlen zum geistigen Fundament der ganzen Welt gehören, wird also die Kontinuität der Zeit allein durch den Geist im materiellen Universum verwirklicht.
Jede Regung im materiellen Raum lässt sich letztlich auf die Bewegung kleinster Teilchen oder Quanten zurückführen und ist diskontinuierlich.
Mit Hilfe von Zahlen gesteuert werden daraus Kontinuitäten. Ohne den "verbindenden" Geist könnte die materielle Welt nicht existieren, da ihr das Kontinuierliche fehlen würde.
Was Perioden genannt wird und die Realität von echten Schwingungen vortäuscht, besteht in Wirklichkeit nur aus der Frequenz von bewegten Quanten. Aus ihr ergibt sich der Abstand der nachfolgenden Quanten, und wir sprechen von Wellenlänge. Die Wellenlänge ergibt sich aber nicht, weil das Licht eine Welle ist, sondern die Photonen von Wellen des geistigen Raums transportiert werden. Die Quanten selbst sind letztendlich reine Information. Ihre "innere materielle Verbindung", d.h.

[127]Diskontinuierlich = Gegenteil von kontinuierlich: unterbrochen, abgehackt.

die Periode oder Schwingung – allgemein die Welle – wird allein also durch den kosmischen Informations- oder Zahlenraum hergestellt.
Er entsteht um jedes kleinste endliche Teilchen herum und besitzt selbst wieder zwei grundverschiedene (polare und symmetrische) Anteile oder Qualitäten:
Das, was wir gemeinhin den *einen* materiellen Raum, unser Universum, nennen, ist tatsächlich selbst auch wieder zweigeteilt: in einen inneren und in einen äußeren Raum. Der äußere ist der um jeden endlichen Punkt herum entstehende, vierdimensional unendliche Raum. Der endliche Ausgangspunkt wird selbst zu einer Schnittstelle. Innerhalb jedes endlichen und damit dreidimensionalen Körpers befindet sich der innere Raum. Beide werden durch Zahlen strukturiert (vgl. Kap. 2.4).

Mit Hilfe gigantischer Mengen von Lichtquanten, also rein geistigen Informationseinheiten, bilden sich durch gegenseitigen Beschuss und Zusammenschluss allmählich immer komplexere massehaltige Teilchen, bis hin zu vollständigen Atomen. Materie wird geboren. Meine Metapher macht diese Entwicklung verständlich; denn drei immaterielle, geistige Informationen bestimmen eindeutig den ersten endlichen Punkt, d.h. den "materiellen" kleinsten Kreis (vgl. Kap. 2.4).
"Die Erforschung des Universums hat mir gezeigt, dass die Existenz von Materie ein Wunder ist, das sich nur übernatürlich erklären lässt!", so sagt es der bekannte amerikanische Kosmologe an den Carnegie Observatorien *Allan Sandage (*1926)* noch im Jahr 2004.
Das kleinste und erste Atom ist der Wasserstoff. Aus ihm entstehen alle weiteren Atome auf Basis der allem zugrundeliegenden mathematischen Gesetze. Der um jeden einzelnen endlichen und damit materiellen Punkt herum automatisch entstehende unendliche, materielle Raum führt durch die unendliche Zahlenstruktur bereits in jedem Einzelfall auch zu einem unendlichen Raum. Diese Prozesse materieller Schöpfung auf geistiger Grundlage laufen ständig ab. Es ist daher vielleicht besser, von einer fortwährenden Schöpfung zu sprechen. Einen Urknall als erste Ursache hat es wohl jedenfalls niemals gegeben. Schöpfung ist ein "stiller" Prozess. Auch dies harmoniert mit der biblischen Entstehungsgeschichte von der Schöpfung in "sechs Tagen", was eben symbolisch verstanden werden sollte.

Aus dem pluripotenten geistigen Feld (PGF) entsteht gequanteltes Licht als einzelne Informationseinheit und somit als Schnittstelle zwischen der geistigen und der materiellen Welt. Durch sie wird der materielle Raum

letztlich "sichtbar", was natürlich voraussetzt, dass dies auch beobachtet werden kann. Photonen sind Aspekte beider Teile dieser Welt.
Das ist ein Grund, warum unsere klassischen physikalischen Gesetze des Raumes beim Licht zu versagen scheinen. Und es ist auch der Grund dafür, warum die Quantenphysik eine Reihe scheinbarer Paradoxien mit sich bringt (vgl. Teil 3). Materiell, d.h. physikalisch betrachtet sind Zeit und Licht Quantensysteme, die mathematischen Gesetzen gehorchen.
Wir Menschen sind aber auch interaktive Partner zwischen dem PGF und der materiellen Welt und nehmen Quantensysteme selbst nach den Gesetzen des *geistigen* Feldes wahr: Wir haben die *Empfindung* von Licht als *eigene* Wellen und Zeit als *eigenes* Kontinuum.
In Wirklichkeit erfolgt der Transport sämtlicher Lichtquanten aufgrund der Gesetze eines (geistigen) Informationsraums, dem Zahlenraum.
Die Wellentheorie, zunächst von *Christiaan Huygens (1629-1695)* und viel später von dem französischen Physiker *Louis-Victor de Broglie (1892-1987)* entwickelt, ist deshalb nur scheinbar richtig. Die Licht*welle* erscheint uns nur durch die reale Existenz des Zahlenraums als eine solche.
Die Erkenntnis aus der Quantenphysik, dass z.B. Licht Welle- und zugleich Teilchen sein soll, scheint mittlerweile experimentell bestätigt, konnte aber bis heute durch die Physik nicht plausibel erklärt werden.
Nun erfolgt die Bestätigung natürlich mit physikalischen Geräten, die denselben Gesetzen gehorchen wie das, was sie messen.
Insofern bestätigen alle diese Experimente *mein* Modell genauso; denn schließlich achte ich auf die Einbeziehung aller Beobachtungen und Ergebnisse, nur interpretiere ich sie anders als die heutige Physik. Einstein selbst hat im Übrigen die Idee des klassischen Teilchen-Welle-Dualismus immer bekämpft. In Teil 3 dieses Buches habe ich erläutert, dass er damit wohl Recht hatte.
Seinen Zweifeln widersprach einmal der dänische Physiker *Niels Bohr (1885-1962)*, Ihnen sicher bekannt durch sein Atommodell. Bohr sagte einmal: "Wenn mir Einstein ein Radiotelegramm schickt, er habe nun die Teilchennatur des Lichtes endgültig bewiesen, so kommt das Telegramm nur an, weil das Licht eine Welle ist". Die Kontinuität des Lichtes ist zwar eine Alltagserfahrung, nur der Grund hierfür ist eben ein anderer.
Licht besitzt ja tatsächlich einen Dualismus, nur muss man ihn völlig anders verstehen: Es ist der Dualismus seines geistigen und materiellen Aspektes. Licht ist gequantelte Information eines kontinuierlichen geistigen Feldes (PGF). Diese Informationen bilden Materie und steuern ihr zugleich wieder einen geistigen Aspekt bei.
Licht ist somit eine Schnittstelle zwischen Geist und Materie.

Licht (und damit sind natürlich immer alle elektromagnetischen Strahlen, EMS, gemeint) stellt also reine Informationsteilchen dar. Diese jagen mit unterschiedlicher Frequenz und mit einer konstanten, d.h. nach oben hin durch die eigentliche Raumausdehnung begrenzten Geschwindigkeit in den Raum hinaus. Allein über die Zahlengesetze des Raumes, d.h. aufgrund des für alle Wirkungen im Raum geltenden reziproken Abstandsquadratgesetzes nach Isaac Newton, dünnt sich das Licht mit wachsender Entfernung immer mehr aus (vgl. Teil 3).
Die Informationen oder Lichtquanten folgen nur *passiv* der konstanten Raumausdehnung um einen jeden endlichen, materiellen Punkt, weil sie als "1", bzw. "1^2" mit jeder Ordnungszahl multipliziert werden. Erst wir Menschen machen daraus eine *aktive* Geschwindigkeit der Photonen.
Allein der Zahlenraum bestimmt die entscheidenden Raumbedingungen. Neben der Raumausdehnungskonstante, die die Lichtgeschwindigkeit begrenzt, bestimmt der sog. Primstrahl mit exponentieller Abnahme der Primzahlen gegen Unendlich vermutlich die Frequenz des Lichtes und ist damit für die Rotverschiebung verantwortlich (vgl. Kap. 3.5 und 3.6).
Das für uns sichtbare Universum mit seinen vielen Galaxien muss zur Erklärung der beobachteten Rotverschiebung nun nicht mehr, und dazu noch immer schneller, expandieren – wie bisher postuliert. Auch deshalb ist ein Urknall keine notwendige Ausgangsbedingung mehr für das All.

Die Zeit ist als geistige Dimension kontinuierlich und, allein aus geistiger Sicht betrachtet, schon relativ, weil subjektiv. Zeit entspricht dem, was wir empfinden – und das ist wieder etwas Geistiges.
In der materiellen Welt wird die eigentliche Subjektivität der Zeit zur objektiven Relativität, da Zeit hier z.B. von der Geschwindigkeit eines Objekts abhängig ist (vgl. Teil 3).
Zeit macht jedoch immer nur dann wirklich Sinn, wenn sie durch ein Bewusstsein wahrgenommen werden kann, wogegen ein physikalischer Raum auch ohne Bewusstsein Sinn macht. Daher kann die Zeit als rein physikalische Größe etwas Diskontinuierliches sein – Raum im geistigen Sinn ist dagegen primär ein reiner Zustandsraum, wie wir ihn im Prinzip von Träumen her kennen. Im Gegensatz zur Traumwelt ist der geistige Zustandsraum allerdings der *gemeinsame* Zustandsraum des gesamten geistigen Feldes (PGF) und somit für alle und alles gleichermaßen gültig (siehe auch einige Seiten vorher). Das schließt weitere, individuelle Zustandsräume nicht aus.
Zeit ohne Bewusstsein ist wertlos und deshalb nicht notwendig.

Im Gegensatz dazu ist ein materieller Raum zunächst ohne Bedeutung für das geistige Feld: Das ändert sich erst sekundär wegen der irgendwann einmal das geistige Feld "bevölkernden" differenzierten Geistwesen. Erst die Erfahrung eines materiellen Raums macht deren Existenz mit und in einem solchen geistigen Zustandsraum sinnvoll. Der materielle Raum ist die Grundlage aller materiellen Existenz und deshalb auch ohne die Existenz von Bewusstsein zwingend erforderlich.
Der Raum, wie wir ihn verstehen, ist aus dieser Sichtweise eine primär physikalische Größe, auch wenn er selbst geistigen Charakter hat, weil er ja durch Zahlen strukturiert wird. Erst durch seine Entwicklung wird ein materieller Raumbegriff, die Erfahrung seiner Existenz, in die geistige Welt übertragen und so dort manifest. Hierdurch wird der ursprünglich einmal rein geistige Zustandsraum auch in geistiger Hinsicht räumlich differenziert und strukturiert. Das heißt nicht, dass der "Geistraum" nun zu einem echten neuen Raum in materieller Hinsicht wird, aber er existiert ja auch mit ihm und in ihm. Neben dem für beide Teile der Welt offenen materiellen Raum verbleibt im geistigen Bereich dennoch eine Räumlichkeit, die, so wie im Traum auch, eine subjektive und in das Vorstellungsvermögen übertragene Größe ist, aber für das ganze PGF.
Eine solche Übertragung ist nur dann möglich, wenn zuvor bereits eine grundsätzliche Vorstellung von Raum besteht. Dazu muss der materielle Raum für den ihn sich Denkenden aber tatsächlich existiert haben.
Auch alles Leben, das sich im ganzen Universum sicher an unermesslich vielen Stellen zuhauf bildet, ist rein anatomisch, und daher materiell betrachtet, ebenfalls diskontinuierlich aufgebaut. Dementsprechend sind auch alle seine Sinne gleichermaßen strukturiert und nehmen sämtliche diskontinuierlichen Vorgänge dieser Welt zunächst als solche sinnlich wahr. Doch kommt es in ihren Hirnen, erst unbewusst und irgendwann später bewusst, zu einer völlig neuen und anderen Interpretation. Alles wird jetzt als kontinuierlich empfunden, obwohl es in der materiellen Welt dafür keinerlei Vorbild gibt. Der Geist und unser Bewusstsein als höher differenzierter Aspekt des Geistes erledigen das.

"Zeit und Raum" sind zueinander ebenso symmetrische Umkehrungen wie "geistige und physikalische Welt". Zeit besitzt also ihre eigenen vier Dimensionen und ist nach meiner Auffassung keineswegs, wie die Physik seit Einstein annimmt, nur die vierte Dimension eines gemischten Raum-Zeit-Kontinuums. Zeit im geistigen Feld (PGF) ist nicht grundsätzlich zeitlos, wie in vielen philosophischen oder esoterischen Vorstellungen immer wieder behauptet wird. Zeitlos ist sie nur, solange sie noch nicht subjektiv empfunden wird. Zeitlos ist sie ohne Existenz von SEIN. Mit dem SEIN entsteht Zeit aus der zeitlosen Ewigkeit. Sie ist die eigentliche Dimensionalität der geistigen Welt, so wie der Raum in der materiellen.

Für uns gibt es keinerlei Möglichkeit, einen Anfang für unser materielles Universum zu erkennen, d.h. darüber ist einfach keine Aussage möglich. Aus unserer Perspektive ist es wahrscheinlich, dass irgendwann einmal alles auch angefangen hat. Dennoch geschah dies eben nicht mit einem Urknall sondern vergleichsweise "lautlos" durch die erste Schöpfung endlicher Teilchen aus reiner Information. Dieser Schöpfungsprozess hält seither an und läuft kontinuierlich weiter. Ein Ende des materiellen Universums gibt es dagegen genausowenig wie eine Begrenzung.
Das allem zugrundeliegende geistige Feld (PGF) ist zwangsläufig ewig, da dies das erste Prinzip seiner zeitlichen Vierdimensionalität ist. Der daraus entstehende materielle Raum, unser Universum, ist ebenfalls ewig und unendlich. Auch das erzwingt seine mathematische Grundlage. In ihm ist Unendlichkeit (Ewigkeit) das letzte Prinzip seiner ihm eigenen, echten räumlichen Vierdimensionalität.
Alle jemals bereits entstandenen und in Zukunft noch entstehenden Materiemassen sind mittelbar über das Licht als Informationsquelle nach den immer gleichen strengen mathematischen Regeln aufgebaut und verhalten sich folglich ausnahmslos gemäß dem allem zugrundeliegenden mathematischen Bauplan (MBP).
Für die leblose Materie gibt es rein statistisch betrachtet, d.h. bezogen auf eine genügend große Anzahl von Einzelereignissen und obendrein langfristig betrachtet, keinen echten Zufall (vgl. Kap. 2.16).
Langfristige Entwicklungen sind insofern teleologisch deterministisch – also durch das Ziel vorbestimmt; denn sie folgen letztendlich eben den allem zugrundeliegenden Plänen. Das glaubt auch der große französische Philosoph, Theologe und Anthropologe *Pierre Teilhard de Chardin (1881-1955)*. Dennoch kommen zufällige Ereignisse beliebig oft auf jeder Ebene von Einzelereignissen und Entscheidungen vor. Einerseits sind Zufallsereignisse immens wichtig, da sie erst einer Welt, die noch nicht ausreichende geistige Höhen erklommen hat, wirklichen Fortschritt bescheren. Andererseits aber könnten durch sie auch entscheidende Prozesse und günstige Entwicklungsrichtungen verhindert werden, wenn sie allein Oberhand besäßen – und die Prozesse, die auf den Zufall bauen, brauchen enorm viel Zeit. Zufalls-Mutationen führen eben keineswegs unmittelbar zu ausgereiften Neuerungen, die sich dann unmittelbar im scharfen Daseinskampf durchsetzen können.

Im Gegenteil, viele Entwicklungen benötigen zahlreiche Generationen, um einen Evolutionsvorteil zu bieten. Dennoch kommen sie zustande, weil die Natur schon frühzeitig Mechanismen entwickelt, den Zufall wirksam in Schach zu halten (vgl. Teil 4).
Hierzu bietet sich folgender Vergleich an: In der menschlichen Embryonalzeit wächst zunächst die befruchtete Eizelle mit Hilfe bestimmter biochemischer Pläne ihres Genoms, also ihrem materiellen Erbgut, zu einem Embryo heran. Über verschiedene Stadien entsteht schließlich ein Fötus, der nach durchschnittlich 273 Tagen zur Welt kommt. Diese Entwicklung ist somit langfristig teleologisch determiniert, also vom Ziel der Geburt eines Säugling her vorbestimmt.
Während der Schwangerschaft kann es jedoch zu einer Vielzahl von störenden und schädigenden Einflüssen kommen, wie z.B. durch das Rauchen, einen Alkoholismus oder die Einnahme von Medikamenten, daneben durch – natürlich zufällig bedingte – Unfälle der Mutter oder ebenso zufällig bedingte Infektionskrankheiten wie z.B. Röteln.
Alle diese zum Teil indeterminierten, also unbestimmten Zufälle können den trotz allem nach seinen Erbanlagen weiter wachsenden Embryo am Ende massiv verändern oder sogar töten. Im Unterschied jedoch zur Entwicklung eines Embryos, wo ja das spätere Ergebnis, nämlich der Säugling, unzweifelhaft in sehr engem Rahmen feststeht, glaube ich, dass, soweit es die kosmische Entwicklung betrifft, der Spielraum "emergenter ständiger Neugestaltung" (Karl Popper) erheblich größer ist. Diese muss sich letztlich auch mehr an den jeweiligen Umweltbedingungen und Erfordernissen orientieren.

Das pluripotente geistige Feld (PGF) besitzt neben dem mathematischen Bauplan (MBP) den geistigen (GBP).
Außer Informationen für die grundsätzlichen Formen von Leben und dem "Drängen" zu ständigem geistigen Fortschritt umfasst er auch alle geistigen, emotionalen, ethisch-moralischen und ästhetischen Ideale.
Begriffe wie Liebe, Gerechtigkeit, Schönheit, Ästhetik und Schöngeist sind damit im Prinzip real existent. Daraus ergeben sich ihre Antipoden, wie z.B. Hass oder Neid, zwangsläufig.
Im Laufe der Zeit entwickelt sich, wo immer möglich, Leben mit Hilfe von lebloser Materie, aber nicht aus dieser. Grundsätzlich derselben

Meinung ist zum Beispiel auch der frühere Ordinarius für medizinische Mikrobiologie an der Kölner Universität, *Carsten Bresch*[128].
Im Zusammenhang mit einer Diskussion über Leben im Kosmos sagte er: *"Wo immer Leben auf geeigneten Planeten entsteht, wird eine biologische Evolution stattfinden, die zwangsläufig (so sich keine Katastrophe ereignet) in eine intellektuelle Phase einmündet..."* Für die Entstehung des Lebens zeichnet der GBP verantwortlich.
Nach meiner gut begründeten Überzeugung ist die von C. Bresch zitierte *"zwangsläufige intellektuelle Phase"* etwas immateriell Geistiges. Folglich muss dieser Geist selbst auch in der Lage sein, wieder auf die Evolution einzuwirken und die Bedingungen, bzw. die Mechanismen der Evolution in wachsendem Maße zu steuern. Der Geist determiniert so zunehmend die parallele, aber wesentlich beschleunigte Entwicklung aller erforderlichen, immer komplexeren organischen "Aggregate" und "Instrumente", mit denen solche Interaktionen in immer effizienterer und differenzierterer Weise vorgenommen werden können.
Am Anfang bilden sich zunächst die für alles Leben notwendigen organischen Grundsubstanzen (Aminosäuren oder Eiweißbausteine).
Das geschieht im Einklang mit den Experimenten von Stanley Miller und vielen Nachfolgern (vgl. Teil 4) weitgehend zufällig und indeterminiert, was Ort und Zeitpunkt ihrer Entstehung in diesem in weiten Teilen selbst schaffenden, also emergenten materiellen Universum angeht.
In gewisser Weise sind diese Vorgänge zugleich dennoch vorbestimmt, also determiniert; denn sie entstehen zwangsläufig überall dort, wo es nur eben möglich ist, weil es der GBP und die Ordnung des MBP so vorsehen. Aminosäuren und Nukleinsäuren entstanden und entstehen am laufenden Band, wo es die äußeren Bedingungen früher, jetzt und in Zukunft zulassen. Deshalb steht es nach meiner Auffassung völlig außer Frage, dass auch höher entwickeltes und intelligentes Leben an einer Vielzahl von Plätzen im Weltall existiert.
Der oft zitierte Einwand, die Entstehung intelligenten Lebens wie das des Menschen oder gar höherer Spezies wäre nicht möglich, weil das aufgrund der sehr engen Startbedingungen viel zu unwahrscheinlich sei, ist sicher unzutreffend.

[128] Prof. Dr. Carsten Bresch, "Evolution zum Menschen", in Peter R. Sahm et al., "Der Mensch im Kosmos", vgl. Literaturverzeichnis. An dieser Stelle geht mein besonderer Dank an Herrn Prof. Dr.-Ing. Willi Hallmann, ehemals am Fachbereich 6 des Instituts für Luft- und Raumfahrttechnik an der Fachhochschule Aachen, mit dem ich freundschaftlich verbunden bin und der mir u.a. auch mit diesem Literaturhinweis einmal mehr behilflich war.

Den Beweis für meinen Standpunkt liefert die Chaostheorie: Sie zeigt, dass der Zufall statistisch gesehen *langfristig* nur eine Nebenrolle spielt. Jeder chaotische Prozess führt irgendwann immer zu einer höheren und wieder auf längere Sicht stabilen Ordnung.
Im vierten Teil dieses Buches habe ich bereits erläutert, dass die rein zufällige Entstehung von verschiedenen, äußerst komplexen organischen Bausteinmolekülen, die zusammenwirken müssen, damit eine Zelle leben kann, praktisch *nicht* plausibel erklärt werden kann. Diese Kooperation ist aber genau das, was wir vorfinden, denkt man allein an die Bausteine für den Bau- und Betriebsstoffwechsel, wozu auch die sehr komplexen Enzyme[129] zählen. Beide Molekülgruppen müssen schon von Anfang an gleichzeitig vorhanden gewesen sein – genauso wie Henne und Ei sicher auch gleichzeitig auftraten und nicht das eine vor dem anderen.
Hier kommen in gewisser Weise *Platon* und seine Ideenlehre sowie sein Schüler *Aristoteles* und dessen Formenlehre zum Zuge: MBP und GBP sind vom Grundprinzip her gemeinsam ideen- und formgebend für das gleichzeitige Entstehen aller erforderlichen komplexen Grundbausteine des Lebens, also der langkettigen Makromoleküle. Das renommierte Wissenschaftsmagazin New Scientist schreibt hierzu treffend: *"It is the information content, or software, of the living cell that is the real mystery, not the hardware components" ("Es ist der Inhalt der Information oder die Software der lebenden Zelle, die das wahre Geheimnis ausmacht, nicht die Hardware"). /*[130]
Ich glaube, hier liegt ein entscheidender Schlüssel nicht zuletzt auch für das Verständnis von Geist und Gehirn: Nicht die Hardware, die festen organischen Strukturen – die Geräte des Körpers also – sind letztlich das Entscheidende, sondern die Software, die Programme – oder der *geistige* Inhalt. Und von diesen Inhalten wissen wir zuwenig, weil wir nur nach biologischen oder biochemischen Programmen suchen. Dabei verkennen wir, dass es wahrscheinlich noch ganz andere gibt. Aber es geht noch darüber hinaus: Am Ende entscheidet allein ihre *Bedeutung*. Und so, wie wir Texten oder Melodien ganz unterschiedliche Bedeutungen beimessen können, so sind auch die Programme und die geistigen Inhalte am Ende verschieden zu interpretieren. Das aber ist natürlich immer etwas rein Subjektives und erfordert einen bewertenden, somit bewussten Geist.
Während aber die großen alten Philosophen den geistigen Prinzipien im Hintergrund der Weltentwicklung eine praktisch allumfassende Gewalt

---

[129]Enzyme, von griech.: en = in, und zymos = Sauerteig; Eiweiße, also sehr komplexe langkettige, sogenannte Makromoleküle, die Bau- und Stoffwechselvorgänge überhaupt ermöglichen und erleichtern, bzw. beschleunigen.
[130] New Scientist, No. 2204 vom 18.09.1999: "Life force", Seite 28.

zugestanden haben, bin ich anderer Meinung: Die Entwicklung der Welt geschieht *nicht passiv* aufgrund einer Vorbestimmung für alles, sondern eben "kreativ emergent", mehr also wie das suchende Ranken von Efeu entlang fester Vorgaben. Und dieses Ranken ist ein sehr *aktiver* Vorgang. Der Österreicher *Karl Popper (1902-1994)*, der sich für die Emergenz, die freie Selbstgestaltung, aussprach, ist nun allerdings der Ansicht, dass die Pläne selbst auch erst während der Entwicklung entstehen und dann das weitere Geschehen beeinflussen. Die Evolution ist demnach eine Art Emergenz von Plan und Produkt. Ich dagegen behaupte, dass die Pläne für die entscheidenden Grundlagen oder Rahmenbedingungen jeder Entwicklung bereits zu allen Zeiten fix und fertig vorliegen. Zugleich widerspreche ich aber der Vorstellung, dass über diese Pläne für das Grundsätzliche der Evolution allen Lebens und seine Richtungen hinaus, parallel auch die Ideen oder Pläne für alle späteren *fertigen* Produkte bereits zu Anfang in detaillierter Form – quasi schicksalhaft – vorliegen sollen. Das genau ist jedoch das Prinzip der Ideenlehre Platons und seiner Präexistenzlehre.

Alles was in diesem vierdimensionalen Informationsraum, dem von uns als materiellen Raum bezeichneten Universum, entsteht, ist nach innen gerichtet von dreidimensionaler Körperlichkeit. Von außen betrachtet sind alle Körper also endlich oder besser: begrenzt. Dennoch gibt es auch innerhalb dieser Begrenzung eine innere Unendlichkeit, wie uns die Mathematik mit dem Bereich zwischen dem kleinsten SEIN, der 1, und dem Nichts, der Null, nahelegt (vgl. Kap. 2.13).
Ein Beispiel: Jedes Land der Erde ist natürlich von endlicher Größe, es hat Grenzen. Wir könnten sie umfahren und kämen auf eine in Metern oder Kilometern bemessene, endliche Länge. Wenn man sich aber die Aufgabe stellte, diese Grenzen einmal mit einem beliebig kleinen Lineal abzustecken – wenn man also nachprüfen sollte, wie viele noch so kleine Geraden nötig wären, um die Außengrenzen ganz exakt, also praktisch millimetergenau, nachzumessen, so käme man bei all den vielen Kurven, die mit immer kleineren Geraden nachgemessen werden müssten, am Ende auf unendlich viele, die nötig wären. Sie alle würden sich dann zu unendlicher Länge aneinanderreihen, und konsequenterweise müsste man behaupten, jedes Land wäre unendlich groß.
Dieses Beispiel ähnelt dem Paradoxon des griechischen Philosophen *Zenon von Elea (um 460 v.Chr.)*, in dem sich, wie Aristoteles zitiert, Achilles (theoretisch) vergeblich bemüht, ein Wettrennen mit einer Schildkröte zu gewinnen. Und es ähnelt dem Olbers'schen Paradoxon, auf das ich in

Kapitel 2.2 näher eingegangen bin. Der Denkfehler liegt in beiden Fällen darin, dass es keine unendlichen Mengen endlicher Dinge geben kann. Scheinbar unendliche Mengen endlicher Dinge verendlichen sich letzten Endes immer.

Die Dreidimensionalität materieller Körper finden wir natürlich bei allen Zellen genauso wie bei großen organischen Molekülen und beim Erbgut, bestehend aus den Makromolekülen DNS und RNS.[131]

Eine weitere und wohl sehr bedeutende physikalische Konsequenz dieser dreidimensionalen Körperlichkeit ist bislang von der Wissenschaft kaum wirklich beachtet worden. Der deutsche Physiker *Albert Popp (*1938)* hat sich zeit seiner wissenschaftlichen Laufbahn mit der Lichtemission organischer Gewebe befasst (vgl. Kap. 4.10). Popp hat sicher Recht, wenn er gerade darin einen entscheidenden Schlüssel für das Verständnis einer Reihe notwendiger Prozesse in jedem Lebewesen sieht: Jedes große organische Molekül (Makromolekül), jede Zelle ist ein dreidimensionaler Körper. Sie alle sind ideale Resonanzkörper, die digitale Informationen, die auf physikalischem Weg und nicht biochemisch in sie hineingelangen, aufnehmen, speichern und im Sinne der Resonanz verstärken können.

Möglicherweise ist hierdurch jede einzelne Zelle an einem interaktiven Informationsaustausch mit verschiedenen geistigen Feldstrukturen dieser Welt beteiligt. Damit wäre sie in der Lage, den eigenen zunächst unbewussten Informationsstand und viel später, bei hinreichend fortgeschrittener neuronaler Komplexität, auch den eigenen bewussten Wissensstand laufend zu erweitern.

Durch Telekommunikation, Funk und Fernsehen wissen wir alle, dass heute jede noch so komplizierte Information digitalisiert werden kann.

Man transportiert sie als komplexe Zahlenpakete von 1 und 0 ohne jede Kabelverbindung über riesige Wegstrecken und ohne Qualitätsverlust. Ein bedeutsames Transportmedium für so kodierte Informationen ist das Laserlicht. Schon 1922 hatte der russische Mediziner *Alexander Gurwitsch (1874-1954)* an Zwiebelzellen die Aussendung von Licht entdeckt und sie mitogenetische Strahlung genannt. Fritz Popp hat dann die Beobachtung eines zwar schwachen, aber für den Datentransport sehr effektiven Laserlichtes in lebenden Zellen mit modernsten Methoden experimentell beweisen können (vgl. Kap. 4.10). Wir wissen heute, dass sogar Wassertropfen miteinander kommunizieren und auf äußere Einflüsse reagieren können, wie der renommierte Professor für Luft- und Raumfahrt an der *Universität Stuttgart*, *Bernd Kröplin (*1944)*

---

[131] Desoxyribo- und Ribonukleinsäure; Grundbausteine des Erbgutes.

experimentell nachweisen konnte. Es muss auf physikalischem Wege geschehen. Wir wissen bloß nicht wie: vielleicht mittels Licht?
Strahlung (EMS oder Licht) entsteht aus dem allem zugrunde liegenden, pluripotenten geistigen Feld (PGF). Als digital codierte Information kann sie auf alle dreidimensionalen Resonanzkörper, und damit auf jedes Makromolekül und jede lebende Zelle einwirken. So dienen Photonen als Schnittstelle in der Interaktion zwischen Geist und Materie.
Über diese Form der Informationsübertragung ist es möglich, innerhalb eines durch die geistigen Pläne MBP und GBP vorgegebenen Umfangs, zuerst organische (aber immer noch leblose) Moleküle, und mit ihrer Hilfe dann lebende Zellen, also die wahren Grundbausteine allen Lebens, gezielt entstehen zu lassen. Bestimmte "geistige" Rahmenbedingungen sind also per konkrete Lichtinformation vorgegeben. Insofern besteht ein gewisser Determinismus. Darüber hinaus wird noch eine Art roter Faden für das weitere Wachstum geboten, so wie ein Gerüst, an dem Efeu ranken kann. Ansonsten jedoch besteht pure Emergenz und Indeterminismus, also Unbestimmtheit. Die grundsätzlichen Gesetze und Ideen eines geistigen Bauplans (GBP) dürften schließlich dafür sorgen, dass alles Leben, das irgendwann und irgendwo in unserem Universum entsteht, überall nach den grundsätzlich gleichen Prinzipien aufgebaut ist. Innerhalb der vorgesteckten Rahmenbedingungen kann es dann im Einzelnen zu immer noch äußerst vielseitigen Anpassungen an die jeweiligen konkreten Gegebenheiten und Umweltbedingungen vor Ort kommen. Ich gehe also davon aus, dass höheres und intelligentes Leben an vielen Stellen in unserem Universum existiert und dann auch grundsätzlich ähnlich strukturiert ist wie das irdische Leben. Wesen, die uns Menschen ähnlich sind, werden einen ähnlichen neuroanatomischen Aufbau besitzen. Sie werden vermutlich zwei symmetrische Augen, zwei symmetrische Arme oder Beine und, zumindest von der Anlage her, auch zehn Finger oder Zehen besitzen. Genauso, wie aber z.B. Pferde trotz derselben Anlage von zweimal fünf Zehen dennoch Huftiere sind, die Zehen also nicht entsprechend ausgebildet wurden, können solche sogenannten phänotypischen Anpassungen an bestimmte Gegebenheiten natürlich beliebig vorkommen, wenn sie eben opportun sind.
Dabei ist auf jeder einzelnen Ebene der Entstehung von Leben dem Zufall wieder Tür und Tor geöffnet. Auch können durch zufällige Mutationen jederzeit beliebig neue Variationen entstehen, die dann per Selektion überleben und sich als besonders geeignet weiter verbreiten (vgl. Kap. 4.2 und 4.3).

Genauso können sie auch wieder herausgefiltert werden, wenn sie sich als nicht so günstig erweisen sollten. Das dürfte wohl ziemlich häufig vorkommen. Trotz aller Dynamik und großer Chancen für gänzlich Unvorhergesehenes ändert sich letztlich nichts daran, dass – statistisch betrachtet – die Evolution einem geordneten und langfristig durch eine klare Richtung gewiesenen Weg folgt. Am Ende ist ein Wesen mit einem neuroanatomisch hohen Entwicklungsstand, wie ihn auf dieser Erde der Mensch besitzt, sicher das zumindest vorläufige Ziel einer jeden, wo auch immer stattfindenden, Entwicklung allen Lebens[132]. Sinnvollerweise bezeichne ich den Evolutionsprozess deshalb als einen *"teleologischen und doch emergenten, determinierten Indeterminismus"*. Grob vereinfacht kann man die Rolle von MBP und GBP mit der Richtungskompetenz eines deutschen Bundeskanzlers vergleichen: Die Minister seines Kabinetts können selbständig Gesetzesvorlagen entwerfen und dazu auch ihre Staatssekretäre innerhalb ihrer Ressorts nach Belieben walten lassen. Der Kanzler braucht das, was aus *seiner* Sicht wenig sinnvoll, gar unmöglich oder als offensichtliche Fehlentwicklung zu betrachten ist, nicht hinzunehmen und kann solche Initiativen in den zuständigen Entscheidungsgremien aufhalten. Andererseits kann er aber selbst Richtlinien erlassen und erwarten, dass sich sein Kabinett daran im Grundsatz auch hält und sich anschließend um die Ausarbeitung der Details kümmert.

Die Entwicklung allen Lebens verläuft also entlang einer Richtschnur.

Innerhalb des zwar weiträumigen, aber stringent abgesteckten Rahmens entwickelt es sich selbständig, aus sich heraus selbst organisierend und dabei stets Neues erschaffend, d.h. "kreativ emergent".

Mit der Zeit werden die Lebewesen dieser Welt immer komplexer.

Zug um Zug funktioniert das sich bildende Kommunikationssystem nicht mehr nur überwiegend biochemisch. Die Möglichkeit interaktiver Anteilnahme dieser Wesen an dem umgebenden, alles durchdringenden und allem Leben innewohnenden geistigen Feld wird immer größer.

Durch das Zusammenspiel von geistigem Bauplan (GBP) und den sich allmählich ausbildenden hochkomplexen neuronalen Netzwerken

[132] Dies wird auch als "anthropisches Prinzip" bezeichnet, von griech.: anthropos = Mensch. Die von der Wissenschaft nicht akzeptierte Form nennt man das "streng anthropische Prinzip", wonach also die Evolution praktisch zum Menschen hin strebt. Dem kann ich jedoch nicht folgen. Der Mensch ist nach meiner Ansicht nur die auf unserer Erde durch die verschiedensten Bedingungen letztlich herauskristallisierte, endgültige Erscheinungsform. Nach meiner Meinung ist aber nicht seine Erscheinungsform entscheidend, sondern ein dem menschlichen Zentralnervensystem adäquat komplexes Pendant. Dies ist das eigentliche Ziel des GBP.

(neuroanatomische Strukturen) können schließlich immer effektiver und besser Informationen ausgetauscht werden. Damit wird das geistige Feld mehr und mehr auch "wesensbezogen" differenziert und strukturiert. Bei ausreichend hoher neuroanatomischer Komplexität entsteht am Ende ein Bewusstsein, gefolgt von einer streng individuellen Subjektivität, dem Selbstbewusstsein, und gepaart mit eindeutiger Selbsterkenntnis.

Differenzierung der ursprünglich unendlichen Möglichkeiten eines allem grundlegenden, pluripotenten geistigen Feldes (PGF) heißt in diesem Zusammenhang, eine formatierte, aber leere Computerfestplatte mit bestimmten Inhalten fortlaufend zu beschreiben.

Ähnlich wie es der Nobelpreisträger *John Eccles* sieht, geht jedes Gehirn eine Art Liaison mit einem spezifisch eigenen, quasi passwortgeschützten und zunächst undifferenzierten "Teil" des PGF ein.[133] Je höher die im Rahmen der Artentwicklung erworbene anatomische Komplexität des Artenhirns ausgebildet ist, desto größer wird die Fähigkeit zur aktiven Differenzierung dieses "wesensbezogenen" geistigen Feldes.

Sämtliche im Laufe des Lebens eines jeden Wesens irgendwann einmal erfahrenen und erworbenen Informationen, einschließlich natürlich auch all derer, die die Erscheinung, das Wesen und die Persönlichkeit eines lebenden Organismus ausmachen, werden vollständig und dauerhaft abgespeichert. Es entsteht eine perfekte Kopie, die so ist wie das Original, nur ohne "festen", materiellen Körper. Ein sich bereits zu seinen irdischen Lebzeiten seiner selbst bewusstes Lebewesen wird sich daher selbstverständlich auch nach dem eigenen körperlichen Tod seiner individuellen Persönlichkeit bewusst bleiben. Solange noch wenig oder gar kein Selbstbewusstsein ausgebildet ist, weil die jeweilige artspezifische anatomische Komplexität nicht ausreicht, kann sich dieser dann ohnehin kollektiv differenzierte Teil des PGF seiner selbst dagegen nicht bewusst werden.

Aufgrund der während eines Erdenlebens angesammelten Informationen erlebt sich das seiner selbst bewusste Wesen dann zunächst sicher kaum anders als bereits zuvor in seinem noch materiellen Körper. Hierzu scheinen sehr große Zahlen verlässlich analysierter Nahtodeserlebnisse inzwischen hinreichend Aufschluss geben zu können. Ich selbst kann das durch eigene Untersuchungen bestätigen. In meinem letzten Buch, "Wer stirbt, ist nicht tot!" habe ich mich unter anderem auch dieser Thematik ausführlich gewidmet.

---

[133]Das Wort “Teil” ist nicht räumlich zu sehen, sondern vielmehr im Sinne von “anteilsmäßig” an den vorhandenen Möglichkeiten. Auch wie ein virtueller Speicherraum zu sehen.

Das Gehirn eines jeden Lebewesens ist mithin eine Schnittstelle zwischen körperlicher und geistiger Welt, dem PGF.
Stellen Sie sich doch einfach mal die riesige "sprudelnde Vielfalt"[134] des heute schon erdumspannenden und digital codierten Internets technisch ein wenig revolutioniert vor. Obendrein soll es ohne jede Hardware kabellos funktionieren, also ein gänzlich virtuelles Informationsnetz sein. Alle Informationen wären dann grundsätzlich und überall mit geeigneten Empfangsgeräten zu empfangen und könnten bearbeitet werden.
Stellen Sie sich vor, Sie sitzen in Ihrem häuslichen Wohnzimmer. Wie ja heute längst Realität, sind Sie durch allerlei satellitengestützten Fernseh- und Radioprogramme bereits von einem unvorstellbar großen Datenstrom eingehüllt und umgeben. Ohne geeignete Empfangsgeräte sehen und hören Sie jedoch von alledem nichts. Sie nehmen nichts von dem ganzen Datensalat wahr, und das könnte auch bis an Ihr Lebensende so weiter gehen. Sie wären völlig zu Recht der Meinung, um Sie herum gäbe es nichts dergleichen. Nicht einmal theoretisch bräuchten Sie jemals etwas von der tatsächlichen Existenz all dieser Informationen zu wissen.
Im nächsten Schritt sind Sie stolzer Besitzer eines Radios geworden und können nun, je nach Qualität und Ausführung Ihres Gerätes, ein paar Programme genießen. Mit Fernsehgerät und Satellitenschüssel können Sie, ganz egal wo Sie ihren Fernseher im Wohnraum aufstellen und anschließen, schon eine Menge irdischer Fernsehsendungen empfangen. Noch immer aber sind Sie nur Konsument. Sie erleben passiv.
Das alles nun in ein Zeitraster auf lebende Wesen übertragen, dürfte entwicklungsgeschichtlich ungefähr bis zum Auftreten erster Säugetiere reichen. Als nächstes erwerben Sie einen modernen und technisch weit aufgerüsteten Computer mit einer Menge dazu verfügbarer Software.
Sprichwörtlich auf Knopfdruck erleben Sie noch viel mehr dessen, was Ihnen Ihr "Wohnzimmer" bietet, ohne dass es einer normalen sinnlichen Erfahrung zugänglich wäre. Mit einem Modem oder einem kabellosen Pendant können Sie erstmals auch selbst aktiv in das unermessliche Datengeschehen eingreifen. Ganz bewusst können Sie jetzt beliebig viele Informationen aus dem Internet abrufen, wobei nur die Konfiguration von Hard- und Software der Ihnen zur Verfügung stehenden Geräte Ihre Aktivität begrenzt – wenn man einmal vom persönlichen Geldbeutel absieht; denn Speicherkapazität, Empfangsqualität oder Rechnergeschwindigkeit sind ein paar begrenzende Faktoren und teuer.

[134] Ich erlaube mir, hier den Werbeslogan meiner jetzigen Wahlheimat Aachen zu benutzen.

Durch eine adäquate Ausrüstung sind Sie also in der Lage, sich aktiv oder besser, interaktiv, an allen möglichen Projekten und Angeboten innerhalb eines unbegrenzten Internets zu beteiligen. Zukünftig können Sie das Informationsangebot in Ihrem Sinne selbst mitgestalten.
Ohne Frage können Sie dabei auch Ihre eigenen, rein persönlichen Ressourcen und Bereiche abstecken und Aktionen vornehmen, wie z.B. Online-banking, wozu allein Sie selbst einen Zugriff haben und deshalb Ihre persönlichen Daten anderen verweigert werden[135].
Vielleicht wollen Sie eigene Bücher zu jedem beliebigen, nur Sie allein berührenden Thema (z.B. Tagebücher) im Internet verfassen und sie dann auch nur sich selbst oder einigen wenigen anderen Personen Ihres Vertrauens, z.B. bestimmten Freunden, zugänglich machen.
Sie können Ihre eigene "Homepage" entwerfen und diese dann wieder einer begrenzten Zahl nur von Ihnen ausgewählten Personen, zum Beispiel einem bestimmten Kundenkreis, anbieten. Dafür verschlüsseln Sie Ihre Daten mit sicheren Passwörtern oder mit Hilfe digital kodierter Körpermerkmale wie Fingerabdruck, Augenstruktur oder Sprache etc. (biometrische Daten). Viele Firmen und öffentliche Institutionen haben heute schon längst ihr eigenes In<u>tra</u>net im In<u>ter</u>net, also einen nur für sich abgesteckten, praktisch unendlichen Nutzbereich, der untereinander vernetzt ist und zu dem nur autorisierte Personen Zugriff haben.
Die Idee der sogenannten Netzcomputer verzichtet ganz auf eigene größere Speicherkomponenten und stellt Ihnen die Menge Speicher, aber auch die gesamte Palette der Software, die Sie für alle Ihre Vorhaben benötigen, über das hier "virtuelle Feld" beliebig zur Verfügung (dass dies in irdischen Verhältnissen natürlich nicht kostenlos erfolgt, braucht uns in diesem Zusammenhang allerdings kaum zu interessieren).
Diese Datenspeicher werden dann zu Ihren ganz persönlichen Reserven mit nur Ihrem ganz persönlichen Zugriff.
Die hier dargestellten technischen Errungenschaften und Entwicklungen unserer Zeit lassen sich ganz ähnlich wohl auch auf lebende Wesen übertragen. Entwicklungsgeschichtlich entspricht das, wenngleich stark vereinfacht, der Zeit von den ersten Säugern bis hin zu uns Menschen.
Auf der Erde beginnen wir gerade mit Hilfe von Telekommunikation und elektronischer Datenverarbeitung alle *die* Dinge zu entwickeln, die, und davon bin ich überzeugt, in einer ungleich viel größeren und für uns

[135]von erfolgreichen Hackern einmal abgesehen; aber auch das lässt sich durch geeignete Maßnahmen zur Verschlüsselung in Zukunft sicher noch vernünftig in den Griff bekommen.

unvorstellbar viel phantastischeren, weltumspannenden oder kosmischen Größenordnung längst verwirklicht sind.
Wir *erfinden* alle diese Dinge deshalb nicht neu, sondern wir *entdecken* sie für uns und machen sie mit den uns bis zu jeder Stufe der Entwicklung zur Verfügung stehenden Gegebenheiten möglich.
Und wir alle sind ein wichtiger, ja zentraler Teil davon! Offensichtlich sind wir Menschen mittlerweile mit einer entsprechend hochwertigen und ausreichend komplexen Hardware ausgestattet. Sie kann und darf in diesem, die ganze Welt umspannenden, "göttlichen" Internet auf ewig interaktiv, bewusst, selbstbewusst und sich selbst erkennend mitwirken und mitspielen. Und im Gegensatz zu einem modernen "technischen Computer" organisieren wir Menschen uns dabei selbst: Während der Computer einen menschlichen Programmierer für alle Aktivitäten benötigt, sind wir Menschen interaktiv gestaltende und uns dabei selbst fortentwickelnde "lebende Computer", aber zugleich und vor allem auch eine Art Sender und Empfänger (vgl. Kap. 4.11 und 4.12). Bewusstsein und Selbstbewusstsein entstehen bei ausreichend hoher Hirnkomplexität und zählen zu den spezifischen und höheren Differenzierungsformen des PGF. Durch ständige Interaktion "füllt" sich das ewige, ursprünglich pluripotente geistige Feld (PGF) im Laufe unvorstellbar großer Zeiträume, mit Hilfe der im Laufe der Entwicklung eines jeden einzelnen Lebens gewonnenen überaus vielseitigen und zahlreichen Erfahrungen, sozusagen selbst mit "Leben". Es ist "geistig strukturiert, differenziert und mit der Zeit auch sich selbst bewusst und selbst erkennend.

Hochentwickelte und neuronal komplexe Lebewesen – solche mit einer mindestens so differenzierten Persönlichkeit, wie wir Menschen sie auf dieser Erde besitzen – erzielen dadurch jetzt selbst die Fähigkeit, sich innerhalb des PGF als eigenständige und individuell abgrenzbare Persönlichkeiten wiederzuerkennen. So wie ein Tropfen Wasser ein selbstständiger Teil und im Meer ein Teil des Ganzen ist, so ist der differenzierte Geist, d.h. die Seele eines jeden Menschen, ein selbständiger Teil und innerhalb des PGF ein untrennbarer Teil des Ganzen zugleich. Solange der Mensch noch körperlich lebt, ist er dagegen wie das Sandkorn im Sandhaufen: Obwohl dazu gehörend, bleibt er stets ein klar getrennter Teil des Ganzen. Alle individuellen Persönlichkeitsmerkmale, sämtliche Erinnerungen und Fähigkeiten, die wir im Laufe des materiellen irdischen Lebens erworben haben, bleiben grundsätzlich erhalten und bilden eine in jedem Detail vollständige und eigenständige geistige Einheit innerhalb des PGF als Ganzes.

Die Möglichkeit ständiger Interaktionen zwischen dem Gehirn und dem sich mit seiner Hilfe erst differenzierenden "Teil" eines anfangs noch undifferenzierten PGF, ist der alles entscheidende Punkt: Hierdurch kommt es zu einer gezielten und im wachsenden Maße beschleunigten Evolution von Gattung und Individuum – später auch von Gesellschaft und Kultur. Im Gegenzug treten ganz allmählich rein durch Zufall bewirkte Entwicklungen in den Hintergrund. Irgendwann treten bewusst gesteuerte Entscheidungen mit Hilfe eines freien Willens dafür in den Vordergrund. Dieser wird allein durch den bauplanbedingten Rahmen, wie z.B. die Naturgesetze, MBP und GBP, schließlich aber auch durch selbstgestrickte gesellschaftliche und politische Normen eingeschränkt.
Was die individuelle menschliche Reifung angeht – sozusagen die neue Evolution *innerhalb* einer Art und nicht mehr nur *zwischen* einzelnen Arten – so entsteht schließlich als Produkt dieser Entwicklung am Ende eines individuellen körperlichen Lebens das bis dahin ausdifferenzierte "Intranet" innerhalb des PGF. Religiös akzentuiert ist das die individuelle immaterielle Seele eines jeden[136]. Sie umfasst sämtliche Merkmale der Persönlichkeit. Alles bleibt somit über den körperlichen Tod hinaus vollständig erhalten. Der Mensch ist sich auch nach seinem Tod seiner selbst vollauf bewusst. Seine Seele ist jetzt zugleich auch Teil eines unvorstellbaren Ganzen; denn im Gegensatz zum materiellen Teil der Welt ist der geistige unteilbar. Die Seele ist ihr eigenes Ganzes und Teil eines größeren Ganzen zugleich.
Während des Sterbens entfernt sich nicht die Seele aus dem Körper, sondern der Körper fällt von ihr ab. Die Seele ist das eigentliche Leben!
Die lebenslangen Interaktionen zwischen der geistigen Welt und dem individuellem Geist, der sein Gehirn steuert, ereignen sich grundsätzlich bei allen Lebewesen mit einem dazu fähigen Großhirn. Solange sich ein Lebewesen jedoch in seinem körperlichen Leben seiner selbst noch *nicht* bewusst werden kann, kann sein Geist nicht zu einer selbstbewussten und selbst erkennenden Seele reifen. Deshalb bleibt der zum Zeitpunkt des körperlichen Todes ausdifferenzierte *tierische* Geist, d.h. die tierische Seele, ein unpersönlicher, sich selbst nicht erkennender Teil des PGF.
Differenziertes Selbstbewusstsein und die Fähigkeit zur Selbsterkenntnis, gepaart mit einem in gewisser Weise freien Willen sowie lebenslange, individuelle geistige Reifung sind die alles entscheidenden Unterschiede zwischen Mensch und Tier. Sie kennzeichnen den besonderen

[136] Das ist meine eigene Verwendung des Begriffs Seele für einen vorläufig ausdifferenzierten, individuellen Geist.

qualitativen Quantensprung. Als eine auch nach dem körperlichen Tod eigenständige individuelle Persönlichkeit und Herr ihres Selbst kann und wird die Seele sich auch innerhalb des PGF weiter differenzieren und fortentwickeln. Ein Unterschied zum irdischen Leben wird dabei rein subjektiv zunächst oft gar nicht festgestellt. Ebensowenig bemerken wir ja heute an uns, dass alle vermeintlich feste Materie, nicht zuletzt die unserer eigenen Person, in Wirklichkeit kaum etwas Festes an sich hat vgl. Kap. 2.1).

Im PGF finden sich alle denkbaren und für uns heute noch undenkbaren Möglichkeiten für eine beschleunigte, individuelle Fortentwicklung. Nach der auf unserer Logik gründenden Erkenntnis bedeutet sie unser ewiges SEIN. Da wir während des körperlichen Lebens die Erfahrung von einer materiellen Räumlichkeit gemacht haben, wird das geistige SEIN von Beginn an als zumindest gleichwertig empfunden werden.

Die zeitliche Empfindung von Ewigkeit ist rein subjektiv, so wie auch im Traum die Zeit rein subjektiv empfunden wird.

Mit meinem Modell lassen sich auch die von dem englischen Biologen *Rupert Sheldrake* postulierten "morphogenetischen Felder" in Einklang bringen (vgl. Kap. 4.6). Wahrscheinlich besteht ein reges Zusammenspiel zwischen den wachsenden geistigen Feldern "hier" noch lebender Menschen und den individuellen menschlichen Seelen – also den komplexen geistigen "In*tra*nets" bereits verstorbener Menschen.

Bitte stellen Sie sich Ihr geistiges In*tra*net nicht so technisch kalt vor, wie es hier klingt. Im Gegenteil: Es umfasst schließlich alles, was Sie jemals bisher waren oder sind, inklusive aller Merkmale, Eigenschaften und früherer Handlungen, kurzum: Es stellt Sie viel besser und umfassender dar, als Sie es sich heute wohl auch nur im Entferntesten vorstellen können. Jede einzelne Körperzelle von jedem Augenblick Ihres Lebens ist als Ihre zusammenhängende Information im PGF abgespeichert.

In der Regel läuft ein geistiger Austausch zwischen "Himmel und Erde" für uns "hier" verkörperte Partner völlig unbemerkt ab. Vielleicht nicht einmal so selten trägt dieses Zusammenspiel aber zu individuellen und auch kollektiven Verhaltensänderungen von uns Menschen bei.

Unsere Handlungen können durch solch unbewusste geistige Austausche zwar beeinflusst, sicher aber nicht gesteuert werden. Manchmal sprechen wir dann von einem "Einfall", wobei man sich wahrscheinlich gar nicht bewusst wird, wie zutreffend dieser Begriff wohl tatsächlich ist.

Auch unsere Vorstellung von einem "Schutzengel" lässt sich in dieses Schema des ständigen geistigen Austauschs mit in der geistigen Welt manifestierten, eng verbundenen Seelen problemlos integrieren.

Der individuelle menschliche Geist hat seine längste Lebensphase genau dann noch vor sich, wenn er eine Seele geworden ist – also nach dem körperlichen Tod. Als – wohlgemerkt – individuelle Seele macht er sich dann erst Recht auf den Weg zu seiner eigenen, weiteren und höheren geistigen Entwicklung. Damit tut er sich zunächst natürlich selbst einen großen Gefallen. Gleichzeitig wird er so aber auch ein unentbehrlicher Bestandteil für die Entwicklung des geistigen Ganzen.
Mit dieser Vorstellung entfällt im Übrigen auch die Notwendigkeit, das karmische Gesetz vornehmlich asiatischer Religionen durch ständige "fleischliche" Reinkarnationen zu erfüllen. Zwangsläufig wird jedem Menschen Gerechtigkeit widerfahren, da Gerechtigkeit als eine geistige und absolute Erfahrung tatsächlich real existieren muss. Gerechtigkeit ist eben nicht erst eine Erfindung und Konvention des Menschen. Als solche wäre sie nämlich völlig bedeutungslos, da bloß relativ.
Selbst derjenige, der sein eigenes Leben und vielleicht auch noch das anderer Mitmenschen aufs Schlimmste missbraucht hat, wird neben der ihn durch sich selbst strafenden Gerechtigkeit irgendwann auch einmal Barmherzigkeit erfahren dürfen; denn sie ist genauso ein absoluter geistiger Begriff, und es muss sie wirklich geben. Als rein menschliche Erfindung wäre auch sie ohne jede wirkliche Bedeutung.
Ich bezweifle also keineswegs, dass es das Gesetz des Karma tatsächlich gibt. Seine Erfüllung muss deshalb aber nicht in einem neuen irdischen Leben erfolgen (vgl. mein Buch: "Wer stirbt, ist nicht tot!"). Zudem widerspricht die Vorstellung von einer fleischlichen Wiedergeburt dem Standpunkt der Evolution von Leben und Geist: Das Leben strebt zielgenau nach immer mehr Geist.
Dazu entwickelt die Evolution konsequent und ohne Umwege ein immer komplexeres Nervensystem bis hin zum menschlichen Großhirn.
Aus passiven Informationsempfängern werden aktive und interaktive Wesen mit freiem Willen, Selbstbewusstsein und Selbsterkenntnis.
Die geistige Seite ist unbegrenzt und kann sich unendlich fortentwickeln.
Das alles findet sich im Universum wieder, dem unendlichen und ewigen Informationsraum.

5.2) Nachwort

Unsere Welt ist sehr vielseitig. Einseitige philosophische oder religiöse Betrachtungsweisen führen deshalb in die Irre. Die meisten Denker der Geschichte haben mit ihren Vorstellungen wohl oft gleichzeitig Recht *und* Unrecht.
Einerseits hat unsere Welt deterministische, also vorbestimmende Seiten, wie früher schon z.B. *Blaise Pascal (1623-1662)* oder *Pierre Laplace (1749-1827)* annehmen. Genauso aber ist sie ganz im Sinne *Karl Poppers (1902-1994)* auch sehr indeterministisch, also unbestimmt und unvorhersehbar angelegt.
Vom Grundprinzip her ist unsere Welt sicher teleologisch, also zweck- und zielgerichtet, wie es vor allem *Pierre Teilhard de Chardin (1881-1955)* vermutet. Zugleich ist sie wieder weitgehend emergent, also kreativ und schöpferisch neu schaffend, was z.B. *Karl Popper* und *John Eccles (1903-1997)* betonen.
Ich selbst nannte unsere Welt früher bereits "eine teleologische und doch emergente, eine deterministisch und doch indeterministisch orientierte" – eben eine ungeheuer vielseitige Welt.
Einerseits besitzt sie breit angelegte materialistische Aspekte, was z.B. schon *René Descartes (1596-1650)* behauptet, indem er die Welt mit einem gigantischen Uhrwerk vergleicht. Andererseits aber ist sie im Grunde überhaupt keine materialistische Welt, da es nicht einmal Materie im eigentlichen Sinne materialistischen Denkens gibt: Denken Sie nur wieder an den Grundbaustein aller Elemente des ganzen Universums, den Wasserstoff: Bei ihm kreist ein klitzekleines Elektron um einen kaum viel größeren Atomkern, bestehend aus einem Proton, und das in einem vergleichbar gigantischen Abstand. Dazwischen herrscht absolute Leere (vgl. Kap. 2.1).
Unsere Welt ist sicher *nicht* panpsychistisch, wie z.B. *Gottfried Wilhelm Leibniz (1646-1716)* und *Baruch de Spinoza (1632-1677)* glauben; denn die aus dem PGF auch mit Hilfe der beiden Baupläne MBP und GBP über die EMS erschaffene "Materie" (im Einstein'schen Sinne: "eingefrorene Energie") besitzt zunächst keinerlei "kleinste psychische Einheiten", d.h. keine Monaden, wie Leibniz sie nennt.[137] Leblose Materie ist "seelenlos"!

[137] PGF = Pluripotentes Geistiges Feld; MBP = Mathematischer Bauplan; GBP = Geistiger Bauplan; EMS = Elektro-Magnetische Strahlung oder vereinfacht, "Licht" (vgl. Kap. 1)

Andererseits liefert jedes kleinste endliche SEIN, also jede auch leblose Materie, die Information zu existieren. Diese geistige Spur jeder noch so kleinen Existenz bleibt ewig erhalten. Insofern lassen sich ebenfalls die Vorstellungen von Leibniz und de Spinoza wundervoll eingliedern.
Unsere Welt ist ebensowenig pantheistisch, was ungefähr so viel heißt wie "Gott ist in allem" – ein Gedanke, der z.B. auf de Spinoza zurückgeht; denn nach meiner Auffassung ist Gott in Bezug auf die ganze Welt – und nicht nur, wie allgemein angenommen, in Bezug auf ihre materielle Seite – transzendent und nicht in ihr enthalten.
Meine mathematische Metapher legt das nahe: "-1" und "+1" sind rationale Realitäten, "i" ist dagegen irrational (vgl. Kap. 2.10). Beides entsteht aus "i". Nach meiner Auffassung ist Gott also auch nicht Teil des geistigen Anteils der Welt, d.h. dort immanent.
Organische Materie entwickelt sich überall und sobald möglich aufgrund ihrer bauplanbedingten Ziel- und Zweckbestimmung. Sie ist in der Lage, das geistige Prinzip Leben anzunehmen. Unter Leben verstehe ich jede Fähigkeit komplexer organischer Strukturen zur Interaktion mit dem PGF. Wie ein Radio, das Sendungen ausstrahlt, sofern es vollständig ist und kein Transistor fehlt, holt es sich laufend Informationen: Solche, die zu seinem Aufbau und seiner Funktion genauso beitragen, wie später zu Instinkt und Verhalten. Das alles geschieht parallel zu dem, was über das biochemische Erbgut, das Genom, eingebracht wird. Genauso liefert das Lebewesen dadurch auch Informationen an das PGF zurück, indem es unbewusst und automatisch Erfahrungen und Gelerntes in einen über lange Zeit ausschließlich kollektiven, artspezifischen Pool einspeist.
Solche Werte stehen der eigenen Gattung, aber ebenso der Evolution als Ganzes, bei ihrem natürlich auf den reinen Zufall durch Mutationen aufbauenden, emergenten Gestaltungsprozess zur Verfügung.
Durch eine über alle Zeiten konsequente und zielstrebige Entwicklung äußerst komplexer neuroanatomischer Strukturen wird die Fähigkeit lebender Wesen zur Interaktion mit dem PGF immer mehr perfektioniert. Am Ende steht ein Quantensprung, der zu Individualität, Bewusstsein, Selbstbewusstsein, Selbsterkenntnis und freiem Willen im Rahmen der gegebenen Möglichkeiten führt. Der Mensch hat diesen Sprung getan. Interaktionen mit dem unendlichen geistigen Internet werden nun personalisiert und in beschleunigter Form intensiviert: Ein ursprünglich undifferenzierter, unreifer, natürlich nicht räumlich zu sehender Bereich des PGF wird beim Menschen im Laufe seines irdischen Lebens immer stärker differenziert. Das gilt einerseits für sein wesensbezogenes und eigenständiges Ganzes, andererseits aber zugleich

auch für einen Teil des unteilbar wirklichen Ganzen. So entsteht eine eigenständige, selbstbewusste und auch nach dem körperlichen Tod weiter entwicklungsfähige, dann aber rein geistig zu verstehende, nach wie vor absolut individuelle Persönlichkeit.
Der geistige Differenzierungs- oder Reifungsvorgang beinhaltet zunächst auch die "unbewusste" Nutzung bereits vorhandener, idealer geistiger Muster für Inhalte, Emotionen und Eigenschaften des PGF. Daneben führt er zur Ausbildung einer eigenen Individualität und schließlich zu seiner Vervollkommnung in einer dann unvergänglichen individuellen Persönlichkeit. Sie ist schließlich in der Lage, ganz gezielt selbst mit dem eigenen geistigen Hintergrund zu interagieren, viele seiner Inhalte und Eigenschaften für sich zu entdecken sowie sich ihrer selbst bewusst zu werden. Das erlaubt ihr, die wirklichen Zusammenhänge zu ordnen, zu bewerten und die Ergebnisse dann bewusst und zum Vorteil sowohl für sich selbst, zunehmend aber auch für alle Mitglieder der Gemeinschaft einzusetzen.
Da die Evolution nun nicht mehr zwischen verschiedenen Arten, und dort immer für das ganze Artenkollektiv, sondern jetzt vielmehr innerhalb nur noch ein und derselben Gattung Mensch zwischen den einzelnen Menschen selbst stattfindet, entstehen immer größeren Klüfte innerhalb der Gesellschaft(en). Das ist so ähnlich wie heutzutage beim Lernen an und mit einem modernen Computer, der kabellos mit dem technischen Internet verbunden ist. Technik, Wissenschaften und ganze kulturelle Entwicklungen sind heute untrennbar mit der Nutzung dieser Technik verknüpft. Doch wo Licht, da ist auch Schatten; denn alles hat immer seine zwei Seiten: Nicht nur Gutes entsteht, sondern leider immer auch Bedrohliches. Und so muss die Welt erst lernen, das Schlechte zu zähmen und möglichst sogar langfristig ins Gute zu wenden.
Der GBP ist die Grundlage für den zielgerichteten Plan, eine immer größere allgemeine sowie speziell neuronale Komplexität aufzubauen.

Unsere Welt ist nicht idealistisch, auch wenn ihr bestimmte Ideen oder Formen (z.B. Zahlen, MBP) zugrunde liegen. Ganz sicher aber existiert nicht von vornherein für alles eine Art geistige Idee, wie *Platon (427-347 v.Chr.)* meint oder eine Form, wie sein Schüler *Aristoteles (384-33 v.Chr.)* später glaubt. Es gibt eine objektive Realität, wie es *Ayn Rand*[138] *(1905-1982)* nennt. Dagegen gibt es sicher keine Muster für alles schließlich vollständig Fortentwickelte, Gereifte oder Ausdifferenzierte.

---

138 eigentlicher Name: Alissa Rosenbaum. Gebürtige Russin, Antikommunistin; Philosophin.

Aber bestimmt existieren schon immer geistige Ideen für so manches Grundsätzliche, wie auch unsere Gene im biochemischen Sinne Ideen für viele Dinge besitzen, die selbst dann vorhanden bleiben, wenn das körperliche Merkmal, das sich damit ausbildet, später ein ganz anderes ist. Nicht selten stellen diese Ideen wiederum den Grundstock oder das Bindeglied für eine völlig andere Ausgestaltung dar. Beispielsweise hat auch ein Mensch noch die Anlagen für Kiemen, obwohl er niemals im Wasser leben wird. Aus ihnen entwickeln sich bei ihm dann aber Teile von Gesicht, Mund, Hals, Kehlkopf und den Ohren.

Unsere Welt ist auch in rein materieller Hinsicht sicher emergent, wie es *Karl Popper* nennt, also selbstschaffend. Allerdings kann sie dabei ihren mathematischen Ordnungsrahmen (MBP) nicht verlassen.
Insofern unterscheidet sich die Entwicklung der Welt z.B. womöglich von der Embryonalentwicklung des Menschen: Diese ist nicht in dem Maße emergent wie die Welt, weil Emergenz auch Kreativität bedeutet.
Vergleicht man dafür das Leben eines Menschen von seiner Zeugung bis zu seinem Tod (und nicht nur bis zu seiner Geburt) mit der Entwicklung unserer Welt, so zeigen sich dabei wohl eher große Übereinstimmungen: Denn der Lebensweg des Menschen erweist sich zumindest nach seiner Geburt als im Prinzip ähnlich emergent, wie es die Welt ist.
Und diese Ähnlichkeit ist beim Menschen umso stärker ausgeprägt, je weiter er in seiner persönlichen Evolution fortgeschritten ist. Vielleicht ist deshalb der Unterschied zwischen der Entwicklung eines Menschen von seiner Zeugung bis zum Tod und dann darüber hinaus auf der einen Seite sowie der der ganzen Welt auf der anderen Seite gar nicht so groß.
Möglicherweise macht ja auch die Welt an unzähligen Orten und immer wieder zunächst eine ähnliche Zeit größerer Determiniertheit und ohne so viel kreative Emergenz durch, die in etwa der der menschlichen Embryonalentwicklung entspräche. Eine solche Periode reicht immer bis exakt zu dem Moment, an dem irgendwo Leben erstmals die materielle Bühne betritt und sich dann zuerst ganz langsam, schließlich jedoch immer stürmischer fortentwickelt. Auf unserer Erde hat dies bis heute die Ebene des Menschen erreicht. Damit trifft einmal mehr *Pierre Teilhard de Chardin* den Kern, wenn er sagt, die Welt sei "ein Gott im Werden".

Eine monistische Auffassung, wonach alles aus ein und derselben Substanz sei, ist ebenso wieder weder völlig richtig noch gänzlich falsch: Der Ursprung von allem in der Welt ist zwar sicher ein geistiger, aber wieder ein anderer als das, was zur geistigen Welt gehört: Meine

Metapher macht es wieder deutlich (vgl. Kap. 2.10): Die "-1" als Symbol für das Geistige entsteht aus "i". Beides ist sicher geistiger Natur, doch "i" bleibt irrational, "-1" dagegen rational. Das "i" als Metapher für den "Geist Gottes" muss also anders sein als die darüber erschaffene erste Realität, die geistige Welt. Und wenngleich aus der geistigen die materielle Welt entsteht wie aus "-1" die "+1", so ist es doch wieder eine Umwandlung. Das macht jede streng monistische Auffassung zunichte. Dagegen hat der Dualismus insofern seine Berechtigung, als dass eben materielle Körper entstehen, und unabhängig davon eine geistige Ebene existiert, die mit diesen Körpern interagiert. Aber ist die Materie deshalb nicht letztlich wieder doch dem Geist zuzurechnen, wenn sie ja durch Umwandlung aus ihm entstanden ist? Es ist offenbar alles eine Frage der Definition.

Geist, der Ursprung von allem, ist nur in abstrakter Form in aller Materie enthalten, über Zahlen, Koordinaten oder geometrische Grundmuster. Die geistige Information ihrer Existenz graviert sie auf ewig ins PGF ein. Durch eine kreativ emergente und eben doch in ihren Grundprinzipien determinierte, also gesteuerte Entwicklung hin zu interaktionsfähigen materiellen Strukturen, also Leben, baut sich eine lebhafte gegenseitige Kommunikation mit dem unendlichen geistigen Hintergrund auf.

Damit wird dieser immer mehr strukturiert und differenziert. Das PGF reift selbst heran. Es wird damit zu höchstmöglicher Perfektion in zugleich größtmöglicher Vielfalt weiterentwickelt.

Die menschliche Seele – womit ich ja die Geiststruktur zum Zeitpunkt des körperlichen Todes bezeichne – ist eine höhere Differenzierung.

Sie entsteht aus einem geistig weitgehend undifferenzierten "Substrat"[139] durch die Zeugung und entwickelt sich über eine lebenslange Interaktion mit Hilfe des zwar materiellen, hochkomplexen menschlichen Gehirns.

Auch bei jedem Tier passiert im engen Zusammenspiel zwischen dem pluripotenten Geistfeld und jedem Tierhirn im Prinzip dasselbe.

Die Seele des Menschen hat jedoch im Vergleich zu jedem Tier eine inzwischen völlig neue und ungleich höhere Entwicklungsstufe erreicht. Mit Ausbildung von differenziertem Bewusstsein und Selbstbewusstsein sowie der Fähigkeit zur Selbsterkenntnis ist, zumindest was das Leben auf unserer Erde betrifft, allein die menschliche Seele in der Lage, sich in ihrer Rolle, ein bewusst agierender Teil im universellen PGF zu sein, auch nach dem körperlichen Tod sofort wiederzuerkennen. Mit den ihr dann zur Verfügung stehenden weiteren geistigen Möglichkeiten kann sie

[139] Substrat steht in Anführungszeichen, da es eben nicht materiell zu sehen sein darf.

sich infolgedessen immer weiter optimieren. Das erfordert aber auch die Vorstellung von einem "echten" Raum, was wieder eine Dimension der materiellen Körperlichkeit ist. Die Raumerfahrung kann also nur in der materiellen Welt erworben werden.
Geistige und materielle Welt bedingen sich deshalb gegeneinander.
Nur die materielle Welt bietet eine "echte" Räumlichkeit und ermöglicht so diese Erfahrung, die zur weiteren Differenzierung eines ursprünglich raumlosen Zustandsraumes der geistigen Welt (PGF) unabdingbar ist.

Damit aber ist der Tod für kein Lebewesen, das an der Differenzierung des PGF teilnimmt – und dies tun ja schließlich alle, bei denen sich neuronale komplexe Strukturen entwickeln – sein absolutes Ende.
Jede noch so rudimentäre Differenzierung innerhalb des PGF besteht für immer fort: Mangels Selbstbewusstsein und Selbsterkenntnis kann das jedoch zurzeit kein anderes Lebewesen dieser Erde außer dem Menschen erkennen. Mangels eigenem Bewusstsein, Selbstbewusstsein und Selbsterkenntnis ist die tierische Seele als "Individualseele" endgültig ausdifferenziert; denn sie kann nur noch "sein", nicht aber selbst weiter "werden". Allerdings werden sich gleichartig differenzierte, jedoch noch nicht selbstbewusste Teilbereiche des PGF miteinander assoziieren und bilden auf dieser Ebene eine Art kollektives Informationsfeld. Es ist die Basis für den *unbewussten* geistigen Austausch mit den Gehirnen noch irdisch lebender (tierischer) Wesen gleicher Art und Entwicklungsstufe. Dieser Informationsaustausch ist passiv und so eher einseitig (z.B. Hypothese der morphogenetischen Felder nach *Sheldrake*, vgl. Kap. 4.6).
Aus diesem Grund übrigens sind Sheldrakes Felder ein weiterer Hinweis auf die Nichtexistenz einer zumindest "routinemäßigen" Reinkarnation in ihrer "klassischen" Form, nämlich als echte Rückkehr einer Seele in einen neuen Körper:
Diese "unbewussten Geistfelder" ermöglichen vor allem Verbesserungen und Erleichterungen bei den körperlich lebenden Wesen (Tiere) wegen ihrer weitgehend einseitig passiven Interaktion mit den unpersönlich gespeicherten, real existierenden Erfahrungen bereits zuvor verstorbener Tiergenerationen. Das könnte man sinnvollerweise als geistige Symbiose bezeichnen. Beim selbstbewussten Menschen ist sie persönlich und aktiv.
Der sich selbstbewusst entwickelnde und differenzierende menschliche Geist hat innerhalb des PGF die Möglichkeit, sich selbständig und aktiv weiter zu vervollkommnen. In gewissem Umfang kann er sogar aktiv auf materiell lebende Wesen einwirken: Zumeist geschieht das unmittelbar durch sehr subtile Beeinflussung des Geistes eines körperlich Lebenden.

In Wachträumen oder bei Meditationen können nicht wenige Menschen solche Einflüsse spüren. Sicher sind viele Ideen und Problemlösungen, die *in* einem plötzlich auftauchen, darauf zurückzuführen. Das deutsche Wort "Einfall" charakterisiert derartige Zusammenhänge nach meiner Meinung daher wohl am besten.
Der während eines menschlichen Lebens differenzierte Geist, seine Seele nach meiner Definition, bleibt also ganz selbstverständlich auch über den körperlichen Tod hinaus erhalten. Er bleibt dort, wie *Teilhard de Chardin* schon schreibt, wo er zu Lebzeiten bereits war. Es verändert sich also nicht die Seele im "Tod", sondern nur der sie bis dahin mitentwickelnde Körper stirbt und verfällt. Der Körper ist es, der sozusagen von seinem fortentwickelten Geist, seiner Seele, abfällt.
Oft erst durch die Befreiung von diesem Körper, die man mit dem "Verlassen des Kokons durch einen Schmetterling" vergleichen kann – so wie es die Schweizer Ärztin Elisabeth Kübler-Ross (1926-2004) nennt – wird die Seele sich ihrer eigentlichen, vollständigen und absolut integren Existenz innerhalb des PGF erstmalig vollauf bewusst.
Das Gehirn ist als zunächst notwendige "Differenzierungshardware" wie eine Eierschale, mit deren Hilfe sich ja neues Leben – in meiner Analogie jetzt der menschliche Geist – entwickelt. Damit ist das Gehirn – wieder als Metapher zur Eierschale benutzt – als schützendes Organ zugleich auch ein abschirmendes und für Manches ein durchaus hinderliches Element. Das Gehirn ist ein Reduktionsfilter – es muss ein solcher sein; denn in jeder Sekunde werden wir mit Informationen jedweder Art dermaßen überflutet, dass wir es keinen Tag lang ertragen könnten, sie alle bewusst wahrzunehmen. Das Gehirn filtert fast alles heraus, um uns für den Alltag in dieser materiellen Welt fit zu halten. Es gibt aber einige Phänomene, Situationen und sogar Krankheitszustände, bei denen dieser Filter nicht ausreichend wirkt. Plötzlich erkennen die davon Betroffenen Dinge, die den meisten Mitmenschen verborgen bleiben. Zum Beispiel gibt es Autisten, die kaum Kontakte zur Außenwelt zulassen und deshalb von vielen Einflüssen gar nicht berührt werden und Primzahlzwillinge mit 10 oder 12 Stellen oder mehr herbeten können[140] – oder solche, die ohne jede emotionale Regung irgendwo meisterlich Piano spielen.[141] Vermutlich gehören auch Wunderkinder in diese Kategorie. Bei ihnen "versagt" das Gehirn als Reduktionsfilter, was jetzt zum Wohl des

[140] O. Sachs, "Der Mann, der seine Frau mit einem Hut verwechselte", Literaturverzeichnis.
[141] zurzeit geistert wohl ein begnadeter autistischer Klavierspieler durch englische Gefilde.

Betroffenen führt. Sie alle haben den ein oder anderen unmittelbaren und verbesserten Zugang zur Informationswelt des PGF.
Davon profitieren wohl auch Menschen mit seltenen Erbkrankheiten, wie z.B. dem Williams-Beuren-Syndrom (WBS). Betroffene leiden unter einigen körperlichen Gebrechen und haben trotz eines insgesamt reduzierten Intelligenzquotienten eine recht merkwürdige Mischung besonderer geistiger Stärken und Schwächen. Hier soll uns nur eine der Stärken interessieren: Ausnahmslos haben die Patienten eine sehr auffällige und ausgeprägte musikalische Begabung. Ein daran erkranktes Mädchen schilderte das treffend mit den Worten: *"Ich denke Musik"*.
So wie die autistischen Zwillinge John und Michael des amerikanischen Neurologen und Psychiaters *Oliver Sacks (*1933)* eine Art direkten Kontakt zu Primzahlen haben müssen, so scheinen Menschen mit WBS einen unmittelbaren Zugang zu Klängen und Rhythmen, ja zur Musik im Allgemeinen, zu besitzen. Der Reduktionsfilter "Gehirn" verhindert aus physiologischen Gründen, um nämlich das "hiesige" Leben zu meistern, in aller Regel tiefere Einblicke in die alles umfassende und alles durchdringende Informationswelt des PGF.
Unser Gehirn gestaltet sich somit eher als Hindernis, wenn es um die Erkenntnis von der tiefen Wirklichkeit jenseits unserer materiellen Welt geht, d.h. also vor allem derjenigen, die sich außerhalb der Eierschale – und damit außerhalb des Gehirns – befindet. Diese Ansicht findet eine Entsprechung in dem berühmten Höhlengleichnis von *Platon.*

Aus meinem Modell ergibt sich mein eindeutiges Plädoyer für ein Leben nach dem Tod. Der Mensch überlebt seinen körperlichen Tod nicht im Sinne eines unpersönlichen, ziemlich schwammigen Hineintauchens in eine insgesamt große Leere. Vielmehr stellt sein Tod sogar eine für ihn entscheidende und individuelle Entwicklungsstufe dar. Sie ist einfach die notwendige Konsequenz einer teleologischen Weltentwicklung.
Seine schon zu körperlichen Lebzeiten differenzierte und selbstbewusste Persönlichkeit bleibt natürlich unverändert erhalten und besitzt auch weiterhin alle Chancen zur weiteren geistigen Vervollkommnung. Ja, noch viel mehr: Jeder *muss* sich geistig weiter fortentwickeln und reifen.
Jeder ist dabei Teil der weiteren Ausdifferenzierung eines ursprünglich einmal völlig undifferenzierten, pluripotenten geistigen Feldes (PGF).

Die ganze Welt ist also eine Welt in ständiger Entwicklung.
Als Folge ihrer Schöpfung ist sie noch lange nicht am Ende. Ein gereifter Geist, volles Bewusstsein und Selbstbewusstsein gehören zu ihren

Zielen. Alles entsteht durch fortgesetzte Differenzierung aus einer Art unreifer geistiger "Ursuppe". Der dazu notwendige Entwicklungshelfer (oder Katalysator) ist das materielle Universum mit allen seinen Körpern.

"Wahrlich, wahrlich, ich sage dir: wer nicht von oben her geboren wird, kann das Reich Gottes nicht schauen"[142], und wenig später, *"Wahrlich, wahrlich, ich sage dir: wer nicht aus Wasser und Geist geboren wird, kann nicht in das Reich Gottes eingehen"*[143], so steht es treffend in der Bibel.

Das Ziel der Welt ist offenbar eine ausdifferenzierte, in höchstem Maße perfekte Weltseele auf Basis größtmöglicher Vielfalt. Vielleicht ist genau diese Weltseele dann ein neuer Gott, womit die ganze Welt tatsächlich ein Gott im Werden wäre. Ein Gott im Werden schließt andere Götter nicht aus, weder weitere im Werden, noch schon gewordene. Teilhard de Chardin bezeichnet offenbar das, was ich hier ausdifferenzierte Weltseele nenne, mit Omegapunkt.
Jeder einzelne Mensch ist somit letztlich ein sehr wichtiger Bestandteil dieser Welt. Seine Existenz ist dabei nicht durch seinen körperlichen Tod bedroht; denn das körperliche Leben ist nur ein Durchgangsstadium.
Und obwohl jeder Mensch wieder nur ein kleiner Teil eines unermesslich großen Ganzen ist, darf seine Einzigartigkeit und immense Bedeutung deshalb nicht gering geschätzt werden.

Der Mensch ist keine Entfaltungsform Gottes, wie z.B. *Baruch de Spinoza* meint. Vielmehr ist er tatsächlich "Gottes Sohn"[144], und zwar im Sinne einer göttlichen "Keimzelle" und sitzt zu "seiner Rechten"[67] nach Ausdifferenzierung alles Keimbaren. Und wenn der berühmte deutsche Neodarwinist *Ernst Haeckel (1834-1919)* sagt, die Ontogenese des Menschen, also seine Individualentwicklung von der befruchteten Eizelle bis zu seiner Geburt, sei eine Art Zeitrafferdarstellung der Phylogenese, d.h. seiner ganzen stammesgeschichtlichen Entwicklung von Anbeginn des Entstehens von Leben auf der Erde bis hin zu ihm, dem Menschen als vorläufige Spitze dieser Entwicklung, dann kann man vielleicht jetzt noch anschließen: Ontogenese und Phylogenese sind untergeordnete Prozesse einer Art *Welt*entwicklung und zugleich auch Abbilder der ihr zugrundeliegenden Entwicklungsprinzipien.

---

[142]Bibel: Neues Testament; Johannesevangelium, 03.03
[143]Bibel: Neues Testament; Johannesevangelium, 03.04
[144]Bibel: Neues Testament, allgemeine christliche Lehre.

5.3) Exkurs: Der Tod ist eine Schnittstelle des Lebens

Der Mensch ist das erste und einzige Lebewesen auf dieser Erde, das sich seines eigenen "Todes" und der damit zumindest für seinen Körper unausweichlichen Konsequenz der totalen Vernichtung bewusst ist.
Der Mensch erleidet somit im Vergleich zu allen ganz "unbeschwert" lebenden Tieren von vornherein das schlimmste Schicksal überhaupt.
Durch die Erkenntnis seines eigenen "Todes" scheint er von Geburt an als einziges Wesen bestraft. Vielleicht liegt darin der wahre Kern der von der katholischen Kirche behaupteten Erbsünde. Durch die Taufe wird der Mensch von dieser "Sünde" befreit, weil er sich mit ihr zum christlichen Glauben bekennt und jetzt an das ewige Leben seiner Seele glaubt. Das befreit ihn von seiner allein durch das Menschsein geerbten Bürde. Die Erbsünde ist keine Sünde im eigentlichen Sinn des Wortes – vielmehr ist sie tatsächlich eine Bürde oder Last.
Das lässt durchaus den Rückschluss zu, dass sich hier eine Religion, die man auch als die Summe von über unzählige Generationen gemachten intuitiven Erfahrungen verstehen sollte, im Grunde schon immer auf der Höhe wahrer Erkenntnisprinzipien befunden hat. Das stützt meine Überzeugung, dass im Grunde genommen alle Religionen auf ein und dieselben Wahrheiten hin konvergieren. Vieles davon findet sich schon längst in ihren Lehren. Leider jedoch sind die wahren Kerne durch viele Einflüsse und Umstände häufig nur noch sehr schwer zu erkennen.
Auch wäre das ein Hinweis auf den hohen Stellenwert gerade intuitiver Erfahrungen. Es würde bedeuten, dass sich die Wissenschaften auf ihrer Erkenntnissuche nicht mehr wie bisher vor ihnen verschließen sollten.
"Wir sind nicht menschliche Wesen, die spirituelle Erlebnisse haben, sondern spirituelle Wesen, die menschliche Erlebnisse haben", so sagt es *Pierre Teilhard de Chardin*. Das unterstreicht die Notwendigkeit, Intuition wieder wichtig zu nehmen, weil sie eine Form spiritueller Erfahrung ist.

Womöglich könnte eine Renaissance in der Akzeptanz religiöser Grundprinzipien dazu führen, viele der heute allzu oft unglücklichen Interpretationen tatsächlicher Beobachtungen zu korrigieren und zu optimieren.
Das darf natürlich nicht zu einer neuen Umkehr verleiten, die wieder zur Dominanz religiöser Vorstellungen über die Naturwissenschaften und andere wichtige Erkenntnisquellen führen würde: Nein, dies wäre ein

brandgefährlicher Fundamentalismus, der leider ohnehin schon auch heute noch (oder schon wieder?) ziemlich häufig anzutreffen ist.
Vielleicht ließen sich aber manche Augen für eine Art "Waffengleichheit" mit den Naturwissenschaften öffnen. Sie könnte eine vernünftige Basis für die gemeinsame Sache aller auf der Suche nach wahrer Erkenntnis sein und würde sich nicht durch gegenseitige Diskriminierung behindern. Jede Seite könnte sich dabei ohne Tabu und gegenseitig ernst genommen mit der anderen vergleichen: nicht im Sinne von Konkurrenz, sondern vielmehr im Sinne einer gegenseitigen und hilfreichen Ergänzung zum Wohle des beiderseitigen Fortschritts.

"O, ein König ist der Mensch, wenn er träumt - ein Bettler, wenn er nachdenkt". Dieses Zitat von *Friedrich Hölderlin (1770-1843)* unterstreicht diese Notwendigkeit gerade auch intuitiver Erkenntnissuche.

Mit diesem und zwei weiteren Zitaten großer Dichter möchte ich mich bei Ihnen bedanken, dass Sie meinen Gedankengängen bis zum Schluss gefolgt sind:

"Eine Wahrheit kann erst wirken, wenn der Empfänger für sie reif ist!
Nicht an der Wahrheit liegt es daher, wenn die Menschen noch so voller Unweisheit sind!"
Christian Morgenstern (1871-1914)

und

"Aus dem Ewigen ist kein Ausweg!"
Rainer Maria Rilke (1875-1926)

Literaturverzeichnis

Adams, G., "Grundfragen der Naturwissenschaft" (1979)
Ahrheit-Volle, W., "Das ewige Leben im Jenseits – die naturwissenschaftliche Lösung aller Menschheitsrätsel", Lindner (1995)
Alberts, B., „Molecular Biology of the Cell“, Garland (1983)
Altea, R., „Sag Ihnen, daß ich lebe“, Goldmann (1995)
D'Aquili, E.G., A.B. Newberg, "The Mystical Mind: Probing the Biology of Religious Experience", Augsburg Fortress Publishers (1999)
Araoz, D.L., "Selbsthypnose – Kreative Imagination in Beruf und Alltag", Econ (1992)
Ash, D., P. Hewitt, „Wissenschaft der Götter - Zur Physik des Übernatürlichen“, (1991)
Asimov, I., J. Asimov, „Kosmos u. Materie – Wiss. an der Schwelle zum dritten Jahrtaus“, (1995)
Auffermann, B., J. Orschiedt, "Die Neandertaler", Theiss, Stuttgart (2002)
Bache, Ch. M., „Das Buch von der Wiedergeburt --- Das Gesetz der ewigen Wiederkehr - alles über Reinkarn. aus d. Sicht der mod. Wissensch.“, Scherz (1993)
Bagemihl, B., "Biological exuberance: animal homsex. and natural diversity", (1999)
Bambaren, S., "Der träumende Delphin", Piper (1999)
Barbour, J., "The End of Time", Oxford Univ. Press (2000)
Barnett, S.A., Instinkt und Intelligenz, Fischer (1972)
Barrow, J.D., J. Silk, „Die asymm. Schöpfung – Urspr. u. Ausdehnung d. Universums“, (1986)
Barrow, J.D., "Ein Himmel voller Zahlen – Auf den Spuren mathematischer Wahrheit", Rowohlt (1999); Original: "Pi in the Sky", Oxf. Univ. Press (1992)
Bauby, J.D., „Schmetterling und Taucherglocke“, dtv (1998)
Bell, J.S., „Speakable and Unspeakable in Quantum Mechanics“, Cambridge Univ. Press (1987)
Berger, K., „Ist mit dem Tod alles aus ?“, Quell (1997)
Bindel, E., "Die geistigen Grundlagen der Zahlen", Verlag Freies Geistleben (1958, 98)
Bindel, E., "Die Zahlengrundlagen der Musik im Wandel der Zeiten", (1985)
Bischof, M., „Biophotonen-Das Licht in unseren Zellen“, Zweitausendeins (1995)
Blackmore, S., "Die Macht der Meme", Spektrum d. Wiss. Dossier 2 (2002)
Block, A., "Du sollst nicht morden", A. Block Eigenverlag, Dortmund (1989)
Block, A., "Alle suchen Dich", A. Block Eigenverlag, Dortmund (1991)
Born, G.V.R., „Forschung macht frei-Freih. u. Grenz. der Wiss.“, Festrede b. Grünenthal (1996)
Breuer, R., „Immer Ärger mit dem Urknall“, rororo (1996)
Briggs, J., F.D. Peat, „Die Entdeckung des Chaos“, Hanser (1990)
Brocher, T., „Stufen des Lebens“, Kreuz, Stuttgart
Brüderlin, R., "Akustik für Musiker", bosse (1983)
Caldwell, R.R., M. Kamionkowski, "Der Nachhall d. Urknalls", Spektr .d. Wiss. Doss 2 (2002)
Capra, F., „Wendezeit“, Scherz (1987)
Capra, F., „Das Neue Denken“, Scherz (1987)
Cerminaria, G., „Erregende Zeugnisse von --- Karma und Wiedergeburt“, Bauer - Verlag, Freiburg (1963), Nachdruck, Knaur (1983)
Clément, C., "Theos Reise – Roman über die Religionen der Welt", Hanser (1998)
Conze, E., "Buddhist Scriptures", Harmondsworth/Great Britain (1959)
Coward, H., „Das Leben nach dem Tod in den Weltreligionen“, Herder (1998)
Cox-Chapman, M., „Begegnungen im Himmel --- Beweise f. ein Leben nach d. Tod“ (1997)
Cumont, F., "After Life in Roman Paganism", New Haven (1922)
Dacqué, E.: „Vermächtnis der Urzeit. Grundprobleme der Erdgeschichte“. Aus dem Nachlaß hrsg. von M. Schröter (1948)
Dalei Lama, "Worte der Hinwendung", Herder (1993)
Dam, W.C. van, „Tote sterben nicht --- Erfahrungsberichte zwischen Leben und Tod“, (1995)

Damasio, A.R., "Wie das Gehirn Geist erzeugt", Spektrum d. Wiss. Dossier 2 (2002)
Damman, E., „Erkenntnisse jenseits von Zeit und Raum --- Die Wende im naturwissenschaftlichen Denken“, Knaur (1990)
Davidson, J., „Am Anfang ist der Geist - die Geburt von Materie und Leben aus dem schöpferischen Geist“, Scherz (1994)
Davies, P., „Gott und die moderne Physik“, C. Bertelsmann (1986)
Davies, P., „Die Unsterblichkeit der Zeit --- Die mod. Physik zw. Rationalität und Gott“ (1995)
Davis, P.J., R. Hersch, "Descartes' Dream - The World According to Mathematics" (1986)
Descartes, R., „Philosophische Schriften - in einem Band“, Meiner (1996)
Diamond, J., "Warum macht Sex Spaß? Die Evolution der menschlichen Sexualität" (1998)
Diederichs, E., „Laotse - Tao te king - Das Buch vom Sinn und Leben“, Diederichs (1972)
Ditfurth, H. von, „Wir sind nicht nur von dieser Welt“, dtv (1985)
Ditfurth, H. von, „Unbegreifliche Realität“, Lingen (1987)
Ditfurth, H. von, „Innenansichten eines Artgenossen“, Claassen (1989)
Ditfurth, H. von, „Kinder des Weltalls“, Weltbild (1990)
Ditfurth, H. von, „Der Geist fiel nicht vom Himmel“, Weltbild (1990)
Ditfurth, H. von, V. Arzt, „Dimensionen des Lebens - Reportagen aus der Naturwiss.“ (1990)
Diverse Autoren, "Forschung im 21. Jahrhundert", Spektrum der Wissenschaft Spezial (2000)
Diverse Autoren, "Gravitation – Urkraft des Kosmos", Sterne und Weltraum, Spezial 6 (2001)
Diverse Autoren, "Schöpfung ohne Ende – Die Geburt des Kosmos", Sterne und Weltraum, Spezial 2 (2002)
Diverse Autoren, "Die Evolution des Menschen", Spektrum der Wissenschaft, Dossier (2002)
Doucet, F.W., „Die Toten leben unter uns --- Forschungsobjekt Jenseits“, Ariston (1987)
Dürr, H.-P., "Physik und Transzendenz", Scherz (1989)
Dürr, H.-P., W. Ch. Zimmerli, „Geist und Natur --- Über den Widerspruch zwischen naturwissenschaftlicher Erkenntnis und philosophischer Welterfahrung“, Scherz (1991)
Durant, W., "Kulturgeschichte der Menschheit", Ullstein (1982)
Eady, B., „Licht am Ende des Lebens - Bericht einer außergew. Nah - Todeserfahrung“ (1994)
Eccles, J. C., „Die Evolution des Gehirns --- die Erschaffung des Selbst“, Piper (1989)
Eccles, J.C., „Gehirn und Seele. Erkenntnisse der Neurophysiologie“, Piper (1991)
Eccles, J. C., „Wie das Selbst sein Gehirn steuert“, Piper (1994)
Eddington, A, „Wissenschaft und Mystizismus“, aus: „Das Weltbild der Physik und ein Versuch seiner philosophischen Deutung“, F. Vieweg & Sohn (1935)
Einstein, A., L. Infeld, „Die Evolution der Physik“, Weltbild (1991)
Endres, C.M., A. Schimmel, „Das Mysterium d. Zahl-Zahlensymb. im Kulturvergleich“ (1995)
Elsaesser Valarino, E., „Erfahrungen an der Schwelle des Todes --- Wissenschaftler äußern sich zur Nahtodeserfahrung“ Ariston (1995)
Erben, H.K., „Die Entwicklung der Lebewesen“, Piper (1988)
Ernst, H., „Die Weisheit des Körpers - Kräfte der Selbstheilung“, Piper (1993)
Ewald, G., „Die Physik u. das Jenseits-Spurensuche zw. Philos. u. Naturwiss.“, Pattloch (1998)
Federmann, R., H. Schreiber, „Botschaft aus dem Jenseits - Zeugnisse des Okkulten“ (1992)
Ferris, T., „Das intelligente Universum --- Über die Grenzen des Verstandes“, Byblos (1992)
Findlay, A., „Beweise für ein Leben nach dem Tod“, Bauer (1983)
Fischer, E.P., "Grenzen des Wissens", Spektrum d. Wiss. Dossier 2 (2002)
Ford, A., „Bericht vom Leben nach dem Tode“, Scherz (1994)
Ford, L.H., T.A. Roman, "Wurmlöcher u. Überlicht-Antriebe", Spektr. d. Wiss. Doss. 2(2002)
Fox, S., „Wie Engel uns lieben - Wahre Begebenheiten mit Schutzengeln“, Knaur (1997)
Fox, M., R. Sheldrake, "Engel – Die kosmische Intelligenz", Bechtermünz (2001)
Franz, V., "Das Werden der Organismen", Jena (1924)
Genz, H., „Die Entdeckung des Nichts - Leere und Fülle im Universum“, Hanser (1994)
Ghyka, M., "The Geometry of Art and Life", Dover/New York (1977)
Goldberg, Ph., „Die Kraft der Intuition“, Scherz (1988)
Greene, B., "Das elegante Universum", BvT Berlin (2003)

Gribbin, J., „Jenseits der Zeit ---- Experimente mit der vierten Dimension", Bettendorf (1994)
Gribbin, J., „Am Anfang war ... --- Neues zum Urknall und der Evolution des Kosmos" (1995)
Gribbin, J., M. Rees, „Ein Universum nach Mass - Bedingungen unserer Existenz" (1991)
Guggenheim, B., J. Guggenheim, „Trost aus dem Jenseits", Scherz (1997)
Gurwitsch, A.G., „Über den Begriff des embryonlaen Feldes". Wilhelm Roux' Archiv für Entwicklungsmechanik der Organismen. Bd. 51 (1922)
Hallmann, W., W. Ley, "Handbuch Raumfahrttechnik", Hanser (1999)
Halpern, P., „Wurmlöcher im Kosmos - Modelle für Reisen durch Zeit und Raum", List (1994)
Haug, M., E.W. West, "The book of Arda Viraf", Bombay/London (1872)
Hawking, St.W., "Eine kurze Geschichte der Zeit – Die Suche nach der Urkraft des Universums", Rowohlt (1988)
Hawking, St.W., "Anfang oder Ende?", Heyne (1994)
Hayward, J.W., „Die Erforschung der Innenwelt", Scherz (1990)
Hazen, R.M., "Der steinige Ursprung des Lebens", Spektrum d. Wiss. Dossier 2 (2002)
Heilige Schrift (Die Bibel): Die Heilige Schrift des Alten und Neuen Bundes, Herder (1965)
Heilige Schrift: die vierundzwanzig Bücher der Heiligen Schrift, übersetzt von L. Zunz, Goldschmidt (1995)
Heilige Schrift (Die Bibel): Elberfelder Bibel, revidierte Fassung, Brockhaus (1996)
Heimpel, H., Th. Heuss, B. Reiffenberg, „Die großen Deutschen", Ullstein (1983)
Hengge, P., „Es steht in der Bibel", Verlag Wissenschaft und Politik (1994)
Hensel, W., "Pflanzen in Aktion – Krümmen, Klappen, Schleudern", Spektrum (1993)
Herbig, J., „Im Anfang war das Wort", Hanser (1985)
Hermann, U., „Knaurs etymologisches Lexikon", Droemer Knaur (1983)
Hermann, U., et al., „Das deutsche Wörterbuch", Knaur (1985)
Herneck, F., „Einstein und sein Weltbild", Buchverlag Der Morgen (1976)
Höeg, P., "Fräulein Smillas Gespür für Schnee", Hanser (1996)
Högl, St., "Die religiöse Dimension der Nah-Todeserfahrungen", Magisterarbeit an der Philosoph. Fakultät der Univ. Regensburg (1996)
Hoffmann, B., „Einsteins Ideen", Spektrum (1997)
Hooper, J., D. Teresi, „Das Drei-Pfund—Universum --- Das Gehirn als Zentrum des Denkens und Fühlens", Econ (1988)
Horneck, G., C. Baumstark-Khan, "Astrobiology, The Quest for the Conditions of Life" (2001)
Hornung, E., „Geist der Pharaonenzeit", Artemis (1989)
Hornung, E., „Die Nachtfahrt d. Sonne - Eine altägypt. Beschreibung des Jenseits" (1991)
Huber, G., „Das Fortleben nach dem Tode", Origo (1996)
Ikeda, D., „Das Rätsel des Lebens - eine buddhistische Antwort", Herbig (1994)
Jakoby, B., "Auch Du lebst ewig – Die Ergebnisse der modernen Sterbeforschung" (2000)
Jürgenson, F., „Sprechfunk mit Verstorbenen - Prakt. Kontaktherstell. mit d. Jenseits" (1981)
Jung, C.G., „Briefe, Erster Band 1906-1945", Walter (1972)
Jung, C.G., A. Jaffé, „Erinnerungen, Träume, Gedanken von C.G. Jung", Walter (1976)
Junghanss, V., "Unterwegs zu den absoluten Dimensionen" BoD (2005)
Kahan, G., „Einsteins Relativitätstheorie --- zum leichten Verständnis für jedermann" (1987)
Kaku, M., „Hyperspace - Einsteins Rache. Eine Reise durch den Hyperraum und die zehnte Dimension", Byblos (1995)
Kaplan, R.W., „Der Ursprung des Lebens. Biogenetik. Ein Forschungsgebiet heutiger Naturwissenschaft", (1978)
Kaplan, R., E. Kaplan, "Das Unendliche Denken", Econ (2003)
Kleesattel, W., "Überleben in Eis, Wüste und Tiefsee: wie Tiere Extreme meistern" (1999)
Klimkeit, H.J., "Der iran. Auferstehungsglaube. Tod u. Jenseits im Glauben der Völker" (1978)
Klivington, K.A., "Gehirn und Geist", Spektrum Verlag (1992)
Knoblauch, H., "Berichte aus dem Jenseits. Mythos und Realität der Nahtod-Erfahrung" (1999)
Knoblauch, H., H.G. Soeffner, I. Schmied und B. Schnettler, "Todesnähe. Interdisziplinäre Zugänge zu einem außergewöhnlichen Phänomen", Universitätsverlag Konstanz 1999

Krisciunas, K., B. Yenne, „Atlas des Universums", Lechner (1992)
Kübler - Ross, E., „Über den Tod und das Leben danach", Silberschnur (1994)
Kübler - Ross, E., „Sterben lernen - Leben lernen --- Fragen und Antworten" (1995)
Kübler - Ross, E., „Das Rad des Lebens - Autobiographie", Delphi bei Droemer Knaur (1997)
Küng, H., „Ewiges Leben?", Piper (1982)
Küppers, B.-O., "Ordnung aus dem Chaos", Piper (1987)
Kunsch, K., St. Kunsch, "Der Mensch in Zahlen – Eine Datensammlung in Tabellen mit über 20.000 Einzelwerten", Spektrum (2000)
Laack, W. van, "Plädoyer für ein Leben nach dem Tod und eine etwas andere Sicht der Welt", Aachen (1999) und BoD-Libri, Hamburg (2000), s. Hinweise S.384
Laack, W. van, "Der Schlüssel zur Ewigkeit", van Laack GmbH, Aachen, Buchverlag (1999) und BoD-Libri, Hamburg (2000), s. Hinweise auf S. 384
Laack, W. van, "Key to Eternity", (2000) s. Hinweise auf S. 384
Laack, W. van, "Eine bessere Geschichte unserer Welt, Bd. 1, Das Universum, Bd. 2, Das Leben, Bd. 3, Der Tod, (2000-2002), s. Hinweise auf S. 384
Laack, W. van, "A Better History of Our World, Vol. 1, The Universe, Vol. 2, Life, Vol. 3, Death" (2001-2003), s. Hinweise auf S. 384
Laack, W. van, "Wer stirbt, ist nicht tot!", BoD-Libri, Hamburg (2003) und 2. Aufl. (2005), s. Hinweise auf S. 384
Laack, W. van, "Nobody Ever Dies!", Hamburg (2005), s. Hinweise auf S. 384
Laack, W. van, "Nah-Todeserfahrungen – Vorhof zum Himmel oder bloß Hirngespinste?", die Drei, Z. f. Anthropos. in Wissensch.., Kunst u. soz. Leben, 12 (2004)
Laack, W. van, "Ohne Geist läuft wenig! – Teil 1, Kann aus Neuronen Bewusstsein entstehen?", die Drei, Z. f. Anthropos. in Wissensch.., Kunst u. soz. Leben, 2 (2005)
Laack, W. van, "Ohne Geist läuft wenig! - Teil 2, Zur Unfreiheit verdammt?", die Drei, Z. f. Anthropos. in Wissensch.., Kunst u. soz. Leben 3(2005)
Lashley, K.S., „Brain mechanism and Intelligence", Chicago Univ. Press (1929)
Lashley, K.S., „In Search of the Engram", Symposium Soc. Exp. Biol. 4 (1950)
Laudert-Ruhm, G., „Jesus von Nazareth, Das gesicherte Basiswissen", Kreuz (1996)
LeCron, L.M., "Fremdhypnose – Selbsthypnose", Ariston (1993)
Linke, D.B., "Die Freiheit und das Gehirn", C.H. Beck (2005)
Löbsack, Th., „Versuch und Irrtum --- Der Mensch: Fehlschlag der Natur", Bertelsmann (1974)
Löw, R., „Die neuen Gottesbeweise", Pattloch (1994)
Lomborg, B., "The Sceptical Enviromentalist", Cambridge Press (2001)
Lurija, A.R., „Einführung in die Neuropsychologie", rororo (1992)
Lüth, P., "Der Mensch ist kein Zufall", Deutsche Verlags-Anstalt (1983)
Mann, A.T., „Das Wissen über Reinkarnation", Zweitausendeins (1997)
Margenau, H., „The Miracle of Existence", Ox Bow, Woodbrisge CT (1984)
Matthiesen, E., „Das persönliche Überleben des Todes", de Gruyter (1987)
Meckelburg, E., „Hyperwelt --- Erfahrungen mit dem Jenseits", Langen-Müller (1995)
Meckelburg, E., "Wir alle sind unsterblich", Langen Müller (2000)
Méric, E., A. Ysabeau, „Seele ohne Grenzen: Übernatürliche Phänomene und der menschliche Körper als Indikator der Persönlichkeit", Gondrom (1997)
Mielke, Th.R.P., "Coelln – Stadt, Dom, Fluss", Schneekluth (2000)
Miller, S.L., H.C. Urey, „Organic compound synth. on the primitive earth", Science, 130 (1959)
Miller, S., „Nach dem Tod --- Stationen einer Reise", Deuticke (1998)
Moewes, J., „Für 12 Mark 80 durch das Universum - über Zeit, Raum und Liebe" (1996)
Moody, R.A., „Leben nach dem Tod", Rowohlt (1977)
Moody, R.A., „Nachgedanken über das Leben nach dem Tod", Rowohlt (1979)
Moody, R.A., „Das Licht von drüben --- Neue Fragen und Antworten", Rowohlt (1989)
Moody, R.A., P. Perry, „Blick hinter den Spiegel --- Botschaften aus der anderen Welt" (1994)
Moody, R.A., P. Perry, „Leben vor dem Leben", Rowohlt (1997)
Moosleitner, G.P., "Die unsterbliche Seele der Menschheit", Libri (2000)

Morgan, M., "Traumfänger", Goldmann (1998)
Morse, M., „Zum Licht. Was wir von Kindern lernen können, die dem Tod nahe waren" (1994)
Morse, M., P. Perry, „Verwandelt vom Licht. Über die transformierende Wirkung von Nahtodeserfahrungen", Knaur (1994)
Newberg, A., V. Rause, "Why God won't go away: Brain Science & Biology of Belief", (2001)
Nuland, Sh. B., „Wie wir sterben - Ein Ende in Würde ?", Knaur (1994)
Oesterreich, K.T., „Der Okkultismus im modernen Weltbild", Dresden (1921)
Otto. M., "Worte wie Spuren – Weisheit der Indianer", Herder (1985)
Ozols, J.,. "Über die Jenseitsvorstellungen des vorgeschichtlichen Menschen". in: Tod und Jenseits im Glauben der Völker. Hg. Hans-Joachim Klimkeit. Harassowitz (1978)
Papst, W., „Der Götterbaum", Herbig (1994)
Passian, R., "Das Jenseits – reine Glaubenssache?", Weber-Verlag (2000)
Patch, H.R., "The Other World"
Paulos, J.A., „Von Algebra bis Zufall - Streifzüge durch die Mathematik", Campus (1992)
Penfield, W., „The mystery of the Mind", Princeton Univ. Press (1975)
Penfield, W., L. Roberts, „Speech and brain Mechanism", Princeton Univ. Press (1959)
Penrose, R., „Schatten des Geistes --- Wege zu einer neuen Physik des Bewußtseins" (1995)
Philberth, B., "Der Dreieine", Christiana-Verlag(CH) (1971)
Platon, Sämtliche Werke, Bd. 3: Phaidon, Politeia. Deutsch von F. Schleiermacher. Rowohlts Klassiker der Literatur und der Wissenschaft Nr.27, Rowohlt
Plichta, P., „Das Primzahlkreuz - Bd. 1: Im Labyrinth des Endlichen", Quadropol (1991)
Plichta, P., „Das Primzahlkreuz - Bd. 2: Das Unendliche", Quadropol (1991)
Plichta, P., „Gottes geheime Formel --- Die Entschlüsselung des Welträtsels und der Primzahlcode", Langen-Müller (1995)
Plichta, P., „Das Primzahlkrkeuz - Bd. 3: Die 4 Pole der Ewigkeit", Quadropol (1998)
Prawda, W., "Der Fall – Von Geist zu Materie und Mensch", BoD (2004)
Pribram, K., „Languages of the Brain", Englewood Cliffs (1971)
Prigogine, I., Vom Sein zum Werden", Piper (1982)
Prigogine, I., I. Stengers, „Dialog mit der Natur. Neue Wege naturwiss.Denkens", Piper (1993)
Popper, K.R., J.C. Eccles, „Das Ich und sein Gehirn", Piper (1982)
Popper, K.R., „Objektive Erkenntnis --- ein evolutionärer Entwurf", Hoffmann&Campe (1993)
Popper, K.R., „Alles Leben ist Problemlösen - Über Erkenntnis, Geschichte und Politik"(1994)
Prigogine, I., I. Stengers, „Das Paradox der Zeit --- Zeit, Chaos und Quanten", Piper (1993)
Pschyrembel, W., „Klinisches Wörterbuch", de Gruyter (1977)
Quinn, H.R., M.S. Witherell, "Die Asymmetrie zwischen Materie und Antimaterie", Spektrum d. Wiss. Dossier 2 (2002)
Radhakrishnan, "The Principal Upanishads", London (1953)
Reeves, H., J. de Rosnay, Y. Coppens, D. Simonnet, "Die schönste Geschichte der Welt", Bastei-Lübbe (1998)
Reichholf, J.H., „Das Rätsel der Menschwerdung --- Die Entstehung des Menschen im Wechselspiel mit der Natur", DVA (1990)
Reitz, M., „Leben jenseits der Lichtjahre --- Die Wissenschaften auf der Suche nach außerirdischen Intelligenzen", Insel (1998)
Ricken, F., „Lexikon der Erkenntnistheorie und Metaphysik", C.H. Beck (1984)
Ring, K., „Den Tod erfahren - das Leben gewinnen --- Erkenntnisse und Erfahrungen von Menschen, die an der Schwelle zum Tod gestanden und überlebt haben", Scherz (1984)
Riordan, M., D.N. Schramm, „Die Schatten der Schöpfung --- Dunkle Materie und die Struktur des Universums", Spektrum (1991)
Robert, R., "Chaostheorie und Schmetterlingseffekt", Spektrum d. Wiss. Dossier 2 (2002)
Roederer, J.G., "Physikalische und psychoakustische Grundlagen der Musik", Springer (1977)
Ruelle, D., „Zufall und Chaos", Springer (1993)
Rose, St.P.R., S. Harding, „Training increases ^{3}H fucose incorporation in chick brain only if followed by a memory storage", Neuroscience 12 (1984)

Rose, St.P.R., A. Csillag, „Passive avoidance training results in lasting changes in deoxyglucose metabloism in left hemisphere regions of chick brain“, Behavioural and Neural Biology 44 (1985)
Ross, D., „The work of Aristotle; Select fragments. “, Clarendon Press, Oxford (1952)
Rüber, G., "Kleine gesammelte Geschichten aus Köln", Engelhorn-Verlag.
Ruppert, H.J., „Okkultismus --- Geisterwelt oder neuer Weltgeist ?“, Edition Coprint (1990)
Ryzl, M., „Das große Handbuch der Parapsychologie“, 3 Bde., Ariston (1978)
Ryzl, M., „Der Tod ist nicht das Ende --- Von der Unsterblichkeit geistiger Energie“ (1981)
Sabom, M.B., „Erinnerungen an den Tod. Eine medizinische Untersuchung“, Goldmann 11741
Sabom, M., "Light and Death", Zondervan Publishing House (1998)
Sachs, R., "Das Leben vollenden", Zweitausendeins (2000)
Sacks, O., „Der Mann, der seine Frau mit einem Hut verwechselte“, Rowohlt (1990)
Sagan, C., A. Druyan, „Schöpfung auf Raten“, Droemer Knaur (1993)
Sahm, P.R., G.P.J. Thiele, "Der Mensch im Kosmos", Verlag Facultas (1998)
Sahm, P.R., G.P.J. Thiele, "Der Mensch im Kosmos II", Shaker Verlag (2000)
Sandvoss, E.R., "Geschichte der Philosophie – Bd. 1 u. 2", dtv (1989)
Schäfer, H., „Brücke zwischen Diesseits und Jenseits --- Theorie und Praxis der Transkommunikation“, Bauer (1989)
Schiebler, W., „Der Tod, die Brücke zu neuem Leben --- Beweise für ein persönliches Fortleben nach dem Tod. Der Bericht eines Physikers.“ Silberschnur (1991)
Schmid, G.B., "Tod durch Vorstellungskraft – Das Geheimnis psychogener Todesfälle" (2001)
Schmidt-Degenhard, M., Die oneiroide Erlebnisform: Zur Problemgeschichte und Psychopathologie des Erlebens fiktiver Wirklichkeiten" (1992)
Schmidt, H., "Das Märchen vom Urknall – oder Der Kosmos, ein unsterblicher Organismus", BoD Norderstedt (2004)
Schneider-Janessen, K., "Biochemische Persönlichkeitsforschung", Springer (1990)
Schröder, G.L., „Schöpfung und Urknall“, Bertelsmann (1990)
Schröter-Kunhardt, M., "Das Jenseits in uns", Psychologie heute, Heft 6 (1993)
Schröter-Kunhardt, M., "Erfahrungen Sterbender während des klinischen Todes", in "Sterben und Tod in der Medizin", Wiss. Verlagsgesellschaft (1996)
Schröter-Kunhardt, M., "Nah-Todeserfahrungen aus psychiatrisch-neurologischer Sicht", In: "Todesnähe- Wissenschaftliche Zugänge zu außergewöhnlichen Phänomenen", Univ.-Verlag, Konstanz (1999)
Scholem, G.G., "Die jüdische Mystik in ihren Hauptströmungen" (1967)
Schubert, K.R., "Neues zur Materie-Antimaterie Asymmetrie", Spektrum d. Wiss. Doss. 2(2002)
Schulte, G., "Neuromythen" Zweitausendeins (2000)
Schweitzer, A., "Kultur und Ethik", Beck (1981)
Seife, Ch., "Zwilling der Unendlichkeit", Goldmann (2002)
Sheldrake, R., „Das Gedächtnis. der Natur - Das Geheimnis der Entstehung der Formen in der Natur“ (1992)
Sheldrake, R., „Wunder und Geheimnis des Übersinnlichen --- Sieben Phänomene, die das Denken revolutionieren“, Weltbild (1996)
Siegel, R.K., "The Psychology of Life after Death", in American Psychologist 35 (1980)
Singh, K., „Mysterium des Todes“, Edition Naam (1996)
Singh, S., "Fermats letzter Satz", dtv (2000)
Spirik, H.J., H.R. Loos, „Nachrichten aus dem Jenseits --- Erforschung paranormaler Tonbandstimmen“, Ennsthaler (1996)
Spitzer, M., "Lernen – Gehirnforschung und die Schule des Lebens", Spektrum (2002)
Spitzer, M., "Selbstbestimmen", Spektrum-Verlag (2004)
Sprenger, W., „Der Tag, an dem mein Tod starb“, Nie/Nie/Sagen (1995)
Steffen, P., "Eine Geometrie der Zeit", Stema-Verlag (1999), BoD LIBRI, Hamburg
Stelzner, M., "Die Weltformel der Unsterblichkeit", Verlag für außergew. Perspektiven (1996)
Stevenson, I, „Wiedergeburt - Kinder erinnern sich an frühere Erdenleben“ (1992)
Stratenwerth, I., Th. Bock, „Stimmen hören -- Botschaften aus der inneren Welt“, Kabel (1998)

Struck, P., „Netzwerk Schule", Hanser (1998)
Susskind, L., "Schwarze Löcher u. das Informationsparadoxon", Spektr. d. Wiss. Doss. 2(2002)
Tarassow, L., „Wie der Zufall will?", Spektrum (1998)
Tarter, J.C., C.F. Chyba, "Gibt es außerirdisches Leben?", Spektrum d. Wiss. Dossier 2 (2002)
Teilhard de Chardin, P., „Die Entstehung des Menschen", C.H. Beck (1981)
Teilhard de Chardin, P., „Der Mensch im Kosmos", C.H. Beck (1981)
Terhart, F., „Das Geheimnis der Eingeweihten --- Was spirituelle Persönlichkeiten uns erschließen", Ariston (1996)
Time-Life-Bücher, „Fernöstliche Weisheiten", Time-Life (1991)
Tipler, F.J., „Die Physik der Unsterblichkeit", Piper (1994)
Ulke, K.D., „Vorbilder im Denken", Gondrom (1998)
Wachholder, K., „Die Entwicklung der lebenden Natur und die Frage des Bestehens fortschreitender Vervollkommnung", In: Studium Generale, 2 (1949)
Wapnick, K., „Einführung in > Ein Kurs in Wundern < --- Betrachtungen über einen anderen Weg zum inneren Frieden", Greuthof (1993)
Weinberg, St., „Die ersten drei Minuten --- Der Ursprung des Universums", Piper (1992)
White, M., J. Gribbin, „Stephen Hawking - Die Biographie", Rowohlt (1994)
Wiesendanger, H., „Wiedergeburt - Herausforderung für das westliche Denken", Fischer (1991)
Wilber, K., „Das holographische Weltbild", Scherz (1986)
Wilder-Smith, A.E., „Die Naturwissenschaften kennen keine Evolution. Experimentelle und theoretische Einwände gegen die Evolutionstheorie" (1978)
Wolf, F.A., „Körper, Geist und neue Physik", Scherz (1989)
Wolpert, L., "Regisseure des Lebens – Das Drehbuch der Embryonalent-wicklung", Spektrum Akadem. Verlag (1993)
Woltersdorf, H.W., „Denn der Geist ist`s, der den Körper baut --- Die Irrlehren des wissenschaftlichen Materialismus", Langen-Müller (1991)
Zahrint, H., „Jesus aus Nazareth --- Ein Leben", Piper (1987)
Zahrint, H., „Das Leben Gottes - aus einer unendlichen Geschichte", Piper (1997)
Zaleski, C., "Nah-Todeserlebnisse und Jenseitsvisionen", Insel (1995)
Zimmer, C., "Parasitus Rex", Umschau/Braus (2001)

Prof. Dr. med. Walter van Laack

Deutsche Bücher seit 1999:	**Plädoyer für ein Leben nach dem Tod und eine etwas andere Sicht der Welt** ISBN 3-89811-818-5; Taschenbuch (SC), 448 S., 2. Aufl. (1999/2000), 22,90 € **Der Schlüssel zur Ewigkeit** ISBN 3-9805239-4-2, Festeinband (HC), 288 S.,1. Aufl. (1999), 24,80 € ISBN 3-89811-819-3, Taschenbuch (SC) , 288 S., 2. Aufl.. (2000), 17,80 € **Eine bessere Geschichte unserer Welt** Band 1, "Das Universum" ISBN 3-8311-0345-3, Taschenbuch (SC), 196 S. (2000), 15,80 € Band 2, "Das Leben" ISBN 3-8311-2114-1, Taschenbuch (SC), 248 S., (2001), 17,80 € Band 3, "Der Tod" ISBN 3-8311-3581-9, Taschenbuch (SC), 276 S., (2002), 19,80 € **Wer stirbt, ist nicht tot!** ISBN 3-936624-00-3, Taschenbuch (SC), 312 S., (2003), 24,80 € ISBN 3-936624-06-2, Festeinband (HC), 312 S., 2. Aufl. (2005), 35,-- € **Mit Logik die Welt begreifen** ISBN 3-936624-04-6, Taschenbuch (SC), 380 S., (2005) 29,80 €
Englische Bücher seit 2000:	**Key To Eternity** ISBN 3-8311-0344-5, Softcover, 256 p. (2000), 17,80 € **A Better History of Our World** Vol. 1, "The Universe" ISBN 3-8311-1490-0, Softcover, 188 p. (2001), 15,80 € Vol. 2, "Life" ISBN 3-8311-2597-X, Softcover, 236 p. (2002), 17,80 € Vol. 3, "Death" ISBN 3-936624-01-1, Softcover, 276 p. (2003), 19,80 € **Nobody Ever Dies!** ISBN 3-936624-03-8, Softcover (SC), 272 p., (2005), 24,80 €

Meine Bücher im Internet: www.van-Laack.de; www.Leseproben-im-Internet.de
Email: webmaster@van-Laack.de
van Laack GmbH, Aachen Buchverlag, Fax +49-(0)241-174269